문학과 음악의
# 황홀한 만남

**문학과 음악의**
**황홀한 만남**

저자_ 이창복

1판 1쇄 인쇄_ 2011. 10. 4.
1판 2쇄 발행_ 2011. 11. 23.

발행처_ 김영사
발행인_ 박은주

등록번호_ 제406-2003-036호
등록일자_ 1979. 5. 17.

경기도 파주시 교하읍 문발리 출판단지 515-1 우편번호 413-756
마케팅부 031)955-3100, 편집부 031)955-3250, 팩시밀리 031)955-3111

값은 뒤표지에 있습니다.
ISBN 978-89-349-5509-2 03850

독자의견 전화_ 031)955-3200
홈페이지_ http://www.gimmyoung.com
이메일_ bestbook@gimmyoung.com

좋은 독자가 좋은 책을 만듭니다.
김영사는 독자 여러분의 의견에 항상 귀 기울이고 있습니다.

# 문학과 음악의 황홀한 만남

이창복

중세 연애시부터 현대 희곡까지,
음악과의 만남으로 탄생한 독일 문학 이야기
Wechselwirkung deutscher Literatur und Musik

김영사

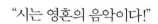

"시는 영혼의 음악이다!"

—

요한 고트프리트 헤르더

# 문학적 이상과 음악적 영감이 만나 세계를 구원하다

세계적인 유태인 지휘자 다니엘 바렌보임은 이스라엘과 팔레스타인의 화합 운동을 펼치고, 세계의 분단 지역을 찾아가 주로 베토벤의 교향곡 5번 《운명》이나 9번 《합창》을 연주하는 것으로 유명하다. 그가 이끄는 오케스트라는 이스라엘, 팔레스타인, 요르단 등 중동 지역 다국적 연주자들로 구성되었고, 그 이름은 '서동시집'이다. 서동시집은 괴테 시집의 이름이다. 이 시집에는 동·서의 두 세계를 결속시키는 사랑이 대하처럼 흐르고 있다. 《합창》의 가사는 실러의 시 〈환희에 부쳐〉이다. 이 시의 주제 역시 모든 인간이 형제가 되어 얼싸안는 순수한 인류애이다. 이러한 실러의 이상이 베토벤의 음악 없이 시공을 초월해서 인류의 심금을 울릴 수 있을까? 또한 실러의 시 없이 베토벤의 음악이 인류애를 구체적으로 인류에게 선포할 수 있을까? 바렌보임의 오케스트라는 문학과 음악의 융합을 통해서 그의 이상과 철학을 더욱 높게 승화시키고 있는 좋은 예이다.

문학과 음악, 이 두 예술 간의 상호 관계에 대한 나의 관심은 독일 유학 시절로 거슬러 올라간다. 내가 공부했던 쾰른 대학에는 유명한 음악대학이 있어 많은 나라에서 음악을 전공하려는 학생들이 모여들었다. 그때 나에게 관심을 불러일으켰던 것은, 이들이 실기 외에도 제출해야 하는 문학과 관련된 학위 논문들이었다. 또, 금요일 저녁이면 독일 공영 TV는 함부르크 국립극장에서 공연되는 연극이나, 뮌헨과 슈투트가르트의 오페라 하우스에서 공연되는 오페라와 발레를 생중계해 주었다. 공연이 끝난 뒤에는 바로 화장도 지우지 않은 주연 배우들, 연출자, 기자, 교수들의 토론이 이어졌다. 그것은 나에게 지금도 잊을 수 없는 기억으로 남아 있다. 하루저녁 TV를 통해 드라마 한 편을 보면서 다양한 예술 장르를 넘나들며 질 높은 감상을 할 수 있었던 것은 나에게 큰 감동을 안겨주었다. 그때 연극에서 음악과 오페라에서 가사의 역할이 얼마나 큰 상승 작용을 일으키는가를 깨달았다.

나는 기회가 있을 때마다 레코드판을 샀다. 〈니벨룽겐의 반지〉 전집을 사서 들으면서 라인 강의 신화를 공부했고 바그너를 알게 되었다. 니체의 《차라투스트라는 이렇게 말했다》를 펼쳐들고 리하르트 슈트라우스의 동명의 심포니를 들었다. 슈만의 〈시인의 사랑〉을 들으면서 하이네의 연시를 읽었다. 브레히트의 한 시연詩聯에 곡이 붙여지고, 그것이 1989년에 성난 군중의 노래가 되어 베를린 장벽을 무너뜨린 기적적인 힘이 되었음을 알게 되었다. 나는 점차 언어 예술과 음향 예술의 아름다운 조화와 작가의 영혼과 음악가의 영감이 함께 일구어내는 황홀감의 세계에 빠져들어 갔다. 이렇게 해서 수확한 자료들이 쌓여져 갔다.

그렇게 모아 두었던 옛날의 자료 보따리를 풀고 정리하기 시작한

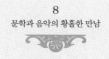

지 6년이 넘었다. 정확히 말하면 이 책은 독문학의 입장에서 음악을 미학적으로 고찰한 것이다. 사실 총체적으로 볼 때 이 분야에 대한 연구가 아직 미약하다. 그래서 이 책이 문학 전공자들에게는 연구의 동기를 부여할 수 있고, 또한 음악을 전공하는 사람들에게는 독문학이라는 생소한 분야와 음악과의 상호 관계를 연구하는 데에 도움될 수 있길 바라는 마음이 크다. 나아가 많은 사람들의 문화적·정신적 삶을 풍요롭게 해주는 교양 도서로서의 효용성도 내심 기대해 본다.

지금은 감사하는 마음뿐이다. 그간 시간에 지배되지 않고 바쁘게 살아온 나의 삶과, 특히 긴 시간 동안 묵묵히 인내와 사랑으로 내 옆을 지켜준 아내에게 진심으로 감사한다. 그리고 이 특별한 연구를 기꺼이 출판해 주신 김영사의 박은주 사장님과 지금까지 수고해 주신 편집부와 디자인부의 모든 분들에게 감사드린다.

개포동 서재에서
이창복

차례

CONTENTS

**저자의 말** – 문학적 이상과 음악적 영감이 만나 세계를 구원하다  7

**이 책을 읽기 전에** – 문학과 음악의 대향연으로의 초대  14


1장 | **고트프리트 폰 슈트라스부르크의 서사 문학**  17
: 서사를 진행시키는 것은 음악이다

중세 문학과 음악의 상호 작용 18 | 《트리스탄과 이졸데》를 통한 사회 비판 25


2장 | **마르틴 루터의 종교 개혁과 음악**  39
: 음악은 신이 인간에게 선사한 아름답고 자유로운 예술이다

찬송가 대중화의 창시자 40 | 성서 번역에 나타난 음악적 언어 50 |
루터의 음악관 55


3장 | **요한 고트프리트 헤르더의 음악 미학**  63
: 서정시는 언어의 가장 아름다운 소리로 이루어졌다

음악 미학의 선구자 64 | 헤르더의 음악 미학의 특징 71 | 음악의 인류 교화적 힘 81


4장 | **요한 볼프강 괴테의 음악에 대한 사랑과 문학**  91
: 작품 속에서 나는 언제나 음악가였다

낭만적 예술가 92 | 괴테의 음악 사랑과 조언자들 101 | 음악의 교육과 치유의 힘
122 | 괴테 문학의 리듬적·멜로디적 특징 132

5장 | 프리드리히 실러의 문학적 이상과 음악   141
: 나는 나의 시를 노래에 헌정했다

실러의 생애 142 | 실러 문학의 음악적 수용 147 | 미학적 관점에서 본 실러의 음악

이해 164


6장 | 유토피아적 미래에 대한 희망   175
: 음악은 이상을 전할 수 있는 최고의 수단이다

베토벤의 교향곡《합창》176


7장 | 낭만주의와 음악   193
: 시인의 정신은 리듬의 영혼이다

음악을 통한 구원에 대한 동경 194


8장 | E. T. A. 호프만의 이중적 생애와 음악   211
: 작곡가로서의 한계를 작가로서 극복했다

문학과 음악 사이의 방랑자 212 | 음악의 한계에서 시작된 문학 224

9장 | 하인리히 하이네의 음악관과 비판적 평론        241
       : 음악은 예술의 마지막 낱말일지 모른다

사회의 날카로운 비판자 242 | 서정시의 음악성과 음악적 수용 252 | 공감각적
음악관과 음악 비평 263


10장 | 리하르트 바그너의 음악 세계        285
       : 시인은 음악가가, 음악가는 시인이 되어야 한다

바그너의 생애와 예술 철학 286 | 마지막 낭만주의 예술의 완성자 316 | 종합 예술
작품으로서의 음악극 330


11장 | 프리드리히 니체의 철학과 운명        345
       : 음악 없는 인생은 오류에 불과하다

디오니소스적 긍정의 철학과 음악 346 | 음악의 운명으로 인한 고뇌 378 | 음악적
언어와 문체상의 특징 383 | 니체와 바그너의 관계 391

12장 | 토마스 만의 휴머니즘과 음악     401
    : 나는 음악과 문학 두 세계에서 존재한다
    시민성과 예술성 사이의 갈등 402 | 바그너와 니체의 영향 414 | 데카당스적 시민
    사회의 붕괴《부덴브로크가》423 | 시민적 정체성을 향한 내적 발전《마의 산》434 |
    파우스트 전설의 새 해석 441


13장 | 헤르만 헤세의 이상과 음악의 구원     467
    : 시를 짓는 것은 음악을 만드는 것이다
    헤세의 생애와 문학에 나타난 구원으로서의 음악 468 | 내면적 양극성의 극복 과정
    488 | 단일성의 문학적 형성과 체험 514


14장 | 베르톨트 브레히트의 사회 개혁과 투쟁     535
    : 나의 모든 극작품들에는 음악이 있다
    브레히트의 생애와 그 주변의 음악가들 536 | 서정시의 대중적 · 민속적 요소 563 |
    학습극과 향락적 음악에 대한 투쟁 583 | 서사극 구성 요소로서의 음악 598


**부록** – '독일 문학과 음악의 만남' 주요 흐름 한눈에 보기 619
**미주** 631
**찾아보기** 689

# 문학과 음악의 대향연으로의 초대

모든 예술은 각 예술 장르가 가지고 있는 특유의 형식과 표현 방법을 통해서 영혼과 영감의 상호 작용을 일으키고 예술적 가치를 상승시킨다. 문학과 미술은 공간적이고 지속적이며 시각을 통해서 인간의 이성에 작용한다. 반면에 음악은 시간적이고 일시적이며 청각을 통해서 인간의 감정에 작용한다. 음악은 모든 예술 중에서 가장 추상적이면서도 가장 구속력이 없는 예술로 더 이상 어떤 감정적인 표현을 필요로 하지 않는다. 본질적으로 지성을 배제한 채 감성을 지향한다. 이런 특성 때문에 작가나 화가는 예술적 영감과 창작 이념을 더 잘 표현하기 위해서 음악을 수용하고 이용했다.

특히 언어 예술인 문학과 음향 예술인 음악의 관계는 다른 어느 예술보다 더 긴밀하다. 문학에 나타난 음악적 요소들의 의미는 일반적으로 추측되고 있는 것보다 훨씬 더 심대하다. 작가는 자신의 작품 세계에 음악을 받아들이려는 적극적인 욕구를 가지고 음악에 대한 내면적인 사랑을 특징적으로 표현해 왔다.

감정에 직접적으로 작용하는 음악의 특성에도 불구하고, 소리와 리듬의 조화에서 탄생하는 음악의 근원은 언어와 수학에 있다. 음악은 자연과 우주의 오묘한 소리를 느끼게 하면서, 우리의 감정에 조화와 질서의 사유를 불러일으키는 밝고 이성적인 힘을 가지고 있다. 반면에 우리 내면의 욕구에 휩싸여 몰두할 때는, 어둡고 충동적이며 도취적이고 거역할 수 없는 힘 또한 느끼게 한다.

전자의 경우에 예술가나 철학자들은 거리를 두거나 적절히 행동하면서 음악의 이성적인 힘을 자신의 예술이나 사유에 받아들이는 소위 '고전적인' 성향을 나타낸다. 후자의 경우에는 음악의 도취적인 힘에 지나치게 몰두하는 소위 '낭만적인' 성향을 보여 준다.

이렇듯 음악의 상이한 힘의 출현은, 예술가나 철학자가 주변 세계에 반응하면서 수용한 음악적 요소들에 대한 심리적이고 미학적인 인식의 표현이다. 우리는 이 표현의 발생 배경을 생각해 봐야 한다. 이 표현은 음악 애호가로서의 개인의 주관적이고 일방적인 취향에서 나온 것이 아니다. 이는 예술가나 철학자의 진지한 학문적 관심사에서, 즉 예술에 나타난 음악적인 것에 대한 그들의 사회과학적이고 미학적인 평가에서 나온 것이다.

이 책에서는 다음 세 가지를 주요하게 짚어 볼 것이다. 첫째로 작가의 생애와 시대의 발전 과정에서 작가가 갖게 된 음악에 대한 애정의 이론적·철학적 근거가 무엇이냐는 것이다. 둘째로 이 애정을 토대로 작가들은 그들의 언어를 어느 정도로 음악화했고 어떤 전형적인 양식상의 특징들을 나타냈는지, 즉 음악적 형식과 표현 방법이 그들의 문학에서 어떻게 나타났느냐는 것이다. 끝으로 음악은 문학 작품에서 작가의 이상과 이념을 위해 어떤 의미와 작용을 가졌으며, 작가의 심리적·철학적 사고에 어떻게 영향을 끼쳤느냐는 것이다. 결국, 자매 예술이라고 할 수 있는 문학과 음악의 상호 작용에 대한 미학적 고찰이 이 책이 상정한 연구 과제이다.

두 자매 예술의 상호 작용은 작가의 생애와 역사적·문화적 발전 과정과 함께 변할 수밖에 없다. 그러나 독일 문학에서 이에 대한 총괄적이고 체계적인 개관을 얻기 위한 연구는 아직 구체화되지 않았다. 다만 몇몇 작가들에 대한 산발적인 연구만이 이루어졌을 뿐이다. 따라서 이 책은 중세와 르네상스 시대에서 근현대에 이르는 중요한 작가들과 작품들에서 문학과 음악의 상호 작용 관계를 체계적으로 설명하는 데 그 목적을 두고 있다.

그러나 연구의 범위가 방대하고 필자가 지닌 능력의 한계 때문에 제외되었거나 부족한 부분이 있어 아쉬움으로 남는다. 앞으로 이 연구가 독일 문학뿐만 아니라 기타 언어의 문학과 음악의 상호 작용에 대한 연구에 작은 촉진제가 되고, 나아가 다른 예술들 간의 상호 작용에 대한 미학적 고찰에도 도움이 되었으면 하는 바람이 크다.

Gottfried von Straßburg

# 고트프리트 폰 슈트라스부르크의
# 서사 문학

1

# 중세 문학과 음악의 상호 작용

독일의 중세 궁정 기사 문학은 3대 그룹으로 나뉘어 발전했다. '궁정 서사 문학', 격언시와 연애시가 주류를 이루는 '중세 고지 독일어 서정시', 그리고 '영웅 서사시'다. 이들은 모두 운과 운율로 구성된 문학으로 당시의 음악적 요소들과 깊은 관련이 있다. 특히 궁정 서사 문학에서 발생한 연애시Minnesang와 평민 출신의 수공업자들에 의해 탄생한 장인가Meistergesang의 가사는 언어적·음악적 구조가 일치하는 노래들이다.[1] 음악과 언어의 상호 작용은 독일의 중세 문학에서 처음으로 시작된 매우 중요한 문화적 특징이다.

고대에 생성된 음악 이론과 기술적인 요소들은 중세에 이르러 정리되었는데, 이때 만들어진 다성 체계, 노래와 기악의 공동 작용, 음악 이론은 18세기 이후까지 유럽 음악에 영향을 주었다. 그러나 중세 음악은 유럽 음악사에서 중대한 의미를 지니고 있음에도 19세기에 이르러 비로소 이론적으로 연구되었다.

　중세 음악의 본질은 화음에 있다. 중세 음악은 고대 그리스 철학자 피타고라스의 학설에 의한 천체의 화음을 의미하는 '세계의 음악', 신체 및 정신적인 소우주로서의 '인간의 음악', 실제로 울리는 '소리의 음악'으로 구분되었다. 이 세 영역 외에 기독교에서는 만물을 신의 피조물로 보았기 때문에 '하늘 세계의 음악'이 존재했는데, 이로 인해 중세 음악관에서 음악은 초월적인 것에 대한 지시이며, 음악의 질서는 초월적인 것에 의한 모든 조화의 상징으로 여겨졌다. 그리고 그 중심에는 그레고리우스 성가로 표시된 로마식 예배 노래의 형식이 있었다.[2] 이 같은 중세의 음악관은 음악의 이론 및 인간과 기악의 음향적 조화를 이루는 바탕이 되었고, 나아가 문학과 음악의 관계를 더욱 긴밀하게 이어 주는 역할을 했다.

　중세의 서사 문학은 읽히기 위한 것이 아니라 이야기하기 위해 만들어졌다. 따라서 연애시의 예술적 가치가 노래로 부를 수 있도록 구성되는 것에 의해 결정되듯이 당시의 서사시도 시행의 고른 진행과 낱말의 음악적 표현에서 예술적 형식을 찾았다. 작가에 의해 만들어진 시행의 소리 구조를 그 속에 담겨진 의미 구조와 의식적으로 일치시키려 했다. 시행은 운과 운율로, 언어의 흐름은 리듬이 있어야 함에 따라 언어의 구성에 알맞게 음악적인 요소들이 삽입되면서 시행은 음악성을 띠게 되었고, 이렇듯 점차 문학적·음악적 요소들이 상호 보완하면서 작품에 스며들었다.

　이 같은 형식은 12세기에 이르러, 당시 기사 계급에 의해 영웅 서사시의 노래가 더 선호되었고, 종교극도 널리 퍼지면서 절정에 이르렀다. 그리고 운韻과 연聯이 라틴어에 침투한 후 프랑스 프로방스 지방의 연애시가 독일로 유입되어 기사 계급 서정시의 주요 형식이 되었다.

연애시의 테마는 궁정의 귀부인에 대한 경모와 이룰 수 없는 사랑이었다. 연애시의 형식은 한 음으로 불리는 단절이었으나 나중에는 몇 개의 절이 되었고, 고유의 멜로디를 가졌다. 시인은 자신의 시를 피델Fidel(현악기의 일종)의 반주로 부르기도 함에 따라 연애시를 쓰는 시인은 작곡가이자 가수였다. 이렇게 문학과 음악의 긴밀한 관계는 중세 문학에서 이루어졌다.

음악은 12세기경에 근본적인 변화를 보이며 소위 고딕 양식이라는 새로운 질서를 보여 주었다. 이러한 고딕 양식은 북프랑스에서 시작되었으나 13세기에는 영국, 독일, 스페인에서도 유행했다. 이 양식은 12세기 말에서 14세기에 걸쳐 나타난 초기 중세 다성부 음악의 고전적 양식과 경향을 의미하는 '고대 예술Ars antiqua', 그 뒤를 이어 프랑스 음악의 새로운 양식과 경향인 신예술Ars nova로 구별되는 '노트르담 시대' 그리고 중세 음악과 연관하여 1430~1440년에 네덜란드에서 시작된 소위 '네덜란드 시대'로 구분된다.

노트르담 시대의 특징은 통일성을 가진 양식이 음악의 모든 영역에 스며들었다는 것이다. 이 양식의 근원은 다성부 음악을 잘 보존해 온, 1163~1235년에 세워진 파리의 노트르담 대성당이었다. 그리고 그 기초는 6음계의 체계로 균일하게 흐르는 선법旋法 리듬Modalrhythmus이었다. 이 리듬 양식에 따라 다성부 음악에 가사를 붙일 수 있었으며, 이로써 모테트Motette[3]의 형식이 만들어졌다.

모테트는 주로 성가의 테너가 부르는 다성부 음악에서 나왔는데, 라틴어나 프랑스어 또는 기타 언어로 개작되거나 창작되었다. 주요 형태는 2~4개의 테너 목소리로 불리는 2개의 상이한 텍스트를 가진 이중 모테트와 3개의 상이한 텍스트를 가진 삼중 모테트다. 멜로디는 언제나 자유롭게 창작되었으며, 텍스트는 주로 악보에 따라 붙여졌다. 테너는 대부분 성가에서 나왔으나 가끔 세속 음악에서도 나왔다.

연애시는 여전히 한 소리로 불렸으나 북프랑스와 독일의 음유시인들이 노트르담과 연관해 주로 선법 리듬 기법을 사용했기 때문에 모테트의 영향을 많이 받았다. 그 결과 고대 예술에서는 지금까지 행해진 유일한 형식의 연주 방법이 물러가고 새로운 작법이 나타나게 되었다. 가끔 등장하는 호케투스Hoquetus[4]는 부수적인 역할만 할 뿐이었다. 1230년경 이후 선법 리듬은 더욱 자유로운 형태를 띠면서 정량 기보법[5]이 완성되었다. 사회적으로 볼 때 노트르담의 고대 예술 시대에 직업적인 음악가와 시민 출신의 식자들로 구성된 음악 협의회 같은 것이 생겨나면서 처음으로 식자들만이 알 수 있는 미학적으로 고유한 가치를 지닌 예술 작품이 탄생했다.

1320년경에 시작된 음악의 새로운 경향은 모테트의 유형이 변화하면서 시작되었다. 이전의 모테트는 주로 성가에서 고음과 중간음의 테너에 의해 2개의 텍스트가 불렸다면 그때부터는 상이한 10~20개의 소절이 여러 번 리듬적으로 반복되었다. 영국에서는 3화음의 3도 음정으로 새롭게 강화되었으며, 남성들의 독창은 소년들의 합창 소리와 악기들과 함께 자주 등장하는 4성부로 풍요로워졌다. 이로써 모테트는 다채로운 순수 음악의 큰 형식으로 발전했다.

14세기 초엽과 중엽에 프랑스와 네덜란드에서 시작된 신예술 시대에 이르러 음악은 음악학으로서의 영역을 확보하며 문학 작품을 수용했다. 여기서 자유롭고 표현력이 매우 강한 리듬 기법과 음향의 집중화를 통해 짧은 가곡 또는 노래로 부를 수 있는 기악곡의 선율과 같은 창작 가요의 유형이 생겨났다. 창작 가요에 곡을 붙이기 위해 시문학에 속하는 발라드, 중세의 춤과 노래로 독창과 합창이 교차되는 노래 형식의 론도Rondo, 13~15세기에 프랑스에서 유행했던 시 형식인 비를레Virelai[6]가 사용되었다. 신예술 시대 이후 교회 음악은 부수적인 역할만 했으며, 대부분 세속적인 모범들을 따랐다. 교황 요한 22세는 이 같은 경향을 비판하고 교회에 세속적인 것이 유입되는 것을 억제하려고 노력했지만 모테트는 중세 후기에 자유로운 형태로 발전했으며 15세기에는 교회 음악의 개혁을 위한 주요 수단이 되었다.

1430~1440년에 시작된 네덜란드 시대의 새로운 음악 발전은 16세기까지 이어졌다. 이것은 중세에는 알려지지 않은 성악 양식이었다. 독창은 말하자면 노래 부르는 목소리의 흐름으로 악곡은 협화음과 불협화음의 교차에서 이루어지는 화음으로서 음악은 곧 말과 유사한 것이 되었다. 이로써 처음에 언급했던 그레고리우스 형식의 성가는 점차 다성으로 개작되면서 소리의 흐름이 바뀌게 된다. 이 새로운 음악은 짧은 가곡의 문장이나 모테트에 뿌리를 두고 있어 가요처럼 느껴졌고, 당시 세속적인 것의 모든 양식을 받아들이려고 했다. 이 시대의 음악은 이미 일찍이 프랑스와 이탈리아의 민요를 받아들였고, 세속적인 것이 기독교적인 표현으로 빠르게 수용되었다.

특히 네덜란드의 성악 양식은 음악이 세속화되어 가는 과정에서 마르틴 루터의 종교 개혁과 연관해 16세기의 독일 음악에 큰 영향을 미쳤다. 또 이 시기의 독일 문학에서 새로운 한 장르가 대두되었는데, 이는 바로 유럽의 르네상스와 깊은 연관성을 가진 '장인가'다.

교회와 인문주의는 그 시대의 정신을 이끄는 근간이었다. 중세 독일 문학에서 중요한 장르였던 연애시는 귀족 출신의 각 개인이 만들어 낸 독창적인 문학이었던 데 비해 장인가는 연애시가 계속 경직되면서 발생한 후기의 한 형태로, 14세기 초에 주로 서민 계층의 조합 수공업자들 사이에서 생겨났다. 이는 연애시처럼 높은 예술적 가치와 천재적 독창성은 없으나 기독교와 성직자 계층에 대립하여 한 사회

**오스발트 폰 볼켄슈타인의 악보.**
중세 후기의 서정시인이며 작곡가인 오스발트의 빈 필사본 악보와 노래.
이를 통해 당시의 음악 기법을 알 수 있다.

계층을 대변하는 집단적 성격을 띠었다. 또한 신분 사회에서 시민과 시민 출신 평신도들의 확고한 위치를 주장하고 있다는 점에서 연애시와 다른 중요한 의미를 지닌다. 장인가의 대립적 성향과 사회 비판적 역할은 종교 개혁의 사상들을 전파하는 데 큰 역할을 하면서 루터의 종교 개혁과 긴밀한 관계를 형성했다. 시민 계층의 조합원들이 주체가 된 장인가는 소박하고 순수하며 서민적이었다. 지나치게 꼼꼼한 작법의 다른 시들과 비교할 때 미학적·형태적 예술의 충만도는 그리 크다고 할 수 없다. 하지만 문화사적으로 볼 때 그 시대의 정신적·예술적 욕구를 보여 주는 매우 중요한 증거가 되었고, 나아가 예술이 귀족 계층의 후원 없이 서민층의 산물로 만들어지는 데 기여했다.[7]

교회 음악도 음악의 새로운 경향에 중요한 역할을 했는데 대부분 속세의 모범들을 따르면서 세속적인 것을 교회에서 완화시키려고 노력했다. 특히 독일은 종교 개혁과 함께 음악의 새로운 경향에 많은 영향을 주었다. 르네상스를 통해 독일 음악은 이탈리아와 연관을 맺으며 휴머니즘을 수용했다. 마르틴 루터는 찬송가와 같은 공동체 노래의 창작을 통해 예배시 음악과 말에 동등한 권위를 부여하며, 음악에 스며든 세속적인 것조차 인간의 말처럼 신의 선물로 보았다. 이같이 음악가와 시인, 음악과 문학의 긴밀한 관계는 중세 문학에 그 기초를 두고 있다.[8]

# 《트리스탄과 이졸데》를 통한 사회 비판

연애시는 발터 폰 데어 포겔바이데에 의해 절정에 이르렀다. 켈트 전설과 고대 그리스 로마 전설의 소재를 궁정 기사 문화의 이상적인 상으로 작품화시킨 서사 문학의 대가로는 하인리히 폰 펠데케(1150~1210), 하르트만 폰 아우에(1165~1215), 볼프람 폰 에셴바흐(1170~1220), 고트프리트 폰 슈트라스부르크(13세기경) 등이 있다. 그러나 자신의 작품에서 각운의 조화, 음과 개념들의 절묘한 일치와 같은 형식적인 측면을 수사학적으로 가장 세련되게 다뤄 언어의 대가적인 면모를 보여 준 작가는《트리스탄과 이졸데Tristan und Isolde》를 쓴 고트프리트 폰 슈트라스부르크다. 앞에서 설명했듯이 중세 서사 문학과 음악의 관계는 언어의 음악성에서 출발했다. 작가는 시인 겸 음악가로서 대가다운 언어의 음향 유희를 통해 작품에 음악성을 부여했다. 이에 대해 헬무트 드 보어는 다음과 같이 말하고 있다.

실제로 고트프리트의 트리스탄은 제일가는 언어의 대가다움을 보여주며, 중세 독일어의 언어 및 양식 예술이 이룩한 아름다운 소리의 절정을 나타낸다. 모든 언어적·양식적 방법의 탁월한 지배는 음악적으로 가장 예민한 귀에 의해 감시되면서 놀라운 작품을 완성했다. 우리는 궁정 교육과 교양에서 음악에 매우 중요한 역할을 부여한 고트프리트를 음악의 열광자로서, 은혜를 받은 음악가로서 생각해야 한다. (…) 고트프리트의 언어는 음향에 의해 결정되며, 그의 제자들이 내용이 없는 형식으로 모방했던 대가다운 음향 유희의 한계에 이르기까지 말의 매혹적인 음악이 되었다.[9]

1211~1215년경에 만들어진 고트프리트의 《트리스탄과 이졸데》는 미완성 상태로 남아 있다. 19,548행으로 이루어진 이 작품에 작가

**고트프리트 폰 슈트라스부르크(13세기경).**
독일 중세의 궁정 서사 시인(《마세네 필사본》에 실린 고트프리트의 초상화).

는 자신의 이름을 밝히지 않았는데, 나중에야 고트프리트의 작품임이 밝혀졌다. 페르시아어로 알려진 사랑의 막강한 힘에 관한 켈트 전설의 소재는 이미 그전에 북독일의 하위 귀족인 아일하르트 폰 오베르게의 〈트리스탄〉(1180)과 중세 후기에 영국으로 이주한 노르만 성직자 토마스 폰 브레타네에 의해 작품으로 쓰였다. 이 전설적이고 동화적인 소재는 브레타네에 의해 완전한 궁정 소설로 변했다. 더 나아가 고트프리트는 트리스탄의 이야기를 사랑의 내적 체험과 궁정 기사 사회의 문학적 극복에 중점을 두어 재창조했다. 고트프리트는 전설의 핵심, 즉 사랑의 힘을 상징하는 묘약의 불가항력적인 작용을 그대로 차용했다.

마르케 왕의 조카인 트리스탄은 조공을 강요하는 아일랜드 여왕 이졸데의 동생 모롤트와의 결투에서 승리하지만 이졸데에 의해서만 치료될 수 있는 상처를 입는다. 변복을 한 채 치료를 위해 여왕 이졸데의 궁정에 머무는 동안 그녀와 같은 이름의 딸 이졸데를 알게 된다.

마르케 왕에게 돌아온 후 트리스탄은 중매자를 자청한다. 그는 젊은 이졸데를 마르케의 왕비로 맞아들이기 위해 아일랜드로 파견된다. 마르케 왕을 대신해 젊은 이졸데에게 구혼을 하러 간 것이다. 비밀리에 아일랜드에 도착한 후 그는 용과 치열하게 싸워 용을 죽이지만 자신도 기절해 쓰러진다. 그 후 궁정 사람들에게 발견되어 목욕을 하는 동안 그의 상처가 드러난다. 격분한 여왕 이졸데를 무마하고 트리스탄은 드디어 젊은 이졸데를 마르케 왕에게 데려갈 수 있게 된다.

그들은 귀향하는 배 안에서 하녀 브랑게네가 잘못 권한 사랑의 묘약을 마시고 불가항력적인 사랑에 빠져 사랑의 욕구에 자신을 내맡긴다. 마르케 왕과 이졸데가 결혼한 후에도 그들은 억누를 수 없는 사랑의 욕구에 따라 슬픔과 고통의 밀회를 계속하다가 결국 마르케 왕에게 발각되어 황야의 동굴로 추방된다. 그러나 그들은 이 동굴에서 하프를 타며 노래를 부르고 새들의 노랫소리를 들으며 낙원에서와 같은 행복한 생활을 한다. 결국 그들은 궁정으로 돌아와 마르케 왕과 화해를 하지만 마르케 왕은 그들이 운명적인 사랑으로 서로 결합된 것을 알고 트리스탄만 궁정에서 다시 쫓아낸다. 트리스탄은 여행 중에 이졸데 바이스한트를 만난다. 그는 이름이 같은 그녀에게서 새로운 사랑의 행복을 꿈꾸게 된다.

여기서 고트프리트의 작품은 끝난다. 이졸데에 대한 다른 작품들은 그 후의 사건들을 이야기해 준다. 트리스탄은 이졸데 바이스한트와 결혼하지만 진짜 이졸데와의 사랑을 잊을 수 없어 계속 그녀를 찾고, 그 과정에서 치명적인 상처를 입는다. 이졸데만이 치료를 할 수 있기 때문에 사람들은 그녀를 불러오려 하지만 그는 그녀가 오기 전에 숨을 거둔다. 그가 죽었다는 것을 알게 된 이졸데도 세상을 떠난다. 그는 이졸데와 함께 묻히고 그 무덤 위에는 포도나무 줄기와 장미가 뒤엉켜 자란다.

고트프리트 작품의 중심 테마는 인간을 완전히 지배하고 쇠진케 하는 사랑의 전능한 힘이다. 고트프리트는 이 작품의 서곡에서 두 주인공의 운명적인 사랑의 기쁨과 고통, 죽음과 삶의 양극적 긴장을 묘사함으로써 독자들로 하여금 사랑의 힘을 불가항력적인 것으로 파악하게 한다. 서곡은 문체상 이 소설의 결작 부분이라 할 수 있으며, 윤리적·예술적 가치를 위대한 연인들의 이야기를 통해 세상에 전하고 있다. 그들의 사랑은 죽음을 신화적·종교 예식적으로 현실화시키면서 부활을 찬미하고 있다.

그대들의 삶, 그대들의 죽음은 우리의 양식이다.

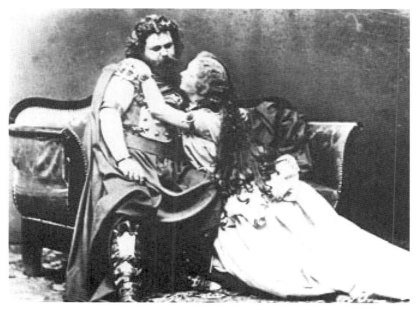

트리스탄과 이졸데의 공연 장면.

그렇게 그대들의 삶은 살아 있고, 그렇게 그대들의 죽음은 살아 있다.
그렇게 그들은 아직도 살아 있지만, 그러나 죽었으니,
그대들의 죽음은 살아 있는 자들의 양식이다. (V. 237~240)

　서곡에서 제시된 고트프리트의 독자 대상은 주인공들의 죽음과 연관된 사랑을 이해하지 못하는 궁정 사람들이 결코 아니다. 삶과 죽음, 사랑과 고통이 서로 일치한다고 보는 개인이다. 개인주의에 근거한 사랑은 궁정 기사 사회 안에서 그 세계의 규범에 얽매이지 않고, 자연의 이름으로 개인의 요구들을 선언하며 사랑의 무한한 감정과 황홀경을 체험할 수 있다. 따라서 트리스탄과 이졸데의 사랑은 기사 세계와 내면적으로 상당한 거리를 두고 쓰였음을 강조하고, 기쁨과 축제를 일삼는 궁정 기사 사회에 대한 비판을 제시한다.

학교 교육을 받은 시민으로서 고대 문헌에 대해 폭넓은 지식을 가진 고트프리트는 궁정 기사 사회의 도덕적 규약 속에서 개인의 권리를 강조하는 근대적인 사고방식을 가지고 있었다. 그는 독일 문학에서 처음으로 자아 감정의 시작을 예고하며 등장한 시민 계급의 교양 있는 대표자로서 기사 계급의 인습보다 더 강하게 나타났던 개인적인 사랑의 힘을 문학적으로 표현한 작가였다.

고트프리트는 기사 계급의 종말을 예견했다. 이 계급의 붕괴를 암시하는 확실한 징표로는 개인의 의사와 관계없이 국가적인 목적에 따라 맺어진 궁정의 봉건적인 결혼이 있었다. 인간의 위엄과 인간성이 그렇듯 짓밟히고 있다고 생각한 고트프리트는 자유롭고 순수한 사랑의 선택에 대한 모든 사람의 권리를 주장했다. 《트리스탄과 이졸데》가 가지고 있는 서로 떨어질 수 없는 사랑의 격정과 간통이라는 두 모티브는 궁정 세계의 사랑 관념을 깨고 궁정 사회와 문화를 비판한다.

사랑의 격정은 트리스탄과 이졸데처럼 인간을 일상의 세계에서 떼어 냄과 동시에 세상과 대립하게 함으로써 고통에 빠뜨린다. 사랑의 격정은 궁정의 세속적 즐거움에 대한 거부로[10] 괴로운 고립감을 야기하지만 반면 스스로에게 궁정 세계와 절연한 개체로서의 존재를 확인시켜 준다. 볼프람 폰 에셴바흐의 《파르치팔Parzival》에서도 궁정 세계에 대한 불만이 표현되고 있다. 그러나 볼프람은 계급 의식에서 자신을 기사로 인식하고 있는 반면 고트프리트는 혈통이 아닌 인간의 타고난 자질이 가치 있는 것과 없는 것을 결정한다고 생각했다. 그 때문에 개인의 순수한 사랑과 자신의 노력으로 얻은 가치와 품위는 존중되어야 한다는 것이다. 이 같은 개인의 혁명적 사고는 당시의 궁정 기사 사회의 사고와 풍습에 반대되는 것으로서 질풍노도의 시대에야 비로소 큰 영향력을 발휘하게 되었고, 대표적인 시민의 사고방식으로 활발히 작품화될 수 있었다.

마르케 왕과 이졸데, 트리스탄의 불륜적인 삼각관계에서 소위 간통의 동기가 나타나고 있다. 그것은 모든 사람이 보이지 않는 원초적인 힘에 의해 서로 떨어질 수 없는 지극히 자연적인 순수한 사랑을 할 수 있다는 주장임과 동시에 궁정 세계의 봉건적인 결혼 제도에 대한 비판이다. 고트프리트는 이야기의 핵심, 즉 묘약의 불가항력적인 작용을 그대로 차용하면서 《트리스탄과 이졸데》를 순수한 사랑의 요구에 대한 훌륭한 비유로 제시한다. 이 작품의 인도주의적 기본 특징은 순수하고 충만한 사랑에 대한 동경에서, 한 개인이 존중받고 사랑받고자 하는 욕구로 표현된다. 궁정 사회에서 실현될 수 없는, 각 개인이 자유롭게 애정 관계를 결정하고 사랑받을 수 있는 사회 형태에 대한 이 동경을 고트프리트는 트리스탄과 이졸데의 사랑에서, 그 시대에는 상상하거나 비교도 할 수 없는 언어의 마력으로 노래한다.

> 트리스탄과 이졸데,
> 그대와 나, 우리 둘은 언제나 함께요.
> 서로 떨어질 수 없는 한 몸이요. (V. 18352)

이처럼 분리할 수 없는 한 덩어리의 존재에서 궁정 기사 세계의 사랑 관념은 깨진다. 사랑의 무한한 감정과 황홀경의 체험은 오직 개인으로서만 가능하기 때문이다.

헬무트 드 보어가 "고트프리트의 언어는 음향에 의해 결정되며 (…) 말의 매혹적인 음악이 되었다"고 지적했듯이 고트프리트 언어의 음악성은 사랑의 도취를 배경으로 궁정 사회에서는 실현될 수 없는 인간적 사랑에 대한 동경을 예술적 현실로 전달하고, 사랑의 감동을 일깨우며 그 아름다움을 경험케 한다.

그가 성취한 언어의 음악성은 주인공인 트리스탄의 예술가 기질에 근거한다. 트리스탄은 궁정 세계를 능가하는 예술가로서 사물에 대해 깊이 느낄 수 있고, 체험을 표현할 수 있는 능력을 가졌다. 그는 정신적으로 이미 기사 사회를 벗어나 있을 뿐만 아니라 그 사회와 단절된 존재로 표현된다. 개인주의적·반항적 예술가 기질과 궁정 기사 사회 사이의 대립은 경탄할 만큼 충격적으로 묘사되었다. 반항적인 천재 예술가인 트리스탄은 예술로써 경직된 궁정 사회의 모순들에 저항하고 있고, 음악으로 사랑의 기쁨과 모든 영혼의 고통을 노래하고 있다. 그래서 헤르베르트 리델은 트리스탄을 독일 설화 문학 최초로 고유한 예술가의 모습[11]이라고 평가하고, 나아가 작품 《트리스탄과 이졸데》가 가진 언어 음악의 역할에 대해서도 언급했다.

언제나 다시 줄거리를 진행시키는 것은 음악이다. 트리스탄뿐만 아니라 이졸데의 음악적 능력은 이 서사시에서 사건의 모든 후반부 진행에 매우 중요하고도 새로운 관계를 만든다.[12]

트리스탄은 이미 어린 시절 모든 현악기에 대해 철저한 교육을 받았고 노래를 부를 줄 안다. 그는 사냥에서 그러했듯이 호른 연주에서도 훌륭한 자질을 보여 주었을 뿐만 아니라 누구보다 뛰어난 하프 연주자다. 그는 잘 연마된 음악가의 손으로 어느 날 마르크 왕의 궁정에서 하프 연주자의 악기로 시험 연주를 한다. 계속되는 이야기에서 그가 이졸데에게 음악을 가르치고 노래를 작곡하기 시작하는 모습이 묘사된다. 사랑의 묘약을 마신 뒤에 아름다운 사랑의 감정에 빠진 두 연인의 기분을 묘사한 장면과 사랑의 동굴에서 행복해하는 두 연인의 묘사에서 언어의 음악적 효과는 절정에 이른다. 고트프리트 언어의 매혹적인 음악성을 통해 오직 시인의 상상 속에서만 존재하는 인간다운 세계에 대한 예감이 처음으로 감각적인 인상들에 의해 분명해진다.

고트프리트는 언어의 음악성에 대한 섬세한 감정을 바탕으로 운과 운율의 조화, 시행詩行 구조의 규칙성을 리듬의 불규칙성으로 중단시키는 이형 교체異型交替를 이용했다. 예를 들어, 고뇌와 사랑, 악과 선 (V. 1525) 같은 대조법과 '쓰고 달콤한' 같은 당착 어법Das Oxymoron, 撞着語法을 대가답게 자유자재로 사용한 것이다.[13] 그뿐만 아니라 말의 반복과 같은 언어유희를 통해 말들의 다양한 결합과 문체 형상들을 만들고 미학적 효과를 상승시킨다. 그래서 하인츠 샤르슈흐는 이렇게 말했다.

음향적이고도 내용적인 표현의 효과적인 강조는 말 반복의 현저한 특징이다.[14]

다음의 예는 말의 반복을 통해 각운의 조화뿐만 아니라 단어들이나 개념들 혹은 이름들의 절묘한 일치, 사랑의 묘약이 지닌 마력을 상징함과 동시에 트리스탄과 이졸데를 한 덩어리로 묶어 놓은 마술의 음악을 보여 준다.

사모하는 남자와 사모하는 여자
한 남자, 한 여자 – 한 여자, 한 남자
트리스탄 이졸데 – 이졸데 트리스탄 (V. 128~130)

서론에 있는 이 시행들에서 이미 작품의 기본 동기가 음악적으로 작성되었다. 낱말 및 개념 유희의 즐거움은 하르트만 폰 아우에에 의해 중세 서사시에 유입되었으나 고트프리트에 의해 처음으로 완성되었다. 그는 음악적으로 허용된 언어로 양식상의 모든 수단을 익숙하게 사용하면서 자신의 감정과 생각을 정확히 표현했다. 그래서 그의 언어유희는 음향유희일 뿐만 아니라 의미유희다. 논리적으로 간결하게 구성된 풍부한 그의 언어는 문체상의 섬세한 변화와 과장의 경우에도 핵심을 찌르는 극단화와 폭발력, 간결성과 엄격성을 지닌다. 그래서 그의 언어의 음악성은 바로크적 수식의 특징인 지나친 과장에서 이루어진 것이 아니라 합리적이고 사실적인 조화의 양식을 형성하는 원칙들에 의해 지배된다.[15] 따라서 고트프리트의 윤리 세계는 불투명하고 과장된 모든 것을 미숙한 것으로 부인하는, 흔치 않은 감정의 명확성에서 형성되었다.[16]

　이렇듯 고트프리트에 있어서 감정과 음악 사이에는 미학적 본질의 정확한 일치가 존재한다. 고트프리트는 인물들을 감수성이 풍부하고 지나치게 꼼꼼히 생각하는 정신병자로 묘사하지 않는다. 그의 언어는 유미주의 또는 예술을 위한 예술의 성향에서 벗어나 있다. 즉 그의 언어의 위대한 비유성과 입체적 충만함은 감정과 음향의 도취 속으로 녹아드는 것을 막고, 언어에 순수한 아름다움을 부여한다. 이것은 고트프리트가 예술적 형상화에 얼마나 큰 가치를 부여하고 있는지를 보여 주는 증거다. 그의 뚜렷한 창작 의식과 음악적 언어유희는 궁정의 윤리 세계에서는 생각할 수 없는 인간 개체의 비합리적이며 마술적인 사랑의 위력을 변용시켜 준다. 또한 궁정 사회와 개인 사이에 존재하는 갈등에 대한 변증법적 해석의 가능성을 열어 준다.

　고트프리트는 바로크 시대에서처럼 대조법을 적절히 다루었다. 앞

서 설명한 바 있는 고뇌와 사랑, 악과 선, 삶과 죽음 같은 대조법은 작가의 변증법적 생활 감정에서 비롯된 것이다. 간결한 언어는 매혹적으로 흐르는 자음들의 음악성과 동시에 개념적 반대명제를 나타낸다. 귀향하는 항해 중 이졸데에게 숙명적인 사랑의 묘약을 건네는 중요한 장면에서 이 묘약은 두 연인 사이를 묶는 표면상의 불가피한 마법이 아니다. 사회의 공공 규범을 변증법적 가치 전도의 소용돌이 속으로 끌어넣는 연인들의 기본적 연대감의 표시다. 원래 치명적인 독약이며 새로운 삶의 보장이기도 한 음료에서 서막의 삶과 죽음이라는 주제가 구체화되어 나타난다. 마음속에서 우러나는 격정으로 트리스탄은 외친다.

> 그것이 죽음이건 삶이건
> 그것이 나를 달콤하게 독살했다네.
> 그대 기쁨을 주는 이졸데가
> 언제나 그러한 나의 죽음이라면
> 나는 기꺼이
> 영원한 죽음을 맞이하려네.

이 독백에는 트리스탄의 영원한 죽음이 상징적으로 예수의 죽음과 부활에 비유되어 있다. 그래서 기독교적 세계 질서와, 당시 이교도로 지목된 자유 신앙주의에 뿌리를 둔 거역할 수 없는 반기독교적이고 새롭게 관조된 개인주의적 사랑의 개념이 반대명제로 대두된다.[17] 이 때문에 트리스탄과 이졸데는 마르케 왕의 궁정에서 위험한 삶을 시작하게 된다. 남편인 마르케 왕에 대한 사회적으로 용납될 수 없는 기만, 위선, 배신과 연인의 사랑에 대한 근본적인 충동과 믿음의 대립에서 갈등이 발생한다.

다만 이 한 쌍이 마르케 왕에 의해 유배되었을 때 그들은 사랑의 동굴에서 낙원과 같은 황홀경에 빠지며, 그 목가적인 순간에 모순이나 갈등은 중단된 것처럼 보인다. 그러나 사랑의 고뇌는 사랑의 동굴에서처럼 기쁨과 행복으로 가는 길이 아니라 현실 세계에서 변증법적으로 이해되어야만 하는 사랑의 본질적 특징이다. 작품 《트리스탄과 이졸데》의 비극적 결말이 이것을 말해 준다. 그래서 프리티 로이터는 이렇게 말했다.

> 반대명제는 고트프리트의 경우 내면의 투쟁과 갈등에 근거한 인생관에서 생긴다.[18]

고트프리트는 궁정 사회와 개인적 사랑의 아름다운 세계를 대립시킴으로써 궁정 세계의 분열을 초래하는 대조법을 빈번히 사용했다. 그의 언어는 개념적 대조법과 그 내용의 변증법적 변용을 위한 언어유희다.

고트프리트는 궁정 문화의 위기를 노련한 언어 형식으로 표현했다. 토마스 폰 브레타네는 트리스탄의 소재를 궁중 기사 세계의 필요성에 맞추어 작품화했으나 고트프리트는 사랑의 내적 체험에 대한 묘사와 새로운 현실의 문학적 극복에 더 중점을 두었다. 중앙 권력의 몰락으로 봉건 제국이 위기에 빠지고, 동시에 지방 군주들과 도시 시민 계급의 부상으로 중간에 있는 기사 계층이 사회적·이념적·문화적 위기에 봉착했을 때 비극적 종말을 전제로 한 허구적인 사랑의 절대화가 지닌 변증법적 의미는 한 시대의 종말을 사실적으로 암시한다. 즉 고트프리트는 대조법과 변증법 형식의 관점에서 멸망해 가는 계층과 새롭게 부상하는 계급을 표현하고 있다.

발터 폰 데어 포겔바이데와 볼프람 폰 에셴바흐는 이미 웃음거리가
되어버린 십자군 이념의 영향하에서 기사 계층을 세속화시킴으로써 기
사 계급의 위기를 극복하려 했던 반면, 도시 시민인 고트프리트는 (…)
사랑의 고뇌와 죽음의 형이상학을 통해서 극복하려 했다.[19]

콘라트 폰 뷔르츠부르크와 루돌프 폰 엠스는 고트프리트에게서 위
대한 모범을 보았다. 그러나 이들의 고트프리트 모방은 도를 넘은 아
류의 형식주의에 그쳤다. 바로크식의 지나친 과장은 내용을 무시하고
그 언어의 본질을 단순한 음향과 달콤한 음악성에 녹아들게 했다. 그
들은 인간의 운명에 대한 깊은 관심이 없었기 때문에 오직 언어 자체
만을 위해 유희했다. 그래서 그들의 작품은 형식상으로는 그럴듯한 걸
작들임에도 불구하고 감동적인 효과 없이 형식만 유려할 뿐이다.

그들은 본질적인 내용을 표현할 필요가 없었기에 기사 계급의 몰락
을 언어 음악으로 표현했다. 콘라트와 루돌프의 작품들은 기사 계급
의 타락에 대한 본보기라 할 수 있다. 특히 콘라트의 경우 형식주의는
점점 더 강해지는 시민 계급에 의해 사라져야 했던 기사 계급의 몰락
에 대한 표시다. 콘라트의 언어 흐름과 그의 뛰어난 형식 꾸미기는 쇠
약해진 기사 계급의 잔존을 보여 주며, 또한 이 계급의 경제적·정치
적·도덕적 힘의 상실은 내용이 사라진 언어에서 나타난다. 이들에게
음악은 기사 계급의 문화적 붕괴에 대한 표시일 뿐이다.

이같이 고트프리트는 다른 작가들처럼 내용 없는 언어유희에 머물
지 않고, 내용과 형식 사이의 훌륭한 균형을 통해 자신의 깊은 사고와
감정을 예술적으로 미화시켜 표현했다. 그는 《트리스탄과 이졸데》의

프롤로그에서, 궁정 사회의 틀에 박힌 사람들이 아니라 신분의 차이를 넘어 삶과 죽음, 사랑과 고통이 서로 일치한다고 보는 고귀한 영혼을 지닌 사람들을 독자로 삼았다. 그리고 극의 비극적 종말을 통해 궁정 사회의 생각과 문화를 비판하고, 그 위기를 노련한 언어 형식으로 표현했다. 개념적 반대명제와 변증법적 변용에 근거한 그의 음악은 궁정 기사 계급의 문화적 위기에 대한 표현임과 동시에 계급 세계를 극복하고자 하는 수단이었다.

Martin Luther

# 마르틴 루터의
# 종교 개혁과 음악

—

2

# 찬송가 대중화의 창시자

독일 르네상스 시대의 중요한 인물들로 우리는 에라스무스 폰 로테르담(1466~1536)과 울리히 폰 후텐(1488~1523), 마르틴 루터(1483~1546)를 들 수 있다. 이들 중에서 루터는 종교 개혁을 위한 성서의 독일어 번역과 찬송가의 음악적·대중적 개혁으로 기독교에 뿌리를 둔 독일과 다른 유럽 국가들에 가장 큰 영향을 주었다.

1400년경부터 시작된 궁정 기사 사회의 쇠퇴와 도시 상인과 농민 수공업자로 이루어진 시민 계급의 대두는 사회 구조를 변화시키고 계층의 의식에도 영향을 미쳤다. 계급이 미천한 사람들은 귀족 계급과 동등한 권리를 주장했고, 그러면서 인쇄술이 발명되어 값싼 책들이 만들어졌다. 이로써 서민들에게 문학이 정신적·정치적 대결의 수단이 되었고, 말과 글은 무기로서 새롭게 인식되었다. 이는 루터가 성서 번역을 할 때에 있었던 다양한 문화적 혁명과의 연계 속에서 나타난 문학

마르틴 루터(1483~1546).
독일의 종교 개혁자이자 신학자. 면죄부에 반대하여 종교 개혁을 일으켰다.

혁명으로, 루터의 종교 개혁도 문학 혁명의 한 과정이며 결과였다. 이 시대의 작가들은 문학을 통한 혁명의 의무를 인식하고 있었으며, 루터 자신도 이 같은 생각을 가졌음을 자신의 팸플릿에 실린 주석에서 밝히고 있다.

> 혹자는 내가 주먹질을 하지 않고도 말과 글로, 어떤 강력한 왕이 할 수 있는 것보다 더 많은 손해를 교황에게 끼쳤다고 생각한다.[1]

투쟁의 수단으로서 '말과 글'의 힘은 음악적 요소들과 결합될 때 더욱 효과적으로 상승한다. 음악적 사고와 자질을 타고난 루터는 이런 사실을 알고 있었다. 예수회원인 콘체니우스는 이 같은 사실을 의미 있게 밝혀 주고 있다.

루터의 가요는 그의 저서들이나 강연들보다 더 많은 영혼들을 죽였다.[2]

　이렇듯 루터가 문학과 음악의 상호 관계를 중요하게 생각할 수 있었던 것은 교육 과정을 통한 음악적 체험 덕분이었다. 루터는 1483년 11월 10일에 광부인 아버지 한스 루터의 아들로 아이스레벤에서 태어나 1546년 2월 18일에 그곳에서 사망했다. 그의 아버지는 1484년에 하르쯔 근방의 만스펠트로 이주했고, 루터는 그곳에서 5세 때 천민학교를 다녔다. 1497년에는 마그데부르크에서 대성당 부속학교를, 1498에서 1501년까지 아이제나흐에서 학교를 다녔다. 광부의 아들로서 그는 이미 어린 시절 아버지의 위험한 직업을 노래했던 수많은 민요들을 배웠다. 그는 소년이 된 후 당시의 관례대로 교회의 소년 합창단에 들어갔고 마그데부르크와 아이제나흐에서 빵을 얻기 위해 부자들의 집 앞에서 노래를 불렀다. 여기서 그는 4성 음부의 찬송가를 알게 되었다. 이렇게 그는 실제적인 음악 연습 이외에 학교에서 기본적인 이론 지도를 받았다.

　1501년부터 루터는 에르푸르트 대학에서 공부했다. 대학 시절에 그는 음악 이론에 열중했고, 17세기에 인기 있었던 현악기인 라우테와 플루트의 연주를 배웠다. 이것과 관련해 주목해야 할 사실은 19세기 초에 이르기까지 독일 대학들에서 음악 교육이 왕성하게 이루어졌다는 것이다. 16세기에도 음악은 독일 대학들에서 공식적으로 또는 개인적으로 교수·독려되었다는 사실을 우리는 1524년에 독일의 모든 도시 시장들에게 보낸 루터의 편지에서 알 수 있다. 여기서 그는 사람들은 언어와 역사를 들어야 할 뿐만 아니라 노래로 불러야 하며, 음악을 모든 수학과 함께 배워야 한다고 말했다.[3]

　루터는 1505년 초에 석사 학위를 획득했고, 그해 5월에 법학 공부

를 시작했다. 그가 같은 해 7월 17일에 에르푸르트에 있는 아우구스티누스 수도원에 수도승으로 들어갈 때 놀랍게도 그의 바로 옆에 벼락이 떨어졌다. 그때 신의 심판에 대해 엄숙하게 생각하게 된 그는 신의 뜻을 진지하게 받아들이는 삶을 살 것을 맹세하게 되었다. 그 당시 수도원은 그레고르 교황이 개혁한 교회 음악인 그레고리우스 성가뿐만 아니라 모든 성직자의 교육에 속하는 음악적 학문을 육성하는 장소였다. 그 밖에도 그는 네덜란드와 이탈리아, 독일에서도 유행했던 대위법으로 작곡된 음악을 알게 되었다. 루터는 그곳에서 후일에 교회 개혁을 추진하기에 충분할 정도로 음악 분야에 대한 지식과 능력을 쌓을 수 있었다.

이후 그는 신학 공부를 시작했고, 1507년에 신품 성사를 받았다. 그는 1508년에 비텐베르크 대학에서 도덕 철학에 대한 강의를 하게 되었다. 1509년부터 그는 다시 에르푸르트에서 강의를 했으며, 1511년 마지막으로 비텐베르크로 이주했다. 1512년에 그는 박사 학위를 받음으로써 성서학 교수직을 얻게 되었다. 그 후 수년 동안 그는 모든 율법 존중주의에 반대하고 오로지 신앙에 근거를 둔 종교 개혁을 위한 신학의 기본적인 기초를 서서히 쌓아 갔다.

그의 교회에 대한 핵심적인 비판은 무엇보다도 면죄부에 대한 것이었다. 그가 이에 반대해 1517년에 발표한 95편의 논제는 종교 개혁에 대한 최초의 출현을 예고한다. 1520년 중간에 전달된 파문 협박 문서에 의해 루터는 1521년 초에 파문당했고, 국외로 추방되었다. 바르트부르크에 임시로 머문 후 1522년 3월 초 몽상가들에 의한 예배 생활의 과격한 변화를 막기 위해 비텐베르크로 돌아왔다. 그는 그 후 수년간 공동체 생활의 새로운 질서에 접근해 갔다.

1524년부터 그는 음악가 요한 발터(1496~1570)와 긴밀한 우정을

**종교 개혁 시대의 루터와 기타 인물들.**
루카스 크라 나흐 그림(맨 오른쪽이 필리프 멜란히톤).

맺었는데, 발터는 콘라트 루프와 함께 비텐베르크의 루터 집에 머물렀다. 1538년에 루터는 발터의 책《훌륭한 예술 음악의 칭찬과 찬미 Lob und Preis der loeblichen Kunst Musica》를 찬양하는 시 〈음악 부인Frau Musica〉을 썼다. 그 후 1544년에 발터는 토르가우의 헌당식에서 루터와 그와 가장 친했던 인문주의자 멜란히톤과 작센의 군주 요한 프리드리히에게 헌정하는 모테트를 창작했다. 루터는 유명한 대가들의 음악을 알았으며, 그중에서 요스쿠빈 데스프레츠와 루트비히 젠플의 음악을 가장 많이 비평했다. 그는 비텐베르크의 성안 교회에서 1524년까지 사용했던 옛날의 음형악절 이론에[4] 특별한 관심을 가졌다. 루터는 죽을 때까지 신학 교수로 그곳의 시립 교회에서 규칙적으로 설교 활동을 했다.[5]

루터의 음악 활동은 평생에 걸친 그의 종교 개혁 사업에 근본적인 기여를 했다. 그의 종교 개혁은 성서 번역을 통한 언어 창조의 업적에서 뿐만 아니라 찬송가 개작을 통한 대중음악 창조의 영역에서도 중요한 의미를 보여 주었다.

발터는 1524년에 이미 세상에 널리 퍼진 루터의 오래된 노래들을 엮어서 《비텐베르크의 찬송가 책Das Wittenberger geistliche Gesangbüchlein》을 만들었다. 루터가 그 책의 서문에서 찬송가가 즐겁고 유쾌한 마음과 좋은 내용의 믿음을 일으키는 공동 효과를 가지고 있다는 것을 밝히고 있듯이 그는 신도들이 함께 부르는 찬송가의 도입은 종교 개혁 사업의 가장 의미 있는 요인들 가운데 하나임을 알고 있었다. 모든 교회 음악은 당시 서민들이 이해할 수 없는 라틴어로 불렸다. 루터는 신부 혼자서 집전하는 미사에 일반 교회 신도들도 참여해야 한다는 생각에서 라틴어로 된 그레고리우스 성가를 번역했고, 그 멜로디를 개선하거나 새로 창작한 후에 이것을 독일어 찬송가로 부르게 했다.

찬송가의 대중적인 개혁에 대한 루터의 생각에는 기독교의 성직자 계층이나 세속적인 귀족 계층에 대립하는 인문주의 사상을 주로 노래하고 있는 장인가의 영향이 컸다. 장인가는 그 당시 연애시에 이어 유행했던 가요의 한 형태로, 루터는 어릴 때부터 이를 잘 알고 있었다. 장인가의 내용은 초기에는 대부분 성서적·교훈적이었으나 16세기 이후에 세속적인 내용으로 확대되었다.

장인가는 인문주의의 한 구성 요소로서 유럽의 르네상스와 깊은 연관성을 가진 새로운 문학의 한 장르다. 장인가가 지닌 대립 성향과 사회비판적 역할은 1517년 루터의 반박문이 나온 이후 종교 개혁과 긴밀한 관계를 가졌다. 장인가는 종교 개혁의 중요한 새 테마를 다루었고, 장인 가수들은 노래를 통해 종교 개혁의 사상들을 전파했다. 루터는 장인 가요의 영향을 받아 가요 창작을 했으며, 그의 노래는 가장 유명한 장인 가수의 대열에 끼어 알려지면서 종교 개혁의 대업을 추진할 수 있었다. 이렇게 루터는 예배를 위한 자신의 찬송가를 창작하는 데 장인가의 특성과 필요한 멜로디를 받아들였다.

찬송가의 음악적·대중적 개혁과 관련해서 볼 때 음악적으로 뛰어난 재능을 타고난 루터는 창조적인 음악가로서 뿐만 아니라 음악 미학적 관점에서도 뛰어났기 때문에 불멸의 업적을 세울 수 있었다. 그의 창조적 재능과 미학적 업적은 당시의 모든 사회 계층을 포용하는 민요를 찬송가의 개혁을 위해 수용했다는 사실에서도 나타난다.

당시에 민요의 가사와 멜로디를 만든 사람은 대부분 알려지지 않았다. 그래서 민요는 누구나 부를 수 있는 사회의 공동 재산으로 사랑받았고, 시대의 흐름에 따라 달리 불리면서 더욱 창조적으로 발전했다.[6] 그러나 16세기 후반에 자본주의적 소유의 생각이 점점 강하게 나타나고 계급 간 대립이 심화됨에 따라 한때 민요의 고유한 특징이었던 익명의 관행은 사라졌다. 이제 예술가는 자신의 창작품에 자신의 이름을 붙임으로써 인정받는 것을 중요하게 생각했고, 나아가 넓은 서민층이 예술가의 시를 민요처럼 바꾸어 부르길 원했다. 이 당시에는 아직 음악의 전문가와 비전문가 사이의 차이가 없었기 때문에 대중가요는 오히려 창작 음악과 가장 긴밀하게 연관되었다.[7]

이 같은 사회적 여건하에서 루터의 음악 개혁의 위대한 효과가 발생한다. 그의 가요는 교육받은 사람들이나 못 받은 사람들을 고려할 필요가 없었으며, 오히려 로마에 대한 공동의 투쟁에서 상호 연결된 민중의 순수한 노래들이기 때문이었다. 그 밖에도 음악의 심리적 요인은 그의 개혁 작업을 성공으로 이끄는 데에 중요한 역할을 했다. 왜냐하면 음악은 가장 주관적인 예술로서, 이를테면 노래의 형식으로 국가 권력자들의 비열한 행위들을 경멸하고 각 개인의 고유한 가치를 느끼게 하기 때문이다. 또한 음악의 감정적 효과는 매우 커서 음악은 공동체의 각 구성원이 찬송가를 부르는 동안 이들 간에 강력한 일치감을 일깨워 줄 뿐만 아니라 자유로운 양심의 결정에 대한 권리를 강화하는 역할을 하기 때문이다. 루터의 개혁 작업으로 찬송가는 더 이상 성직자의 전유물이 아닌 민요나 장인가처럼 창작된 음악으로 작은 마을에까지 전파될 수 있었다. 교회 방문자들은 교회 음악을 스스로 떠맡아야 했으며, 더 이상 중계자로서의 신부를 필요로 하지 않았고, 능동적으로 미사를 올리는 데 참여했다. 루터는 라틴어로 된 가사와 악보로 진행되는 미사에 대한 모순을 지적하면서 자신이 극복해야 할 일에 대해 말했다.

> 사람들이 라틴어 가사를 번역해 주고, 라틴어로 된 톤과 악보를 가지고 있다는 것을 나는 내버려두겠지만 그것은 친절하지도 올바르지도 않게 여겨진다. 가사와 악보, 악센트, 단순한 멜로디와 동작은 순수한 모국어와 목소리에서 나와야 한다. 그렇지 않으면 모든 것은 원숭이가 하는 짓과 같은 모방이다.[8]

그는 이 원칙을 찬송가를 위한 멜로디를 만들 때 손수 실천했다. 즉 루터는 독일어 미사를 올릴 때 부르는 찬송가 언어를 이와 같은 원칙에 의해 천재적으로 처리했다. 그가 단순히 낱말의 독일어 번역이 아니라 모국어의 정신에서 나오는 번역을 선호했듯이, 음악적 관점에서 악보를 가사에 맞추었으며, 독일어 특성에 어울리는 멜로디만을 선호했다.

루터는 멜로디를 새로 창작하는 것이 아니라 이미 있는 원본들을 개작했으며, 바로 그 예술적 재구성에서 그의 뛰어난 대가다움을 보여 주었다. 개작 작업 과정에서 루터는 가장 인기 있는 세속적인 민요 곡조를 인용했다.[9] 그래서 종교적·세속적인 두 영역 사이에 있는 차이를 없애려고 노력했다. 마치 바흐가 칸타타뿐만 아니라 경쾌한 피아노곡과 브란덴부르크 교향곡을 썼을 때 스스로를 절대적으로 지고하신 분의 종으로 생각했듯이 루터의 이 시도는 종교 음악과 통속 음악에 대한 편협된 몰입에서 벗어나, 오직 진실로 신의 뜻에 의해서만 악곡을 만들었다는 점에서 독일 음악 미학사의 한 중대한 단면을 보여 준다. 그는 찬송가가 민중적이고 종교적인 노래로서 널리 퍼질 수 있었던 것을 민요 덕분으로 생각했다. 루터는 찬송가를 대중의 입장에서 만들었다.

루터는 1523년에 저서 《공동체에서의 예배 규정에 관하여Von der Ordnung des Gottesdienstes in der Gemeinde》를 출간했다. 그 후 1525년 크리스마스 축제에 비텐베르크 본당에서 처음으로 독일어 미사가 올려졌다. 미사의 중요한 개혁을 도운 사람들은 쿠어 작센의 상임 지휘자 콘라트 루프와 요한 발터였다. 루터는 이들과 함께 3주 동안 자기 집에서 찬송가의 개선을 논의했다. 이처럼 함께 노력한 최초의 결실로 1524년에 2권의 찬송가 책이 출간되었는데, 그것은 루터의 4개의 찬송가를 포함한 8개의 노래 책인 《에르푸르트 편람Erfurter Enchiridion》과 루터의 24개 가요를 수록한 《비텐베르크의 찬송가 책》이다.

고해와 복음의 전도처럼 믿음의 기쁨에서 나오는 신의 찬미는 루터에게 있어서 음악과 분리할 수 없는 서로 밀접한 것이었다. 루터의 음악을 그의 기독교적 신앙과의 깊은 관계에서 이해할 수 있듯이 루터는 깊은 신앙심으로 음악을 가사와 직접 연결하려고 노력했다. 이 때문에 초기의 종교 개혁 음악은 전래된 규정의 범위에 머물면서 오직 그 규정이 악용되지 않기 위해 노력했다. 그 결과 자정 미사, 저녁 미사, 일과 후 미사와 같은 미사들은 라틴어의 기본 규정에 머물렀으나 미사 중의 설교와 노래에는 독일어가 삽입되었다. 이후 점차 독일어로 미사가 이루어졌다.

루터는 개인적으로 찬송가의 기초를 만드는 데 노력했다. 즉 가사의 모든 악보는 악센트와 내용에 맞게 만들어져야 한다는 원칙을 엄격하게 지켰다. 이 결과 그레고리우스 성가 형식은 가요적인 것에 가까워졌고, 독일어로 번역된 성경은 사람의 음성으로 노래하는 칸티카 Cantica[10] 형태를 띠게 되었다. 루터는 미사 때에 악기 사용을 자제했다. 루터가 기대한 만큼 미사에 필요한 찬송가가 다른 작가들에 의해 공급되지 않았기 때문에 그는 1523년부터 직접 작곡을 시작했다. 루터의 작품들은 예배를 위해 만들어진 창작물들이었다. 이들은 형식 면에서는 민요와 같았고 내용적으로는 성서의 교훈을 기도 형태로 표현했다.

# 성서 번역에 나타난 음악적 언어

　작가에 의해 완성된 시나 민요의 가사들은 작곡가들에 의해 음악으로 옮겨지면서 문학의 힘과 음악의 정열로 혼합되어 새롭게 탄생한다. 루터 역시 발터나 R. 게르버 같은 음악가들과의 공동 작업을 통해 송가의 멜로디, 중세의 다양한 형태의 미사 노래, "주여, 불쌍히 여기소서"로 끝나는 기도 노래, 중세 후기의 종교적이고도 통속적인 민요의 멜로디 등 다양한 멜로디를 천재적으로 이용하고 예술적으로 재구성했다. 알베르트는 루터의 가장 유명한 찬송가의 멜로디가 시의 운율적 구조에서 생겨나며, 이 멜로디는 낱말과 소리의 일치에 대한 진정한 본보기[1]라고 말했다.

　루터의 노래는 평신도들의 통속어로 만들어졌고, 그 멜로디의 특징은 멜로디의 진행과 어휘가 지닌 악센트와 운율의 연관성에 의해 나타난다. 낱말과 소리의 일치를 위한 시도에서 루터는 음악에 지나치게

치중하지 않고 낱말과 멜로디의 단순성과 자연성에 더 큰 가치를 두었다. 이로써 그는 음악의 본질뿐만 아니라 언어의 창조적 기능에 대한 자신의 이해와, 나아가 두 자매 예술, 즉 문학과 음악 사이에 존재하는 상호 작용에 대한 인식을 보여 주었다.

루터가 자신의 《식탁 연설Tischreden》에서 "악보는 가사를 생기 있게 만든다"[12]라고 한 명언은 두 예술 간의 관계를 잘 나타내고 있다. 즉 낱말은 동반하는 소리보다 더 큰 중요성을 가지며, 의미가 낱말을 돕고 따라야 하는 것이 아니라 낱말이 의미를 돕고 따라야[13] 음악은 가사의 의미를 효과적으로 전달한다는 것이다.

루터는 작가이자 음악가의 기질과 재능을 동시에 가진 인물이다. 작가로서 고향의 민요와 연결해 깊은 신앙으로 충만한 대중적 공동체 가요들을 만들었고, 나아가 음악가로서는 가요들의 낱말에서 직접 솟아나는 곡조를 생각해 냈다. 그로부터 낱말과 소리의 '합Synthese'이 이루어진다. 인문주의 작가로서 산문으로 쓴 대화문《주교좌성당 참사회원과 구두장이 사이의 논쟁Disputation zwischen einem Chorherren und einem Schuhmacher》(1524)에서 스스로를 '미친 구두장이'라고 묘사해 동일한 별명을 얻은 한스 작스(1494~1576)도 종교 개혁에 가담했다. 그는 루터의 탁월한 언어 구사력과 음악적 재능에 매우 감탄해 그의 격언시 〈비텐베르크의 밤 꾀꼬리Die Wittenbergisch Nachtigall〉에서 루터를 비텐베르크의 밤 꾀꼬리라고 불렀다.

> 깨어나라, 날이 밝아 온다.
> 난 푸른 숲에서 부르는 노랫소리를 듣는다.
> 한 마리의 우아한 밤 꾀꼬리
> 그 노래 소리가 산과 계곡을 두루 울린다.

밤은 서쪽을 향해 기울고,
낮은 동쪽에서 떠오른다.
붉은 정열의 아침노을
이리로 흐린 구름을 뚫고 다가온다.[14]

루터가 성서 번역과 찬송가 개혁에서 보여 준 음향의 의미와 작용에 대한 천재적 재능은 시의 행行과 연聯의 음악적 효과를 위해 운韻과 운율, 두운법, 악센트, 리듬과 같은 다양한 언어의 음악적 요소들을 사용한 데서 증명된다.

몇 가지 예를 들어 보자. 마태복음 5장 16절의 "너희 빛이 사람 앞에 비치게 하여라Lasset euer Licht leuchten fuer den Leuten"에서 'L로 시작하는 접두어와 L-t로 구성된 단어들의 톤은 음악성을 잘 나타낸다. 출애굽기 15장 11절에서는 "주와 같이 거룩함으로 영광스러우며 찬송할 만한 위엄이 있으며 기이한 일을 행하는 자가 누구니이까? Wer ist dir gleich, der so mächtig, heilig, schrecklich, löblich, und wundertätig sei"에서 -ch, -ig로 끝나는 자음들의 음악적 구성을 볼 수 있다. 시편 118장 17절의 "내가 죽지 않고 살아서 여화와께서 하시는 일을 선포하리로다Ich werde nicht sterben, sondern leben und des Herren Werke verkündigen"에 대한 모테트처럼 루터의 몇몇 작곡 작품들은 언어와 음악의 명료함과 단순함을 보여 준다.

이렇듯 종교 개혁 시대에 특징적으로 나타난 현상은 지금까지 지배적이었던 조형 예술에 의한 '시각적·구상적 경험'과 동등하게 '청각적·음악적 경험'이 장려되었다는 것이다. 이 같은 현상은 음악적·추상적인 것이 예술의 근간을 이루었던 후일의 낭만주의 시대에 이르기까지 발전해 갔다. 말해지고 청취되는, 살아 있는 말의 표현력은 종교 개혁자 루터에게 그때까지 거의 예측하지 못한 엄청난 힘으로 증명되었기 때문에 그는 이 힘을 자신의 신학과 연결해 복음은 글로 된 것이 아니라 말로 된 것이어야 한다고 《교회 기도서Kirchenpostille》에서 주장했다.

루터의 완역된 성서의 초판본 표지.

> 율법과 구약 성서는 죽은 문자를 책으로 만들었다. 그러나 복음은 살아 있는 목소리여야 한다. (…) 신약 성서와 복음서의 특성 역시 이러한 살아 있는 목소리로, 구두로 설교되고 추진되어야 한다. 예수 자신도 역시 아무것도 쓰지 않았다. 또한 쓸 것을 명령하지 않았고, 구두로 설교할 것을 명령했다. (…) 복음은 본래 책들 속에 있는 것이 아니라 구두의 설교 안에, 살아 있는 말 속에, 그리고 전 세계에 울려 퍼지고 공공연하게 외쳐서 알리는 목소리에 더 많이 존재한다.[15]

성서 번역은 루터의 산문이 뛰어난 음악적 리듬으로 이루어졌음을 보여 준다. 리듬은 헛된 장식이 아니라 적절한 위치에서 의미를 강조하는 임무를 가지며, 가사가 리듬에 따라 큰 소리로 읽혀질 때 리듬은 모든 아름다움을 드러낼 수 있다. 리듬은 루터 성서를 구두 낭독하기 위해 만들어진 '설교' 책으로 보이게 한다. 루터의 언어 예술적인 대가다움은 음악적 표현의 모든 가능성을 풍부하게 이용한 데서 나타난다.

그의 또 다른 대가다움은 예민한 감수성으로 적절한 말을 선택할 수 있는 언어 창조적 능력에서도 나타난다. 루터는 바르트부르크에 머무는 동안(1521년 이후) 성서 번역을 시작했다. 1522년에 이미 신약 성서가 나왔고, 1534년에 구약 성서도 출판되어 성서 전체가 독일어로 번역되었다. 그는 작센 왕실의 통치하에 있는 중동부 서민 계층의 독일어로 번역함으로써 독일어 성서를 광범위한 서민 계층의 민중 교본으로 만들 수 있었으며, 나아가 미천한 사람들의 관념 및 사상 세계를 표현하려 노력했다. 〈번역에 대한 공개서한Sendbrief vom Dolmetschen〉(1530)에서 루터가 한 말은 이 사실을 증명한다.

집안의 어머니와 골목길의 아이들, 시장의 미천한 사람에게 묻고 이들이 어떻게 말하는지 이들의 입 모양을 보고난 후에 번역해야 한다.

이로써 그의 성서는 민중성을 신속히 획득하고 오래 유지할 수 있었음은 물론, 중동부 독일어를 기반으로 신고독일어의 문어를 형성하는 데 결정적으로 기여했다. 그래서 루터 성서는 구어로 된 예술 작품으로서 독일 표준어가 형성되기 이전의 수세기 동안 언어 형성에 영향을 주었다. 이런 의미에서 괴테는 독일 사람들이 루터에 의해 처음으로 한 민족이 되었다고 말했다. 레싱, 헤르더, 하만, 클롭슈토크, 아른트 같은 독일 언어의 개혁자들은 루터의 언어에서 근원을 찾았다. 헤겔은 루터가 성서를 독일어로 번역하지 않고는 종교 개혁을 완성하지 못했을 것이라고 말했다. 헤겔은 루터가 성서 번역에서 보여 준 깔끔하고 명료한 독일어에 경의를 표하고, 루터의 성서를 '독일 산문의 결작'이라고 표현했다.[16]

# 루터의 음악관

루터의 음악관은 기독교 사상과 고대 사상에 근거를 두고 있다. 중세 대학의 주요 학문 분야인 산술, 기하, 천문, 음악에 기초를 둔 그의 사변적·우주론적 음악 이해는 신의 피조물들의 소리, 특히 언어와 연관된 인간의 목소리를 신의 창조적 기적이라고 생각한 데서 시작된다. 루터에게 음악은 세계의 시작과 함께 만들어졌다. 태초의 세계에는 울림과 소리가 없는 무無가 존재했으나 신의 우주 창조와 함께 소리가 만들어졌고, 그 가운데서 인간 목소리의 음악은 새들의 노래보다 더욱 훌륭하다는 것이다. 그래서 음악은 신의 아름답고 훌륭한 선물이며, 신학에 가깝다는[17] 것이다. 음악은 그에게 마음속 가장 깊은 곳에서 감정의 동요를 느끼게 하고, 종교적인 체험을 감지하게 한다. 이렇듯 루터의 음악에 대한 이해는 그의 신학에서 비롯되었다.

신학과 음악의 비분리성에 대한 그의 견해는 그의 기독교적 변신론에서 이해될 수 있다. 음악은 신의 하사품이지 인간의 선물이 아니므로[18] 기독교적 삶에 속한다. 그래서 음악은 악마도 쫓아내고 사람들을 기쁘게 함과 동시에 모든 분노, 불순, 교만, 악덕을 잊게 한다.[19]

　이렇듯 루터는 《식탁 연설》에서 음악을 인간이 아무리 칭찬하고 찬양하고 싶어도 다 할 수 없는, 신이 인간에게 선사한 아름답고 자유로운 예술로 높이 평가했다. 루터는 음악이 예술적으로 세련되게 다듬어질 때 놀라운 힘을 갖는 이유를 다음과 같이 설명했다.

　왜냐하면 슬픈 자를 즐겁게, 즐거운 자를 슬프게, 절망한 자를 용기 있게 만들고, 오만한 자를 겸손해지도록 격려하고, 격정적이고 지나친 사랑을 진정시키고 완화시키며, 시기와 증오를 줄여 주는 것보다 더 강한 것은 지상에 없기 때문이다. 그리고 사람들을 지배하고, 또한 미덕이 아니면 악덕으로 자극하고 충동하는 인간적인 마음의 모든 움직임을 누가 이야기할 수 있을까? 나는 말하건대, 마음의 이 같은 움직임을 억누르고 지배하는 것은 결코 음악보다 더 강한 것은 없다.[20]

　루터는 음악의 강렬한 인상을 모르는 자, 음악에 대한 아무런 의미와 애정을 가지고 있지 않은 자, 훌륭한 음악 작품에 감동하지 않는 자를 아무런 가치가 없는 통나무라고 비판하면서, 《식탁 연설》에서 음악에 대한 그의 무한한 사랑을 계속해서 다음과 같이 표현했다.

　음악은 가장 좋은 예술 중 하나다. 악보는 가사를 생기 있게 만든다. 음악은 우리가 사울 왕에서 보듯이 (…) 슬픔의 정령을 쫓아낸다. 왕들, 군주들, 지배자들은 음악가들을 부양해야 한다. (…) 음악은 슬픈 사람들의 기분을 가장 상쾌하게 하고, 그로 인해 마음은 다시 만족스럽고 생

기 있게 된다. (…) 음악은 거의 규율과 다름없는 것이며 여선생이기도 하여, 사람들을 온화하고 온순하게, 예의 바르고 이성적으로 만든다. 나는 음악가를 언제나 좋아했다. 이 예술을 할 수 있는 자는 모든 이들과 어울리는 좋은 천성을 지닌 사람이다. (…) 음악이 우아하고 재치 있는 사람으로 만들기 때문에 우리는 언제나 청소년을 이 예술에 익숙해지도록 해야 한다.[21]

루터는 음악의 교육적 가치를 존중하고 국민 교육의 수단으로 생각했으며, 특히 노래 책으로 청소년의 노래 수업에 영향을 주려 했다. 그래서 매일 오후 첫 시간에 모든 아이들은 음악 수업을 받아야 한다는 새로운 학교 규정을 실천하려고 노력했다. 그는 청소년의 노래 수업에 대한 필요성을 이렇게 말했다.

나는 모든 이에게, 특히 젊은이들에게 이 예술을 하도록 지시하고 이로써 경고하고자 한다. 예술로서만 그들은 이 훌륭하고 유익하며, 즐거운 신의 창조물을 값지고, 사랑스럽고, 가치 있게 만들고, 이 창조물을 인식하고 부지런히 연습하는 일을 통해 나쁜 생각과 사회의 다른 악덕을 쫓아내고 피할 수 있다.[22]

음악의 교육적 가치에 대한 루터의 생각은 아리스토텔레스(기원전 384~322)의 고대 사상과의 관계에서 이해될 수 있다. 아리스토텔레스는 그의 《정치학Politik》에서 음악의 윤리적인 힘과 소년들에 대한 음악 교육의 필요성을 다음과 같이 강조하고 있다.

음악은 정서에 어떤 확실한 윤리적 성질을 주는 능력을 가지고 있다.

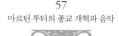

그러나 음악이 그것을 할 수 있다면 사람들은 확실하게 소년들에게 이 예술을 하도록 가르치고 그 안에서 교육시켜야만 한다.[23]

왜냐하면 음악은 정신과 감정의 정화에 도움이 되기 때문이다. 아리스토텔레스는 도덕 교육을 위해 오직 윤리적인 음조의 사용만을 추천했다.[24] 아리스토텔레스와 유사하게 루터는 《비텐베르크의 찬송가 책》서문에서 청소년들에게 올바른 음악 교육이 왜 필요한가를 밝히고 있다.

왜냐하면 음악이나 다른 올바른 예술로써 양육되어야 하고, 양육되지 않으면 안 되는 청소년이 음란 가요나 호색적인 노래에서 벗어나게 되고, 그 대신에 어떤 유익한 무엇인가를 배우고, 청소년에게 알맞은 선善에 기꺼이 관심을 기울이도록 무엇인가를 가졌으면 하고 내가 아주 원했기 때문이다.[25]

현실 개혁주의자인 루터는 음악을 청소년 교육을 위한 수단으로 사용하면서 음악의 작용을 선과 악의 기본적인 윤리 개념과 연관시킨다. 그는 언제나 청소년을 위한 교육적·도덕적 가치를 신의 선물인 음악에서 보기 때문에 음악은 선의 전령인 반면 악마는 슬픈 정령이어서 사람들을 슬프게 만들며, 기쁜 것을 참지 못하기 때문에 음악에서 가장 멀리 달아나려 한다고 보았다. 루터는 음악이 악마와 악덕을 쫓아내고 사람들을 기쁘게 한다고 생각했다. 그래서 그는 청소년 교육을 위해 교회 및 학교 규정을 강화해 목사와 교사의 수를 늘리고, 이들에게 직무 수행을 위한 자세한 지침을 줘야 하며, 모든 학생들이 음악 교육을 받을 수 있도록 해야 한다고 《식탁 연설》에서 강조했다.

학교에는 음악가가 필요하므로 반드시 있어야 한다. 학교 선생은 노래를 부를 수 있어야만 한다. 그렇지 않으면 나는 그를 선생으로 보지 않는다. 또한 나이 어린 젊은이가 설교자의 직분에 임명되어서는 안 된다. 그들은 학교에서 자신을 더 시험해 보고 연마해야 한다.[26]

음악은 청소년들의 교육을 위한 수단일 뿐만 아니라 루터를 내면의 곤경에서 해방시키고 새로운 신념으로 채워 주는 힘이었다. 그는 자신이 음악을 얼마나 필요로 했는가를 코부르크의 작곡가 루트비히 젠플에게 보낸 편지(1530. 10. 4)에서 밝히고 있다.

내가 음악을, 나를 그토록 자주 상쾌하게 해주었고 큰 고통에서 해방시켰던 음악을 생각만 해도 내 심장은 요동치고 끓어오른다.[27]

루터는 지친 자들을 다시 일으켜 줄 뿐만 아니라 새롭고 창조적인 행동을 하도록 고무시켜 주는 음악의 특성을 알았고, 이를 매우 높게 평가했다. 따라서 음악은 그에게 오늘을 개혁하고 미래를 창조하는 투쟁적인 수단이었다. 루터는 음악을 현실 도피의 수단으로 삼고 낭만적으로 미화된 과거를 향해 눈길을 돌리는 낭만주의자들과는 전혀 다른 지식인이었다. 그는 음악을 통해 오로지 교회와 사회를 개혁하려 노력했던 미래를 위한 투쟁적 인간 유형이었다. 이 같은 그의 모습은 1530년부터 토르가우의 학교에서 음악 수업을 했던 루터의 절친한 친구인 음악가 요한 발터가 1538년에 발행한 책에 헌정한 시 〈음악 부인〉에서 잘 나타나 있다.

지상의 모든 기쁨을 위해

아무도 더 순수하게 될 수 없음은
내가 이 기쁨을 내 노래로
그리고 많은 달콤한 울림으로 주기 때문이다.
여기 악한 용기가 있을 수 없는 곳,
그곳에서 친구들은 노래를 잘 부른다.
여기에는 분노, 싸움, 증오와 질투도 없고,
모든 마음의 고통은 물러가야 한다.
(…)
모든 기쁨은 악마의 작업을 파괴한다.
그리고 많은 사악한 살인을 방해한다.
선하고 감미로운 하프 연주로
사울이 큰 살인을 저지르지 않게
자주 막았던 다윗이,
왕의 행동이 그것을 증명한다.
하나님의 말씀과 진리를 위해
모든 기쁨은 마음을 조용히 준비케 하니,
그런 것을 엘리서이스가 잘 알고 있음은
그가 정신을 하프에서 찾았기 때문이다.
연 중에서 최선의 시간은 나의 것,
그때 모든 새들이 노래 부르니,
하늘과 땅에 가득히
많은, 좋은 노래가 울려 퍼진다.
앞서 사랑하는 밤 꾀꼬리는
사랑스러운 노래로 모든 것을 사방에서 기쁘게 하니,
그것을 언제나 감사해야만 한다.

문학과 음악의 황홀한 만남

훨씬 더 사랑하는 주 하나님은
밤 꾀꼬리를 올바른 여가수로,
음악가들의 명인이 되도록 창조하셨다.
그분께 밤 꾀꼬리는 밤낮으로 노래 부르며 뛰어가고,
지칠 줄 모르고 그분을 찬미한다.
내 노래 또한 그분을 존경하고 찬양하며
그분께 영원한 감사를 말한다.[28]

이 서문의 시에서 루터가 말했듯이 음악은 슬픔과 악마를 추방하는 힘이며, 모든 기쁨의 근원이다. 나아가 다윗의 하프 연주는 사울의 악령을 쫓아내고, 엘리서이스에게 선의 정신을 찾게 한다. 루터는 《식탁연설》에서, 예언자 엘리자는 한 하프 연주자를 통해 자신의 예언에 대한 확신을 갖도록 고무되었고, 나팔 소리는 모세에게 투쟁심을 불러일으켰다고 여러 번 언급했다. 그는 1534년 10월 7일에 감상적이고 우울증이 있는 M. 벨러에게 보낸 편지에서도 이 같은 생각을 나타내고 있다.

그런 까닭에 그대들이 슬플 때, 그것이 더 커져 가려 할 때면, 말하라. 일어서라. 나는 나의 주님 그리스도에게 노래를 레갈로 연주해 주어야 한다. (…) 왜냐하면 그가 기쁜 노래와 현악 연주를 즐겨 듣는다고 성서는 나에게 가르치고 있기 때문이다. 그러니 다윗과 엘리서이스가 그랬듯이 생각이 지나갈 때까지 새롭게 클라베이스를 연주하고 그것에 맞추어 노래하라. 악마가 다시 와서 그대들에게 걱정과 슬픈 생각을 불어 넣어 준다면 힘차게 맞서 싸우면서 말하라. 나가라, 악마여! 나는 이제 나의 주님이신 그리스도에게 노래하고 연주해야 한다.[29]

음악의 윤리적이고 교육적인 영향을 강조하는 루터의 음악관은 16세기와 17세기 초기에 고대 음악의 정신을 부흥시키려고 노력했던 인문주의의 시대적 경향과 밀접한 관계를 가진다. 인문주의자들은 고대 작가들의 다양한 작품들에서 음악과 가사의 밀접한 연결을 인식했고, 동시에 음악의 윤리적 작용을 주장하기 위해, 음악에 내재해 있는 감정의 힘을 높이고 유익하게 만들기 위해 노력했다. 예를 들어 플라톤은 《국가론Staat》에서 화음 다음으로 리듬의 중요성을 강조하고, 리듬을 연구의 대상으로 삼아야 하지만, 박자와 멜로디는 반드시 가사에 순응해야 한다는 것을 전제하고 있다. 이는 어떤 경우에도 가사는 박자와 멜로디에 의해 손상되어서는 안 되기 때문이다.[30]

플라톤과 마찬가지로 인문주의자들도 음악과 음악가에 대한 문학과 작가의 우월성을 강조했다. 인문주의자들은 후일의 기악 음악에서 느낄 수 있는 감정을 억제하며, 먼저 가사에 관심을 쏟았고, 한 가요에 다음의 3가지 지시들, 즉 가사 의미의 생생한 표현, 가사 리듬의 유지, 가사의 명료성에 주의할 것을 요구했다.[31] 표현의 정확성과 가사의 명료성에 대한 요구는 17세기에 나타난 마리니 문체Marinismus[32]의 어둡고 과장된 양식과 19~20세기의 상징주의자들이나 대중적 데카당스 작가들에서 나타난 작품 내용의 형식주의적 경향과는 아직 거리가 있었다. 인문주의자들이나 루터의 음악에 대한 입장은 비록 성악에만 국한되었다고는 하나 아리스토텔레스의 고대 음악관에서 출발하는 인문주의 시대의 음악관에 근거하고 있다. 즉 음악은 격정을 정화할 수 있고 감정을 일깨울 수 있으며, 미덕을 장려할 수 있고 병조차 치유할 수 있으며, 정신적인 기쁨을 베풀 수 있고, 조화로운 인간으로 교육할 수 있다는 음악의 윤리적·교육적인 힘에 대한 믿음에 기초한다. 루터에게 음악은 자유로운 예술이 아니라 봉사하는 예술이다.

Johann Gottfried Herder

# 요한 고트프리트 헤르더의
# 음악 미학

# 음악 미학의 선구자

독일 문학사에서 소위 천재의 시대라고 말하는 슈투름 운트 드랑 Sturm und Drang 의 시대는 비록 10여 년에 불과했지만 계몽주의에서 고전주의로의 발전을 가능케 했던 투쟁과 혁명의 시대라는 점에서 그 의미가 크다. 슈투름 운트 드랑은 의고전적 신봉에 대항하고 개인주의와 창작의 자립을 위한 젊은이들의 운동이었다. 기치는 자연, 감정, 격정이었고, 궁극적인 목표는 정치적·도덕적·미적 자유였다. 이 운동에 기반을 두고 있는 젊은이들은 감정이 풍부한 클롭슈토크의 서정시와 인간의 종교적·도덕적 사명에 대한 레싱의 관념에서 영향을 받았다. 나아가 자연으로의 복귀를 주장한 장 자크 루소의 영향으로 자연에 심취하는 경향이 생겨났다.

루소의 저서들이 이들에게 결정적인 영향을 미쳤다. 특히 괴테가 '교육의 자연 복음서'라고 칭찬했던 소설 《에밀, 혹은 교육에 관하여

Emile, oder über die Erziehung》(1762)에서 루소는 인간과 자연의 결합을 요구하고 있다. 왜냐하면 자연의 힘 가운데는 조화가, 인간들 사이에는 무질서가 지배하기 때문이다. 오성이 지배했던 그 시대의 요청에 반대해 루소는 감정이 이성보다 훨씬 더 중요하다는 명제를 내세웠다. 루소는 존재의 근원인 자연에로의 복귀와, 사상이나 신념이 아니라 개인적인 감정에 근거를 둔 삶으로의 복귀를 주장했다.

루소 못지않게 슈투름 운트 드랑 운동에 깊이와 활력을 부여한 사람은 헤르더였다. 그가 1770년에 슈트라스부르크에서 괴테와 만난 것은 슈투름 운트 드랑 시대의 시작에 결정적인 동인이 되었다. 헤르더는 예술 분야에서 루소와 유사한 생각을 가졌다. 또한 친구이자 스승인 요한 게오르크 하만에게서도 지속적인 영향을 받았다.

헤르더는 쾨니히스베르크의 남서쪽에 있는 동프로이센의 소도시 모오룽겐에서 1744년 8월 25일 교회의 합창 지휘자 겸 마을 학교 교사의 아들로 태어났다. 그는 경건한 기독교 가정에서 성경과 찬송가를 가까이하며 성장했다. 1762년에 그는 쾨니히스베르크에서 신학 공부를 시작했으나 주로 철학을 연구했다. 1764년까지 칸트의 학생이었고, 칸트는 일찍이 그의 재능을 알아보았다. 1764년에 리가에서 성당 학교의 교사로 일했고, 이곳에서 부목사의 자리를 얻었다.

헤르더는 리가에서 출간된《신 독문학에 관한 단편Über die neuere Deutsche

요한 **고트프리트 헤르더**(1744~1803).
18세기 슈투름 운트 드랑 시대의 대표적 사상가이며 신학자, 문예 비평가다.

《신 독문학》과 〈제4비평집〉의 표지.

Literatur. Fragmente》(1767)과 《비평전집 또는 미의 학문과 예술에 관한 고찰Kritische Wälder oder Betrachtungen die Wissenschaft und Kunst des Schönen betreffend》(1768~1769)로 유명해졌다. 이 책의 〈제1비평집〉은 레싱의 《라오콘 또는 회화와 문학의 차이에 관하여Laokoon oder über die Grenzen der Malerei und Poesie》(1766)에 대한 것이었고, 중요한 〈제4비평집〉(1864)은 프리드리히 유스트 리델의 예술 이론을 비평의 목표로 삼았다.

1769년에 헤르더는 프랑스로 여행을 떠나 그곳에서 반년 정도 머물렀다. 이 여행은 그가 새로운 인생을 이해하는 결정적인 계기가 되었는데, 이 시기에 바로 세계 경건주의가 탄생했기 때문이다. 파리에서 그는 디드로와 교제했다. 돌아오는 길에 그는 함부르크에서 레싱과 마티아스 클라우디우스를 만났고, 후일에 그의 부인이 된 카로리네 플라흐만도 알게 되었다. 그는 뷔케부르크의 종교국 평정관 자리를 수락하였으나 슈트라스부르크에 머물렀고, 그곳에서 젊은 괴테를 만나서 민족 문화에 눈을 뜨게 되었다.

이 만남의 증거로 논문집 《독일적 방법과 예술에 관하여Von deutscher Art und Kunst》(1773)를 들 수 있는데, 여기에는 헤르더의 논문 《오시안과 옛 민족들의 노래에 관한 서신 왕래에서의 발췌Auszug aus seinem Briefwechsel über Ossian und die Lieder alter Völker》와 《셰익스피어Shakaespear》, 괴테의 《독일 건축술에 관하여Von deutscher Baukunst》가 수록되어 있다. 이 시기에 베를린 아카데미상을 받은 《언어의 기원에 관한 논문Abhandlung über den Ursprung der Sprache》(1772)이 나왔다.

《비평전집 또는 미의 학문과 예술에 관한 고찰》에 수록된 〈제1비평집〉과 〈제4비평집〉에서 헤르더는 음악을 다른 예술들과 비교하면서 음악 미학을 발생학적 이론으로 정리했다. 그뿐만 아니라 그는 뷔케부르크에서 요한 크리스토프 프리드리히 바흐(J. S. 바흐의 아들)와 함께 칸타타와 오라토리오, 음악을 위한 드라마들을 만들었다.

1772년에 그는 뷔케베르크에서 《나자렛의 소생. 음악에 대한 성서의 역사Die Auferweckung des Lazarus. Eine biblische Geschichte zur Musik》를

〈인간애의 촉진을 위한 서신들〉의 동판 및 표지, 친필 원고.

썼으며, 그의 신부를 위한 성탄 선물로 《예수의 유년 시절Die Kindheit Jesu》(1772)을 창작했다. 1773년에 《성령 강림 칸타타Pfingstkantate》를, 1781년에 《부활절 칸타타Osterkantate》를 썼다. 헤르더가 1776년에 괴테의 초빙으로 바이마르에 간 후에 그는 소위 《신학 연구에 관한 서신들Briefen, das Studium der Theologie betreffend》(1781), 〈히브리 음악에 관하여Von der Musik der Ebräer〉의 장章이 있는 저서 《히브리 시가의 정신에 관하여Vom Geist der Ebräischen Poesie》(1782~1783), 논문 〈체칠리아 Caecilia, Zerstreute Blätter〉(1893), 그가 82번째 서신에서 〈기독교 송가 Christliche Hymnen〉에 대해 언급한 〈인간애의 촉진을 위한 서신들Briefen zur Beförderung der Humanität〉(1793~1797) 등에서 교회 음악을 집중적으로 다루었다.

헤르더는 스스로 오페라 각본 작가로서도 활동했다. 그는 셰익스피어의 《시저Caesar》에서 자극을 받고, 뷔케부르크에서 《부루투스. 음악을 위한 드라마Brutus. Ein Drama zur Musik》(1772~1774)를 썼다. 그가 이 작품의 작곡을 권하기 위해 글루크에게 보낸 1774년 11월 5일의 편지에서, 그는 이 드라마를 음악적 상형 문자들로 된 해설이라고 불렀다. 그 후 바흐가 이 작품에 곡을 붙였고, 그것은 1775년 2월 27일에 공연되었다. 그는 《필록테스. 노래를 포함한 장면들Philoktes. Szenen mit Gesang》(1774), 《풀려난 프로메테우스. 장면들Der entfesselte Prometheus. Szenen》(1802), 《아드리아드네 리베리아. 멜로드라마Adriadne Liberia. Ein Melodrama》(1802)와 《아드메투스의 집. 운명의 교환. 노래를 포함한 드라마Admetus Haus. Der Tausch des Schicksals. Ein Drama mit Gesängen》(1803)처럼 음악을 위한 드라마들을 창작했다.

1776년에 그는 괴테의 주선으로 궁중 목사 겸 교회 감독 장으로 바이마르에 초빙되었다. 바이마르의 의고전주의 성향과 실러의 칸트 철

장 자크 루소(1712~1778)와 요한 게오르크 하만(1730~1788).

학주의의 지향은 헤르더의 인류학적·미학적 신념에 역행했기 때문에, 그 후 수년간 괴테와의 어두운 관계가 계속되었다. 그는 장 파울과도 우정을 맺고 있었다. 바이마르의 궁정 보좌 신부인 에른스트 빌헬름 볼프가 그의 여러 칸타타를 작곡했다.

《인류의 역사 철학에 대한 이념Ideen zur Philosophie der Geschichte der Menschheit》(1784~1791)의 제3권과 제4권이 출간되는 사이 헤르더는 1788년에 이탈리아로 여행을 떠났다. 바이마르에서 그는 다시 1793년부터 〈인간애의 촉진을 위한 서신들〉과 주로 칸트에 반대하는 논문 《메타 비평Metakritik》(1799), 《칼리고네Kalligone》(1800)를 저술했다. 그의 마지막 작품인 잡지 《아드라스테아Adrastea》(1801~1803)는 흘러간 세기에 대한 회상에 도움을 주었다.

하만도 루소의 영향을 크게 받았다. 하만의 베를린 수첩은 그가 루소의 작품들을 매우 열심히 읽었다는 사실을 알려 주고 있다. 하만이 루소의 《프랑스 음악에 대한 편지Lettre sur la musique française》에서 발췌본과 사본을 만들었다는 사실은 이에 대한 좋은 예다. 루소의 견해와 마찬가지로 하만도 그의 저서 《문헌학자의 성지 순례Kreuzzügen des Philologen》(1762)에서 자연과 정열의 복음을 설교했다. 하만의 관점에 따르면 인간의 언어는 신의 언어에 근원을 두고 있다는 것이다. 하만은 성서의 초자연성을 믿었고, 모든 것을 신적인 힘으로부터 유도하려 했다. 문학이란 신의 표상을 모방하는 것으로서 직접적으로 감정과 감각을 향하게 한 상징들이다. 문학은 근본적으로 종교이고 자연스러운 예언의 일종이다. 괴테가 그를 언어 예술에 있어 근원의 마술사 또는 북방의 마법사로 보았듯이 그는 시문학에서 인류의 모국어를 보고, 태초에 모국어는 노래이며 낭송이었음을 지적했다.[1]

헤르더의 귀를 언어의 아름다운 울림에 대해 아주 민감하게 만들었던 것은 하만의 큰 업적이었다. 헤르더는 루소와 하만의 영향 아래 감정과 느낌을 문학적으로 강조하고 가시화하려 노력했다. 그리고 음악을 인간 내면의 감정과 느낌을 표현하는 데 매우 적합한 수단으로 관찰했다.[2]

헤르더가 1776년에 바이마르로 이주한 후에 괴테와의 관계는 1794년까지 지속되었다. 그러나 실러가 바이마르에 체류하면서 그들의 관계는 점차 소원해졌다. 고전주의에 대한 거부와 칸트 철학에 대한 날카로운 비판은 그를 고독과 은둔으로 몰고 갔다. 그는 1803년 12월 18일에 바이마르에서 세상을 떠났다. 헤르더는 루소와 하만의 영향을 받은 문화 형태학자이고 역사 철학자이며, 음악을 인류의 교육과 교화를 위한 수단으로 사용한 음악 미학의 선구자였다.

# 헤르더의 음악 미학의 특징

헤르더가 음악에 타고난 기질을 가졌다는 것은 1770년 9월 20일에 슈트라스부르크에서 그의 신부에게 썼던 편지에서도 알 수 있다.

> 당신은 너무나 깊은 음악 애호가입니다. 나도 말로 표현할 수 없을 정도로 그러하다오. (…) 음악은 예민한 마음과 섬세한 영혼에 없어서는 안 되는 즐거움이오. 머리로만 하는 생각은 너무나 쉽게 싫증나게 하고 입으로만 하는 언어는 때때로 너무 힘이 없다오. 그러나 노래로 혼을 불어넣은 현악 연주는 일상의 가구로서 행복한 생활 경제에 확실히 필요하다오.[3]

헤르더의 음악에 대한 특별한 애호는 음악을 언어와 문학과의 관계에서 생각하게 한다. 레싱의 문학 비평 이론서인 《최신 문학에 관한

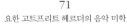

서간Briefe, die nueste Literatur betreffend》(1759~1765)과 연관해서 쓴 헤르더의《신 독문학에 관한 단편》이 발표된 후에 그는 전 독일에 비평가로서 명성을 날리게 되었고, 문학에 대한 새로운 관찰과 방법을 제시함으로써 그 당시의 지식인들을 놀라게 했다. 이 같은 맥락에서 그는 《비평전집》을 썼고, 특히 〈제1비평집〉과 〈제4비평집〉에서 시와 음악이 얼마나 밀접하게 연관되어 있는지를 증명하고 있다.

그는 〈제1비평집〉에서 레싱의《라오콘 또는 회화와 문학의 차이에 관하여》를 비평의 대상으로 삼고 시와 회화를 비교하면서 시의 본질에 관해, 그리고 시가 인간의 영혼에 미치는 작용과 힘에 관해 관심을 두지 않은 레싱의 예술 개념을 유감스럽게 생각했다.[4] 레싱의 주장에 의하면 회화는 형상들과 색채들을 공간의 병존에서 이용하지만 시는 시간의 연속과 행위에서 소리를 표현한다는 것이다.

이에 반해 헤르더는 회화는 공간의 인위적인 상상에서 작용하지만 시는 힘에 의해서, 즉 말에서 체험하는 힘과 귀를 통해 직접 영혼에 미치는 힘에 의해 작용한다고 주장했다. 이 힘은 말의 내면에 있는 힘으로, 내 영혼에 환상과 기억을 통해 작용하는 마력으로써 시의 본질이라는 것이다.[5] '영혼'과 '힘'의 개념은 후에 헤르더의 전체 미학을 결정하게 된다.

헤르더는 시의 감정 작용을 조각과 회화에서의 그것과 비교했다. 시는 오랫동안 말 없는 회화로 불리면서 조각과 비교되었지만 철학적으로 비교되거나 분리되지는 않았다. 그러나 헤르더에 있어서 시는 말 없는 회화와 조각품 이상이며, 이 2가지와 전혀 다른 어떤 것이다. 즉 시는 영혼의 음악이다.[6]

모든 예술은 인간의 각각 다른 감각 기관들을 통해서 특별한 방법으로 작용한다. 헤르더는 〈제1비평집〉에서 청각과 관련한 자신의 음악 이론을 전개하고, 청각을 다른 감각 기관들과 비교하면서 음악, 회화, 문학을 구별했다. 즉 음악은 시간적으로 연속해서 생생하게 귀에 작용하는 대상들의 묘사이며, 회화는 공간적으로 나란히 서 있는 대상들을 눈에 드러내 보이고, 문학은 임의의 언어적 기호가 공간과 시간의 매체에서 나타날 수 있고 그 힘을 영혼 안에서 펼친다.[7]

　그는 〈제4비평집〉에서 인간이 지닌 3개의 감각기관, 즉 시각(눈), 청각(귀), 감각(촉각)을 연구했다. 여기서 시각은 사물들을 밖으로부터 평면적으로 가장 분명하고 냉정하게 경험하며, 청각은 감각 중 가장 내밀한 것으로서 음향 효과적인 현상을 진동을 통해 시간적으로 뒤섞여 경험한다. 그리고 감각은 물체를 공간적으로 나란히 가장 확실하고 완전하게 경험한다.[8] 예술과 연관된 인간의 감각 기관들에 대한 생리학적 관찰에서 소리, 울림, 음악의 본성이 설명된다. '울림'은 소리에서 생성되고 조립된 물체인 반면 '소리'는 말하자면 자기 본질의 부드러운 한 순간을 나타내며, 모성母聲으로써 그 밖의 죽은 물체에 생기를 주는 힘을 부여한다.[9] 다시 말해, 양적으로 간주된 울림과 반대로 소리는 실제로 정력적인 표현이 아니라 특성과 천성의 지각[10]을 목적으로 하는 잠재력이며 최초의 순간이다. 울림과 소리는 감각기관을 거쳐 내면으로 파고들면서 느낌에 직접적으로 작용하는 공통점이 있다.

　헤르더가 루소와 마찬가지로 조립된 울림과 하모니보다 단순하고 근원적인 소리와 멜로디를 지나치게 애호한 것은 청각적 감지에 대한 미학적 분석에서 나온다.[11]

　소리와 멜로디의 생성 및 발전에 대한 생리학적 관찰은 헤르더의 언어관에도 나타난다. 헤르더는 《언어의 기원에 관한 논문》에서 라이프니츠 이후 언어를 이성이 목적을 위해 사용하는 도구로서 고찰하는 통상적이고 합리적인 언어관을 뛰어넘고 있다. 이미 하만은 이러한 관점을 부인했다.

헤르더는 언어 생성이 인간의 정신적인 본성에서 왔다고 주장했다. 그는 언어를 동물과 인간을 구별하는 최고의 표현으로 보았다. 인간은 보다 큰 미래의 가능성에 대한 전망을 가지고 있으며, 오성과 이성의 의식에서 세계를 전체로 체험할 수 있기 때문에 세계의 모습들을 스스로 인지할 수 있다. 세계의 사물들은 처음에 인간의 기억 속에서 그들의 표시를 가지며, 이것을 인식하는 최초의 특징이 영혼의 말이었다. 이 영혼의 말로써 인간의 언어가 만들어졌다는 것이다.[12] 따라서 언어는 근본적으로 인간의 존재에 속한 것이다. 인간 역사의 발전은 인간 언어의 발전과 불가분의 관계를 맺고 있으며, 나아가 언어는 한 민족의 생활양식에 상응하여 변화한다. 언어가 신생 민족에게는 다채롭고 감각적인, 즉 시적이지만 오래된 민족에게는 추상적·개념적인 형식이 되는 경향이 있다는 것이다.

헤르더는 음악의 시작이 최초의 언어에 근거를 두고 있다고 보았기에 언어 생성의 모든 진행은 그에게 음악적 발전 과정이었다. 변화된 후대의 인간들을 위해 그는 동시대의 시민들에게 다음과 같이 외쳤다.

그대 조상들의 감정을 치워 버려라. 그러면 그대들은 음악의 훨씬 더 높은 자연스러운 원천을, 노래하는 언어를 발견하게 될 것이다. 사람들이 최초의 음악에서 표현하려 했던 것이 무엇이었을까? 정열, 느낌이었다. 그리고 그것은 인간에게는 죽은 새의 노래에 있지 않았고, 인간의 혀가 노래 부르는 소리에 있었다. 거기에 이미 모든 정열의 강조, 모든 감동의 조정이 있었기에 사람들은 그것을 너무나 강하게 느꼈고, 귀, 혀, 영혼은 젊은 시절부터 익숙했으며, 다만 좀 더 끌어올리고, 정리하며, 조정하고, 강화하는 것이 쉽게 되었다. 그것은 모든 감동의 경이로운 음악, 느낌의 새로운 마술 언어가 되었다. 여기서 처음으로 감격한 음악가는 아마도 인간의 혀가 수세기에 걸쳐 만들어 냈던 인간의 영혼이 수세기에 걸쳐 느낄 수 있었던 모든 정열의 수천 가지 표현을 발견했다. (…) 음악가는 모든 표현을 언어 자체에 있는 수많은 악센트들, 소리들, 리듬들, 변조들에서 찾았다. 음악가는 이 표현을 필요로 하지 않았을까? 무엇인가를 아름답게 하는 것. 최초의 음악 예술 외에 무엇이 있었겠는가? 음악 예술은 언어에서 출발했다. 그리고 언어는 이미 위에서 설명했듯이 애초부터 자연스러운 시였기에 시와 음악은 떨어질 수 없는 자매들이었다.[13]

헤르더는 문학과 음악은 자연과 정열의 언어라는 데서 루소와 일치했다. 그뿐만 아니라 헤르더는 양극적으로 대립된 예술인 음악과 회화를 연결했다. 음악이 일시적인 느낌의 직접적인 매체이기 때문에 가슴에 작용할 수 있다면, 이와 반대로 회화는 영상적으로 지속적인 상상을 통해 환상과 오성에 작용한다. 만일 음악이 인간의 정열과 느낌의 표현을 떠나서 도해적인 묘사로 회화적인 효과를 지향한다면 그것은 더 이상 음악이 아니라 시끄럽게 울리는 소리일 뿐이다. 헤르더의 견해에 의하면 이때의 음악은 표제 음악이 그러하듯이 음악의 본질과 일치하지 않는다. 그런 음악은 인간의 정열을 흉내만 내고 있을 뿐이기 때문이다. 그럼에도 음악은 일련의 내면적 느낌을 일으키지만 진실하나 분명하지 않고, 관조적이지 않으며, 다만 가장 어두울 뿐이다.[14]

그러나 헤르더의 견해에 의하면 비록 음악이 매우 어둡다 할지라도 음악에서 작용하는 인상의 강한 힘이 인간의 정신과 영혼에 작용하는 회화의 명료함이나 지속성에 의해 보완된다면, 그 음악은 인간의 정열을 표현할 수 있는 가능성을 가진다는 것이다.[15] 그래서 헤르더는 음악이 현세적이고 삶을 풍요롭게 하며, 처음으로 시민의 인격 가치를 표현하고 상승시키는데 이바지한다고 보았다. 바로 여기에서 음악에 대한 헤르더의 특별한 관심은, 음악을 신비한 의미를 지닌 것으로, 또는 세계 도피의 수단으로 여기는 낭만주의자들과 구별된다.

문학은, 특히 문학의 한 장르로서 민요나 민속풍의 가요들은 음악적으로 강렬하게 가슴에 말할 뿐만 아니라 언어의 회화적인 명료함으로 오성에 상상을 그려 보이며 언제나 생생하게 한 민족, 한 사회의 현실을 재현한다. 그러므로 이들은 민족성을 만들고 표현할 수 있기 때문에 음악과 회화의 특성을 동시에 지니고 있다.

민족은 헤르더에게 역사의 전수자이고, 영적-정신적 단일체이며 살아 있는 기관이다. 민족의 종교, 음악, 문학은 민족정신의 표현이다. 이 같은 민족 개념에서 그는 민요를 영원히 계속되는 민족의 노래이며, 민족의 기쁨의 노래이고, 최고의 사전이자 민족의 자연사로 보았다. 특히 말에 내재해 있는 감성적 특징, 말의 주술적 힘, 음악성에 주의했다. 따라서 그의 민요 모음집인 《민요Volkslieder》(1778~1779)는 그가 죽은 후에 〈노래에 나타난 제 민족의 소리Stimmen der Völker in Liedern〉라는 제목을 지니게 되었다. 여기에는 폴란드, 라트비아, 그리스, 로마, 프랑스, 영국, 독일, 브라질, 페루의 노래들이 포함되어 있다. 이는 최초의 세계 문학 선집이며, 순수하고 근원적이며 훼손되지 않은 문학에 대한 의미를 일깨운다.

민요가 민족의 소리이듯이 서정시는 인간적인 자기감정을 직접적으로 형상화시킨다. 헤르더가 어느 정도로 서정시 문학을 음향의 관점에서 보았는가를 우리는 《무도와 합창의 여신Terpsichore》(1795)에 실려 있는 그의 논문 〈리라. 서정 문학의 본질과 작용Die Lyra. Von der Natur und Wirkung der lyrischen Dichtkunst〉에서 알 수 있다. 인간에 영향을 주는 두 세계인 시각과 청각을 통해 헤르더에게 자연은 음향에 지배된 체험으로 나타난다. 움직이는 것은 소리가 난다. 살아 있는 것은 움직이고, 자신의 존재를 알린다. 그래서 창조는 두 감각을 통해 느끼는 자에게는 하나의 서정적인 찬가라고 인식했다. 이 때문에 가장 오래된 찬가들은 자연의 찬미다. 언어는 느낌의 소리이고, 말은 악센트, 리듬과 느낌의 간격에 따라 형성된다.[16] 언어 기관은 그 구조에 따라 자체가 리라이며 플루트이기 때문에 헤르더는 다음과 같은 결론에 이른다.

> 사람들이 언어 기관을 다르게 부르고 설명한다 해도 서정시는 느낌의 완전한 표현이며 언어의 가장 아름다운 소리들로 이루어진 표상이다.[17]

언어를 음악적 효과만을 위한 장식으로 사용하려고 했던 바로크 시대의 내용 없는 의성어와는 반대로 헤르더에게 중요한 것은 내면적인 음악으로 발전할 수 있는 능력을 가진 언어를 수단으로 음악에 대한 진정한 감격과 감동을 예술적으로 형성하는 것이다.

헤르더는 완전한 예술로서 시와 음악의 융합을 추구하면서도 음악에 더 높은 가치를 부여했다. 시, 음악, 몸동작이 같은 근원에서 나왔다는 그의 인류학에 근거한 고찰에 의해 고대 그리스 비극을 노래로 부르는 멜로드라마로 이해했다. 헤르더는 당시의 언어 연극이나 오페라는 이 멜로드라마의 감정 효과에 미치지 못한다고 지적했다. 말하자면 이들 가운데 어떤 예술도 아직 고유하게 세분화된 예술이 아닐 때 동등하게 융합될 수 있기 때문이다.[18] 그러나 문학과 음악, 춤과 연기의 융합이 깨지고 각각 독립된 예술로 분리되어 발전해 가면서 노래하는 언어와 함께 그리스의 멜로드라마도 사라졌다.

트루바두르(중세 남부 프랑스의 음유 시인들)의 프로방스 문학예술을 통해 비로소 다시 시와 음악의 조화에서 만들어진 '음악적인 시'가 생겨났다. 이것은 칸초네, 마드리갈 또는 스텐저와 같은 몇 개의 단계를 거친 후에 이탈리아에서 시문학의 부활로 발전했다. 헤르더는 메타스타지오[19]의 서정적 드라마를 발전의 절정으로 보았다. 서정적 드라마에서는 일반적으로 음악이 문학의 동반자로 작용하지만 메타스타지오의 드라마에서는 문학이 음악의 동반자로서 작용하기 때문이다.

여기에서는 음악이 그림을 그리고, 말은 봉사한다.[20]

헤르더 역시 텍스트를 작성할 때 문학의 독립성을 목표로 삼지 않고, 음악과 시의 균형 있는 공동 작업을 강조했다. 그래서 글루크가 그리스의 멜로드라마처럼 무대 위에 시, 음악, 연기, 무대 장치가 하나로 서로 연관되어 있는 서정적인 건물을 세울 수 있는 작곡가로 남길 기대했다.[21]

이같이 고대 그리스의 멜로드라마에서 예술들의 상호 작용이 만들어 내는 효과와 미학적 기대에도 불구하고 헤르더의 음악에 대한 높은 평가와 음악의 우선순위는 부인할 수 없다. 시인은 진리를 침묵 가운데 오직 작품을 통해 우리에게 말해 주고 있다면, 음악가는 이 침묵을 밝게 울리게 하는 인물이기 때문이다. 음악에 대한 헤르더의 입장은 칸트의《판단력 비판Kritik der Urteilkraft》(1790)에서 음악은 예술 가운데 최하위를 차지한다는 칸트의 의견과 대립된다는 점에서 더 큰 관심을 불러일으켰다. 헤르더는 자신의 논문《회화 또는 음악이 더 큰 효과를 주는가? 신들의 대화Ob Malerei oder Tonkunst ist eine größere Wirkung gewähre? Ein Göttergespräch》(1781~1785)에서 아폴로를 통해 음악에 대한 자신의 입장을 말했다.

음악은 실제로 마음에 직접적으로 작용하는 마술 지팡이를 가지고 있다. (…) 바로 그렇기 때문에 (…) 내 음악의 효과 또한 언제나 새로우며, 근원적이고 훌륭하다. 나는 창조의 여신이며, 결코 모방하지 아니한다. 나는 영혼이 생각을 불러일으키듯이, 주피터가 무無에서 세상을 불러오듯이 소리들을 생기게 한다. 그래서 그 소리들 역시 마치 다른 세계에서 오는 마술의 언어처럼 영혼을 파고들고, 영혼은 노래의 흐름에 사로잡혀 자기 자신을 망각하고 잃어버린다.[22]

음악에 대한 사랑과 정열에서 헤르더는 칸타타와 오라토리오의 많은 작품들을 요한 크리스토프 프리드리히 바흐와의 긴밀한 공동 작업으로 만들었다. 칸타타와 오라토리오는 순수한 그리스 합창, 시편과 송가로 거슬러 가게 된다. 그래서 헤르더는 오라토리오와 같은 합창을 유령들의 집회[23]라 불렀고, 이들의 목소리는 마치 하늘에서 온 듯이 보이지 않게 우리의 영혼으로 흐르는 소리라고 했다.[24] 헤르더는 그중에서 자신이 1780년에 바이마르의 공연을 위해 독일어로 번역한 헨델의《메시아Messia》를 본보기로 다음과 같이 말했다.

첫 소리부터 (…) 마지막 소리까지 어떤 형상이 없이, 종교의 넓은 영역을 불어넣어 주는 모든 느낌들의 강하고 부드러운 정신이 지배한다.[25]

여기에는 교회 음악은 결코 극적으로 흘러서는 안 된다는 헤르더의 생각이 나타나 있다. 그는 교회 음악을 다시 집중적으로 다루었고, 오페라 각본 작가로서 활동하면서 음악을 위한 드라마들을 만들었다. 나아가 헤르더는 기악 음악에 대해서도 언급했다. 말과 춤, 몸동작에서 벗어난 기악 음악은 인간을 삼매경으로 이끌고, 인간에게 명백하게 될 수 없는 것, 보이지 않는 것의 세계에 대한 이상적인 매체로 작용한다.[26] 왜냐하면 소리들의 말할 수 없는 것, 그러나 가슴으로 파악할 수 있는 것은 형상을 가지고 있지는 않지만 그것은 스스로가 우리에게 생기를 넣어주는 삶의 숨결이기 때문이다.[27] 그래서 헤르더는 기악 음악의 음들에서 결여된 '명확성' 내지 '구체성'을 결함으로 보지 않고, 오히려 음들이 공동으로 만들어 내는 진리를 관찰할 수 있게 하는 음악의 상승된 가치관을 갖게 되었다. 이것으로 헤르더는 쇼펜하우어, 바그너, 니체의 음악 철학에 대한 몇 개의 근본적인 생각을 앞당겨 실현했다.

헤르더는 음악의 일시적인 존재를 음악이 인간의 감정에 직접적으로 작용하는 힘으로 파악하고, 정체적인 조형 예술의 형식 개념에 예속되지 않게 하면서, 음악적 내용을 거의 천부적인 언어 형태로 전달했다. 그리고 음악적 느낌들을 직접 언어로 바꿔 쓰고, 언어라는 기구로 소리 나게 하는 예와 이론을 만들어 냈다. 이런 의미에서 헤르더는 음악 미학의 창시자이자 선구자라 할 수 있다.

# 음악의 인류 교화적 힘

괴테가 날카로운 시민의 광기라고 표현했던 헤르더의 시대는 개혁을 위한 투쟁의 역사였다. 젊은 세대는 계몽주의의 합리적·이성적 문명과 봉건 독재주의에 반항하고, 피지배적이고 답답한 소시민적 생활에서 벗어나 어떠한 억압과 제약에도 굴복하지 않는 '전인全人'을 추구했다. 이 시대의 젊은 지성인들은 자신들의 모범을 프로메테우스처럼 결박을 풀어내는 거인의 모습에서 찾았다. 문학은 파우스트, 프로메테우스, 괴츠, 모어와 같은 인물들을 통해 과격한 주관주의, 정열적인 창조적 욕구, 열광과 흥분, 절망이 합리주의적인 이성의 질서가 요구하는 엄격한 형식을 깨뜨리는 변혁의 힘과 가능성을 추구했다.

이들은 음악을 문학과 떨어질 수 없는 자매와 같은 예술 형식으로 보고, 음악에서도 문학이 지닌 것과 같은 변혁의 힘과 가능성을 추구했다. 음악 소리가 마치 하늘에서 온 듯이, 보이지 않게 듣는 사람의 영혼으로 흐를 때 음악은 인격의 가치를 상승시킨다. 오르페우스의 칠현금이 짐승과 돌, 나무들을 매혹시키고, 지하 세계의 신들을 움직이며, 죽은 아내도 다시 데려오고, 헤라클레스의 몽둥이보다 더 많은 것을 했으며, 비인간을 인간적으로 만든다.[28]

헤르더는 음악에서 인간에 작용하는 경이로운 힘을 인류의 교육과 인간화를 위한 유익한 수단으로 보았다. 그는 음악에 대한 각별한 사랑에서 〈현악 연주Das Saitenspiel〉, 〈오르간Die Orgel〉, 〈음악Die Musik〉과 같은 음악에 바치는 많은 시들을 썼다. 음악에 바친 찬가 〈음악〉에서 헤르더는 음악이 불행으로 쫓기는 자와 억압된 자를 다시 일으켜 줄 수 있고, 다른 어떤 예술보다 삶의 기쁨을 상승시킬 수 있는 전능을 찬양했다.


절망으로 가득 차서 나는 황량한 숲을 찾아 헤맨다.
잃었구나, 다프네여, 데이먼이여,[29] 행복을 잃었구나!
고통이 내게서 얼마나 미쳐 날뛰는가!
내 귀에서는 나의 비탄을 따라 울리는 메아리가 시끄럽다!
도대체 나의 애원은 연민을 일으키지 않으니
아! 공포가 내 주위에서 울리듯
호랑이의 울부짖는 소리가 다가온다.
가련한 나에게 저주가 있을지니
나는 떨고 있다! 숲은 얼마나 울부짖고 있는가!


그렇지만 조용해질 것이다! 귀를 기울여라! 웬 멜로디인가!
나의 다프네는 스스로 아직껏 그렇게 신처럼 노래 부른 적이 없다.
천사의 노래가 머나먼 곳에서 잠에서 깨어나

이리저리 뒤척인다. 몸을 일으킨다.

별을 향해 높이 오르고, 그러고는 계곡으로 굴러 온다.

그 메아리는 큰 소리로 울려오고,

서풍과 함께 울부짖으며 내 귀 앞에서 사라진다.

단잠에 빠지듯 나의 두근거리는 가슴은 가라앉고

내 근심의 모든 뱀 머리는 잠들고, 분노의 모든 폭풍과

핏방울의 모든 대양은 낮은 쪽으로 파도처럼 일다가 잠잠해진다.


오, 음악이여! 정녕 그대가 오는구나, 그대가 오는구나! 오, 기쁨이여

그대의 손가락이 창조하니, 아아, 이 무슨 애무인가!

그대는 크레모나의[30] 현으로

가장 부드러운 은 화살을 내 가슴에서 울리게 한다.

그대의 라우테가 울리니, 나 울리고

그대 껑충껑충 뛰노니, 나 뛰논다!

그대 두둥실 떠도니, 나 두둥실 떠돈다!

그대가 두드린다! 나는 천상의 기쁨 속에서 헤엄치니

아, 나의 심장은, 오, 창조의 여인이여!

완전한 조화로 녹아든다!


이제 깨어나라! 웬 새로운 눈물의 강이

쏴쏴 소리 내며 솟아 흐르는가,

내 심장 주위에서 물결친다! 심장은 살아 있다.

모든 맥박은 깨어난다.

모든 신경은 미녀들과 함께 사랑의 춤을 추며 떨고 있다!

그들은 날듯이 춤을 춘다! 나도 함께 날듯이 춤을 춘다.

요한 고트프리트 헤르더의 음악 미학

이제 소리가 귀를 기울인다! 그렇게 그들의 발이 귀를 기울인다!
이제 춤이 쏴쏴 소리 내며 다가온다. 춤은 껑충껑충 뛰어논다.
그들은 훌쩍 일어선다!
오, 무슨 쾌락의 힘들이 내 안에서 싸우는가!

그곳에 나의 데이먼이 춤을 춘다! 다프네가, 나의 기쁨이 춤을 춘다!
다프네여, 몸을 뿌리쳐라. 이 가슴에 기대어 쉬어라.
그대 데이먼이여, 나의 팔에 안겨라!
오, 하늘이여! 음악을, 음악의 전능을 받아들이고
옛 친구에게 키스할 행복을 노래하라.
쾌락을 즐기고 다프네의 품속에서 달아오를
그리웠던 쾌락을 노래하라.[31]

문학과 음악, 언어와 소리에 대한 헤르더의 연구는 예술에 대한 조
직적인 사고를 바탕으로 한 발생학적 관찰에서 시작됐다. 헤르더는
그의 미학적 주저主著인 《칼리고네》에서 음악 미학에 전념하고, 음악
이 인간에게 미치는 힘과 작용에 대해 말했다. 그는 여기서 우선 '울
림Schall'에 대해 언급했다.

울림은 마음속을 움직이고, 모든 움직이는 물체들의 내면으로부터 나
온 소리다.[32]

울림은 말하자면 움직여서 탄력성 있는 자연의 일반적 표현이다.
헤르더에게 가장 중요한 것은 소리의 울림이 화음을 이루어 인간의
영혼에 다가올 때 인간은 음악의 기쁨을 가장 마음속 깊이, 활기 있게

느끼게 되고 영혼은 음악에 호감을 갖게 된다는 것이다. 헤르더는 움직이는 모든 자연이 울림 또는 소리를 이용해 조화적인 존재들에 대해 말하는 것을 인식했다.

《칼리고네》의 제2부 4장에 있는 〈음악에 관하여〉에서 그는 다시 한 번 짧게 울림, 음향, 소리들에 관한 연구를 요약하고, 모든 소리는 자기 나름의 감동과 중요한 힘을 가지고 있다고 설명했다.

> 말하자면 자연에서 소리 나는 모든 것은 음악이다. (…) 음악의 느낌은 밖으로부터 생기지 않고, 오히려 우리의 안에서, 우리에게서 생긴다. 울릴 수 있는 것을 화음의 선율로 울리게 해서, 화음의 선율로 가볍게 울리는, 모든 진동하는 달콤한 음향만이 밖으로부터 우리에게 온다.[33]

〈제4비평집〉에서 헤르더는 이제 절대 음악에 대해서도 언급한다. 여기서 그는 소리가 결코 말과 몸의 동작에서 떨어져서는 안 된다고 보는 견해를 비판하고 말과 몸의 동작이 수반되지 않은 소리 자체가 음악의 독자적 예술성을 가질 수 있다고 주장했다.

> 음악 역시 홀로 말하는 자유를 가져야만 한다. (…) 말없이 음악은 오직 그 자체에 의해, 그리고 그 자체로 자기 특성의 예술로 형성되었다. (…) 음악의 자매들인 말과 몸의 동작에서 분리되어 스스로 예술로 이루어지는 것이 음악에 있어서 얼마나 어려웠나를 음악사의 느린 발전 과정이 증명한다.[34]

음악은 자연과 운동의 가장 내면적인 힘과 유사하며, 명백하게 될 수 없는 것, 볼 수 없는 것의 세계를 인간에게 전달한다. 이로써 기악 음악은 헤르더에게 이상적인 매체로서 그 가치가 상승되었다.

위에서 열거된 인용문들은 음악 미학의 발생학적 관찰에서 음악이 인간의 감정과 영혼에 미치는 힘과 작용이 매우 큰 것임을 말해 주고 있다. 헤르더는 〈음악의 힘과 사용-Macht und Anwendung der Musik〉이라는 부록에서 음악의 힘과 사용에 대한 라이프니츠의 몇 개의 표현들을 인용했다.

> 말하자면 영상들을 불러일으킬 뿐만 아니라 음들로 움직이게 하는 노래들은 놀라운 힘을 가지고 있다. 음들에 의해 인간은 모든 감동으로, 온갖 상태로 옮겨질 수 있다.[35]

라이프니츠는 독일과 프랑스에서 종교 개혁이 주로 노래에 의해 확산되었다는 것에 대해 상세하게 보충설명을 하고 있다.

> 그렇다. 지금도 모든 수공업자와 재봉 일을 하는 여자들은 여전히 노래를 통해 시간을 줄이고, 마음으로 느낀 즐거움으로 노래를 불러 일의 지루함을 없애고 있다. 그래서 나는 시인들이 정서상의 고귀한 기쁨을 노래를 통해 민중에게 들려주고 가슴에 새겨줄 때, 그들이 이보다 더 잘 국가에 봉사할 수는 없다고 생각한다.[36]

헤르더에게 있어 음악에 종사한다는 것은 개인적인 목적을 위한 것이 아니라 사회와 국가에 이바지하는 실천을 목표로 한다는 의미를 내포하고 있다. 이런 의미에서 교회 음악과 오페라에 전념할 수 있었다. 그는 인류의 교육과 인간화를 위한 유익한 수단으로서 음악에 부여된 숭고한 과제를 명확하게 인식했기 때문에 평범한 것, 비예술적

인 오락, 감상적인 서투른 노래를 반박하지 않을 수 없었다.[37]

이미 루소는 발전하는 시민 계급의 이름으로 프랑스 궁정 오페라의 외적 화려함과 부자연스러운 동작과 같은 약점을 폭로하고, 감동적인 효과를 가진 간결한 가요의 단순성과 정열에 대한 자연 그대로의 묘사를 주장했다. 그래서 스스로 민요풍의 아리아와 로망스, 이중창곡들을 작곡했다. 헤르더 역시 진부하고 통속적인 가극 내지 오페라 텍스트를 신랄하게 비판했다. 그러면서 앞으로 새로 만들어질 독일 오페라는 인간적인 토대 위에서 느낌과 함께 직접 진동하는 노래의 소리들로 이루어진 위대한 작품이어야 한다고 주장했다.[38] 음악은 인간의 본질과 가장 밀접하게 닮았다고 인식했다.

> 음악은 우리의 마음속에서 우리 고유의 가장 내면적인 본성인 오르간 건반을 연주한다.

그는 심지어 이 견해를 민족과 연관하여 한 민족의 음악에서 그 민족의 성향을 미루어 생각할 수 있다고 믿었다. 각 민족의 멜로디는 그 민족의 성격을 드러내기 때문이다. 그래서 음악에 대한 헤르더의 사랑은 민요에 대한 관심에서 중요하게 작용했다.

자연인을 내세운 루소의 사상과 헤르더의 민족 개념에 뿌리를 둔 예술관은 슈투름 운트 드랑 운동의 핵심인 '천재 개념'에 큰 영향을 주었는데, 특히 이때의 천재 개념은 민족적인 모든 것에 대한 열광으로 발전했다. 민족은 역사의 전수자로서, 영적·정신적 단일체로서 그 안에 스스로의 가치를 지니고 있기 때문에 헤르더는 민요에 내재해 있는 감성적 특징, 말의 주술적 힘, 음악성에 주목했다. 그에게 민요는 영원히 계속되는 민족의 노래이며, 동시에 시대를 반영하는 간접적인 민중의 소리이기도 했다.

시인과 작곡가는 민요의 노래들을 민중에게 들려주고 가슴에 새겨
줌으로써 밖으로는 봉건 절대 군주국의 사회 제도와 부패한 인습에
대해 투쟁하는 시민 계급의 힘을 전파하고, 안으로는 노래의 기쁨으
로 일상의 고통을 극복하고 국가에도 잘 봉사할 수 있는 인격과 인간
성을 함양시킬 수 있다고 생각했다.

이러한 생각은 헤르더의 〈인간애의 촉진을 위한 서신들〉에서 그의
인본주의 개념과 연관되어 전개되었다. 여기서 헤르더는 신의 섭리는
세계를 개선하기 위한 인간 정신의 과감한 진전에서 나타나며, 인간
성은 이 같은 신의 섭리를 인간에게 전하고, 또 인류의 진전을 가능하
게 하는 중심적인 힘이라고 강조했다. 인간성이란 인류의 특성이다.
그러나 인간은 그 특성에 대해 미완성인 채로 타고났기 때문에 스스
로 완성시켜 나가야 한다는 것이다. 그래서 그것은 이 세상에서 우리
의 목표가 되어야 하며, 우리의 노력과 가치의 종합이어야 한다. 문학
과 음악은 인간성의 향상을 위한 가장 중요한 수단인 것이다. 이렇게
헤르더는 음악을 현실적 목적을 위해 이용하면서 그 실천의 가능성을
음악과 민요와의 관계에서 찾았다.

헤르더는 민속 문학에서 문학과 음악의 일체성을 느낌의 마술 언어
와 모든 감동의 신비한 음악의 융합으로 보았다. 《오시안과 옛 민족들
의 노래들에 대한 서신 교환》에서 그는 격렬한 노래, 그 노래의 리듬,
거칠고 단순한, 그러나 크고 마술과 같은 장엄한 양식, 매우 강한 어
조의 모든 말이 만들어 내는 감명의 깊이, 그리고 그 감명이 만들어지
는 자유로운 작품을 찬양했다.[39] 그것은 감각적이고, 맑고, 생기 있고,
명료하고, 숙고하지 않고 행동으로 채워진 노래들이다. 그 때문에 그
는 형이상학과 교의학과 서류에서 몽상하는 대신, 민요들, 시골 가요

들, 농부가들을 수집할 것을 권했다. 이 민요와 가요들은 오랜 세월에도 불구하고 아주 신선한 작품으로 작용한다. 왜냐하면 그들은 민족의 혼을 시대에 맞는 느낌과 상상으로 새롭게 만들어 내기 때문이다. 헤르더는 이 같은 자신의 민속 문학에 대한 견해를 1770년에 슈트라스부르크에서 만났던 괴테에게 알려 주었다. 그래서 괴테는《시와 진실》제10권에서 헤르더와의 만남을 그에게 가장 중요한 결과를 갖게 했던 가장 의미 있는 사건이라고 말했다.

이미 영국과 스코틀랜드에서 일기 시작한 민요 운동은[40] 민요론의 기초를 제공한 헤르더의 〈오시안〉 논문에 의해 독일에서 큰 반응을 불러일으켰다. 특히 괴팅겐 하인[41]에 속한 시인들과 슈투름 운트 드랑에 속하는 시인들, 그 밖에도 이 문학적 방향에 가까이 있는 시인들은 민중의 가요들을 열심히 수집하고 번역했으며, 민중의 소리로 가요를 창작했다.

시민 계급의 젊은 작가들과 지식인들은 가요의 강한 느낌과 정열, 높은 도덕과 인간성, 가요에서 표현된 향토애, 자연과 가요의 밀접한 관계, 민주적인 내용, 순수한 것, 단순한 것, 자연적인 것을 모범으로 받아들이면서 전제 군주국가에 대한 투쟁의 활력과 원기를 얻었다. 가요의 힘은 무엇보다도 집단적인 노래에서 나타났다. 가요의 음악적·감정적 요소는 이제 하층 계급 사람들의 약점을 더욱 분명하게 인식시켰고 동시에 이들의 타고난 결점을 메워 주었다. 또한 모든 피억압자들에게 공동의 생각과 행동을 촉진시킴으로써 봉건귀족에 대한 방어전선에 특별히 공헌했다.[42]

루소에서 유래한 감정의 강조와 공공연한 표출은 개개인의 각성과 봉건 국가에 대한 반항의 목적을 위해 일차적으로 모든 인간적 충동과 감동의 활성화에 이용되었다. 특히 음악의 도움에 의한 격정의 유발은 루소뿐만 아니라 헤르더에게 있어서도 미학적 목적 자체가 아닌 가장 날카로운 사회 비판과 시민적 자아의식의 표명을 위해 이용되었다. 헤르더에게 음악은 시민의 해방과 인류의 교화를 위한 수단이었다.

Johann Wolfgang von Goethe

# 요한 볼프강 괴테의
# 음악에 대한 사랑과 문학

—

4

# 낭만적 예술가

괴테는 실러와 함께 독일 문학의 절정기를 이룬 독일 고전주의 문학을 대표하는 작가다. 82세라는 그의 긴 생애는 슈투름 운트 드랑에서 고전주의 시대를 거쳐 낭만주의에까지 이르렀다. 이 시대는 헨델과 바흐에 이어서 모차르트, 베토벤, 슈베르트, 브람스, 하이든, 슈만과 같은 세계적인 음악가들이 활동했던 음악의 천재 시대이기도 했다. 그래서 괴테와 이들 음악가들과의 관계, 문학과 음악의 상호 작용은 연구의 대상일 수밖에 없다.

《시와 진실Dichtung und Wahrheit》 제4권에서 괴테는 14세 때 프랑크푸르트에서 J. A. 비스만에게 받았던 피아노 수업에 대해 재미있게 표현하고 있다. 이 수업은 성공적으로 진행되지 않았기 때문에 괴테의 연주 실력은 보잘것없는 수준이었다.[1] 그는 후일에 슈트라스부르크에서 바슈로부터 첼로 연주를 배웠으나 첼로 연주도 마찬가지였다. 이

요한 볼프강 괴테(1749~1832).
독일의 시인, 극작가, 정치가, 과학자로서 독일 고전주의의 대표적인 문학가다.

같이 음악 교육을 제대로 받지 못했다 해서 괴테가 음악적인 재능이나 기초 지식이 없고, 음악에 대해 거부감을 가졌다고 생각하는 것은 성급한 판단이다. 그 시대에 살았던 세계적인 두 음악가인 베토벤과 슈베르트를 인식하는 데 있어서 괴테는 소극적인 태도를 보였지만 그 것은 괴테의 개인적·사회적 상황들에서 기인했다고 보아야 한다. 괴테는 그 당시 수많은 사람들과 예술가들로부터 여러 종류의 서신들을 받을 정도로 유명했지만 그들에게 일일이 답장이나 평가를 할 수 없었기 때문이다.

오히려 괴테는 수준 높은 음악 교육을 받은 자로서 노년에 이르러서도 피아노를 즐겨 쳤으며, 악보도 유창하게 읽을 줄 아는 실력을 지닌 인물이었다. 또한 그는 26년간 바이마르 극장의 지배인으로 있으면서 많은 유명한 음악가들과 교류하고, 자신의 서정시에 곡을 붙이고, 극작품을 각색해 오페라 무대에 올리는 데 크게 활약한 작가였다.

그는 음악과 문학의 긴밀한 관계를 알고, 음악의 예술적 가능성들을 그의 작품들을 위해 이용하려고 의식적으로 노력한 대단한 예술가였다. 그래서 그는 상당히 일찍부터 음악적 조언자들과 작곡가들을 찾았고, 그들의 능력을 자신의 문학을 위해 의식적으로 이용했다.

괴테는 프랑크푸르트에서의 유년 시절부터 이탈리아의 아리아를 들었다. 당시 7년 전쟁 중으로 프랑크푸르트가 프랑스의 점령하에 있었기 때문에 그는 프랑스 연극에 깊은 관심을 갖게 되었다. 14세 때였던 1763년 8월 18일에는 7세의 모차르트와 그의 누이의 연주를 들었다. 라이프치히 대학 시절인 1765년에 괴테는 에른스티, 겔러르트, 고트쉐트, 바이제 등이 함께하는 문학과 음악 모임에 들어갔다. 그는 당시의 작곡가인 요한 아담 힐러[2]를 알게 되었고 그의 징슈필[3]에 큰 감명을 받았다.

괴테는 1770년에 징슈필에 대해 일기 형식으로 기술하기 시작해 노년까지 계속했으며, 여기에 작곡가의 임무, 음악가에 대한 소식과 주해를 정기 간행물 형식으로 남겼다. 괴테는 코쉬 극단의 공연에서 엘리자베트 슈멜링과 코로나 슈뢰터의 노래를 들었고, 그 후 1773년에 이들을 바이마르로 데려와 고용했다. 앙드레의 징슈필 《도공Töpfer》은 크게 유행하여 괴테가 1773년 그의 첫 징슈필 《에르빈과 엘미레 Erwin und Elmire》[4]를 쓰도록 자극했다. 앙드레는 괴테를 개인적으로 일찍이 알고 있었으며, 괴테의 징슈필과 노래들을 작곡했다.

라이프치히에서 최초로 음악이 삽입된 희곡 《연인의 변덕Die Laune des Verliebten》(1768)이 만들어졌고, 이 시기에 《파우스트Faust》의 구상이 시작되었다. 괴테는 함께 일할 음악가를 찾았는데, 그의 여자 친구인 요한나 팔머는 유명한 음악가인 크리스토프 빌리발트 리터 폰 글루크를 괴테에게 소개하려고 노력했다. 젊은 괴테는 글루크에게 자신의 시를 보냈으나 그는 읽어 보지도 않았다. 그러나 2년 뒤인 1776년에 상황이 뒤바뀌었다. 글루크의 조카딸 나네테 마리안나가 17세의 젊은 나이에 죽었을 때 글루크는 애도의 작곡을 위한 시를 클롭슈토크와 비일란트에게 부탁했다. 그러나 이들은 괴테를 추천했고 그는 괴테에게 접근하려고 했지만 괴테는 바이마르 초기 시절의 바쁜 정무와 샤를로테 폰 슈타인 부인에 대한 우정과 사랑 때문에 시를 쓰지 못했다. 하지만 글루크는 클롭슈토크가 위대한 남자라고 칭찬하는 괴테의 존재를 알고 있었고, 괴테의 저서들을 단숨에 읽었다. 1769년 가을에 라이프치히에서 괴테의 20개의 시가 베른하르트 테오도르 브라이트코프에 의해 새로운 멜로디로 작곡되었다.

괴테는 1770년에 슈트라스부르크 대학에서 법학 공부를 할 때, 헤르더를 알게 되었다. 괴테는 그에게서 독일 민요에 대한 많은 영향을 받아서, 그의 누이인 코르넬리아에게 엘사스 지방의 민요에 멜로디를 붙이게 했다. 그는 근교 마을인 젠젠하임에서 목사의 딸 프리데리케 브리온을 만나 사랑에 빠졌고 그녀에게 바치는 많은 서정시를 썼는데, 이것이 유명한 멜로디의 가사가 되었다.

1771년에 프랑크푸르트에서 변호사 개업을 한 괴테는 《괴츠 폰 베를리힝겐Götz von Berlichingen》의 초고와 1772년에는 익살스럽고 풍자적인 《드라마 콘서트Concerto dramatico》를 써서 다름슈타트에서 공연했다. 이것은 그 당시 괴테의 박자와 리듬에 대한 대단한 지식과 루트비히 티크, 호프만, 클레멘스 브렌타노처럼 단어들을 수단으로, 음악을 문학적으로 모방할 수 있는 능력을 보여 주었다.[5]

〈나그네의 폭풍우 노래Wanderers Sturmlied〉를 시작으로 〈마호메트의 노래Mahometh Gesang〉, 〈마부 크로노스에게An Schwager Kronos〉, 〈프로메테우스Prometheus〉, 〈투울레의 왕König in Thule〉 같은 열광적인 송가

**샤를로테 부프.**
《젊은 베르테르의 슬픔》의 주인공인 로테의
모델이자 괴테가 사랑한 여인.

들이 연이어 나왔고, 이는 그 시대의 음악가들에게 지대한 관심을 받게 되었다. 베츨라에서 만난 샤를로테 부프에 대한 사랑으로 쓴 《젊은 베르테르의 슬픔Die Leiden des jungen Werthers》의 초판과 《괴츠》가 1774년에 베를린에서 초연됨으로써 괴테는 독일 문학에 폭풍을 일으키며 단숨에 유명해졌다.

괴테는 1776년에 바이마르 공국의 추밀원 고문관으로 정사에 참여했다. 그는 1779년에 산문으로 된 《타우리스의 이피게니에Iphigenie auf Tauris》 초고를 완성하고 음악가인 슈뢰터와 함께 바이마르에서 초연에 참석했다. 이후 1782년부터 서서히 《빌헬름 마이스터의 수업 시대 Whilhelm Meisters Lehrjahre》를 집필하기 시작했는데, 여기에 삽입된 세계 문학 수준의 시들이 거의 다 작곡되었다. 1781~1782년에 〈마왕 Erlkönig〉이 완성되어 슈뢰터에 의해 처음으로 작곡되었다.

제1차 이탈리아 여행(1786~1788)에서 괴테는 음악의 다양한 분야를 체험한다. 오라토리오 공연, 곤델라의 노래들, 민속적인 대창, 집중적인 피아노 음악, 로마에서 주교가 집전하는 대미사 등, 이 모든 것들이 그를 사로잡았다. 1774년에 괴테는 프랑크푸르트의 젊은 음악가 필리프 크리스토프 카이저를 알게 되었다. 카이저는 1779년경부터 괴테의 음악적 조언자가 되어 함께 이탈리아에 머물면서 옛 대가들의 예술을 설명해 주었다. 그곳에서 괴테는 《타소Tasso》와 〈마왕〉의 집필을 추진했고,《에그몬트Egmont》를 완성했다.

벨로모쉬 극단이 1784년에 바이마르 극장을 인수하고 1791년까지 매주 3회씩 공연을 하게 되었다. 이때 괴테는 많은 음악가들로부터 오페라에 대한 결정적인 인상을 받았다. 또한 이 극단의 공연을 통해 이탈리아의 희가극 분야에 새로운 자극을 경험한다. 그리고 오페라나 오라트리오의 아리아에 앞서, 가사를 멜로디가 아니라 말의 악센트에 따라 이야기하듯이 노래하는 레치타티보의 의미를 알게 되었다. 1784년 6월 28일에 자신의 음악 조언자인 카이저에게 보낸 편지에서 괴테는 오페라의 음악적 특징과 작곡가의 위대함에 대해 찬양했다.

> 생명과 동작, 감정이 가미되어, 갖가지 정열로 그곳에서 그들의 무대를 발견한다네. 특히 섬세한 감각과 우아함이 나를 기쁘게 하며, 작곡가는 마치 천상의 존재처럼 시인의 현세적 본성 위에서 떠돈다네.[6]

괴테는 1785년 4월 25일에 카이저에게 보낸 서신에서 자신과 함께 이탈리아 희가극의 양식에 따라 독일의 징슈필을 만들 것을 요구했다. 이 요구는 비록 카이저의 비협조로 수포로 돌아갔지만 그와의 서신 교환에서 괴테는 오페라 각본 작가로서 놀라운 음악 지식을 보였으며, 리듬의 의미와 음운의 사용과 연관해서 자신의 요구를 작곡가에게 상세히 설명할 수 있었다.[7] 괴테의 징슈필《농담, 계략, 그리고 복수Scherz, List und Rach》는 이 의도를 반영시킨 결과다.

괴테는 모차르트가 죽은 해인 1791년 5월부터 1817년 4월까지 27년간 연극과 오페라를 공연하는 바이마르 극장의 총감독으로 일했다. 그는 이 극장의 재정 문제뿐만 아니라 희곡 이론, 각색, 예술적 지도, 낭송에 이르는 모든 것을 보살폈다. 그는 재정이 허용하는 한 사람들과 레퍼토리를 개선하고, 바이마르뿐만 아니라 라우흐슈테트, 에르푸르트, 라이프치히, 루돌슈타트, 할레 등 여러 도시의 무대에 연극과 오페라를 공연했다.

실러의 드라마에도 불구하고 오페라는 언제나 많은 관객들이 모여들었다. 이 기간 중에 600여 편의 작품들이 공연되었는데, 104편의 오페라, 31편의 징슈필이 무대에 올랐고, 그중에서 모차르트가 1위를 차지했다. 《마술 피리Die Zauberflöte》가 82회, 《돈 조반니 Don Giovanni》 68회, 《후궁의 유괴 Die Entführung aus dem Serail》 49회, 《티투스Titus》 28회, 《피가로의 결혼Figaros Hochzeit》이 20회를 기록했다. 반면에 기타 작품들은 12회를 넘지 못하는 실정이었다. 괴테의 걸작들인 《파우스트》, 《타소》, 《이피게니에》, 《괴츠》도 몇 번밖에 공연되지 못했으며, 가장 인기 있었던 징슈필 《제리와 배텔리Jery und Bäthely》도 24회 공연에 그치고 말았다.[8]

괴테는 1810년에 《색채론Zur Farbenlehre》을 완성하고, 이 이론에 근거해 음 이론Tonlehre을 연구하기 시작했다.[9] 그는 음악에서도 과학적 이론을 기반으로 《색채론》에 버금가는 음의 이론을 확립하려고 노력했다. 음악가인 크리스티안 슐로서가 토론의 대상이었으나 그의 무관심과 비협조로 음 이론을 출판하려 했던 계획을 이룰 수 없었다.

1805년에 브렌타노의 《소년의 마술피리Des Knaben Wunderhorn》 1부가 출간된 후 괴테는 다시 민요에 전념했다. 그는 음악을 더 구체적으로 이해하기 위해 카를 에버바인의 지휘하에 합창, 독창, 기악 음악을 포괄하는 괴테 가정 음악을 설립했다. 1806년에 그는 《파우스트 1부》를 끝내고, 1807년에 《빌헬름 마이스터의 편력 시대Wilhelm Meisters Wanderjahre》를 집필하기 시작했다. 1812년에는 베토벤의 음악을 곁들인 《에그몬트》가 초연되었다.

안식일 밤에 말을 타고 달리는 파우스트와 메피스토(외젠 들라크루아의 석판화)

1823년에 요한 페터 에커만이 괴테의 조수로 일하게 되었다. 그는 《만년의 괴테와의 대화Gespräche mit Goethe in den letzten Jahren seines Lebens》를 집필했는데, 여기에 음악에 대한 괴테의 많은 생각이 기록되어 있다. 괴테는 1825년 이후 수년간을 《파우스트 2부》의 집필에 전념했다. 《빌헬름 마이스터의 편력 시대》가 1821년에 출판되었고, 1829년에 증보된 형태로 완성되었다. 클링게만에 의해 각색된 《파우스트 1부》의 첫 공연은 브라운슈바이크에서 1829년 1월 19일에 열렸다. 괴테의 마지막 작품인 《파우스트 2부》의 원고가 오랜 시간을 거친 후 마침내 오페라 텍스트로 작성되었다는 사실은 고령의 나이에도 괴테에게 있어 문학과 음악이 여전히 깊은 일체를 이루고 있었음을 말해 준다.[10]

지금까지 음악과 연관된 괴테의 생애를 살펴보았다. 괴테는 음악에 직간접적으로 큰 영향을 준 작가였다. 그에게 있어서 음악은 문학과 분리할 수 없는 가장 필연적인 예술 영역이며, 그의 정신세계를 표현하기 위한 창조적인 수단이었다. 음악에 대한 그의 전문 지식은 음악적 형태와 기술이 아니라 음악의 본질·힘·의미와 연관된 음악적 표현과 이해의 사변적인 문제들에 대한 것이었다.

# 괴테의 음악 사랑과 조언자들

    괴테는 음악에 대한 사랑과 정열에서 당시의 음악가들과 교류하고, 음악적인 문제들에 의견을 교환했다. 그러나 그는 작곡가들의 조언에 전적으로 의존하지 않고, 적극적인 의미에서 이 두 예술의 상호적인 관계를 창조적으로 발전시키려고 노력했다. 그는 음악의 조언자이며 공동 작업자로서 필리프 크리스토프 카이저, 요한 프리드리히 라이하르트, 카를 프리드리히 첼터의 세 작곡가들과 평생 깊은 관계를 유지했다. 또한 바흐, 헨델, 모차르트, 베토벤, 슈베르트, 멘델스존, 하이든과 같은 세계적인 음악가들과 교류하면서 그들의 영향을 많이 받았다.

    1774년에 괴테는 젊은 프랑크푸르트 출신의 음악가 카이저를 알게 되었고, 카이저는 1779년 이후 괴테의 가장 가까운 친구이며 조언자가 되었다. 그는 괴테의 많은 시를 작곡했다. 괴테가 1777~1778년에

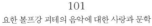

궁정 음악가 비이너를 통해 편찬한《역사적인 가요집Historisches Liederbuch》에는 85편의 작곡 작품들이 수록되어 있는데, 그중 72곡이 카이저의 것이었다. 괴테는 그에게《에르빈과 엘미레》,《클라우디네 폰 빌라 벨라Claudine von Villa Bella》,《제리와 배텔리》를 작곡하도록 하려 했으나 카이저가 이에 동조하지 않았다.[11] 그러나 괴테는 그와의 서신 교환에서 가극 각본 작가로서 놀라운 음악 지식을 보였으며, 리듬의 의미와 음운의 사용에 대한 자신의 요구들을 카이저에게 상세히 설명했다. 또한 괴테는 카이저에게 사용할 악기 종류까지 지정하면서, 가급적이면 적은 악기로 많은 것을 표현할 수 있는 간결한 작법을 강조하기도 했다.

나는 반주를 너무 지나치지 않게 유지할 것을 당신에게 권고합니다. 오직 절제 안에 풍요가 있습니다. 자신의 일을 이해하는 자는 2개의 바이올린, 비올라와 베이스로 전체 악기 보관실에 있는 모든 다른 악기들보다 더 많은 것을 합니다. 당신은 취주악기들을 양념으로, 개별적으로 사용하십시오. 부분에 따라 플루트들을, 한자리에 파고트(바순)를, 저곳에 하우트보Hautbo (오보에)를 사용하십시오. 그것은 예술적인 표현을 결정합니다.[12]

괴테는 그와 함께 1786~1788년 로마에 머문 후에 바이마르로 돌아왔으며, 그해 예술적인 것보다는 인간적인 문제로 카이저에게 실망한 괴테는 결국 등을 돌렸다.

1789년에 괴테는 바이마르에서 그의 두 번째 음악 조언자로서 프로이센의 프리드리히 2세의 궁정 악장으로 있는 요한 프리드리히 라이하르트를 알게 되었다. 실러는 그에 대해 부정적이었던 반면 헤르더

는 그를 긍정적으로 평가했다. 라이하르트에 대한 의견은 여러 가지였다. 그의 성격, 행동, 태도에 대한 평판은 좋지 않았다. 그럼에도 괴테가 첫 친교를 맺은 후 그를 초대해 11일간이나 자신의 집에 머물게 한 것은 카이저와 헤어진 후 매우 긴급히 음악의 조언자와 협력자를 필요로 했음을 말해 준다.

그가 괴테와의 음악적 협력 관계에서 가장 재치 있고 생산적인 작곡가였음은 의심의 여지가 없었다. 그는 괴테와 만날 때 자신이 작곡한 괴테의 징슈필인 《제비꽃Das Veilchen》과 《클라우디네 폰 빌라 벨라》를 가지고 왔다. 1780년에 그는 이미, 첫 괴테 작곡집 《송시와 가요Oden und Lieder》를 출판했다. 괴테와 친교를 맺은 후에 그는 1793년에 《에르빈과 엘미레》, 《제리와 배텔리》와 괴테의 서정시들을, 1809년에는 가요, 송가, 발라드, 로만체로 된 4권의 작곡집을 출판했다. 1796년에는 《빌헬름 마이스터의 수업 시대》의 노래들이 작곡되었다. 그는 괴테의 많은 징슈필과 서정적인 작품들을 단조로우나 마음 깊이 파고드는 멜로디로 장식했으며, 그 외에도 괴테의 소설들과 희곡들에서 어떤 식으로든 음악적으로 다룰 수 있는 것들이면 작곡하려고 했다. 이때 그는 음악적으로 표현할 수 있는 것들의 한계를 자주 뛰어넘었다.

괴테가 그와 함께 일했던 시기는 바이마르 극장의 지배인으로서 매우 활발하게 활동했던 때였다. 괴테는 라이하르트와의 서신 교환을 통해 춤, 오페라, 연극을 촉진시키기 위한 의견들을 활발히 나누었고, 연극의 예술적·교육적 과제들에 대한 자신의 기본 원칙들을 자주 이야기했다. 1801년 2월 5일에 괴테가 그에게 보낸 서신에 있는 부분은 음악에 대한 내면적인 애착을 나타내고 있어 그 의미가 깊다.

카를 프리드리히 첼터(1758~1832).
북독일 악파의 중심인물로 작곡가, 지휘자, 음악 교육가다.

내가 아프고 난 후에 처음으로 느꼈던 보다 높은 욕구는 음악에 대한
것이었으며, 사정이 허락하는 한 사람들은 이 욕구를 만족시키려 노력
했습니다.[13]

1809년에 궁정 상임 지휘자로서 카셀에 라이하르트가 채용된 후 괴
테는 그와의 관계를 끊었다. 그러나 이미 1796년 이전에 친구다운 교
제는 멀어져 갔다. 라이하르트는 실러의 《호렌Horen》에 대해서 맹렬
히 비난했으며, 그가 발행하는 《프랑스와 독일》이라는 시사 잡지에
발표한 민주적이고 혁명적인 정치적 생각에 대한 견해 차이로 괴테는
그와의 관계를 끊게 되었다. 그 후 라이하르트는 3년간의 휴가라는 형
태로 사실상 왕실 악장의 지위를 잃게 되었다. 그것은 귀족과 괴테에

대해 자의식이 강했고 반항적이었던 베토벤이 천재적인 재능과 정열적인 성품을 지녔다는 것을 알고 있었음에도 불구하고 괴테가 그를 받아들이지 않은 이유와 유사하다.

괴테의 세 번째 음악 조언자 카를 프리드리히 첼터는 음향에 앞서는 말의 우위에 대한 괴테의 내면적인 주장을 충분히 이해했다. 그래서 괴테는 그에게 대단히 만족했다. 1796년부터 첼터는 실러의 《문학 연감Musenalmanach》을 위해 쓴 괴테의 몇몇 시들을 작곡했다. 1799년 8월 26일에 두 사람은 서로 편지 교환을 시작했으며, 1802년에는 바이마르에서 우정의 결속이 이루어졌다. 1812년에 첼터의 사생아가 자살한 이후 그들은 서로를 '자네Du'라고 부르며 말을 놓고 지내기 시작했다. 이 같은 관계는 괴테가 죽을 때까지 계속되었다. 괴테가 죽은 후 첼터는 괴테를 잊지 못해 2개월 뒤 그를 따라 세상을 떠났다.

괴테는 첼터에게서 성실하고도 탁월한 본성과 순수하고 변함없는 작곡가와 친구의 모습을 보았다. 그들의 서신 교환은 그 시대의 음악사·문학사·문화사를 포함하고 있는 중요한 자료로서, 괴테가 실러와의 서신 교환 이외에 출판을 준비했던 유일한 것이었다. 이것은 괴테가 죽은 후 1833~1834년에 출판되었다. 이 책에는 두 사람의 인생관과 예술관, 세계관이 숨김없이 진술되어 있으며 음악적인 견해가 일치하고 있음이 나타나 있다. 괴테는 음악에 대한 판단을 스스로 할 수 있는 능력을 가졌음에도 불구하고 대부분 첼터의 충고를 원했다. 첼터 또한 괴테의 비평을 가장 존중하는 작곡가였다.[14] 첼터는 작곡을 위해 괴테가 보낸 시들에 대해 자신의 재능이 미치는 한 훌륭히 작곡해서 괴테의 요구에 보답하려 했다. 괴테는 첼터의 작곡 활동이 자신의 가요 창작을 활성화시킨다고 말했다.

활발한 참여의 아름다움이란 참여가 다시 생길 수 있다는 것이라네. 왜냐하면 나의 가요들이 자네에게 멜로디를 만들도록 했다면 자네의 멜로디들은 나에게 많은 가요에 홍미를 불러일으키게 했다고 말할 수 있다네. 그리고 우리가 가까이서 함께 살았다면 지금보다 더 자주 나의 감정이 서정적으로 고무되는 것을 나는 분명히 느꼈을 것일세.

첼터는 오늘날 그다지 높이 평가되고 있지 않으나 작은 음악 형태의 가요 작곡의 대가였다. 괴테는 자신의 많은 시들을 작곡한 첼터의 작품에 대해 칭찬을 아끼지 않았다. 그는 첼터의 음악에서 가요와 멜로디의 일치를 보았고, 이러한 일치는 작곡가가 작곡할 작품의 문학적 의도를 충분히 이해할 때만이 가능하다고 보았다. 그래서 괴테는 이 생각을 1798년 6월 18일 예나에서 아우구스트 빌헬름 슐레겔에게 쓴 편지에서 다음과 같이 밝히고 있다.

내가 매일 한 개인의 인간관계에 대해 호기심이 많았다면 그것은 첼터 씨에 관한 것입니다. 두 예술의 결합은 매우 중요하며, 나는 오직 그런 남자와의 교제를 통해서만이 발전할 수 있는 두 예술과 관련해 많은 것들을 계획하고 있습니다. 그의 작곡 작품들의 독창성은 내가 판단할 수 있는 한, 결코 하나의 착상이 아니라 문학적 의도들을 철저히 재현한 것입니다.[15]

이 같은 믿음이 얼마나 깊었는지는 괴테가 1820년 5월 11일에 칼스바트에서 첼터에게 쓴 편지에서 더욱 잘 나타나고 있다.

나는 자네의 작곡들을 내 가요들과 동일하게 느낀다네. 음악은 다만,

밀려들어 오는 가스처럼 풍선을 높이 띄워 올린다네. 다른 작곡들의 경우 나는 어떻게 그들이 내 가요를 받아들여서 이를 통해 무엇을 만들었는가에 먼저 주의를 기울여야만 한다네.[16]

괴테의 음악적 조언자로서 첼터의 가장 큰 업적 가운데 하나는 그가 괴테에게 옛 음악을 알려 주었으며, 계속해서 바흐와 헨델에 대한 그의 공연들을 보고했다는 데 있다. 예를 들어, 1827년 6월 27일의 편지에서 그는 괴테에게 다음과 같은 방법으로 바흐에 대해 설명해 주었다.

그는 창공처럼 항상 존재하나 붙잡을 수 없다네. 바흐는 가장 위대한 음악 이론가에 해당하네. 우리는 그가 천성이 지고한 시인이라고 아직 말할 수는 없지만 그럼에도 그는 자네의 셰익스피어처럼 유치한 무대 위에 있는 고매한 자들에 속한다네. 그는 교회 봉사자로서 오직 교회를 위해 작곡했지만 사람들이 교회적이라고 말하는 것은 작곡하지 않았다네. 그가 토카타, 소나타, 콘체르토 등의 보편적인 기호와 이름을 이용할 수밖에 없는 것은 마치 누군가가 요제프 또는 크리스토프라 불리는 것과 같은 것이라네.
바흐의 근본 요소는 자네가 그의 말을 인정하고 있듯이 고독이라네. 그러면서 자네는 이렇게 말했지. '나는 침대에 누워 베르카에 사는 우리 시장의 오르간 주자에게 제바스티안을 연주하게 한다네. 그는 그런 사람이고, 그는 경청하길 바란다네. (…) 사람들은 그의 오르간 소리를 이해하면서 들어야 하네. 오르간은 그가 살아 있는 숨결을 직접 불어넣는 그의 고유한 영혼이라네. 그의 주제는 마치 돌에서 나는 불꽃처럼 아마도 처음에 우연히 페달을 밟을 때 튀어 나오는, 지금 막 태어난 영감이라네. 그렇게 그는, 그가 고립되고, 고독을 느끼고, 마르지 않는 강이 무한한 대양으로 흘러들어갈 때까지 서서히 파고 들어온다네. (…) ' 이 라이프치히의 성가대 지휘자 겸 오르간 연주자는 신의 출현이네. 분명하나, 그럼에도 설명할 수 없는.[17]

여기서 첼터가 말하는 베르카의 시장 오르간 연주자는 오르간 연주자 겸 바덴 주의 감독관인 프리드리히 하인리히 쉬츠이다. 이 사람에 대해 괴테는 1819년 1월 4일에 첼터에게 보낸 편지에서, 괴테가 3주 동안 베르카에서 시간을 보냈을 때 감독관이 매일 3~4시간을 제바스티안 바흐에서 베토벤, 필리프 에마누엘, 헨델, 모차르트, 하이든을 거쳐서, 두세크와 같은 음악가들의 역사적인 시리즈 작품들을 연주해 주었다는 것을[18] 알리고 있다.

여기서 중요한 것은 괴테가 언제나 매일 3~4시간을, 더 자세히 말해서 역사적인 시리즈 작품을 연주하도록 했다는 사실이다. 그만큼 음악에 대한 그의 열정과 욕망은 컸으며, 그는 전혀 싫증내지 않았다. 여기에서 괴테에게 중요한 것은 오직 음악 지식의 습득만이 아니었으며, 끈기는 이에 못지않게 음악에 대한 순수한 내면의 욕구에서 관조되어야만 했다.

첼터가 괴테에게 바흐를 소개할 때까지 바흐는 그에게 낯선 음악이었으며, 헨델처럼 그의 마음속에 크게 자리 잡지 못했다. 첼터가 괴테에게 바흐의 작품에 대해 열광적으로 보고하고, 자신이 준비한 바흐의 베를린 공연에 초대했음에도 괴테는 참석하지 않았다. 그러나 첼터에 의해 괴테는 바흐의 음악을 이해하고 수용하기 시작했다. 괴테의 바흐 수용은 바흐가 독일 민족과 세계로 출현하는 상징[19]으로서 중요한 의미를 가진다. 후에 괴테는 바흐 음악을 '영원한 화음'[20]이라는 유명한 말로 정의했다.

첼터가 준비한 오케스트라와 합창의 거대한 공연은 괴테와 독일 사람들에게 헨델과 바흐의 음악과 정신을 알려 주는 계기가 되었고, 괴테는 바흐 음악의 거대한 정신을 받아들일 수 있어 기뻐했다. 괴테의 이 같은 평가는, 베토벤이 바흐 음악을 무한히 풍부한 음조의 배합과 조화로 볼 때 그를 바흐(작은 개울이라는 독일어임)라는 이름보다는 '바다'라고 불러야 한다고 말한 것과 유사하다. 괴테는 헨델의 오라토리오의 아름다운 구성에 감탄하여 마지막 3년(1829~1832)을 《메시아》와 《삼손》, 《유다스 막카베우스Judas Makkabäus》를 연구하는 데 몰두했다.

괴테가 자신의 '가정 음악회'를 만들었을 때 첼터의 영향이 매우 컸다. 괴테는 개인 합창단을 설립하고 에버바인의 지휘 아래 첼터, 라이하르트, 에버바인의 작품들을 부르게 했다. 이때 괴테는 스스로 연출·박자·음조를 결정하는 데 관여했는데, 음악을 규칙적으로 듣는 것은 괴테에게는 삶의 욕구였으며 그에 대한 욕구는 점점 더 강해졌다. 1807년 이후 실러가 세상을 떠난 뒤 가정 음악회는 관례적인 행사가 되었다. 매주 목요일에 가장 가까운 사람들 간 모임에서 예행 연습이 있었고, 공연은 일요일에 초대된 손님들 앞에서 행해졌다. 다만 이 공연은 1812년까지만 정기적으로 시행되었다.[21]

괴테 시대는 수많은 천재 음악가들이 활동했던 시대였다. 요한 프리드리히 프란츠, 프란츠 제라프 데스토우헤스, 카를 에버바인, 아우구스트 에버하르트 뮐러, 요한 네포무크 훔멜,[22] 음악사가인 로흘리츠[23]와 특히 〈화해Aussöhnung〉와 〈마린바트 비가Marienbader Elegie〉를 연주해서 괴테를 감격시켰던 폴란드의 여자 피아니스트 마리아 치마노프스카와 같은 음악가들이 괴테에게 영향을 주었지만 여기서 이들에 대한 자세한 설명은 제한한다. 그러나 베토벤, 슈베르트, 멘델스존과 같은 세계적인 천재 음악가들과의 관계는 간단히 설명할 필요가 있다.

이미 그 당시 유명했던 괴테의 집은 젊은 음악가들에게는 성지 순례지가 되었다. 괴테는 수많은 음악가들, 음악 애호가들과 이론가들을 노년에 집으로 초대했다. 그러나 괴테와 이들 천재적인 음악과들과의 관계는 바흐의 경우에서처럼 괴테의 개인적인 생각이나 사회적·시간적 상황들에 의해 방해되었거나 아니면 상당한 시간이 흐른 후에서야 그 의미를 갖는다. 다시 말해서 그가 태어났을 때 바흐가 사망했으며, 나머지 세기 동안 그 존재는 점점 잊혀져 갔다. 글루크, 하이든, 모차르트, 베토벤은 아직 그 이름조차 들을 수 없었다. 글루크가 그의 대표작을 썼을 때 괴테는 25~30세 사이였고, 그가 헨델의 첫 번째 오라토리오를 들은 것은 세월이 좀 더 흐른 뒤였다. 모차르트의 오페라들이 유명해졌을 때 그는 40세가 되었다. 그가 베토벤을 알게 되었을 때 60세가 넘었고, 70세 때에 비로소 바흐를 재발견하게 되었다.[24] 이렇게 해서 음악은 점차 괴테의 시야로 들어올 수 있었다.

괴테는 모차르트에게서 천재의 창조적인 역량을 인식했고, 에커만과의 대화에서 그를 동시대에서만 있을 수 있는 라파엘이라 불렀다. 베토벤이 《파우스트》의 작곡을 간절히 바랐지만 괴테는 그것은 모차르트만이 가능하다고 생각했고, 이를 1829년 2월 12일에 에커만에게 말했다.

《파우스트》음악에는 곳곳에 역겨운 것, 불쾌한 것, 무서운 것이 있어야 하는데, 그런 것은 지금 시대에 맞지 않다네. 그 음악은 《돈 주앙》과 같은 특색이 있어야만 하네. 모차르트가 《파우스트》를 작곡해야만 했다네. 아마 마이어베어라면 해낼 수도 있겠지. 하지만 이 사람은 이탈리아

연극 작업으로 너무 바빠서 이런 일에는 손을 댈 엄두도 못 낼 걸세.[25]

모차르트가 괴테에게 주었던 인상이 매우 강력해 그는 바이마르에서 모차르트의 위대한 오페라들을 제일 많이 상연했다. 1791년에《유괴》, 1792년《돈 주앙》, 1793년《피가로》, 1704년《마술 피리》, 1797년《코시 판 투테》, 1798년에《티투스》같은 작품들이 연속해서 상연되었다.

괴테는 1823년 4월 13일에 에커만과의 대화에서 드디어 단편으로만 남아 있던《마술 피리》의 연속 편을 쓰고 있었으나 그 주제를 적절히 다룰 수 있는 작곡가를 아직 찾지 못했다고 말했다.[26] 실러는 그에게 이 모든 것이 모차르트와 같은 음악이 없이는 분명히 헛된 기도로 남았을 것이라는 점을 지적했다. 그중에서도 1798년 5월 11일에 괴테에게 보낸 서신에는 이렇게 써 있다.

> 만일 당신이 마술 피리의 속편을 위해 정말로 재주 있고 인기 있는 작곡가를 구하지 못했다면 당신은 감사할 줄 모르는 관객을 보게 될 위험에 처해 있지 않을까 염려됩니다. 왜냐하면 대표적인 작품 자체에서 음악이 성공적이지 않으면 어떤 가사도 오페라를 구해 내지 못하기 때문입니다. 오히려 사람들은 목표를 이루지 못한 대가로 시인들에게 벌을 줍니다.[27]

모차르트의 오페라들에서 음악과 텍스트는 언제나 균형을 유지했다. 그리고 괴테는 그것을 제일 중요하게 여겼다. 그것이 음악에 대한 작가의 지배, 음률에 대한 말의 지배가 절대적으로 유지되어야 한다는 두 자매 예술에 대한 그의 견해와 일치하기 때문이다. 리하르트 벤츠는 다음과 같이 말했다.

모든 문명의 시작에서 문학과 음악은 미사 전례와 예배의 찬송가에서, 아니면 서사시와 비극에서 제식적이건 간에 또는 춤과 가요에서 세속적이건 간에, 어디를 보아도 여전히 하나였다. 그리고 만들어진 음악의 경우에서도 18세기에 들어와서까지 여전히 음은 그것이 낱말에 다가갈 때 작가를 조용히 강화하고 동반하며 지원하는 것일 뿐이었으며, 작가는 음을 작가 고유의 수단으로 대신하거나 극적·음악적 희곡에서 없어서는 안 되는 것으로 만들려 하지 않았다.[28]

모차르트는 그의 음악에서 낱말과 음이 가장 잘 조화를 이루는 자연성을 괴테에게 보여 주었고, 괴테 역시 음악적인 천재성과 작품의 위대성을 인식하고 음악을 가장 많이 수용했던 작가였다.

베토벤 음악의 영향과 낭만주의가 시작하는 시대적 경향에서 기악음악은 바다의 밀물처럼 밀려들어 와 성행했다. 이에 따라 낱말과 음의 조화는 점점 허물어져 갔다. 또한 다양한 영혼의 감동과 의미를 전달해 줄 수 있는 낱말도 이 음의 영역에서 멀어져 갔다. 작가로서 음보다 낱말의 중요성을 강조하고 이들의 완전한 조화를 추구했던 괴테에게 이 같은 경향은 내적인 조화의 위협을 느끼게 했고, 마치 낱말에서 완전히 떨어져 나와 자신을 음들의 끝없는 바다에 내맡기는 것처럼 마음에 거슬렸다. 절대적인 기악 음악에서 괴테는 60년 넘게 애써 이룩한 내면의 조화에 대한 위협을 느끼지 않을 수 없었다. 그는 이같이 자신을 위협했던 위험을 본능적으로 느꼈으나 기악 음악은 처음으로 올바르고도 직접적으로 큰 긴장 속에서만 사로잡을 수 있는 힘들을 끌어낼 수 있었다.

괴테는 내면적으로 기악 음악을 거부했음에도 불구하고 음악에 대한 그의 이해를 점차 깨우쳐 준 것은 펠릭스 멘델스존-바르톨디의 업적이었다. 열두 살의 멘델스존은 그의 스승 첼터에 의해 괴테 주변의 바이마르 모임에 들어오게 되었다. 1821년 11월 6일에 그는 바이마르에서 그의 부모에게 편지를 썼다.

> 오후에 나는 괴테 앞에서 2시간 넘게 연주하고, 때로는 바흐의 푸가들을 즉흥적으로 연주합니다.[29]

그 후 1821년 11월 10일의 편지에서 그는 이렇게 썼다.

> 매번 오후마다 괴테는 다음과 같은 말을 하면서 슈트라이허 피아노를 엽니다. '나는 오늘 너의 음악을 아직 듣지 못했으니 내게 좀 시끄러운 소리를 내보아라.' 그러고 나서 그는 항상 내 옆에 앉습니다. 그리고 내가 연주를 끝내면 (나는 보통 즉흥적으로 연주합니다), 나는 내 쪽에서 키스를 요구하거나 아니면 키스를 받습니다.[30]

그 후 1년이 채 되지 않은 1822년 10월, 괴테는 두 번째로 바이마르에 머물고 있는 젊은 멘델스존을 자신의 다윗이라 불렀고, 멘델스존 없이는 더 이상 지낼 수 없는 자신의 사랑을 이렇게 표현했다.

> 어서 와서 내게서 날개 달린 모든 정령들을 깨워 다오. 내 안에서 너무 오랫동안 잠자고 있구나! 나는 사울이고, 너는 나의 다윗이다! 내가 병들고 슬퍼질 때면 너의 연주로 악한 정령들을 쫓아내어라! 나 또한 결코 너에게 창을 던지지 않을 것이다.[31]

괴테는 1831년 9월 9일에 멘델스존에게 보낸 편지에서 그를 '내 사랑하는 아들'이라 불렀고, 멘델스존이 그의 《파우스트》에 있는 〈제1발푸르기스의 밤〉을 작곡하려는 관심에 대해 매우 기뻐했다. 이는 1832년에 초고가 완성된다.[32]

멘델스존은 1825년, 괴테를 다시 방문했을 때 그에게 헌정했던 〈h-단조 피아노 사중주곡 op.3〉을 연주했다. 1830년 5월 21에서 6월 3일까지 괴테와 마지막으로 함께 지내며 베토벤의 교향곡인 제5번 1악장을 피아노로 연주함으로써 고령의 괴테에게 처음으로 베토벤의 음악을 이해시켰고 깊이 감동시켰다. 이 사실은 1830년 5월 25일의 멘델스존의 편지가 밝혀 주고 있다.

오전에 나는 그에게 한 시간 동안 시대 순서에 따라서 서로 다른 모든 위대한 작곡가들의 피아노 작품들을 연주해야 하고, 그에게 그들이 작품들을 어떻게 진척시켰는지를 설명해야 합니다. 그리고 그는 그것을 천둥 치는 주피터처럼 어두운 구석에 앉아 번쩍이는 눈을 하고 경청했습니다. 그는 베토벤에게 전혀 접근하려 하지 않았습니다. 그러나 나는 그에게, 내가 그를 도울 수 없노라고 말했으며, 그에게 다만 e-단조 교향곡의 1악장만을 연주해 주었습니다.

신기하게도 그것이 그를 감동시켰습니다. 그는 처음에는 이렇게 말했습니다. '그것은 전혀 아무것도 감동시키지 않는구나. 단지 놀라게 할 뿐이다. 웅대하구나.' 그러고 나서 그는 그렇게 계속해서 투덜거렸고, 한참 후에야 '아주 훌륭해, 굉장해. 만일 지금 사람들 모두가 함께 이 곡을 연주한다면 사람들은 집이 무너져내릴까 두려워할지도 모르겠군!' 하고 말했습니다. 그리고 식탁에서, 다른 대화 중간에, 그는 다시 그에 대해 말하기 시작했습니다.[33]

처음에 괴테와 베토벤의 관계는 부정적이었다. 베토벤은 젊은 시절부터 괴테를 마음속으로 가장 존경했으나 그를 쉽게 만날 수 없었다. 베티나 브렌타노가 베토벤을 괴테에게 소개하려고 1810년에 빈에 있는 괴테를 방문해 그가 베토벤에 대해 관심을 갖도록 유도했다. 1811년 4월에 베토벤은 괴테에게 서면으로 자신이 작곡한 《에그몬트Egmont》를 전달했으나 이 곡은 바이마르에서 1812년 5월에서야 처음으로 공연되었다. 같은 해에 괴테와 베토벤의 첫 만남이 테프리츠에서 이루어졌을 때 괴테는 첼터의 부정적인 판단에도 불구하고 그를 정중히 맞이했다. 괴테는 그를 집으로 초대하려 했으나 그의 억제할 수 없는 성격에 놀라 취소했다.

이제 괴테는 80세에 이르러서야 펠릭스 멘델스존의 연주를 통해 베토벤 음악의 위대성을 예감할 수 있었다. 괴테는 문학에서 실러를 만났듯이 음악에서 실러와 동등한 자격자라고 할 수 있는 베토벤을 만났다고 할 수 있다. 그리고 그는 심지어 이 위대한 음악이 대규모의 관현악단에 의해 연주될 때 생길 수 있는 엄청난 음악 작용에 대해 상상하려고 애썼다. 괴테는 이 놀라운 음악에서 상상할 수 있는 기대를 다른 보편적인 기악 음악에서는 찾을 수 없다는 것을 깨달았다. 괴테는 이 같은 생각을 1827년 1월 12일에 에커만에게 보낸 편지에 자세히 설명하고 있다.

기이한 일은 (…) 최고의 경지에 오른 기술과 역학이 최근의 작곡가들을 어디로 끌고 가느냐는 것이라네. 그들의 일은 더 이상 음악에 머물러 있지 않다오. 이 일은 인간적인 느낌의 수준을 벗어나며 사람들은 더 이상 그런 작품들에 자신의 정신과 마음에서 나오는 어떤 가사도 붙일 수 없다네. (…) 나에게는 모든 것이 귀에 거슬린다네.[34]

이는 괴테가 낭만주의자들에게서 퍼져 가고 있는 기악 음악에 대한 시대적인 편애를 내면적으로 부인하고 있다는 사실을 보여 준다. 반면에 그는 인간의 목소리를 중심으로 한 아름다운 선율과 오케스트라 음악도 피아노곡으로 편곡된 경우에만 들을 수 있을 정도로 실내악 같은 소규모의 조용한 음악을 선호했다. 1830년에 빌헤미네 슈뢰더-데브리엔트가 슈베르트의 〈마왕〉을 괴테 앞에서 불렀을 때 그는 이 곡의 위대함을 인지하고, 슈베르트가 이미 1816년에 이 곡을 자신에게 헌정했다는 것을 깨달았다. 베를린에서 온 밀더 부인이 부른 가곡에 대한 깊은 감동이나 폴란드의 여자 피아니스트 치마노프스카[35]의 연주에 대한 깊은 인상이 괴테의 이 같은 성향을 말해 준다. 괴테는 이 두 여인들에게서 받은 감명을 1823년 8월 24일 에거에서 첼터에게 쓴 편지에서 이렇게 밝히고 있다.

> 말하자면 밀더 부인의 노래를 듣는 것이라네. 4개의 작은 가곡들인데, 이들에 대한 기억이 내게서 여전히 눈물을 자아내게끔 그렇게 그녀는 이 가곡들을 위대하게 만들 줄 알았지. 그래서 여러 해 전부터 그녀를 칭찬하는 소리를 듣고 있네만, 그 칭찬은 결코 무관심하게 그냥 지껄이는 말이 아니라, 실제로 들은 것을 가장 깊은 감동으로까지 일깨워 준다네. (…) 전혀 다른 의미로, 그렇지만 나에게는 같은 효과로 나는 놀라운 피아노 연주자인 치마노프스카 부인의 연주를 들었다네. 그녀가 아름답고 사랑스러운 폴란드 여자라는 것일 뿐, 그녀는 충분히 우리의 훔멜 옆에 앉혀도 된다네.[36]

두 여자 예술가들의 음악 공연들이 괴테에게 매우 깊은 인상을 주어 그는 같은 편지의 뒷부분에서 공연에 대해 다시 언급하고, 감동해

서 외친다.

그런데 참으로 가장 놀라운 것이라네! 요즘 여러 날 동안 나에게 끼친 음악의 엄청난 힘 말일세! 밀더의 목소리, 치마노프스카의 풍부한 음향은 (…) 마치 사람들이 움켜쥔 주먹을 친절하게 펴게 하듯이 나의 주름살을 펴 준다네. 약간의 해명을 위해 나는 내 자신에게 말한다네. 너는 2년 넘게 오랫동안 전혀 음악을 듣지 않았다. (훔멜에서 두 번을 제외하고) 그래서 이 기관은, 그것이 너에게 있는 한, 폐쇄되고 고립되었다. 이제 천상의 여인이 위대한 재능의 중계로 갑자기 네 위로 내려와 그녀의 모든 힘을 너에게 행사하고, 그녀의 모든 권리를 발휘해 조용히 잊혀져 버린 모든 기억들을 일깨운다.[37]

괴테가 2년 넘게 음악 없이 지내야 했던 이후 음악은 그를 사로잡았다. 아름답고 사랑스러운 폴란드 여자 피아니스트의 예술에 너무나 매혹된 그는, 그녀를 위해 다음과 같은 시를 썼다. 그는 이 시로써 그녀에게 경의를 표했고, 그녀의 예술을 위해 아름다운 불멸의 기념비를 세웠다.[38]

### 화해

정열은 고뇌를 가져온다! 누가 진정시키랴.
너를, 너무나 많이 잃어버린 답답한 마음을?
재빨리 달아나 버린 시간들은 어디 있는가?
헛되이 가장 아름다운 것이 너를 선택했도다!
정신은 흐리고, 시작은 혼란스럽다.

숭고한 세상이여, 어찌하여 오관에서 사라지는가!

여기에 천사의 움직임과 함께 떠돌며 음악이 다가와서
수백만의 사람들에게 음과 음들이
인간의 본질 속 깊이 파고들어
영원한 아름다움으로 가득히 채우도록 약속케 한다.
눈에는 눈물이 맺히고, 더 높은 동경에서
눈물처럼 음들의 성스러운 가치를 느낀다.

그래서 심장은 짐을 벗어 버린 채
여전히 살아서 뛰고 있음을 재빨리 느끼고,
풍성한 하사품에 가장 순결하게 감사하려고
보답하며 스스로를 기꺼이 바치기 위해 뛰고 싶어 한다.
여기에 느끼나니,
오, 영원할지어다!
사랑과 음들의 중복된 행복이여.[39]

괴테는 두 예술 사이의 교차적인 관계를 상호 간 창조적으로 촉진시키려고 노력했다. 그가 음악에서 결코 떠날 수 없는 자신의 입장을 충분히 알면서도, 그는 작가로서 마음속으로 말보다 음악이 우월하다는 것을 감추려 하지 않았다. 또한 음악에 지나치게 감정이 녹아드는 것을 막으려 했고, 대규모의 음악과 우울하고 감상적인 음악을 싫어했다. 대신에 용기를 주고, 정신을 집중시키는 힘이 있는 신선한 음악을 필요로 했다. 감상적이고 우울한 음악에 대한 괴테의 혐오감은 1808년 1월 22일에 바이마르에서 첼터에게 쓴 편지에서 표현되고 있다.

자네는 언젠가 '슈타바트 마터'[40]에 관해 말했지. 내가 그것을 기억하고 있어 미안하네. 나의 작은 연구소는 아주 잘되어 간다네. 자네도 알다시피 다만 젊은이들이 너무나 쉽사리 이탈한다네. 그리고 젊은이들 각자는 홀로 어떤 슬픈 만가나 또는 잃어버린 사랑의 고통스러운 비탄을 노래할 때면 기분이 좋아질 것이라는 환상을 가지고 있다네. 모든 음악 공연 시기가 끝날 무렵에 나는 그들에게 그런 것을 기꺼이 허용하네. 그러나 동시에 우리가 그렇지 않아도 재빨리 벗어나야 하는 세계에 대한 노래 속으로 둔중한 우리 독일 사람들까지도 몰아넣는 마티손, 잘리스, 트리드겐의 사람들[41]과 모든 성직자들을 저주한다네. 그때 음악가 자신이 자주 우울증에 빠져 있는 경우와 즐거운 음악조차 우울증에 빠지게 할 수 있는 경우까지 생긴다네.[42]

그렇다고 해서 기악 음악이나 대규모 음악, 감상적이고 우울한 음악을 조심스럽게 자제하는 괴테의 성향이 음악을 이해하는 감각과 능력이 부족하거나 편협한 데서 비롯된 것이라고 결론지으려 한다면 그것은 잘못된 것일지도 모른다. 오히려 괴테는 음악 작품들에 대한 포괄적인 지식을 지녔고, 기악 음악에 대한 판단도 가능했다.[43] 그럼에도 그는 음악적 기교와 작곡, 이론과 역사의 문제들을 배우기 위해 자신에게 음악을 연주해 주거나, 음악에 대한 자신의 판단을 확인하고 교정시키기 위해 그를 둘러싼 음악가들에게 의존했다.

그러나 그는 언제나 스스로 판단했다. 음악에 대한 괴테의 지식은 분명히 음악적 형식과 기교의 문제보다는 음악적 표현의 문제, 음악의 본질과 능력, 내용과 더 많은 연관이 있다.[44] 괴테 자신이 기악 음악에 열광적으로 빠져드는 것을 막으려 했다면, 이는 그의 음악관이 철저하게 민감한 감정의 작용이 아니라 명료하고 합리적인 관조에 근거하고 있기 때문이다. 즉 괴테에게 음악은 종교나 초월적인 경험이 아니라 자연의 한 부분이며 표현이라는 것이다.[45] 바로 이 같은 생각에서 괴테가 음악의 황홀함에 도취한 낭만주의자들의 젊은 세대와는 근본적으로 구별된다는 충분한 이유가 나타나 있다.

괴테는 음악 이론에 대한 문제들을 규명하기 위해 많은 노력을 했다. 그는 1810년에 그의 《색채론》을 완성하고, 이 이론에 근거해 음 이론을 과학적으로 만들려고 노력했다. 다시 말해, 괴테는 《색채론》의 원칙에 의해 음악의 수학적·물리학적 요소들과 음악의 유기적인 것, 즉 음악이 가진 인류학적 의미와 비교하려 했다. 그러나 그는 음악의 수학적·물리학적 기초에서 음악에 의한 인간의 감각적·윤리적 감동은 설명될 수 없다는 것을 인식하게 되었다. 인간은 소리 나는 기관이고, 인체는 모든 도구 가운데 가장 완전한 총화이기 때문에 인위적인 도구에만 의존하는 수학자들과 물리학자들의 교의에 괴테는 항상 거부감을 나타냈다.

그는 《색채론》에서 "우리를 위해 긍정적이고 진기한, 경험적인, 우연한, 수학적인, 미학적인, 독창적인 방식으로 생긴 음악을, 물리학적 분석과 논증을 위해 파괴하고, 음악 최초의 육체적 요소들로 해체시키는 것"[46]은 매우 어렵다고 말하고 있다. 이로써 근본 문제가 언급되었다. 음 세계의 근원은 인간의 본성이기 때문에 음악은 수학적·물리학적 방법으로 탐구될 수 없다는 것이다. 결국 괴테는 음악의 과학적 연구를 포기했다.

이 논리와 관련해 괴테는 1808년 6월 22일에 칼스바트에서 첼터에게 보낸 편지에 장-단조의 차이점을 인간의 본성과 연관해 상세히 논하고 있다. 여기서 음악이란 물리적으로 계산할 수 있는 음향과 리듬의 총합과는 다른 것이며, 그 이상이라는 생각을 밝힌다. 단 3도는 장

3도에서 파생된 예술의 산물이라는 첼터의 이론에 반대해 그는 장음계와 단음계라는 두 음계는 하나의 동일한 음의 최소 단위, 즉 살아 있는 음의 단위에 대한 2가지 다른 표현이라고 주장한다. 만약 음의 최소 단위가 확장된다면 그 결과는 장음계이고, 수축된다면 단음계라는 괴테의 논리는 인간의 두 본성에 비유된다. 즉 장음계는 객관적·외향적이고 행동적인 본성에서 나타나는 흥분되고 고무된 모든 표현을 위한 것이며, 단음계는 주관적·집중적이며 내향적인 본성에서 나오는 모든 것의 표현을 위한 것이라는 주장이다.

음악에는 이성보다 더 깊고, 언어와 분석적인 지성보다 더 깊은 영역을 관통하는 특권이 주어져 있기 때문에 오성으로서는 접근할 수 없는 대상으로서 모든 것을 지배한다. 또한 그 누구도 해명할 수 없는 힘이 있기 때문에 음악은 인간이 이해할 수 없는, 보다 높은 지식의 세계로 통하는 무형의 통로인 것이다. 따라서 괴테가 종교 음악이나 세속 음악에서 하나같이 바라는 것은 음악이 인간에게 삶의 기쁨과 열정뿐만 아니라 냉철한 이성·윤리적 생각·창조적 영감을 줄 수 있는 지적인 도구이며 수단이어야 한다는 것이다. 괴테는 스스로를 청각형 인간이라기보다 시각형 인간이라고 생각하며 내적으로 문학의 우위성을 강조하고 있지만 음악이 문학 못지않게 많은 인간의 정신력과 마음의 힘을 이용할 수 있는 예술임을 확실히 인식하고 있는 작가였다.

1828년 10월 7일에 로씨니의 오페라 《모세Moses》에 대한 에커만과의 대화에서 괴테는 자신이 궁극적으로 주장하고 추구한 것을 밝혔다. 분리할 수 없는 두 예술의 완전한 조화에서, 즉 문학적 주제와 음악적 표현이 똑같이 완전해서, 두 예술의 특징들이 융합되어 서로 같은 보조로 나아갈 때만이 가장 훌륭한 작품들이 나타난다는 것, 나아가 필연적으로 나타나야만 한다는 것이다.[47]

# 음악의 교육과 치유의 힘

　음악에 대한 괴테의 각별한 애정은 음악과 문학이 이상적으로 융화되었을 때 음악은 인간을 교화시키고, 윤리적 존재로 만들며, 나아가 내면의 고뇌를 치유할 수 있는 힘을 가지고 있다는 인식에서 비롯된다. 그는 이 인식을 《빌헬름 마이스터의 수업 시대》와 《빌헬름 마이스터의 편력 시대》, 그리고 《단편 소설Die Novelle》에서 특별히 인상 깊게 표현하고 있으며, 그 밖의 많은 작품들과 서간들에서도 언급하고 있다. 예술이 인간의 감정과 의식에 작용하는 힘은 음악에서 가장 현저하게 나타난다. 음악이 오래될수록, 사람들이 그 음악에 익숙해질수록 그 힘은 인간에게 그만큼 더 크게 작용하고, 그 작용을 통해 인간은 윤리적 존재로 상승된다고 괴테는 생각했다. 그래서 그는 음악을 인간 정신 활동의 원천으로 자신의 작품에 수용하고 있다. 그는 이 같은 생각을 《원칙과 성찰Maximen und Reflexion》에서 음악과 고대의 건

축 예술에 비유하면서 다음과 같이 말하고 있다.

> 어떤 고귀한 철학자는 건축 예술을 석화된 음악이라 말했다. (…) 우
> 리가 건축술은 소리 없는 음악 예술이라고 말할 때보다 더 잘 이 아름다
> 운 생각을 다시 설명할 수 없다고 우리는 생각한다. (칠현금을 가진 오르
> 페우스는 도시들을 건설하고 인간의 질서를 만든다.) 음들은 점점 사라지
> 만 그 화음은 남아 있다. 그런 도시에 사는 시민들은 영원한 멜로디들
> 사이에서 변화하고 활동한다. 정신은 가라앉을 수 없으며 활동은 잠들
> 수 없다. (…) 그리고 가장 조야한 일상의 시민들은 정신적인 상태에서
> 자신을 느낀다. 성찰도 없이, 근원에 대한 질문도 없이 그들은 최고의
> 윤리적·종교적 즐거움을 맛보게 된다.[48]

음악은 모든 시간과 시대를 통해 변함없이 인생에 가장 큰 작용을
한다. 괴테의 음악에 대한 높은 존경과 사랑은 음악이 정신적 상태뿐
만 아니라 정서적 상태와도 연관되어 있다. 이는 음악이 사랑의 감정
을 고조시키고 이 감정의 가장 적절한 표현 수단으로서 나타나기 때문
이다. 그는 《빌헬름 마이스터의 수업 시대》의 제1권 17장에서 사랑과
동경의 감정을 예술적으로 아름답고 확실한 방법으로 표현했다. 빌헬
름은 음유 시인들에게 밤에 사랑하는 마리안네에게 세레나데를 부르
게 한다.

> 높은 나무들이 그녀의 집 앞 광장을 장식했다. 그 아래에 그는 그의
> 가수들을 세워 놓았다. 그 자신은 조금 떨어져 벤치에 앉아 쉬면서, 상
> 쾌한 밤에 그의 주위에서 살랑거리는 은은한 음악 소리들에 완전히 자
> 신을 내맡기고 있었다. 사랑스러운 별들 아래서 사지를 쭉 뻗고 누워 있

는 그에게 그의 현존재가 마치 황금빛의 꿈처럼 생각되었다. '그녀도 이 피리 소리들을 듣고 있다'고 그는 마음속으로 말했다. '누구의 상념이, 누구의 사랑이 이 밤을 아름답게 울리게 하는지, 그녀는 느끼고 있겠지. 비록 멀리 떨어져 있다 해도 지극히 섬세한 사랑의 분위기를 통해서 맺어져 있듯이 우리는 아무리 멀리 떨어져 있다 해도 이 멜로디를 통해 함께 맺어져 있지.'(…)

음악은 멈추었다. 그리고 그에게는 지금까지 그의 감정을 싣고 높이 날아오르던 대기층에서 떨어진 것 같은 기분이 들었다. 그의 감정이 더이상은 부드러운 음악으로 풍요로워지거나 누그러지지 않기에 그의 불안은 점점 더해 갔다. (…) 사랑은 떨리는 손으로 그의 영혼의 모든 현들 위에서 천태만상으로 뛰놀고 있었다. 그것은 마치 그의 마음의 나지막한 멜로디에 귀를 기울이기 위해 천체의 노랫소리가 천상에서 조용히 멈추는 듯했다.[49]

이 소설의 제2권에서 괴테는 늙은 하프 연주자를 등장시킴으로써 예술적 관점에서 작품의 음악적 요소를 강화했다. 이 늙은 하프 연주자는 즉시 하프를 즉흥적으로 연주하기 시작했고, 그가 악기에서 끌어낼 수 있는 즐거운 소리들은 모인 사람들을 흥겹게 했다. 이 기회에 괴테는 주인공 빌헬름으로 하여금 음악에 대한 자신의 입장과 완전히 일치하는 말을 하게 했다. 그것은 가사가 없는 음악에서는 어떤 올바른 이해도 나타낼 수 없다는 것을 보여 주는 것이었다. 즉 음악은 정신적인 것을 감정적인 것으로 옮겨 준다. 멜로디는 시의 감각적인 생명이기 때문에 시의 정신적인 내용이 멜로디를 통해 우리의 마음속으로 스며들게 된다. 따라서 가사로서의 시가 없는 멜로디는 무의미하며, 단지 시와 음이 조화를 이룰 때 인간은 세속적인 것에서 벗어나

보다 나은 자아와 윤리적 영역으로 상승할 수 있다.

　　악기는 오로지 목소리를 위해 반주만 해야 할 것입니다. 왜냐하면 언어와 의미가 없는 멜로디들, 악보의 절들과 급한 연속음들은 나에게 공중에서 우리의 눈앞에 이리저리 날아다니는, 우리가 기껏해야 붙잡아 자기 것으로 만들고 싶어하는 나비들, 아니면 아름답고 알록달록한 새들과 비슷하게 보이기 때문입니다. 이에 비해 노래는 마치 수호신처럼 하늘을 향해 날아오르면서 우리의 마음속에 있는 보다 나은 자아가 그 수호신을 따라 날아오르도록 자극하기 때문입니다.[50]

　그리고 난 후 하프 연주자는 노래를 부르기 시작했다. 그는 기분 좋은 소리로 사람들의 화합과 친절을 찬양했다. 그가 악의에 찬 폐쇄성과 편협한 적대감과 위험한 갈등에 대한 유감을 표현할 때면 노래는 메마르고 거칠며 혼란스러워졌다. 그리고 그가 평화의 중재자를 찬양하고, 서로 다시 만난 사람들의 행복을 노래할 때 사람들은 앞서 부른 노래의 불편한 사슬을 기꺼이 벗어던져 버리고 싶어 했다. 그는 〈눈물 없이 빵을 먹어 보지 않은 자〉를 노래한다.

　　눈물 없이 빵을 먹어 보지 않은 자,
　　근심에 찬 밤들을
　　울면서 침상 위에 앉아 보지 않은 자,
　　그는 그대 천상의 힘들을 알지 못하리![51]

　빌헬름은 정신적인 안정을 얻었고, 그 노인은 하프의 노래와 가사로 빌헬름의 감정과 상상력에 넓은 세계를 열어 주었다. 그뿐만 아니

라 가까운 감정들과 먼 감정들, 깨어 있는 느낌과 잠들어 있는 느낌들, 즐거운 느낌들과 고통스러운 느낌들을 돌아가며 떠올리게 하면서 손님들을 기쁘게 해 주었다.[52] 특히 미뇽이 자신의 노래를 치터로 반주하면서 부른 멜로디의 매력은 그 무엇과도 비교될 수 없었으며, "그곳으로! 그곳으로!"라는 외침에서 억제할 수 없는 동경이 내포되어 있다.

> 그대는 아는가, 레몬의 꽃이 피고,
> 어두운 잎 속에서 황금빛 오렌지 꽃이 피는 나라를,
> 부드러운 바람은 푸른 하늘에서 불어오고,
> 은매화는 조용히, 월계수는 높이 서 있는 곳.
> 아마도 그대는 알고 있는가?
> 그곳으로! 그곳으로!
> 나는 그대와 함께,
> 오, 내 사랑하는 이여, 떠나고 싶구나.[53]

미뇽의 노래로 달빛 아래서 여인네들은 양팔로 서로 껴안았고, 남자들은 목을 끌어안았다. 달님은 더없이 고귀하고 순결한 눈물의 증인이 되어 주었다. 이같이 괴테는 서정시의 음악적 형식을 통해 인간의 심오한 감성에서 솟아나온 사랑과 동경을 표현했다. 그리고 이 순간 마음속에 있는 자아를 높은 차원으로 끌어올려서 인간에게 신과의 유사성을 생생하게 느끼게 했다.

《빌헬름 마이스터의 편력 시대》에서도 마찬가지로 음악은 인간 교육을 위한 수단으로서 큰 역할을 한다. 빌헬름과 펠릭스는 여행 중에 듣기 좋은 노래가 점점 더 크게 울려 퍼지는 교육원에 도착했다. 그

노래의 근원지는 어떤 일을 하든 언제나 노래를 부르는 소년들이었다. 저녁 무렵에는 춤추는 아이들도 있었는데, 그들의 스텝은 합창으로 활기를 띤 채 조화를 이루었다. 빌헬름은 이 교육원에서는 노래가 교육의 첫 단계라는 설명을 듣는다.

> 우리 교육원에서는 노래가 교육의 첫 단계입니다. 다른 모든 것이 이 노래와 연결되고 이 노래를 통해 전달됩니다. 우리 교육원에서는 가장 단순한 기쁨이나 교훈을 노래를 통해 생생하게 마음속에 새깁니다. 심지어는 신앙 고백이나 도덕률을 전할 때도 노래가 활용됩니다.[54]

노래는 손·귀·눈을 동시에 훈련시키고, 심지어는 맞춤법과 정서법을 더 빨리 익히는 데에 이용된다. 빌헬름의 동반자는 계속해서 말했다.

> 그렇기 때문에 우리는 생각할 수 있는 모든 것들 중에서 음악을 우리 교육의 요소로 선택했습니다. 왜냐하면 음악으로부터 사방으로 똑같이 길들이 뻗어나 있기 때문입니다.[55]

이 교육원에서는 가축을 사육하는 것 이외에 언어 연습과 언어 교육을 실시한다. 빌헬름은 기악 연주자들의 격리된 거주 지역을 방문하고 모든 악기들의 거대한 교향곡 공연을 경험했으며, 그 공연의 완벽한 힘과 우아함에 감탄하지 않을 수 없었다.[56] 교육원에서 음악은 아이들의 교육을 위해 교훈의 전달 방식으로, 언어 교육을 위한 수단으로, 합창을 통한 협동심과 공동체 생활을 위한 질서 의식을 고양시키기 위한 방법으로 이용되었다.

지금까지의 예들이 보여 주듯이 음악은 괴테에 의해 의식적으로 소설의 줄거리에 삽입되어 음악 소설의 인물에 정신적인 영향을 주면서, 소설 구상의 범위 내에서 행위를 촉진하는 특정한 기능을 가진다. 이 같은 그의 의도는 《단편 소설》에서도 잘 나타나 있다. 프리드리히 부룸메에 의하면 괴테의 《단편 소설》은 그 핵심이 음악에 근거하고 있고, 구성에 있어서는 음악의 수단들로 형성되었다는 것이다.[57] 괴테는 이 소설에서 특별히 의미심장한 방법으로 폭력을 제압하고 내면의 상처를 치유하는 초월적인 힘으로 음악적 모티브를 형성했다. 괴테는 한 소년이 오로지 그의 피리 소리와 노래만으로 사나운 사자를 진정시키는 것을 묘사하고 있다.

> 천사가 위아래로 떠돌며
> 우리를 노래로 상쾌하게 하니
> 이 무슨 하늘의 노래인고!
> 구덩이 속에서, 무덤 속에서
> 아이는 불안해하겠지?
> 이 부드럽고 경건한 노래들은
> 불행이 다가오지 못하게 한다.
> 천사가 다시금 떠돌아다니니
> 그것은 이미 이루어졌도다.[58]

한때의 오르페우스처럼 소년은 그의 노래로 맹수를 달래고 진정시켰다. 사자는 소년 옆에 바짝 다가 누워서 무거운 오른쪽 앞발을 소년의 무릎 위에 올려놓으니 소년은 계속해서 노래를 부르며 어루만져 주었다. 그러다 곧 날카로운 가시가 사자의 발바닥에 찔려 있는 것을

**울리케 폰 레베초프.**
1823년 여름 74세의 괴테가 19세의 울리케에게 청혼한다.
그러나 거절당하고 사랑의 고통을 문학으로 승화시켰다.

보았다. 그는 조심스럽게 가시를 뽑아 주었고, 미소를 띠면서 알록달록한 비단 목도리를 목에서 풀러 맹수의 잿빛 나는 앞발을 동여매 주었다. 소년은 자신의 변용에서 힘 있는, 승리에 빛나는 정복자처럼 보였다. 소년은 그의 방법대로 노래 가사의 행들을 바꾸기도 하고 새로운 가사를 붙이기도 하면서 그렇게 계속해서 피리와 노래를 불렀다.

> 그렇게 행복한 천사는
> 악의를 막고, 선행을 장려하고
> 기꺼이 착한 아이들을 깊이 생각하기에,
> 경건한 뜻과 멜로디는
> 그를, 숲의 높으신 폭군을

사랑하는 아들에게 연약한 무릎 옆에서
확실하게 마력으로 꼼짝하지 못하도록
맹세한다.[59]

괴테는 특히 치유하는 음악을, 더 자세히 말해, 존재적으로 불가피한 깊은 의미에서 음악을 필요로 했다. 괴테는 슈타인 부인에 대한 간절한 사랑에서 1776년에 쓴 시 〈나그네의 밤 노래Wanderers Nachtlied〉를 그녀에게 보냈다.

하늘에서 내려온 그대
모든 괴로움과 고통을 달래 준다.
더없이 비참한 마음을
더없는 원기로 채워 준다.
아, 나는 삶에 지쳤노라,
그 모든 고통과 쾌락이 무엇이란 말인가?
달콤한 평화여,
어서 와 주오, 아, 내 가슴으로![60]

이 시가 슈타인 부인에 대한 사랑의 고통에서 마음의 평화와 휴식을 동경하면서 쓴 것이라면 〈같은 제목Ein Gleiches〉은 위 시의 제목과 같은 또 하나의 〈나그네의 밤 노래〉라는 의미다. 이는 1780년에 일메나우의 킥켈한 산의 오두막 판자에 써놓았다가 1815년에 발표되었다. 이 시에서 괴테는 치유된 고통과 실현된 동경 그리고 다시 찾은 내면의 평화를 표현하고 있어 두 시는 언제나 함께 불려진다.

모든 산봉우리들 위에는

고요가 깃들여 있고,

모든 나뭇잎 사이에서

그대 바람 한 점 느끼지 못하네.

새들도 숲 속에서 울음을 그쳤다.

기다려라, 그대 쉴 날도

머지 않도다.[61]

 백발의 노인인 괴테가 19세의 울리케 폰 레베초프에게 느꼈던 정열은 너무나 격렬해 그가 그것을 포기하기란 매우 어려웠다. 그는 다시 한 번 문학에서 구원을 찾았고, 이 노 시인의 사랑에 감동적으로 작용하는, 괴로움을 느끼게 하는 아름다운 서정시를 탄생시켰다. 그것은 괴테가 울리케와 영원히 작별한 후에 1823년 9월에 끝낸 〈정열의 3부작 Trilogie der Leidenschaft〉, 즉 〈베르테르에게An Werther〉, 〈비가Elegie〉 그리고 〈화해〉의 3부로 세분된 〈마린바트 비가〉이다.

 이 시들은 울리케와의 이별로 마음의 상처를 입은 시인이 다시 위로와 확신을 찾게 해 주었던 음악에 대한 감사의 노래다. 이렇듯 괴테는 음악에서 우리를 완전하고 고귀하게 만드는 불가사의한 힘을 확인했다.[62] 괴테에게 음악은 바로 인간의 교화를 위한 수단으로, 윤리적·치유적 힘으로 작용했다.

# 괴테 문학의 리듬적·멜로디적 특징

괴테는 문학과 음악 사이의 관계에 대한 큰 의미를 알고 있었을 뿐만 아니라 음과 말의 밀접한 결합에 대한 지식도 가지고 있었다. 그의 문학이 음악에 미친 직접적인 영향은 시와 음악 사이의 한계가 없어지는 것처럼 보이는 괴테 서정시의 높은 문학성과 음악성에 있다. 괴테를 존경했던 베토벤은 그 당시에 이미 이 같은 사실을 알았으며, 그가 1810년 5월에 베티나 브렌타노와의 첫 대화에서 괴테의 시에 매료되었음을 알리고 있다.

시의 내용뿐만 아니라 운율까지도 매혹적이지요. 괴테의 언어를 접하면 저절로 마음이 움직여서 작곡을 하지 않고서는 도저히 못 견딜 정도입니다. 그의 언어는 마치 영혼을 거쳐서 나오는 것이라도 되는 것처럼 그야말로 고상한 체계로 구성되어 조화의 비밀을 간직하고 있답니다.[63]

그 후에 베토벤은 프리드리히 로흘리츠와 나눈 대화에서도 이같이 말했다.

> 괴테의 작품에는 곡을 붙이기가 용이합니다. 다른 어떤 작가의 작품도 그렇게 수월하게 작곡되지는 못할 것입니다.[64]

베토벤이 괴테의 서정시에서 작곡의 충동과 수월함을 인식했다는 것과, 다른 많은 작곡가들도 괴테의 서정시를 즐겨 작곡했다는 것은 그의 서정시가 지닌 음악적 특성 때문이다. 괴테는 자신의 서정시의 대부분을 작곡을 염두에 두고 썼으며, 시를 말하듯 읽어서는 안 되고 노래로 불러야 한다고 강조했다. 시인이 시를 쓸 때 해야 할 일은, 이미 자신의 마음속에 있지만 아직 자신에게 알려지지 않은 멜로디를 찾아 시 속에 녹아들게 하는 것이다. 반면에 작곡가는 시인의 언어를 이해해야 하며, 새로운 멜로디를 찾을 필요가 없이 시 속에 있는 '내면의 멜로디'를 찾아 재현해야 한다. 실로 괴테는 스스로 이 내면의 멜로디를 즐기면서 작곡가들의 음악을 자신의 시로 장식하고 채색했던 시적 세계의 창조자였다.

그는 시로써 작곡가들의 음악보다 더 위대한 음악을 창조했다. 예를 들어, 앞에서 언급된 짧은 시 〈나그네의 밤 노래〉의 〈같은 제목〉 속에 내포된 내면의 고요와 평화를 어떤 천재적인 음악가도 곡으로 표현할 수 없을 것이라고 필리프 슈피터는 말했다.

> 그것은 그 자체로 너무나 음악적이어서 곡을 붙일 수 없다.

괴테가 시와 음악을 무대에서 결합하려고 노력했던 《파우스트 2부》

에는 이미 그 자체에 그가 꿈꿔 왔던 시와 음악의 결합이 내재해 있다. 이렇듯 괴테가 쓴 작품은 비록 그것이 음악을 위해 쓰였다 해도, 그 안에는 이미 음악을 포함하고 있어, 시 이상의 것이었다. 괴테는 시를 그냥 읽지만 말고 항상 노래로 부르라고 말했다. 오페라의 각본은 반쪽의 시일 뿐이지만 시는 그 자체로 노래이면서 또 하나의 오케스트라다. 이렇듯 괴테는 시인에게 부여된 과제를 훌륭하게 이행하면서 자신의 서정시를 통해 그 세대와 이후 세대의 시인들에게 서정시의 우아함과 대담성에 영원한 모범을 보여 주었다. 반면에 음악가들에게는 각별한 경외심을 불어넣어 주었다.

작곡가들의 작곡이 예술 작품으로 인정받기 위해 작곡가들에게는 텍스트의 선택이 작곡 못지않게 중요했다. 이 같은 경향은 독일 가요사에서 괴테에 의해 새롭게 시작된 것이다. 괴테의 시들이 음악가들에게 특별히 많은 경외심을 불어넣어 준다는 사실은 슈베르트와 같은 천재적인 작곡가가 수많은 그의 시를 수준 높은 음악으로 작곡한 데서 알 수 있다. 괴테의 시가 오늘날까지 가장 널리, 가장 많이 작곡된 세계 문학 텍스트라는 것에서 괴테 문학이 음악에 미친 직접적인 영향을 알 수 있다.

멜로디가 음악가들에게 의미하는 것과는 달리 괴테에게 멜로디는 담화의 한 형태로 생각되었다. 따라서 그에게 음악은 완벽한 담화의 수단이었다. 왜냐하면 음악을 완성하는 것은 시인의 언어이기 때문이다. 괴테는 '담화 음악'을 창조했다. 그는 1800년부터 1807년까지 관리했던 바이마르 극장 소속 단원들에게 손수 대사의 리듬과 속도를 지휘하고 훈련시켰다. 나아가 악단장으로서 배우들과 가수, 자신의 오케스트라를 지도했다. 그는 박자나 어둡고 밝은 면들, 즉 포르테·피아노·크레센도·디미누엔도 같은 것을 엄격히 지킬 것을 역설했

고, 배우들의 지침을 구체적으로 정리했다. 낭독은 산문적인 음악으로 표현하고, 실러의 합창 드라마 《메시나의 신부Die Braut von Messina》에서처럼 연출 대본에 음악 총보를 대사에 달아 놓았다. 예를 들면, 여기는 부드럽게 속삭이기·더 큰 소리로 명확하게·느리게·낮고 위엄 있게·다른 박자로·더 빠르게 등이다. 괴테는 여기에 만족하지 않고 자신의 '음악적 담화'를 위해 각 단어와 구두점에 대한 지속 시간을 밀리미터로 나타내는 도표를 만들었다. 심지어 그는 연속성이 없고 의미도 없는 단어들에 효과음과 리듬까지 적어 두어 비난을 받기도 했다.

괴테는 시에 음악적 영혼을 주는 것이 리듬이라고 보고, 그것에 큰 의미를 부여했다. 괴테는 에커만과의 대화에서 자신의 시가 운에 맞추어 작용하는 것은 리듬에 기인한다고 설명했다.

> 우리는 리듬에 대해 일반적으로 이야기를 나누었고, 그런 일에 대해 생각하지 않기로 의견을 같이했다. '박자는' 하고 괴테는 말했다. '시적인 분위기에서 마치 무의식인 듯이 나온다네. 한 편의 시를 쓸 때 이것에 대해 생각하려 한다면 미쳐 버리게 되어 아무런 재치 있는 것도 이룩할 수 없을 것일세.'[65]

괴테는 자신의 서정시에서 가장 내면적인 느낌을 더욱 직접적으로 나타내기 위해 거의 무의식에 가까운 자유로운 리듬과 멜로디를 구사했다. 그래서 괴테는 박식하고 학문적인, 그리스의 모범들에 근거한 클롭슈토크의 형식에 반대하고, 헤르더의 도움으로 처음 사람들에게 잘 알려진 친근한 민속적 운율을 자신의 서정시에 연결했다. 민속적인 운으로 된 4박자는 활발한 음절수로 리듬을 풍요롭게 만들었다. 괴테는 그의 익살극과 사육제극뿐만 아니라 《초고 파우스트》, 〈마왕〉, 〈투울레의 왕〉과 같은 작품들에서 빈번하게 사용했다. 변화가 풍부하면서도 자연스럽게 작용하는 언어 구조는 이제 단순하지만 깊은 감정의 전달을 가능하게 했다. 이 새로운 발전의 초기에 속하는 〈들장미 Heidenröslein〉 같은 시는 그의 혼이 담긴 울림과 '내면의 멜로디'를 통해 비교할 수 없는 효과를 나타낸다.

예를 더 들자면, 괴테는 담시 〈투울레의 왕〉에서 우리를 매혹시키는 언어의 마력에 도달한다. 자연스러운 음악성 없이 괴테는 음악을 위한 시행이나 오페라 각본을 쓸 수 없었을 뿐만 아니라 그의 작품들 안에 내재해 있으면서 인간을 매혹시켰던 언어 음향의 리듬적 멜로디의 마력을 그의 작품들에 결코 부여할 수 없었을 것이다. 괴테의 서정시는 높은 수준의 언어 음악이다.[66]

괴테의 모든 중요한 작품들, 특히 서정적인 문학 작품들은 리듬과 멜로디를 나타내려는 음악적 감정에 근거하고 있다. 즉 음악적 요소를 자체 내에 지니고 있다는 것이다. 이 같은 사실을 괴테는 《빌헬름 마이스터의 수업 시대》에서 빌헬름의 입을 통해 말하고 있다.

비록 나에게 천성적으로 행복한 목소리가 주어지지 않았다 해도 마음속으로는 한 숨겨진 수호신이 무엇인가 율동적인 것을 나에게 속삭이는 것 같았습니다. 그래서 나는 산책할 때마다 언제나 박자를 맞추어 움직이고 동시에 조용한 소리를 듣는다고 생각되지요. 그러면 그 소리를 통해 이런저런 방법으로 내 마음에 드는, 떠오르는 어떤 노래가 따라 나오게 됩니다.

괴테는 여기서 감정적이면서도 음악적인 요인이 예술적 창작 과정

에서 무시할 수 없는 의미를 지닌다는 것을 암시하고 있다. 실러 역시 괴테와 비슷하게 느끼고, 1796년 3월 18일에 괴테에게 편지를 썼다.

> 어떤 음악적 정서가 앞서 생기고, 이 정서에 이어서 비로소 나에게 시적 생각이 떠오릅니다.[67]

이런 의미에서 실러는 이미 1792년 5월 25일에 크뢰너에게 다음과 같이 의견을 말했다.

> 내가 시를 쓰기 위해 앉아 있을 때면 시의 음악적인 것이, 자주 내 생각과 거의 일치하지 않는 내용의 명료한 개념보다 훨씬 더 자주 내 영혼 앞에 떠돈다네.[68]

괴테는 서정시와 음악적 요소 사이의 강한 상호 작용을 테마로 그의 최초의 작곡가인 카이저와 토론하면서 노래 가사의 리듬에 대해 언급하고, 배우들로 하여금 시를 읽도록 지시했다.[69] 괴테는 이 생각을 《빌헬름 마이스터의 수업 시대》에서 제를로를 통해 전달한다. 즉 다른 극단에서는 이미 입을 가진 자는 누구나 거리낌 없이 지껄일 수 있는 그러한 산문들만이 읽혀지고 있는 반면 제를로의 극단에서는 배우들이 리듬 있는 시를 읽음으로써 잘 낭송되는 리듬이 우리의 영혼 속에 불러일으키는 그런 황홀한 감정을 그들의 마음속에 느끼도록 해 주었던 것이다.[70]

헤르만 아베르트는 괴테 서정시의 리듬적·멜로디적 본성에 대해 이렇게 말하고 있다.

괴테 서정시는 근본적으로 음악 작품을 통한 보충을 전혀 필요로 하지 않으며, 오히려 그것은 독자적으로 음악 작품과 나란히 존재하거나, 가장 좋은 시들의 경우에는 음악 작품보다 더 높은 위치에 있기도 하다. 사람들은 때때로 작곡을 통해 집에서 완성된 음악적 형성물이 다시 한 번, 다만 다른 방법으로 음악으로 옮겨진 것 같은 인상을 갖는다.[71]

아베르트는 《젊은 베르테르의 슬픔》에서 산문에 숨겨져 있는 멜로디와 울려 퍼지는 리듬의 율동 기법에 대해서도 언급한다. 이 작품에 나타난 서정적인 기본 특징은 강하게 리듬으로 된 언어에서 나타나는데, 이 언어는 이 작품의 시작에서, 즉 5월 10일에 작성된 편지에서 그 아름다움을 나타내며, 음향적인 정점을 보여 주고 있다. 예술적으로 정교하게 배열된, 끝날 줄 모르는 문장에서 베르테르를 압도하는 그의 경건함과 자연을 축복하는 감정이 흘러나온다.

내 진정으로 즐기고 있는 달콤한 봄날 아침과도 같이, 내 온갖 영혼은 경이로울 정도로 즐거움에 사로잡혀 있네. 내 영혼과 같은 영혼을 위해 마련된 이 지방에서 나는 홀로 내 인생을 즐기고 있네. (…) 내 주위의 정겨운 계곡에는 아지랑이가 피어오르고, 높이 떠 있는 태양은 내가 서 있는 숲의 어둠 속으로 스며들 수 없어 그 표면에 머문다네. 몇 줄기 햇살만이 성전 안으로 살며시 비쳐 들어올 때면, 나는 졸졸 흘러내리는 시냇가의 무성하게 우거진 풀밭에 누워 대지에 얼굴을 대고 수천 가지의 온갖 풀잎들을 주의 깊게 살펴본다네. 풀포기 사이에서 우글거리는 작은 세계, 헤아릴 수 없을 정도로 무수히 많은 작은 벌레나 모기들의 현상을 보다 가까이 느낄 때면 나는 자신의 모습에 따라 우리를 창조하신 전능한 하나님의 현존을 느끼고, 영원한 환희 속에 부동하며 우리를 이

끌고 보존하시는 자비로우신 신의 나부낌을 느낀다네.

　친구여, 사방이 차츰 어두워지고 내 주위의 세계와 하늘이 사랑하는 연인의 모습처럼 내 영혼 속에 고요히 휴식을 취할 때면 나는 종종 그리움에 사로잡혀 이렇게 생각한다네. 아아! 나의 영혼이 영원한 신의 거울인 것처럼 그 그림이 네 영혼의 거울이 될 수 있도록, 네 마음속에 따스하게 생동하는 것을 다시 표현할 수 있고, 입김처럼 종이에 불어넣을 수 있다면! (…) 그러나 나는 그로 인해 멸망할 지경이며, 이 숭고한 현상들의 강한 힘에 굴복해 버리고 만다네.[72]

　괴테는 '무한한 멜로디'의 문체를 수단으로 베르테르의 황홀감을 표현함으로써 베르테르가 자연으로 몰입하고 지상적인 것에서 벗어난 그의 경험을 예술적으로 믿도록 하는 데 성공했다. 이러한 무한한 노래를 통해 산문은 이미 거의 노래로 녹아 버렸다.

　괴테가 이탈리아 여행 중에 집필한 단장격의 짧은 시행과 반 6각 운으로 된《이피게니에》는 그의 작품들에 음악적 요소가 얼마나 많이 내재해 있으며 그가 섬세한 음영법에 얼마나 능숙한가를 충분히 보여 준다. 그래서 아베르트는《이피게니에》를 독일 드라마가 자랑해야 할 가장 음악적인 단장격의 시행들[73]이라고 말했다.

　베토벤이 음악에서 시인이었듯이 괴테는 시에서 음악가였다. 비록 괴테가 문학과 음악의 관계에서 내면적으로 작가의 권리와 문학의 우위를 주장하긴 했지만 음악에 대한 그의 사랑은 대단했다. 이 사랑은 괴테가 1822년에 이그나츠 플라이엘에게, "음악을 사랑하는 사람은 절반의 인간이지만 음악을 하는 사람은 완전한 인간"[74]이라고 한 말에서 가장 아름답게 표현되고 있다.

　아이헨도르프를 제외한 낭만주의자들이 음악에 대한 진정할 수 없는 그들의 내면적 욕구를 문학에서 표현하려고 노력했던 반면 괴테는 이미 처음부터 높은 수준의 음악적 재능을 지니고 있었으며, 이 음악적 재능은 그의 시행들에 내재해 있는 매혹적인 멜로디에서 설명될 수 있다. 멜로디는 그의 시적 기분과 일치했다. 그의 시들의 내용과 언어는 언제나 음악적 요소에 의해 보충되고 상승되어야 한다. 그래야만 비로소 그의 서정시는 완전한 아름다움을 나타낼 수 있기 때문이다.

내용과 언어가 음악적 요소들과 조화를 이루는 것, 즉 합리적이고 감정적인, 구체적이고 개념적인, 그리고 음향적이고 암시적인 요소들로 이루어진 이 '시적 통합Poetische Synthese'은 괴테의 위대한 서정적 예술의 신비다. 즉 괴테의 서정시는 더 이상 내용의 단순한 언어적 형성만으로는 충분치 않고 제3의 예술적 요인, 곧 언제나 강력한 내용의 결합을 전제하고 있는 '내면의 멜로디'가 큰 역할을 한다는 것이다. 바로 이 두 요소들의 완전한 조화, 서정시의 언어적 형성과 내면의 멜로디의 완전한 조화에서 괴테 문학의 고전주의적 아름다움이 나타난다.

Johann Christoph Friedrich von Schiller

# 프리드리히 실러의
# 문학적 이상과 음악

—

# 실러의 생애

　프리드리히 실러는 청년기에 슈투름 운트 드랑 시대를 대표하는 혁명적인 사상가이자 극작가였다. 바이마르에서 세상을 떠날 때까지 괴테와 함께 소위 바이마르 고전주의로 일컬어지는 독일 문학의 전성기를 이루었다. 또한 예나 대학의 역사학 교수이자 문필가로서 초기 낭만주의자들에게 사상적 영향을 준 인물이다. 그는 괴테의 평탄한 삶과는 극히 대조적으로 파란 많은 삶을 살았다. 그러나 이 난관들을 극복하고 수사학적이고 사상적인 내용을 담은 시와 희곡을 통해 괴테와 함께 독일 고전주의의 쌍벽을 이루는 대표적인 작가로 명성을 얻었다.

　실러는 1759년 11월 10일에 넥카 강변의 마르바흐에서 태어났다. 그는 마르바흐, 로르히, 루트비히스부르크 등지에서 유년 시절을 보내면서 그곳 마을 학교에서 라틴어와 그리스어를 배웠다. 경건한 신

앙심을 지닌 모친과 가부장적인 부친 외에 실러의 인생에 큰 영향을 끼친 후견인이 있었는데, 그는 곧 영주인 카알 오이겐 공작이었다. 실러 부친의 소원은 실러가 목사가 되는 것이었으나 영주인 카알 오이겐 공작은 군사 학교에 들어가 법학을 전공할 것을 원했다. 그는 카알 학교가 슈투트가르트로 옮긴 후에 그곳에서 의학 공부를 할 수 있었고, 1780년 말에 군의관이 되어 슈투트가르트 연대에서 근무했다.

프리드리히 실러(1759~1805).
독일의 시인, 미학 사상가, 극작가로서 1800년대에 독일인들의 자유를 위한 투쟁에 많은 영향을 끼쳤다.

카알 학교에 입학한 후에 문학을 집중적으로 공부했고, 1776년에 첫 시를 발표했으며, 1777년에는 첫 드라마《도적 떼Die Räuber》(1781)를 쓰기 시작했다. 그때 그는 슈투트가르트에서 카알 오이겐의 궁정 음악 극장의 화려함을 알게 되었다. 실러의 초기 드라마와 후기 드라마의 강한 음악적 특성들은 이 시기의 경험에 근거한다.

음악이 문학 작품에 줄거리의 요소로 삽입되는 것은 그 당시의 일반적인 상식이었다. 실러 역시 일반적인 음악적 기분을 시의 창작을 위한 자극제로 삽입했고, 음악의 직접적이고 감각적인 힘을 자신의 시와 드라마에 이용했다. 그러나 괴테의 경우와 마찬가지로 처음에는 이 힘을 믿지 않았다. 그러나 칼스루에의 친구 모임에 있던 두 음악가들과의 우정으로 실러는 음악과 직접 접촉하게 되었다. 이들은《도적 떼》에서 가곡들을 처음으로 작곡한 요한 루돌프 춤슈테크와 슈투트

《도적 떼》의 1782년도 판 표지

가르트에서 실러와 함께 도피했던 요한 안드레아스 슈트라이허[1]이다.

실러의 첫 작품인 《도적 떼》가 일으킨 큰 사회적 파장, 특히 1782
년에 만하임에서 화제를 일으켰던 《도적 떼》의 성공적인 공연, 그리
고 실러가 이따금 그곳으로 은밀히 갔던 여행 등으로 인해 실러와 공
작의 갈등은 빠르게 심화되었다. 결국 공작은 1782년 8월에 《도적
떼》에 대해 출판 금지령을 내렸다. 만하임 극장장인 볼프강 헤리베르
트 폰 달베르크(1750~1806)는 실러에게 국립 극장의 한자리를 약속했
기 때문에 실러는 만하임으로의 도피를 결심했다. 그는 검소하게 생
활했지만 궁정의 지원이 없어진 후에는 재정적으로 오랫동안 곤란을
겪었다. 더군다나 만하임에서 극장 작가로서 일한 것은 1년밖에 되지
않았다. 《피에스코의 모반Die Verschwörung des Fiesco zu Genua》(1783)과
《루이제 밀러린Luise Millerin》(1784, 후에 배우 이프란트에 의해 《간계와 사

랑Kabale und Liebe》으로 개칭됨)이 이 시기에 완성되었다.

물질적인 어려움은 친구들, 특히 음악 문제에 있어 실러의 조언자였던 종교국 평정관 크리스티안 고트프리트 쾨르너가 우두머리로 있는 작센의 친구 모임의 도움으로 어느 정도 해결했다. 이 모임의 초대로 실러는 1785년에 라이프치히로, 후에는 드레스덴으로 거처를 옮겼다. 실러는 1785~1787년의 2년 동안 쾨르너의 집에서 묵은 적이 있는데, 그와 맺어진 새로운 우정의 체험은 송가 〈환희에 부쳐An die Freude〉에 반영되었다. 이 시는 가장 많이 작곡된 가요였으며, 또한 어떤 의미에서 민족의 시가 되었다.[2] 그해 《돈 카를로스, 스페인 왕자Don Carlos, Infant von Spanien》(1787)도 창작되었다.

실러는 1787년 7월에 바이마르로 이사했는데, 그곳 지식인 사회로부터 크게 환영받았다. 1년 후 그는 괴테를 알게 되었고, 1788년 말에는 궁정의 제의로 예나에서 역사 교수 자리를 얻어 1789년에 그곳으로 이주했다. 그는 1790년에 샤를로테 폰 렝게펠트와 결혼했다.

예나 대학으로 가기 전부터 시작해 수년 동안 방대한 역사 논문들이 생겨났으며, 이 논문들은 실러를 유명한 역사학자로 만들었다. 특히 《네덜란드 연방의 몰락사Geschichte des Abfalls der vereinigten Niederlande》(1788)와 《30년 전쟁사Die Geschichte des Dreiβigjährigen Krieges》(1791~1793)는 그가 역사학자로 인정받는 데 큰 역할을 한 논문이다. 그는 시인이며 철학적·역사적 작가로서 정상의 위치에 있었지만 1791년 1월에 생명이 위태로운 폐렴에 걸렸고, 그로 인해 만성 늑막염에 시달렸다. 그럼에도 불구하고 실러는 젊은 나이로 죽을 때까지 상상도 할 수 없는 창작 활동을 계속했다.

덴마크의 황태자 엔스 바게센은 실러에게 1791년에 3년간의 국가 연금을 약속했다. 그래서 실러는 칸트 연구와 미학 연구에 전념할 수

있는 여유를 갖게 되었다. 가장 중요한 결실은 서한문《인간의 미학적 교육에 관하여 Über die ästhetische Erziehung des Menschen》(1795)이다. 실러는 1795년에 서정시를 집중적으로 창작하기 시작해 1798~1799년에 작업을 끝냈다. 이 작업으로 실러는 작곡가 요한 프리드리히 라이하르트와 접촉하게 되었다. 실러는 그를 1797년도 문학연감의 협력을 위해 초대했으나《크세니엔Xenien》의 논쟁으로 그와의 관계는 빨리 끝나게 되었다.

1797년도 문학연감 이후 실러와 첼터와의 관계가 좋게 호전되었다. 1799년 말에 실러는 다시 바이마르로 이주했다. 1800년에는 자신의 시를 선발하고 교정한 첫 시집을 발행했고, 1803년에 두 번째 시집이 나왔다. 이 시들은 대부분의 작곡가들이 선호했던 텍스트들이었다.《발렌슈타인-3부작》(1799년 완성, 1800년 출판), 즉〈발렌슈타인의 진영 Wallensteins Lager〉,〈피콜로미니 부자Die Piccolomini〉,〈발렌슈타인의 죽음Wallensteins Tod〉과 함께 실러의 마지막 드라마 창작 시기가 시작되었다. 이 기간에 실러는《마리아 슈투아르트Maria Stuart》(1800년 완성, 1801년 출간),《오를레앙의 처녀Die Jungfrau von Orleans》(1801),《메시나의 신부Die Brauat von Messina》(1803),《빌헬름 텔Wilhelm Tell》(1804)을 완성했다. 이 작품들로 인해 그는 교양 있는 시민 계급의 대표적인 인물로 국민 작가가 되었다. 마지막 작품인《데메트리우스Demetrius》를 미완성으로 남겨두고 그는 1805년 5월 9일 사망했다.

# 실러 문학의 음악적 수용

실러 미학의 핵심은 상이한 예술들의 이상적 조화를 추구하는 것이다. 모든 예술들은 고유한 특성을 버리지 않고 그 한계를 넘어 융합함으로써 보다 차원 높은 예술로 새롭게 창출될 수 있다. 이런 맥락에서 볼 때 실러 문학과 음악의 상호 작용과 그 문학의 음악적 수용에 대한 관찰도 실러 미학의 중요한 범주에 속한다.

실러의 서정시는 괴테와는 달리 사랑이나 순수한 자연 감정보다는 클롭슈토크와 유사하게 장엄한 주제나 이념에 대한 열광적인 감정을 토대로 하고 있다. 그가 추구했던 주제들은 신과 세상, 예술과 현실, 인간과 문화 등이었다. 이 같은 주제들이 그의 문학적 대상이기 때문에 그의 서정시는 성찰과 환상의 결과로서 감정 표현이 아니라 고도의 이념적·철학적·교훈적·도덕적 의미를 가진다. 그는 개인적인 체험을 형상화하거나 스스로 체험한 현실을 상징적인 묘사로 압축시키기보다는 윤리적·문화적 영역에 속하는 보편타당한 주제를 추구했다. 이 때문에 이상을 구체적으로 현실화하려는 노력, 즉 이념적인 것을 눈으로 볼 수 있는 현상의 영역으로 전이시켜 서정적으로 느끼게 하고 지각시키는 것이 그의 서정시의 기본적인 특징이었다.

실러의 서정시는 시의 운율적·리듬적인 복잡성과 자체 내에 이미 음악적인 요소를 갖춘 고도의 수사학적 언어 때문에 그 시대의 작곡가들에게 작곡하기 어려운 시로 여겨졌다. 실러의 가장 친한 친구이며 음악적 조언자인 쾨르너는 이 문제에 대해 이미 여러 번 지적했다.[3]

괴테의 수많은 시들이 지니고 있는 경탄할 만한 음악성과 가창성을 실러의 시에서는 찾아볼 수 없다. 이는 실러의 시가 전체적으로 볼 때 노래로 불리기보다는 시로 낭송되는 것에 적합한 사상시에 더 가까웠기 때문이다. 실러가 음악 교육을 많이 받지 않았고, 음악에 대한 관심이 괴테처럼 전문적이지 못했다거나 그에 대한 이해와 사랑이 부족했기 때문이 아니다. 그는 자신의 시가 사상시의 특성을 지녔음을 잘 알고 있었기 때문에 사상과 이념을 서정적으로 느끼게 하고 구체적으로 현실화시키기 위해 음악의 아름다움에 대한 감각과 감수성에 큰 관심을 가졌다. 실제로 그는 항상 음악에서 유래하는 작용과 음들의 마력적인 힘을 의식하고 이를 작품에 사용하려고 노력했다.

그는 명료하게 상대적으로 분리된 문학과 음악의 상호 작용을 잘 알고 있었다. 즉 문학적 작업을 위한 음악의 상호 작용으로서 막연하고 추상적인 음악적 분위기나 시어詩語의 음악적 요소들, 드라마 구조의 음악극적 특징들, 장면적 요소로서 실제 음악과 같은 창작 과정에서 필요한 음악적 도움의 중요성을 인식하고 있었다. 실러는 이 같은 음악에 대한 자신의 내면적 성향을 쾨르너와 괴테에게 보낸 두 번의 편지에서 잘 나타내고 있다. 그는 1792년 5월 25일에 쾨르너에게 보

낸 편지에 다음과 같이 쓰고 있다.

> 내가 시를 쓰기 위해 앉아 있을 때면 시의 음악적인 것이, 자주 내 생
> 각과 거의 일치하지 않는 내용의 명료한 개념보다 훨씬 더 자주 내 영혼
> 앞에 떠돈다네.[4]

그리고 그는 1796년 3월 18일에 괴테에게 이렇게 쓴다.

> 나의 경우, 처음 느낌에는 정해진 명료한 대상이 없습니다. 대상은 나
> 중에서야 생깁니다. 어떤 음악적 기분이 앞서 갑니다. 그리고 이 기분에
> 이어서 비로소 시적 생각이 떠오릅니다.[5]

이 같은 음악적 분위기는 실러 작품들에서 특히 서정시의 언어 형
태에, 다시 말해 대가답게 다룬 다양한 리듬 기법과 운율 기법에 구체
적으로 작용했을 것이다. 이에 대한 훌륭한 예로 〈기대Die Erwartung〉,
〈종의 노래Das Lied von der Glocke〉 혹은 특별히 칸타타라고 표시한 〈낙
원Elysium〉과 같은 시들을 들 수 있다.

전제정치가 지배했던 슈투트가르트에서 실러와 함께 만하임으로
도주했던 친구인 안드레아스 슈트라이허가 자신의 저서 《슈투트가르
트에서의 실러의 도주와 1782~1785년의 만하임 체류Schillers Flucht
von Stuttgart und Aufenthalt in Mannheim von 1782~1785》에서 실러가 자신의
피아노 연주를 매우 높게 평가했다고 한 데서 실러가 음악을 얼마나
좋아했는지를 알 수 있다.

그래서 그는 대부분 점심 식사 때 약간 친밀하게 슈트라이허에게 질

문했다. '오늘 저녁에 다시 피아노를 치겠나?' 황혼이 일기 시작할 때면 그의 소원은 이루어졌고, 그러는 동안 그는 종종 달빛만이 비치는 방 안을 여러 시간 이리저리 거닐었다. 그리고 이따금 이해할 수 없는 감격으로 소리를 질렀다.[6]

음악은 그의 창작에서 중요한 역할을 했다. 실러는 음악에 대한 자신의 높은 감수성을 문학적 창작에 이용하려고 노력했다. 실러는 도주자로서 임시로 머물 곳을 찾았던 오게르스하임에서 드라마 《간계와 사랑》을 집필 중이었다. 그의 친구 슈트라이허가 치는 저녁 때의 피아노 연주는 분명히 도시의 악사 밀러라는 극중의 인물과 작품을 위해 실러를 자극했음이 분명했다.[7] 드라마의 마지막(5막 7장)에 밀러의 딸 루이제는 피아노 연주의 도움으로 그녀의 애인이며, 질투심에서 그녀를 독살하려는 페르디난트를 진정시키고 좋은 생각을 불러일으키려고 노력한다. 겁에 질려 고개를 숙인 채 그녀는 말없이 질투심에 가득 차 그곳에 서 있는 애인에게 묻는다.

당신이 피리로 반주해 주신다면 폰 발터 씨, 저는 피아노곡을 하나 연주하겠어요.[8]

이미 그의 첫 드라마 《도적 떼》에서 피아노 연주는 여주인공인 아말리아의 죽음을 초월한 사랑과 연관되어 있었다. 그녀는 죽음을 통해 애인인 카알 모어와 결합되길 바란다. 이 생각에 자극되어 그녀는 급히 피아노로 가서 애인 카알과 함께 칠현금에 맞춰 불렀던 노래, 〈안드로마헤와 헥토르의 이별Abschied Andromachas und Hektors〉을 부른다.

충실한 아내여, 가서 죽음의 창을 가져다주오! 죽음이 날뛰는 싸움터로 나를 떠나게 해 주오! 저 트로야는 나의 두 어깨에 달려 있노라. 아스타나구스 산정 위에는 우리의 신이 있으니, 조국을 구하는 헥토르가 쓰러진다 하더라도 우리는 다시 극락세계에서 만나리라.[9]

카알의 동생인 프란츠 모어 역시 아말리아에게 아첨하기 위해 피아노 연주를 좋아하는 척하고, 1막의 마지막에서 이렇게 외쳤다.

그는(카알 모어) 음악을 말할 수 없이 좋아했지요. 그리고 저 하늘의 별들이 증인입니다! 내 주변의 모든 것이 어둠과 잠 속에 잠겨 있을 때면 저 별들은 죽은 듯이 조용한 밤의 적막 속에서 내가 연주하는 피아노 소리를 너무나도 자주 은밀히 엿듣곤 한답니다.[10]

이렇듯 음악은 죽음을 초월한 사랑의 힘을 표현하기 위해 사용되며, 때로는 구애의 달콤한 수단으로도 사용되었다. 프란츠의 형이며 도적떼의 대장인 카알 모어도 힘과 확신을 갖기 위해 음악을 필요로 했다.

내 잠자고 있는 수호신을 다시 깨우기 위해 나는 로마 사람들의 노래를 들어야만 한다. 내 칠현금을 가져오너라. (…) 깊은 정적이 흐른 후에 그는 노래 부른다. 환영하라, 평화스러운 들판이여, 모든 로마인들의 마지막 사람을 맞이하라![11]

《돈 카를로스》에서 사랑에 빠진 공주 에볼리는 돈 카를로스의 마음을 사로잡기 위해 칠현금 연주와 노래를 이용한다. 돈 카를로스는 칠현금 소리에 매혹되어 공주의 방을 자신이 은밀히 사랑했던 스페인의

돈 필리프의 부인 엘리자베트 여왕의 방으로 착각하고 잘못 들어간
다. 그래서 그는 공주에게 사과하면서 말했다.

어떤 우연이 나를 이리로 데려왔다.
나는 누군가 칠현금을 치는 소리를 듣고 있다.
그 소리가 칠현금이 아니던가?
(그는 사방을 의아하게 둘러보면서)
맞아! 저기에 칠현금이 여전히 놓여 있구나.
헌데 칠현금을,
아무도 알지 못하리!
내가 칠현금을 미치도록 사랑한다는 것을.
나는 주의 깊게 경청하며,
나 스스로 아무것도 모른 채,
나를 이토록 황홀하게 감동시키고,
나를 이토록 아주 매혹시키도록
연주하는 달콤한 여인을 아름다운 눈으로 보기 위해
나는 방 안으로 뛰어든다오.[12]

작품 《예술에의 경의Huldigung der Künste》에 있는 음악에 바치는 다
음의 시연은 실러의 음악에 대한 아름다운 고백을 표현한다.

현에서 흘러나오는 소리들의 힘,
너는 그 힘을 잘 알고 강력히 행사한다.
예감으로 가득히 깊은 가슴을 채우는 것은
오직 내 소리에서 모습을 나타낸다.

귀여운 마력은 네 감각의 주위에서 놀고,

나는 내 조화의 강물을 쏟아붓는다.

감미로운 비애 속에 내 심장은 녹아내리려 하고,

또한 내 영혼은 입술에서 달아나려 한다.

하여 나는 음音들에 사다리를 갖다 대고,

나를 지고한 아름다움으로 들어올린다.[13]


　강력한 언어를 구사하는 훌륭한 작품 〈노래의 힘Die Macht des Ge-sanges〉[14]은 노래에 헌정된 독일어의 가장 훌륭한 시들 가운데 하나다. 시 〈네 개의 시대Die vier Weltalter〉는 가수에 대한 칭찬으로 시작한다. 그리고 끝 부분에서 실러는 가수의 윤리적인, 다시 젊게 하는 힘을 찬양하고, 가수의 작용을 여자의 우아·품위·미덕·사랑과 연관해 동시에 언급하고 있다.


심홍색 포도주가 기분 좋게 잔 속에서 거품이 일고,

손님들의 눈은 즐거움에 빛난다.

가수가 나타나서 안으로 들어와,

좋은 것에 최선의 것을 가져온다.

때문에 천국과 같은 홀에 칠현금이 없으면

기쁨은 신들의 불로주와 식사라 해도 별것이 아니로다.

(…)

때문에 영원한 부드러운 끈이라 해도

여인들과 가수들을 함께 엮어 놓을지니,

그들은 손에 손잡고

아름다운 것, 올바른 것의 띠를 짜고,

아름답게 함께 어울려 노래 부르며 사랑을 나누니,
그들은 인생에서 청춘의 증서를 받는다.[15]

실러는 작품 〈태곳적의 가수들Die Sänger der Vorwelt〉에서 가수에게
민족들의 대변자로서의 지도적인 역할을 정해 준다.

말하라, 살아 있는 말로 귀 기울이는 민족들을 황홀케 하고,
하늘로부터 신을 노래하고, 하늘을 향해 인간을 노래하며
노래의 날개를 타고 정신을 하늘 높이 나르던
그 뛰어난 자들은 어디로 사라졌고,
그 가수들을 나는 어데서 찾을고?
(…)
노래의 열기에 듣는 이의 감정은 불타오르고,
듣는 이의 감정에 가수들의 열기는 달아오른다.
듣는 이의 감정을 돋우고 정화시켰으니, 행복한 자여,
그에게 노래의 영혼이 민족의 소리로 여전히 밝게 되돌아 울렸고,
요즘 사람은 아직도 마음속에서 거의 알아듣지 못하는
천상의 신성이 여전히 밖으로부터, 삶 속에 나타났도다.[16]

실러는 여러 가지 형태로 인간에게 작용하는 음악의 힘을 자신의
문학에 직접 수용했다. 하지만 음악에 대한 애정과 찬양을 표현하는
것만으로 만족하지 않았다. 오히려 자신의 드라마들에서 노래를 부를
수 있도록 텍스트에 곡을 붙이도록 했다. 이것은 음악이 문학에 수용
되면서 문학 작품의 가치와 효과를 상승시켰다. 《도적 떼》에서 헥토
르의 작별에 대한 아말리아의 노래 또는 《발렌슈타인》에서 테클라의

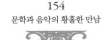

내면의 노래, 〈소녀의 탄식Des Mädchens Klage〉 외에도 《빌헬름 텔》을 위해 실러는 대중화를 염두에 두고 노래들을 만들게 했다. 즉 《빌헬름 텔》은 한 어부 소년이 배 안에서 막이 오르기 전부터 시작해 막이 오른 후에도 한동안 계속해서 부르는 알프스 지방에서 소치는 목동의 노래로 시작하는데, 이 노래는 모든 이에게 널리 알려져 곧 퍼지게 되었다.

> 호수는 미소를 짓고, 헤엄치라고 권하는데,
> 소년은 푸른 물가에서 잠이 들었네.
> 꿈속에서 그는
> 너무나 달콤한 피리 소리처럼,
> 낙원에서 들려오는 천사의 목소리처럼,
> 울리는 소리를 듣는다.
> 하여 그가 황홀한 기쁨에서 깨어나니,
> 물이 그의 가슴 주위에서 출렁이네.
> 그리고 심연에서 부르는 소리
> 사랑스러운 아이야, 너는 나의 것!
> 나는 잠자고 있는 아이를 유혹해,
> 이리로 끌어들이겠노라.[17]

이미 언급했듯이 실러의 다양한 음악적 언어 형태와 작품 속에 내재해 있는 음악성은 대부분의 작곡가들에게 작곡의 어려움을 주었다. 라이하르트 같은 사려 깊은 작곡가는 실러의 시 〈춤Der Tanz〉을 작가의 생각에 따라서 작곡하려고 시도했으나 때때로 실러를 실망시켰다. 무엇보다도 실러의 생존 시에 유능한 가곡 작곡가들이 별로 많지 않았다. 그래서 대부분의 초기 실러 작곡 작품들은 사교 모임에서 작품의 낭독을 장식하는 소박한 형식의 음악으로 만들어졌다. 오늘날 이름을 알 수 없는 작곡가들에 의해 작곡된 초기의 많은 가요들은 대략 1800년과 1830년 사이, 그러니까 실러가 국민 시인으로 부각되었던 시대에 생겼다. 최초의 실러 가요들은 시인의 주변에서, 즉 라이하르트, 쾨르너, 첼터, 춤슈테크와 같은 작곡가들에게서 나왔다.

라이하르트는 실러와의 반목에도 불구하고 다른 작곡가들보다 실러 텍스트를 많이 작곡했다. 그는 개인적인 낭송을 위한 소박한 형식의 장면들보다는 오페라적이고 공개적인 장면들을 전제로 했다. 즉 실러의 작품들을 칸타타나 멜로 드라마적 형식으로 옮긴 것이다. 라이하르트는 실러의 작품들을 개인적 공간에서 무대와 같은 공공연한 공간으로 옮길 수 있는 예술 형식으로 가요를 작곡할 때 생기는 어려움을 해결하려 했다. 그럼으로써 그는 실러의 교훈시와 발라드 같은 다양한 텍스트가 내용과 형식에 맞게 이용될 수 있도록 노력했다.

실러 역시 같은 생각이었다. 그는 〈발렌슈타인 진영〉에서 중기병이 부르는 기사의 노래에 가장 큰 관심을 기울였다.

일어나라, 동지들이여.
말을 타자, 말을!
전장으로 자유를 향해 진군하자.
전장에서 사나이는 여전히 가치 있는 것,
그곳에서 심장은 요동친다.
그곳에 아무도 그를 대신하지 않으니
오로지 홀로 자신만을 믿을 뿐이로다.[18]

실러는 맨 먼저 그의 친구 쾨르너에게 이 노래에 곡을 붙일 것을 부탁하며 '기사의 노래'를 편지로 보냈다. 1797년 4월 17일의 쾨르너 편지는 그가 이미 이 노래를 작곡하려고 여러 번 시도했음을 보여 준다. 실러는 마침내 5월 29일의 편지로 예나에서 작곡이 이루어진 것을 알게 되었다. 그렇지만 솔직히 그 작곡에 감동하지는 않았다.

자네가 작곡한 작품을 정식으로 부르는 것을 아직 듣지 못했다네. 그래서 그것이 지금 나에게 연주되고 노래로 불릴 때면 그것은 나를 열광시키지 못하고, 일반적으로 의미의 강조가 놓여 있는 각 연들의 3행과 4행은 너무나 약하게 암시된 것처럼 보인다네.[19]

베를린 성악 아카데미의 장이고 괴테의 친구인 카를 프리드리히 첼터[20]는 이미 실러의 작품들을 작곡한 바 있으며, 그의 시가 너무 길고 음으로 옮기기가 매우 어렵다는 것을 알고 있었다.[21] 그러나 '기사의 노래'의 작곡에 대한 실러의 부탁을 기꺼이 받아들여 곡을 만들어 주었다. 실러는 첼터에게 1797년 7월 6일에 '기사의 노래'를 보낸다.

당신께서 친절히 허가해 주셔서 저는 당신께 저의 금년도 문학 연감에서 작곡하실 몇 개의 텍스트를 여기에 다시 보내 드립니다. 그리고 만일 이의가 없으시다면 3~4주 안에 두 번째의 절반을 뒤따라 보내도록 할 것입니다.
'기사의 노래'는 제가 지금 집필 중에 있는 연극 발렌슈타인에서 나온 것입니다. 이 노래가 우리의 독일 극장들에서 불리게 될 것이므로 많은 음악의 날림꾼들은 이것을 공연에 올리도록 자극하고 당신에게는 이 곡을 작곡하고픈 욕구가 일기를 바랐습니다. 이 노래는 중기병과 사냥

꾼 두 사람에 의해 처음부터 끝까지 불리게 되며, 그중에서 첫 번째 사람은 근엄하고 남자다운 성격을, 다른 사람은 가볍고 유쾌한 성격을 가지고 있습니다. 전자는 A로, 후자는 B로 표시되었습니다.

당신이 완성한 것을 저에게 바로 편지해 줄 것을 약속해 주시겠지요. 왜냐하면 저는 음악의 양분을 진정으로 동경하고 있기 때문입니다.[22]

실러의 친구이며 칼스루에의 대학 동료인 작곡가 요한 루돌프 춤슈테크(1760~1802)[23]도 이 노래를 성공적으로 작곡해 냈다.

실러 자신이 그토록 사랑했던 '기사의 노래'는 쾨르너, 첼터, 춤슈테크에 의해 작곡되었다. 그러나 이 가요가 실제로 감동적이고 열광적인 멜로디 때문에 대중적인 노래가 된 것은 관청 변호사 크리스티안 야콥 차안(1765~1830)에 의해서였다. 1798년의 《문학 연감》에는 차안이 음을 붙인 '기사의 노래'가 실렸고, 이 멜로디는 곧 전 독일에서 불리게 되었다. 실러는 그의 멜로디에 매우 만족한다고 출판업자 프리드리히 코타에게 1797년 12월 15일에 보낸 편지에서 밝혔다.

나는 얼마 전에 문학 연감에 인쇄된 가사들의 노래에 대한 멜로디 때문에 춤슈테크에게 경의를 표했습니다만, 그 노래의 작곡자가 그가 아니라 차안 씨라는 사실을 그에게서 들어 알고 있습니다. 나는 이 멜로디가 대단히 마음에 들었고, 모든 이가 이 같은 노래를 내 곁에서 부르는 것을 들을 때처럼 나를 감동시켰다는 것을 고백하지 않을 수 없습니다.[24]

실러의 중요한 희곡들을 창작한 오페라 작곡가 프란츠 데스토우헤스(1772~1844)는 차안의 악곡을 오케스트라를 위해 편곡했고, 바이마르에서 〈발렌슈타인의 진영〉의 초연 때 '기사의 노래'의 열화 같은 멜

로디는 청중을 열광시켰다.

실러의 노래는 나폴레옹에 항거하는 해방 전쟁에서 국민적 의미를 얻었다. 억압의 시대에 많은 노래들 중에서 '기사의 노래'는 망설이는 자들과 두려워하는 자들조차 열광케 했고, 승리를 위한 자유의 노래로서 투쟁의 가요로 불리게 되었다. 〈발렌슈타인의 진영〉을 생각하면서, 전쟁의 여러 해 동안 내내 관객들은 이 노래의 전부 아니면 최소한 마지막 연을 함께 부르곤 했다. 이 전쟁의 시기에 실러의 노래는 가장 인기 있는 민요의 하나가 되었으며, 거리나 시민들의 방, 전쟁터에서도 자주 울려 퍼졌다. 그리고 한 소령은, 그가 1806년에 프로이센 군대가 바이마르에 입성할 때 실러의 집 옆을 행진해 지나가면서 '기사의 노래'를 연주하도록 함으로써 사망한 이 노래의 작가와 그의 미망인에게 경의를 표했다.

1778년 10월 12일에 바이마르 궁정 극장에서의 〈발렌슈타인의 진영〉 초연 장면

당시에 함부르크에서 솔로, 합창, 오케스트라를 위한 칸타타로 유명했던 A. 롬베르크는 〈종의 노래Das Lied von der Glocke〉(1809), 〈노래의 힘〉(1810), 《오를레앙의 처녀》에서의 독백(1816, 4막 1장), 〈동경 Sehnsucht〉(1817)을 작곡했다. 그의 성공 역시 프랑스의 점령하에서 애국적인 색채를 띤 실러에 대한 열광에 기인했다. 그의 〈종의 노래〉는 19세기와 제국이 끝날 때까지 교양 있는 시민 계급과 노동자 계급에까지 파고든 이 시의 인기와 함께 문학과 음악의 상호 작용에서 유례 없는 성공을 거두었다.

초기의 실러 시에 대한 기념비적인 작곡 작품은 실러의 송가 〈환희에 부쳐〉에 대한 14개 작곡 작품의 모음집(1800년경에 출현)이며, 이것 다음으로는 〈이국의 아가씨Das Mädchen aus der Fremde〉, 테클라의 노래 〈떡갈나무 숲은 바람에 솨솨 소리낸다Der Eichwald brauset〉, 〈동경〉, 〈개울가의 아이Der Jungling am Bache〉이다.

그 당시의 프리드리히 폰 마티손의 서정시, 괴테의 서정시와 함께 실러 작품을 집중적으로 다루었던 19세기의 위대한 가곡 작곡가는 슈베르트가 대표적이다. 그는 〈소녀의 탄식Des Mädchens Klage〉과 〈장례 환상곡Die Leichenfantasie〉(1811 또는 1812), 〈심연에 뛰어든 자Der Taucher〉(1813~1814)와 같은 실러의 시들을 작곡했다. 그런데 19세기에 실러의 가요와 발라드를 작곡하려는 관심은 놀라울 정도로 줄어들었다. 하지만 롬베르크에 의해 작곡된 대표적인 실러 합창 작품들은 수적으로는 적지만 질적으로는 수준 높은 것들이었다.[25]

프란츠 리스트의 교향악 작품 〈이상Das Ideale〉(1856~1857)으로 실러 텍스트는 관현악곡으로 작곡되기 시작했다. 리스트와 연결된 최초의 작곡가는 〈발렌슈타인의 진영 op.14〉(1858~1859)을 작곡한 스메타나였다. 〈발렌슈타인의 죽음〉과 《마리아 슈투아르트》에 대한 스메타나의 계획은 이루어지지 않았다. 리하르트 바그너의 아들인 지그프리트 바그너의 첫 작품은 실러의 심포니적 작품 〈동경〉(1805)이었다. 이로써 실러 작품들에 대한 중요한 기악 작품은 이미 소진되었다.

실러는 셰익스피어 외에 세계 문학에서 작품이 가장 많이 작곡된 극작가다. 그리고 오페라에 대한 실러의 관심 역시 대단했다. 그는 때때로 몇몇 가극 각본을 위한 효과적인 소재를 찾고 있었다. 왜냐하면 춤슈테크, 쾨르너, 라이하르트, 첼터, 로흘리츠와 다른 작곡가들이 그의 서정시, 담시들을 그들의 음악으로 장식한 것이 그를 매우 기쁘게 했듯이 그가 손수 극본을 쓴 오페라가 박수갈채를 받으면서 상연되었을 때의 기쁨도 컸기 때문이었다. 그리고 오페라는 음악의 힘을 통해서, 또한 감성의 섬세하고 조화적인 자극을 통해 더욱 아름답게 받아들이려는 마음을 갖게 한다는 것도 그는 알고 있었기 때문이다.

실러는 오페라 작곡가들 중에서 특히 글루크와 모차르트를 존경했다. 그는 1801년 1월 5일에 바이마르에서 쾨르너에게 보낸 편지에서 글루크의 《이피게니에Iphigenie》의 공연에 관해 묘사했다.

> 섣달 그믐날 밤에 하이든의 창조가 공연되었지만 그것은 특징 없는 잡탕이기에 나는 별로 기뻐하지 않았다네. 이와 반대로 글루크의 《타우리스의 이피게니에》는 나에게 무한한 즐거움을 만들어 주었네. 지금까지 음악이 나를 이것처럼 순수하고 아름답게 감동시킨 적이 결코 없었다네. 이것은 바로 영혼으로 파고들면서 달콤하고 높은 비애로 녹아버리는 조화의 세계라네.[26]

실러는 모차르트의 오페라들을 바이마르 궁정 극장에서 경험했다. 《돈 주앙》은 이미 소문만으로 그를 매우 감명시켰다. 그래서 그는 괴

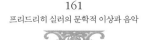

테에게 1797년 5월 2일에 오페라 극본을 부탁한다.

> 당신이 저에게 《돈 주앙》의 각본을 며칠 안에 보내 주신다면 저에게
> 호의를 베푸는 것이 될 것입니다. 저는 그것으로 담시를 만들 생각을 하
> 고 있습니다. 그리고 내가 그 동화를 소문으로만 알고 있기 때문에 저는
> 그것을 어떻게 다뤄야 할지 꼭 알고 싶습니다.[27]

실러의 희곡들이 지닌 연극적 · 오페라적 요소와 마찬가지로 그의
뛰어난 언어 수사학적 표현은 19세기 전반에 걸쳐 작곡가들이 그의
드라마들을 선택하게 했다. 그들은 《마리아 슈트아르트》와 《오를레
앙의 처녀》처럼 대규모의 《돈 카를로스》, 《발렌슈타인-3부작》과 고
대 양식을 모방한 합창으로 다루기 까다로운 《메시나의 신부》를 유명
한 작품으로 만들었다. 이를테면 실러의 생존 시에 생긴 수많은 무대
음악 중에서 실러와 친했던 바이마르의 작곡가 데스토우헤스의 《오
를레앙의 처녀》(1801), 《투란도트》(1802), 《메시나의 신부》(1803), 《발
렌슈타인의 진영》(1804), 《빌헬름 텔》(1804)과 베를린의 작곡가 베버
의 《피콜로미니》와 《발렌슈타인의 죽음》(1799), 《오를레앙의 처녀》
(1801), 《메시나의 신부》(1803), 〈발렌슈타인 진영〉(1803), 《빌헬름
텔》(1804)을 우선적으로 예로 들 수 있다.

여기서 특징적인 현상은 독일 작곡가 몇몇을 제외하고는 실러의 작
품을 작곡하는 데에 매우 신중했다는 것이다. 괴테의 《파우스트》의
경우에서처럼 실러가 죽은 후에 추앙되었던 국민적인 영웅에 대한 존
경심이 한 역할을 했다.

19세기 후반에는 바그너의 음악극이 음악적인 연극의 모든 다른 형
식을 진부한 것으로 보이게 만들었고, 그 후부터 연극 텍스트에 의해

만들어진 가극 각본이 음악적으로 수용되는 일은 저절로 사라지게 되었다. 그러나 이탈리아와 프랑스의 작곡가들에게는 독일 작곡가들처럼 실러의 작품을 작곡하는 데 망설일 이유가 없었다. 실러의 관념극은 이들에 의해 이탈리아식 멜로드라마의 형태로 작곡되었다. 도니체티의 《마리아 슈트아르트》는 1835년에 밀라노에서 공연되었고, 베르디는 이탈리아어로 번역된 실러의 다섯 작품들, 즉 《오를레앙의 처녀》(1847), 《도적 떼》(1847), 《간계와 사랑》(1849), 〈발렌슈타인의 진영〉(1862), 《돈 카를로스》(1867)를 오페라로 작곡했다. 이들은 실러의 텍스트를 장면적으로 볼거리가 풍부하게 표현함으로써 언어로 표현할수 있는 한계를 넘어서게 한 작곡가들이었다. 그래서 실러는 더 이상소재의 유일한 제공자가 아니라 많은 작가들 가운데 한 사람일 뿐이었다.[28]

실러는 음악의 힘에 대한 감수성으로 일찍부터 문학과 음악의 두자매 예술을 하나의 예술 작품에서 일치시키려고 노력했다. 그는 음악과 문학의 상호 작용 관계에 대한 깊은 인식에서 자신의 작품들 못지않게 작곡된 음악 작품에 대해 지대한 관심과 사랑을 나타냈다. 그래서 실러는 괴테와 마찬가지로 오늘날의 어떤 작가보다도 훨씬 더음악의 힘을 자신의 문학에 융화시키려고 노력한 작가였다.

# 미학적 관점에서 본 실러의 음악 이해

괴테와 실러에 앞서 루소와 헤르더는 이미 문학과 음악 사이에 존재하는 관계를 인식했고, 이 두 예술 사이의 친화성은 우선적으로 음악과 시에 관련되어 있다고 보았다. 그래서 언어와 음악 사이의 관계는 서정시에서 가장 밀접하며, 실러가 느낀 음악에 대한 표현도 주로 서정시와 연관해서 이해할 수 있다.

실러의 많은 시가 보여 주듯이 그는 음악의 힘과 마력을 알고 있었기[29] 때문에 이들과 일치하는 시적 단어의 힘으로 자신의 시를 음악과 밀접한 관련이 있도록 만들었다. 실러는 작곡가들이 가사에 곡을 붙이는 것과 똑같은 예술적인 재능을 통해 시에 음향적 요소를 상승시키려고 노력했다. 실러의 서정시가 지닌 리듬의 화려함과 언어의 화음을 쾨르너는 일찍이 인지했다. 그는 실러의 시 〈저녁Der Abend〉을 작곡하려 했던 1795년 9월 29일에 쓴 편지에서 이렇게 밝히고 있다.

나는 〈저녁〉을 자정까지 정서했고, 그 시가 작곡될지 모르지만 시도해 보려 하네. 물론 그 시는 노래로 불리기보다는 낭송되어야 할 장르지. 이 장르에서 시인은 분명 방해받는 것 없이 즐길 것이고, 그 표현은 음악가가 표시할 수 없는 일련의 비유들에 있다네. 마지막 연은 음악적이지만 첫 연은 그보다는 못하다네. 시행들은 훌륭하다네. 이 운율이 가장 아름다운 운을 이룬 시들에서도 찾아볼 수 없는 특별한 매력을 가지고 있다는 것을 자네도 고백하지 않을 수 없을 것일세. 이 운율은 다른 세계에서 온 멜로디처럼 울린다네. 이 멜로디를 파괴하지 않는 것이 여전히 음악가에게는 각별히 유의해야 할 부분이라네.[30]

쾨르너는 12월 25일의 편지에서 다시 한 번 실러의 시 〈심연에 뛰어든 자〉에 대해 말한다.

내가 알기로 이 시는 그 어떤 시보다도 읽을 때 가장 큰 기쁨을 준다네. 이 시는 설사 많이 작곡되지 못한다 해도 그만큼 잘 견뎌내고, 노래에 가까워지는 낭송에서 멜로디의 어떤 일치까지 요구한다네.[31]

〈저녁〉에서처럼 쾨르너는 실러의 서정시에 대한 확실한 음악적 효과를 시인하고 있다. 그는 많은 서정적인 작품들의 고유한 멜로디들이 별도의 작곡을 통한 음악적 상승을 필요로 하지 않으며, 경우에 따라서는 작곡에 의해 작가가 만든 특별한 언어 음악조차 파괴될 수 있다는 것을 알고 있었다. 게다가 괴테의 관조적이고 정서적인 서정시와는 달리 실러는 추상적·철학적 성향의 관념시이기 때문에 비록 그가 화려한 음악적 리듬과 언어적 화음을 사용해 시들의 추상적 성격을 완화시키려고 노력했다 해도 이는 시의 음악 미학적 형태를 방해하는 것이 분명했다. 그 때문에 실러의 시를 작곡하는 일은 쾨르너뿐만 아니라 다른 음악가들에게도 부담스럽고 어려운 일이었다.[32]

음악과 실러의 관계는 대체적으로 괴테와 비슷했고, 또한 괴테처럼 실러도 수많은 자신의 시들이 작곡되길 원했을 정도로 음악에 대한 사랑은 부족함이 없었다.[33] 그는 음악적 작용으로 시의 감정적 효과를 높이려 했다. 그러나 괴테와 마찬가지로 전체적으로 시의 정신을 따르지 않는, 낭만주의에서 추구되었던 지나친 음악으로의 도취를 부인했다. 실러는 인간이 음악에 도취한 상태로 몰입할 때 음악이 인간의 품위를 위태롭게 하고 인류 발전의 지고한 목적인 인간애를 상실할 수 있다고 보았다. 따라서 자신의 사회적·경제적 곤경과 신병으로 인한 육체적 고통에도 불구하고 음악에 도취해 도피와 망각을 찾으려 하지 않았다. 음악에 도취했을 때의 감각적 작용을 실러는 자신의 논문 〈격앙적인 것에 대하여Über das Pathetische〉(1793~1801)에서 다음과 같이 노골적으로 묘사했다.

동물적인 것으로까지 가는 감각의 표현은 일반적으로 모든 얼굴들에서 나타나고, 도취한 눈은 몽롱하게 보이고, 벌어진 입은 모두가 욕망이며, 육욕적인 떨림은 온몸을 사로잡고, 호흡은 빠르고 약하다. 요컨대 도취의 모든 증상들은 모습을 나타낸다. 분명한 증거를 들자면, 감각들은 도취해 있지만 정신 또는 자유의 원칙은 감각적 인상의 힘을 가진 인간에게 전리품이 된다는 것이다.[34]

실러는 도취 상태의 감각적 작용을 정신 또는 자유의 원칙에 이르는 전제 과정으로 보았다. 음악은 개인의 인간화를 위해 진지하게 싸웠던 실러를 제압하지 못했다. 그래서 그는 음악에서 자신의 문학을 상승시키고 추상적·철학적 이념을 서정적으로 인지시키는 기능만을 인정했다.

두 자매 예술인 문학과 음악의 이상적인 융합을 위해 실러는 음악을 미학적 관점에서 이해하려고 노력했다. 그래서 그는 먼저 음악적인 시의 개념을 창안했으며, 이론적으로 설명했다. 그러나 괴테처럼 음악 미학적 문제들은 관심 있게 다루지 않았다. 그의 음악 이론적 표현들은 오히려 부수적인 성격을 가지고 있다. 음악 미학에 관한 가장 중요한 표현들은 〈마티손의 시에 관해서Über Mattissons Gedichte〉(1794)란 서평에 실린 해당 문구들,《인간의 미학적 교육에 관하여》에서 제22서신(1795), 학술 논문《소박 문학과 감상 문학에 관하여Über naive und sentimentalische Dichtung》(1795~1796)에 실린 음악적·조형적인 시에 대한 주해들, 쾨르너가 실제로 자기 논문인 〈음악에 나타난 성격 묘사에 대해서Über Chrakterdarstellung in der Musik〉에서 참고했던 마티손의 시에 대한 실러의 비판적인 논평들에서 찾을 수 있다. 그의 논문은 이전에 언급했던 실러의 두 논문처럼 잡지《호렌Horen》에 실렸다.

실러는 1795년을 중심으로 수년간 음악 이론에 전념했다. 칸트의 미학적 판단력 비판에 근거한《우아와 품위에 관하여Über Anmut und Würde》는 실러가 작성한 미美 이론의 최초 논문이다. 우아의 상태는 품위의 상태로 변해야만 한다. 고귀한 것은 미가 우리를 항상 잡아 두고자 하는 감성적인 세계의 탈출구를 우리에게 만들어 준다. 의지의 자유와 품위의 의식에서 인간은 욕구를 극복하게 된다는 것이다.

이러한 관점에서 예술은 어떤 의미를 지니는가를 실러는 일련의 서간으로 된《인간의 미학적 교육에 관하여》란 논문에서 전개했다. 사회와 국가 형태의 변화는 인간의 변화를 전제한다는 것이 실러의 확신이었다. 노동의 전문화·분업화·공권력을 갖춘 국가는 인간으로부터 총체성과 통일성을 빼앗아 갔을 뿐만 아니라 인간을 조작 가능한 객체로 격하시키고, 인간은 자기 자신으로부터 소외되어 간다는 것이 실러의 문화 비판적 성찰이다.

문화와 예술에 의해 상실된 인간의 총체성과 통일성의 회복, 소외로부터의 탈출을 보다 높은 차원의 예술을 통해 다시금 되살려야 하는 것이 우리의 과제다. 이러한 교육적인 역할을 미학적인 것이 수행하는데, 예술은 감성적·정신적·영적 요소가 보다 높은 통일로 결합하는 미의 영역으로서 인간성의 전제인 인간 정신의 세부적인 조화와 자유를 다시 만들어 낸다. 그래서 문화로 인해 야기된 자연과 정신, 이성과 감각 사이의 대립을 오직 예술만이 극복할 수 있다는 의미다.

다시 말하면, 인간 자신을 우선 미학적으로 교화시키는 일만이 감각적인 인간을 이성적으로 만드는 유일한 길이라는 것이다. 인간은 미학적인 인간이 되어야만 비로소 자신 속에 있는 모순된 힘들을 극복하게 된다. 인간이 미의 영역에서 윤리적 존재로 전이되는 과정에서 실러의 유희 개념은 중요한 의미를 가진다. 실러의 이중적 사고의 대립은 이상적인 통합을 전제로 한다. 이 통합으로 넘어가려는 내재적 충동이 인간을 자기 자신에게 이끌어가는 유희 본능으로 작용한다. 따라서 인간은 이 유희 충동에 의한 자연과 정신, 이성과 감각의 이상적인 일치에서 도덕적인 자유를 얻는다. 유희하는 곳에서만이 인간은 자유로운 윤리적 인간인 것이다.[35]

실러는 《소박 문학과 감상 문학에 관하여》에서 스스로 고안해 낸 2가지 작가의 유형론, 즉 소박한 시인과 감상적인 시인의 작가 유형을 전개한다. 소박한 시인은 자연스럽게 지각하며 자연과 일치감을 느끼는 가운데 무의식적으로 창작해 나가는 데 반해 감상적인 시인은 자연과의 일치감을 상실했음을 의식하며 사색을 거듭하는 가운데 자연

적인 것을 지각한다. 따라서 감상적인 시인은 노동의 분업으로 인해 생겨난 분열을 다시 결합시키고자 한다. 감상적인 시인은 더 이상 조화로운 통일을 지니지 않으며, 오히려 그것과 투쟁해야만 한다. 결국 감상적인 시인은 분열을 통해 야기된 현실과 이상, 이념과 형상 사이의 대립을 문학적으로 구성하고, 이를 통해 분열을 극복하고자 한다.[36]

쾨르너는 작곡가로서 실러가 의미하는 작가의 두 유형을 구상적 작가와 음악적 작가의 의미로 바로 인식했다. 두 유형의 작가론 외에도 실러는 이 논문의 의미 있는 주해에서 시의 음향 예술과 조형 예술 사이의 이중적인 친화력[37]에 관해 말하고 있다.

> 다시 말해서 시가 어떤 정해진 대상을 조형 예술이 하듯이 모방하는지에 따라서 혹은 시가 음향처럼 별도의 정해진 대상을 필요로 하지 않은 채, 다만 감정의 정해진 상태를 만들어 내는지에 따라서 시는 조형적 또는 음악적이라고 말할 수 있다.[38]

실러에게 '음악적인 것'의 개념은 시 안에 음악이 존재하는 것과, 또한 음악이 정해진 객체를 통해서 상상력을 지배하지 않고 만들어 낼 수 있는 모든 효과들과 연관되어 있다. 이런 의미에서 실러가 '음악적인 시'와 '조형적인 시'에 대해 인용한 주해에서 주목해야 할 것은 음악적인 시는 감정의 어떤 상태를 모방하는 것이 아니라 오히려 음악처럼 감정의 상태를 만들어 낸다고 언급하고 있다는 것이다. 즉 모방 대신에 창작이라는 것이다. 이로써 아리스토텔레스를 참고로 인용하고 있는 계몽주의 시학뿐만 아니라 18세기의 음악 이론에서 지배적이었던 모방론이 깨졌다. 음악과 음악적인 시는 이미 노발리스가 정의했듯이 감정 유발의 예술이다.

실러가 죽은 지 수십 년이 지난 후 그의 견해는 니체에 의해 구체적으로 정립된다. 니체는 그의 《음악 정신에서의 비극의 탄생Geburt der Tragödie aus dem Geist der Musik》에서 아폴로적 예술과 디오니소스적 예술 사이의 구별을 설명한다. 세계적으로 유명한 니체의 대표적인 예술적 입장에 대한 이 2가지 표현은 구상적·구체적 예술과 음악적·추상적 예술에 대한 실러의 견해와 일치한다. 니체적 개념의 쌍은 사회의 계속적인 발전과 이로 인해 제한된 발전 과정에 대한 예술적 반응에 따르고 있다. 하지만 그것은 실러에 의해 처음으로 만들어진 명칭들의 심화다. 더 자세히 말해서, 위에서 언급된 니체의 저서 《음악 정신에서의 비극의 탄생》에서 중요한 것은 실러에 의해 미학적으로 설명된 '음악적' 예술가 유형에 대한 개념의 확대인 것이다. 이것은 결코 우연이 아니다. 바그너 역시 음악적인 것에 대한 실러의 생각을 쇼펜하우어 이전의 음악 미학에서 가장 중요한 것으로 생각했다.[39]

실러는 음악의 특별한 힘이 음악의 직접적인 생리학적 작용에 있다고 보았다. 음악은 그의 물리적인 본성에 의해 공기의 진동이고 변화이며, 정서뿐만 아니라 직접 육체와 감각에 작용한다. 음악 미학은 음악의 형태 내지 개념이 없는 예술이며, 감정의 움직임, 순수한 '느낌들의 언어'라는 그 시대의 지배적인 견해에서 나온 것이다. 실러는 다른 예술들에서도 아무런 구체적인 생각 없이 개념과 대상이 형성되기 이전의 은유적으로 감정의 움직임과 관계되는 모든 것을 음악적이라고 말했다.[40]

그런데 조형 예술보다 감성을 더 강하게 자극하는 음악의 육체적인 작용 때문에 미적 자유는 우리의 내면에서 음악을 통해 위태롭게 될수 있고, 이 자유는 오직 조형 예술과 문학을 통해 복구될 수 있다. 즉한 예술 장르의 미학적 결핍은 보완적인 예술 분야의 특성에 의해 보

충된다. 다시 말해, 감정의 표현을 목적으로 삼고 있는 예술이 음악이라면 우리는 실제로 인간의 감성에 영향을 주는 모든 회화적 · 시적인 구성물들도 일종의 음악으로 관찰할 수 있다는 것이다. 이것은 실러 미학의 기본 신념이다. 회화적이고 시적인 구성물도 그 내용이 표현하는 것 이외에 그 형식을 통한 감정들의 모방이고 표현들이므로 우리에게 음악적으로 작용할 수 있다. 그래서 한 예술 장르의 미학적 결핍에 대한 보완은 대립된 장르의 독특한 징후들을 없애 주는 데에서, 양자 상호 간의 '교차적 노력'에서 찾을 수 있다는 것이다.[41]

실러는 작가의 임무를 장르 간의 유사성을 발견하는 데서 보았다. 예술 작품의 음향적 · 시각적 작용들에 대한 지식을 가진 예술가 또는 인간 감정의 움직임과 어떤 외형적 현상들 사이의 유사성을 발견할 수 있는 그런 예술가는 조야한 자연의 조각가에서 진정한 영혼의 화가가 된다는 것이다. 그 후에 실러는 그가 이 유사성에서 이해하고 있는 것을 더 상세히 설명했다.

> 공간 속의 선들과 시간 속의 소리들이 지속적으로 어우러지는 불변성은 자기 자신과 정서의 내면적인 일치, 행위와 감정의 윤리적 연관에 대한 상징이다. 그리고 그림처럼 아름다운 음악적인 작품의 자세에서 윤리적 기분을 지닌, 더욱 아름다운 영혼의 자세가 나타난다.[42]

이 유사성이 이루어진 예술 작품들은 그들의 진실성과 명료성, 그리고 음악적 아름다움과 그 안에 숨 쉬고 있는 정신을 통해 우리의 마음에 들게 된다.[43] 예를 들어, 〈알프스의 방랑자Der Alpenwanderer〉, 〈알프스 여행Die Alpenreise〉, 〈저녁 경치Abendlandschaft〉와 같은 마티손의 시들은 조화를 이루는 형상들의 성공적인 선택과 배치에서 나타난 예술적으로 정교한 율동법을 통해 음악적 효과를 보여 준다. 이 때문에 실러는 이 시들을 아름다운 소나타 같은 작품이라고 불렀다.[44] 이 시들은 확실한 감정 형태의 표현, 즉 영혼의 그림에 대한 표현이 되고, 우리의 감정에 스며드는 작곡가의 음악 소리처럼 들린다. 그의 시에서는 문학과 음악의 경계가 존재하지 않는다.

음악·문학·회화의 3가지 예술의 유사성과 친화력은 우리를 자유롭게 해 주는 순수한 미학적 작용을 불러일으킨다. 이런 예술 작품은 이미 미학적 정화의 이상理想에 접근하며, 감상자는 미학적 자유가 행복하게 만드는 상태를 경험한다. 음악·문학·회화의 예술 작품들이 점점 더 위대한 완성을 위해 노력한다면 상이한 예술들은 정서에 미치는 작용에서 점점 더 유사해질 수밖에 없다. 최고로 세련된 음악은 형상이 되어야 하며, 고전의 조용한 힘으로 우리에게 작용한다. 최고로 완성된 조형 미술은 음악이 되어야 하고, 직접적인 감각적 현재를 통해 우리에게 감동을 주어야 한다. 가장 완벽하게 구성된 시는 음악처럼 우리를 강력하게 사로잡아야 하나 동시에 조각처럼 조용한 명료함으로 우리를 둘러싸야 한다. 바로 여기에서 모든 예술의 완전한 양식은 모든 예술의 특유한 장점들을 해체하지 않은 채 한계들을 제거할 줄 알며, 각각의 특성을 현명하게 사용함으로써 모든 예술에 보편적인 성격들을 나누어 준다는 것을 보여 준다.[45]

실러의 비극《메시나의 신부》는 이에 대한 좋은 예다. 실러는 이 앞에 〈비극에서의 합창의 사용에 관하여Über den Gebrauch des Chors in der Tragödie〉라는 논문을 기재하고, 문학에 나타난 음악적인 것(합창)의 의미를 이 비극적 드라마의 이론과 실제에서 다시 한 번 밝혔다.[46] 그는 여기에서 합창의 임무를 규정했다. 합창은 성찰을 줄거리에서 분리하며, 사건을 무대 위에서 시적 의미로 정화한다.[47] 합창은 바로 현대의 조야한 세계를 고대의 시적 세계로 변화시키는[48] 임무를 가지고 있다. 실러는 그 이유를 다음과 같이 설명했다.

> 고대 비극은 합창을 자연에서 발견했고, 그것을 사용했다. (…) 결과 적으로 합창은 고대 비극에서 자연스러운 소리 이상이며, 이미 실제적 삶의 시적 현상에서 나왔다. 근대 비극에서 합창은 인위적인 소리가 되 고, 시문학이 생기도록 도와준다. 근대 작가는 합창을 더 이상 자연에서 발견하지 못하고, 문학적으로 만들어 도입해야 한다.[49]

고대 그리스 사람들은 소박했으며 자연과 완전히 하나가 되었다. 실러는 발전한 문화의 영향으로부터 접촉되지 않은 채 남아 있던 그리스 사람들을 찬양하고, 점점 심화되어 가는 자본주의적 분업과 허약하고 분산된 독일의 상황에 대한 감상적인 입장을 이 비극의 서문에서 나타냈다. 그래서 실러는《메시나의 신부》에서 비극이라는 우회적 방법으로 그리스 사람들의 존재를 예술적으로 형성함으로써 독일 시민의 새로운 탄생을 기대했다. 그때의 합창은 너무나도 암담하고 절망적인 일상을 미학적인 방법으로 아름답게 만들고, 사람들을 높은 품위와 평온함으로 자유롭고 고상하게 움직이게 했다. 그래서 합창은 형식적인 관점에서도 실러에게 근대의 조야한 세계의 추함을 잊게 만드는 데 기여한 중요한 양식 수단이었다. 그는 이것을 환상의 충만한 힘으로, 대담한 서정적 자유로, 음들과 동작들에서 나타난 리듬과 음악의 모든 감각적인 힘으로 실행했다.

그래서 합창은 음향 악기로써[50] 언어를 고양시키고 행위를 진정시키는 작용을 한다. 합창의 서정적인 언어는 작가에게 비교적 시의 전체 언어를 강조하고, 표현의 감각적인 힘을 강화시킨다. 오직 합창만

이 비극 작가로 하여금 귀를 충만시키고, 정신을 긴장시키며, 모든 정서를 확대하는 소리를 높일 수 있게 한다.[51] 합창이 언어에서 생명을 부여하듯이 줄거리에 휴식도 준다.[52] 실러는 주로 합창의 언어만을 운에 맞게 구사함으로써 의도했던, 서문에서 설명된 미학적 효과들을 얻었다. 합창의 언어는 이런 방법으로 비극의 다른 인물들의 표현 형태들과 본질적으로 구별되며, 특별히 높은 음악성을 불러일으킨다.

실러의 감각적·감정적인, 이념적·철학적인 이중적 사고의 틀에 근거한 대상의 관조는 조화와 통합을 전제하고 있으며, 이상적인 통합을 느끼게 하는 균형의 상태는 실러 미학의 출발점인 동시에 목적으로서 각 예술의 조화적 상호 작용에서 다양한 방법과 형태로 나타난다. 서정시는 운율과 리듬의 음악적인 언어와 이미 시에 내재해 있는 음악적 요소에 의해 음악적인 시가 되어 문학과 음악의 조화를 이룬다. 실러는 음악과 조형 예술 사이의 관계도 강조해서 설명했다. 즉 고전 기악 음악은 악곡 부분들을 공간적으로 질서 있게 배열해 소리 나는 진행 과정을 조형 예술에서처럼 쉽게 조망할 수 있는 구조로 작성되어 건축 예술과 음악과의 비교를 알기 쉽게 나타내 준다.

그래서 음악이 조형 예술로의 접근을 통해 인간의 영혼에 그림을 그림으로써 음악의 고귀화가 이루어진다.[53] 실러는 이것을 위해 노력했다. 오페라에서는 문학·음악·회화가 각각의 특징을 유지한 채 그 특징의 벽을 넘어 상호 작용 속에서 조화를 이룬다. 실러 미학의 궁극적인 목적은 현실에서 삶과 형태, 현존과 형식의 이상적인 조화를 우리에게 예술을 통해 상징적으로 제시하는 것이다. 그렇게 함으로써 시간에 존재하는 인간을 이념에 존재하는 인간으로 고귀하게 만드는 것이다. 음악은 인간의 고귀화를 위한 실러의 미학적 이상을 실현시키는 가장 중요한 수단인 것이다.

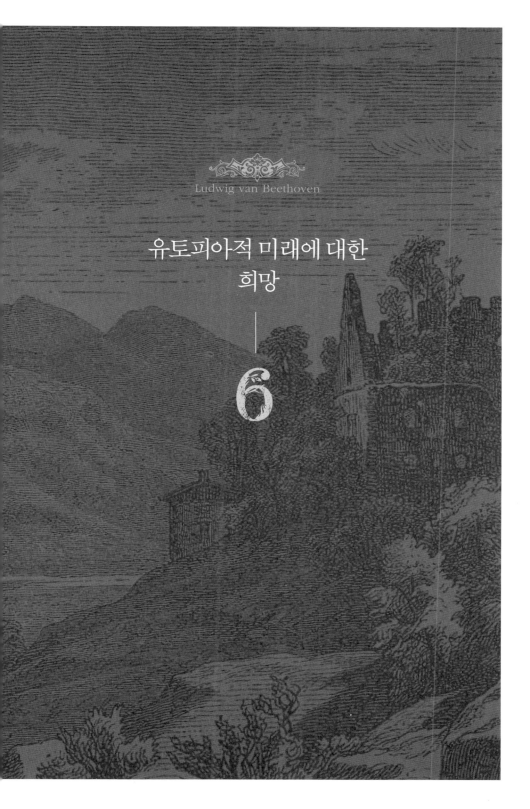

Ludwig van Beethoven

# 유토피아적 미래에 대한
# 희망

—

**6**

# 베토벤의 교향곡《합창》

문학과 음악의 상호 작용에 대한 이상적인 예는 베토벤이 실러의 송가〈환희에 부쳐〉를 그의 마지막 교향곡인 제9번《합창》4악장에서 독창과 합창으로 작곡했다는 사실이다. 같은 독일 고전주의 시대 사람으로서 베토벤은 괴테 문학과는 달리 실러의 작품에 어렵게 접근했다.[1] 그는 불행한 삶을 살아온 실러의 현실적인 고통과 문학에서 나타난 철학적·이상적 사상에서 자신과의 유사성을 인식했다. 그래서 실러의 송가를 자신의 음악에 수용했다.

프랑스 혁명의 암울한 체험은 혁명에 열망했던 실러와 베토벤을 사색적으로 바꿔놓았다. 제도를 강압적으로 전복시키는 일은 예술가인 이들에게 사회를 변화시키는 올바른 방법이 될 수 없었다. 국가 형태의 변화는 인간의 변화를 전제로 한다는 것이 그들의 생각이었다. 예를 들어, 공화주의자인 베토벤은 나폴레옹을 민중의 해방자로 보고

자신의 제3번 교향곡을 헌정하려
했다. 그러나 나폴레옹이 1804년
에 황제를 선언하자 그는 다음과
같이 외쳤다.

저 남자도 결국은 속인에 지나
지 않았다. 인간의 권리를 짓밟고
자신의 야심을 채우는 일밖에 생
각하지 않는다.[2]

결국 베토벤은 헌정을 기록한 페
이지를 갈기갈기 찢고, 대신에 이
작품에 《영웅Eroica》이라는 표제를

**루트비히 판 베토벤(1770~1827).**
하이든, 모차르트와 함께 빈 고전파를 대표하는
독일의 작곡가다.

붙였다. 이것은 군주제 부활에 대한 내면의 반항이었다. 나폴레옹이
패배하면서 부르봉 가의 루이 18세가 왕위에 올랐고, 군주제가 다시
부활하는 왕정복고에 대한 반동이 심해졌다. 특히 베토벤이 살았던
본에서도 반동과 이에 대한 탄압이 극심했다.

프랑스 혁명의 추이를 지켜본 실러도 이제 인류의 유토피아적 국가
형태는 혁명적인 도취 상태에서 형성되는 것이 아니라 점진적인 자기
완성 속에서만 이루어질 수 있다고 생각했다. 이러한 시대적 배경에
서 실러의 송가 〈환희에 부쳐〉는 불안한 현실과 초조한 정신 상태의
인간이 아닌 이상적인 인류와 박애, 환희의 정신으로 새로워지고 하
나가 되는 미래의 유토피아를 노래하는 역동적인 메시지를 주었다.
이렇듯 베토벤은 실러와 생각을 공유했기 때문에 그의 시를 작곡함으
로써 제9번 교향곡 《합창》의 탄생이 이루어질 수 있었다.

베토벤의 교향곡 《합창》을 이해하기 위해서는 먼저 실러의 송가 〈환희에 부쳐〉에 대한 이해가 필수적이다. 실러의 첫 희곡 《도적 떼》가 성공적으로 상연되었으나 반전제군주적이라는 이유에서 곧 금지되었고, 1783년에 달베르크가 극단 전속 작가의 자리를 제공하여 만하임으로 도피했다. 그래서 그에게는 매년 3편의 드라마를 제출할 의무가 주어졌다.

그러나 자신의 질병과 배우들의 음모로 실러는 곤경에 처하게 되어 제때 새로운 드라마를 완성할 수 없었다. 결국 달베르크는 계약을 취소했다. 그때 라이프치히 고히리스에 있는 법률가이며 교양 있는 종교국 판정관인 고트리프 쾨르너의 도움으로 실러는 그의 집에 1785년부터 1787년까지 손님으로 묵게 되었다. 쾨르너는 실러를 존경했을 뿐만 아니라 절친한 친구였기에 그가 경제적인 걱정 없이 창작에 전념할 수 있도록 도왔다. 이 행복했던 시기에 실러는 주변의 친구들에게 감사하는 마음에서 〈환희에 부쳐〉의 초고를 1785에 라이프치히에서 썼고, 1786년에 드레스덴에서 완성했다.

**환희에 부쳐**

환희여, 신들이 주신 아름다운 불꽃이여,
낙원의 딸이여,
우리는 넘치는 감격을 안고
그대의 성전에 들어서노라, 천상의 환희여.
시대의 풍조가 엄하게 갈라놓은 것을
그대의 마력은 다시 하나가 되게 하고,
그대의 부드러운 날개 머무는 곳에

만인은 형제가 되리라.

그대들을 얼싸안노라, 만인이여!
온 세상 사람에게 이 키스를 보내노라!
형제들이여,
별 총총한 하늘 위에
사랑하는 아버지 계심에 틀림없도다.

친구의 친구 되는
위대한 일 성취한 자,
사랑스러운 아내를 맞이한 자,
함께 환호하라!
정녕 이 지구상에서
오직 하나의 영혼만을 자기 것이라 하는 자도![3]
하여 그것조차 할 수 없었던 자라면,
몰래 이 동맹에서 울면서 빠져나갈지어다.

커다란 지구 위에 살고 있는 자라면
공감을 굳게 신봉하라![4]
공감이 별나라로 이끌어 주리니,
그곳에 알려지지 않은 분 군림하고 계시도다.

모든 존재가 환희를 머금노라.
자연의 품에 안겨서,
착한 자, 악한 자 할 것 없이

자연의 선물을 맛보노라.
자연은 우리에게 키스도 포도도,
죽음에서 시련 겪은 친구도 주었도다.
벌레에게도 쾌락이 주어졌고,
천사가 하나님 앞에 서 있도다.[5]

그대들 무릎 꿇는가, 만인이여?
창조자를 예감하는가, 만인이여?
별 총총한 하늘 위에서 그분을 찾아라.
별 위에 그분이 살고 계심이 틀림없도다.

영원한 자연을 움직이는
강한 원동력이 환희로다.
거대한 우주 시계의 톱니바퀴를[6]
환희, 환희가 움직이도다.
싹에서 꽃을 피어냄도,
천공에서 천체를 꾀어냄도 환희이며,
천문학자의 망원경도 알지 못하는
공간 속에서 천구를 굴리는 것도 환희로다.

하나님이 창조하신 천체가
장려한 하늘 평야를 날아감처럼 즐겁게,
형제들이여, 그대들의 길을 걸어라,
승전을 기약하는 영웅처럼 즐거운 마음으로.

진실의 불[7] 거울 속에서부터
탐구자에게 미소 짓는 것도 환희이며,
미덕의 가파른 언덕으로
참는 자의 길을 인도함도 환희로다.
햇빛 비치는 믿음의 산 위에
환희의 깃발이 펄럭임을,
폭파된 관[8]의 갈라진 틈 사이로
천사들의 합창단 속에 환희가 서 있음을 보지 않는가.

용기 있게 참아라, 만인이여!
보다 더 좋은 세계 오리니 참아라!
저 위의 별 총총한 하늘의
위대한 하나님께서 보상해 주리라.

신들에게 복수할 수는 없다.
그들과 같이 됨은 아름다운 일이로다.
원한과 빈곤은 나설지어다.
즐거워하는 자들 더불어 기뻐할지어다.
양심과 복수는 잊을지어다.
불구대천의 원수도 용서할지어다.
눈물이 그를 짓눌러서는 안 된다.
회한이 그를 괴롭혀서도 안 된다.

죄의 기록은 없애 버려라!
온 세상 모두 화해할지어다!

형제들이여,
별 총총한 하늘 위에서는
우리의 심판이 그러하듯 하나님의 심판도 관대하도다.

술잔에서는 환희가 비등하노니
포도송이의 황금빛 피를 마셔
거친 자들도 온후해지고
절망한 자도 영웅적 용기를 얻도다.
형제들이여, 가득한 포도주 잔이 돌거들랑
자리를 박차고 일어나서
그 거품 하늘까지 치솟게 하라.
온후하신 영靈께 이 잔을 바쳐라!

별들이 선회하며 찬양하고
천사들이 노래 불러 찬미하는
온후하신 영靈께 잔을 바쳐라.
저 위 별 총총한 하늘에 계신 분께!

격심한 고난에서는 꿋꿋한 마음을,
결백이 울고 있는 곳에서는 도움을,
동맹의 맹세에는 영원성을,
친구에게도, 적에 대해서도 진실을,
왕좌 앞에서도 사나이다운 긍지를,
형제들이여, 생명과 재산이 걸려 있을지니,
공적에는 왕관을,

거짓 족속에게는 멸망을!

성스러운 동맹을 더욱더 공고히 하라.
이 황금빛 포도주를 놓고 맹세하라.
우리의 서약을 충실히 따르겠다고,
별들의 심판자 앞에서 맹세하라!

　이 시는 12행, 8연으로 이루어져 있다. 각 연은 8행의 독창과 포도
주에 취해 열광하는 사람들이 부르는 4행의 합창으로 구성되었다. 이
같은 시의 구조는 이미 독창과 합창이 교차하는 대창 형식의 음악적
구성 요소를 가지고 있으며, 그것은 베토벤의 교향곡《합창》제4악장
에 그대로 반영되었다.
　제1연은 이 송가의 전체 동기를 함축하고 있다. 오직 제7연만이 이
시가 권주가임을 알려 준다. 쾨르너와 실러를 포함한 친구들의 모임
에서 건배를 위해 높이 든 포도주 잔에서 비등하는 우정과 환희는 인
류애와 우주로 확대된다. 그러나 이 시는 디오니소스적 생각을 주제
로 하여 만들어진 것은 결코 아니다. 환희는 신들이 내린 낙원의 딸로
서 초자연적인 힘으로 하늘로부터 인간에게 다가온다. 환희의 마력
앞에서 모든 인간들은 하나가 되고, 환희의 부드러운 날개 머무는 곳
에 만인이 형제가 된다. 환희는 사회적 신분·편견·계급·감정의 차이
를 없애고 모든 인간을 형제로 만들어 사랑하는 아버지의 보증에 따
라서 조화롭게 살게 될 것임을 예언한다.
　역사의 소용돌이와 자신의 작품에 대한 엄격한 검열로 인한 현실의
고통과 불만에서, 작가는 이 시를 통해 유토피아적인 미래에 대한 환
상과 모델을, 실낙원과 반대되는 개념으로서 인간애로 이루어진 공동

체의 이상향을 예언적으로 제시한다. "만인은 형제가 되도다"는 유토피아의 도래에 대한 정언적인 명령이며 희망이다.

유토피아적 공동체에서 환희는 사람들을 결합시키는 힘으로 시작한다. 환희는 인간들 사이의 모든 견고하고 적대적인 벽들을 파괴하고, 마치 사랑스러운 아내를 맞이하듯 서로 화해하게 만들 뿐만 아니라 자기 자신과도 하나가 되게 한다. 오직 하나의 다른 사람과 결합되었다고 생각하는 자일지라도 만인의 동맹과 이상적 공동체에 소속된 가족임을 강조한다.

환희는 하늘에서 내려온 자연의 선물로서 인간의 영역을 넘어 모든 생명체와 우주로 확대되고, 우리를 동물적 쾌락에서부터 천상의 행복까지 체험하도록 만들어 창조자를 예감하게 한다. 그리고 영원한 자연을 움직이는 강한 원동력으로서 자연의 질서를 유지하고 지배하며, 인간은 승전을 기약하는 영웅처럼 즐거운 마음으로 자신의 길을 가게 한다. 또한 인간을 미덕과 믿음, 인내의 윤리적 존재로 승화시키며, 화해와 용서를 통해 하나님의 심판도 관대해지는 지상의 에덴을 예언한다.

이 환희를 가능하게 하는 것은 포도주의 신 디오니소스이기 때문에 실러는 제7연에서 이 신을 찬양한다. 디오니소스는 술의 정신, 도취적 환희의 정신에 가장 가까운 존재이며 또한 인간의 자연스러운 공동생활에 위배되는 사회적 신분의 차이를 극복한 정신이기도 하다. 그런 의미에서 권주가는 흥겨운 감정의 도취 상태에 대한 표현이 아니라 신을 향해 포도송이의 황금빛 피를 마시는 미사의 경건한 분위기로 상승되고, 디오니소스는 인간에게 온후함과 영웅적 용기를 준다.

마침내 환희는 사회적 신분의 장벽을 깨고 왕과 걸인까지도 친구로서 성스러운 동맹을 맺게 한다. 그리고 그 서약을 충실히 따를 것을

맹세하게 만든다. 이 같은 환희는 인간과 동물을 비롯해 우주 만물로 확대되고, 이들을 정복한다. 여기에는 오직 환희만 있을 뿐 인간의 고통과 고뇌는 존재할 수 없다. 그래서 환희는 우리의 고통과 고뇌에 항거하는 투쟁이며 승리인 것이다. 실러의 〈환희에 부쳐〉는 미래의 유토피아에 대한 확신과 기쁨에 찬 메시지다.

이 시는 어떤 의미에서 민족의 시가 되었고, 가장 많이 작곡된 가요였다.[9] 1800년경에 출판된 이 시에 대한 14개 작곡들의 모음집이 이 같은 사실을 증명한다. 그러나 이 시는 수많은 연들로 구성되어 있어서 처음부터 작곡가들에게 많은 어려움을 주었다. 베토벤을 애제자로 여겼던 법철학자 바르톨로메우스 피세니히는 1793년에 실러의 아내 샤를로테 실러에게 편지했다.

> 베토벤이 실러의 '환희'를, 더 자세히 말해서, 모든 연들을 작업할 것입니다.[10]

그러나 실제로 베토벤은 제9번 교향곡의 마지막 악장 합창 부분에서 이 시를 선택적으로 작곡했다. 베토벤이 실러가 1785년에 쓴 이 시에 곡을 붙이고자 생각한 것은 그가 20대였던 1792~1793년이었고, 그의 1814~1815년의 스케치 장에는 거대한 음악과 구성의 토대가 될 멜로디가 메모되어 있었다. 그는 이미 1818년에 신화적 주제에 관한 교향곡에 성악을 사용할 수 있다는 생각을 했고, 성악과 기악을 혼합한 형태의 미증유의 교향곡을 쓰려는 계획에 본격적으로 착수했다. 그러나 1822년에서야 비로소 런던 필하모닉 소사이어티가 그에게 교향곡을 의뢰하면서 이 작업은 구체적으로 진행될 수 있었다. 베토벤은 1823년에 제9번 교향곡의 3악장을 끝낼 무렵까지도 성악을 도입해야 할지 고민하다가 그해 10월에야 비로소 4악장에 이 송가를 작곡해 넣음으로써 제9번 교향곡《합창》이 완성되었다. 이때 사용된 텍스트는 1803년 판으로 알려졌다. 괴테가《파우스트》를 반평생에 걸쳐 완성했듯이 그의 교향곡《합창》은 제8번 교향곡이 1812년에 만들어진 지 11년이나 지난 후에야 비로소 완성되었다. 구상부터 완성까지 거의 30년이 걸렸다. 1824년 5월 7일에 빈에서의 초연은 대성공을 거두었다.

베토벤의 제9번 교향곡《합창》은 형식 면에서 4악장으로 구성된 고전적 교향곡 장르의 구조를 가지고 있으나 하이든이나 모차르트의 교향곡과는 근본적으로 다르다. 또한 베토벤 자신의 이전 작품과도 전혀 다른 특징을 가지고 있다. 그것은 지금까지 교향곡에서는 쓰인 적이 없었던 대합창과 독창자들을 사용하고 있는 제4악장의 피날레 때문이며, 또한 실러의 대송가〈환희에 부쳐〉에 바탕을 둔 철학적 메시지를 전파하고 있기 때문이다.[11]

베토벤 교향곡《합창》의 자필 악보. 악보 중간에 'Seid umschlungen, Millionen(그대들을 얼싸안노라, 만인이여)'라고 쓰인 베토벤의 육필이 보인다.

제9번 교향곡 《합창》의 제1악장은 1803~1804년에 작곡된 제3번 교향곡 《영웅》의 장엄한 공화국 찬가의 영웅적 주제의 기법을 유지하면서[12] 현실에 대한 불안과 초조한 정신 상태, 운명을 극복할 수 있는 강한 의지의 투쟁을 나타낸다. 제1악장은 빠른 템포의 신비로운 서주로 시작해 실로 장엄하고 웅대하게 전개된다. 가장 주목할 부분은 마지막의 장송 행진곡의 느낌을 주는 부분으로, 반음계로 슬피 우는 베이스 위에 금관과 목관 악기들이 장송곡의 팡파르를 울린다. 이 구성은 지금까지의 교향곡과는 다른 새로운 것으로서 제1악장의 외양적인 관습을 깨고 있다.

제2악장 스케르초(해학·희롱을 뜻하는 말로 음악에서는 악곡이나 악장 이름으로서 사용됨)는 고전적인 교향곡의 테두리 안에서 명상적인 안단테 대신에 매우 빠르고 쾌활한 '몰토 비바체'로 당돌하게 시작되어 자유 분망한 야성의 극치를 달린다. 제3악장은 고전적인 미뉴에트나 베토벤 특유의 쾌활한 스케르초 대신에 온화한 아다지오를 사용해 시적인 명상과 동경으로 바뀐다. 베토벤 음악 중에서 가장 정교하고 치밀하면서도 낭만적인 곡으로서 후일의 구스타브 말러를 연상케 한다.

제9번 교향곡 《합창》의 제1~3악장은 빠름(알레그로), 느림(안단테), 미뉴에트(모데라토), 빠름이라는 관례적인 고전파의 패턴에 따라 배치되어 있지 않다.[13] 따라서 제9번 교향곡 《합창》은 제4악장을 제외하고도 이미 고전주의의 관행적 형식을 파괴하고 있다. 제1~3악장은 음악이라는 수단으로 영웅적 요소가 다뤄지고 있는 제3번 교향곡 《영웅》과 인간주의적·신비적·신학적·유토피아적·혁명적 사조들을 혼합하는 메시지[14]를 지닌 제5번 교향곡 《운명》을 연상시키는 동기적 유사성을 가지고 있다.

베토벤은 제3번 교향곡 《영웅》을 작곡할 때 자신에게 청각 장애가

있음을 처음으로 깨달았다. 제9번 교향곡《합창》의 제1~3악장에서는 베토벤이 체험했던 시대의 억압이나 낡은 규칙과 같은 견디기 어려운 사회적 조건에 대한 반항과 투쟁으로 상징된 영웅적 행위와 고뇌에 찬 운명을 극복하려는 의지력과의 사이에서 자신의 내적 갈등을 표현하고 있다. 그러나 제4악장에서 실러의 송가에 응축되어 있는 '환희'를 합창으로 찬미함으로써 제1~3악장의 주 동기인 내적 갈등과 고뇌는 강력히 부인되고 극복된다.

제4악장은 실러의 시에 붙인 칸타타다. 첫 드라마인《도적 떼》가 크게 성공한 이후 청년들의 우상이 된 실러에게서 베토벤은 자신이 공감할 수 있는 어떤 영웅적인 것을 발견했고, 호감을 가졌다. 법학자 피세니히가 1793년에 실러 부인에게 보낸 편지에서 밝혔듯이 베토벤은 처음에 그의 혁명적인 시 〈환희에 부쳐〉를 모두 작곡할 생각이었다. 그러나 결국 그는 이 시의 핵심적 의미인 환희에 의한 인류애만을 주제로 삼고 그 밖의 요소들을 과감히 배제했다. 즉 실러의 시에 담긴 반전제군주적 감정이나 과격한 정치적 의도가 드러나 있는 부분은 과감히 삭제한 것이다.

그는 1785년 판의 시에서 "전제군주의 권력으로부터 안전을! 반역자들의 요새에 자비를!"과 같은 구절을 삭제했다. 또한 "거지는 왕자의 형제가 될 것이다"라는 구절 대신 "모든 인간이 형제가 되리라(1803년판)"를 사용하여 선동적인 이미지를 조율할 수 있었다. 그뿐만 아니라 그는 디오니소스적인 분위기를 주어 이 시를 권주가로 볼 수 있게 하는 제7연을 없애면서 실러가 의도했던 시의 내용과 해석에 충실하게 따르지 않았다. 오히려 인생을 긍정하는 해방적 환희를 부각시키기 위해 연들의 본래 순서와는 상관없이 절이나 후렴구를 임의로 삭제, 선택했고 여러 번 반복하는 편집을 시도했다.

이미 언급했듯이 베토벤은 제1~3악장의 주 동기인 내적 갈등과 고뇌를 부인하고, 우리를 이 시의 핵심적인 의미인 환희로 유도하기 위해 직접 가사를 썼다.

오. 벗이여. 이 음이 아닐세. 더 기분 좋은, 더 기쁜 노래를 부르세.[15]

베토벤 자신이 삽입한 이 노래는 제1~3악장의 동기를 거부하는 것이며, 동시에 제4악장에서 실러의 시와 자신의 음악에 다리를 놓아 주는 역할을 함으로써 실러의 송가를 도입하기 위한 레치타티보인 것이다. 처음 세 악장이 묘사하는 시대적 카오스와 그에 의한 인간의 비극은 우리에게 절망을 상기시킬 뿐 여기에는 숭고한 질서의 미가 없다.[16] 그래서 베토벤은 이전의 악장들에 대한 강한 거부를 자신의 말과 베이스의 서창으로 선언한다. 베이스의 서창에 대한 초고에서 베토벤은 이전의 악장들에 대한 거부의 숨은 의미를 훨씬 더 명시적으로 지적했다.

아니, 이러한 카오스는 우리에게 자신의 절망을 상기시킨다. 오늘은 기념일이다. 노래와 춤으로 이날을 기리자.[17]

이렇게 볼 때 베토벤은 실러의 송가를 응축된 의미인 환희의 측면에서만 고려했을 뿐 시의 구조적 측면을 무시하고, 마치 자신의 시처럼 자신의 의지에 따라 자유로이 여과하고 편집했다. 제4악장에서는 난폭하게 시작된 관현악곡이 승리의 기쁨으로 변하면서 오케스트라는 순간 멈춘다. 환희가 마치 저 먼 천국에서 오듯이 환희의 주제곡은 아주 약한 음으로 시작해 점점 커지면서 우리에게 다가온다. 갑작스

러운 침묵에 뒤이어 베토벤 자신이 창작해서 삽입시킨 베이스의 레치타티보가 나온다.

그리고 제1연의 독창과 합창이 주제곡으로 이어지고, 이 연의 핵심 부분 "그대의 마력은 다시 하나가 되게 하고, 그대의 부드러운 날개 머무는 곳에 만인이 형제 되도다"는 이 악장이 진행되면서 반복해서 불린다. 이어서 합창단과 4명의 독창자들이 음악 속에 엮어진다. 행진곡에 맞추어 독창자가 "형제들이여, 그대들의 길을 걸어라, 승전을 기약하는 영웅처럼 즐거운 마음으로"라고 노래한다. 이어 오케스트라의 형제애에 대한 위대한 송가가 이어진다.

그대들을 얼싸안노라, 만인이여!
온 세상 사람에게 이 키스를 보내노라!
형제들이여,
별 총총한 하늘 위에
사랑하는 아버지 계심에 틀림없다. (1연 합창 부분)

로맹 롤랑은 환희가 다가오는 처음의 신비로운 음악적인 영감과 그 뒤에 전 악장을 지배하고 있는 종교적 황홀 속에서 성스러운 대축제로 인간이 체험하는 환희를 이렇게 묘사하고 있다.

초자연적 정적에 둘러싸여 '환희'는 하늘에서 내려온다. 가벼운 숨결로 환희는 고뇌를 어루만진다. 다시금 기운이 솟아오른 마음속에 기쁨이 스며들 적에 그것이 주는 첫 인상은 한없이 따사로운 것이어서 울고 싶어진다. 이윽고 테마가 성악으로 옮겨질 때는 우선 진중하고 다소 억압된 성격을 띤 저음으로 나타난다. 그러나 차차 환희는 전체를 휘어잡

는다. 그것은 하나의 정복이다. 고뇌에 항거하는 투쟁이다. 그러자 행진의 리듬이 울린다. 행진하는 군대, 테너의 열렬하고 헐떡이는 노래. 그것은 베토벤 자신의 숨결이 들려오는 것 같은 복받치는 부분이다. 폭풍우를 무릅쓰고 헤매는 늙은 리어 왕처럼 미칠 듯이 벌판을 내달리면서 작곡하던 때 그의 숨소리와 영감을 받은 부르짖음의 리듬이 들리는 듯하다. 전사적 환희에 뒤이어 종교적 황홀이 따른다. 그러고 나서 성스러운 대축제, 사랑의 열광, 인류 전체가 하늘로 팔을 뻗치고 우렁찬 아우성을 지르며 '환희'를 향하여 뛰어올라 가슴 위에 껴안는다.

음악은 베토벤이 자신의 철학과 이상을 전할 수 있는 최고의 수단이었다. 교향곡에 인간의 목소리를 도입한다는 것은 당시 상황에서는 음악의 고유한 영역을 깨는 급진적인 시도였다. 하지만 베토벤은 이를 가능하게 했다. 이는 그가 문학에 대한 조예가 깊었을 뿐만 아니라 언어가 가진 자유로운 표현의 잠재력을 음악과 혼합하여 예술의 효과를 극대화하는 방법을 잘 알고 있었기 때문이다. 베토벤은 인간의 목소리가 악기처럼 다뤄지고 있는 합창과 독창을 통해 관현악의 어떤 음보다 더 정확하고 신비롭게 환희의 이미지와 미래에 가능한 유토피아 모델을 제시할 수 있었다.

현실의 다양한 고통과 고뇌 속에서 시달리는 사람은 미래에 대한 희망을 갖고 있으며, 극복의 노력 속에서 환희를 스스로 체험한다. 이때 예술은 인간의 노력을 살아 있는 창조적 에너지로 전환시키고, 인간에게 유토피아적 미래에 대한 꿈과 희망을 준다. 왜냐하면 위대한 예술 작품은 인간의 창조적 패러다임을 활성화시키는 에너지를 지니고 있기 때문이다. 헤겔이 "눈앞에 있는 현실의 무력함 때문에 우리는 예술의 아름다움이라는 이상으로 달려가지 않을 수 없다"[18]고 말했듯

이 베토벤도 "예술과 과학만이 우리에게 더 높은 삶에 대한 암시와 희망을 준다"고 말했다. 그래서 우리는 아름다움의 길을 통해 자유에 이르기 때문에 정치적 문제라도 해결을 위해서는 미학의 길이 반드시 추구되어야 한다[19]고 생각했다.

베토벤은 이 같은 예술의 사명을 잘 알고 있었다. 그래서 음악을 통해 인간들 사이의 관계를 형제애로 결속시키는 원동력으로 환희를 세상 사람들에게 나누어 주기 위해 자신의 고통과 불행으로 환희를 창조했다. 베토벤의 교향곡 《합창》은 두 천재 예술가인 실러와 베토벤의 문학적 이상과 음악적 영감의 조화 속에서 이들이 갈망했던 유토피아를 당위적인 미래로 예언한다. 이 교향곡은 인류에게 유토피아적 미래에 대한 희망과 믿음을 일깨워 주는 확신과 기쁨에 찬 긍정의 메시지다. 동시에 인간들 사이의 모든 적대적인 벽들을 파괴하는 에너지로서 시대를 초월해 인류와 함께, 인류를 위해 존재하는 위대한 예술작품이다.

Deutsche Romantik

# 낭만주의와 음악

7

# 음악을 통한 구원에 대한 동경

　슈투름 운트 드랑 시대를 거쳐 독일 고전주의와 낭만주의가 태동하기 시작했던 시대의 예술가들은 커다란 사회적 변동을 겪어야 했다. 그들은 무한한 예술적 영감과 정열적인 창작 의욕으로 여러 예술 사이의 긴장이 가장 높아진 시대에 살았다. 귀족 계급과 발전하는 시민 계급과의 대립 등이 사회 변화의 근간을 이루고 있었다. 프랑스 혁명의 기본 정신이 인간 해방이었듯이 예술 분야에서도 인간이 예술적 관심의 주 대상이 되었다. 예술가는 인간의 내적 본성·감정·정서를 자신의 특유한 개인 양식으로 표현하려 했다. 이 개인 양식은 이 시대에 병존했던 예술들, 특히 낭만주의 예술에서 특징적으로 나타났다. 따라서 낭만주의 시대에 다양한 예술가들이 결합하고 있는 것은 양식이 아니라 오히려 낭만주의적 정신 구조라고 할 수 있다.

　18세기의 문학에서 유래한 '낭만적' 또는 '낭만주의'라는 단어는

19세기 초 이후 의미의 윤곽이 확실하지 않은 채 일상적인 음악의 용어가 되었다. '낭만적'이란 형용사는 18세기에 '소설 같은Romanhaft' 또는 '이야기하는Erzählend'이라는 의미에서 나온 이후 '낭만주의'라는 명사보다는 '낭만적'이란 형용사가 장르와 작품의 제목과 연결되어 그 특징을 표시하는 의미로서 먼저 사용되었다. 낭만적 오페라, 낭만적 가곡, 낭만적 피아노 작품 등이 그 예이며, 형용사적 개념은 19세기 후기에 음악사에 유입되었다.

프란츠 페터 슈베르트(1797~1828).
'가곡의 왕' 슈베르트는 리트(독일 가곡Lied)를 예술작품의 하나로 승화시켰다.

　음악과 마찬가지로 문학에서도 '낭만적'이란 형용사가 사용되었다. 예를 들어, 실러의 《오를레앙의 처녀》는 '낭만적 비극'으로, 베버의 《마탄의 사수Freischütz》[1]는 '낭만적 오페라'로 불렸다. 특히 실러는 괴테의 《빌헬름 마이스터의 수업 시대》의 미뇽과 하프 연주자를 '낭만적'이라고 괴테에게 보낸 1796년 6월 28일의 편지에 썼다.[2] 낭만주의 또는 낭만주의자란 명사는 문학에서 노발리스의 문학을 낭만적 작품이라고 한 데서 처음으로, 음악 분야에서는 에른스트 테오도르 아마데우스 호프만이 낭만적인 오페라라고 말한 이후 일반적으로 사용되었다. 1790년과 1800년대에 문학과 음악에서 낭만적인 것에 대한 문제가 수없이 언급되었고, 1800년경에 독일 문학과 음악에 낭만적 생각이 배어 들었다.[3]

노발리스는 슈베르트가 작곡한 〈밤의 찬가Hymnen an die Nacht〉와 같은 그의 시들과 단편 소설《하인리히 폰 오프터딩엔Heinrich von Ofterdingen》(1802)으로 언어·사상·모습에서 젊은 낭만주의자들 가운데 대표적인 인물이 되었다. 현실적인 것과 인간적인 것을, 비현실적인 것과 우주적인 것으로 해체하려는 그의 신비주의는 초월적인 것의 황홀한 톤Ton을 작품에 들여왔다. 음악은 예술의 범주에서 최고의 위치에 올랐다. 말할 수 없는 것이 음악에서는 언어가 된다. 음악은 조형 예술과 언어 예술의 수단이 한계에 부딪히는 곳에서 완성된다.[4]

고전주의의 대표적인 작품으로 간주되는 소설《빌헬름 마이스터》에 대한 상이한 관찰은 이에 대한 좋은 예다. 고전주의자들은 주인공 빌헬름이 연극에 대한 정열을 극복하고, 인도주의의 의미에서 삶에 종사하는 것을 체험한다. 그리고 공동체 안에서 그의 개성에 맞는 조화로운 교육을 경험하는 것에 가치를 부여했다. 그러나 낭만주의자들은 그들의 생각과 생활 감정에서 이 같은 고전주의적인 정리를 부인했다. 그리고 이 작품에서 음악의 놀라운 역할을 인식하며 예술, 특히 음악을 통해 보다 높은 삶의 경지에 이르지 못했음에 실망한다. 여기에 낭만주의자들의 특징이 나타난다.

이 특징은 1770년경에 생긴 슈투름 운트 드랑 세대의 생활 감정에 나타나 있다. 즉 한편으로는 철학적이고 비판적인 의식과 예민한 정신이, 또 다른 한편으로는 심화된 주관주의와 비합리주의가 낭만주의 예술가들의 생활 감정의 기초가 되었다. 그들은 양식과 형식적인 규범, 전통적인 것에 대해 반항하고 창의와 실험을 수반한 독창성을 끊임없이 추구했다. 또한 개인적 감정이나 정서를 가장 강렬하고 극적인 방법으로 표현했다. 반면에 현실의 시간과 기회를 초월하여 영원한 것을 지향하기 위해 중세 문화를 동경하고, 삶과 죽음의 신비를 알고 싶어

하는 욕구를 가지고 있었다. 이들은 질서 · 균형 · 조화를 추구하는 고전적 이상과 대립하여 자유 · 움직임 · 열정, 그리고 얻어질 수 없는 것에 대한 동경과 갈망의 정신에 싸여 있었다.

그러나 현실은 달랐다. 현실과의 투쟁에서 낭만주의자들의 천재적인 비약은 깨지고 만다. 그들에게 감격과 비판, 이상과 현실, 감정과 오성은 점점 더 풀 수 없는 모순 속으로 빠져들었다. 현실 사회와 자기 자신, 인생과의 갈등에서 괴로워하는 음악가들의 모습은 베토벤 이후로 브루크너, 말러, 피츠너에 이르기까지 사라지지 않았다. 예술의 지고한 과제에 얽매이고, 또한 공동체에 묶이고, 현실의 의무에 제약되어 예술가들은 자신과 자신이 살고 있는 세계와의 갈등에 빠졌다. 사회는 예술을 통해 영원한 가치를 전달하고 동시에 자신을 알려야만 하는 예술가들을 이해하거나 존경하기보다 오히려 그들을 조소했다.

예술가와 관중, 예술과 속물근성 사이에서 예술가들은 끊임없이 붕괴되며 고통을 겪어야만 했다. 예를 들어 호프만 소설의 주인공인 악장 크라이슬러는 그가 시민 사회의 천박함과 충돌할 때 큰 고통을 견뎌야 했다.[5] 그는 지독한 조롱에 대해 반항하며 자신의 우월성을 생각했다. 그러나 사회는 그에게 인내해 주지 않았다. 결국 그는 고독으로, 사랑했던 과거로 도피했다.[6]

병든 시민 사회와 고립된 예술가 사이에 존재하는 괴리를 낭만주의 예술가들은 반어와 그로테스크한 유머로 극복했다. 이들의 반어는 정신과 삶, 개인과 사회의 모순 속에서 나타나 정신적인 소재를 해체하고 경직된 도덕의 체계를 뛰어넘게 하며, 창조적인 환상을 자유롭게 해 주기 때문이다. 반어는 자신을 구해 주는 수단일 뿐만 아니라 인간의 균형을 유지해 준다. 그래서 비평이고, 동시에 존재의 영원한 모순에 대한 의미 부여인 것이다. 이와 같은 반어의 의미 속에서 독일 낭만주의가 새롭게 존재한다. 그리고 낭만주의자들은 그로테스크한 유머를 통해 사악한 시민의 속물근성과 우스꽝스러운 귀족들을 희화함으로써 사회악과 인간성의 균열에 대해 복수하며 예술가로서의 정신적 주관성을 주장했다. 따라서 반어와 같은 낭만주의 정신 자세는 유럽 문화가 지난 모든 시대와 낯선 문화의 소재, 형식들을 비판하고 창조적으로 수용할 수 있도록 했다.

낭만주의 예술가들은 계몽적인 합리주의에 대항해 감정의 힘과 영혼을 찬양했으며, 고전주의가 추구하는 조화와 균형, 절제와 형식을 거부했다. 반면 무한한 것에 대한 동경, 형식에 의한 구속의 타파, 자유로우나 극도로 긴장된 생활의 다양성을 그들의 인생관과 예술관에 받아들이고 강조했다. 그래서 그들은 영적이고 정신적인 사건에 대해 새로운 통찰력을 가지게 되었고, 현실과 환상의 한계에서 순수 미학적인 마력의 세계로, 다시 말해, 예술의 세계로 빠져들었다. 그들은 예술에서, 특히 음악에서 모든 긴장들이 극복되는 조화를 체험할 수 있었으며, 예술과 인생은 갈라놓을 수 없이 서로 연결되어 있다는 사실을 인식했다.

노발리스가 그러했듯이 바켄로더와 호프만과 같은 젊은 낭만주의자들은 음악의 감동 속에서 자기들의 가장 내면에 있는 것을 체험했다. 새로운 기악 음악의 창조자인 하이든, 모차르트, 베토벤의 음악은 마술적인 힘으로 낭만주의자들을 황홀하게 만들었다. 하이든의 작품에는 어린아이다운 명랑한 감정 표현이 지배적이고, 모차르트는 낭만주의자들을 깊은 정령의 세계로 이끌고 두려움이 그들을 덮치게 한다. 그러나 이 음악가들의 음악은 고통이 없고, 오히려 무한을 예감하게 하며, 사랑과 고통을 울린다.[7] 또한 베토벤의 음악은 공포·무서움·경악·고통의 지레를 움직이고, 동시에 낭만주의의 본질인 무한한 동경을 일깨운다. 그래서 그는 순수한 낭만주의 작곡가다.[8] 음악은 낭만주의자들에게 자연의 언어로, 무한한 것의 모사로 작용했다.

> 바켄로더, 티크, 호프만, 노발리스, 슐레겔 형제에게 음악은 실체가 없는 예술이고 또한 가장 근원적인 예술이며, '자연의 근원적인 언어' (…) 이다. 이미 바켄로더는 쇼펜하우어와 마찬가지로 음악을 순수하고 초월적인 것으로, 현상 세계와 반대되는 무한한 것의 모사로 여긴다. 그리고 인간은 소리들의 언어에서 동물, 꽃, 하천의 언어를 이해한다.[9]

호프만 역시 《크라이슬레리아나Kreisleriana》에 수록된 〈요하네스 크라이슬러의 도제 수료증Johananes Kreislers Lehrbrief〉에서 이렇게 말하고 있다.

> 소리는 어디에나 살고 있다. 정령의 나라보다 높은 언어를 말하는 소리들, 즉 멜로디들은 오로지 인간의 가슴속에만 존재한다. (…) 그러나 소리의 정령이 그러하듯이 음악의 정령 역시 모든 자연으로부터 나타나지 않는가? (…) 음악은 자연의 일반적인 언어로 남아 있으며, 놀랍고도 신비로운 호응 속에서 우리에게 말한다. 우리는 음악을 기호로 붙들어 놓으려고 헛되이 추구한다. 그리고 상형 문자의 인위적인 배열은 우리가 귀담아들은 것의 암시만을 우리에게 시사해 줄 뿐이다.[10]

나아가 호프만의 다음과 같은 생각은 음악에 대한 낭만주의자들의 생각을 대변해 준다.

독자적인 예술로서 음악에 관해 말한다면 다른 예술의(시의) 모든 도움, 모든 혼합을 거부하면서 오직 음악에서만 인식할 수 있는 독특한 이 예술의 본질을 순수하게 표현하는 것은 반드시 기악 음악만을 의미하는 것이 아니라고 말할 수 없을까? (…) 음악은 모든 예술 가운데 가장 낭만적인 예술이며, 순수하게 낭만적이라고 모든 사람들이 말할 수 있으리라. 왜냐하면 무한한 것만이 음악의 주제이기 때문이다. (…) 오르페우스의 칠현금은 지옥문을 열었다. 음악은 인간에게 미지의 세계를 열어 준다. 이 세계는 인간을 둘러싸고 있는 외부의 감각 세계와는 너무 다르며, 이 세계에서 인간은 형언할 수 없는 동경에 빠져들기 위해 모든 특정한 감정들을 남겨둔다.[11]

모든 다른 예술들보다 우위에 있는 음악은 가장 내면적인 자아의 표현이며 의지의 모사[12]이기 때문에 영혼을 무한한 것으로 데리고 갈 수 있다. 음악에서 유한한 것과 무한한 것 사이의 모순은 지양되고 인간은 자신의 순수한 자아에서 사라진다.

낭만주의 작가들은 낭만주의 운동이 만든 음악을 아주 명확하게 그들의 작품에서 표현했다. 그러면서 그들의 문학 작품들은 19세기의 음악관에 영향을 미쳤다. 모든 음악적인 생각·느낌·행동의 비현실성·동화적인 것의 황홀한 묘사, 그리고 무한한 것과의 일치된 존재의 감정에서 낭만주의의 예술가들은 현실의 세계를 극복하고 이상과 환상의 세계에 이르는 정신적인 힘을 얻을 수 있었다.[13] 이들에게는 음악보다 더 순수하게 인간의 내적 정신으로부터 나오는 예술은 없고, 음악보다 더 순수하게 정신적이고 영적인 도구만을 사용하는 예술은 없다.

그러나 음악과 낭만주의 작가들의 상호 관계는 작가의 개성에 의해

상이하게 나타났다. 문학은 다양한 형태로 매혹되어 음악에 빠졌고, 철학적 사변조차 음악에서 자극을 받을 뿐만 아니라 사변의 범위 안에서 음악적 체험을 반복했다. 그 때문에 음악이 낭만주의 문학에서 놀라운 역할을 한다는 것은 우연이 아니었다. 루소, 헤르더, 하인제의 작품들에서 음악은 가장 내면적인 힘들을 자유롭게 만들고 시민적 인간의 저항과 자기주장을 활성화하기 위해 이용되었다.

그러나 해박한 지식과 정열적이고도 풍부한 음악성과 감수성을 지닌 모차르트와 비견할 만한 작곡가 장 파울에게도 음악은 이 같은 역할을 지녔다. 하지만 그는 낭만주의 시대의 새로운 사회적 발전 단계의 표시로서 각 개인이 음악을 위안의 수단으로, 실제 생활에서 고통스러운 실망과 충족되지 않은 소원에 대한 보상으로 사용하는 것과 같은 음악의 위험성을 이미 시사했다.

음악적 요소가 장 파울의 문학 세계로 들어온 것은 그의 작품들에서 분명해진다. 그는 음악을 언어로 모방하려는 노력에서 여전히 티크, 브렌타노, 호프만과 토마스 만을 능가했다. 다만 그는 아직까지는 자신의 산문과, 특히 서정시를 음악에 종속시키려는 것이 아니라 맞추려고 노력했다. 그 후 그의 노력은 낭만주의자들에 의해 완성되었다. 그래서 장 파울의 작품은 아직은 낙천적인, 인간애의 이상에 대한 믿음으로 충만된 18세기에서 새로운 세기로 막 들어가려고 하는 시민계급의 중요한 과도기의 예술적 반영이었다.

장 파울은 음악을 헤르더나 바켄로더처럼 신적인 것의 계시는 아니지만 세계의 가장 높은 메아리라고 말했다. 그래서 그는 음악을 통해 전혀 경험하지 못한 환상적인 세계를 그렸는데, 이는 바켄로더, 티크, 호프만이 추구한 세계와 아주 흡사하다. 그의 소설 주인공들은 흔히 대상이 없는 동경에 빠져 산다. 그러나 장 파울은 결코 의지를 약하게

장 파울(1763~1825).
독일의 소설가로서 해박한 지식이 뒷받침된 분방한 상상력과 은유가 풍부한 문체로 독특한 문학 작품을 발표했다.

만드는 유혹적인 음악에 굴복하지 않았다. 이런 관점에서 그는 아직 낭만주의의 위험에 빠지지 않은 특징을 가지고 있다.

루소에 의해 선언된 자유롭고 동등한 존재로서 인간의 개념은 헤르더와 하인제에 의해 강화된 이후 자신의 해방을 위해 투쟁하지만 아직은 충분한 물질적 권력 수단을 지니지 못했던 시민 계급의 자의식에 깊이 자리 잡게 되었다. 이런 자의식은 봉건적 지배자들과 유산 계급의 사람들보다 정신적으로, 도덕적으로 우월하다고 느끼게 할 수 있었다. 감상주의는 이런 방법으로 해방되어 가는 시민 계급의 순수한 자아를 환기시키는 하나의 중요한 동반 현상으로 나타났다. 그리고 젊은 시민 출신의 낭만적인 지식인들은 시민적·자본주의적 일상의 무미건조하고 환멸을 느끼게 하는 현실에 실망했다. 그래서 그들은 이 일상에서 도망치고, 옛 시절에 대한 낭만적인 상상에서 도피처를 찾았다. 결국 종교, 특히 가톨릭 교회에서, 그리고 무엇보다도 음악에서 위안을 찾았다.

25세의 젊은 나이에 죽은 연약한 작가 빌헬름 하인리히 바켄로더(1773~1798)가 대표적이다. 그는 인간의 감정이 독자적이고 원초적인 것이며 유일하게 높은 가치가 있는 것으로 보고, 생각에 앞선 감정의 우위를 주장했다. 음악은 주변 세계와 그 자신을 감정으로 용해하기 때문에 그에게 음악은 인간을 내면적으로 모든 지상의 굴레에서 구원할 수 있는 계시가 되었다. 이로써 바켄로더는 세상에 항복하면서 오로지 음악을 통해 미학적 세계로 도피했다. 바깥 세상에 놀라 무서워하며 완전히 내면으로 물러나 그곳에서 음악을 통해 위안을 찾으려 했다. 결국 그는 일찍이 쇠약해졌고, 25세의 나이에 티푸스로 사망했다.

바켄로더의 생애는 1797년에, 그가 살아 있을 때 발행된 유일한 작품인 《예술을 사랑하는 어느 수도사의 심정 토로Herzensergießungen eines kunstliebenden Klosterbruders》에서 주인공인 음악가 요제프 베르크링어의 기이한 음악적 생애에 비유되고 있다. 베르크링어는 젊은 시절부터 타고난 천상의 황홀과 지상의 비천한 불행 사이의 넘을 수 없는 모순에 시달렸고,[14] 오로지 음악만 불행한 삶의 고통에서 구원할 수 있다고 믿었다.

루트비히 티크(1773~1853)는 바켄로더의 유고작 중에서 독일 초기 낭만주의에 대한 중요한 문학적 문서라 할 수 있는《예술에 관한 환상 Phantasien über die Kunst》(1799)을 출판했다. 여기서 바켄로더는 예술과 인간의 관계에 대해 다음과 같이 말했다.

예술은 인간 위에 존재한다. 우리는 예술에 헌신한 자들의 훌륭한 작품들을 감탄하며 존경하고, 모든 우리 감정의 해체와 정화를 위해 우리의 모든 정서를 그 작품들 앞에서 열 수 있을 뿐이다.[15]

바켄로더의 이 표현은 예술을 종교에 아주 가까이 옮겨 놓는다. 예술은 심지어 종교가 되며, 신의 중개자로서 우리의 정서 안으로 스며든다.

나아가 바켄로더는 음악은 인간의 감정을 초인간적인 방법으로 표현하기 때문에 음악을 예술적 발명품 중 가장 놀라운 예술이라고 밝힌다. 기악은 우리의 일상적 언어를 사용하지 않기 때문에 말로 표현할 수 없다. 그러나 그 언어의 고향을 아무도 모르기 때문에 우리는 기악 음악을 천사의 언어라고 표현할 수 있다. 그에게 음악의 나라는 믿음의 나라다. 현실의 세상과 음악의 나라는 마치 지옥과 천국처럼 구분된다. 그에게 음악은 기도와 유사한 것이었다.[16] 바켄로더는 모든 지상의 굴레에서 벗어나기 위해 음악의 상아탑으로 도피한 대표적인 낭만주의 작가였다.

바켄로더의 절친한 친구인 루트비히 티크도 바켄로더처럼 종교와 예술을 동일시하는 시각을 보여 주었다. 신적인 것은 인간이 이해하기 전에 먼저 믿도록 되어 있다는 것이다. 이 때문에 음악은 확실히 믿음의 마지막 비밀이자 신비이며 또한 전적으로 묵시된 종교이기 때문에 인간은 예술 작품, 특히 음악 앞에서 겸손하게 처신해야 한다는 것이다. 음악은 모든 믿음 중 가장 높은 믿음이다. 그래서 티크는 그 믿음의 나라와 음악의 세계에서 항상 구원을 동경했다.[17]

빌헬름 슐레겔(1767~1845)과 프리드리히 슐레겔(1772~1829) 형제는 예나 낭만주의의 중심인물이었다. 빌헬름 슐레겔은 시와 음악이 서로 떨어질 수 없는 자매라고 주장한 헤르더와 유사한 견해를 가지고 있었다. 시는 청각을 위한 예술로서 속도·리듬·박자가 근본적으로 음악과 일치한다. 시는 오직 음악적으로 낭송되고, 노래로 불릴 만큼 음악과 서로 떨어질 수 없이 결합되었다. 운율의 사용을 통해 언어는 순수한 유희로 사용되며, 오로지 이것을 통해 청취자는 현실에서 멀어지게 된다.[18] 이는 실로 슐레겔과 다른 낭만주의자들에게 특별히 중요하다.

여기에서 헤르더와 슐레겔, 그리고 다른 낭만주의자들 사이의 차이가 분명해진다. 즉 이 두 사람은 시와 음악의 관계에서 유사한 견해를 가지고 있으나 음악이 독자적인 예술로서의 기능에 대해서는 완전히 대립된 의견을 가지고 있다. 지나치게 낙관적으로 휴머니즘의 이념으로 충만해 있던 헤르더는 당시 실제 삶으로부터의 도피를 위해 음악이 필요하다는 생각은 하지 못했다. 오히려 루소의 모범에 따라 음악은 인간에게 봉건 국가에

**루트비히 티크(1773~1853).**
독일의 소설가, 극작가로서 슐레겔 형제와 함께 초기 낭만파를 건설하고 추진했다.

대한 투쟁에서 정열적인 저항력을 공급하는 수단이었다.

이와는 달리 슐레겔은 음악을 세계 도피를 위한 이상적인 수단이라고 보았다. 음악은 격정의 대상들과 관계없이 오로지 우리의 내면적 감각에 있는 형태에 따라 표현함으로써 격정을 그것에 딸려 있는 물질적인 더러움에서 정화한다. 또한 음악은 인간의 육체를 벗어던지고 더 깨끗한 창공에서 숨 쉬게 한다.[19] 그는 다른 낭만주의자들처럼 외부 세계로부터 등을 돌리려는 소망에서 사회에 대한 개인적인 견해에 맞게 음악을 해석하려고 했다. 그래서 음악을 가장 내면적인 관조를 할 수 있게 하는 예술로 높이 평가했다.

노발리스(1772~1801)는 초기 낭만주의자 중에서 가장 예민한 작가로서 시와 음악의 동일성을 주장했다. 그에게 음악과 시는 정서를 자극하는 예술이었다. 이는 우리가 이미 바켄로더, 티크, 슐레겔에게서도 언급했던 것과 같은 시와 음악의 의미다.

언어는 하나의 음악적 기구다. 작가, 연설가, 철학자는 문법적으로 연주하고 작곡한다. 예술 간의 경계는 그의 낭만주의 예술관과 자연관에 의해 해소된다. 사물들의 윤곽이 신비로운 어스름 속에서 서로 뒤섞여져 희미해지고 없어지듯이 음악·조형·미술·시문학은 동의어들이기에 노발리스 역시 예술들 사이에 더 이상 아무런 차별을 두지 않는다. 그는 자주 모든 현세적 사물의 윤곽을 희미하게 지우고 자신을 환상의 자유로운 유희에 내맡기며, 신비적·음악적 비몽사몽 속에서 살기도 한다. 속세를 떠나 음악이 주는 황홀감에 빠져 환상과 현실이 서로 뒤섞여 넘나든다. 세계는 꿈이 되고, 꿈은 세계가 된다.[20]

노발리스를 이 두 세계로 드나들 수 있게 한 것은 신앙과 사랑의 힘이었다. 사랑했던 13세의 어린 신부 소피 폰 퀸의 죽음을 통해 그는 죽음이 신으로 충만된 우주와의 일치, 즉 보다 높은 진실된 삶으로의 구원을 의미한다는 것을 알게 되었다. 어떤 낭만주의자도 노발리스처럼 밤과 쾌락, 죽음의 신비로움을 알지 못했을 것이다.[21]

그의 소설《하인리히 폰 오프터딩엔》은 이 같은 노발리스의 순수한 낭만적인 사상과 경계 없이 융합된 음악과 문학에 대한 견해들을 보여준다. 소설에서 모든 소재는 이미 광범위하게 음악 안에서 용해되고, 음악적인 것은 말의 가장 깊은 의미에서 전체 소설의 기초를 이룬다. 여기서 음악은 기악 음악을 의미하는 것으로, 오직 기악 음악만이 최후의 것, 표현할 수 없는 것, 형이상학적인 것을 예감하게 하는 느낌들을 일깨울 수 있기 때문이다.[22]

이 시대의 낭만주의 작가들과는 달리 클레멘스 브렌타노(1778~1842)와 그의 여동생 베티나(1785~1859)는 특별한 음악과의 관계를 보여 주었다. 브렌타노는 제일가는 낭만주의의 음악적 언어 예술가라고 할 수 있다. 브렌타노는 각 악기들의 특징을, 말하자면 바이올린·

플루트·비올라·호른·오보에·그랜드 피아노·팀파니·트럼펫·콘트라베이스를 문학적으로 모방했다. 그는 언어 자체를 하나의 고유한 악기와 같다고 보고, 자신의 작품에 노래와 합창 외에 소리·악기·음악에 대해 자주 언급한다. 그래서 그의 많은 시들은 내용적으로는 의미가 없고 단지 형식적인 음향 효과만을 가진다. 그에게 있어 음악적 요소는 너무나 강렬해 항상 음악가와 함께 대규모 오페라를 만들려는 계획을 마음속에 품기도 했다.

또한 브렌타노는 대단한 베토벤 숭배자로, 시〈베토벤 음악의 여운 Nachklänge Beethovenscher Musik〉을 썼다. 그의 동화집《동화Märchen》(1846)에서 언어 음악은 동화의 분위기를 만들고, 줄거리의 비현실적인 것, 마력적인 것 또는 환상적인 것을 강조했다. 그래서 읽는 사람 또는 듣는 사람은 동화 세계의 비현실적인 것에 보다 빨리 빠지게 된다. 다른 한편으로는 그들의 입장에서 자신을 생각하게 되면서 현실과 작품 사이의 경계가 흐려지고, 이 두 세계를 쉽게 넘나들 수 있다. 그의 많은 시들은 음악과 비교할 수 없는 화음으로 가득 차 있고, 동경·꿈·사랑은 울림과 리듬이 된다. 그의 동화와 소설, 이야기에는 많은 시들이 삽입되어 있어[23] 산문조차 운이 맞고, 음악적이다. 이렇게 브렌타노는 대가다운 언어 음악가로서 자신의 대단한 감수성에서 억제할 수 없는 음악에 대한 애착을 가졌고, 누구보다 음악을 필요로 했다.

베티나 역시 심오한 예술가적 기질을 지닌 인물이었으며, 음악으로 충만했다. 그녀는 다른 낭만주의자들과 달리 언어를 주로 음향적·음악적으로 체험하고, 리듬의 높은 가치를 인식했다. 그뿐만 아니라 음악의 본질을 철학적 의미에서 규명하려고 노력했다. 그녀의 음악적 견해에 의하면 모든 소리는 홀로 존재하지만 이 소리는 다른 소리들

베티나 폰 브렌타노(1785~1859).

과의 공명을 통해 멜로디와 생각을 형성한다는 것이다. 정신의 총체, 신의 시, 철학은 모든 멜로디로, 모든 생각으로 이루어지기 때문에 멜로디와 생각 사이에는 내면의 상호 작용이 있다는 것이다. 그래서 그녀는 음악을 지각할 수 있는 정신의 본성[24]이라고 말했다.

마음속에 음악을 지니고 있는 자는 모든 창조적인 자연과 유사하며, 그 조화를 느낀다고 보았다. 그래서 베티나는 오직 음악만이 감각을 감동시킬 수 있으며, 이 감각을 통해 영혼을 감동시킬 수 있다고 말한다.

음악은 순수함, 아름다움, 고상함의 구체화다. 인간이 음악처럼 존재하기 위해 노력하는 것은 놀라운 일이 아니다. 오, 우리 역시 흔들림 없이 목적을 향해 다가가는 이 소리들처럼 존재하고 싶다. 그때에 소리들은 충만함을, 그 후에는 모든 리듬 안에 내면적인 형상의 깊은 비밀을 지니고 있다. 그러나 인간은 그렇지 않다.[25]

언어는 처음에는 정신을, 그리고 마지막으로는 작품을 탄생하게 하는 근원적인 것이며, 언어의 본질은 언어의 리듬에 있다고 주장한다. 여기에서 우리는 베티나의 인식을 파악할 수 있다. 즉 그녀는 언어와 음악의 관계에서 리듬의 높은 가치에 대한 인식을 보여 준다.

그리고 언어는 모든 생각을 형성한다. 왜냐하면 인간의 정신이 언어의 노예에 불과하고 아직 완전한 것이 아니라 해도, 언어가 유일하게 인간의 정신만을 불러오는 것이 아니므로 인간의 정신이 아직 완전한 것이 아니라 해도 언어는 인간의 정신처럼 위대하기 때문이다. 그러나 정신의 법칙들은 운율학적이며, 그것은 언어에서 느껴진다. 언어는 정신 위에 그물을 던지고, 정신은 그 그물에 잡혀서 시적인 것을 표현해야만 한다. 그리고 시인이 계속해서 시행의 악센트를 찾으면서 리듬에 몰두하지 않는 한 그의 시는 아직 진리를 가지고 있지 않다. (…) 바로 정신만이 스스로 리듬적으로 표현될 수 있다는 것, 정신의 언어는 오로지 리듬에만 있는 반면 시정이 없는 것은 또한 정신이 없으며, 그러므로 리듬적이 아니라는 것이다. (…) 천부적인 리듬의 비밀을 자체 내에 지니고 있는 시의 정신만이 (…) 오직 이 리듬에 의해서 (…) 활기차고 눈에 띌 수 있다. 왜냐하면 정신은 리듬의 영혼이기 때문이다.[26]

베티나는 언어의 비밀, 즉 언어의 리듬적·음악적 구조를 알게 된 리듬의 직접적인 공포자가 되었다. 그러나 음악을 최고의 예술로 찬양하고 있음에도 불구하고 그녀는 음악을 세계 도피와 구원의 어떤 수단으로 보지는 않았다. 오히려 음악을 그녀의 활기차고 정열적인 본성과 자연스럽고 쾌활한 존재의 표현으로 느꼈다. 그녀는 그렇게 음악으로 충만했고, 너무나 음악에 전념해서 고령에 이르기까지 음악에서 낙관주의와 더불어 자신의 삶을 언제나 다시 극복할 수 있는 내면적인 명랑함을 간직하도록 만드는 힘을 찾았다. 그래서 베티나는 모든 다른 낭만주의자들이 가졌던 비관주의와 세계고에서 벗어나 있었다.

그녀는 낭만주의자들이 지향했던 과거에 대한 동경에 빠져들지 않고, 오히려 현재와 정면 대립했다. 영원히 가 버린 것에 대해 숙고하는 대신 자신의 시선을 자기 주변과 앞을 향해 고정하고 행동했다. 이런 의미에서 그녀의 가장 아름다운 특징들 가운데 하나는 민중에 대한 큰 사랑으로 가슴에 품게 된 사회적·민주적 생각이다. 베티나는 자유사상가답게 자신의 민주적인 생각을 과감하게 표출했다.

그녀는 정치에 활발하게 참여했고, 사회 발전을 위해 노력했다. 음악은 그녀를 약화시키지 않았고, 오히려 생명력을 왕성하게 했기 때문에 음악은 단순하게 현실 도피를 위한 구원의 수단이 아니었다. 음악에 대한 그녀의 대단한 사랑은 일상의 과제들을 극복할 수 있는 왕성한 활동력의 원천이었다. 그녀는 다른 낭만주의자들이 보여 주었던 주관주의와 감정의 과장된 표현에 대한 위험 등을 지적했다. 또한 낭만주의에서 싹트는 시민적 데카당스 예술의 발전을 인식하는 동시에 이를 비판했다. 그녀는 이미 낭만주의를 극복한 예술가였다.

# E.T.A. 호프만의
# 이중적 생애와 음악

─

**8**

# 문학과 음악 사이의 방랑자

 

 

어느 시대를 막론하고 시대적 배경과 예술가의 생애는 그 정도와 특징이 상이하다. 예술가는 자신의 작품 세계뿐만 아니라 그 시대의 예술사적 흐름에 영향을 준다. 의심의 여지가 없이 E. T. A. 호프만(1776~1822)은 낭만주의 음악의 개념을 독일과 프랑스에 주입했고, 낭만주의 음악에 대한 생각과 느낌에 결정적인 영향을 주었다. 작곡가와 작가로서 호프만의 생애는 낭만주의 음악에 대한 관찰의 정점을 나타낸다. 그러나 그의 문학과 음악에 대한 보다 깊은 이해는 몇 가지 중요한 전기적 세목들에 대한 사전 지식이 없이는 불가능하다. 이는 호프만이 시인이고, 화가이며, 작곡가였고, 뛰어난 법률가였기 때문이다.

그의 생애는 밥벌이로서의 법률가와 천직으로서의 화가, 작곡가 사이의 갈등이었다. 그는 훨씬 뒤에서야 작가가 되었다. 그러나 문학적

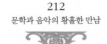

성공에도 불구하고 작곡가로서 더 인정받기를 바랐다. 예술 분야에서 천재성을 지닌 호프만은 예술을 이해하지 못하는 고루한 사회적 환경과 예술의 환상 세계 사이의 분열된 현실에서 살아야 했다. 그래서 그의 생애는 이 두 세계의 화해할 수 없는 대립의 체험들이었다. 이 두 세계 사이에는 하나의 간격이 있게 마련이다. 호프만은 이러한 간격을 노발리스처럼 낭만화함으로써 혹은 장 파울이 그랬듯이 바로크처럼 무한적인 것과 연결시킴으로써 극복하려 하지 않았다.

오히려 그는 이러한 간격 속으로 난쟁이 코볼데나 유령들을 끼워 넣어 풍자적인 우화처럼 겉으로 건전해 보이는 현실 사회와 인간의 속성을, 그리고 이것들에 의해 병든 시민 사회에 고립된 예술가의 경멸을, 동물이나 난쟁이의 시각을 통해 풍자와 반어로 희화하고 비판하면서 예술가로서의 정신적 주관성을 주장했다. 그래서 그는 자유로운 예술가와 공적인 법관 직업의 이중생활을 마찰 없이 엄격히 분리해 영위해 나갈 수 있었다.

호프만은 1776년 1월 24일에 쾨니히스베르크의 고등 재판소에 고용된 변호사 크리스토프 루트비히 호프만과 그의 사촌인 루이제 알베르티네 되르퍼 사이에서 셋째 아들로 태어났다. 후에 호프만은 모차르트에 대한 존경의 표시로 그의 마지막 이름을 아마데우스로 바꾸었다.

부모가 일찍 이혼해 어머니 밑에서 성장했다. 특히 그는 사법 고문관인 외삼촌 오토 빌헤름 되르퍼 밑에서 일찍이 피아노 교육을 받았다. 그리고 고등학교 교장 슈테판 반노브스키와 훌륭한 교육자이며 천재적인 성당 오르간 연주자인 크리스티안 빌헬름 포빌스키그에게 음악적으로 많은 영향을 받았다. 그는 이미 열두 살 때 피아노에 대한 환상의 나래를 펼쳤다. 그 밖에도 호프만은 훌륭한 작문 재능을 가지고 있었다. 그는 한 화가에게서 그림 그리는 것을 배웠기에 학교에서 같은 반 학생들과 선생님을 만화로 그리는 것을 좋아했다. 열아홉 살 때는 훌륭한 작곡가를 꿈꾸었다. 그해 1795년에 그는 괴테의 징슈필 《클라우디네 폰 빌라 벨라》의 작곡을 계획하기까지 했다.

16세가 지난 후 얼마 되지 않아 가족들의 기대에 따라 대학의 법학부에 입학했고, 7학기에 법학 시험에 합격했다. 그는 20세가 되기도 전인 1796년에 외삼촌의 추천으로 판사 시보로 니더슐레지엔의 글로가우로 갔다. 그 후에 고등 법원의 시보로 베를린으로 가서 최종 법률 시험에 합격했다. 그곳에서 그는 괴테, 실러와도 교류했던 요한 프리드리히 라이하르트에게서 음악 공부를 마쳤다.

그가 직업적으로 활동했던 도시들은 글로가우·베를린·포젠·플록·바르샤바였으며, 여기서 그는 고등 법원 시보로 일하면서 율리우스 에드아르트 이찌히(1780~1849, 후에 그는 자신을 히찌히라 부름)를 알게 되었다. 그는 그 당시에 호프만을 낭만주의 작가로 널리 알렸고, 나중에 호프만의 첫 번째 전기 작가이자 유고 관리자로 일했다.

그 후 6년간 그는 폴란드 영토에 있는 프로이센의 고등 법원에서 일했다. 그는 포젠에서 처음으로 가족에게서 독립된 자유로운 삶을 살게 되었다. 그러나 시민과 군 출신의 관리들 사이는 언제나 조화롭지만은 않았다. 한 무도회에서 몇몇 장교들을 심하게 비판한 만화가 배포되었는데, 이 만화를 그린 호프만은 바이히셀 근처의 플록으로 좌천되었다.

그곳에서 참사관이었던 호프만은 폴란드 출신의 미카리나 로러(본명은 트란스카)와 결혼했다. 그녀는 호프만의 괴로움을 위로해 주고 그의 정신을 강하게 해 주었을 뿐만 아니라 불안하고 외로운 삶을 함께하면서 그를 안심시켰다. 은거 속에서 보낸 2년의 체류 기간 동안 호프만은 자신이 법률가로서만 태어나지 않았다는 것을 보여 준다. 그

**에른스트 테오도르 아마데우스 호프만(1776~1822).**
독일 후기의 낭만파 작곡가, 소설가로서 기지와 풍자를 담은 작품으로
발자크, 도스토옙스키, 바그너 등에게 많은 영향을 주었다.

는 독일인들로 구성된 음악회를 설립하고, 화가로서 그 집회 공간을
꾸몄다. 그에게 더 중요한 것은, 최소한 아마추어 오케스트라의 지휘
자로 활약하면서 자신의 작곡들을 확인할 수 있었다는 것이다. 라이
프치히의 출판업자 암브로시우스 퀴넬을 위해 완성된 책 목록에는 한
개의 교향곡, 서곡, 5중주곡, 피아노 소나타, 미사곡, 몇 개의 종교곡
들과 세속적인 노래들이 기록되어 있다.

  그전에도 호프만은 1799년에 베를린에서 자신이 손수 창작한 징슈
필《가면Die Maske》에 곡을 붙였다. 또한 1801년 1월에서 4월까지 포
젠에서 괴테의 징슈필인《농담, 계략, 그리고 복수》를 1막으로 요약
해서 작곡했다. 그의 진술에 의하면 그것은 여러 번 그곳에서 상연되
었다고 한다. 호프만은 오직 밥벌이를 위해 법률가로 활동하면서도
작곡가가 되기 위해 음악에 전념했다. 그래서 바르샤바에서 징슈필과
무대 음악을 위한 작곡과 성악 및 기악 음악의 많은 작품들을 써서 이

미 풍성한 수확을 거두었다.

그는 1804년에 클레멘스 브렌타노의 징슈필 《즐거운 악사들Die lustigen Musikanten》에 곡을 붙였고, 이것은 다음해 4월 6일에 바르샤바에 있는 독일 극장에서 상연되었다. 그리고 그는 차하리아스 베르너의 비극 《동해의 십자가Das Kreuz an der Ostsee》를 위한 음악을 만들었지만 상연되지는 못했다. 바르샤바에서 호프만은 《파우스트》를 오페라로 작곡할 계획을 갖기도 했다. 그는 베르너가 자신에게 《파우스트》에 대한 텍스트를 제공해 줄 것이라고 생각했다. 1807년 4월에는 그의 최초의 오페라 《사랑과 질투Liebe und Eifersucht》를 작곡하기 시작했는데, 이것은 1812년 1월 23일에 비로소 밤베르크에서 상연되었다. 이 시대의 성악 및 기악 작품들에 관해서는 다만 1805년 말에 바르샤바에서 작곡된 독창, 합창, 오르간과 오케스트라를 위한 《d–단조의 미사곡Messe in d-Mol》과 1804년과 1807년 사이에 작곡된 대규모 오케스트라를 위한 내림 마장조Es-Dur의 심포니만이 언급되고 있다.

1806년 11월 말에 바르샤바에 프랑스 군대가 진입했기 때문에 호프만은 프로이센의 관료들과 함께 도시를 떠나야만 했다. 그래서 그는 1807년에 베를린으로 갔다. 그러나 베를린에서 법관으로서의 새로운 관직을 얻지 못한 호프만은 1807년 여름부터 1808년 여름까지 그의 아내와 함께 생애 중 가장 열악한 시간을 견뎌 내야만 했다. 그는 자신이 그린 그림이나 작곡들을 팔아서 겨우 연명해 나갔다. 호프만의 친구이며 경제적 후원자였던 힙펠 역시 자신의 부채 때문에 큰 도움을 줄 수 없었다. 그러나 바로 가장 혹독한 이 시기 동안 그는 자신의 작곡 능력을 확고히 했고, 자신에게 잠재해 있는 음악 평론가나 작가로서의 재능을 확신하게 되었다. 이 고난의 시기에 그는 1808년 1월 23일부터 2월 말까지 낭만적 오페라 《불멸의 음료수Der Trank der

Unsterblichkeit》를 작곡했으며, 이것은 1809년 뷔르츠부르크에서 공연되었다.

경제적으로 심한 고난을 견뎌 내야만 했던 호프만은 그 당시 23세의 나이로 1808년 9월 1일에 밤베르크 국립 극장의 부름을 받고 악단 장으로 부임했다. 젊은 시절부터 오직 음악을 위한 삶이 소망이었기에 마침내 그가 원했던 목적에 도달할 수 있을 것처럼 보였다. 그러나 기대했던 것과는 달리 약 6년간의 그곳에서의 시절은 성공적이지 못했다. 호프만에게 밤베르크에서 일자리를 주었던 율리우스 폰 조덴 백작은 극장 운영을 예술가라기보다는 장사치인 하인리히 쿠노에게 넘겨 주었기 때문이다. 그리고 지휘자로서의 호프만의 첫 등장도 완전히 실패였다. 오케스트라의 제1바이올리니스트가 시작 신호를 했고, 호프만은 그랜드 피아노에서 앉은 채 지휘를 했다. 이는 음악가들뿐만 아니라 약간 고루한 관객에게까지 비난을 받았고, 결국 극장 악단장의 자리에서 물러날 수밖에 없었다.

그 후 그는 밤베르크 극장에서 오페라가 아닌 오직 무대 음악만을 지도했고, 연극 작곡가, 극장 화가, 심지어 기계공으로까지 일했다. 그러나 보수가 낮아 생계를 유지하기 어려웠고, 결국 음악 선생으로 돈을 더 벌어야만 했다. 그 사이에 그는 《기사 글루크Ritter Gluck》란 제목을 가진 한 이야기를 썼으며, 그의 친구 히찌히의 충고에 따라 1809년 1월에 이것을 프리드리히 로흘리츠에게 보냈다. 로흘리츠는 1798년 이후에 브라이트코프와 헤르텔에 의해 라이프치히에서 출간되는 〈일반 음악 신문Allgemeine Musikalische Zeitung〉의 편집을 주관했다. 이 신문은 독일에서 이 분야 최초의 전문지였으며, 독일 국경을 넘어 큰 주목을 받았다. 로흘리츠는 즉시 호프만의 재능을 알아보고, 그의 이야기를 출간했다. 호프만은 작곡가 글루크에 대한 큰 존경심에 고무되어 이 첫 작품을 썼다.

　로흘리츠는 호프만의 뛰어나고 훌륭한 음악 지식을 인식하고, 그가 자신의 신문에 매우 적합한 평론가임이 분명하다고 생각했다. 그래서 호프만에게 음악 작품들에 관한 비평을 위임했다. 이 비평들이 만족스러운 결과를 주었기 때문에 호프만에게 1810년 여름에 마침내 막 인쇄되어 나온 베토벤의 c-단조의 제5번 교향곡 《운명Schicksal》에 대한 비평도 위탁했다. 이 평론은 오늘날까지 음악 예술 작품에 대한 최고의 비평으로 평가되고 있다.

　그는 베토벤 제5번 교향곡에 대한 글로 기악 음악의 우위성을 입증했고, 기악 음악이 원래의 음악이라는 생각을 보편화시켰으며, 음악적 사고를 크게 바꾸어 놓은 인물이었다. 그는 로흘리츠로부터 위임받아 베토벤의 F-장조 제6번 교향곡 《전원Pastorale》도 비평했다. 또한 글루크의 《아울리우스의 이피게니에Iphigenie in Aulius》, 베토벤의 《코리올란Coriolan》과 C-장조 미사곡을 위한 서곡, 괴테의 《에그몬트Egmont》를 위한 베토벤의 음악에 관한 다른 평론들도 계속해서 발표했다.

　호프만은 드레스덴과 라이프치히를 경유해 1813년 4월까지 살았던 밤베르크에서 8년간 중단했던 사법 기관 근무에 복귀하게 되었다. 그 후에 1814년 10월 1일 대법원의 판사로 부임하기 위해 베를린으로 갔다. 그 사이 그는 많은 문학 작품들과 몇 개의 작곡 작품들을 만들었다. 그는 프란츠 폰 활바인의 낭만적인 오페라 《서광과 체팔루스Aurora und Cephalus》에 곡을 붙였다. 밤베르크 근처의 알텐부르크에서 호프만은 1812년에 프리드리히 데 라 모테 푸케의 이야기 《운디네Undine》를 낭만적인 오페라로 구성하려고 생각했다.

　푸케 역시 이미 이 작품을 가극 각본으로 쓰려고 생각했기 때문에 호프만은 1813년 2월에 밤베르크에서 작곡을 시작할 수 있었다. 그는 그해 8월에 비로소 그 작품에 대한 작업을 라이프치히에서 끝냈으며, 1816년 8월 3일에 베를린의 왕립 극장에서 성공적인 첫 공연을 했다. 그 밖에도 아우구스트 코체부에가 쓴 2개의 극작품 《유령Das Gespenst》과 《나움부르크 앞에 있는 후스파 교도들Die Hussiten vor Naumburg》에 대한 호프만의 음악은 밤베르크 시절의 것이다. 그리고 율리우스 폰 조덴 백작의 멜로드라마 《디르나Dirna》와 슐레겔의 연극 《돈 페르난도, 변함없는 믿음의 왕자Don Fernando, Der standhafte Prinz im Glauben》에 대한 음악도 만들었다. 또한 실러의 《메시나의 신부》에 대한 행진곡과 합창곡을 썼으며, 골로의 완성된 소야곡에 따라 이어지는 말러 뮐러의 연극 《게노베바Genoveva》에 대한 노래들을 계획했다.[1]

그는 개인 음악 선생으로서, 작곡가로서, 작가와 음악 평론가로서, 극장 화가로서 혹독한 노력을 경주했다. 게다가 사교가로서의 인기도 대단했다. 그러나 호프만은 밤베르크에서 경제적·예술적으로 성공적인 삶을 영위하지 못했다. 전체적으로 볼 때 작곡가 호프만은 최고의 목적을 이루지 못했으며, 어떤 특출한 작품도 만들지 못했다.

그는 1813년 봄에 드레스덴과 라이프치히에서 교대로 연주했던 제콘다 극단의 극장 작곡가로서 부름을 받았다. 중요한 것은 밤베르크를 떠난 후 이 도시들에서 호프만의 가장 중요한 작품인 낭만적 오페라 《운디네》가 창작되었다는 것이다. 음악가로서 호프만은 모차르트와 글루크의 영향을 받아 그들의 모범들을 따랐다. 비록 그가 문학보다 음악에서 훨씬 더 가장 내면적인 것을 드러내고 마음속 깊이 느낀 개인의 감정들을 소리로 울리게 했을지라도 그는 문학 작품에서와는 달리 음악에서 인습적인 모습을 보였다. 하지만 오페라 《서광과 체팔루스》와 《운디네》는 이런 성향에서 벗어나 낭만주의로 전향한 특징을 나타냈다.

　그는 예술을 모르는 지배인 요제프 제콘다와 다시금 불화에 빠졌고, 결국 9월에 극장 작곡가로서의 생활을 마감했다. 그러나 다행히도 정치적으로 영향력 있는 그의 친구 힙펠의 소개로 1814년 10월 1일에 고등 법원의 판사로 베를린에 왔다. 이때부터 예술가가 아닌 법관으로서 생계를 유지해 갈 수 있었다. 수년간 검소한 생활을 한 후에 그는 상급 상소 위원회 위원으로 승진했다. 더욱 놀라운 것은 후기의 생애가 음악가로서가 아닌 작가로서 가장 생산적인 시기였다는 것이다. 음악가로서 그는 작은 작곡 작품들과 계획들에 만족해야 했지만 작가로서는 놀라운 성과를 보였다. 특히 1816년 8월 16일에 베를린 왕립 극장에서 있었던 《운디네》의 성공적인 초연은 그의 모든 예술가 경력에서 최고를 의미한다.[2]

　비록 호프만이 음악에 더 큰 애착을 가지고 있었다 해도 그에게 내재해 있는 작가적 재능은 음악적 소질과 융합되어 문학과 음악의 긴밀한 상호 작용을 심화시켰다. 음악에 대한 그의 창조적인 관계는 호프만의 작품들에 내용뿐만 아니라 형식적으로도 영향을 주었다. 왜냐하면 동일 인물이 작가 겸 작곡가로서 창작할 때 두 예술의 상호 작용은 특별히 적극적이고 창조적으로 나타날 수 있기 때문이다. 호프만은 1812년 7월 25에 그의 일기장에 이렇게 써 놓았다.

　　내가 좋은 작곡가라는 느낌, 나는 내 목적을 작곡에 두었다!

　그러나 이미 수개월 전인 4월 29일에 같은 일기장에는 이렇게 메모되어 있었다.

이제 진지하게 글씨로 작업할 때가 된 것이다.

여기에는 두 자매 예술의 상호 작용에 대한 호프만의 관심뿐만 아니라 작곡가로서의 존재에 대한 선호와 긍지에도 불구하고 작가적인 활동을 받아들이려고 하는, 그의 내면에서 싹터 오는 결심이 나타나 있다. 문학 작품으로서 성공적인 평가를 받은 《기사 글루크》는 이미 그에게 있어 작가적 활동에 대한 예고라고 할 수 있다. 나아가 작가로서 계속적인 시도를 할 수 있다는 생각을 갖게 했음이 분명했다.

이 같은 문학적 출현 과정은 그의 자발적인 의지에서 비롯되었다고 볼 수는 없다. 호프만이 법관으로 생활하고 밤에는 작가로서 활동하게 된 데에는 밤베르크 시절에 겪었던 몇 가지 외부적인 영향들이 크게 작용했다. 그는 당시의 물질적인 곤경으로 음악가로서의 수입 외에 새로운 수입원이 필요했기 때문이다. 또한 사회에 대한 무력감과 소외감, 소시민적 속물근성에 대한 환멸과 같은 외부의 영향들도 작용하고 있었다. 그러나 무엇보다도 소위 '율리아 체험'이 가장 크게 작용했다.

음악 선생으로 생활비를 벌어야 했던 밤베르크 시절에 호프만은 여영사領事 마르크의 집에서, 그를 아름다운 목소리로 매혹시킨 그녀의 딸인 15세의 율리아에 반했다. 그 후에 호프만은 탐욕적인 영사가 그녀의 딸을 부자이지만 교양 없는 장사꾼과 결혼시키는 것을 바라만 보고 있어야 했다. 불행한 횔더린과 비슷하게 재능이 있고 민감한 예술가였던 그는 율리아를 사랑했다. 그러나 오로지 돈의 힘으로만 성공한 함부르크 상인의 아내가 되는 것을 막기에는 자신이 사회적 위치에서 너무나 약하고 무기력하다고 느꼈다. 그는 마침내 그의 적수와 싸움질을 했고, 영사에게도 욕설을 하고 만다. 그 결과 그는 음악 선생으로서

의 일자리를 포기해야만 했으며, 상류 계급들은 물질적인 재산을 정신적인 재산보다 더욱 높게 평가한다는 사실을 깨달을 수밖에 없었다.

호프만은 모든 고통을 그의 일기에 털어놓았다. 그 일기에서 그는 율리아를 하인리히 폰 클라이스트의 5막으로 된 역사 기사 비극《케트헨 폰 하일브론Käthchen von Heilbronn》(1810)을 본 따서 케트헨이라 불렀다. 여주인공인 케트헨은 사랑에 헌신적이고 꿈 많은 처녀로, 화려한 화장과 장식으로 온 몸을 치장한 연적 쿠니군데와 싸워 백작의 사랑을 쟁취한다. 그녀의 순수하고 헌신적인 사랑과 내면의 우아함이 인위적으로 꾸며진 아름다움과 싸워 승리한 것이다. 케트헨은 자신의 순박한 아름다움 속에 클라이스트가 꿈꾸는 낙원의 모습을 지니고 있었다. 호프만이 율리아를 케트헨과 비교한 것은 율리아와 이룰 수 없는 사랑이 케트헨의 상징적 의미로 승화될 수 있도록 꿈과 동경을 나타냈기 때문이다. 이것은 호프만이 미칠 정도로 율리아에 대한 사랑에 빠졌음을 드러낸다. 다음의 일기 내용은 호프만의 절망을 보여 준다.

저녁때에 가까스로 기분이 달아올랐다. 포도주와 펀치에 의해 끊임없이 Ktch(케트헨의 약자)와 음악이 머릿속에서 맴도는 것이 이상하다.

결혼식이 끝난 후 호프만은 깊은 절망 속에서 일기에 다음과 같이 썼다.

Ktch와 관련한 어리석은 시기는 지나갔다.

호프만은 내면적으로 자신에게 너무나 깊은 충격을 준 이 경험을 결코 극복할 수 없었다. 소위 호프만의 율리아 에피소드는 표면상 끝

난 것으로 보인다. 하지만 이 체험은 음악가에서 작가로 전향하는 결정적인 계기가 되었다. 실제로 이 쓰라린 경험은《칼로 풍의 환상적인 작품들Fantasiestücke in Callots Manier》의 영감을 주었다.[3]

호프만은 그의 고통·절망·분노·반항·증오, 그리고 오직 물질적인 풍요만을 좋아하는 시민의 속물근성에 대한 경멸을 음악에서 표현하려 했다. 그에게 음악은 이 느낌들을 세상에 알리기 위한 가장 적절한 수단이라는 것을 분명히 알았다. 또한 그는 음악이 그의 정신적 상태를 언어 예술 작품보다 훨씬 더 훌륭하고 감동적으로 묘사할 수 있다는 것도 잘 알고 있었다. 그러나 율리아 체험으로 생긴 내면의 고통은 쉽게 치유되지 않았다. 그래서 그는 긴급히 감정의 혼란을 예술적 표현을 통해서 진정시키고 정화시킬 필요성을 느꼈다. 그러나 유감스럽게도 그의 음악적 재능은 끓어오르는 감정의 혼돈을 언어 예술만큼 음악적 예술 작품으로 정화할 수 있는 형성력을 그에게 허락하지 않았다.

호프만이 이런 내면적인 궁지에 처했을 때, 잠재해 있었던 문학적 재능이 그를 구원했다. 더 자세히 말해서 작가의 문학적 재능과 작곡가의 음악적 소질의 상호 작용에 의해서 율리아 체험을 예술적 수준의 음악적 비유로 표현할 수 없을 때 호프만의 문학적 형성력이 불충분한 자리를 채웠다. 이 시도들은 어려움 없이 이루어질 수 있었다. 이는 호프만이 시인이고, 화가이며, 작곡가였고, 뛰어난 법률가였기 때문에 가능했다. 그의 생애는 이 두 세계의 화해할 수 없는 대립의 체험들이었다. 호프만이 작곡가로서의 한계를 인식했을 때 그는 이 한계를 작가로서 극복했다.

# 음악의 한계에서 시작된 문학

호프만의 오페라 《운디네》는 그의 많은 이야기들과 당당히 비교될 정도로 우수성이 인정되지만 예술가로서 호프만은 음악사보다 문학사에서 더 높이 평가되고 있다. 그는 음악 소설의 작가로서 성공했을 뿐만 아니라 음악 평론가로서의 활동도 대단했다. 최초의 대표작 《기사 글루크》로 시작해 뒤이어 《크라이슬레리아나Kreisleriana》에 수록된 음악 보고서와 비평들이 이 사실을 말해 준다. 베토벤의 제5번 교향곡에 대한 대표적인 평론은 졸지에 그를 유명한 음악 비평가로 만들었다. 여기서 사람들은 표현 방법, 구성, 목록뿐만 아니라 그의 지식과 감정 이입 능력에 경탄했다. 호프만은 이제 음악으로 표현할 수 없는 모든 것을 소리 대신 말의 도움으로 훌륭하게 표현했다. 그는 내면적인 위기에 순응하면서 고난을 극복하고 작가가 되는 데 성공한 것이다. 그래서 호프만은 독일 낭만주의의 가장 중요한 서사적 예술가이

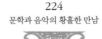

고 이야기의 대가로 간주되고 있다.

그에게 언어는 음악을 통해 말할 수 없는 것을 해소하는 도구다. 그는 언어로 음악을 바꿔 쓰거나 음악의 작용과 그 마력에 대해 진술한다. 이 때문에 음악 역시 본래의 음악과 소설뿐만 아니라 많은 다른 이야기들에서도 동기적으로 중요한 역할을 한다. 이미 설명했듯이 호프만에게 있어 언어 예술 작품은 그가 음악으로 극복할 수 없었던 내면의 위기에서 빠져나오는 출구였다는 것을 그가 만든 그의 가장 중요한 문학적 인물인 요하네스 크라이슬러가 증명한다. 호프만 자신의 일부이기도 한 미친 음악가 요하네스 크라이슬러는 호프만의 문학적 그로테스크한 초상을 의미한다. 이 초상과 함께 호프만은《기사 글루크》이후에《크라이슬레리아나》에서 그의 문학적 생애의 길을 시작한다.

민감한 음악가로서 호프만이 겪었던 초기의 음악적 체험은 이제 언어 예술로 크라이슬러라는 음악적 인물을 통해 표현되었다. 크라이슬러는 너무나 음악적 측면에서 구상되었다. 그래서 우리의 음악가들 중 가장 낭만적 작곡가인 로베르트 슈만이 그의 존재를 모범으로 하여 천재적인 피아노 곡《크라이슬레리아나》를 만들었다. 즉 악장인 크라이슬러의 문학적 인물은 우선적으로 호프만에게는 그의 환상 속에서 살아 있지만 적절한 예술 작품들로 구성할 수 없는 음악적 모든 형상들에 대한 언어 예술적 대용품이라는 것이다.

호프만은 크라이슬러를 통해 율리아 체험에서 시작하는 시민의 속물근성에 대한 경멸과, 편협한 시민 사회에서 스스로 고립되었다고 느끼는 예술가의 절망과 무기력을 표현했다. 그럼으로써 자신과 시민 사회 사이의 긴장을 풍부한 아이러니와 신랄한 냉소·풍자·캐리커처·그로테스크의 예술적인 문체 수단으로 견디고 극복하면서 그를 위협하는 위험에서 자신의 운명을 지켜 낼 수 있었다.

로베르트 슈만(1810~1856).
독일의 작곡가로서 문학과 음악을 결합해 낭만주의 음악의 정수를 창조해 냈다.

밤베르크 시절의 체험들, 특히 율리아 에피소드는《칼로 풍의 환상
적인 작품들》에 실린《기사 글루크》,《크라이슬레리아나》의 연작連作
에서, 그리고《개 베르간차의 새로운 운명에 대한 보고Nachricht von
den neuesten Schicksalen des Hundes Berganza》에서 작품화되었다. 그의 마
지막 대작인《고양이 무르의 인생관과 악장 요하네스 크라이슬러의
단편적 자서전Lebensansichten des Katers Murr nebst fragmentalischer
Biographie des Kapellmeisters Johannes Kreisler in zufälligen Makulaturblättern》
(1820~1822)에서 또다시 음악적인 기억들이 전면으로 나온다. 이는
밤베르크에서의 굴욕에 대한 분노가 삶의 마지막까지 계속되었다는
것을 말해 준다.《제라피온의 형제들Die Serapionsbrüder》에 실린《작가
와 작곡가Der Dichter und der Komponist》와 함께 위에 언급된 작품들은
모두가 호프만의 체험들 이외에도 그의 음악관을 나타내 주고 있다.
　호프만이 1808년에 저술해 1809년 1월에 로흘리츠에게 보낸 이야기
《기사 글루크》에는 저자인 호프만의 많은 모습들을 예술적으로 밀도

있게 암시되고 있다. 이 작품에서 그는 1787년에 죽은 작곡가 글루크라고 하는 망상에 사로잡힌 미친 음악가의 가면을 쓰고 낭만주의 음악가의 문제성에 대한 그의 생각을 이야기한다. 《크라이슬레리아나》에서도 크라이슬러의 모습은 《기사 글루크》에서와 비슷하게 묘사되고 있다.

친구들은 다음과 같이 주장했다. '천성은 그의 조직체에서 새로운 처방을 시도했다. 그 시도에서는 그의 지나치게 자극되기 쉬운 기질과 파괴하는 불꽃으로까지 작열하는 그의 환상에, 흥분하지 않는 조용한 기질이 너무 적게 혼합되어 있었다. 그래서 세상과 더불어 살며 작품들을 창작하기 위해서 예술가에게 절대적으로 필요한 균형이 파괴되었기 때문에 실패했다.' (…) 요하네스는 그의 내면의 현상과 꿈에 의해, 마치 영원히 파도치는 바다 위에서 떠가듯이, 그곳으로 떠밀려 갔다. 안정과 쾌활 없이는 예술가가 아무것도 창작할 수 없는 피난처를, 결국 그에게 주어져야 하는 피난처를 헛되이 찾는 것처럼 보였다. (…)
가끔 그는 흥분된 기분에서 밤 시간에 작곡했다. (…) 그는 이웃에 살고 있는 친구에게 그가 믿을 수 없을 정도로 빨리 작곡한 모든 것을 최고의 감격 속에서 연주해 주기 위해서 그를 깨웠다. (…) 그는 가장 행복한 사람으로 자신을 칭찬했지만, 다음 날에 그 훌륭한 악곡은 불 속에 있었다. (…) 그의 환상이 그때에 지나치게 자극되었고, 그의 정신은 누구도 그를 따라갈 수 없는 나라로 사라졌기 때문에, 노래는 거의 파괴적으로 그에게 작용했다.[4]

이 같은 크라이슬러의 성격 묘사는, 음악이 극복할 수 없는 힘으로 지나치게 민감한 기질 때문에 내면의 균형을 상실한 예술가를 위험에

빠지게 한다는 것을 말해 준다. 이것은 지나치게 민감한 예술가에게 닥쳐오는 위험을 설명한 것이다. 나아가 이미 음악가 베르크링어의 저자 바켄로더에서 볼 수 있듯이 낭만주의 시대의 병폐적 현상으로 나타나는 음악의 위험성에 대한 경고이기도 하다. 그러나 호프만은 바켄로더와 주인공인 진기한 음악가 베르크링어와는 달리, 음악의 위험성에 대한 인식이 음악 속으로 용해되어, 음악으로 몰락하는 것에서 자신을 지킬 수 있었다.

이렇게 호프만은 지나치게 예민한 예술가의 성격과 정서에 작용하는 음악의 위험성을 경고하고 있다. 반면에 음악이 인간에게 미치는 위대한 힘도 알고 있었다. 그는 음악 평론가로서 옛 음악과 옛 이탈리아와 프랑스의 음악가들에 대한 지식을 가지고 있었다. 그리고 낭만주의의 정신으로 작가로서 음악에 대한 훌륭한 말들을 찾아낼 수 있었다. 그뿐만 아니라 음악에서 인간의 감정을 사로잡는 놀라운 마력이 멜로디라는 것을 알고 있었으며, 화성학의 놀라운 예술을 자연의 훌륭한 선물이라고 찬양했다. 그는 기악 음악에 종종 위대한 대가들의 천재적인 작품들이 주는 놀라운 효과가 내재해 있다는 것도 알고 있었다. 《크라이슬레리아나》의 제4편 〈베토벤의 기악 음악Beethovens Instrumentalmusik〉에서 다른 낭만주의자들과 마찬가지로, 기악 음악은 무한한 것만이 그의 주제였다. 그래서 기악 음악을 모든 예술들 가운데서 가장 낭만적인 것으로 보고, 이 음악을 객관적인 현상 세계의 저편에 있는 순수한 내면성과 감정들의 영역으로 찬미했다.

기악 음악은 인간에게 미지의 세계를, 인간을 둘러싼 외적 감각 세계와 아무런 관계가 없는 세계를 열어 준다. 오직 그 세계에서만 인간은 말로 표현할 수 없는 동경에 몰입하기 위해 모든 특정한 감정들을 남겨 둔다.[5]

호프만은 그 대표적인 예로 베토벤의 음악을 들었다.[6] 반면에 성악은 기악 음악과 같은 불확실한 동경의 성격을 가지고 있지 않고 말의 도움으로 특정한 감동을 묘사하기 때문에 그는 성악의 중요성도 강조했다. 《크라이슬레리아나》의 제2편 〈옴브라 아도라타Ombra adorata〉에서 호프만은 한 여가수가 경이로운 목소리로 아리아를 부를 때 경청하는 사람들을 모든 지상의 고통에서 구원하는 콘서트로 묘사했다. 율리아를 영원히 잃은 후에 그는 그 여가수의 노래에서 위로를 받고, 인간 내면의 고통을 치유하는 경이로운 음악의 힘과 깊은 비밀을 예찬했다.

도대체 얼마나 음악은 그토록 최고로 경이로운 것인가! 도대체 얼마나 인간은 조금밖에 음악의 깊은 비밀들을 규명할 수 없는가! 그러나 음악은 인간 자체의 가슴속에 살아 있으며, 인간 내면을 음악의 우아하고 황홀한 현상들로 가득 채워 인간의 모든 감각은 이 현상들에 집중하게 된다. 그리고 새롭게 변용된 삶이 인간을 이미 현세에서 충동으로부터, 속세의 짓누르는 고통으로부터 구해 내지 않는가?[7]

음악에 의해 구원되는 것은 바켄로더, 티크, 노발리스, 브렌타노에 이어 호프만의 소망이기도 했다. 마치 애인을 다시 찾은 것 같은 황홀경에서 여가수의 아름다운 소리에 대한 예찬은 계속된다.

그것(여가수가 부르는 한 아리아의 리토르넬)은 매우 부드럽게 지속되었고, 단조로우나 가장 깊은 내면으로 깊게 파고드는 소리로 동경에 대해 말하는 듯했다. 그 동경에서 경건한 마음은 하늘 높이 오르고, 그에게서 빼앗은 지상의 모든 애인들을 다시 발견한다. 이제 종소리처럼 맑은 한

여자의 목소리가 마치 하늘의 빛처럼 높게 울려 퍼졌다. (…) 누가 나를 사로잡은 이 감정을 묘사할 수 있는가! 어떻게 내 마음속에서 나를 괴롭혔던 고통이 천국의 향유를 모든 상처에 부어주었던 슬픈 동경에서 없어졌는가. 모든 것은 잊혀졌고, 나는 오직 황홀해져 마치 하늘에서 내려오듯 나를 위로하면서 감쌌던 소리들에 귀를 기울였다.[8]

호프만은 예술가의 불행은 사회적 산물임에는 분명하지만 그것은 예술가를 만드는 동인이 된다고 보았다. 〈음악의 높은 가치에 대한 생각Gedanken über den hohen Wert der Musik〉이란 제목의 제3기고 논문에서 "어떤 예술가도 대부분 순수하고 자유로운 의지로 그 길을 선택한 것이 아니다"[9]고 언급했다.

예술가들은 부유하지 않고 개화되지 않은 부모들이나 가난한 예술가들에게서 태어나, 삶의 고난과 사회적 불행이 그들을 예술가로 만들었다는 것이다. 예술가에게는 모든 서열도, 직위도, 부도 없다. 그래서 호프만은 오직 자신의 경험에 따라, 가난한 예술가에게 다른 부수적인 수입을 얻기 위해 직업으로 삼을 만한 일을 배울 것을 권했다.

예술가로서 호프만이 겪은 사회적 불행은 자신의 율리아 체험을 그의 작품들에서 문학적으로 표현할 수 있는 예술가로 만들었다. 율리아는 《개 베르간차의 새로운 운명에 대한 보고》에서 채칠리에는 음악의 성자 이름을 지니고, 작가에 의해 순진난만하고 순결하게 묘사된다. 호프만은 돈 많은 부자 탕아와 율리아의 결혼을 범죄로 묘사하고, 이것을 개 베르간차에게 첫날밤에 술 취한 남편을 몹시 혼내 주게 하고, 채칠리에에 대한 유혹을 폭로하게 한다.

호프만의 가장 성숙하고 개성적인 작품인 《고양이 무르의 인생관과 악장 요하네스 크라이슬러의 단편적 자서전》에서 우리는 다시 한 번

나타난 예술가 크라이슬러의 운명과 만난다. 율리아도 소설 인물로 다시 등장한다. 고양이는 고루한 동물로서 자신의 마음에 드는 일상 과 가족보다 더 고귀한 그 어떤 것도 알지 못한다. 그와 대비되어 악 장 크라이슬러의 사건이 병렬적으로 진행되는데, 악장의 성스러움은 환상과 음악 속에 존재한다.

크라이슬러는 호프만의 자기표현으로 이해할 수 있다. 이 소설에서 도 율리아는 호프만의 율리아 마르크에 대한 사랑과 동기적으로 연관 되어 있다. 율리아와 이루어질 수 없었던 호프만처럼 크라이슬러도 율리아에 대한 사랑은 현실에서 결코 순수하게 유지될 수 없다는 것 을 체험한다. 즉 크라이슬러는 사랑하는 율리아에 대한 순수한 사랑 과 관능적인 공주 헤드비가에 대한 마력적인 정열 사이에서 방황하는 이중적 존재 구조를 나타낸다.

이중적 존재 구조의 또 다른 유사한 예가 제시되고 있다. 속물적이 고 망상적인 존재의 대표적 본보기인 무르는 인생에 대한 추억들을 서술하기 위해 크라이슬러의 전기가 적힌 원고 뭉치의 뒷면을 이용했 다. 인쇄상의 오류로 인하여 때때로 양면이 함께 인쇄되어 고양이의 진부한 이야기가 악장의 고백적인 글들 사이에 뒤섞이게 된다. 이로 써 속물적인 고양이 무르와 음악가 크라이슬러의 삶이 뒤바뀌게 된 다. 즉 저속한 고양이의 사랑과 삶은 아주 재미있게 서술되었으며, 조 그마한 제후의 궁전에서 일어나는 크라이슬러의 체험들은 고양이의 그것처럼 아주 혼잡스럽게 묘사되었다. 이것은 순수한 예술 세계와 모순적 현실 세계의 이중적 구조가 된 크라이슬러의 존재를 상징적으 로 나타내려는 호프만의 독특한 착상이다.[10] 이 작품의 성과는 이것이 극단적인 낭만적 아이러니의 본보기가 된 것이다. 호프만은 이를 통 해 세상에서 겪는 예술가의 고충을 제시하려고 했다. 크라이슬러는 아이러니, 조소와 조롱을 이처럼 모순적인 세상을 극복하기 위한 무기로 사용했다.

실제로 율리아에 대한 호프만의 사랑이 그녀의 아름다운 목소리에서 생겨났듯이 《크라이슬레리아나》에서도 음악은 율리아에 대한 크라이슬러의 사랑을 불러일으키는 근원이 되고 있다. 율리아의 매혹적인 목소리에 이끌려 크라이슬러는 그녀의 성악 교사가 될 것을 자청한다. 두 사람이 한 음악회에서 이중창을 부를 때 호프만은 그들의 노래 효과를 음악의 언어로 표현했다.

그러나 때로는 두 사람의 목소리는 반짝이는 백조들처럼 노래의 물결 위로 솟아올랐고, 때로는 날갯짓으로 쏴쏴 바람소리를 내면서 황금빛으로 빛나는 구름을 향해 솟아오르려 했다. 때로는 깊이 들이쉬는 한숨이 가까운 죽음을 알리고, 심한 고통의 외침에서 나오는 마지막 안녕이란 말이 마치 유혈의 간헐천처럼 찢어진 가슴에서 튀어나올 때까지, 달콤한 사랑의 포옹 속에서 죽어 가면서 화음의 요란한 흐름 속으로 사라지려 했다.[11]

호프만은 자신의 문학 작품들에 언어의 음악성을 부여해 언어는 언어 음악으로서의 예술성을 가지게 되며, 동기적으로도 중요한 역할을 한다.

크라이슬러가 사랑하는 율리아는 그녀의 간교한 어머니에 의해 정신 분열증이 있는 영주의 아들과 결혼하게 된다. 그리고 은밀하게 악장 크라이슬러를 사랑하는 신경질환의 헤드비가 공주는 헥토르 왕자와 결혼하지 않을 수 없게 될 때 소설은 중단된다. 예술가 소설이 그렇듯이 이 작품에서 예술에 적대적인 궁정 및 주변 세계에 대한 시민 계

E.T.A 호프만 작품의 주인공 요하네스 크라이슬러의 캐리커처

급 예술가의 비극적인 대립이 더 심화되고, 더 감동적으로 표현되고
있다. 호프만은 봉건 귀족들의 데카당스와 예술의 혼이 없는, 속물적
이고 교만한 밤베르크 시민들에 의한 그의 쓰디쓴 체험들을 예술에 근
거한 사회비판적 입장에서 풍자적으로 보여 주는 데 주저하지 않았다.

호프만은 《크라이슬레리아나》의 이야기에서 자기 자신을 묘사하면
서 크라이슬러에게서 예술과 인생은 갈라놓을 수 없이 서로 연결되어
있다는 사실에서, 그리고 음악은 현실의 영혼들을 구원하고 미와 문
학의 초감성적인 영역 속으로 고양시킨다는 사실에서, 음악가와 시인
의 개념이 일치하고 있다는 것을 표현하고 있다.

베를린의 술집에 '루터와 바그너'의 출입은 호프만에게 《제라피온
의 형제들》을 쓰도록 자극했고, 그는 여기에 자신의 가장 잘 알려진
단편 소설들을 발표했다.

호프만은 음악가와 시인의 일치된 개념에 대한 생각을 《제라피온의

형제들》에 수록된 《작가와 작곡가Der Dichter und der Komponist》에서 작곡가 루트비히와 그의 친구인 작가 페르디난트 사이의 대화에서 잘 표현하고 있다. 이 대화는 작가와 작곡가의 동질성을 말해 준다.

페르디난트: 그런데 자넨 학교가 작가에게 낮은 수준의 서품을 주지 않고도 작가는 진정한 음악의 본질 속으로 파고든다고 생각하나?

루트비히: 그래, 물론이지! 우리를 가끔 진기한 예감으로 둘러싸는 저 먼 나라에서, 그리고 경이로운 소리들이 우리를 향해 아래로 울려오고, 모든 사람들은 비좁은 가슴속에서 잠자고 있던 라우테를 깨운다. 이제 깨어난 라우테 소리를 마치 불 같은 광체로 기쁘고 즐겁게 위로 쏘아 올려 보내서, 우리가 저 파라다이스의 행복을 향유하게 되는 저 먼 나라에서 (…) 그곳에서 작가와 작곡가는 가장 긴밀하게 닮은 한 교회의 교인들이라네. 왜냐하면 말과 소리의 신비는 그들에게 최고의 축성을 열어 주는 같은 것이기 때문이지. (…) 음악은 먼 정령들 나라의 신비에 가득 찬 언어, 그의 경이로운 악센트가 우리의 내면에 다시 울리면서 더 높은, 집중적인 삶을 일깨우는 언어가 아닐까?[12]

작곡가 루트비히는 말과 소리의 연관에 대한 호프만의 생각을 오페라의 예를 통해 그의 친구인 작가 페르디난트에게 말한다. 말과 소리의 신비는 같은 것이므로 루트비히는 오페라 작가 역시 음악가적인 기질을 가지고 있어야 하며, 그래야 두 예술 사이의 분리를 배제할 수 있다고 주장한다. 루트비히는 자신의 오페라에 대한 생각을 이렇게 말한다.

오페라에 있어 음악은 문학 작품의 불가피한 산물로서 직접 문학 작

품에서 생기는 것만이 진정한 오페라라고 나는 생각한다네.[13]

루트비히는 단지 낭만주의 오페라만을 유일하게 진정한 것으로 간주하고, 음악은 유기적으로 문학에서 생겨야 하며, 반대로 언어 또한 이미 음악이며 노래여야 한다고 말한다. 그는 이 같은 견해를 페르디난트에게 계속해서 다음과 같이 밝힌다.

그러니까 여보게, 오페라에서 보다 높은 본성의 발전이 우리에게서 분명하게 일어나야 하네. 그래서 언어도 더욱 높게 강화되거나, 아니면 오히려 저 먼 나라에서 가져온, 즉 음악과 노래가 있는 낭만적인 존재가 우리 눈앞에서 열려야 하네. 실로 그곳에서는 행위와 상황까지도, 힘 있는 소리와 울림 속에서 떠돌며 우리를 크게 감동시키고 황홀하게 한다네. 이런 방법으로 내가 이전에 주장했듯이 음악은 직접적이고 필연적으로 문학 작품에서 생겨나야 한다는 것이네.[14]

페르디난트는 루트비히의 생각에 매우 감명하여 그의 친구가 설명한 의미에서 스스로를 전적으로 음악적인 작가로 느꼈고, 루트비히는 그의 친구에게서 진정한 오페라 작가의 모습을 보고 감탄했다. 다음의 이 두 예술가의 대화는 음악과 문학의 분리될 수 없는 친화력을 표현하고 있다.

페르디난트: 그래, 어떤 좋은 시행詩行도 음향과 노래에서 탄생하지 않고는 나의 내면에서 생겨날 수 없다고 나는 생각한다네.
루트비히: 오페라 작가는 음악가처럼 모든 것을 마음속에서 작곡해야만 한다고 나는 주장한다네.[15]

그러나 루트비히는 음악이 궁극적으로 문학을 능가할 것이라고 주장한다.

빈약한 말이 고갈된 곳에서 비로소 음악이 표현 수단의 무한한 샘을 열어 주는 것, 이것이 바로 음악의 놀라운 신비라네![16]

호프만은 루트비히의 말을 빌려 음악은 먼 정령들 나라의 신비에 가득 찬 언어이며, 마음속에서 깨어나 울리는 라우테 소리처럼 인간의 가슴속에 있는, 삶을 일깨우는 언어라고 표현했다. 그리고 그는 소리들이 자연 어디에나 내재해 있다고 봄으로써 모든 자연의 본질을 음악적으로 해석했다.

소리는 어디에도 있다. 소리들, 즉 정신세계의 보다 높은 언어를 말하는 멜로디는 오직 인간의 가슴속에 있다. 그러나 소리의 정신이 그렇듯이 음악의 정신도 모든 자연에서 나오지 않을까?[17]

또한 그는 자연의 가장 본질적인 소리들을 엿들을 수 있었다.

음악은 자연의 일반적인 언어로 남아 있으며, 자연은 경이롭고 신비로운 유사성들로 우리에게 말한다.[18]

그래서 호프만은 바람에서 생기는 소리들을 인지한다. 마치 에올스의 하프처럼 야외의 상당히 먼 곳에 있는 굵고 느슨한 철사들이 바람에 진동하고, 힘차게 울리는 소리도 감지한다. 자연의 신비로운 심연에서 오는 소리는 그에게 이 세상의 것이 아니며, 경건함으로 그의 마

음을 가득 채우는 하늘의 음악이다. 그래서 그가 예술들을 서로 비교할 때면 그는 음악을 제1순위에 놓는다. 이는 그에게 음악보다 더 순수하게 인간의 내적 정신에서 비롯되는 예술은 없고, 음악보다 더 순수하게 정신적이고 영적인 도구만을 사용하는 예술은 없기 때문이다. 음악은 소리로 모든 자연에 생명의 불꽃을 붙이는 최고의 것, 가장 거룩한 것이며, 정신적인 힘에 대한 예감을 불러오는 것이다. 그래서 음악은 가장 충만한 현 존재의 표현이며, 음악의 가장 내면적·근원적 본질에 의해 창조자를 예찬하는 종교적 의식이다.[19]

호프만의 음악에 대한 종교적 체험은 음악이 이 세상의 것이 아니라 고향인 천상의 것을 지향하고, 불안에 가득 찬 인간의 가슴에 위로와 행복을 준다는 낭만주의의 음악 개념에서 영향을 받은 것이라고 할 수 있다. 그래서 호프만은 음악을 구원의 종교로 찬양하고 교회 음악에 관심을 갖게 되었다.

호프만은 고대를 감각적인 조형 예술이 중심을 이루는 이교도적인 그리스 시대로 보았다. 그래서 현대를 음악의 틀 속에서 역사·종교·예술을 보려는 서양의 기독교 시대로 이해했다. 그에 의하면 고대는 고전적이요, 현대는 낭만적이라는 것이다. 고대 사람들의 음악은 오직 율동적이었으며, 그들은 멜로디와 하모니를 아직 알지 못했다. 반면에 기독교인들은 자연에서 모든 정신적인 것을 어울리게 하는 사랑이라는 개념에서 화음을 이해했다. 즉 그들에게 화음은 정신적 공동체에 대한 표현이며, 나아가 인간과 영원한 것의 합일에 대한 표현이기도 했다. 그래서 화음은 기독교에 이르러서야 생명을 부여받았다. 그리고 여기에서 다른 악기의 도움이 없는, 인간의 가슴으로부터 직접 나오는 목소리의 우월성이 주장되었다. 이런 맥락에서 우리는 호프만이 기악 음악을 높이 치켜세우면서도, 한편으로는 순수 성악인 무반주 합창을 칭송한 것을 이해할 수 있다.

교회 음악은 팔레스트리나[20]에 의해 비로소 가톨릭교회의 의식이 되었다. 교황 마르첼로 2세는 모든 음악을 종교 의식에서 금지시키고 교회에서 추방하려고 했다. 그러자 음악의 대가인 팔레스트리나가 교황에게 음악 예술이 본래 가진 거룩한 기적을 보여 주었다. 그러자 교황은 예술과 화해했다. 이제 음악은 영원히 가톨릭교회의 가장 기본적인 종교의식이 되었다. 당시(1555) 팔레스트리나가 작곡했던 6성부로 된 미사는 분노한 교황에게 참된 교회 음악을 들려주었고, 그 음악은 '마르첼로 교황 미사'라는 이름으로 널리 알려졌다. 팔레스트리나와 함께 교회 음악의 황금기가 시작되었다는 것은 말할 필요가 없다. 팔레스트리나는 단순하고, 참되고, 어린아이 같고, 경건한 음악가였다. 그의 음악은 다른 세계로부터 온 진정한 기독교적 음악이었으며, 그의 작곡 활동은 종교 활동이었다.

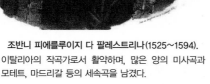

호프만은 낭만주의의 대표적인 작가로 두각을 나타냈음에도 불구하고 음악가로서 활동했을 때 그의 음악 작품들은 고전주의의 성향과 모차르트 음악의 영향을 받아 고전적이고 인습적인 범주에 머물러 있었다. 그는 현실적인 음악가로서 자신의 문학 작품들에서 표현한 낭만적인 음악관을 그의 음악 작품에는 실제로 받

조반니 피에를루이지 다 팔레스트리나(1525~1594). 이탈리아의 작곡가로서 활약하며, 많은 양의 미사곡과 모테트, 마드리갈 등의 세속곡을 남겼다.

아들이지 않았다. 그는 그토록 음악을 찬양했음에도 불구하고 자신은 음악적인 재능이 부족하다는 사실을 인식했다. 그래서 음악가로서가 아니라 작가로서 종교적 의미로까지 승화된 낭만주의적 음악관을 그의 작품에서 찬양했다.

그러나 다른 한편으로는 자신의 문학 작품에서 강한 사실적 요소들을 함께 나타내어 낭만적 감성과 고전적 오성의 균형을 강조했고, 이로써 음악에 지나치게 도취하는 위험성에 대해 경고했다. 호프만은 지나친 환상에 자극되어 노래가 거의 파괴적으로 작용하는[21] 악장 크라이슬러의 모습을 보여 주고, 나아가 스스로를 음악에 도취되어 몰락하지 않도록 지킬 수 있었다.

작가 호프만은 진정한 의미에서 도시인이었다. 그리고 그는 많은 친구들과 사귀었던 현실 사회 속의 인간이었으며, 현실 세계에서 문학적 영감과 창작의 힘을 얻는 작가였다. 그는 낮에는 법관으로서 엄격한 관리 생활을 했고, 밤에는 피아노나 책상 앞에서 유령의 왕이 되어 환상이나 마적인 꿈의 세계로 빠져들었다. 엄연한 사회의 현실 세계는 환상과 꿈의 예술 세계와 대립했다. 그는 화해할 수 없는 이 두 세계의 간격을 그의 특유한 낭만적 아이러니로, 아주 기이한 익살과 조소로, 풍자적인 유머와 무시무시한 그로테스크로 극복했다. 그리고 호프만은 그 힘을 현실 사회에서, 시민의 일상생활 속에서 얻었다.

너무도 섬세해 결코 반항적이지 못했던 호프만은 천재적인 예술가 기질로 인해 의심의 여지없이 사회의 모순과 예술을 적대시하는 환경에 직면해 괴로워할 수밖에 없었다. 1822년이 되자 곧 그는 자리에 드러눕게 되었고, 그의 병은 점점 더 심해져 갔다. 그렇지만 유머는 잃지 않았으며, 그의 정신은 마지막까지 활발했다. 1822년 6월 25일에 47세의 나이로 세상을 떠난 그는 3일 후에 할레의 성문 앞에 있는 제3

유대인 공동묘지에 묻혔다. 친구들은 그가 관직에서부터 시인, 음악가, 화가로까지 훌륭했노라[22]고 묘비에 새겨 놓았다.

호프만은 음악과 문학의 일치된 개념에서 작가와 작곡가의 동질성을 전제하고 있지만 그의 음악에 대한 이해와 사랑은 문학에 대한 사랑을 능가했다. 그러나 그는 작곡가로서의 자신의 재능과 능력의 한계를 인식했다. 그런 까닭에 그에게 언어는 음악을 통해 말할 수 없는 것을 해소하는 도구가 되었으며, 언어 예술 작품은 그가 음악으로 극복할 수 없었던 내면의 위기에서 빠져나올 수 있는 출구 역할을 했다. 문학은 그의 내면에서 울리며 인간적 삶을 일깨우는 신비의 언어로서 작용하는 음악적 영감의 표현 수단이었다.

Christian Johann Heinrich Heine

# 하인리히 하이네의
# 음악관과 비판적 평론

9

# 사회의 날카로운 비판자

하이네는 1797년 12월 13일에 뒤셀도르프에서 유대인 상인의 아들로 태어났다. 그는 1814년에 고등학교를 졸업한 후 아버지의 직업을 배우려고 여러 번 시도했으나 실패했다. 함부르크에서 그를 위해 설립한 연쇄점 '하리 하이네와 회사'는 수개월 후에 문을 닫았다. 그는 본 대학에서 법학 공부를 시작했고, 괴팅겐과 베를린에서 계속 공부했으며, 1825년에 괴팅겐에서 법학 박사 학위를 취득했다.

수학 시절에 그는 문학·역사·철학에 더 큰 관심을 가지고 아른트, 슐레겔과 헤겔의 강의를 들었다. 직업적으로 더 안정되고 좋은 기회를 얻기 위해 그는 1825년에 개신교로 개종해 하리 대신에 '하인리히'라는 이름을 얻게 되었다. 그럼에도 불구하고 그가 변호사로서 경력을 쌓고, 뮌헨의 대학 교수가 되려는 노력은 실패로 돌아갔다. 그래서 그는 박사 학위를 취득한 지 4년 후에 작가의 길을 갈 수밖에 없었다.

하이네는 괴팅겐 대학에서 결투로 퇴학당한 후 1824년 9월과 10월에 하르츠를 지나 노르트하임, 오스테로데, 클라우스탈, 고스라르를 지나 브록켄에 이르는 《하르츠 기행Harzreise》을 써서 문학 분야에서 유명해졌다. 《하르츠 기행》은 무미건조한 위트, 매혹적인 자연 묘사, 찌르는 시대 풍자, 현실적으로 세분된 환경과 서정적인 기분 묘사가 혼합된 첫 산문 작품이다. 관찰의 중심에는 젊은 시인 자신이 서 있다. 그는 자신의 개인적인 경험과 적개심, 내면의 상처와 고통을 극도로 예리하게 묘사했으며, 이 고통과 상처는 풍자적인 운문의 《독일, 겨울 동화Deutschland, Ein Wintermärchen》 같은 그의 후기 작품들을 시대 비판적 의미를 넘어서 예술 작품으로 끌어올렸다. 이 시들을 1827년 그의 《노래 책Buch der Lieder》에 수록했다.

하이네는 당시의 모든 사조들과 밀접한 관계를 맺고 있었다. 프랑스 혁명과 나폴레옹의 유럽 지배 사상에 의한 혁명전쟁은 독일의 자유를 위협하게 되었고, 나폴레옹에 대한 전쟁은 독일인들로 하여금 영국과 프랑스에 뒤떨어진 국민 의식과 국가 위기에 대해 성찰할 수 있게 했다. 이 같은 독일에서의 민족 운동은 당연히 보수주의에 유리하게 전개된 것이다. 나폴레옹이 몰락한 후에 터키를 제외한 유럽의 여러 나라는 메테르니히의 주제로 오스트리아의 수도 빈에서 프랑스 혁명과 나폴레옹 전쟁으로 혼란해진 유럽사회의 질서 회복을 목적으로 회의(1814~1815)를 열었다. 빈 회의의 정신은 혁명을 부정하는 보수주의와 프랑스 혁명 이전의 상태를 정통으로 생각하고 과거의 지배자와 영토를 회복하려는 정통주의와 보상주의였다. 이 회의 결과 프랑스 혁명과 나폴레옹 전쟁으로 유럽의 여러 나라에서 시작된 '자유, 평등, 박애'의 혁명 이념과 국민운동은 억압되었고, 독일에서 일어난 독일의 자유와 통일을 위한 학생 운동도 물론 탄압되었다.

하이네는 베토벤, 장 파울 등 많은 유럽의 지식인들처럼 자유에 대한 강렬한 희망을 가졌으며, 1815년 이후의 역사 발전을 억누른 복고주의에 실망하기도 했다. 그는 항상 자신을 사회적 존재 의식에서 인식했고, 특별한 사회적·정치적 상황들은 그의 생각과 느낌에 영향을 주었다. 독일 청년과 작가들에게 큰 영향을 준 1830년 파리의 6월 혁명, 1831년 하이네의 파리 망명, 그리고 프랑크푸르트 국민의회를 탄생시킨 1848년의 3월 혁명 등, 1815년에서 1848년까지의 역사적 사건들은 하이네가 후기 낭만주의의 예술적 침울성을 극복하고 낭만적인 세계고의 시인에서 정치 시인으로 발전해가는 과정을 나타낸다. 그는 자신을 낭만주의의 후손으로 생각했고, 낭만주의자들이 장려하고 수집했던 민요를 모방했다. 그래서 1822에 《시집 Gedichte》을 출간했다.

그의 정신적 태도는 낭만주의에 뿌리를 두고 있기 때문에 자신의 창작에 낭만주의 문학의 특징인 반어적 의미를 수용할 수 있었다. 하이네는 그 시대의 정치적 곤경을 고통스럽게 느끼고 견뎌야만 했다. 그런 상황은 전래되고 현존하는 모든 것을 의심하고, 주변 세계와 비판적으로 대립시키는 반어의 원천이기도 했다. 그의 반어는 날카롭고 모욕적이지만 근본적으로는 번뜩이는 위트의 대가답고, 뛰어나면서도 자만적인 유희였다.[1] 하이네는 진실과 허위, 진지함과 조롱, 몰두와 냉소를 예술 속에서 의식적·미학적으로 노련하게 사용할 줄 알았다. 그는 회의주의적이고 독창적인 예술가로서, 양심 있는 지성인으로서 시대에 뒤진 독일의 진부한 사회와 충돌하지 않을 수 없었다. 그래서 낭만주의자들과 달리 미의 상아탑 속으로 쉽게 도피할 수 없었다. 환상을 거부하여 감상주의적 낭만주의에 결정적인 타격을 가했으며 뛰어난 만담가로서, 박식한 관찰자로서《여행기Reisebilder》1~4부[2]를 계속해서 발표했다. 이로써 하이네는 기행문이라는 새로운 문학 장르를 창출해 냈고, 언론 매체의 상업주의 시대를 열었다.

하이네는 기행문에서 시대적인 문제를 교묘히 취급하여 민중의 의식을 일깨우려 했다. 그러나 이《여행기》는 혁명적인 테마 외에도 조소적으로 강조된, 문예 오락적·비판적 산문이라는 이유에서 출판이 금지되었다. 1836년에는 가톨릭교회에 의해 금서로 지정되었다. 그렇지만 이 작품들은 끝나 가는 고전주의와 낭만주의의 문학적 아류 내에서 새로운 양식과 장르의 기초가 되었다. 이는 젊은 독일 작가들에게 방향을 제시했을 뿐만 아니라 서정시, 정치적인 논문, 문예 오락과 자서전이 서로 뒤섞여 딱딱하게 굳어 있던 장르들을 풀어 주었고, 예술과 생활, 문학과 세상과의 갈라진 틈을 줄이는 데 이바지했다.[3]

하이네에게 세계적 명성을 가져다준 작품은 그가 1827년에 쓴《노

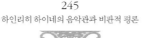

래 책》이다. 이 책에 그는 이전에 썼던 서정시들을 모두 실었다. 이는 1년 전에 나온 《여행기》와 마찬가지로 대단한 성공을 거두었고, 그 당시에 13판이 나왔다. 이 책은 〈젊은 삶의 고뇌 Junge Leiden〉, 〈서정적 막간극 Lyrisches Intermezzo〉, 〈귀향 Die Heimkehr〉, 시로 된 〈하르츠 기행〉, 2개의 연시로 된 〈북해 Die Nordsee〉로 구성되었다. 이 시들은 민요풍의 단순함을 보여 주며, 음을 붙이기가 용이한 가볍게 흐르는 것 같은 음악성을 가지고 있었다. 그래서 괴테의 시 이외에 그 시대의 독일과 외국의 작곡가들에 의해 많은 노래로 작곡되었다.

예를 들어, 〈아름다운 오월에 Im wunderschönen Monat Mai〉, 225번이나 작곡된 〈그대는 한 송이 꽃과 같이 Du bist wie eine Blume〉, 〈봄밤에 내린 서리 Es fiel ein Reif in der Frühlingsnacht〉, 〈나는 꿈속에서 울었네 Ich hab im Traum geweinet〉는 오늘날까지도 애송되고 있다. 그 주제는 대부분이 잃어버린 사랑, 절망적인 사랑, 언제나 불행한 사랑이었다. 그렇지만 그의 많은 시들은 사랑의 주제처럼 그렇게 자연스럽지도 소박하지도 않은 예술 작품이다. 순수한 감정과 의도적인 감상이 자주 구별될 수 없게 서로 교차하면서 매끄럽게 흐르고, 작가가 자신의 슬픔을 즐기면서도 다시금 조소적으로 비웃기 때문에 표현은 때때로 독특하면서도 애매하지만 내용은 풍자적이고 반어적이다.

그는 1831년 5월에 파리로 이주했고, 1832년부터 아우크스부르크의 신문 〈알게마이네 차이퉁〉의 통신원으로 일하기 시작했다. 하이네가 프랑스 수도인 파리에서의 다양한 사회생활에 적극적으로 참여하게 되면서 로시니, 마이어베르, 리스트, 쇼팽, 베를리오츠 같은 수많은 예술가들을 알게 되었고, 문화적·정치적 환경의 섬세한 관찰자로서 자신의 영감을 돋우었다. 이 파리 인상은 1833년과 1846년 사이에 만들어진 4권으로 된 연작 《살롱 Der Salon》에 반영되었다.

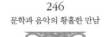

하이네와 그의 처 마틸데(1851).

1840년에서 1843년까지 하이네는 자신의 파리 보고서를 〈알게마이네 차이퉁〉에 특파원 논설 시리즈로 실었고, 1855년에는 《루테티아 Lutetia》란 제목으로 수정·보완하여 출간했다. 또한 그는 1833년 이후 프랑스 잡지에 참여해 낯선 독자들을 위해 독일 문학을 소개하는 데 노력했으며, 그 결과 《낭만파Die romantische Schule》와 《독일의 종교사와 철학사에 대하여Zur Geschichte der Religion und Philosophie in Deutschland》(1835)라는 저서들을 출간했다. 그는 1841년에 크레상티아 어이게니 미라트와 결혼했으며, 그녀를 마틸데라 불렀다.

독일에서는 루돌프 비인바르크를 중심으로 청년 독일 학파가 출현해 개혁 운동이 싹트기 시작했다. 청년 독일 학파 작가들은 파리에서 큰 영향을 받았으며, 특히 하이네를 정신적인 아버지로 여겼다. 이들에 의해 계몽주의적·자유주의적 사고, 여성 해방의 요구, 1830년 파리의 6월 혁명의 이념은 독일로 밀려들었다. 반대 세력인 멘첼[4]은 청년 독일 학파의 자유주의적 사상의 위험성을 역설했고, 그 결과 연방 의회는 하이네, 구츠코우, 비인바르크, 문트, 라우베 등 5명에게 출판 금지령을 내렸다. 하이네의 제2의 고향 파리는 망명지가 되었고, 관청의 체포에 대한 두려움으로 비밀리에 국경을 넘을 수밖에 없었다.

그에게 이미 나타나기 시작한 병세는 점점 더 악화되어 갔으나 계속해서 《아타 트롤. 한여름밤의 꿈Atta Troll. Ein Sommernachtstraum》(1843), 《독일, 겨울 동화》(1844)와 《설화 시집Romanzero》(1851), 마지막으로 《시집Gedichte》(1853~1854)을 출간했다.

《아타 트롤》은 27장으로 된 곰에 대한 정치 풍자적인 운문 서사시로서 각종 곰 가죽을 입은 사람들을 뛰어난 예술성과 자유로운 정신으로 꼬집고 있다. 곰 같은 아둔함이 하이네에게는 모든 고루하고도 우매한 것의 총체 개념으로 여겨졌다. 이 시의 주인공은 현세의 곰 가죽을 쓴, 마치 표면이 고르지 못한 거울에 비쳐진 일그러진 초상의 인물들이다. 이들을 통해 하이네는 시의 곳곳에 독일의 정치적·문학적 상태를 재치 있게 풍자했다. 진지함과 조소, 조용한 슬픔과 가식적인 감상, 정당한 비판과 개인적 비방은 이 운문 서사시에서 특징적으로 나타난다.

제2부에는 작가 자신이 등장한다. 그는 낭만주의의 마지막 피조물인 아타 트롤을 사냥하며, 낭만주의의 잘못된 산물을 없앰으로써 낭만주의와 관계를 끊는다고 선언한다. 아타 트롤이 슬픈 죽음을 맞이하기 전에 피레네 산맥에서 다시 한 번 유령들, 왕과 요정들, 시인들, 선녀들이 다채로운 원무를 추면서 지나간 낭만적이고 어리석은 밤의 얼굴들과 꿈속의 모습들을 쫓아버리는 거친 사냥의 환상을 가진다.[5]

하이네는 1843년 가을에 독일을 여행하면서 《독일, 겨울 동화》를 썼다. 역시 27장으로 된 이 독일 풍자는 조국과 그곳을 지배하고 있는 폐해 그리고 조국에 대한 고통스러운 사랑을 감동적으로 표현한 시인의 가장 날카로운 시대 비판이다. 당시 기세를 부렸던 대학생 조합의 호전적인 민족 감정, 프랑스에 대한 증오, 여러 작은 국가로의 분리, 중세에 대한 몽상 등 동시대의 독일 사람들에게 성스러웠던 모든 것을 공격했고, 조소적인 재치를 통해 황당한 것으로 유도했다. 이처럼 시인은 수치스러운 기분과 조국애의 상처를 그 재치로 감추었다.[6]

3부로 된 마지막 시 모음집 《설화 시집》은 아름다움의 무상함을 노래한 〈이야기Historien〉, 세계의 비참함과 자신의 병을 탄식하는 〈비애Lamentationen〉, 유대의 역사에서 취재한 〈헤브라이의 멜로디Hebräische Melodie〉, 〈북해Die Nordsee〉를 포함하고 있으며, 하이네가 고뇌의 시기에 쓴 작품이기 때문에 염세주의적 세계관을 보여 주고 있다. 그가 파리의 매트리스 무덤이라고 부를 정도로 심했던 자신의 중병은, 죽음에 대한 환상과 모든 슬픈 기억들의 근원이라고 할 수 있다.[7]

육체적 고통과 함께 그 당시 정치의 복고적·반민주적인 경향에 대한 하이네의 고뇌도 심해졌다. 병에 의한 고통과 시대적 고뇌가 뒤얽힌 불행은 죽음에 임박한 하이네를, 특정한 종교에 붙들어 놓을 수 없었고 결국 종교에 대한 초연한 관심을 심화시켰다.

하이네의 문학에서, 즉 시와 산문에서 일관되게 흐르고 있는 고통과 웃음, 진지함과 조소로 뒤얽힌 상반된 감정의 병존과 대립, 나아가 현실의 세계와 꿈의 세계 사이의 모순은 문학의 지배적인 구성 요소가 되었다. 하이네의 시들에서 가요 작곡에 많은 영향을 받았던 로베르트 슈만은 하이네 문학이 지닌 이 특징을 잘 알고 있었다. 슈만은 17세의 학생으로서 당시 30세인 하이네 박사를 뮌헨에서 만났다. 젊은 슈만은 이미 하이네의 《여행기》와 《노래 책》을 고등학교 졸업반 학생일 때 읽고 감격했다. 슈만은 이 책들의 저자인 하이네를 인간과 삶을 초연한 시인으로서 퉁명스럽고 비사교적인 남자로 상상했으나 곧 잘못된 생각이라는 것을 알았다. 슈만은 일찍 사망한 아버지의 친구인 화학자 하인리히 빌헬름 F. 쿠르러에게 1828년 6월 9일에 라이프치히에서 보낸 편지에 이렇게 썼다.

> 하이네는 나를 (…) 친절히 맞이해 주었고, 저와 다정하게 악수를 했으며, 몇 시간 동안 뮌헨을 두루 안내해 주었습니다. (…) 저는 여행기를 썼던 한 사람에게 이런 모습이 있을 것이라고는 상상하지 못했습니다. 다만 그의 입가에는 쓰디쓴, 조소적인 미소가 있었지만 이는 인생의 사소한 것들에 대한 숭고한 미소였으며, 좀스러운 인간들에 대한 조소였습니다. 하지만 그의 여행기에서도 너무나 자주 감지되는 그 신랄한 풍자와 극도로 골수에까지 사무친 삶에 대한 그 깊은 내면의 원망이 그와의 대화를 매력적으로 만들었습니다.[8]

슈만은 하이네의 시를 작곡할 때 시 속에서 자신의 수난의 얼굴을 보여 주지 않기 위한 반어의 가면을 발견했다. 그리고 이것은 언젠가 어떤 친절한 손에 의해 벗겨지고, 그 사이 격렬한 눈물은 진주로 변한다는 것을 터득했다. 슈만은 마침내 〈시인의 사랑Dichtersliebe〉과 같은 많은 하이네 시를 작곡했다.

이미 하이네가 살아 있을 때, 많은 시들이 작곡되었음에도 불구하고 소수의 작품만이 그에게 알려졌다. 작가 아돌프 슈타르는 파리에서 병든 하이네를 방문해 그의 가요들의 인기에 관해 이야기해 주었다. 〈로렐라이Loreley〉와 〈그대는 한 송이 꽃처럼〉과 같은 시들이 지금 전 독일에서 노소를 막론하고 많은 사람들에 의해 민요처럼 노래로 불리고 있다는 보고에 하이네는 매우 감격했다. 그는 작곡가들에 관해서는 별로 많은 것을 알고 있지 않았다. 이미 그 당시에 잘 알려졌

던 로렐라이 멜로디도 그에게는 생소했다.[9]

1855년 가을에 쾰른 남성 합창단이 파리에서 여러 번 음악회를 열었고, 특히 하이네의 가곡들로 큰 성공을 거두었다. 그때 몇 명의 단원들은 시인에게 감사를 전하고 싶은 마음에서 9월 22일에 하이네를 방문했다. 그들은 환자를 부담스럽지 않게 하기 위해 목소리를 낮추어 대부분이 멘델스존에 의해 작곡된 일련의 그의 가요들 중에서도 〈먼 지평선 옆에서Am fernen Horizonte〉, 〈가을바람이 나무들을 흔드네Der Herbstwind rüttelt die Bäume〉, 〈내 감정을 통해 조용히 끌어오네Leise zieht durch mein Gemüt〉, 〈노래의 날개 위에Auf Flügeln des Gesanges〉, 〈달빛 비치는 숲 속에서In dem Wald bei Mondenscheine〉 그리고 사중창 〈나와 함께 달아나서 내 아내가 되어 주오Entflieh mit mir und sei mein Weib〉를 불렀다. 하이네는 매우 기뻐했다. 그러나 이 모든 작곡가들 가운데서 대부분이 자신을 알지 못했다는 사실이 하이네를 슬프게 만들었다. 그의 부인은 그가 병으로 고생하고 있는 상태에서 긴 환담을 허용하지 않았고, 조용히 끝내 줄 것을 독촉했다.

그는 1856년 2월 17일 파리에서 사망했다. 독일 시인, 프랑스 친구, 기독교 속에 자란 유대인, 예술의 철학자, 정치 작가 등의 이름을 가진 하이네에게 최고 수준의 서정 시인, 눈부신 산문 작가, 혁명적 민주주의자, 신문 기자라는 이름이 붙여진 것은 진기한 현상이 아니었다. 그는 인류를 사랑했고, 개인의 자유와 생존권을 옹호했다. 오만함에 가까울 정도로 맹렬히 퍼부었던 익살과 조소에도 불구하고 그는 언제나 억압받는 자들의 편에 서서 작품 활동을 했다. 독일과 프랑스 간의 화해와 유럽의 평화를 위해 노력했고 언어의 마술사로서, 풍자객으로서 세계 분열의 고통을 노래한 하이네의 영향은 오늘날까지도 독일에서 뿐만 아니라 세계 여러 나라에서 높이 평가되고 있다.[10]

# 서정시의 음악성과 음악적 수용

하인리히 하이네는 자신이 생존했던 시대를 '음악의 시대'라 불렀고, 음악을 예술의 마지막 낱말로 생각했다는 데에서 그의 음악에 대한 열정과 관심이 얼마나 대단했는가를 알 수 있다. 그뿐만 아니라 그는 예술의 발전 과정을 인간의 정신적 발전과 연관해 예민하게 관찰하고 역사적으로 해석하는 훌륭한 능력을 가졌다. 즉 하이네는 예술의 발전 과정을 이집트 사람들에게서 볼 수 있는 인류 역사 초기의 건축술에서부터 그리스의 조각술과 중세의 화려한 회화를 거쳐 예술의 마지막 단계인 음악에 이르는 것으로 설명하고 있다.

그러나 여하튼 간에 오늘날 겉으로 보기에 우리의 현재는 예술의 연대기에서 음악의 시대로 기록되어도 좋을 듯하다. 예술은 인류의 정신과 균형을 이루면서 발전한다. 최초의 시기에는 필연적으로, 예를 들어

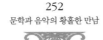

우리가 이집트 사람들에게서 볼 수 있듯이, 자기도 모르는 자연 그대로의 위대성을 대량으로 찬미하면서 건축이 발전할 수밖에 없었다. (…) 그러나 정신은 드러내려는 욕구가 커져가는 데 비해서 돌(건축)이 너무나 견고하다는 것을 알았다. 그래서 변용되고 어렴풋이 깨닫게 되는 사랑과 고통의 세계를 표현하기 위해 색채와 다채로운 그림자를 선택했다. 그때 회화의 위대한 시대가 태동했고, 중세기 말에 찬란하게 발전했다. 의식 생활이 형성되어감에 따라 인간에게서 모든 조형 예술의 재능이 사라지고, 결국에는 특정한 그림에 묶여있는 색채감까지도 소멸되었다. 그리고 상승된 영성靈性, 추상적 사고 성향은 (아마도 다름 아닌 모든 물질세계의 붕괴라 할 수 있는) 불분명하게 흥얼거리는 과도한 감정 상태를 표현하기 위해서 음향과 소리를 포착했다. 결국 죽음이 삶의 마지막 낱말이듯이, 음악은 예술의 마지막 낱말일지도 모른다.[11]

실제로 하이네는 음악에 대한 이론이나 실기에 대해서는 문외한이었으며, 악보도 볼 줄 몰랐다. 그러나 음악에 대한 그의 관심과 열정은 문학적 재능과 시대적 사회 비판 의식과 융합되어, 소위 음악 해설과 비평에서 뛰어난 능력을 나타나게 했다. 시인으로서의 예민한 관찰력, 음악의 기능을 역사적으로 보고 해석하는 훌륭한 능력, 음악적 주제의 선택에 대한 뛰어난 재능으로 서정시에 시대 비판적 요소들을 암시적으로 주입하면서도 민요처럼 단순하고 간결한, 그리고 풍부한 음악적 요소들을 가미해 독자의 마음을 사로잡았다.

예를 들어, 우리에게 〈로렐라이〉로 잘 알려진 〈그것이 무엇을 뜻하는지 난 알지 못하네〉, 〈바다는 저 멀리 빛났다〉, 〈죽음, 그것은 서늘한 밤〉, 〈별 하나 떨어지고〉, 〈폭풍우가 휘몰아치고〉, 〈만일 내가, 아름다운 키스에 행복해져서〉와 같은 시들에서 매혹적인 시행들의 멜로

디만으로도, 곧 독자들을 황홀하게 만드는 많은 풍부한 음악적 요소가 그것을 말해 준다.

이때 가슴으로 다가오는 시가 지닌 내면의 음악은, 서정시를 훌륭한 언어 음악적 예술 작품으로 만드는 본질적인 역할을 하며, 나아가 우리에게 '음악적인 혼'을 통해 무엇인가를 생각하게 한다. 다시 말해 하이네 시의 가치는 상당 부분 그 음향 효과적인 요소에 있기 때문에 오직 낭송되는 시만이 그 시의 모든 아름다움을 나타낼 수 있다. 낭송되는 시는 고작 읽을거리에 불과한 좁은 의미의 낱말로 이루어진 작품이 아니다. 이 시는 '살아 있다'는 것이다.

하이네 시에서 음향적 요소는 이념적·사상적·심리적 요소와 융합되어, 상징적이고 암시적인 의미와 가치를 주고 있다. 그의 시들 중에서 가장 특징적으로 눈에 띄는 것은 시들이 지닌 감성과 지성, 환상과 현실의 강한 충돌과 이에 대한 반어적·풍자적 묘사다. 예를 들어, 괴테의 체험은 언제나 자기 서정시 내용의 진술과 일치한다. 즉 그의 예술적으로 형성된 생각과 시를 쓴 당시의 기분이나 분위기가 같다는 것이다. 이를 실러의 전문용어로 말한다면 괴테는 아직 소박한 시인이다. 그렇지만 하이네의 경우에는 새로운 요소가 추가된다. 그는 급작스레 시의 감정적인 효과를 끌어올리고 그와 동시에 파괴하면서, 때때로 시의 사건 내지 느낌과 거리를 둔다. 하이네의 〈바다의 망령 Seegespenst〉은 이에 대한 좋은 예다.

〈바다의 망령〉은 하이네가 아틀란티스[12]의 전설을 바탕으로 쓴 시다. 시인은 뱃전에 누워 꿈꾸는 눈길로 바다 속을 들여다본다. 처음에는 안개가 낀 듯 흐리더니 차츰 맑아져 전체 도시를 보게 된다. 마치 살아 있는 도시처럼 생활하는 사람들의 모습과 성당의 종소리와 오르간 소리를 듣는다. 마침내 그는 어느 고옥의 창가에 앉아 있는 소녀를

보고, 잃어버린 사랑을 찾아 그녀에게로 뛰어내리려 한다.

> 그대 마침내 다시 찾아낸 사랑아
> 내 이제 그대를 찾아 다시 본다.
> 그대의 예쁜 얼굴을
> 영리하고 정결한 눈동자를
> 그 사랑스러운 미소를
> 이제 다시는 그대를 놓치지 않으리.
> 나 그대에게로 내려간다.
> 두 팔을 넓게 벌리고
> 나 그대의 가슴속으로 뛰어내린다.

> 그러나 바로 그때
> 선장이 나의 발목을 붙들었다.
> 나를 뱃전에서 끌어 잡아당기고,
> 불쾌하게 웃으며 소리쳤다.
> "박사님, 당신 미쳤습니까?"[13]

예기치 않게 조소적이고 과감한, 실로 거의 익살스럽고 무례한 일
상의 관습적인 표현인 "박사님, 당신 미쳤습니까?"의 마지막 시행은
지금까지 일치된 시의 양식을 의식적으로 파괴한다. 그래서 읽는 사
람이나 듣는 사람은 기만당했거나 충격받은 것처럼 느낀다. 하이네는
마지막 연 이전까지 독자들을 환상적인 시의 세계로 끌어올리는 데에
탁월한 시인의 능력을 발휘한 후 그것이 현실 앞에서 덧없는 낭만적
감상에 지나지 않는 다는 것을 일깨워 준다. 다른 한편으로는 낭만적

인 환상의 세계에 고립되어 있지 않고, 오히려 자신의 생각과 느낌에 영향을 주는 사회 속에서 살고 있는 존재임을 암시하고 있다.

노년의 괴테도 낭만주의자들의 감상적인 성향을 비난했다. 그리고 시민 계급의 승리로 인간애가 널리 퍼지게 될 것이라는 확실한 기대감에서 시민 해방의 표시로서 자신의 시를 썼다. 괴테는 1827년 9월 24일에 에커만과의 대화에서 낭만주의자들의 문학 작품들을 '군병원-시Lazarett-Poesie'[14]라고 부르고, 낭만주의의 현세 도피적인 허약함을 비난했다. 하이네 역시 감상적인 낭만주의의 자연관을 그의 시 〈소녀가 바닷가에 서서Das Fräulein stand am Meere〉에서 패러디하고 있다.

> 소녀가 바닷가에 서서
> 걱정스레 긴 한숨을 쉬었다.
> 해 지는 광경이 그녀를
> 그토록 감동시켰던 것이다.
>
> "나의 소녀여! 기운을 내세요.
> 그런 것은 낡은 것이에요.
> 해는 이 앞쪽에서 지고 있지만
> 뒤쪽에선 다시 떠오른답니다."[15]

하이네의 비판적인 아이러니는 낭만주의에 근거를 두고 있음이 분명하나 현실성과 구속력이 없는 낭만적·공상적 환상의 세계에 대한 것은 아니다. 이는 시민 사회의 모순, 소시민적 일상의 속물근성과 정치적 부자유에 대한 적극적인 참여의 표시인 것이다. 위의 짧은 시에서 지는 해와 다시 떠오르는 해가 상징하듯이 하이네의 아이러니는

전래되고 현존하는 모든 것을 의심하며, 주변 세계와 비판적으로 대립시키면서 요지부동한, 숙명적인 질서로 이해하려는 그의 의지 표현이라는 것을 알 수 있다.

하이네는 혁명에 의해 시민 사회에 일기 시작했던 자유주의의 새 물결에서 희망을 복고주의로 분열된 사회에서 고통과 절망을 함께 느끼면서, 시인의 사명으로 시대적 고통을 가슴에 안고, 신랄한 비판으로 사회에 참여했다. 그래서 《루카의 온천지Bädern von Lucca》에서 자신의 심정을 이렇게 토로했다.

> 아, 사랑하는 독자여. 그대가 자기분열을 탄식하려 한다면 차라리 세상 자체가 한가운데서 두 쪽으로 갈라짐을 슬퍼하라. 왜냐하면 시인의 마음은 세상의 중심이기에 그것은 아마도 비참하게 찢어질 수밖에 없다. 자신의 마음을 칭찬하는 사람은 그 마음이 온전하다 할지라도 그는 무미건조한, 멀리 떨어져 있는 모난 마음을 가졌다는 것을 고백할 뿐이다.[16]

그래서 하이네의 반어는 그에게는 견딜 수 없는 정치적 상황들에 대한 예술가의 대답이다. 극도로 예민한 지성은 결국 독일 낭만파와 많은 예술적 공통점들을 가졌음에도 불구하고 그를 가장 유명한 비판자로 만들었다. 새로운 사회적 현실, 자본주의적 권력 추구의 무자비함, 그리고 점점 첨예화되어 가는 계급 간의 대립들은 하이네를 논쟁적으로 만들었다. 동시에 시인으로서의 뚜렷한 의식을 표현하기 위해 변화하는 시대에 맞게 그의 고유한 가요 형식을 만들어 냈다. 그는 《여행기》의 제2부에서 가요 창작의 가능한 변화에 대해 다음과 같이 말했다.

그리고 바로 내 자신 안에 있는 이 의견의 갈등은 우리 시대의 갈기갈기 찢겨진 모습을 다시 보여 준다. 우리는 어제 우리가 경탄한 것을 오늘 증오하고, 내일은 아마도 그것을 무관심하게 조소할지도 모른다.[17]

그러나 귄터 뮐러는 《독일 가곡사》에서 하이네 가곡의 위대함은 시대의 변화를 초월해 진실을 말하는 용기와 시대를 이끄는 힘에 있다고 설파했다.

가곡 작가로서 하이네의 역사적 위대함은 비인도주의적인 것을 인도주의적인 것으로 꾸며 은폐시키지 않은 데에 있으며, 그가 자신의 가곡을 시대를 이끄는 체험에 따라 형성하는 데에 있다. 그의 가곡에는 생명력이 넘치는 시대의 힘들이 (…) 나타난다.[18]

하이네는 현존하는 것과 전래된 것에 대한 비판자였을 뿐만 아니라 발전적인 것과 미래적인 것의 옹호자였다. 하이네가 파리에 도착한 후에 곧 그는 생시몽주의자들[19]에 동조했다. 1843년에 카를 마르크스와의 첫 만남이 파리에서 이루어졌다. 학문적 사회주의 창시자인 카를 마르크스와의 우정은 본질적으로 그를 둘러싼 복잡한 사회적 모순을 새롭게 이해하게 했다. 그 후 하이네의 예리해진 정치적 의식은 그의 〈시대 시Zeitgedichte〉들에서 직접 표현되었는데, 이 시들에서 그는 반사회적이고 퇴보적인 독일의 사회 질서를 심하게 비난했다. 하이네 서정시의 언어 음악적 요소는 그의 비판적 반어를 재치 있고 부드럽게 감싸는 당의정 역할을 했다.

이미 언급했듯이 자신이 지은 시가 제일 많이 작곡된 작가로 하이네가 꼽힌다. 세계적으로 알려진 작곡의 대부분은 합창과 소규모의 성악 앙상블 외에도 주로 피아노로 반주되는 19세기의 독창 가곡들이다. 무명의 작곡가들 외에도 슈베르트, 슈만, 멘델스존, 리스트, 마이어베르, 브람스, 볼프 같은 유명한 작곡가들은 하이네의 서정시에 깊게 빠졌으며, 그의 시들을 상이한 측면에서 특성 있게 작곡했다.

가장 인기 있는 가사 원본은 시집《노래 책》에 있는 〈서정적 막간극〉과 〈귀향〉, 하이네가 특별히 작곡을 위해 쓴 〈새 봄Neuer Frühling〉[20]과 같은 연시聯詩 들이다. 필사본으로만 전해지는 최초의 작곡들은 아마도 1822년에 하이네의 친구였던 요제프 클라인에 의해 만들어졌으며, 추측컨대, 하이네는 그의 가요들을 개인적으로 높이 평가했을 것이다.[21] 그렇지만 수용사적으로 중요한 것은 먼저 1828년에 만들어져서 1829년에 발표된 슈베르트의 6개의 하이네 가곡들이다.[22]

1830년대에는 주로 멘델스존과 마이어베르의 작곡들이 나왔다. 그러나 어떤 시인도 슈만처럼 하이네의 서정시에 그렇게 정열적으로 몰두하지 않았다. 슈만이 1830년에 라이프치히에서 음악을 평생 직업으로 삼을 것을 결정한 후 그는 장 파울, 호프만, 괴테와 셰익스피어의 작품들 이외에 하이네의 시들을 더 많이 작곡하려고 노력했다. 예를 들어, 1833년 3월 8일에 츠비카우에서 하이네의 가요가 가사로 부쳐져서 작곡되었다. 슈만은 하이네가 아우구스부르크의 신문 〈알게마이네 차이퉁〉에 보낸 그의 음악 보고서들에서 새로운 정보를 얻으려고 〈신 음악 잡지Neue Zeitschrift für Musik〉를 읽었다. 그래서 슈만도 〈신 음악 잡지〉의 회원으로 가입해 큰 관심을 가지고 신문을 읽었다.

슈만은 1840년에 대규모 연작 가곡 작품 〈노래 모음집Liederkreis〉op.24를 작곡했다. 이어서《노래 책》에 있는 〈서정적 막간극〉에서 16개의 노래들을 〈시인의 사랑〉이란 제목으로 두 번째의 위대한 연작 가곡 작품 op.48을 발표했다. 슈만은 그 외에도 많은 하이네 시를 작곡했다.[23] 그는 하이네의 반어를 이해했을 뿐만 아니라 음악가로서의 능란한 재능으로 작가 정신과 음악을 연결함으로써 시와 음악의 가장 긴밀한 관계를 창출해 냈다. 하이네 시와 슈만의 음악 사이의 관계, 즉 문학과 음악의 두 자매 예술 사이의 관계에 대해 프란츠 리스트는 1855년 다음과 같은 의미 있는 의견을 나타냈다.

> 음악과 문학은 수세기 전부터 마치 담에 의해 분리된 것 같으며, 이들의 양쪽에 살고 있는 사람들은 오직 이름으로만 알고 있는 것처럼 보인다. 만일 그들이 언젠가 관계를 맺는다면 그때 그들은 오직 피라무스와 티스베[24]처럼 나타날 것이다. (…) 슈만은 두 지역의 원주민이었고, 분리된 영역의 주민들에게 돌파구를 열어 주었다.[25]

1840년 초에 리스트도 그의 첫 하이네 가곡 〈라인 강에, 아름다운 물결에Im Rhein, im schönen Strome〉[26]를 작곡했고, 마지막으로 1880년경까지 하이네의 서정시에 전념했다. 그 밖에도 하이네의 서정시를 집중적으로 가곡으로 만들었던 작곡가는 1830년대 초의 요한 베스케 폰 퓌틀링엔과 1840년대의 로베르트 프란츠와를 들 수 있다. 주목할 만한 것은 베스케 폰 퓌틀링엔이 1851년에 하이네의 연시 〈귀향〉의 88개 모두를 작곡해 그의 대표적인 가곡집을 하이네 시의 이름과 동일하게 〈귀향〉이란 제목으로 발표했다는 것이다. 브람스는 1877년에 처음으로 하이네의 시 〈파도는 빛나며 멀리 흘러가네Die Wellen blinken und fließen dahin〉를 작곡해 발표했다. 그는 옛날에 없애 버린 작곡 작품들에 대한 회고에서 자신이 일찍이 하이네 서정시에 집중적으로 몰두했음을 기록으로 남겨 두었다. H. 볼프가 작곡한 하이네 작곡들의 대부분도 1876~1878년에 출간되었다.

카를 마르크스에게 보내는 하이네의 편지

　프리드리히 질허가 작곡한 〈로렐라이〉는 의심의 여지없이 가장 민속적이고 감상적인 하이네의 모습을 나타내고 있다. 이 노래는 오늘날까지 짧은 시간 내에 100곡이 넘게 편곡되어 민요로 발전했고, 작가 미상으로 기재되어 나치 시대에도 계속해서 전승되었다. 그뿐만 아니라 독일에서 1840년대에 하이네에게 체포 명령이 내려진 상태에서도 클레멘스 폰 메터니히, 프리드리히 폰 겐츠와 프로이센의 프리드리히 빌헬름 4세 같은 왕정복고의 옹호자들은 하이네의 시를 즐겨 읽었고, 이 노래들에 귀를 기울였다.[27]

　19세기 전환기와 20세기 초에 유명한 작곡가들 중에서 R. 슈트라우스, H. 피츠너, M. 레거와 O. 쇼액은 하이네의 시들, 특히 《노래 책》의 연시들과 《새로운 시들Neue Gedichte》에서 골라 작곡했다. 또한 A. 베르크도 젊은 시절 몇 개의 하이네 가곡들을 썼으나 후에는 무조 음악의 작곡가들과 함께 릴케, 게오르게, 트라클 같은 그 시대의 시인들에게 특별한 관심을 보였다.[28] 이렇게 하이네의 서정시는 20세기 초에 피아노 가곡의 관점에서 음악의 선구자가 되었으며, 나아가 베를린 (카바레 '위버브레틀Überbrettl')이나 뮌헨(카바레 '엘프 샤르프리히터Elf Scharfrichter')에서 새로운 카바레식의 상송으로 수용 범위가 넓어졌다.[29]

1945년 이후 수십 년 동안 N. 린케, H. W. 헨체, 한스 게오르크 플뤼거, 베른트 핸쉬케, G. 비알라스와 같은 작곡가들은 하이네의 서정시를 새롭게 작곡하려는 관심을 나타냈다. 이들은 텍스트의 선택과 연관해 19세기의 작곡들과는 반대로 하이네의 후기 작품들《설화 시집》과 1853년과 1854년의《시집》에 큰 관심을 기울였다. 그러나 무엇보다도 1968년의 학생운동에서 생겨난 소위 시사적인 내용의 노래의 작사·작곡가 겸 가수들은 정치적인 하이네에 대해 강한 관심을 표명했고, 그를 그들의 시조라 불렀다.[30]

바그너는 하이네의《4대 원소의 정령들Elemantargeister》의 탄호이저 전설을 그의 3악장으로 된 낭만적인 오페라《탄호이저와 바르트부르크에서 가수들의 경연대회Tannhäuser und der Sängerkrieg auf der Wartburg》(초연 1845)에 대한 모범으로 삼았다. 이는 서정시 외에도 몇 개의 산문 텍스트 역시 음악적으로 수용되었다는 중요한 사실을 보여 준다.

끝으로, 발레 연극도 하이네의 작품에서 가져왔다. 하이네의 이야기를 A. C. 아담이 음악으로 작곡한 2막의 발레《기젤레 또는 빌리스의 처녀 유령들Giselle und Die Wilis》(1948)도 하이네의《4대 원소의 정령들》에 있는 전설을 소재로 하고 있다. 그 외에도 런던의 오페라하우스에서 하이네의《여신 디아나Göttin Diana》(1846)와《파우스트 박사Dr. Faust》(1846~1847)가 19세기에 초연되었다.[31]

# 공감각적 음악관과 음악 비평

호프만이 문학을 음악이 한계에 이르렀을 때 시작했다면 하이네에 게서는 경험된 음악적 영감이 작가의 환상과 비판적 의식에 의해 문학적 형태로 구체화되었다. 그러나 이 두 예술 사이의 경계는 애초부터 존재하지 않았고, 바그너에 의해 비로소 음악은 문학 위에 군림하게 된다.

하이네의 서정시가 그의 탁월한 언어 음악적 재능을 나타내고 있다면 음악과 관련된 하이네의 산문은 음악 시대에서의 체험을 통해 얻은 견해가 녹아 있다. 이 견해는 대체적으로 3가지로 요약될 수 있다. 첫째, 하이네는 시인으로서 천부적으로 지니고 있는 공감각共感覺적 재능으로 음악을 다른 예술의 장르에서 해설할 수 있다는 것이다. 둘째, 진정한 음악 비평은 경험의 학문이라는 전제로 그 시대의 정치적·사회적 문제들을 포함한 시민적 음악 생활의 개관에 바탕을 두어야 한다는 것이다. 마지막으로 자본주의가 발전해 가는 사회적 풍토에서 음악은 현대적인 문화 산업의 상업적 시각에서 비판적·논쟁적으로 관조되어야 한다는 것이다. 이와 연관해 그는 음악의 본질과 음악 비평에 대한 자신의 생각을 다음과 같이 말했다.

우리는 무엇이 음악인지 알지 못한다. 그러나 무엇이 좋은 음악인지는 안다. 그리고 우리는 무엇이 나쁜 음악인지 더 잘 안다. 왜냐하면 후자에서 더욱 많은 것이 우리의 귀에 들어오기 때문이다. 음악 비평은 오직 경험에만 의존할 수 있으며, 종합에 의존할 수 없다. 음악 비평은 음악 작품들을 단지 그들의 유사성에 따라 분류해야 하며, 비평이 전체적으로 만들어 내는 인상을 모범으로 받아들여야 한다.

음악에서 이론화하는 것보다 더 불충분한 것은 없다. 물론 여기에는 수학적으로 정해진 법칙들이 있다. 그러나 그림 그리는 기술과 색채론 또는 팔레트와 화필이 결코 회화가 아니라 다만 불가피한 수단이듯이 이 법칙들은 음악이 아니라 음악의 조건들이다. 음악의 본질은 계시이며, 그것에 대한 어떤 해명도 있을 수 없다. 그리고 진정한 음악 비평은 경험의 학문이다.[32]

이 같은 견해는 그의 음악 비평이 음악가로서의 전문적인 보고들에 있는 것이 아니라 그 시대의 정치적·사회적 문제들을 포함한 시민적 음악 생활의 개관에 있다는 것을 말해 준다. 그는 자신이 말하고 있는 소위 음악 시대의 중심적인 의미를 결코 이해하지 못한 것이 아니라 오히려 그 의미를 그 시대의 문화적 사건들과 흐름에 대한 섬세하고 비판적이며 조소적인 관찰에 의해 다양한 방법으로 작품에 새겨 넣었다.

우선 그는 예술에 대한 공감각적 재능으로 음악으로부터 문학적 환상을 크게 자극받을 수 있었다. 그에게 소리는 음향 도형이나 소리 나는 상형 문자로[33] 인식되었다. 그래서 그는 음악을 다른 말로 바꿔 이야기해 줌으로써, 청중들이 음악을 미술이나 문학의 차원에서 새롭게 경험하게 한다.

음악은 하이네에게서 엄청난 정도의 비유들로 바뀐다. 그는 음악 전문가의 지식과 이해로써 음악 시대의 연주회나 대가들의 토론과 음악적 경향을 다루지 않는다. 단지 그는 음악을 환상과 통찰력으로 만들어진 정신과 영감으로, 연주회를 소위 많은 다른 음악 전문인들의 학술적인 비평들보다 더 진실하고 적절하게 평가했다. 그는 직관적으로 놀라운 판단력과 뛰어난 상상력으로 음악의 본질, 작곡가의 의도, 예술가의 생각을 파악했다. 하이네는 음악 비평가로서 수많은 오페라와 연주회를 참관했고, 이 작품들에 대한 비평을 했으며, 음악가들에 대해 묘사했다. 그중에서 1830년에 함부르크에서 경험했던 니콜로 파가니니의 등장을 묘사하고 있는 이야기《플로렌스의 밤들Florentinische Nächte》(1837, 첫째 밤Erste Nach)은 그의 공감각적 재능을 보여 주는 전형적인 작품이다.

1782에 이탈리아의 게누아에서 태어난 니콜로 파가니니는 이미 9세 때 뛰어난 음악적 재능으로 주목을 받았다. 열여섯 살 때 농부 집안 출신의 부두 노동자였던 아버지에게서 도주한 후 비로소 음악가로서의 길을 갈 수 있었다. 그는 1806년에서 1809년까지 제후 부인 엘리자 바치오치의 실내 관현악단에서 제2의 바이올린 연주자가 되었다. 그러나 그는 궁정에 예속된 지위와 생활에서 벗어나고 싶어 했다. 그래서 경제적인 궁핍에도 불구하고 자유롭게 고향을 두루 떠돌아다니는 바이올린 연주자가 되었다.

그 뒤 그는 1813년에 밀라노에서 처음으로 크게 성공했다. 이때부

터 전국적으로 유명해져 북이탈리아와 남이탈리아를 여행했으며, 1828년 이후 오스트리아, 독일, 프랑스, 벨기에와 영국에도 연주 여행을 떠났다. 그때마다 그는 대단한 성공을 거두었다. 백만장자가 된 후 1834년부터 파르마에 있는 별장에서 살았고, 그 후에는 니스에서 살다가 1840년에 성병으로 세상을 떠났다.

하이네가 그의 놀라운 공감각적 재능으로 비극적이고 전설적으로 미화된 파가니니의 과거를 대가의 음악 공연과 연결하기에 앞서 그는 파가니니 연주회에 참석한 귀머거리 화가의 공감각적 재능을 통해 음악과 미술의 창의적인 만남을 보여 주었다. 예술은 인간에게 영혼과 영감을 불러일으킨다. 이때 음악에는 음향의 역동성은 있으나 형체가 없고, 미술은 실재하나 정체성停滯性의 한계가 숙명적이었다. 하이네는 이 두 예술의 만남을 새로운 공감각 예술의 한 형태로서, 즉 보이는 음악과 들리는 미술이 서로 어우러지는 새로운 예술의 장르로 우리에게 보여 주었다.[34] 하이네는 이 이야기에서 귀머거리 화가의 공감각적 능력을 다음과 같이 묘사하고 있다.

그는 귀머거리임에도 불구하고 음악을 열광적으로 사랑했다. 그리고 그가 음악가들의 얼굴에서 음악을 읽고, 그들의 손가락 움직임에서 연주를 어느 정도 성공적으로 잘 수행하고 있음을 충분히 판단할 수 있을 정도로 관현악단에 인접해 있는 경우라면 그는 음악을 이해했을 것이 분명하다. 또한 그는 함부르크의 이름 있는 일간 신문에 오페라 비평들을 썼다. 도대체 거기서 무엇이 놀랄 만한 일일까?

연주의 눈에 보이는 기호에서 귀머거리 화가는 소리를 볼 수 있었다. 소리들 자체가 오직 눈에 보이지 않는 기호들에 불과한 사람들이 분명히 있다. 그래서 그 사람들은 소리에서 색과 모습을 듣는다.[35]

**니콜로 파가니니(1782~1840).**
이탈리아의 바이올리니스트이자 작곡가로서 탁월한 기교로
낭만파 작곡가에게 큰 영향을 주었다.

그러므로 귀머거리 화가는 음악가들이 연주하는 움직임을 통해 소리를 '볼' 수 있고, 또한 '들을' 수 있다. 반대로 귀머거리 화가와는 달리, 들을 수 있는 하이네는 모든 소리에서 적당한 음향 도형을 보는 그의 공감각적 재능에 관해 말한다. 파가니니가 바이올린 연주를 시작하면 음악은 "볼 수 있는 모습들과 상황들을 눈앞으로 가져와서, 그는 나에게 소리 나는 상형 문자로 온갖 화려한 이야기를 해 주고, 동시에 그 자신이 언제나 바이올린 연주로 주인공 역할을 했던 천연색의 그림자 연극을 내 앞에 어른거리게 했다."[36] 이렇게 음악은 하이네에게 그림들로 충만한 체험을 불러일으키고, 그의 문학적 환상을 자극했다. 그래서 하이네는 소설작가로서 파가니니의 연주를 그의 생애

와 연결하고, 파가니니의 4개의 각 공연들은 하이네의 상상에 의해 고유한 문학적 분위기의 내용으로 바뀐다. 바로 여기에 하이네의 천재성이 증명된다.

첫 바이올린 연주에서 하이네는 과거의 젊은 파가니니와 머리를 높게 빗어 올린 채 화장한 뺨, 치장용 반창고, 얄밉도록 감미로운 코를 지닌 로코코풍으로 옷을 입은 한 여가수를 상상한다.

> 젊은 파가니니가 그 귀여운 아이에게 반주를 해 주었던 바이올린 연주만으로도 나는 그녀가 무슨 노래를 불렀으며, 그녀가 노래하는 동안 그가 마음속에서 무엇을 느꼈는지를 알아맞혔다. 아, 그것은 장미 향기가 어렴풋이 느껴지는 그녀의 봄 가슴을 동경으로 취하게 할 때 마치 밤 꾀꼬리가 그녀에게 피리 소리처럼 울듯이 석양에 퍼진 멜로디들이었다! 아, 그것은 녹아 스며드는, 관능적 쾌락으로 애타게 찾는 지고한 행복이었다! 그것은 키스했다가 토라져서 서로 달아났으나 마침내 다시 웃으면서 포옹하고 도취한 채 하나가 되어 사라져 갔던 소리들이었다.[37]

극적으로 고조되는 파가니니의 연주는 하이네의 환상 속에서 예술가의 과거와 혼합되고, 그렇게 하이네는 연주에서 대가의 갑작스러운 발작 행위를 연상한다. 이 음악의 대가는 그가 미녀의 발에 키스하려 할 때 그녀의 침대 밑에서 낯선 정부를 발견하고 질투심에서 그녀를 단검으로 찔러 죽인다.

첫 연주 후에 이어진 휴식 시간에 하이네는 자기만족에 심취해 있는 함부르크 유산 계급 대표자들의 특색을 익살과 아이러니로 그려 낸다. 하이네는 자기 옆에 앉아서 파가니니의 감동적인 연주를 돈으로만 계산하는 모피 중개인의 천박함을 이렇게 표현했다.

'굉장해!'

내 옆자리 사람인 모피 중개인은 귀를 긁적이면서 외쳤다.

'이 작품은 이미 2달러 값을 했어.' **38**

다음 연주에서 음악은 가장 날카로운 비탄의 소리로 호소한다. 하이네는 계속해서 자신의 환상 가운데서 질투심으로 여자 연극 동료를 칼로 살해한 후 무거운 쇠사슬에 묶인 예술가의 발에서, 갈레선의 죄수로 있었던 시절을 상기한다. 시인은 소리들이 점점 더 고통스럽게 그리고 피를 흘리며 바이올린에서 솟아나오는 것을 감지한다. 그것은 지상의 딸들과 사랑 놀음으로 천국에서 쫓겨나 부끄러움으로 달아오른 얼굴로 지옥으로 내려간 타락한 천사들의 노래와 같은 소리들이었다. 그것은 바닥이 없는 심연에서 어떤 위안이나 희망도 희미하나마 빛나고 있지 않은 소리들이었다. 천상의 성인들이 그런 소리들을 들으면 신의 칭찬은 그들의 창백한 입술에서 사라지고, 그들은 울면서 그들의 경건한 머리를 숨긴다.**39**

엄청난 최후 심판의 나팔소리가 울리고, 발가벗은 시체들이 그들의 무덤에서 기어 나와 운명을 기다릴 때 요자파트의 계곡이 아니면 지상에서 이제껏 듣지 못한, 아마도 지상에서 결코 다시 듣지 못할 겁에 질린 소리와 끔찍한 탄식과 흐느낌이**40** 바이올린에서 울려 퍼졌다.

그런 다음 연주하는 음악은 시인의 마음속에서 다른 모습의 파가니니를 상상하게 한다. 바이올린을 연주하는 동안 파가니니는 저 무대 위에서 갈색의 승려복 차림으로, 머리는 두건으로 반쯤 가려진 채 허리에는 띠를 두르고 맨발의 거친 용모로, 바닷가에 튀어나온 바위 위에서 외롭고 고집스러운 모습으로 서 있다.

그가 길고 여윈 맨팔을 넓은 승려의 옷소매에서 앞으로 내뻗으면서 바이올린 활을 허공에 휘저을 때면 그는 더욱더 요술지팡이로 4대 원소를 마음대로 지배하는 요술쟁이처럼 보였다. 그가 그럴 때면 원소는 미친 듯이 바다 깊은 곳에서 포효했다. 그러면 놀란 피의 파도는 매우 세게 높이 튀어 올라서, 하마터면 창백한 천공과 그곳의 검은 별들에 붉은 거품을 뿌릴 뻔했다. 마치 세계가 산산조각으로 부서지려는 듯이 파도는 포효했고, 날카롭게 외쳐 댔으며, 쿵쾅거렸다. 승려는 점점 더 집요하게 그의 바이올린을 켰다.[41]

그 사이에 현 하나가 튕겨져 나왔지만 파가니니는 G-선 위에서 연주를 계속했다. 이야기 작가인 하이네는 연주하는 동안 자신에게 생긴 흥분으로 미치지 않기 위해 귀를 막고 눈을 감았다. 그때 그 불가사의하고 무시무시한 현상은 사라졌다. 그리고 내가 다시 쳐다보았을 때 나는 관객이 열광해서 박수치는 동안 가련한 게누아 사람이 평범한 모습으로 평범한 인사를 하는 것을 보았다.[42] 그것은 음악으로 구원받은 모습이었다. 그 후에 파가니니는 다시 조용히 그의 바이올린을 턱에 댔다. 활의 첫 탄주로 또 다시 음들의 놀라운 변용이 시작되었다.

이 소리들은 마치 어느 성당의 오르간 성가의 소리처럼 조용하고 장엄하게 파도치며 크게 퍼져 갔다. 그리고 주변의 모든 것은 거대한 공간으로 점점 더 넓게 그리고 높게 팽창했다. 육체의 눈이 아니라 오직 정신의 눈만이 그 엄청난 공간을 파악할 수 있는 듯했다.[43]

파가니니는 공간 한가운데를 공을 타고 '거대하게 그리고 거만하고

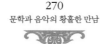

숭고하게' 둥실둥실 떠다녔다.

그리고 그가 그곳에 확고부동하게 서서 숭고한 신들의 모습으로 바이올린을 켰을 때 그때에 모든 삼라만상은 그의 소리들을 경청하는 듯했다. 그는 인간 해성이었고, 그 주위를 우주는 적절한 장엄함을 지닌 채 환희에 넘친 리듬으로 울려 퍼지면서 돌았다. 그토록 조용히 반짝이면서 그의 주변에서 떠돌던 큰 빛들, 그것은 하늘의 별들이었으며, 이들이 움직여서 생기는 저 울리는 화음, 그것은 시인들과 관찰자들이 그토록 황홀한 것을 보고했던 천체의 노래가 아닐까?[44]

그 시대 사람들에게 엄청난 영향을 끼친 바이올린 대가의 연주회를 하이네는 그것과 대등하게 문학적으로 묘사한다.

형언할 수 없는 거룩한 정열이 이 음향 속에 내제해 있었다. 이 음향들은 물 위에서 신비롭게 속삭이듯 여러 번 거의 들을 수 없이 떨리더니 다시 달빛 속에서 들리는 숲 속의 호른 소리처럼 감미롭고 으스스하게 소리가 커져 갔다. 마침내 마치 노래하는 수많은 시인들이 하프의 현을 켜듯이, 승리의 노래를 위해 목소리를 높이듯이 억제할 수 없는 환호성으로 크게 울렸다. 그것은 귀로는 결코 듣지 못하지만 밤에 애인의 가슴에 기대어 있을 때 오로지 가슴만이 꿈꿀 수 있는 음향들이었다.[45]

파가니니의 엄청난 성공, 유별난 외모, 진기하고도 이상한 태도, 그리고 그의 출신과 과거, 하이네 시대에서조차 잘 알려지지 않은 그의 사생활에 대한 상황들, 특히 예술을 해 왔던 신들린 파가니니의 열정은 인생을 둘러싸고 수많은 전설을 낳게 했다. 또한 동시대 사람들의

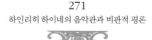

환상을 불러일으키기에 충분했다.

하이네는 파가니니가 함부르크에서 개인 공연을 했을 때 그를 알게 되었다. 하이네는 그 당시 조금밖에 알려지지 않은 대가의 전설적인 생애를 작가의 상상과 문학으로 미화시키려는 계기로 삼았다. 그래서 그는 파가니니가 질투심에서 살인을 저지르게 하고, 갈레 노예선의 죄수가 되는 유죄 판결을 받게 한다. 그때 파가니니는 자신의 비범한 바이올린 솜씨 덕분에 이 고통에서 해방된다. 그는 자신의 충격적인 운명을 음악으로 극복하고 음악가로서의 대성공을 바이올린 음향들의 언어로 된 음악적 비유들로써 연주홀에 있는 청중들에게 이야기한다. 그리고 시인인 하이네는 자신의 상상력으로 다시 독자에게 이 음악을 다른 말로 바꿔서 이야기해 준다.

하이네의 이야기는 파가니니의 바이올린 연주를 거의 정당하게 평가했다. 즉 하이네는 초인적이고 낭만적인 파가니니의 연주솜씨, 그의 생각과 정열, 평생 당했던 깊은 충격과 대성공 그리고 그를 바닥에 짓밟았던 운명에 대한 최후의 승리를 그러한 경험과 대등한 많은 문학적 비유들로 알리려고 노력했다. 비록 그때 작가인 하이네가 대가의 기술적인 노련함, 모방할 수 없는 G-선상의 연주와 그 소리들의 효과를 직접 언어적으로 재현할 수 없었다 해도 경이로운 과르네리 바이올린 위에서 울리는 파가니니 음향의 환상들에서 비롯된 황홀한 소리의 아름다움을 예감케 하는 데는 성공했다.

하이네의 놀라운 공감각적 재능을 보여 주는 사례는 이외에도 많다. 하이네는 그의 보고서《프랑스 무대에 관하여Über die französische Bühne》에서 1837년 3월 31일에 열렸던 2명의 위대한 경쟁자들인 리스트와 탈베르크의 피아노 연주회에 대해 언급했다.

파가니니의 바이올린 연주와 마찬가지로 피아노 음악도 그의 환상에 다양한 음향 도형들을 불러일으켰고, 하이네에 의해 문학적 비유들로 바뀌었다. 그는 최근에 들었던 리스트의 피아노 연주를 묵시록과 연관해 묘사했다.

리스트가 최근에 연주한 음악회를 기억할 때 오성은 아직도 머릿속에서 떨고 있다. (…) 나는 무엇인지 알지 못하지만 그가 묵시록에서 나오는 몇 개의 주제를 변화시켰다고 단언하고 싶다. 처음에 나는 그들, 4마리의 불가사의한 짐승들을 아주 분명하게 볼 수 없었고, 다만 그들의 소리들, 특히 사자의 울부짖음과 독수리의 우는 소리를 들었을 뿐이다.

손에 책을 든 황소를 나는 아주 자세히 보았다. 그는 요자파트 계곡을 가장 잘 연주했다. 마상 무술 경기에서처럼 차단 횡목들이 있었고, 부활한 군중들이 무덤처럼 창백하게 떨면서 관람객으로서 거대한 공간 주변으로 몰려들었다. 맨 처음에 사탄이 검은 갑옷을 입고 젖빛의 백마를 타고 차단 횡목을 향해 달려갔다. 그의 뒤에서 천천히 죽음이 창백한 말을 타고 갔다. 마침내 예수 그리스도가 황금 갑옷과 투구로 무장한 채 검은 말을 타고 나타나 그의 긴 창으로 처음에 사탄을, 그 다음에 죽음을 찔러 땅으로 떨어뜨렸고, 관람객들은 환호했다. (…) 사람들은 용감한 리스트에게 격렬한 박수갈채를 보냈고, 그는 지친 채 피아노를 떠나 숙녀들 앞에서 허리 굽혀 인사했다.[46]

하이네는 한 여가수의 노래를 듣고, 1819년에 로만체 〈어느 여가수에게An eine Sängerin〉[47]를 썼다. 이 시는 하이네를 꿈같은 어린 시절로 데리고 가고, 그는 다시 아이가 되어 영웅 롤란트[48]가 적과 론치스발에서 싸우는 전투 장면을 연상하며 내면의 눈으로 전투를 함께 체험한다. 하이네는 이렇게 짧은 시에서도 비유적인 연상을 불러일으키는 음악에 대한 공감각적 재능을 보여 주었다. 《루카 시Die Stadt Lucca》로 표제를 부친 여행기에서 하이네는 한 조용한 교회의 기도하는 벤치에서 오르간 소리를 듣고 비유들의 영상을 체험한다.

기이한 음악에 기이한 가사를 계속해서 붙이면서 즉흥적으로 연주하는 마음으로 나는 그곳에 누워 있다. 가끔 나의 시선은 점점 땅거미가 지기 시작하는 아케이드를 지나 배회하고, 그 오르간 멜로디에 속하는 음향 도형을 찾는다.[49]

하이네는 음악을 음악의 사회적 기능 면에서 관찰했다. 그리고 이 관찰은 우선 음악과 민족의 관계에서 시작했다. 이미 하이네가 《여행기》에서 이탈리아 음악을 해설한 바와 같은 방법은 그가 음악을 음악의 사회적 기능 범주 내에서 벗어나지 않은 채 관찰하고 있음을 밝히고 있다. 이탈리아 민족의 음악적 본성에 대해 하이네는 이렇게 말하고 있다.

그러나 음악은 이 사람들의 영혼이고 삶이며, 민족의 일이다. 다른 나라에도 이탈리아의 명성과 동등한 매우 위대한 음악가가 분명히 있지만 그곳에는 음악적인 민족이 없다. 이곳 이탈리아에서는 음악이 개인을 통해 전형적으로 나타나지 않고, 오히려 전체 주민에서 나타난다.
음악은 민족이 되었다. 북쪽에 있는 우리의 경우 상황은 전혀 다르다. 그곳에서 음악은 오직 사람이 되어 모차르트 또는 마이어베르라 불린다. 그런 북쪽의 음악가들이 우리에게 제공하는 최선의 것이 있다면 거기에는 이탈리아의 햇빛과 오렌지 향기가 있으며, 이것들은 우리의 독일 것이라기보다는 훨씬 더 아름다운 이탈리아의, 음악의 고향일 것이

다. 그렇다. 비록 이탈리아의 위대한 음악의 대가들이 일찍 무덤으로 가거나 침묵한다 해도, 비록 벨리니가 죽고 로시니가 침묵한다 해도, 이탈리아는 언제나 음악의 고향일 것이다.[50]

하이네는 유명한 이탈리아의 음악가와 음악에 대해 관심을 가졌음은 물론, 이탈리아 음악이 한 민족의 정서와 사상, 사회와 정치에 줄 수 있는 변혁의 가능성의 관점에서 관찰했다. 실제로 그는 이 같은 견해를 자신의 평론에 반영하기 위해 노력했다. 그래서 하이네는 이탈리아의 작곡가 벨리니의 모습을 경탄할 수밖에 없을 정도로 섬세하고 입체적으로 묘사했다. 그뿐만 아니라 로시니의 오페라 《시빌리아의 이발사Barbiere di Siviglia》의 음악과 관련해 그는 로시니의 음악에 감탄했으며, 동시에 그의 음악을 음악의 사회적 기반에 대한 관계에서, 즉 한 민족과 그 민족의 동경과 고통을 표현하는 음악의 상호 작용에 대한 관점에서 관찰했다.[51]

하이네는 대학에서 공부를 시작하기 위해 1822년에 베를린에 왔다. 그의 베를린 체류는 음악에 대한 그의 생각에 큰 영향을 주었다. 그 영향은 스폰티니와 칼 마리아 폰 베버 추종자들 사이의 싸움이었으며, 이 싸움은 하이네의 예술적 판단을 날카롭게 했다. 그리고 이 논쟁의 뒤에 숨어 있던 사회적 대립들을 인식하는 능력을 갖게 했다.

동시에 하이네는 처음으로 음악 비평가로서 자신의 높은 재능을 입증했다. 하이네가 1831년에 파리로 왔을 때 이 능력은 훌륭하게 발전했다. 그래서 하이네의 시선은 독일의 문화적 동향에 제한된 것이 아니라, 파리에 주재함으로써 주요 유럽 문화에 대해 열려 있었다는 데 특별한 의미가 있다. 대규모 오페라와 대가다운 재능 사이에서 그는 특히 1830년대와 1840년대의 음악을 현대적인 문화 산업의 시각에서 비판적·논쟁적으로 바라보았다.[52] 하이네가 베를린에 있을 때 프로이센의 수도는 파리와 함께 유럽에서 정치와 예술의 중요한 도시였다. 특히 음악에 대한 경제적 후원이 활발히 이루어져 '음악의 자본'이라는 명성을 갖게 되었다. 오페라는 이곳에서 환담의 중심 테마[53]였고, 1년 내내 오페라와 연주회가 열렸다. 이때 오페라와 관련해 베를린에서 베버의 추종자들과 왕립 오페라의 총지배인 스폰티니의 추종자들 사이에서 갑자기 격렬한 편싸움이 일어났다. 베버의 추종자들은 말했다.

《마탄의 사수Freischütz》 전부는 훌륭하고 확실하게 관심을 끌어서 그것은 이제 전 독일에서 받아들여지고 있다. 이 작품은 여기서 이미 30회나 상연되었고, 그럼에도 입장권을 구하기가 점점 더 어려웠다. 빈, 드레스덴, 함부르크에서도 마찬가지로 선풍을 일으켰다.[54]

반대로 스폰티니의 추종자들은 다음과 같이 주장했다.

스폰티니는 모든 살아 있는 작곡가들 가운데 가장 위대한 자이다. 그는 음악의 미켈란젤로이다. 그는 음악의 새로운 길을 열었다. 그는 글루크가 오직 예감만 했던 것을 실행했다. 그는 위대한 남자이고, 천재이며, 신이다![55]

하이네는 그 당시 초연되었던 베버의 《마탄의 사수》에 대한 대단한 인기를 인정하면서도 조소적으로 묘사했다.

당신은 마리아 폰 베버의 '마탄의 사수'를 아직 듣지 않으셨습니까?

들지 않으셨다고요? 불행한 분이시군요! 그러나 당신은 적어도 이 오페라에서 '신부 들러리들의 노래', 아니면 단도직입적으로 '신부의 화관'을 듣지 않으셨습니까? 듣지 않으셨다고요? 행복한 분이시군요![56]

하이네는 이미 그 당시에 스폰티니에 대해서도 반대 입장을 취했다. 왜냐하면 그는 스폰티니의 음악에서 궁정적인 예술 취향의 봉건주의적 전형을 보았고, 그의 음악에 대해 혐오감을 느꼈기 때문이다. 스폰티니의 음악에서 하이네와 마찬가지로 대부분의 사람들은 다만 팀파니와 트럼펫의 소음, 요란하게 울리는 장광설, 그리고 과장된 부자연성만을 본다. 이 비평은 하이네가 스폰티니의 오페라《올림피아 Olympia》를 두고 한 말이다.

당신은 이 오페라의 음악을 함(독일 서부 노르트라인베스트팔렌 주에 있는 도시)에서 들을 수 없으셨는지요? 한 익살꾼이 새 극장에서 극장 벽이 얼마나 튼튼한지 이 오페라의 음악으로 실험하자는 제의를 할 만큼 팀파니와 트롬본에는 부족함이 없었습니다. 다른 익살꾼은 지금 막 큰 소리로 울려 대는 '올림피아'에서 나온 북소리와, 거리에서 귀영 신호를 알리는 북소리를 듣고서 숨을 들이마시면서 외쳤습니다. '드디어 부드러운 음악을 듣는군!' 베를린 전체가 이 오페라의 화려한 막들에서 나오는 많은 트롬본과 거대한 코끼리에 대해 빈정거렸습니다. 그러나 귀머거리들은 큰 웅장함에 매우 경탄했으며, 이 아름답고 육중한 음악을 손으로 느낄 수 있는 것 같다고 확신했습니다. 그러나 열광자들은 외쳤습니다. '호산나! 스폰티니 자신이 음악적인 코끼리이다!' 그는 나팔의 천사이다![57]

하이네는 1831년에 파리로 옮긴 후 음악 출판업자 슐레징어와 로트실트의 은행가 살롱에서 음악계의 엘리트들과 만났다. 그는 쇼팽, 로시니, 벨리니, 도니체티, 베를리오츠, 마이어베르, 바그너, 질허, 리스트, 탈베르크, 칼크브렌너와 다른 음악가들을 개인적으로 알게 된다. 하이네는 이들 음악가들의 연주와 음악적 재능에 대해 그의 작품 여러 곳에서 언급하고 있다. 그중에서 무엇보다도 G. 마이어베르가 《악마 로베르트Robert le Diable》와 《위그노파 사람들Die Huguenotten》[58]로 이룩한 국제적인 오페라의 성공에 대한 표현들과 하이네와 각별히 친했던 리스트의 대가적인 피아노 재능에 대한 표현들이 특별히 중요하다. 하이네는 마이어베르와 로시니의 음악을 이렇게 비교하고 있다.

마이어베르의 음악은 개인적이라기보다 더 사회적이다. 그는 자신의 음악에서 현재의 내외적 반목들, 정서적 갈등, 의지의 투쟁, 곤경과 희망을 표현하고, 청중은 위대한 대가에게 박수갈채를 보내며 음악이 주는 감격을 칭송한다. 로시니의 음악은 왕정복고 시대에 더욱 적절했다. 큰 투쟁과 실망 후에 냉담해진 그 시대의 사람들에게 그들 전체의 공동 이해에 대한 의미는 뒷전으로 물러날 수밖에 없었고, 이기적인 감정이 다시 정당한 권리로 나타났다. 그래서 로시니는 결코 혁명과 나폴레옹 시대 동안에 위대한 명성을 얻지 못할 것이다. 로베스피에르는 그를 아마도 반애국적, 반시대적인 멜로디로 고소했을 것이며, 나폴레옹은 전체의 열광을 필요로 했던 대규모 군대에 그를 분명히 악장으로 고용하지 않았을 것이다.[59]

하이네는 마이어베르의 오페라에 대한 평가에서 시대 및 사회 비판적 견해를 중심에 두고, 그의 예술이 지닌 현대적 사회성을 왕정복고

문학과 음악의 황홀한 만남

시대에 적절하게 나타낸 것이다. 특히 그는 로시니 음악과의 비교를 통해 의도적으로 이를 강조했다. 여기서 중요한 것은 하이네가 마이어베르의 오페라를 비평함에 있어 음악 이론적 해설에서 벗어나 음악을 사회적 문제들을 보도하는 매체적 형식으로 작성해 비판했다는 것이다. 바로 이것이 하이네가 파가니니 음악을 울리는 상형 문자로서 허구적으로 재현하고, 환상적인 청중을 서커스 같은 공연으로 매료시키는 문화 산업적인 쇼의 관점에서 만들어 낸 것과 다른 것이다.[60]

자유주의의 유산 계급에 속하는 새로운 부유 귀족층과 이들의 협력 하에 있는 '앙시앙 레짐'의 대표들에게 오페라 감상과 그 뒤에 이어지는 호화로운 축제는 하나의 유행이었다. 오페라를 관람한다는 것은 사람들을 만나고 화려한 차림새를 보여 주기 위한 것이었다. 마이어베르의 오페라 예술은 부유한 시민 계급의 사람들과 귀족들이 음악적 사치를 탐닉하려는 경향에 비판적으로 작용했다.

예를 들어, 하이네는 마이어베르의 오페라 초연이 끝난 후 배타적인 상류 파리 사람들의 사교 단체가 모였던 대규모의 무도회 장소가 르네상스 취향으로 지은 로트실트 남작의 새 궁전이었음을 비판적으로 폭로했다. 그러면서 새 호화 궁전 속에서 금융 귀족의 기분 전환을 위한 음악적 향락과 도취에 대한 욕구가 주변 세계에 어떤 결과를 가져올 것인지를 그는 냉철하게 통찰했다. 그는 음악의 계절이 그를 기쁘게 하기보다 오히려 걱정스럽게 하는 이유에 대해 다음과 같이 말했다.

사람들은 이곳에서 거의가 요란한 음악에 빠져 있다는 것, 사람들이 마치 노아의 방주에서처럼 이 소리 나는 대홍수에서 자신을 구할 수 있는 단 하나의 집도 파리에는 없다는 것, 고상한 음악이 우리의 모든 삶으로 범람한다는 것, 이것은 나에게 걱정스러운 징표다. 그리고 그 때문에 우리의 위대한 음악가와 대가들에 대해 가장 부당한 언동까지 저지르게 하는 언짢은 기분이 여러 번 나를 사로잡는다. 이런 환경에서 사람들은 이곳의 아름다운 세계가, 특히 미친 숙녀 세계가 이 순간에 광적인 감격으로 환호하는 남자에 대해 지나치게 기분 좋은 칭찬을 나에게서 기대해서는 안된다.[61]

음악의 대가들은 음악의 대홍수로 사람들을 거의 익사시키고, 부유한 시민들과 귀족들은 돈과 도취로 음악을 향유하려는 세계로 빠져든다. 이런 사회적 온상이 유명한 대가들에게 낙원이었다는 것은 놀라운 일일 수밖에 없다.

하이네가 1832년 말에 알게 되어 개인적으로 가장 가까웠던 프란츠 리스트도 마찬가지였다. 하이네는 자신을 크게 감동시켰던 리스트의 야간 피아노 연주회에 대해《플로렌스의 밤들》의 제2부에서 다음과 같이 묘사하고 있다.

그것은 빛나는 야간 연주회였으며, 사교적인 즐거움을 위한 전래적 요소들은 부족한 것이 아무것도 없었다. (…) 음악이 시작되었다. 프란츠 리스트는 재빨리 피아노를 향해 가서 앞머리를 천재의 이마 위로 쓸어넘기고, 그의 가장 빛나는 전투들의 하나를 공격했다. 건반은 피를 흘리고 있는 것 같았다. (…) 모든 홀 안에는 창백해진 얼굴들, 울렁거리는 가슴들, 휴지休止 동안에 조용한 숨소리, 마침내 광란하는 박수갈채. 여자들은 리스트가 그들 앞에서 연주할 때면 언제나 도취된 듯했다.[62]

하이네는 리스트에게서 피아노의 대가로서 놀랍게 발전한 모습과

이전에 그에게 없었던 평온까지 발견한다.

그는 이 발전에다 우리가 이전에 그에게 없어서 아쉬워했던 평온까지 갖추고 있다. 그가 예를 들어 그 당시에 피아노로 뇌우를 연주했을 때면 우리는 번개가 그의 얼굴에 번쩍이고, 사지가 폭풍에 떨리는 것을 보았다. 그리고 그의 길게 땋은 머리에서는 마치 묘사된 현장에 내린 비로 인해 물방울이 떨어지는 듯했다. 그가 이제 다시 극심한 뇌우를 연주한다면 그는 분명히, 계곡에 천둥 번개가 칠 때 알프스의 정상에 서 있는 여행자처럼 뇌우 위에 우뚝 솟아 있다. 구름은 그의 아래에 깊게 깔려 있고, 번개는 뱀처럼 그의 발 아래서 꿈틀거린다. 그는 미소를 지으면서 머리를 깨끗한 창공으로 높이 올린다.[63]

하이네는 쇼팽을 '포르테피아노의 라파엘'이라고 표현하고, 쇼팽만이 리스트와 동등하다고 생각했다.[64] 리스트의 천재적인 재능에 대한 하이네의 존경과 그의 연주가 청중에게 준 엄청난 영향에도 불구하고, 하이네는 리스트의 연주에서 느꼈던 위험한 요소들을 생각하게 되었다. 그의 지나친 음악은 하이네의 마음을 두려움으로 가득 차게 했다. 즉 하이네는 소위 그 당시의 음악 시대에 대한 전반적인 음악 평론을 쓰면서 사회에 만연한 음악의 부정적인 요소들, 말하자면 음악의 대홍수, 마취제처럼 작용하는 음악의 황홀한 힘 그리고 음악을 향유하려는 유산 계급의 금전적 유혹이 예술 자체뿐만 아니라 사회에 위험하게 작용한다는 것을 리스트에게서도 인식했다는 것이다. 그 때문에 이제 리스트는 위대한 선동가로, 그의 마력이 우리를 제압하고, 그의 정령이 우리를 황홀케 한다고 생각했다. 그리고 오늘은 아주 건강하고 내일은 다시 아픈 프란츠 리스트로, 그의 광기는 우리 자신의

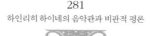

감각을 혼란시키는 천재적인 바보로 묘사되었다.

마이어베르도 마찬가지로 성공적이었던 오페라 《악마 로베르트》와 《위그노파 사람들》이 마침내 사람들에게서 잊혀지게 되고, 그의 명성은 사라질 수밖에 없었다. 유명했던 예술가들에게 보냈던 박수갈채와 환호의 목소리는 한 개인의 것일 뿐 더 이상 별다른 의미를 갖지 못했다. 반면에 사람들은 서서히 이런 예술가들의 이기주의에 대해 혐오감을 품기 시작했다.

상류 사회 계층이 음악에 도취하는 현상뿐만 아니라 음악이 돈과 정치에 예속되는 현상을 하이네는 하나의 전형적인 사회적 병폐로 판단했다. 이 병폐가 19~20세기에 계속해서 나타났기 때문에 그 당시의 음악 시대에 대한 하이네의 극단적인 비판은 단지 당시 예술가들의 현실적·정신적 상태에 대한 폭로 때문만이 아니라 이에 못지않게, 음악을 자본주의적 예술 경영의 상업적 성격에서 관찰했다는 점에서도 중요하다. 음악 평론가로서 보고서 원고료로 생활해야 했던 하이네에게 돈과 음악에 대한 관찰과 비평은 불가피했다. 그는 시대의 고통과 투쟁에 진지하게 참여했던 자신에 대해 이렇게 말했다.

천성적으로 나는 곧잘 어떤 즐거운 안일에 빠져들곤 한다. 그리고 나는 꽃 향기 가득한 잔디에 즐겨 누워 유유히 흐르는 구름을 바라보고, 구름의 빛나는 모습을 보고 기뻐한다. 그러나 운명이 심하게 옆구리를 차서 우연은 내가 이 여유 있는 몽상에서 깨어나길 바랐다. 나는 어쩔 수 없이 시대의 고통과 투쟁에 참여하지 않을 수 없었다. 그때 내 참여는 진지했다.[65]

하이네는 자신의 보고서들에서 대가다운 언어, 훌륭한 유머, 날카

로운 풍자, 언제나 사건의 본질을 벗기는 아이러니, 위트, 익살과 작
가적 정신을 통해 음악가들과 음악 자체가 지닌 위험한 요소 그리고
그것에 의한 사회적 문제들을 신랄하게 비평했다.

  하이네와 바그너의 관계는 독일 음악사에서 중요한 의미를 가진다.
하이네는 1839년 파리에서 하인리히 라우베를 통해 그 당시 아직 알
려지지 않은 음악가 리하르트 바그너를 알게 되었다. 하이네는 그에
게 할 수 있는 한 경제적인 도움을 주었다. 하이네의《슈나벨레봅스키
씨의 회고록Memorien des Herrn von Schnabelewopski》에는《표류하는 네
덜란드 유령선Der fliegende Holländer》에 관한 이야기가 수록되어 있다.
이 이야기는 대양에서 영원히 표류하는 유대인 '아하스버'의, 다시 말
해서 형장으로 가는 그리스도를 자기 집 앞에 서지 못하게 하고 욕설
을 한 응보로 그리스도의 재림 때까지 지상을 '영원히 유랑하는 유대
인'의 구원에 대한 전설이다. 이 이야기는 하이네가 드라마로 창작했
고, 또한 오페라 주제로 사용하기 위한 모든 것을 갖추고 있었다.

  이를 인식한 바그너는 하이네의 소재를 음악극으로 만들려는 생각
에 고무되었다. 3막으로 된 바그너의 오페라《표류하는 네덜란드 유
령선》은 1843년 1월 2일에 드레스덴에서 초연되었는데, 바그너는 그
에 앞서 1842년에 표절을 인정하고 명백히 하이네가 창작자라고 밝
혔다.

  하이네는 이론적으로나 실제적으로 음악에 관해 특별한 지식을 갖
지 못했다. 그렇지만 그는 음악을 들으면 환상과 통찰력을 통해 만들
어진 그의 정신으로 소위 많은 음악인들보다 훨씬 더 많은 것을 음악
에서 찾아냈다.[66] 이렇듯 하이네는 대단한 직관적 재능을 가지고 있었
다. 그래서 그는 전문 지식이 없이도 음악 작품의 본질적인 것과 특징
적인 것을 파악할 수 있었다.

그는 음악 비평가로서 1840년에서 1847년까지 7년 동안 아우구스부르크의 〈알게마이네 차이퉁〉에 파리에서의 음악 생활, 여러 가지 오페라들, 작곡가들, 음악의 대가들과 여자 가수들에 대한 보고서들을 써 보냈다. 하이네가 작곡가들과 예술가들에게 내렸던 평가들과 《루테티아》에서 수집했던 평가들은 다른 사람들의 학술적이고 광범위한 음악 비평들보다 더 진실하고 적절했다. 그는 직관적으로 놀라운 판단력과 작열하는 환상으로 음악의 본질, 작곡가의 의도, 예술가의 생각을 파악했다.[67]

하이네의 친구인 리스트가 말했듯이 그는 시인이자 음악가였으며, 눈부신 산문 작가이고 음악 비평가였다. 언어의 마술사로서, 풍자객으로서 세계 분열의 고통과 그 화합을 노래한 하이네 문학은 오늘날까지도 독일뿐만 아니라 세계 여러 나라에서 높이 평가되고 있다.

Wilhelm Richard Wagner

# 리하르트 바그너의
# 음악 세계

10

# 바그너의 생애와 예술 철학[1]

## 성장 과정과 청년기의 파리 생활

리하르트 바그너는 경찰 출신인 칼 프리드리히 바그너와 그의 처 요한나 로지네의 아홉 형제들 가운데 막내로 1813년 3월 22일에 라이프치히에서 태어났다. 낭만주의의 대표적 음악가인 슈만과 쇼팽도 같은 무렵에 태어났다. 당시 라이프치히는 프랑스군의 점령하에 있었다. 그래서 도시는 프랑스군과 프로이센, 러시아, 오스트리아 연합군과의 전투에 직면해 야영지와 같았다. 나폴레옹 지배의 몰락으로 유럽에서는 새 질서를 향한 시대의 전환이 시작되었다. 정치적 불안정, 전쟁의 혼란, 강화된 민족 감정과 사회적 대변혁은 유년기와 청년기의 바그너에게 많은 영향을 주었다.

그는 태어난 해에 티푸스로 아버지를 잃었기 때문에 그는 아버지의 모습을 기억하지 못했다. 어머니는 1814년에 화가이자 작가, 배우였

던 루트비히 가이어와 결혼해 바그너는 가이어라는 이름으로 살다가, 14세 후에야 비로소 생부의 이름을 갖게 되었다. 이런 환경은 후에 19세기의 반유대주의 경향에서 바그너가 유대인 혈통이 아니냐는 억측이 발생한 동기가 되었다. 그러나 그가 유대인이라는 증거는 없다.

바그너는 그의 계부인 가이어와 형제자매들에 의해 연극 세계와 관계를 맺는다. 그의 맏형인 알베르트는 가수, 배우, 연출가였고, 누나들인 로잘리, 루이제, 클라라는 여배우들이었다. 어린 리하르트는 5세가 되던 1817년 가을 천사의 모습으로 첫 무대에 섰다.[2]

베버의 《마탄의 사수》가 1821년 6월 18일에 베를린에서 성공리에 초연되었고, 베버는 당시 8세인 바그너의 우상이 되었다. 또한 모차르트의 전기와 로빈슨 크루소에 대한 강의, 그리스의 자유 투쟁에 대한 보고서들은 10세의 그에게 감명을 주었다. 무엇보다도 박식한 아저씨였던 아돌프 바그너는 그에게 고대 그리스 신화와 문학에 대한 관심을 갖게 했다.

바그너는 모차르트나 그의 친구이자 후일에 장인이 된 프란츠 리스트와 같은 천재는 아니었지만 형제자매로부터 민감한 감성과 대단한 열정을 물려받았다. 바그너는 처음에는 음악에 별로 큰 관심을 보이지 않았다. 그러다 1850년 이후에야 창작의 정점에 이르게 되는데, 이것이 다른 음악가들과 다른 점이었다. 슈베르트나 쇼팽이 젊어서 뛰어난 작품을 만들고 일찍 죽은 반면에 1883년 70세의 나이로 세상을 떠난 바그너는 모든 주요 작품을 거의 말년에 완성했다.

12세의 나이에 그는 시인이 되려고 했다. 그는 드레스덴의 학교에서 학급 학생의 죽음에 대한 시로 1등상을 받았고, 오디세이의 노래를 번역했으며, 서사시 〈파르나스에서의 전투Die Schlacht am Parnassos〉를 쓰기 시작했다. 그가 평생 지녔던 셰익스피어에 대한 감격은 1827~

1828년에 쓴 비극 《로이발트와 아델하이데Reubald und Adelhaide》에서
나타났다.

　바그너의 가족은 루트비히 가이어가 1821년 9월 30일에 죽은 후
드레스덴에서 라이프치히로 돌아왔다. 1828년 1월 24일에 니콜라이
김나지움(독일의 중등 교육 기관)에 5학년으로 들어갔으나 성적은 형편
없었고, 반년간이나 몰래 수업을 빠져 결국 퇴학당했다. 1830~1831
년에는 라이프치히의 토마스 학교를 다녔으나 역시 졸업하지 못했다.
그렇지만 셰익스피어와 그리스의 비극 작가들 외에 평생 우상으로 남
았던 베토벤의 음악에 크게 감동했다. 10대가 끝날 무렵에는 겨우 베
토벤의 작품에 열중하여 공부했지만, 그때까지는 음악에 참다운 관심
을 나타내지 않았다. 그는 아돌프 바그너의 서재에서 루트비히 티크
의 작품들과 프리드리히 슐레겔의 《루친데Lucinde》와 탄호이저 전설
을 읽었다.

바그너는 그의 첫 비극《로이발트와 아델하이데》를 연극 음악으로 더 효과적으로 구성하려는 목적에서 작곡을 배우려 했다. 그러나 폭넓은 기초도 없었고 특별한 지도도 받지 않았기 때문에 그의 시도는 예상보다 어려웠다. 그럼에도 불구하고 형식과 규칙을 파괴하여 새롭게 형성하려는 충동에서 본래의 천재성을 뚜렷이 나타냈다.

바그너는 음악가가 되기로 결심했다. 1828년 중엽에 그의 첫 작곡 작품들이 나왔다. 그는 연구 목적으로 베토벤의 5번과 9번 교향곡의 필사본을 완성했다. 또한 이를 바탕으로 피아노 편곡도 만들었지만 출판은 하지 못했다. 1831년 2월 23일에 그는 라이프치히 음대 학생으로 입학했고, 어머니의 소개로 토마스 성가대 지휘자인 바인리히를 작곡 선생으로 맞이했다. 바인리히는 젊은 바그너의 뛰어난 재능을 발견한 첫 사람이었다. 그는 단 한 번의 보수도 받지 않고 바그너를 지도해 주었다.

학습 작품들 가운데 무엇보다도 괴테의《파우스트》에 대한 7개의 작곡 작품들을 들 수 있다. 반년 후에 바인리히는 바그너에게 더 이상 아무것도 가르칠 것이 없으며, 자신은 다만 충고하는 친구일 뿐이라고 말했다. 바그너는 그의 모든 것을 짧은 시간 안에 자기 것으로 만들어 자신의 사고 세계에 창조적으로 옮겨 놓은 것이다. 이 시기에 몇 편의 교향곡과 소나타 같은 습작품들이 나왔고, 이 작품들은 1832년 초 처음으로 출판되었다. 이는 바그너가 그의 음악적 환경에 매우 열중했으며, 그 시대의 여러 가지 음악 양식에 통달했고, 모방할 줄 알았다는 것을 보여 준다.

1833년에 바그너는 그의 형 알베르트가 테너로 일하고 있는 뷔르츠부르크 극장의 합창 지휘자로 일하게 되었으나 보수는 좋지 않았다. 그는 그때 오페라《요정들Die Feen》의 작곡을 시작해 1834년 1월 6일에 끝냈다. 1835년 1월에 바그너는《연애 금지Liebesverbot》의 작곡을 시작해 이듬해에 완성했으나 공연에는 성공하지 못했고, 그도 생전에 이 작품을 무대에 올리지 않았다.

그는 마그데부르크의 극단에서 알게 된 배우 민나 플라너와 결혼했다. 그러나 이 부부는 성격이나 가치관의 차이, 바그너의 천재성에 기인한 불안 등으로 행복해질 수 없었다. 그들은 마침내 1859년 헤어졌는데, 민나의 이혼 거부로 그녀가 1866년 1월 25에 드레스덴에서 죽을 때까지 갈라서지 못했다.

1836년 5월에 바그너는 하인리히 라우베와 함께 G. 스폰티니의 《페르난도 코르테츠Fernando Cortez》 공연을 베를린에서 보았다.³ 대규모 오페라의 장르와 압도적인 장면, 음악의 화려한 전개에서 얻은 첫 경험은 그에게 생생하게 오랫동안 살아 있었다. 특히 그의《리엔치Rienzi》의 구상에 큰 영향을 주었다.⁴

바그너는 쾨니히스베르크에서 그곳 극장의 악장 자리를 얻었으나 극장의 파산으로 자리를 잃게 되었다. 또한 결혼한 지 6개월 후에 민나는 유대인 상인과 사랑에 빠져 드레스덴으로 가버렸고 부부의 위기는 점점 더 심각해졌다.

1837년 6월 15일에 바그너는 베를린에서 리가의 극장과 고용 계약을 맺음으로써 결혼 생활을 유지할 수 있게 되었다. 민나 역시 그해 가을, 리가로 돌아왔으나 여배우로서의 경력은 포기했다. 그해 12월 25일에 리스트의 둘째딸인 코지마 프란체스카 가에타나(1837~1930)가 태어났다. 코지마는 후일에 바그너가 죽을 때까지 함께 살았던 부인으로서 바그너의 일기를 완성한 중요한 인물이다.

이 시기에 바그너는 라우베를 통해 하이네를 알게 되었다. 그는 이미 하이네의《슈나벨레봅스키 씨의 회고들》을 리가에서 읽었으며, 이를 통해《표류하는 네덜란드 유령선》에 관심을 갖게 되었다. 그리고 바그너는 하이네의 풍자적인 기법의 영향도 받았다. 동시에 그는《리엔치》의 각본 집필을 시작했다.

그러나 그는 1839년에 또다시 리가에서 일자리를 잃었다. 그는 절망 속에서 유럽의 문화 수도인 파리로 도주할 계획을 세우고, 7월 9일에 여권도 없이 도주를 시작했다. 도주자들은 7월 19일에 필라우에서 배를 타고 출발했으나 심한 풍랑과 폭풍우로 8월 12일에 먼저 영국에 도착하게 된다. 바그너는 그때의 경험에서 네 번째 오페라《표류하는 네덜란드 유령선》의 영감을 얻었다.

바그너는 파리에서 G. 마이어베르를 알게 되어《리엔치》의 완성본을 보여 주었으나 오페라 상연은 이루어지지 않았다. 결국 그는 극심한 재정난을 겪으며 생계마저 어려운 처지가 되었다. 그래서 마이어베르를 굴욕적인 편지로 괴롭혔는데, 이는 후에 바그너에게 매우 괴로운 일로 남게 되었다. 결국 이 편지는 1934년이 되어서야 공개되었다. 마이어베르에 대한 바그너의 굴욕적인 종속관계는 바그너가 반유대주의적 혐오감을 갖게 된 계기가 되었다.

바그너는 H. 베를리오즈도 만났다. 그의《환상 교향곡Symphonie fantastique》은 바그너를 음악적 표현의 새로운 차원으로 이끌었다. 즉 바그너는 그의 음악의 중심적 동기가 희곡론적 작곡 방법에 의해 구성된 것을 파악했다. 이로써 바그너의 '주도 동기적' 작곡 방법의 시작이 예고된 것이다.

바그너는 그 당시의 그랜드 오페라에 대해 비판했다. 즉 파리의 예술 산업은 오직 무관심하고 무식하지만 돈 많은 관객에만 의존하고 있고, 현재의 오페라는 공허한 성공에만 집착하는 음악가들의 자만심에 의해 지배되고 있다는 것이다. 이 비판은 바그너가 취리히 망명 시절에 집필한 중요한 예술 저서들[5]의 중심적 생각을 이미 그 당시에 가지고 있었음을 말해 준다. 이는 자신의 작품에 대한 실패의 해명과 변명으로도 이용되었다.[6]

1840년 5월 6일 프랑스어의 《표류하는 네덜란드 유령선》에 대한 큰 계획이 수립되었을 때 바그너는 작곡을 맡길 바랐다. 그래서 1840년 7월 말까지 오디션을 위한 3개의 작품(발라드, 마도로스들의 합창, 네덜란드 선원들의 합창)을 작곡했다. 그러나 그는 초안을 500프랑에 오페라단에 넘겨주었다. 가난한 바그너는 1840년에 간행된 피에르 요제프 프루동[7]의 유명한 저서 《사유 재산이란 무엇인가?Qu'est-ceque la propriété?》를 읽고 '사유 재산은 도둑질이다Eigentum ist Diebstahl'라는 이 책의 명제와 파리 은행가 협회에 대한 나쁜 인상에서, 돈이 지배하는 악惡에 대한 생각이 강화되었다. 그것은 자본주의에 대한 비판의 시작이며, 이 비판은 그의 대표작인 《니벨룽겐의 반지Der Ring des Nibelungen》에 대한 근본적인 추진 동기가 되었다.

1840년 11월 19일에 바그너는 《리엔치》의 총보를 완성했다. 그는 출판업자 M. 슐레징거를 위한 교정과 피아노 편곡 일을 하면서 살았다. 슐레징거는 바그너를 당시의 피아노 대가인 리스트에게 소개해 주었다. 바그너는 2년 연상인 리스트를 만났을 때 유명하고 부자인 대가의 광채에 매료되었다. 그 사이에 《리엔치》의 초연은 이루어지지 않았다. 1841년 5월 중순에 바그너는 《표류하는 네덜란드 유령선》에 대한 독일어 산문 초안을 작성했고, 그해 11월 19일에 완성했다. 1841년 6월 29일에 드디어 그는 마이어베르의 추천으로 드레스덴에서 《리엔치》의 초연에 대한 승인을 얻었다.

1837년에서 1842년 초까지 파리에서의 예술 활동은 돈을 벌기 위한 것이었다. 그는 음악 언론인으로서 《신 음악지》와 드레스덴의 〈아벤트차이퉁〉(석간 신문)에 글을 기고했다. 그는 파리의 독자들을 위해 독일 음악의 본질을 소개하려 했으며, 독일 관중에게는 파리의 음악 경영에 대해 풍자적인 어법으로 보고했다. 지독한 가난으로 고통스러 웠던 생활에 대해 환멸을 느끼게 했던 파리 예술 무대로의 참여는 그의 첫 번째 삶의 단계를 이루는 중요한 시기였다.

## 1848년 3월 혁명과 취리히 망명

1842년 4월 7일에 바그너와 민나는 파리를 떠나 4월 12일에 드레스덴에 도착했다. 이때부터 1849년까지 드레스덴에서의 시기가 가장 중요하다. 그곳에서 10월 20일에 《리엔치》가, 1843년 1월 2일에는 《표류하는 네덜란드 유령선》이 열렬한 환호 속에서 초연되었다. 한 달 후

**《리엔치》의 무대 장면.**
1842년 10월 20일에 상연된 《리엔치》의 호평을 보도한 신문의 삽화.

바그너는 작센의 궁정 작곡가로 평생 임명되었다. 그의 30회 생일인 1843년 5월 22일에는 《탄호이저Tannhäuser》를 끝냈고, 그해 여름에 칸타타 《사도들의 애찬愛餐, Das Liebesmahl der Apostel》으로 유일한 정신적 작품도 생겼다. 이 작품은 1843년 7월 6일에 드레스덴의 '여인들의 교회Frauenkirche'에서 성공리에 초연되었다.

바그너는 당시의 독일 오페라의 약점들을 미학적·정치적 요인에서 보았다. 즉 오페라의 미학적 약점은 극적 요소의 배제에 있다는 것이며, 사회 정치적 상황들은 오페라를 상품과 천박한 오락으로 퇴화시킨다는 것이다. 그 때문에 오페라의 개혁은 한편으로는 음악과 드라마의 통일을, 다른 한편으로는 사회 정치적 환경 조건들의 근본적인 변화, 즉 혁명적인 변화를 전제했다. 이로써 취리히 예술 저서들의 중

《로엔그린》의 결혼행진곡 악보.
주인공인 엘자가 결혼식을 위해 성당으로 행진할 때 연주된 음악이다.
제목은 '신부 입장Hier commt die Braut'으로 오늘날의 결혼식에서 연주되고 있다.

심적인 생각이 싹트기 시작했다.

1845년 4월 13일에 바그너는 《탄호이저》의 총보를 완성했다. 그는 마린바트에서 5주간의 여름 휴양 기간 동안 볼프람 폰 에셴바흐의 작품들, 그중에서 《파르치팔–서사시Parzival-Epos》, 《로엔그린Lohengrin》의 무명 서사시와 게오르크 폰 게르비누스의 《독일 문학사Die Geschichte der Deutschen Literatur》를 성공적으로 읽었다. 의사의 금지에도 불구하고 그는 이미 여기서 《뉘른베르크의 명가수Meistersinger von Nürnberg》의 3개의 막에 대한 포괄적인 산문 개요를 집필했고, 2주 후에 《로엔그린》의 산문 초안도 완성했다.

1845년 10월 19일에 《탄호이저》와 《바르트부르크에서 가수들의 경연 대회Sängerkrieg auf Wartburg》가 드레스덴에서 초연되었다. 다른 작품과는 달리 그는 계속 《탄호이저》를 수정했으며, 죽기 2주 전에도 "세상에 《탄호이저》의 책임을 지고 있노라"고 말했다.[8] 그는 1846년 4월 5일, 부활절 직전 일요일에 베토벤 제9번 교향곡을 지휘하여 지휘자로서도 크게 성공했다.

바그너는 드레스덴 근교의 그라우파에서 악장으로 직무를 수행했다. 그러나 오페라 연습으로 시간을 많이 소모했기 때문에 《로엔그린》의 작곡이 중단되거나 진척이 느렸다. 그러는 동안 바그너는 1847년 여름 휴가 중 북쪽의 전설이라는 새로운 테마에 접근했다. 그에게 악장직은 눈에 차지도 않았고 가치도 없었다. 더 나아가 비판이나 개혁에 반항적인 연극 제도의 구조와 상황들에 실망했다. 그래서 결국 악장직을 그만두고, 3월 혁명 이전의 저항적인 정치 흐름에 점점 심하게 빠져들었다.

드레스덴 시기(1842~1849)에 바그너는 자서전에 관한 스케치 외에 기회가 있을 때마다 작은 작품들을 썼다. 1848년 4월 28일에는 《로엔그린》을 완성했는데, 이는 바그너 최후의 낭만주의적 오페라라고 할 수 있다. 《로엔그린》은 레치타티보에 의해 끊어지는 일이 없이 음악의 흐름, 상징적 표현의 사용, 순환하는 주제 악상, 즉 주도 동기 등에서 그의 장래의 음악극을 예고했다.

공화주의 세력이 루이스 필리프의 군주 정치를 종식시킬 수 있었던 파리의 2월 혁명에 고무되어, 독일에서도 3월에 군중이 거리로 쏟아져 나왔다. 그래서 작센의 왕 프리드리히 아우구스트 2세는 검열 폐지와 선거, 사법 및 조세 개혁을 승인했다. 군중은 환호했고, 이로써 그는 정치적 압력을 피할 수 있었다. 그러나 비판적인 사람들에게 이 개혁은 만족스럽지 못했다. 결국 베를린과 마인 강가의 프랑크푸르트에서 궐기가 일어난 후 3월 31일에 국민 의회의 이전 국회가 그곳에 설립되었다.

바그너는 1848년 초에 혁명의 시작과 함께 일련의 선동적인 글들을 썼다. 1848년 6월 15일에는 군주제와 공화제에 대한 공개 토론에 참여했다. 이 토론에서 〈공화주의 운동은 왕권에 대해 어떻게 행동해야 하는가?〉라는 제목으로 드레스덴의 좌경적인 조국 연맹에서 연설했다. 익명으로 출간된 이 연설문과 함께 〈독일과 그의 군주들Deutschland und seine Fürsten〉, 〈인간과 현존하는 사회Der Mensch und die bestehende Gesellschaft〉, 〈혁명Die Revolution〉이란 제목을 가진 논문들의 시리즈가 발표되었다. 이 모든 작품들은 그 시대의 정치적 상황에 맞는 논문들이며, 뢰켈의 극좌경적 《민중지》에 익명으로 기재되었다. 이 문제로 《리엔치》의 공연 계획이 취소되었다.

그는 1848년 늦여름에 게르만 신화에 관심을 기울였다. 10월에 그는 《니벨룽겐의 반지》를 위한 최초의 산문 구도로서 《니벨룽겐-전설Nibelungen-Saga》을 계획했고, 이것은 후에 《니벨룽겐-신화Nibelungen-

Mythos》라는 제목으로 출판되었다.

빈디쉬그래츠에 의해 빈에서 일어난 민중 봉기가 유혈로 진압되었고, 프랑크푸르트의 바울 교회 의원 로베르트 블룸의 총살로 정국은 갈수록 더 첨예화되었다. 이 시기에 바그너는 《지그프리트의 죽음 Siegfrieds Tod》의 산문 초안과 원본을 끝냈다. 그 밖에도 그는 루트비히 포이어바흐와 헤겔의 《역사 철학 강의Vorlesungen über die Philosophie der Geschichte》를 연구했다. 혁명적인 논문들을 계속 발표하면서 바그너는 점점 더 강력하게 혁명파들을 감동시켰다. 결국 그는 자신의 고용주격인 궁정에 반대하고 나섰다. 동시에 1849년 2월 16일에 리스트의 감독으로 열린 《탄호이저》의 바이마르 공연은 그 시대의 두 예술가들의 우정을 공고히 했다.

1849년 2월 30일 프리드리히 아우구스트 2세의 국민 의회 해산으로 거리에 쏟아져 나온 군중과 프로이센 군대의 투입으로 강화된 지방 근위대와의 사이에서 바리케이드 전투가 벌어졌다. 바그너는 혁명의 편에서 싸웠다. 그는 드레스덴 오페라의 화재를 혁명의 효시라고 환영했다. 1849년 5월 8일에 군대에 의해 봉기가 유혈 진압된 후 바그너는 지명 수배되었다. 가까스로 바이마르에 있는 리스트에게로 도주하는 데 성공했고, 그곳에서 도피하여 1849년 5월 28일에 취리히에 도착했다.

바그너는 실패한 혁명에 실망하여 도피하던 중 현실의 정치적 변혁에 대한 생각과 결별했다. 그는 개선될 수 없는 현실에서 오직 그의 미래 예술 작품만을 위한 공간을 얻으려고 노력했다. 혁명적 배경은 《니벨룽겐의 반지》의 정치적 핵심 사상을, 즉 자기 파괴와 사랑의 새롭고 자유로운 세계 질서의 확립을 통해 진부한 지배의 대표자들인 제신들을 퇴위시킨다는 주제적 동기를 제공했다.

바그너는 《나자렛의 예수Jesus von Nazareth》의 드라마 초안에서 예수를 사회 혁명가로 표현했다. 그는 전적으로 기독교의 전통에서 자신의 구원을 오직 파멸에서 찾을 수 있다는 구원의 가능성을 제시했다. 예술만이 유일하게 이 진리를 세상에 말할 수 있다. 종교와 예술은 인간에게 행복의 약속을 줄 수 없지만, 인류에게 구원의 동경에서 파멸의 생각을 가르칠 수는 있다는 것이다. 바그너는 근대 신화가 이같은 필요한 진리들을 말해 줄 수 있다고 생각했다. 그는 이 진리를 북방의 전설인 《니벨룽겐의 반지》에서 보았고, 보통의 연극 형태가 아닌 축제극의 형태로 공연되어야 할 종합 예술 작품으로 보았다.

바그너는 예술가로서 신화를 취급하면서 사회에 대한 비판적 분석을 제외시키지 않았다. 현재의 나쁜 세계 상태는 비록 운명적이라 할지라도 불가피한 것이 아니며, 사랑과 권력을 위한 유희에서 생기는 인간적 좌절의 표현이라는 것이다. 여기에 바그너 자신의 인생이 작용했다. 바그너는 작품에서 자신의 경험을 생각했고, 자신의 경험에서는 작품을 생각했다. 그래서 국가의 권력 독점에 대항하는 혁명가로서 무정부주의자로 활약했던 3월 혁명 이전 기간에 그는 《니벨룽겐의 반지》를 지배하고 있는 파괴적인 힘의 테마에 몰두했다. 1848~1849년 혁명의 실패가 그에게서 혁명적인 모든 환상을 빼앗아 간 후 그의 주적을 그는 자본주의에서 찾았고, 이 변화는 《니벨룽겐의 반지》에 반영되었다.

바그너는 희망과 좌절 속에서 겪었던 실제 생활 속의 자신을 그의 오페라나 음악극의 인물로 양식화해서 표현했다. 그것은 파리에서의 굶주렸던 날들, 혁명의 실패에서 겪어야 했던 좌절의 시절, 이어지는 스위스 망명과 트립셴으로의 퇴거 시대에 해당한다. 현실적인 궁핍, 적대감, 세상의 공격 등에 대한 반격은 언제나 그의 임무로 여겨졌다.

이런 잘못된 생각은 평화로웠어야 했던 바이로이트 시절에도, 다시 말해 평생 그를 외롭게 했다.[9]

바그너는 예술가였지만 정치적이었기 때문에 정치와 예술의 두 영역 사이에 구분이 있을 수 없었다. 오히려 그는 예술적 형식과 세계관적 사유를 하나로 통합하기 위해 노력했다. 문예학자 한스 마이어는 바그너를 "정신적 사유에서 볼 때 청년 독일파이며, 청년 헤겔파이고 유토피아적 사회주의자이며 무정부주의적 개인주의자"로 규정했다. 그리고 바그너의 작품들이 이런 그의 존재적 형성 과정과 긴밀한 관계를 맺고 있음을 지적했다.[10]

바그너는 취리히 망명으로 다시 직장도, 수입도 잃었다. 민나는 그의 정치적 야심을 경솔한 것으로 보고, 어렵게 얻은 생활의 안정을 위협하는 것으로 생각했다. 그래서 취리히로 이사 가는 것은 민나에게는 희생이었다. 결국 부부 간의 긴장은 더욱 심화되었다. 취리히의 어려운 환경에서도 바그너는 1849년 7월 말 논문《예술과 혁명Die Kunst und die Revolution》을 완성했다. 이 논문으로 그는 상업주의로 빠져가는 현재의 예술과 그 예술 경영을 신랄하게 비판했다.

> 예술의 실제적 본질은 산업이고, 도덕적 목적은 돈을 버는 것이며, 그 미학적 전제는 지루한 사람들을 즐겁게 해 주는 것이다.[11]

1849년 11월 4일 그는 저서《미래의 예술 작품Das Kunstwerk der Zukunft》을 완성했고, 이것을 루트비히 포이어바흐에게 증정했다. 여기에는 사회적·미학적 생각들이 함께 나타나 있다. 이 시기에 그는 친구들과 후원자들이 주는 후원금으로 생활했다. 그리고 처음으로 심장 장애를 호소한 것도 이때였다.

《로엔그린》이 1850년 8월 28일에 바이마르에서 리스트의 감독하에 초연된 후 바그너는 처음으로 특별한 음악 축제에 대한 생각을 내비쳤다. 1850년 9월 14에 E. B. 키츠에게 보낸 편지에서 이렇게 썼다.

내가 1만 탈러를 가졌다면 나는 판자로 된 극장을 세우고, 《지그프리트의 죽음》을 1주일에 세 번 공연하게 했을 것이다. 그리고 난 후에 극장은 해체되고 그 일은 끝날 것이다.[12]

바그너는 미학의 대표작인 《오페라와 드라마Oper und Drama》에서 '음악극'과 '연극'에 대한 표준이 될 수 있는 '음악극'에 대한 그의 견해를 펼쳤다. 그리고 그 이론을 바탕으로 음악 작품에 관한 창작을 시도했다. 1851년 5월 《젊은 지그프리트Der junge Siegfried》에 대한 대규모 산문 초안이, 한 달 후에는 텍스트가 완성되었다. 7월 23일에 바그너는 앨범의 한 면에 《니벨룽겐의 반지》에 대한 최초의 음악적 테마로서 《발퀴레들의 말타기Walkürenritt》의 동기를 적어 두었다.

1854년 1월 14일에 바그너는 《라인의 황금Rheingold》에 대한 작곡 초안을 완성했고, 여름에 《발퀴레Walküre》를 시작했다. 그해 가을에 게오르크 헤르베크[13]는 그에게 쇼펜하우어의 주 저서인 《의지와 표상으로서의 세계Die Welt als Wille und Vorstellung》에 관심을 갖게 했다. 바그너는 이 책을 두 달 사이에 서너 번 이상이나 읽고 감격했다. 이를 계기로 쇼펜하우어는 바그너의 생각에 상당한 영향을 주게 되었다.

바그너는 1854년 9월 26일 《라인의 황금》의 총서를 정서하는 일을 끝냈다. 그렇지만 《니벨룽겐의 반지》의 상연 가능성, 쇼펜하우어의 영향, 그의 지인이며 후원자인 오토 베젠동크의 부인 마틸데에 대해 싹터 오는 사랑은 그에게 새로운 오페라 계획, 즉 《트리스탄과 이졸

바그너의 3명의 여인들.
맨 왼쪽부터 민나 플라너, 마틸데 베젠동크, 코지마 바그너.

데》를 만들도록 했다. 그러나 바그너는 우선《발퀴레》를 계속 작업해 1855년 초에 1막의 총보를 완성했다. 그 밖에도 그는 리스트의 제안으로 시작한 파리의《파우스트》단편을 서곡으로 수정·보완하는 작업을 끝냈다. 이어서 경제적 형편을 개선하기 위해 런던으로 건너갔으며, 그곳에서 1855년 6월 25일까지 8편의 콘서트를 지휘했다. 가을에는 안면단독과 신경성 알레르기가 자주 일어났음에도 불구하고《발퀴레》의 3막의 총보·초벌을 시작했고, 1856년 3월 23일에《발퀴레》의 총보를 완성했다.

1856년 늦은 여름에 그는《지그프리트》의 1막에 대한 작곡 스케치를 시작해 리스트의 45회 생일인 1856년 10월 22일에 취리히의 한 호텔에서 제1막을 많은 사람들 앞에서 즉흥적으로 연주했다. 바그너는 이 의미 깊은 야간 연주회에서 오케스트라 파트로서 피아노를 연주했고, 에밀리 하임은 지그린데를, 바그너 자신도 지그문트뿐만 아니라

훈들링으로 노래를 불렀다.

　중단했던 《지그프리트》의 1막에 대한 작곡 스케치를 다시 시작하면서 그는 《트리스탄과 이졸데》의 첫 음악적 주제를 병행하여 집필했다. 작곡에 집중하기 위해 바그너는 마틸데의 배려로 그녀의 별장 옆에 있는 정자를 빌릴 수 있었다. 여기서 《지그프리트》의 2막에 대한 작곡을 시작했으나 1857년 6월 27일에 그 작업을 중단하고, 《트리스탄과 이졸데》를 시작했다.

　그러나 1857년 9월 5일에 바그너에게 중대한 사건이 일어났다. 그의 생애에 큰 의미를 가진 3명의 여인들, 민나, 마틸데 그리고 리스트의 딸이며 후일에 바그너의 아내가 된 코지마가 처음으로 마틸데 베젠동크 부인의 별장에서 만나게 된 것이다. 마틸데에게 보내는 편지가 그의 처 민나에게 발각되었고, 그녀가 마틸데의 남편인 오토 베젠동크에게 이를 알림에 따라 오토 베젠동크와 바그너가 결투를 하게 되었으나 간신히 이를 면했다. 민나는 이혼을 거부했고, 바그너는 망명지에서 더 이상 머물 수가 없었다. 그래서 그는 1858년 8월 28일에 베니스로 도피했다.

### 루트비히 2세와의 만남

　그의 방황은 거의 6년간 실망과 실패와 타격으로 이어졌다. 바그너는 외부 세계와 단절한 채 고독하게 지내면서 《트리스탄과 이졸데》의 2막을 썼으며, 그 악보 정서를 1859년 3월 18일에 끝냈다.

　1859년 3월 26일에 그는 루체른으로 가서, 그곳 호텔 슈바이처 호프에서 《트리스탄과 이졸데》 3막을 시작하여 1859년 8월 6일에 완성했다. 그는 경제적인 궁핍을 겪으면서 파리로 갈 목적으로 오토 베젠

동크에게 그때까지 아직 끝나지 않은 《니벨룽겐의 반지》의 출판권을 6만 프랑켄에 팔려고 했다. 그해 가을에 그는 파리에 갔고, 그곳에서 《트리스탄과 이졸데》의 초연 계획이 실현되길 바랐다. 그러나 누구도 테너 역을 맡길 꺼려했고 《트리스탄과 이졸데》의 칼스루 공연 계획은 실패로 돌아갔다. 바그너가 파리로 불러온 민나와의 생활도 다시금 불화로 이어졌다.

1860년 1월 말과 2월 초에 바그너는 파리에서 자신의 3편의 협주곡을 지휘했다. 그때 샤를 카뮤 생상스와 샤를 구노가 그의 팬이 되었다. 나폴레옹 3세는 외교적인 계략으로 1860년 3월 《탄호이저》의 공연을 허락했고, 파리에서 13일의 첫 공연은 연극사에 기록되는 탄호이저 스캔들을 일으켰다. 즉 관객들은 웃음을 터트렸고 휘파람과 피리를 불면서 공연에 불만을 표시했다. 결국 바그너는 작품을 회수할 수밖에 없었다. 이 사건은 바그너 작품의 실패에 기인한 것이 아니라 프랑스 극장에서 오랫동안 계속되어 왔던 관객들의 관행이기도 했다. 특히 귀족들의 사회적·정치적 불만과 시위의 한 표현이었다. 그러나 황제와 많은 사람들이 이 작품을 좋게 평가함으로써 승리는 바그너 편이 되었다.

1860년 6월 15일부터 바그너는 부분 사면을 받고 작센을 제외하고 11년 만에 독일에 갈 수 있게 되었다. 1861년 5월에는 《로엔그린》이 완성된 지 13년이 지나 빈에서 성공리에 공연을 마쳤다.

그는 1862년 3월 28일, 혁명 후 13년 만에 독일에서 완전한 사면을 받았다. 칼스루에서 《트리스탄》 공연에 대한 결과 없는 협의, 민나의 이혼 거부, 《트리스탄과 이졸데》의 연습으로 인한 《뉘른베르크의 명가수》에 대한 작업 부진은 바그너를 더욱 어렵게 만들었다. 결국 바그너의 출판업자 소트는 돈 지불을 정지했다. 게다가 비스바덴 근교의 비브리히에 있는 집도 비어 주어야만 했기에 그는 호텔이나 친구들의 손님으로 살아갔다.

1862년 12월 26일에 여 황제 엘리자베트가 참석한 가운데 빈의 극장에서 바그너 연주회가 《명가수》의 서곡과 2개의 장면들 그리고 《니벨룽겐의 반지》의 완성된 부분에서 발췌된 곡들로 개최되었다. 청중들은 이 작품들 중에서 《발퀴레의 말타기》에 크게 환호했지만 그 연주회는 다시 한 번 큰 손실을 남겼다.

1863년 1월 1일 열두 번째의 빈 연주회도 손해로 끝났기 때문에 바그너는 깊은 상심에 빠졌다. 그 후 그는 3개월 동안 연주회로 돈을 벌기 위해 모스코바와 페테르부르크까지 여행했다. 그리고 그해 4월에 빈으로 돌아와 그곳에서 영주하려 했다. 그러나 그가 번 돈은 다 소진되었고, 3월에는 《트리스탄과 이졸데》가 빈에서 77번의 연습 끝에 공연 불가로 취소되는 참상이 발생했다. 게다가 사례금과 차용금이 모두 지불된 후여서 그는 고율 이자의 어음으로 돈을 마련할 수밖에 없었다. 1864년에는 그에게 어음 지불이 거절되었다. 그는 위협해 오는 채무에서 도망치기 위해 필요한 것들을 팔아 3월 23일에 빈을 떠났다.

그는 목적 없이 남부 독일 지방을 배회하다가 성 금요일인 3월 25일에 뮌헨의 어느 가게 창문에서 2주 전에 18세의 젊은 나이로 왕위에 오른 루트비히 2세의 초상화를 보았다. 바그너는 4월 18일에 P. 코르넬리우스에게 편지했다.

빛이 나타나야만 합니다. 이제 정력적으로 돕는 한 인간이 나에게 생겨야만 합니다. (…) 선하고 진정으로 도움을 주는 기적이 이제 나에게서 일어나야만 합니다. 그렇지 않으면 끝장입니다![14]

4주가 채 되기도 전에 기적은 일어났다. 바그너는 루트비히 2세로부터 부름을 받았고, 이 두 사람은 1864년 5월 4일에 뮌헨의 관저에서 마주했다. 루트비히 2세는 바그너 예술에 대한 애정을 표했고, 후원자를 자청했다. 그렇게 바그너는 한순간에 큰 곤경에서 구원되었다.

바그너는 1864년 5월 14일에 루트비히 2세가 마련해 준 슈타른베르크 호수 근처의 켐펜하우젠에 있는 별장으로 이사했고, 그 옆 성에 사는 왕과 거의 매일같이 만날 수 있었다. 그는 음악으로 왕의 우정에 대한 경의를 표현했다. 바그너는 7년간 중단했던《니벨룽겐의 반지》를 1864년 9월 14일부터 다시 시작했다. 그리고 1865년 4월 10일에 바그너와 코지마 사이에 아이가 출생했다. 코지마의 남편인 뷜로브의 감독 아래서 바그너가 뮌헨에서《트리스탄과 이졸데》의 초연을 위한 오케스트라 연습을 하던 날이었다. 그러나 뷜로브는 이 관계를 알지 못했다. 이 작품은 여러 가지 문제들과의 다툼으로 여러 번 연기되기도 했으나 1865년 6월 2일에 악보가 완성된 지 6년 만에 뮌헨의 궁정 극장에서 상연되었다.

그해 여름에 바그너는 왕의 소망에 따라 처음으로《파르치팔Parzival》에 대한 산문 초안을 작성했다. 그러나 가을 무렵 바그너는 왕에 대한 그의 영향과 코지마와의 소문 등으로 내각으로부터 퇴임 위협을 받았다. 말 그대로 정부의 위기로 왕은 바그너를 바이에른에서 추방할 수밖에 없었다. 그는 1865년 12월 10일에 다시 스위스 루체른 호숫가의 목가적인 트립셴에서 생활하기 시작했다. 바그너는 자신의 장래를 위해 왕이 그를 다시 불러들이려는 생각을 막았고, 결국 뮌헨의 축제 공연 극장 건립 계획은 수포로 돌아갔다.

1866년 5월 12일에 코지마는 그녀의 딸들인 다니엘라, 블란디네, 이졸데를 데리고 트립셴의 바그너 집으로 가서 그를 만났고, 그때 뷜로

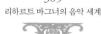

브는 바그너와 코지마의 관계를 알게 되었다. 그럼에도 바그너는 아무 것도 모르는 왕에게 그가 직접 작성한 자신과 빌로브와 코지마를 위한 명예 회복 공개 선언을 발표하게 했다. 1867년 2월 17일에 바그너와 코지마 사이에서 둘째딸이 태어났다. 바그너는 《뉘른베르크의 명가수》과 그의 자서전 《나의 인생Mein Leben》을 함께 작업했으며, 코지마는 왕의 지시로 이미 1865년 6월 17부터 그의 작품을 받아썼다.

1868년 6월 21일에 《뉘른베르크의 명가수》가 뮌헨에서 초연되었고, 그 폭발적인 성공은 바그너 숭배자들과 그 반대자들로 양극화되는 현상을 만들었다. 그래서 바그너는 반대자들뿐만 아니라 1868년 11월 8일에 그의 매형 헤르만 브록하우스를 통해 알게 된 바젤의 젊은 교수 프리드리히 니체와 같은 열광적인 추종자들도 얻게 되었다.

1868년 11월 16일에 코지마는 딸들과 함께 마침내 트립셴의 바그너에게로 이사했고, 1869년 1월 1일부터 바그너가 죽을 때까지 거의 매일같이 그와의 생활을 일기로 쓰기 시작했다. 바그너는 자신의 전기를 계속해서 받아쓰게 했고, 11년간 중단했던 《지그프리트》 작업을 다시 시작했다. 1869년 성령 강림절 날에 트립셴에 있는 바그너를 니체가 처음으로 방문했다. 6월 6일에는 아들 지그프리트가 태어났다. 일주일 후에 바그너는 《지그프리트》 작곡을 끝냈다.

바그너는 루트비히 2세에게 《라인의 황금》과 《발퀴레》의 악보를 1865년과 1866년의 왕의 생일에 선사했다. 《니벨룽겐의 반지》의 4부 작을 통합해 축제 기념극으로 상연하려 했다. 그러나 왕은 《라인의 황금》의 초연을 1869년 9월 22일에 뮌헨에서 감행했고, 바그너는 항의하는 의미에서 참석하지 않았다. 그 후 1870년 6월 26일에 《발퀴레》의 초연도 바그너가 참석하지 않은 채 이루어졌다. 바그너와 왕의 우정에 최초의 갈등이 시작되는 순간이었다.

1870년 3월에 바그너는 처음으로 축제 공연 극장으로서 바이로이트에 오페라 하우스를 세우는 것에 관심을 나타냈다. 그는 여름에 훌륭한 베토벤 논문을 작성했고, 이로써 쇼펜하우어의 영향하에서 음악 미학의 새로운 규정을 만들었다. 즉 그는 취리히의 예술 저서들에서 텍스트를 능가하는 음악의 우선적인 권한을 주장하고 이것을 드라마에서의 음악 규정으로 수용했다. 1870년 크리스마스이브에 코지마의 생일을 계기로 바그너가 몰래 작곡한 〈지그프리트–목가Siegfried-Idyll〉가 초연되었다. 이것은 그가 누리고 있는 가정 행복에 대한 애정 어린 내면의 표현이었다.

비록 루트비히 2세가 바그너를 죽을 때까지 계속해서 지원했다 해도 이들 사이의 간격은 점점 더 커져 갔다. 바그너가 바이로이트로 가는 자신의 길을 준비하고 있는 동안 왕은 새로운 이상으로 프랑스의 로코코 양식, 베르사유, 그리고 루이 14세에 관심을 돌렸다. 바그너가 왕이 마차를 2만 굴덴을 주고 주문했다는 소식을 들었을 때 그는 갑작스러운 광기 또는 사망 소식[15]을 들은 듯 불길한 예감으로 걱정했다.

## 바이로이트 축제 극장
1850년대 초부터 바그너는 자신의 작품 공연을 위해 고민했다.

축제 공연 장소는 독일의 중심에 있어야 한다. 전원적이고 경치가 아름다워야 하고, 대도시들 또는 휴양지와 온천에서 멀리 떨어져 있어야 한다. 아름다운 황야에 있어야 하고, 도시 문명의 자욱한 연기와 산업의 지독한 냄새에서 멀리 있어야 한다.[16]

바이로이트의 축하 공연 극장

　1871년 그는 《지그프리트》의 악보를 완성했으나 그것을 왕에게 넘겨주지 않았다. 왕이 그의 생각과는 달리 임의적으로 《라인의 황금》과 《발퀴레》를 뮌헨에서 공연했기 때문이다. 바그너는 1871년 4월에 1만 7,000명의 주민들이 사는 바이로이트를 500명의 관객을 수용하는 바로크 전성기 양식의 오페라 극장을 건립할 수 있는 모든 전제 조건들을 충족시킨 장소로 보았다.

　바그너는 1872년 4월 22일에 사랑했던 트립셴을 떠나 바이로이트로 이사했다. 그의 59세 생일인 1872년 5월 22일에 오페라 극장의 초석이 놓였고, 그 기념으로 17시에 축하 연주회를 열고 황제 행진곡과 베토벤 제9번 교향곡을 지휘했다.

　바이로이트의 축하 공연 극장은 고대 그리스 극장의 창고 같은 모습을 하고 있으며, 외부의 장식보다 기능적 목적을 중요시해 건립되었다. 내부에는 품위 있는 휴게실이나 식당이 없으며, 난방 시설이 없는 순수한 여름 극장으로 설계되었다. 그래서 관객은 휴식 시간에는 극장을 떠나야만 했다. 그 대신 이 극장은 객석에 고대 극장의 부채꼴 모양의 관람석과 관람석이 무대 중앙으로 향해진 가장 좋은 관람 조건들을 가진 대강당의 모습을 가지고 있다. 관람석과 거의 정방형의 무대 정면 사이에는 신비로운 심연[17]으로 표현된 가라앉은 구덩이 같은 오케스트라 자리가 있었다. 오케스트라를 보이지 않게 만든 것은 연주자들의 동작으로 무대 장면에서 고개를 돌려 환상을 방해하는 것을 피하기 위한 것이었다. 그리고 음악처럼 대상이 없이 고대 그리스 합창의 기능에 맞게 드라마의 서사적인 중개자가 되어야 하는 이상적인 혼합 음향을 만들려는 시각적인 목적 때문이었다.

그러나 극장 건립을 위한 모금은 잘 진행되지 않았다. 그래서 니체는 대학, 예술 학교, 정치가들, 국회에 보내려는 경고장을 작성했으나 발표하지 않았다. 1874년 초에 루트비히 2세는 10만 탈러의 보증을 거부했다. 바그너가 이후 1월 9일에 축제 공연 계획의 실패를 왕에게 통보했다. 왕은 이에 대해서 계속 고민하다가 마침내 1월 25일에 그에 대해 다음과 같이 대답했다.

아니오! 아니오! 결코 아니오! 그렇게 끝나서는 안 되오. 거기에는 도움이 있어야만 하오! 우리의 계획이 수포로 돌아가서는 안 되오![18]

그는 축제 극장이 완성될 수 있는 10만 탈러에 대한 대부를 승인했다. 그러나 대부금 상환을 위한 입장권 판매가 불가피했기 때문에 무료 관람의 이상은 포기할 수밖에 없었다.

1874년 11월 21일에 바그너는 《신들의 황혼Götterdämmerung》의 악

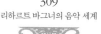

보 정서를 끝냈고, 26년 3개월이 걸린 《니벨룽겐의 반지》의 전편을 완성했다. 루트비히 2세는 눈에 띄지 않게 총 연습에 참석했고, 1876년 8월 12일에는 빌헬름 1세 황제가 바이로이트에 왔다. 이로써 처음으로 국가 원수가 축제극에 참관하게 되었다. 8월 13일에 《라인의 황금》을 시작으로 《니벨룽겐의 반지》의 첫 번째 전체 공연이 바이로이트의 첫 축제극으로 시작되었다. 그러나 예술적으로 《니벨룽겐의 반지》는 무난하다는 성과 이상을 얻지 못했다. 바그너도 실망했고, 미국으로 도피할 생각마저 했다. 결국 14만 8천 마르크의 손실로 인해 다음해에 축제극이 계속해서 열리지 못하게 되었으며, 축제 극장은 폐쇄될 수밖에 없었다.

### 죽음과 완성된 신화

바이로이트의 첫 축제극에 대한 실망과 심해지는 심장의 통증에도 불구하고 바그너는 무대 축성극 《파르치팔》을 완성했다. 이 작품은 마지막 5년의 생애에서 그의 최고의 작품이며 세계와의 고별 작품[19]이라고 할 수 있다. 그는 루트비히 2세에게 이 극의 바이로이트 공연을 위해 이렇게 밝혔다.

기독교 신앙의 가장 숭고한 신비가, 공공연히 장면으로 옮겨지는 줄거리가, 어떻게 우리가 가지고 있는 그런 극장에서 상연될 수 있고, 또 상연되어도 좋단 말입니까. (…) 이에 대한 아주 올바른 감정에서 나는 파르치팔을 무대 축성극이라 제목을 붙였습니다. 그것은 오로지 바이로이트에 외롭게 서 있는 나의 무대 축제 극장일 수밖에 없습니다. 그곳에서 파르치팔은 전적으로 미래에 상연되어야 합니다. 파르치팔은 결코

다른 어떤 극장에서도 즐기기 위해 상연되어서는 안 됩니다.[20]

    코지마의 생일 아침 1878년 12월 25일에 발프리트 집의 홀에서 《파르치팔》 전주곡이 울렸다. 바그너는 그 사이 시국, 특히 정치적 사건들에 점점 더 낯설어졌다. 바이로이트의 겨울이 몹시 추웠기 때문에 그는 1880년 1월 4일에 가족과 함께 이탈리아의 온화한 해변도시인 나폴리로 이주했다. 그곳에서 그는 자신의 전기를 받아쓰게 해서 1880년 3월 20일에 완성했다.

    바그너는 평생 정치에 관여했다. 루트비히 2세는 드레스덴과 뮌헨에서 바그너의 경제적 후원자였다. 이것은 한편으로 바그너의 예술적 욕구를 관철시키는 귀중한 목적에 도움이 되었지만 다른 한편으로 그를 구역질나게 하는 정치인들 가운데 하나라고 비난하게 만들었다. 이런 현상은 그가 평생 지녀 왔던 무정부적이고 반자본주의적인 기본 태도와 상반된 것이다. 그렇기 때문에 대략 1850년까지의 바그너를 유토피아적 사회주의자로, 더구나 민주주의자로 표현하는 것은 적합하지 않다.

    독일 역사의 일반적인 맥락에서 볼 때 바그너는 '혁명'과 '민족'이라는 2개의 큰 영역에서 관찰될 수 있다. 그에게 국수주의를 지속시킨 요인들은 당시 사회와 정치의 일반적인 경향에 있었다. 1870~1871년의 보불전쟁普佛戰爭은 독일 제국을 건립한 후 국수주의적 감정을 고조시켰다. 예를 들어, 바그너는 바이로이트 신문에 기재한 수필 〈독일적이란 무엇인가?Was ist deutsch?〉에서 독일 정신의 위대한 전통을 고조시켰다. 보불전쟁 때에 브람스, 니체와 보조를 맞추면서 독일 정신의 위대함을 무비판적으로 찬양했다.

    바그너의 국수주의적 감정은 그의 반유대주의에 많은 작용을 했다.

동시에 그의 반유대주의는 반자본주의와 직접적으로 연관되었다. 예를 들어, 혁명에 실패한 후에 파리에서의 절망적인 곤경 속에서 부유한 유대계 동료 음악가인 멘델스존과 마이어베르에 대한 그의 증오는 이 같은 사실을 가장 쉽게 설명하고 있다. "혁명은 봉건제도를 깨트렸으나 그 대신 황금만능주의를 도입시켰다"[21]는 바이로이트에서 나온 평가대로, 바그너는 적으로서 그런 황금만능주의의 대표자들을 유대인 은행가 출신의 음악가들 중에서 찾았다. 사회적 명성과 음악의 정치적 지배를 위한 싸움에서 바로 2명의 주 경쟁자들이 부유한 유대인 은행 가족 출신이라는 사실, 말하자면 멘델스존과 마이어베르의 성공을 유대인의 간계로 돌리기 위한 동기가 바그너에게 충분하다는 것이다. 바그너는 마이어베르에게 있어 그의 형이상학적 이념극이 바그너의 음악극을 외양적으로 뿐만 아니라 예술적으로 능가한다는 우려를 하게 되었다. 리스트 자신도 1854년에 출판된 《악마 로베르트》에 대한 논문에서 마이어베르를 바그너의 선구자라고 말했을 정도였다.

유대인에 의해 지배된다고 하는 음악 문화에 대한 비방으로 바그너는 그 시대의 많은 사람들로부터 공감을 얻었다. 더 나아가 그는 심층 심리학적으로만 설명될 수 있는 증오에서 인종적인 논쟁, 말하자면 유대인에 대한 생물학적 논쟁에 불을 붙이는 데 주저하지 않았다. 이것은 1850년 《신 음악지》에 F. 프라이게당크(자유로운 사상이란 뜻)란 익명으로 발표된 에세이 〈음악에서의 유대 민족에 관하여Über das Judentum in der Musik〉에 잘 나타나 있다. 이 에세이의 마지막에서 바그너는 마치 우글거리는 벌레들 같은 유대인들에 의해 부서지는 사회를 구원할 수 있는 유일한 방법으로 "아하스버의 구원, 몰락Die Erlösung Ahasver's, der Untergang"[22]을 말했다. 이 몰락을 그는 유대인과 기독교인들뿐만 아니라 잠재적으로 자기 자신에게도 적용했다.

바그너의 유대인에 대한 비난적 에세이는 격렬한 항의를 불러일으켰다. 비록 바그너가 유대인에 대한 비난을 단순한 알레고리에 불과할 뿐이라고 강력히 부인하려 해도 그것은 실패한 혁명가의 과실로 가볍게 보아서는 안 된다. 왜냐하면 바그너는 유대인들과의 불화가 두렵다는 코지마의 경고에도 불구하고 1869년에 이 에세이를 더 확대해 책으로 출간했기 때문이다. 그것은 바그너가 강요에 의한 것이었다고는 하나 어쩔 수 없이 스스로 선택한 망명 생활에서 변함없이 적들에 포위되었다고 잘못 생각한 인생의 시기에 일어났다.[23]

바그너의 음악극들에서 나오는 알베리히, 미메, 벡크메써, 쿤드리 같은 인물들은 아주 공공연하게 반유대적 내용을 내포하고 있다. 예를 들어, 1870년에 빈에서 《뉘른베르크의 명가수》가 공연되었을 때, 극중의 인물인 벡크메써가 옛 유대인의 노래를 풍자함에 따라[24] 공연을 관람한 유대인들에게서 맹렬한 항의를 받았다. 그리고 바그너 숭배자인 말러는 《니벨룽겐의 반지》에서 미메의 인물을 유대인과 정확하게 일치시켰다. 비록 바그너의 내면에 존재하는 반유대주의는 나치주의자들의 인종을 박멸하는 집단 학살과는 무관한 것이라 해도 지도적인 나치주의자들이 바그너의 독일적·민족적 세계관의 예술 개념에서 그의 작품들을 해석하고 숭배했기 때문에 그는 나치즘에 대한 표제어의 제공자라는 사실을 피할 수 없었다.

그러나 바그너를 아돌프 히틀러의 선구자로 본다면 이는 바그너의 진정한 이해에 모순된다. 반유대주의와 인종 차별주의는 바그너의 착상이 아니다. 그것들은 19세기 후반과 20세기 초반에 독일뿐만 아니라 전 유럽 시민 계급의 절대적인 다수가 옛날의 음울한 유대 민족사에서 물려받은 비극적인 소유물이기 때문이다. 예를 들어, 니체가 떠오르는 파시즘을 예감했을 때 회의적인 바그너 숭배자인 토마스 만은

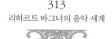

"니체가 파시즘을 만든 것이 아니라 파시즘이 그를 만들었다고 보아야 한다"고 말한 것과 같다. 이것은 바그너에게도 해당된다.

바그너는 유대인 음악가들을 증오했지만 멘델스존의 창조적인 음악 창작을 위한 노력을 높게 평가하고 호감을 표시했다. 미완성으로 남아 있는 그의 마지막 에세이 〈인간적인 것에 나타난 여성적인 것에 관하여Über das Weibliche im Menschlichen〉는 여성 해방과 이성 간의 정신적 사랑의 윤리적 필연성을 주제로 하고 있다. 이것만으로도 바그너는 삶의 마지막까지 인도적 견해를 가지고 있었음을 나타내고 있다.

1881년 11월 초에 바그너 가족은 나폴리를 거쳐 팔레르모로 여행을 떠났다. 그곳에서 그는 《파르치팔》 3막의 악보를 시작했지만 반복되는 가슴 경련은 심해져만 갔다. "성취되었노라", 그리고 "당신을 위해"²⁵라는 격정적인 말로 1882년 1월 13일, 금요일에 《파르치팔》을 끝냈고, 그것을 코지마에게 헌정했다.

1882년 4월 말에 바그너 가족은 바이로이트로 돌아왔다. 프란츠 리스트, 안톤 브루크너, 리하르트 슈트라우스도 바이로이트로 왔다. 1882년 6월 26일의 제2회 바이로이트 축제 공연 기간에 《파르치팔》의 초연이 이루어졌고, 대단한 성공을 거두었다. 그해 6월 28일부터 8월 29일까지 계속해서 공연들이 이어졌다. 그동안에 바그너는 심한 심장 발작으로 고통받았다. 계속해서 불안한 심장 마비 증상이 있은 후에 가족과 함께 9월 14일에 바이로이트를 떠났고, 이틀 후 베로나를 거쳐 베니스에 도착했다. 그곳에는 1882년 11월 19일부터 1883년 1월 13일까지 리스트가 손님으로 와 있었다. 1883년 2월 11일에 바그너는 〈인간적인 것에 나타난 여성적인 것에 관하여〉라는 논문의 집필을 시작했고, 집필 중에 심근 경색으로 2월 13일 오후 3시 30분경 코지마의 품에서 사망했다.

바그너의 생애가 파란만장한 느낌을 주지만 그의 생애는 다음의 가장 중요한 단계들로 구분된다. 즉 1840년경에 환멸을 느끼게 하는 파리 예술 무대에의 참여, 1848~1849년 드레스덴 혁명에의 협력, 루트비히 2세와의 만남, 바이로이트 축제극의 설립과 축제극들의 창작 및 공연이다. 이 단계들은 그의 작품들을 현실화시키는 데에 이바지했다. 그는 자신의 생애와 예술을 때로는 현실과의 대결로, 때로는 삶의 실제로 보았다. 그래서 의심의 여지없이 그의 생애는 그의 작품에서 그 시대의 다른 작곡가들보다 더욱 분명하게 흔적을 남겼다.

사실 바그너는 자신의 자서전인 《나의 인생》에서 자기 생애를 미화하려 하지 않았고, 오히려 예술가로서의 자신의 길을 논리정연하게 표현하려 했다. 분명히 바그너의 변화하는 정치와의 관계는 그때마다 자기 예술을 성취하기 위한 숙고의 표현이라 할 수 있다. 그리고 그는 자신의 무분별한 인간관계와 사치스러운 성향을 오히려 창작을 위한 예술가의 권리로 여겼다. 따라서 바그너의 삶에는 불투명한 19세기의 음악 시장에서 전율을 일으키는 잡탕의 청중들을 상대로 수준 높은 사명으로 완성해야만 하는 예술가의 객관적 상황이 반영되어 있다.[26]

바그너는 삶의 목표를 전적으로 창작에 둔 예술가였다. 그의 초기 예술에 내재해 있던 진보적인 요소들은 점점 사라져 갔지만 새로운 바그너주의는 외양적으로 약해지지 않았다. 오히려 바그너주의는 그 시대의 자본주의적이고 목적 합리적인 경향들에 의해 자주 유린된 것으로 변호된다. 바그너의 예술 작품들이 시대의 변화와 함께 신중한 연출가에 의해서 언제나 새로운 방법으로 이야기된다는 것에서 바그너 신화의 현실성이 증명되고 있다.

# 마지막 낭만주의 예술의 완성자

바그너의 예술관에 지대한 영향을 준 철학자는 쇼펜하우어였다. 바그너는 쇼펜하우어의 《의지와 표상으로서의 세계》를 1854년 가을에 읽고 그의 철학에 심취했다. 그래서 그해 12월에 리스트에게 보낸 편지에서 이렇게 썼다.

최근에 나는 (…) 마치 신이 내린 선물처럼 내 고독 속으로 들어온 누군가에게 완전히 몰입해 있었습니다. 그는 바로 아르투르 쇼펜하우어입니다. 칸트 이후 가장 위대한 철학자이고, 그의 말에 따르면 자신의 사상은 극단에까지 추구된 것이라 합니다. 독일의 교수들은 40년 동안 그를 무시해 왔지만 최근 들어 독일로서는 수치스럽게도 그는 영국인 평론가에 의해 발견되었습니다.

아르투르 쇼펜하우어(1788~1860).
독일의 철학자로서 생의 철학의 시조이며 주의설과 영세관의 대표자다.

쇼펜하우어가 72세의 나이로 1860년 9월 21일에 마인 강가의 프랑크푸르트에서 죽을 때까지 그의 철학과 저서는 주의를 끌지도, 명성을 얻지도 못한 채 그는 고독 속에서 살아야 했다. 그러나 그 사이 시대적 상황은 쇼펜하우어 철학을 받아들이기 유리하게 발전해 갔다. 1848년 혁명의 실패로 자유와 민주주의에 대한 희망 없는 요구들은 시민 계급에서 의기소침한 상태와 사회적 침체의 감정을 불러일으켰다. 그 외에도 생산 수단의 발전으로 자본주의 사회의 모순들이 동시에 명백히 드러났다. 물질적이고 기술적인 발전의 이면에 개인들은 이익만을 추구해서 시민 사회가 점차 서로 고립된 개별적인 존재로 몰락해 갔다.

이런 상황들의 결과로 야기된 경제적·심리적 불안은 증가하는 고립과 불만의 감정에 의해, 세계가 무의미한 것으로 느껴지는 일상적인 생존 경쟁에 의해 그리고 위로와 해방에 대한 소원에 의해서 더욱

심화되어 갔다. 바로 새 시대에 대한 낙관주의에서, 혁명의 실패로 인한 비관주의로 넘어가는 전환의 시대에서, 쇼펜하우어의 철학은 새롭게 인식되기 시작했다. 쇼펜하우어의 학설은 인생의 마지막 시기에 비로소 인식되기 시작하여 최초의 추종자들이 모습을 나타낸다. 그들은 감격해서 스승의 생각을 세상에 알렸다.

단치히의 한 부유한 상인의 아들로 1788년 2월 22일에 태어난 쇼펜하우어는 아버지의 직업에 관심이 없었으며, 익숙하지도 못했다. 더구나 그는 사업을 상속받아 계속하려는 생각을 전혀 갖지 않았다. 그는 자신의 미학적이고 학문적인 섬세한 성향은 대기업의 주인으로서 전혀 적합하지 않다고 느끼게 했기 때문이다. 그러나 쇼펜하우어의 아버지는 아들을 회사 경영의 후계자로 삼으려 했다.

그는 아버지와의 충돌에서 일어나는 심리적 갈등에서 점점 민감해져 가는 신경 계통의 불안 상태가 그를 압박했다. 그리고 커져 가는 부자 간의 불신은 그에게 평생 고독의 감정을 심화시켰다. 그리고 아버지의 사업에서 배반과 사기의 기미를 느낀 쇼펜하우어는 이로 인해 훗날 차츰 인간 혐오자가 되기에 이른다.

쇼펜하우어는 46세 때에 프랑크푸르트로 이주했다. 그 시절 그는 더욱 고독해졌다. 그의 아버지는 1805년에 갑자기 죽었고, 그로 인해 쇼펜하우어는 비로소 그렇게도 간절히 바라 왔던 자신의 길을 갈 수 있게 되었다. 이런 그의 모습은 음악의 상아탑으로 도피한 낭만주의 작가 바켄로더의 주인공 베르크링어, 긴 여행에서 아버지의 사업으로 끝내 돌아오지 않은 괴테의 빌헬름 마이스터 그리고 3세대를 이어서 경영해 온 대상점의 마지막 후예로서 너무나 지나치게 섬세한 기질로 괴로워하고 생활 능력이 없음을 보여 주는 토마스 만의 소설《부덴브로크 가家, Buddenbrooks》의 주인공 하노 부덴브로크와 유사하다고 할 수 있다.

　이들은 모두가 아버지의 유산을 버리고, 문학과 음악에 빠져든 인물들로 궁정 사회나 시민 사회에 대한 불만과 반대 감정에 젖었다는 것을 공통점을 가지고 있다. 쇼펜하우어는 지상의 불행에서 구원될 수 있는 수단으로 음악을 찬양하는 젊은 시인 바켄로더의 생각을 이해하고 큰 감명을 받았다. 그래서 이 낭만주의 시인과 마찬가지로 세상에서의 불행한 것들에 관심을 기울이게 되었다.[27]

　분명히 쇼펜하우어는 바켄로더의 논문들을 통해 비관주의적 경험 세계에 대한 그의 의견을 지지하게 되었다. 바켄로더와 마찬가지로 쇼펜하우어 역시 예술적이고 감상적인 천성에 따라 낯선 고통들에 대해 각별히 민감했다. 동시에 음악을 통해 비탄과 고통의 구원을 찾으려 했다. 그래서 바켄로더의 영향으로 음악은 쇼펜하우어의 철학 체계에서 중심적인 기능을 했다.[28] 음악은 그에게 가장 위대하고 훌륭한 예술로서 모든 다른 예술들 가운데 첫 번째 자리를 차지하며, 이들로부터 완전히 분리되어 존재한다. 쇼펜하우어는 음악에서 쉬지 않고 만족을 좇는 맹목적인 의지를 인식했다.

　　그래서 음악은 다른 예술들처럼 결코 생각들의 모사가 아니다. 오히려 의지 자체의 모사다. (…) 그렇기 때문에 바로 음악의 작용은 다른 예술들의 작용보다도 훨씬 더 강력하고 감동적이다. 후자들은 단지 그림자에서 말하지만 음악은 본질에서 말하기 때문이다.[29]

　음악의 훌륭한 작용은 쉬지 않고 만족을 좇는 모든 가능한 의지의 노력들을, 말하자면 자신의 가장 내면적인 영혼을, 무한히 많은 멜로디를 통해, 그러나 단순하고 막연한 형식으로, 소재 없이, 언제나 오

직 자기 자신만을 향해 형체 없이 표현하는 데에 있다.[30] 그래서 쇼펜하우어는 노래의 가사나 오페라의 줄거리에 대한 음악의 절대적 지배를 요구했다. 음악의 우위에 대한 요구에서 그는 "음악이 가사를 위해 작곡되기보다는 가사가 음악을 위해 만들어진다는 것이 아마 맞는 것일지도 모른다"[31]고 주장하기까지 했다.

음악의 작용은 오로지 기악 음악에서 가장 빠르게 나타나지만 교향곡에서는 가장 완전하게 나타난다. 반면에 오페라는 절대 음악의 거룩하고 신비로운 경건한 소리들에 대한 감수성을 가장 둔감하게 만들 뿐만 아니라 기술 장비와 무대 장치가 정신을 분산시키고 마비시킨다는 생각에서 쇼펜하우어는 오페라를 신랄하게 비판했다.[32] 오페라에 대한 그의 생각은 후일에 바그너의 오페라 개혁에 대한 노력에 큰 영향을 끼쳤다.

낭만주의 작가들이 그러했듯이 쇼펜하우어에게도 그가 죽기 직전까지 전념했던 음악은 사회적 고립, 즉 공동생활 상실의 고통스러운 경험에 대한 위로이며 구원이었다. 낭만주의 작가들은 세상을 적극적으로 극복하려는 대신 불만과 삶의 공포를 도취 상태에서 진정시키기 위해 음악이나 그와 유사한 수단의 도피처를 찾았다. 그래서 토마스만은 바그너와 연관해 쇼펜하우어를 19세기에 유행했던 도덕적 비관주의와 음악으로 인한 붕괴의 분위기를 지닌 자본주의 철학자라고 말하고 있다.

쇼펜하우어에 의하면 말로 표현할 수 없는 음악의 경건함은 우리의 내면에 작용한다. 그래서 완전히 이해할 수 있지만 정녕 설명할 수 없는 방법으로 우리를 현실의 고통에서 멀리하게 하고, 영원한 낙원에 대한 예감을 불러일으킨다는 것이다.[33] 이런 생각은 음악을 예술들 가운데 최상의 것으로, 가장 존엄한 것으로 수용하는 쇼펜하우어 음악 철학의 근본을 이루고 있다.

쇼펜하우어의 음악 철학은 평생에 걸쳐 바그너의 예술 세계에 영향을 미쳤을 뿐만 아니라 바그너의 예민한 예술가 기질에 매우 민감하게 작용했다. 비관주의와 현재의 심리적 압박으로부터 해방되려는 소망은 바그너의 문학적·음악적 창작에 큰 역할을 했고, 오직 쇼펜하우어만이 시대에 맞는 시민의 철학자라고 인식하게 했다.

바그너는 쇼펜하우어의 비관주의와 음악을 통한 구원의 동기를 이미 파리 생활에서 그리고 스위스 망명에 이르기까지 온갖 떠돌이 생활과 극심한 빈곤을 견디어 내면서 실제로 체험할 수 있었다. 특히 바그너는 이러한 환멸적인 예술 체험을 통해 쇼펜하우어의 철학을 전적으로 받아들일 수 있었다. 예를 들어, 파리 체험을 자신의 소설《파리에서의 종말Ein Ende in Paris》에서, 세계적인 예술의 도시인 파리에서 굶어죽은 예술가 R에 대한 그의 친구의 보고를 통해 묘사했다.

젊은 음악가 R의 장례 후에 R의 친구는 음악가 R이 파리에서 겪은 고통의 짧은 역사를 기록했다. 그의 친구는 R을 성실한 독일 음악가로 소개했다. 그는 바켄로더의 악장 베르크링어와 유사하게 부드러운 마음을 가졌으며, 성품이 온순하고, 민감한 예술가적 양심을 가졌고, 사회의 모순들 앞에서 기진맥진하는 유형이었다. R은 음악적으로 성공하고 행복을 찾기 위해서 파리로 왔다. 현실에 대한 인식이 없이 정말로 순수한 예술만을 추구하는 예술가 R은 경제적 곤경으로 아사 직전에 이르게 되었다. 1년 후에 그 친구는 R로부터 다음과 같은 편지를 받았다.

여보게, 와서 내가 죽는 것을 보게!

그 친구가 매우 검소한 R의 은신처인 다락방으로 들어갔을 때 헛소리를 하고 굶주린 모습이 역력하며 폐결핵에 걸려 쇠약해진 상태로 초라한 침상에 누워 있는 R을 발견했다. R은 마지막 힘을 다해 자신의 생애를 고해성사를 하듯 고백하고 생을 마감했다.

비록 단순함에 대한 나의 믿음이 굶주림을 제외하고는 어느 누구에 의해서도 지속적으로 반박되지 않았지만 나는 실로 내 믿음의 단순함 때문에 죽는다. (…) 나는 신을, 모차르트를 그리고 베토벤을 믿는다. (…) 이 세상에서 높고 순결한 예술로 감히 폭리를 탐내고, 마음의 나쁜 짓과 육체적 쾌락에 대한 비열한 욕망에서 예술을 더럽히고 그 명예를 훼손시키는 모든 사람들에게 끔찍한 유죄 판결을 내리게 될 최후의 심판을 나는 믿는다.

이 말을 한 후에 R은 죽고, 친구는 보고를 끝냈다. 타고난 예술가 R은 바켄로더의 베르크링어처럼 세상과 동떨어져 있으며, 삶을 현실적인 방법으로 극복하지 않고 오로지 자신의 이상에만 몰두했다. 그래서 그는 시민 사회에 적응하지 못한 채 곧바로 극단으로 흐르고, 자신의 운명을 적극적으로 극복하는 대신 음악에서 구원을 찾았다. 바그너 자신이 파리 시절에 겪었던 궁핍한 예술가의 생활을 철저히 보여주고 있는 R의 죽음은 비록 그 죽음이 한 예술가 자신의 내적 몰락에 기인하고 있다 할지라도 비극적인 몰락을 방치해 두는 궁정 및 시민 사회의 예술에 대한 무관심과 몰이해에 대한 항의를 내포하고 있다. 그래서 바그너는 이렇게 항변하고 있다.

만일 이전에 굶어서 죽지만 않았더라면 작품들로 세계를 기쁘게 했을 지도 모르는 한 예술가가 자신의 내면에서 몰락했다고 주장한다면 누가 그것을 알 수 있을 것이며, 누가 나에게 반박할 수 있을까?[34]

바그너는 바켄로더와는 달리 그의 문학 작품에서 사회적 갈등을 보다 강하게 강조했다. 그는 R의 죽음에서 이 갈등을 첨예화시켰다. R이 베르테르와 마찬가지로 존재를 긍정하고 운명을 극복하려는 의지와 용기를 상실한 약점은 비난받아야 마땅하다. 하지만 R은 궁정의 성향에 따르거나 수많은 천박한 일반 대중의 욕구를 충족시키는 평범한 경음악을 작곡하기보다는 차라리 몰락의 길을 택했다는 것이다. 절망적인 상황에서 R의 유일한 위안은 음악이었다. 그 때문에 음악가 R은 모든 논리를 넘어서고, 말로 표현할 수 없는 감정들을 불러일으킬 수 있는 순수한, 절대적인 음향 예술을 요구했다. 바그너는 R의 죽음을 통해 사회 비판과 음악의 순수성에 대한 자신의 철학을 표현했다.

바그너의 정신적인 발전은 파리 시절에 사회학자 프루동, 슈티르너와 러시아의 무정부주의자 바쿠닌의 영향에서 이루어졌다. 1841년에 포이어바흐의 《기독교의 본질Wesen des Christentums》이 출판되었을 때 바그너는 그 작품에 근거를 둔 인간애의 현세 종교와 무신론도 인정했다. 이후에 바그너의 편지들과 저서들에서 포이어바흐, 바쿠닌과 프루동의 진보적인 사고들에 대한 관계들이 입증되었다. 토마스 만은 그의 수필 《리하르트 바그너의 고뇌와 위대함Leiden und Größe Richard Wagners》(1933)에서 바그너는 예술에서 사회의 피해들에 대한 성스럽고 새로운 만병통치약을 보았다. 그래서 미학적 방법으로 사회를 사치, 금권 통치, 사랑의 부재에서 해방시키려 했던 카타르시스적 인간이었다고 말했다.

그렇지만 점점 더 심해져 가는 사회적 모순들에 직면해 낭만주의

이후 증가해 가는 음악에 대한 욕구와 함께 쇼펜하우어 음악 철학의 영향으로 커져 가는 비관주의가 바그너의 내면에 동시에 존재하고 있었다.

바그너의 논문들과 음악 작품들은 이 두 요소들의 상호 작용을 보여 준다. 작품들과의 연관에서 나타난 바그너의 변화를 한스 마이어는 정확하게 설명하고 있다. 즉 바그너는 취리히 망명 시절에 집필했던 세 저서들《예술과 혁명》(1849), 《미래의 예술 작품》(1850), 《오페라와 드라마》(1851)에서 이미 그의 반자본주의적이고 사회 비판적인 사고를 보여 준다. 반면 쇼펜하우어를 알게 된 1854년 이후 바그너는 반자본주의적이고 사회 비판적인 사고를 가진 진보적 예술가에서 이제 비인도주의적인 사상가로 그리고 비현실적인 미학자가 되는 근본적인 변화를 보여 주고 있다는 것이다.[35]

바그너의 창작에서 나타난 이 급변은 혁명 후의 상황들에 대한 시민의 반응을 나타낸다. 시민 계급은 사업에서 만족을 찾았고, 대지주와 함께 국가의 권력을 공유했다. 동시에 마르크스와 엥겔스 학설의 영향은 점점 더 강한 이목을 끌었다. 이러한 모순된 시대적 흐름에서 바그너는 혁명에 대한 믿음뿐만 아니라 혁명에 대한 욕구조차 상실했으며, 이제 귀족들과 중상류층 시민들의 친구가 되었다.

한스 마이어가 지적했듯이 위안·도취·마비·구원에 대한 욕구와 함께 바그너의 음악적 능력은 절정을 향해 치닫고, 기교상의 대가다운 재능은 그의 작품들의 내용을 후기 시민 계급이 쇠퇴해 가는 쪽으로, 깊게는 인간 혐오의 방향으로 몰고 갔다.[36]

바그너의 비관론은 쇼펜하우어 고유의 비관주의에 철학적 근거를 두고 있다. 그래서 바그너는 자신을 이 비관론의 추종자로 생각했기 때문에 용기를 내어 쇼펜하우어에게《니벨룽겐의 반지》의 대본을 보

냈다. 그러나 쇼펜하우어는 바그너의 작가적·음악가적 자질을 냉혹하게 부인하고 그의 언어를 날카롭게 비판했다.

발트라우트 로트에 의하면 바그너에게 음악적 정열의 상승은 인간의 품위를 손상시키는 작용을 하며, 지나치게 효과만을 노린다는 데에서 쇼펜하우어가 《니벨룽겐의 반지》를 반대했다는 것이다.[37] 예를 들면, 쇼펜하우어는 지그프리트가 미메를 심하게 다루는 장면에 대해 "분노를 불러일으키는 배은, 따귀 맞은 도덕"이라고 말했다. 그는 니벨룽겐 견본의 위 여백에 《발퀴레》의 지그문트와 지그린데 사이의 장면에 대한 논평을 다음과 같은 말로 기록했다.

사람들은 도덕을 한 번쯤 잊어버릴 수 있지만 도덕을 따귀질해서는 안 된다.

음향의 도취는 의식적으로 현상들을 음악에 녹아들게 하고, 소신 없이 형이상학적인 피안으로 쉽게 빠져들게 한다. 그래서 쇼펜하우어는 자기 자신을 기쁨의 도취에 빠지게 하는 음악에 대한 지나친 탐욕과 정열적인 욕구에 대해 의심과 반발심을 가졌다. 쇼펜하우어에게 음악은 최고의 예술 형식이며, 가장 깊은 내면적 존재의 모사였다. 그래서 그는 바그너의 음악에 대한 지나친 정열을 음악의 악용으로, 인간 존엄의 모독으로, 따귀 맞은 도덕으로 여겼다.

그러나 낭만주의자들과 쇼펜하우어, 바그너 모두가 생존 경쟁의 어려움에서 생기는 괴로운 감정에서 인간을 구원하는 방법을 음악에서 찾고 있다는 사실에서는 서로 일치한다. 구원의 음악적 의도는 고독한 파리 시절의 극심한 경제적 곤경에서 작곡된 오페라 《표류하는 네덜란드 유령선》의 사랑을 통한 구원의 극적 동기와도 연관되어 있다. 여

주인공 젠타의 죽음은 방황하는 네덜란드인의 영혼을 구하고, 사랑하는 한 쌍이 승천함으로써 연인들의 변용된 환상적인 구원을 알린다.

　사랑을 통한 구원의 동기는 이 오페라 이후의 모든 작품들에서 나타났다. 특히 이 구원의 테마는《트리스탄과 이졸데》에서 음악적으로 가장 완벽하게 형성되었다.[38] 바그너는 트리스탄과 이졸데의 사랑을, 이 사랑을 허용하지 않는 세계에서 억제할 수 없는 낭만적 동경의 표현인 무한한 멜로디로 감동을 울리게 했다. 트리스탄과 이졸데의 죽음은, 로미오와 줄리엣의 자살과 마찬가지로, 사랑의 행복과 안전을 위협하는 사회적 상황들로부터의 탈피이며 동시에 이에 대한 항의다. 또한《표류하는 네덜란드 유령선》,《탄호이저》,《니벨룽겐의 반지》의 4부작을 거쳐서《파르치팔》에 이르기까지 구원의 동경은 죽음의 동경이 된다.[39] 그 때문에 트리스탄과 이졸데는 사랑의 행복을 허용하지 않은 현실 세계로부터 해방되기 위해서 사물들의 신비로운 근원으로 빠지기를 바랐다.

　　오, 아래로 가라앉아라,
　　사랑의 밤이여.
　　잊게 해 주오.
　　내가 살아 있음을
　　네 품속에
　　나를 받아 주고,
　　세상에서 나를
　　풀어 다오!

　이 음악극은 이졸데의 노래로 끝난다. 이 노래는 그녀가 소리와 파

도치는 우주의 바다로 황홀해서 넋을 잃고 들어가는 것, 즉 그녀의 죽음을 묘사한다. 이렇듯 사랑에 의한 구원의 동기가 사랑에 의한 죽음의 어두운 동기로 넘어가는 변화가 눈에 띄지 않게 낭만주의의 어스름한 공간에서 이루어진다.[40] 또한 바그너는 텍스트에 곡을 붙이지 않고도 구원의 상태를 암시적으로 호소력 있게 알릴 수 있을 정도로 언어를 그의 음악적 의도에 맞게 문학적으로 잘 형성했다.

바그너는 《트리스탄과 이졸데》에서 낭만적 음향에 도취된 감정 묘사의 극치를 보여 준다. 쇼펜하우어는 음악에 대해 보다 더 합리적이고 윤리적인 관계를 가졌던 반면 바그너는 대부분의 작품들에서 감정의 우위를 나타냈다. 낭만주의 예술의 지나친 도취 작용은 음악적 낭만주의뿐만 아니라 문학적 낭만주의에 대한 부인할 수 없는 바그너의 관계들을 말해 준다. 바그너의 음악에서 문제가 되는 것은 낭만주의 예술의 지대한 도취 작용이라는 것을 아르투르 파울 로스는 정확히 지적하고 있다.[41]

그러나 그 당시에 바그너 작품이 거둔 세계적 성공은 고립되고 지친 인간의 존재와 구원의 동경을 음악적으로 놀랍게 묘사하고 있는 데 기인한다. 음악의 형이상학적인 우울함과 어두운 감상보다 더 강력한 마력은 없기 때문이다. 시인 겸 음악가인 바그너는 낭만주의의 의미에서 가극들의 배역 인물들로부터 가장 깊은 감정들이 울려 나오게 하려고 노력했다. 또한 그는 관현악을 통해 인간의 내면적인 것, 가장 신비로운 감정을 표현하려 했다. 동화·신화·기적·꿈·잠재의식과 같은 개념들은 그의 작품들에서 지대한 역할을 했다.

바그너는 음악의 대가답게 이런 낭만주의의 비합리적인 감정 내용을 음악을 통해 몇 배로 상승시켰다. 그리고 마치 마술 지팡이를 가진 듯이 낭만적인 세계의 신비로운 깊은 곳을 열어서, 비밀에 쌓인, 어둡

고 무시무시한 심연에 감정을 가득히 넘치게 할 줄 알았다. 불가사의한 소리의 세계 안에서 먼 곳에 대한 끝없는 동경은 사랑에 의한 구원과 죽음의 동경으로 발전하며 낭만적인 영혼을 가득 채운다. 그 소리의 세계 안에서 의식과 무의식 사이의 경계는 사라지고, 삶과 꿈의 현실이 하나로 융합된다. 그 안에서 형이상학과 감각적인 화려한 음향이 마력적으로 결합하는 비밀이 설명된다.

바그너의 작품들은 모든 낭만주의 음악에 대한 노력의 절정이다. 후고 리이만은 바그너의 작품에서 그 시대의 모든 교양 및 예술 요소들의 합일을 보고, 그를 전체 낭만주의의 완성자라고 불렀다. 그렇다! 그는 실제로 낭만주의 예술가다.[42] 파울 모오스는 그의 《음악 철학 Philosophie der Musik》에서 바그너는 쇼펜하우어의 음악에 대한 형이상학을 확대해 확고히 기초를 세운 형이상학적 비관주의의 공포자가 된 것을 지적했다.[43] 모오스는 《명가수》를 제외한 바그너의 모든 작품은 초월적이며, 언제나 보다 높은 세계로의 이월에 대한 생각을 지배한다[44]고 했다. 토마스 만은 바그너 음악의 정신적인 특징을 비관적이고 동시에 동경적인, 무거운 짐을 짊어진 영혼의 음악과 천국으로 가는 화물차로 설명했다. 그리고 그는 다음과 같이 부연한다.

그러나 음악은 그것만이 아니다. 음악이 지닌 마음의 고난을 넘어서 사람들은 음악이 불러일으킬 수 있는 용감함, 당당함, 명랑함도 잊어서는 안 된다.[45]

그리고 바그너도 《오페라와 드라마》에서 자신의 자화상을 그렸다.

그렇게 오페라 작곡가는 완전히 세계의 구원자가 되었다.[46]

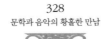

구원의 형이상학은 바그너 음악극이 이룩한 예술적 성과다. 이는 《탄호이저》에서 엘리자베트의 순수한 사랑이 탄호이저의 죄를 씻어 주고, 평화롭고 영원한 행복의 세계로 함께 데려간다는 구원의 형이상학에서 증명되고 있다. 갈등 해소와 사랑의 융합이 음악적으로 실현된다는 것이 중심 테마다.

바그너는 낭만주의 예술의 특성, 즉 음악으로의 도취와 도피, 비판주의에 근거한 사회비판, 죽음에 대한 동경과 구원의 형이상학을 작품으로 구체화한 낭만주의의 마지막 예술가다.

# 종합 예술 작품으로서의 음악극

시인이고 작가이며 동시에 음악가로 불리는 바그너는 자신의 음악극 극본을 스스로 창작한 것으로 유명하다. 그의 창작 작품들은 음악극 각본으로서, 또한 고유한 가치를 지닌 문학 작품으로서 높이 평가되고 있다. 주제를 생각하거나 줄거리를 집필할 때면 그에게는 음악적 영감이 먼저 떠오른다. 바그너는 이런 사실을 음악 기자인 K. 가일라르트에게 《탄호이저》를 작곡하던 시절에 다음과 같이 말했다.

소재의 문학적 의미에서 뿐만 아니라 음악적 의미에서 나에게 동시에 표현되는 그런 소재 이외에는 어떤 소재도 나를 유혹할 수 없습니다. 내가 어느 땐가 시를 짓고 장면까지 초안을 잡으려고 시작하기도 전에 나는 벌써 내 창작의 음악적 향기에 도취됩니다. 나는 모든 소리들과 모든 특징적인 동기들을 머리에 지니고 있습니다. 그럴 때면 시들

은 완성되고, 장면들은 정리됩니다. 동시에 나에게는 이미 본래의 오페라가 완성됩니다. 세부적인 음악적 처리는 나중의 일입니다.[47]

바그너에게서 그러하듯이 낭만주의 작가들에게 문학과 음악의 관계는 양쪽의 구분 없이 미학적으로 동질의 것이다. 특히 초기 낭만주의 문학의 대표적인 미학 이론인 프리드리히 슐레겔의 《보편적 시문학Universal-Poesie》의 골자는 바로 문학과 음악의 합일에 있다. 즉 시문학은 인간의 내면적인 귀를 위한 음악이며 미술이기 때문에 낭만주의의 시문학은 가장 지고한 예술 형태로서의 음악이 되어야 한다는 것이다. 바그너도 예외는 아니었다. 바그너의 음악극은 이 낭만주의적인 '음악과 문학의 합일'을 완성시킨 것이라고 볼 수 있다. 따라서 그의 음악극은 하나의 '종합 예술'이라고 할 수 있다.

취리히의 망명 시절에 발표된 3편의 대표적인 이론서들 중에서 《오페라와 드라마》는 미학적인 대표작으로서 음악극의 이론적 상부 구조를 설명하고 있다. 그래서 바그너에 의해 추구된 종합 예술 작품으로서의 음악극을 이론적으로 증명하는 데에 도움이 되며, 또한 작곡가의 의도를 쉽게 알려 준다. 우선 《오페라와 드라마》에서 가장 중요한 것은 전통적 오페라와 손을 끊고 바그너가 상상하고 있는 미래의 드라마에 대해 이론적으로 설명하고, '음'과 '언어'에 동등한 권리를 준다는 놀라운 내용이다.

그는 현재의 오페라가 처한 상황을 한탄하고 그 원인을 2가지로 들고 있다. 첫째는 그 당시 파리의 예술 산업이 오직 무관심하고 무식한 관객의 돈에만 의존하는 상업주의적 성향에서, 오페라는 모든 인간에게 호소하지 않고 상류 사회 사람들의 교양 있는 감수성만을 대상으로 삼고 있다는 것이다. 둘째는 현재의 오페라가 성공에만 집착하는 음악가의 태도와 그의 자만심과 재능에만 지배되고 있다는 상황에서 진실한 감정을 표현하기보다는 오히려 가수의 기교를 자랑하는 아리아에 중점을 두는 전통적인 구조라는 것이다. 요컨대 바그너 음악극의 장르에 대한 시각에서 볼 때 현재 오페라 장르의 오류는 표현의 수단이 되어야 할 음악이 목적이 되었고, 반면에 표현의 목적이 되어야 할 드라마는 수단이 되었다는 것이다. 바그너는 이 관계를 뒤집으려 했다. 그에게 음악은 생명을 탄생시키는 씨앗으로서 문학적 의도를 받아들이고, 그런 후에 미래의 드라마를 잉태하는 여자여야 한다는 것이다.[48]

이것은 오페라에서 음악의 철저한 수단화를 의미한다. 이런 바그너의 비판은 그가 이른바 독일 오페라의 약점들을 미학적·정치적인 요인에서 보고 있음을 말해 준다. 즉 오페라의 미학적 약점은 극적 요소의 배제에 있다는 것이며, 반면에 사회 정치적 상황들은 오페라를 상품으로 그리고 천박한 오락으로 퇴화시킨다는 것이다. 그 때문에 오페라의 개혁은 한편으로는 음악과 드라마의 통일을, 다른 한편으로는 사회 정치적 환경 조건들의 근본적인 변화를, 즉 혁명적인 변화를 전제한다는 것이다. 바그너는 실제로 《오페라와 드라마》에서 드라마의 이론적 근거와 음악의 미학적 근거를 마련해 주는 음악극의 이론을 발전시키려 했다. 비록 이 저서가 조화로운 음악극의 이론을 상세히 표현하고 있지는 않는다 해도 이런 시도에서 위대한 성공 작품이라고 할 수 있다.

쇼펜하우어가 말하는 음악이 지닌 능력, 즉 사물을 심미적으로 변용시킴으로써 사물의 참된 본질을 드러내 표현할 수 있는 음악의 능력을 바그너는 최대한 창작에서 발휘하려고 노력했다.[49] 그래서 그는 한때 합쳐져 있었으나 문화의 발전으로 분리된 예술인 문학과 음악을

다시 결합하고, 서로 도우며, 상승하고 결실을 맺게 하려 했다. 이 두 자매 예술들이 각기 홀로 존립했을 경우에 결코 할 수 없는 공동의 업적을 미래의 오페라에서 성취하려 한 것이다. 그래서 바그너는 이 시도의 이론적 근거를 언어와 음악의 생성 과정에서 두 예술적 요소들의 합일된 관계를 밝히는 데서 찾고 있다.

바그너는 루소나 헤르더와 유사한 언어 철학적 견해를 가지고 있다. 즉 인간 언어의 소리가 태고에는 노래 소리와 같았고, 인간 최초의 의사 전달은 노래하는 형태에서 이루어졌으며, 그때 모든 표현에는 적절한 몸짓도 중요한 역할을 했다는 것이다. 또한 인간의 목소리는 가장 오래되고, 순수하고, 아름다운 기관이며, 오직 그 덕분에 우리의 음악이 존재한다는 것이다. 그래서 인간의 목소리에서 문학과 음악이 탄생했고, 음악이 있는 몸짓에서 춤 예술이 생겼다는 것이다.

바그너는 인류 초기의 예술에서 인류가 생활 속에 감각적 · 정신적으로 뒤얽혀서 얻었던 인간의 3가지 순수 예술 종류로서 '춤 예술Tanzkunst', '음악 예술Tonkunst', '문학 예술Dichtkunst'을 들었다.[50] 문명의 발전 과정에서 문화와 개인 이기주의에 의해 분리된 자매 예술들은 미래의 계획된 예술 작품을 위해 다시 조합되어야 한다. 이때 춤 예술은 무대 배우들의 표정술을 통해 나타나게 된다.

드라마에서 인간의 모든 가능한 예술적 표현들이 사용되고, 작가의 의도가 드라마에서 가장 완전하게 오성에서 감정의 직접적인 수용 기관인 감관에 전달되기 때문에, 드라마는 바그너에게 가장 완벽한 예술 작품으로 생각되었다. 바그너의 견해에 의하면 특히 음악극과 연관되어 있는 음악은 완전히 새로운 언어 능력을 발휘해야만 한다는 것이다. 왜냐하면 음악은 이 음악의 언어 능력에 의해 논리적 이성을 완전히 혼란에 빠지게 하고 무력하게 만드는 상황으로 우리의 감정을

옮겨 놓기 때문이다.[51]

바그너는 언제나 인간의 감정에 작용하는 것이 예술의 과제라고 반복해서 지적했다. 그리고 작가의 능력은 자신의 문학적 의도를 예술 작품 속으로 완전히 넘어가게 하는 것, 즉 오성의 감정화인 것이다. 이는 바그너 자신이 말하고 있는 이행移行의 예술이다. 그는 스스로 이렇게 말하고 있다. "내 모든 예술의 구조는 그러한 이행들로 되어 있다."[52] 오직 예술의 이행 과정을 통해 작가는 인생의 현상들을 우리의 눈앞에서 문학적으로 구체화시키려는 의도를 성취한다.

바그너는 예술의 이행 과정에서 환상을 예술에 감동적인 영향력을 주는 필수적인 것으로 높이 평가하고 있다. 그는 오직 환상을 통해 오성은 감정과 교류할 수 있다고 보았다. 비록 낱말 언어Wortsprache가 음악적 기능과 효과를 그 자체 내에 가지고 있다 해도 이는 드라마의 감정적인 침투에 충분하지 않다고 인식했다. 오직 낱말 언어가 소리 언어Tonsprache로 분출될 때 비로소 예술가는 언어 예술 작품의 효과를 더욱 상승시킬 수 있다는 것이다. 이때 낱말 언어와 소리 언어 사이의 중계자는 환상이다.[53]

바그너는 《오페라와 드라마》에서 언어의 생성에 대한 설명을 시도했다. 바그너는 언어 예술 작품의 효과와 관련해 언어의 개념을 '낱말 언어', '소리 언어', '몸짓 언어', '이성 언어', '감정 언어'로 세분화해서 이해했다. 소리 언어는 인간의 가장 근원적인 표현 기관에서 외부로부터의 자극에 의해 나온 내적 감정의 무의식적 표현이다. 따라서 소리 언어는 자음과 결합하기 이전의 모음들로만 된 '느낌'의 언어다. 이 느낌의 언어에서 자극되고 고조된 감정은 오직 그 자체를 멜로디로만 명백하게 나타낼 수밖에 없는, 울리는 감정을 표현하는 소리의 결합에서 확실하게 전달될 수 있다. 그래서 소리 언어는 모음만으로

여러 가지 형태의 내적 감정의 변화를 알리는 태초의 멜로디이다.

이 태초의 멜로디는 동시에 적절한 몸짓에 의해 또다시 내적 표현으로 나타난다. 그렇기 때문에 이 몸짓의 변화하는 동작에서 멜로디의 시간적 단위, 즉 리듬이 멜로디 자체를 더 잘 알리기 위해 이용된다. 이 리듬적인 멜로디는 언어의 시행詩行에 결정적으로 작용한다.

그러나 감정이 순수한 소리 언어를 통해 감수된 인상을 전달할 때에는 오직 감수자 자신만이 그것을 이해할 수 있다. 이렇게 이 감수된 인상이 감수자 몸짓의 도움으로 표현될 때 그것은 비로소 다른 사람에게 전달될 수 있다. 이때 감정은 외적 대상들의 인상을 더 자세하고 생생하게 그려 내기 위해 인상이나 대상 자체에서 끌어낸 울리는 소리를 초두음 또는 모음과 구별되는 옷으로 입혀야만 한다. 이 옷은 외적 대상들의 소리 없는 자음들로 만들어졌다. 마치 동물이 그 털가죽을 통해, 또한 나무가 그 껍질을 통해 구별되듯이 모음과 결합한 소리 없는 자음들에 의해 여러 가지의 대상들은 옷을 입은 듯이 확실하게 구별될 수 있다.

이렇게 옷이 입혀지고 구별된 모음들은 언어의 뿌리를 형성하며, 이들의 결합과 조립에서 끝없이 갈라져 나간 낱말 언어의 모든 감각적 구조가 이루어진다. 그러므로 언어는 멜로디에서, 즉 자음과 모음이 결합하여 울리는 태초의 소리에서 생긴다.

바그너가 이해하고 있듯이 낱말 언어의 발전은 점점 더 태초의 멜로디에서 멀어졌다. 말하자면 창작은 문화의 발전과 더불어 점점 감정의 활동에서 오성의 일로 변했다. 그 결과 몸짓 언어, 소리 언어, 낱말 언어가 서정시에서 일치하는 근본적이고 창조적인 제휴가 없어졌다. 언어는 숨 쉴 틈도, 울림도 없이 산문의 암담한 혼란 속으로 추락할 수밖에 없었기 때문에 언어의 음악적 근원으로부터 가장 멀리 떠나갔다.

이것은 인간 문화의 발전에서 나타난 필연적인 현상이다. 우리는 근대의 산문에서 우리의 느낌들을 감정이 아니라 오직 이성의 언어로 논리정연하게 표현하려 하기 때문에 내면의 깊은 감정을 전달할 수 없다. 그래서 바그너는 문학적 의도가 이성에서 감정으로 전달되기 전에는 실현되지 않기에 현대의 이성 언어로는 이루어질 수 없다고 생각했다. 그래서 감정은 현대적 발전 과정에서 이성의 언어에서 절대적 소리의 언어로, 즉 오늘날의 음악으로 도피하려 한다. 작가는 언제나 언어와 감정을 통한 구원을 동경한다. 동시에 그에게는 어근의 감각적인 동체動體인 울리는 소리가 다가온다. 그것은 구체화된 내면의 감정이다. 작가가 느꼈던 이 특별한 내적 감정은 울리는 소리를 통해 비로소 다른 사람에게 가장 확실하게 전달될 수 있다.[54]

오직 소리 언어를 통해서만 현대의 이성 언어는 감정 언어로 옮겨질 수 있다고 바그너는 결론을 내리고 있다. 그는 인간의 정열·충동·감정만이 근원적인 것, 순수한 것, 의심 없는 것의 가치를 지니고 있다고 여겼다. 왜냐하면 이것들은 낭만주의자들에게는 순수하고 거짓 없는 자연의 표현이며, 발전하는 문화의 부수현상으로서 지성보다 더 근원적이기 때문이다. 실제로 바그너는 이성의 우세를 상쇄하기 위해 절대 소리 언어로 도피하려 했다. 그것은 감정 내지 음악을 통해 구원에 이르려는 하나의 작은 발걸음이었다.

바그너는 언제나 이 위험에서 벗어나지 못했으며, 자주 음악에 의한 시험에 빠져들었다. 그래서 미래의 드라마가 실현되기 위해 작가는 언어 예술이 처음에 시작되었던 음악으로 다시 돌아가야 한다는 것이다. 반면에 음악가는 멜로디에 이미 포함된 순수한 음악적 조건을 낱말 언어와 함께 울리는 하모니로 상승시키고 문학적 단어에 접근해야 한다고 말했다. 결국 시인은 음악가가 되어야 하며, 음악가는 시인이 되어야 이들 두 사람은 완전한 예술적 인간이 된다는 것이다. 이러한 문학과 음악의 상호 작용과 보완을 통해 두 예술이 완전히 융합된 형태를 가지고 있는 소위 바그너의 '음악극'이 탄생했다. 그리고 그것은 그렇지 않은 전통적인 오페라와 구별되었다.

지금까지의 오페라들은 작가에게 강요된 관습과 통례적인 형태에 머물러 있었다. 이에 비해 바그너의 음악극은 전래적 의미에서의 오페라가 아니라 음악적으로 상승된 희곡 작품들을 의미하는 것이었다. 이 작품들에서 '낱말 언어'와 '소리 언어'의 완성된 '합일'이 희곡의 새로운 질서를 만들어 냈다. 이제야 비로소 희곡 최고의 감정적 효과가 보장되었다. 예술 작품의 형식과 내용도 실제로 깊이 있게 창조적으로 결합되었고, 그곳에서 가장 깊은 예술 작품 내용의 모든 가능한 표현이 탄생했다.

바그너 음악극들의 큰 효과는 '낱말 언어'와 '소리 언어'가 감정에 특별히 영향력을 행사함으로써 바그너에 의해 실행에 옮겨진 이들의 통합에 근거한다. 예술들이 통합하는 순간 우리는 '살아 있는 언어', 곧 영적인 생명력을 지닌 가장 본질적으로 고유한 음악을 들을 수 있게 된다. 그래서 음악은 개념으로부터 풀려나와 자유로워진 순수한 형태가 되며, 개념으로 사유하는 오성에 관여하지 않는 의미에서 신비로운 언어가 된다.

바그너는 글루크, 모차르트, 베토벤과 베버의 오페라들을 자신의 음악극 작품의 선구자들로 평가했다. 그렇지만 그는 이 작품들을 전통적인 오페라에서 벗어났다고 보지 않았다. 다만 성악과 관현악의 멜로디 화합이 모차르트와 베토벤의 관현악곡들에서 형성되었고, 바그너는 그것을 음악극에 수용해 발전시켰다. 모차르트는 바그너에게 음악과 그 자매 예술들을 합일의 길로 이끄는 외로운 길잡이 별[55]이었다면 베토벤은 동기적·주제적 작업 방법에서 바그너의 '주도 동기Leitmotiv'들에 대한 예감을 주었다. 베토벤은 자신의 9번 교향곡 《합창》으로 비로소 바그너를 미래의 음악극으로 이끄는 궤도에 들어서게 했다.

오케스트라는 예술들의 합일에서 생기는 음악극에서 음악적 효과를 더 크게 상승시킨다. 바그너는 새로운 오페라 형식을 창조한 것 외에도 오케스트라를 그 극한으로까지 확대했다. 이로써 낭만파의 후계자들에게 큰 영향을 주는 새로운 관현악 기법을 창조했다. 오케스트라 규모의 확대, 각 부서에서의 완전한 악기법과 화성, 오케스트라의 확대된 고·저 음역 등, 그의 관현악 기법은 동료 작곡가들에게 큰 충격을 주었다. 특히 낭만파의 브루크너와 말러, 또는 슈트라우스와 시벨리우스, 인상주의자 드뷔시와 표현주의자 쇤베르크와 같은 20세기의 중요한 작곡가들에게 미친 영향은 측정할 수 없을 정도다. 바그너의 관현악 기법은 19세기 후와 20세기 초의 관현악 서법에 관한 일반적인 철학이 되었다.[56]

오케스트라의 음악적 효과는 고대 그리스 비극의 합창과 일치한다. 이미 《메시나의 신부》에서 그랬듯이, 실러는 자신의 희곡이 자신의 감정을 충분히 표현하지 못할 때, 감정의 상승을 위해 합창을 삽입했다. 그는 최소한 언어 음악적인 대용을 찾기 위해 노력했으며, 그것을 그리스 비극의 합창에서 찾았다. 바그너에게 있어 오케스트라의 음악적 효과는 합창의 언어 음악적 효과를 대신했다. 그러나 후일에 브레히트의 희곡론에서 합창은 극중 행위를 판단하게 하고 감정이 아닌 관찰 대상 인식에 작용하게 되어 합창의 사용이 예술적으로 새롭게 평가되고, 개념도 새롭게 정립되었다.

오케스트라와의 관계에서 바그너에게 중요한 것은, 그가 오케스트

라 음악을 인위적인 음향 첨가물이 아니라 철저하게 작가의 문학적 의도에서 사용했다는 것이다. 오케스트라 음악은 언제나 극중 인물들의 상황과 일치했다. 바그너는 오케스트라 음악이 문학적 의도에서 생기고 또 이 의도와 일치하도록 노력했다. 나아가 그는 극중 인물과 관련된 물건, 상황, 감정 등을 나타내기 위해 사용되는 특징적인 순간들의 멜로디, 즉 주제적인 멜로디를 만들기 위해서도 노력했다. 그는 가능한 한 분명하게 줄거리를 감정으로 옮기는 음악 언어를 만든 것이다.

오페라 가운데서 주제를 되풀이하는 것은 비교적 오래전부터 있던 일이지만 바그너는 극과 음악의 일체화를 강조하기 위해서 자신의 음악극 가운데 주제적 멜로디로 '주도 동기'라는 것을 개발했다.[57] 주도 동기는 복잡하게 뒤엉킨 전체의 드라마 구조를 이해하는 감정의 이정표가 된다. 그래서 우리는 주제적 멜로디를 통해 문학적 의도의 가장 깊은 비밀을 알 수 있게 된다.

선명하게 정돈된 주도 동기들은 드라마 구조물의 기둥들이다. 그러한 주도 동기들의 제한되고 잘 정돈된 상호 간의 반복에서 아주 명백하게 최고의 통일성을 갖춘 음악적 형태가 만들어진다. 그뿐만 아니라 바그너의 주도 동기들은 압축되고 강화하는 특성을 통해 문학적 내용을 추가로 그리고 최초로 완전하게 표현할 수 있게 된다. 다시 말하면 주도 동기들은 언어의 상승일 뿐만 아니라 심화이며, 그 밖에도 행위 및 감정의 동기들이기도 하다.

음악에 대한 보편적인 미학적 견해에 의하면 음악은 예술적 통일성을 낳는 요소로 육체적·영적·감각적·정신적인 것을 하나로 형상화하는 최고의 예술인 것이다. 오직 음악에서만 형태와 영혼은 하나다. 쇼펜하우어는 음악을 사물의 본질을 인식하고 표현할 수 있는 신비의

언어로 규정했다. 형상화된 이미지, 상像과 뜻의 결합, 즉 하모니의 테마에서 루돌프 카스너는 바그너의 음악을 모든 것의 위대한 합일을 가능케 하는 것으로 이해했다.[58]

바그너는 이런 본질과 기능을 가진 완벽한 예술로서의 음악을 문학적 의도와 일치시키고, 자신의 드라마를 음악적으로 만들었다. 바로 문학과 음악의 합일에서, 낱말 언어와 소리 언어의 조화에서 탄생하는 바그너의 음악극에 '종합 예술 작품'의 이론적 근거가 존재한다.

바그너는 자신의 음악적 드라마들을 《로엔그린》까지 '오페라'로 불렀고, 그 이후의 드라마들과 관련해서는 '음악극'이라고 불렀다. 그렇지만 그 이름을 사용한 다른 작곡가들의 무대 작품들과 구별하기 위해 바그너는 그 이름을 《니벨룽겐의 반지》와 관련해 무대 축제극으로, 《파르치팔》과 관련해서는 무대 축성 축제극[59]으로 불렀다.

바그너는 이 이름을 고대 그리스 극장에서 기억해 냈다. 그때 극장은 그 공간을 오직 특별히 성스러운 축제의 날에만 개방했는데 이는 예술의 즐거움과 함께 종교적인 축제도 동시에 행해졌기 때문이다. 국가의 가장 훌륭한 남자들이 스스로 시인, 배우로서 사제들처럼 도시와 시골에서 모여든 주민 앞에 나타나기 위해 축제에 참여했고, 아실로스, 소포클레스 같은 사람들이 군중 앞에서 연기했기 때문에 주민은 상연될 예술 작품에 대한 기대로 충만했다. 그래서 고대 극장은 공동체 구성원으로서의 개인의 체험과 감정에 포괄적인 사회적 지평을 가져다주는 장소이며, 무대에서 벌어지는 일에 참여하면서 고대 그리스 도시 국가와의 일체감을 갖게 하는 곳이었다.

종합 예술의 축제장인 고대 그리스 극장에 대한 바그너의 생각은 그의 종합 예술 작품의 이념과 연관되었으며, 바이로이트 극장을 세우려는 이념적 토대가 되기도 했다. 이미 바그너는 1849년에 출판된

저서《예술과 혁명》에서 자신의 종합 예술 작품이 아테네 비극의 고전주의적 전통에 근거하고 있음을 밝히고 있다.[60]

그리스 비극은 완성된 인간적 본성의 모든 것을 표현하기 위해 모든 장르들의 하나하나를 수단으로 사용하고 버렸다. 이를 위해서는 예술의 모든 장르들을 포괄해야 했는데 그리스 비극처럼 바그너의 종합 예술 작품 또한 마찬가지였다. 그래서 그의 종합 예술 작품은 임의적으로 가능한 개인의 행위가 아니라 필연적으로 생각할 수 있는 미래 인간의 공동 작품이었다.[61]

예술들의 합일에 대한 생각은 이미 초기 낭만주의에서 그 역할을 했다. 하지만 이 생각은 병적으로 자기 자신 속으로 도피한 낭만주의자들에 의해서가 아니라 예술을 통해 현재 사회의 요구에 관심을 갖고 개혁하려는 사람들에 의해 이어졌다. 예를 들어, 니체는 연극의 미래 형태로서 바그너 종합 예술 작품을 예술로서 현존하는 모든 사람들을 통합할 수 있는 가능성에서 그리고 영혼의 정화 작용이라는 관점에서 보았다.

이러한 니체의 비평은 예술 작품이 지닌 교육적 가치에 근거하고 있다. 그 당시 바그너 역시 예술적 수준을 높이면 전체적인 윤리적·사회적 수준도 올라갈 것이고, 새로운 예술이 만들어지면 세상도 바뀔 수 있다고 생각했다. 극장을 민주적으로 완전히 개조하려는 시도에서 궁정 극장을 해체하고 바이로이트 극장을 세우려는 구상을 했을 때 바그너는 연극과 음악이 일체가 된 종합극이라는 수단을 통해 관중도 함께 능동적이고 역동적으로 예술의 만족을 추구하는 창조적 역할을 하게 하려 했다. 따라서 종합 예술에는 예술을 통해 인간을 다시 태어나게 하려는 바그너의 위대한 목표가 내포되어 있었다.

바그너의 종합 예술 작품을 문학과 음악의 완전한 균형에서만 국한

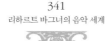

시켜 생각다면 이는 그를 잘못 평가한 것이다. 왜냐하면 문학과 음악의 합일 과정에서 한 가지 분명한 것은 그의 희곡들에서는 음악이 압도하고 있다는 사실 때문이다. 바그너가 음악에 대한 지나친 욕구에서 너무나 음악에 열광한 나머지 그의 음악극에서 소리 언어가 낱말 언어를 지배하는 반대 관계가 일어났다. 이런 의미에서 그는 저서 《오페라와 드라마》에서 노래로 불릴 가치가 없는 것은 문학 작품의 가치도 없다고 말한다. 그의 이런 생각은 낭만주의 음악이 지닌 구원의 동기와 연관된 것으로, 예술을 통한 인류 구원의 미래상을 무대에 올려놓으려는 희망의 표시로 이해할 수 있다.

종합 예술에 대한 바그너 생각은 다양한 의미로 해석된다. T. W. 아도르노는 인간의 자기 소외, 개인의 이기주의, 예술의 상업화, 유토피아의 의미에서 과거로 지향하려는 전체 인간의 꿈에 빠질 수 있다는 의구심의 표출일 수도 있다는 것이다.[62] 그래서 바그너의 종합 예술 작품은 시민이 예술을 영리 목적으로 이용하려는 것에 대한 그의 내면적 비판이라고 할 수 있다.

그의 종합 예술 작품은 바그너주의라는 명칭과 함께 바이로이트 축제극들이 국제적인 축제극으로 자리 잡고 오늘날까지 계속되고 있는 흐름 속에서, 역사 철학적으로는 이론의 여지가 없는 낭만적 생각들의 완성으로 찬미되었다. 아도르노는 바그너의 종합 예술 작품에 내재해 있는 낭만주의적·실증주의적 요소의 갈등[63]을 올바로 지적하고 있다. 다른 한편으로 나치즘에 의해 손상된 바그너의 이념은 앙드레 글룩크만 같은 포스트모더니즘의 철학자에 의해 대담한 자기과장의 표현으로 각색되기도 했다.[64]

일찍이 바그너와 그의 예술에 대한 판단은 비난과 경탄 사이를 넘나들었다. 첨예한 대립은 1850년에 시작되었다. 당시 바그너는 바이

마르에서 열렸던 《로엔그린》의 초연을 통해 새로운 양식의 음악극 작가로, 대략 같은 시기에 출간된 저서들에 의해 정치적으로 동기 부여된 작가이며 문화 예언자로 알려지게 되었다. 그런 이유에서 바그너는 전통주의자들에게서 미학적·정치적 영역의 모험자로 공격받았다. 비판자들은 그의 음악극을 예술 간의 한계를 뒤섞고, 나아가 미美와 조화적인 형식의 전래된 예술의 이상을 완전히 위협한다고 비난했다. 이들은 바그너가 예술을 추하게 만들고, 인간적 본성의 안전을 위태롭게 하는 사악한 유물론자라고 공격했다.

오페라 역사의 시각에서 볼 때 바그너는 오페라를 어느 정도 파괴했다고 볼 수 있다. 그러나 바로 그것이 그를 근대 음악극의 창시자로 만들었다. 작곡사적인 관점에서 파악한다면 바그너는 베토벤처럼 최초로 새 음악을 작곡한 음악가다. 음악사에서 바그너처럼 자신의 작품을 예리한 시각과 지성으로 분석하고 설명한 작곡가는 없다. 바그너 연구가 아직도 그의 예술적 의도와 작곡 방법의 세부적인 것들에 대한 그의 저서들을 능가하지 못한다는 사실이 이를 증명한다. 게다가 공연 실무적인 문제들을 다루거나 미래 예술을 위한 개혁의 제안을 설파하고 있는 바그너의 수많은 논문들은 그가 평생 수준 높은 예술의 실행을 위해 꾸준히 노력했음을 보여 준다. 그가 문학과 음악의 합일을 통한 새로운 음악극을 시도하면서 전통적 오페라를 개혁하려 했음은 사실이다. 그러나 결코 전통적인 음악 언어를 무효화하려 하지 않았고, 오히려 선율법, 리듬법, 화성법, 관현악 편곡법, 동기적·주제적 작업, 악단 편성 등 그 시대에 유행했던 생각들을 수용했으며, 알려진 요소들을 자신의 음악극을 위해 많은 관점에서 새롭게 조성했다.

이런 관점을 에른스트 블로흐가 그의 《유토피아의 정신Geist der Utopie》에서 지적하고 있다. "바그너 음악극의 시작은 나쁘지 않았으

나 걱정스럽고 멋도 없다. 하지만 바그너는 이전에 있었던 것을 상당 부분 수집했고, 지금까지 형성된 것을 가능한 한 깊이 연구했다"[65]고 올바르게 평가한 것이다.

종합 예술 작품으로서의 음악극에는 새로운 예술적 요소들의 결합과 해석의 가능성들이 충만하다는 사실을 그 시대 사람들뿐만 아니라 후대 사람들에게도 바그너의 예술 세계와 철학을 이해하기 위한 자극과 동기로 보여 준다. 그래서 바그너의 종합 예술 작품은 시대적 연구와 연출에 의해 언제나 새로운 생명력을 가진 작품으로 다시 태어나고 있다.

Friedrich Wilhelm Nietzsche

# 프리드리히 니체의
# 철학과 운명

## 11

# 디오니소스적 긍정의 철학과 음악

**디오니소스적 예술의 힘 《음악 정신에서의 비극의 탄생》**

니체는 라이프치히 대학의 유명한 고전 문헌학 교수인 프리드리히 리츨(1822~1889)의 추천으로 1869년 2월 12일에 바젤 대학으로부터 교수 초빙 서류를 받았다. 라이프치히 대학은 니체가 1867년 10월 31에 발표해 상을 받았던 《디오게네스 라에르티우스Diogenes Laertius》에 관한 연구를 인정해 3월 23일에 논문 심사나 구두시험도 없이 박사 학위를 수여했다. 니체는 그해 4월에 고전 문헌학 교수로 위촉되었고, 5월 28일에 〈호머와 고전 문헌학Homer und die klassische Philologie〉이란 제목의 취임 강연을 했다. 그리고 이듬해인 1870년 4월에는 정교수가 되었다. 이때 니체의 나이는 불과 26세였다.

그는 이미 소년 시절에 문학뿐만 아니라 고전어와 음악에 대한 천부적인 재능을 보여 주었다. 그는 라이프치히 대학에서 리츨 교수의

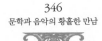

높은 평가로 문헌 학자로서 이름을 알렸으며, 그의 논문과 강연도 높은 평가를 받았다. 일찍이 니체는 앞으로 예술가, 철학자, 시대 비판자로서 독일 정신사에 큰 영향을 줄 징조를 보여 주었다. 실제로 니체는 놀라운 속도로 많은 저서들을 출간해 그 당시에 유명했던 사상가들인 칸트와 헤겔을 독일인의 의식에서 몰아내고 독일의 정신 사조를 새롭게 바꾸어 놓았다.

프리드리히 빌헬름 니체(1844~1900). 19세기의 독일 철학자이며 음악가, 시인으로서 문화, 철학, 과학 등 다양한 분야의 비평을 썼다.

니체의 철학적 사유와 시대적 배경은 긴밀한 관계를 가진다. 20세기의 문턱에서 새롭게 건설된 독일 제국은 제국주의적 형태를 갖추기 위해 다른 유럽 열강들과 앞을 다투는 가운데 민족 감정이 고양되고, 과학·상업·문명의 발전을 위한 노력이 경주되었다. 게다가 프랑스에 대한 승리는 독일 시민에게 배부른 감정을 불러일으켰다. 시민 계급의 물질적 발전으로 인한 안정된 시대는 우선적으로 돈과 최고의 수익률을 올리려는 물질 만능주의에 빠져들었기 때문에 문화적 침체를 메울 수 없었다.

이 위기는 특히 상류 시민 계급과 시민 출신의 지식인 내지는 예술가들의 계층에서 현저하게 나타났다. 이 같은 니체의 생각은 《반시대적 고찰 I Unzeitgemäβe Betrachtungen I》(1873)에서 언급되고 있다. 이미 그 당시에 니체가 경멸했던 독일인의 교양은 최근 프랑스와 치른 전쟁이 남긴 모든 나쁜 결과들 중에서 가장 나쁜 것으로서 널리 확산된 일반적인 오류였다. 이 오류는 독일의 승리가 '독일 제국'을 위한 독일 정신의 패배, 아니 근절로 바뀔 수 있는[1] 위험을 초래한다고 니체는 논파하고 있다.

그의 사고의 내용은 학문, 진보 및 이성을 맹신하는 행위에 대한 그리고 전래된 도덕적·종교적 가르침의 전형에 대한 가차 없는 비판이었다. 그 시대의 낡은 가치관에 대한 비판은 젊은 니체가 그 당시의 사회적 몰락을 아주 분명하게 인식하게 된 데서 기인했다. 그래서 니체의 작품은 그 시대에 커다란 영향을 끼쳤으며, 20세기 전반의 세계관을 높은 차원으로 끌어올렸다.

천재적인 니체의 철학적 사유는 그의 음악에 대한 미학적 정열과 심리학적 관찰에 대한 지식 없이는 이해할 수 없다. 그것은 낭만주의 시대의 음악이 보여 주었던 것보다 더 큰 규모로 상승되어 니체에게 작용했기 때문이다. 루소가 발전하는 시민 계급의 징후 속에서 음악의 수단으로 봉건적 전제주의 국가에 대항했다면 니체는 음악의 수단에 의한 독일 정신의 개혁과 정화를, 시민 문화와 사회의 치료를 열망했다. 즉 니체는 현대 세계의 붕괴와 소외 현상들의 극복, 세계 이해와 자기 자신의 강화 그리고 자기주장의 삶을 긍정하는 미래 지향적인 형식을 음악과 연관시켰다. 니체에게 이 같은 인식이 떠올랐을 때 그가 증인일 수밖에 없었던 시대에 대한 증오가 절망과 중첩되어 나타남에 따라 그는 이제 존재를 견딜 수 있게 해 주는 마취제로서, 위안으로서 다른 무엇보다도 음악을 필요로 했다.

음악에 대한 사랑과 숙고는 니체의 삶과 철학에 근본적인 역할을 했다. 니체의 첫 대작인 《음악 정신에서의 비극의 탄생Die Geburt der Tragödie aus dem Geiste der Musik》(1872, 이하 《비극의 탄생》으로 표기함)에서 그의 마지막 작품 《이 사람을 보라Ecce homo》에 이어지는 저서들은 대체적으로 철학자 니체의 가장 내면적인 사상을 음악적 견해와

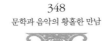

밀접한 연관 속에서 서술하고 있다. 그는 이 연관 관계에 대한 고려가 있을 때 비로소 이 저서들의 깊은 의미가 이해될 수 있다는 것을 밝히고 있다. 따라서 음악의 의미를 니체의 철학 안에서 명료하게 제시하고, 음악에 대한 니체의 관계가 어느 정도로 그의 철학적인 견해에 영향을 주었는가를 보기 위해 우선 우리는 그의 생애와 관련한 중요한 철학적 기본 개념들을 파악해야 한다. 그런 다음 음악의 의미를 그의 철학적 체계 안에서 설명해야 할 것이다.

니체는 작센의 뢰켄에서 1844년 10월 15일에 목사의 아들로 태어났다. 1846년에 여동생 엘리자베트가, 1848년에는 남동생 요제프가 태어났다. 그러나 그의 아버지는 1849년에, 몇 달 후에는 요제프가 사망했다. 가족은 목사 사택을 내주어야 했고, 1850년에 나움부르크에 정착했다. 아버지의 조기 사망은 그의 생애와 창작에 큰 영향을 주었다. 어린 시절의 행복은 아버지 장례식의 음울한 종소리로 바뀌어 평생 그의 귀에서 울렸고, 마음에서 모든 기쁨이 사라졌다. 그는 아버지의 죽음을 통해 행복의 허무함을 알게 되었고, 그러한 감정은 동생 요제프의 죽음으로 더욱 깊어졌다.

뢰켄에서 나움부르크로 이사했을 때 니체는 아버지와 동생의 무덤이 있는 곳을 떠난다는 생각에 어느 곳에서도 고향처럼 정착할 수 없다고 생각했다. 이런 실향의 감정은 고독과 괴로움으로 평생 니체를 괴롭혔다. 이런 상황은 그의 초기 시들의 주요 내용이 되었다.[2] 니체의 시 〈고독Vereinsamt〉은 그 대표적인 예다.

> 까마귀들 소리 내어 울며
> 날갯소리 요란하게 도시로 날아간다.
> 곧 눈이 내릴 것이다.

아직도 고향을 가진 사람은 얼마나 행복하랴!

이제 너는 굳은 몸으로,
뒤를 돌아본다.
아! 벌써 얼마나 오래되었나!
겨울을 앞두고 세상으로 도망나온
너는 바보가 아닌가!

세상은 말없이 차가운
수많은 사막으로 가는 문!
네가 잃어버린 것을,
잃어버린 자는 어느 곳에도 멈출 수 없다.

이제 너는 겨우내 방황해야 할
저주를 받고 창백하게 서 있으니,
언제나 더욱 차가운 하늘을 찾는
연기와도 같구나.

날아라, 새여, 울부짖어라.
사막의 새 소리로 너의 노래를!
너 바보야, 너의 피 흐르는
심장을 얼음과 모멸 속에 감춰라!

까마귀들 소리 내어 울며
날갯소리 요란하게 도시로 날아간다.

곧 눈이 내릴 것이다.
이제 고향이 없는 사람은 얼마나 슬프랴!


그는 음악적 재능을 부모에게서 물려받았다. 일찍이 니체는 피아노 교육을 받았고, 9세 때 이미 작은 피아노 작품들을 창작했다. 슐포르타 김나지움을 다닐 때(1858~1864), 그는 장 파울, 아이헨도르프, 호프만의 작품들에 심취했다. 그는 1862년에 젊은 시절의 친구 구스타프 글루크과 함께 지휘자인 폰 빌로브가 만든《트리스탄과 이졸데》의 피아노 편곡을 연구했다. 이 곡은 헨델과 베토벤을 존경했던 니체를 바그너에게 귀의시켰다.

1860~1862년에 창작된 악곡들 가운데 한 대의 피아노에서 두 사람이 연주하는 피아노 작품은 니체의 세계관을 나타낸다. 이 작품은 〈아픔이 자연의 기본음이다〉(1861)라는 제목에서 이미 17세인 그가 현존의 고통을 느꼈고, 음악에서 구원을 찾았음을 증명한다. 이렇듯 니체는 이미 음악에 대해 많은 숙고를 하기 시작했고, 음악에서 어떤 신비로운 것을, 음악에 저항할 수 없는 어떤 위험을 느꼈다.

그는 1864~1865년 겨울 학기부터 본 대학에서 신학, 고전 문헌학과 철학을 공부했고, 1865년 겨울 학기에는 리츨 교수를 따라 라이프치히 대학으로 옮겼다. 그곳에서 그는 리츨 교수의 지도로 고전 문헌학 공부와 쇼펜하우어의 발견에 힘입어 학자로서의 삶을 시작했다. 니체는 1865년 가을, 우연히 한 고서점에서 처음으로 쇼펜하우어의 《의지와 표상으로서의 세계》(1819)를 발견했다. 그는 이 책에서 세계와 인생 그리고 자신의 감정을 매우 훌륭하게 볼 수 있는 거울을 발견하고 그의 철학에 심취했다.

동시에 바그너의《탄호이저》,《트리스탄과 이졸데》,《뉘른베르크의

라이프치히 대학에서 찍은 사진(1868).
뒷줄 왼쪽에서 세 번째가 니체, 앞의 오른쪽 두 번째가 친분을 유지한 에르빈 로데.

명가수》의 음악은 이미 니체의 귀에 익숙한 상태였다. 1868년 11월 8일에 니체는 라이프치히에 체류하고 있던 거장 바그너를 소개받았다. 그는 트립셴에 머물고 있는 바그너를 자주 방문하면서 정신적으로 교류했으며, 1869∼1872년 사이에는 그의 아내 코지마와도 깊은 우정을 나누었다. 니체는 바그너에게 쇼펜하우어를 음악의 본질을 파악한 유일한 천재적 철학자라고 칭찬했으며, 바그너 또한 그에 못지않은 천재로 보았다. 그는 항상 이 두 사람에게서 천재 숭배가 지배하는 분위기를 느꼈다. 이 두 사람은 평생에 걸쳐 니체의 철학적 사상과 음악 미학에 크게 작용하게 되었다.

니체가 새로운 철학적 관점에서 본 고전 문헌학 최초의 중요한 저서인 《비극의 탄생》은 이미 이들 두 거장들의 영향을 보여 준다. 니체의 이 첫 작품은 그가 몇 개월 동안 의무병으로 독일과 프랑스 전쟁에 참가했을 때 구상한 것이다.[3] 그는 그 후에 새로 임명된 고전 문헌학

교수로서 1870년 1월 18일과 2월 1일에 바젤 박물관에서 〈그리스 음악극Das griechische Musikdrama〉과 〈소크라테스와 비극Sokrates und die Tragödie〉의 두 강연을 했다. 그 밖에도 1870년 여름에 또 한편의 논문 〈디오니소스적 세계관에 대하여Über dionysische Weltanschauung〉를 발표했다. 니체는 이 세 논문들의 가장 중요한 생각들을 바탕으로 《비극의 탄생》을 썼다. 그가 이 책 서문의 표제를 '리하르트 바그너에 바치는 서문'이라고 했듯이 니체는 자기 최초의 위대한 작품을 그의 숭고한 선구자[4]인 바그너에게 헌정했다.

그러나 니체의 이 첫 저서는 고전 문헌학자들의 비판을 불러일으켰다. 심지어 그의 스승인 리츨 교수마저 가벼운 아이러니로 대했을 정도로 도처에서 거부 현상이 나타났다. 이러한 부정적 반응은 앞으로 그에게 닥쳐올 고독의 첫 번째 징조이기도 했다. 사실 니체 자신도 15년 후 1886년에 재판을 펴낼 때 〈자기비판의 시도Versuch einer Selbstkritik〉를 덧붙였다. 그는 여기서 《비극의 탄생》이 위험한 책이며, 너무 때 이르고 미숙한 자기 체험들로 구성되었기 때문에 노인다운 문제를 다루면서도 청년기의 결점에 묶여 있는, '장황함'과 '질풍노도'를 지닌 처녀작[5]이라고 고백했다. 그러나 이 책은 그의 철학적 관찰과 음악적 견해를 밀접한 연관 속에서 처음으로 시도했다는 데에서 큰 의미를 지닌다.

니체는 《비극의 탄생》에서 음악을 주제의 중심으로 다루면서 주로 쇼펜하우어의 의지의 형이상학과 바그너의 음악 미학을 접목시켰다. 실러가 순수 문학과 감상 문학 내지 구상적·음악적 문학을 구별하고 있는 것과 유사하게, 니체도 이 책에서 아폴로적인 것과 디오니소스적인 것의 두 예술적인 힘들에 관해 말했다. 그는 이미 2개의 반대되는 생리학적 힘들이 2가지 예술의 신들 모습에서 대립했던 그리스의 예술관에서 형성되었다고 보았다. 그 중심적 생각은 아폴로적인 것과 디오니소스적인 것의 대립, 즉 합리성과 인식, 개성 그리고 개념적 인식으로부터 벗어나 오직 음악만을 통해서 파악할 수 있는 존재의 근원적 일치Ureinheit des Seins와의 대립이다. 아폴로적인 것은 명백함·균형·자제를 통해 그 특징을 나타내는 조각 예술인 반면에 디오니소스적인 것은 비조형적인 음악 예술에 해당한다.

디오니소스적인 것은 현 존재의 일상적인 틀과 한계의 파괴로 인한 도취와 황홀의 상태와 비슷하다. 인간은 이것을 통해 근원적 유일자 Der Ur-Eine에 접근할 수 있다. 즉 인간은 자신을 신으로 느끼거나 마치 꿈속에서 신으로 변하는 것을 본 것처럼 본성을 숨김없이 나타낸다. 이때 영원히 창조적인 것이 가치를 나타내며, 개인의 개성은 지양된다. 인간은 자기를 망각하고 자신을 자연과 세계 조화의 한 부분으로 느끼며 가장 가까운 이웃들과 화해하고 결합, 융해되는[6] 본능적·도취적인 존재로 변한다.

디오니소스적인 것의 반대 흐름으로써 아폴로적인 것이 발전했다. 이것의 의미는 올림피아의 제신들, 특히 아폴로에서 가장 잘 표현된 개별화의 신격화에서 시작한다. 인간 생활의 개체는 이제 제신들의 꿈같은 세계에서 미화되고 모사된다. 아폴로적 체험에서의 특징은 꿈, 가상, 아름다움의 인위적 세계이며, 개인의 한계 수준이고, 척도이며 이것을 지키려고 하는 자기인식이다.

디오니소스적 요소와 아폴로적 요소 사이의 대립은 음악 예술과 조형 예술 간의 대립에서 나타난다. 니체는 '고상한 단순함과 조용한 위대함'으로 표현한 빙켈만의 그리스 세계를 새롭게 조명하고, 그리스인들을 최초로 내적 조화로 충만하고 쾌활한 민족으로 보는 것에 반대했다. 세계의 무자비한 고난에 대한 이들의 가장 심오한 통찰을 통해 그리스 세계에 내적 긴장 관계가 나타나며, 그리스 문명은 이 고난으로부터 보다 고차원적인 현실로의 도피로 해석되었다.

그리스 비극은 이러한 2가지 요소가 통일을 이루어 만들어진 가장 완벽한 예술로서 새로운 그리스상의 중심이 되었다. 니체가 예술의 전형으로 제시하는 디오니소스 제전의 비극은 연극적 비극이 아니라 음악적 비극, 곧 음악이 중심이 된 비극이었다. 합창으로 구현된 음악은 단순한 문학적·연극적 장치가 아닌 비극의 본질이었다. 비극에서 음악은 디오니소스적 음악을 말한다. 즉 그리스 비극은 디오니소스적 상태가 형상화된 것이고, 음악이 가시적으로 상징화된 것이며 디오니소스적 도취를 표현하는 꿈의 세계다.

그러나 디오니소스적 인간은 도취에서 깨어났을 때 그 속에서의 체험들에 대한 구역질과 놀라움을 동반한다. 그러나 이 구역질은 디오니소스적인 것을 아름다운 가상으로 은폐하는 아폴로적인 것에 의해, 즉 조형 예술과 언어로 극복함으로써 견딜 수 있게 된다. 아폴로적인 것은 억제되지 않은 디오니소스적인 것의 잔인성을 완화시키는 데 이바지한다.

아폴로적인 것은 비극에서 기만을 통해 음악의 원초적인 디오니소스적 요소와 맞서 승리를 거두었고, 연극은 음악을 통해 아폴로적 예술을 초월하는 효과를 만들어 낸다.[7] 그렇지만 아폴로적 세계관은 은폐된 고통의 기초 위에, 바로 디오니소스적인 것에 근거하고 있다. 그러므로 비극에서 아폴로적인 것과 디오니소스적인 것의 관계는 두 신의 의형제 결의를 통해 상징될 수 있다. 디오니소스는 아폴로의 언어로 말하고, 마침내 아폴로도 디오니소스의 언어로 말한다.[8] 그리스 예술 안에서 많은 디오니소스적·아폴로적 시대들이 교대로 차례로 이어져 디오니소스적인 것과 아폴로적인 것이 마침내 비극에서 유일한 예술 작품으로 합쳐지게 되었다. 이로써 비극과 예술 자체의 최고 목표가 달성되었다.

디오니소스적인 것은 그리스 비극의 역사에서 가장 오래된 요소인 열광적인 사티로스들[9]의 합창에 의해 구체화되었고, 그리스 사람들이 그들의 세계관을 압축해 형상화시킨 신화에서 만들어졌다. 한 민족의 음악과 신화 사이에는 가장 밀접한 친화 관계가 존립하기 때문에 이 둘은 한 민족의 디오니소스적 능력의 표현이며 다른 것과 분리될 수 없는 것으로[10] 비극에서 근본적인 작용 관계를 형성한다. 니체는 열광적인 합창단원 사티로스를 디오니소스적 인간의 전형으로 원초적 고통을 표현하고 모든 현상 전에 존재하는 영역을 상징하는 주관적 예술가로 보았다.

사티로스는 이 세계의 혐오스러운 진실을 통찰하거나 존재의 경악 내지 부조리를 의식할 필요가 없다. 역겨운 현실로부터 해방되기 위해 그에게는 예술 안에 도피처가 마련되어 있기 때문이다. 그래서 그는 공공연하게 인생을 극복할 수 없다고 고백하고, 오직 예술을 위한 예술에로의 도피만이 그를 견디게 한다. 이렇게 《비극의 탄생》에서 풍자적으로 여러 번 반복된, "세계의 실존은 오로지 미학적 현상으로만 영원히 정당화된다"[11]는 니체의 명제는 사티로스라는 인물을 통해 구현되고 있다.

니체에게 비극은 형이상학적 위안의 예술[12]이다. 이 말은 낭만주의자들과 쇼펜하우어를 연상시킨다. 니체는 고대 비극에서 현대 오페라로 관점을 돌리면서 바그너의 음악극을 모범적으로 수용하여 해석하고 있음을 보여 준다. 즉 낡은 형식의 오페라는 음악의 디오니소스적 근원과 아무런 상관이 없으며, 리하르트 바그너의 음악극만이 비로소 디오니소스적 정신을 토대로 비극을 재탄생시킨다는 것이다. 이것이 니체가 그 당시에 바그너의 음악에 심취했던 가장 큰 이유인 것이다.

아테네의 3대 비극 작가 중 한 사람이며, 소크라테스적 합리주의를 표방하는 에우리피데스(기원전 485~484 또는 480~406)와 함께 디오니소스적 요소의 종말이, 즉 비극으로부터 음악의 추방이 시작되었다. 에우리피데스 이후 연극의 줄거리에는 중심적 기능이 부여되고 합창의 비중은 점차 축소되었으며, 비극은 서서히 음악의 영역에서 언어의 영역으로 옮겨졌다. 따라서 비극이 오직 음악의 정신에서 탄생될 수 있듯이 마찬가지로 비극은 점점 더 지속될 수 없게 되었다.

그러는 사이 디오니소스적인 것은 소크라테스(기원전 469~399)와 그의 합리적인 원칙들에 의해 결정적인 손실을 입는다. 니체는 소크라테스에게서 고대의 가장 의심스러운 비디오니소스적 인물을, 즉 사물의 본성에 대한 규명의 가능성을 믿는 이론적·낙천주의적 학문의 창시자를 보았다. 니체는 소크라테스에 의해 구체화된 논리와 이성의 힘이 그리스 비극이 생겨났던 음악의 정신, 디오니소스적인 황홀함과 도취 상태를 사라지게 했다고 보았다. 삶의 원칙을 위한 이성의 고양은 디오니소스적인 것의 희생으로 생길 수 있으며, 또한 이 희생으로 인해 삶의 황폐화를 초래한다.

그래서 니체는 음악이 의지 자체의 모상이라는 쇼펜하우어의 견해를 모든 미학의 가장 중요한 인식으로 찬양했다. 반면 그는 최초로 소크라테스를 그리스를 용해하는 도구이자 전형적인 데카당으로 파악했다. 그리고 이성을 삶을 파괴해 버리는 위험한 힘으로 보았다. 또한 그리스도교가 가장 심층적인 의미에서 허무주의적인 반면 디오니소스적 상징 안에서는 긍정이 그 궁극적인 지점에까지 이르게 된다[13]고 인식했다.

소크라테스의 영향으로 오페라는 무엇보다도 말을 이해하려는 비음악적인 청중을 고려해 텍스트의 문구는 하인이 주인 위에 군림하듯

이 대위법 위에 군림해 반음악적 언어 양식이 되었다. 그러나 니체는 음악과 언어의 차이를 인식했다. 언어는 현상 세계와 비유 세계, 음악 세계를 표현하는 데 있어 결코 심오한 음악의 내면을 표출할 수 없으며, 오직 음악과의 표면적인 접촉에만 머문다는 것이다. 니체는 이미 학문적인 소크라테스식 문답법의 한계를 인식했고, 디오니소스적 정신의 새로운 소생을 보았다. 그리고 니체는 무엇보다도 바흐에서 베토벤으로, 베토벤에서 바그너로 이어지는 강력한 태양의 운행으로 이해해야 할 독일 음악[14]은 소크라테스의 문화와 아무런 관계가 없다는 것을 논파했다.

니체는 《비극의 탄생》의 마지막 장에서 비극의 부활을 통한 독일에서의 비극적 시대의 탄생을, 즉 그리스 문화의 모범에 따른 음악을 통한 독일 정신의 개혁과 정화를 예언했다. 디오니소스적인 것과 아폴로적인 것, 이 양자는 현상 세계 전체를 소생하게 하는 영원하고 근원적인 예술의 힘이며, 이 힘은 영원한 정의의 원칙에 따라 엄격한 상호 균형 속에서 발휘된다는 것이다. 그리고 이 균형은 그리스의 비극에서 완성되어 나타나며, 나아가 그리스인들을 행복한 민족으로 보이게 함과 동시에 이 민족이 그렇게 아름답게 되기 위해 얼마나 많은 고통을 당해야 했겠는가를 말해 주고 있다는 것이다. 그래서 니체는 아이스킬로스(고대 그리스의 대표적인 비극 작가) 같은 고상한 눈으로 우리를 바라보면서 말한다.

지금 나를 따라와 비극을 보세. 그리고 나와 함께 두 신전에 제물을 바치세![15]

또한 니체는 《비극의 탄생》의 20장에서 디오니소스의 마법은 폭풍

이 되어 모든 낡은 것, 부패한 것, 부서진 것, 구부러진 것을 휩쓸어 간다고 말했다. 그래서 소크라테스-알렉산드리아적 문화는 허약한 정점에 도달했으며, 소크라테스적 인간의 시대는 지나갔다고 선언한다.[16]

이렇게 그는 그리스 문화의 모범을 따라 비극의 재탄생을 통해 독일 정신을 혁신해야 한다는 시대 비판적 당위성을 제시했다. 니체의 《비극의 탄생》은 비극의 힘이 상실된, 즉 예술이 총체적으로 타락한 동시대의 문화와 사회 현실에 대한 강력한 비판이며, 동시에 역설적 의미에서 비극의 재탄생과 예술의 건전한 부활을 통해서 사회 개혁을 이루려는 최초의 미학적·형이상학적 선언이었다.

니체의 디오니소스적 표현의 중점은 음악과 연관된 미학적·형이상학적 관찰 방법에 있다. 오직 음악에서만 최고의 절정에 이르는 '예술가-형이상학'[17]은 1870년대 초반의 강연 및 논문에서 준비되기 시작하여 《비극의 탄생》에서 결실을 맺는다. 니체는 19세기와 20세기에 자본주의 발전의 동반 현상으로 나타난 사회의 모순들로부터 제일 많이 시달림을 당했다. 그래서 다른 어떤 사람보다도 더 음악을 필요로 했기 때문에 그는 음악 예술가에게, 특히 바그너와 그의 형이상학에 주의를 기울이게 되었다.

그의 《비극의 탄생》은 고통으로 느꼈던 존재로부터의 구원으로서 음악을 찬양하는 젊은 시절의 경향을 철저히 나타내고 있다. 니체는 이 작품에서 대략 2천 년의 문화 발전을 오직 음악의 관점에서 보았다. 또한 자기 시대의 사회적 곤경은 그가 리하르트 바그너와 같은 천재에게 기대하는 디오니소스적 음악의 새 시대를 통해 제거될 수 있으며, 이로써 문화적 번영의 시대가 도래할 수 있다고 믿기까지 했다.

음악의 의미가 니체 이전이나 이후에도 그렇게 엄청난 규모로 느껴진 적이 없었다. 그래서 니체의 붕괴에는 그의 지나친 음악에 대한 사

랑이 본질적으로 한몫을 했다고 말할 수 있다. 그렇게 음악 안에서, 음악을 통해서 살았던 인간은 인생을 헤쳐나갈 만큼 강인하지 않으며, 또한 음악에서 유도된 개념들은 결코 사회적·역사적 발전에 적합하지 않았다. 결국 니체는 필연적으로 실패할 수밖에 없었다.

그렇지만 니체는 자기 시대의 사회적 문제들에 대한 해결책을 결코 사회의 새로운 질서나 경제적 발전이 아닌 음악에서 보았다. 그래서 세계에 대한 그의 음악적 관계를 철학적 전문 용어로 표현하고, 디오니소스적 음악에 가까운 개념들을 철학적 체계로 요약할 필요가 있었다. 이렇게 그는 그의 시대에 대항하는 대대적인 캠페인을 시작했다.

### 디오니소스주의에 의한 문화 비판 《반시대적 고찰》

니체는 1872년 5월 22일에 있었던 바이로이트의 음악제 건물 기공식에 참석한 것을 계기로 바그너와의 우정에 금이 가기 시작했다. 니체는 바이로이트의 거대한 사업에 대한 걱정에 사로잡혔다. 바그너 또한 이 사업의 성공 여부에 대한 걱정으로 니체의 첫 작품에 관심을 보여 주지 못했고, 오히려 자신의 사업을 위해 협조해 줄 것을 니체에게 강력히 요구했다. 그래서 니체는 일련의 《반시대적 고찰》을 쓰기로 결정했다.

이 책은 신화적 시인이며 음악가인 바그너에 대한 찬양이 근저에 놓여 있다. 그러나 이미 이 책의 제목은 그의 관찰이 '반시대적'인 것, 즉 니체의 정신과 맞지 않는 시대적 현상들과의 불화 내지 적대감으로 형성된 문화 비판이라는 것을 말해 준다. 니체는 최근 프랑스와 치른 전쟁의 승리가 남긴, 널리 확산된 일반적 오류, 예술에 대한 몰이해와 문화적 위기를 아무런 규제 없이 자유롭게 비판하고 고발한 것을 책으로 만든 것이다.

후일에 그는《이 사람을 보라》에서 이렇게 말하고 있다.

4편으로 된《반시대적 고찰》은 전적으로 호전적이다. 이것들은 내가 몽상가가 아니라는 점, 내가 검을 빼는 일을 즐거워한다는 점과 내 손목이 위험할 만큼 자유롭게 움직인다는 점도 역시 입증하고 있다.[18]

그리고 그는 여기서 이 작품이 쇼펜하우어에게서 전래된 근본적 사상의 광범위한 해석에 근거하여 동시대인에게 영향을 주고자 하는 의도에서 서술되었음도 밝히고 있다.

이 책은 4개의 주제들로 구성되었다. 1873년에 나온 첫 번째와 두 번째의《반시대적 고찰》에서 니체는 당시의 문화와 교육 세력을 신랄하게 비판했다. 〈다비드 슈트라우스, 고백자와 저술가〉라는 부제를 가진《반시대적 고찰 I》은 자유주의적으로 희석된 슈트라우스의 기독교 정신을 폭로하고, 당시 지식인의 진보적 낙관론과 교양 속물을 비난하고 있다.《옛 신앙과 새로운 신앙》의 저자인 다비드 슈트라우스는 자신의 책 내용보다는 대중적 인기를 이용해 유명해지려 했기 때문에 니체는 그를 교양 있는 독일적 속물[19]이라고 비판했다. 슈트라우스에 대한 그의 비판은 바로 프랑스에 대한 프로이센의 승리 후에 나타난 독일의 문화적 오만에 대한 비판이라고 할 수 있다. 특히 교양 있는 속물은 스스로 창의적인 주도력을 펼치지 않고, 고전주의자들을 자랑스럽게 내세우는 멍청이들과 어릿광대들[20]의 지식 오용에 대한 적나라한 폭로라고 할 수 있다.

《반시대적 고찰 II》에서 〈삶에 대한 역사의 유용함과 단점에 관하여 Vom Nutzen und Nachteil der Historie für das Leben〉란 부제목이 표현하고

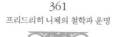

있듯이 니체는 19세기에 유행병처럼 야기된 독일 역사의 정신, 즉 독일 문화의 위험한 동요와 변화를 겨냥하고, 그의 몰락을 막기 위해 가야 할 길을 암시적으로 나타내고 있다. 그는 역사를 삶에 기초해 인식하면서 역사의 유익함보다 단점에 더 많은 비중을 두었다.

니체에게 인생은 저 어두운, 정진하는, 만족할 줄 모르고 스스로 갈망하는 힘이다. 그리고 삶은 이 힘에 의해 현재의 삶에 완전히 몰입할 수 있도록 과거를 망각하게 하고, 이 망각을 통해 비로소 행복해지고 또 번성한다. 이 망각의 상태에서 인간은 스스로를 '비역사적'으로 느낄 수 있는 것이다.

이에 비해 역사적 지식은 기억의 지속성에 기반을 두고 있다. 사람과 역사적 지식은 이처럼 대립한다. 니체는 자신을 시대의 피해와 결함으로써 나타나는 지나친 역사 교육에 반대하고, 경우에 따라서는 비역사적인 것과 역사적인 것은 한 개인, 한 민족, 한 문화의 건강을 위해 꼭 필요하다고 주장했다.[21]

이렇게 니체의 두 번째 문화 비판은 교양 속물에서 역사적 지식을 맹목적으로 쉴 새 없이 긁어모으는 현대 지식인의 약점을 겨냥한다. 현대인은 엄청난 양의 소화하기 어려운 지식의 돌멩이들을 몸에 달고 이리저리 끌고 다니는 이동하는 백과사전들이다. 그리고 토끼 한 마리를 통째로 삼켜 버리고 난 후 조용히 진정을 되찾아 양지에 누워 불가피한 동작 이외에 꼼짝도 하지 않는 뱀과 닮았다는 것이다.[22] 특히 그리스인들은 그들의 최대 전성기에서 비역사적인 의미를 끈질기게 유지해 왔었지만 누구도 그들을 미개하다고 말할 수 없다는 것이다.

만일 고대 그리스인이 오늘의 시대에서 우리 현대인들을 본다면 우리를 이동하는 백과사전으로 알 것이다. 넘치는 자료는 행동을 마비시키고 숙고만 하게 한다. 즉 우리 현대인들은 엄청나게 밀려오는 정보를 제압할 만한 방법을 찾기 위해 가능한 한 이를 가볍게 받아들여 다시 재빨리 제거하고 내던져 버리기 때문에 그들에게는 사물을 진지하게 생각하지 않는 습관이 있고, 그들의 인격도 성숙하지 못하다는 것이다. 그들은 역사를 통해 그들의 본능을 상실하고 개성이 약해졌다는 사실을 감수해야 하며, 소심해지고 불확실해진다고 보았다. 그 결과 그들은 인습과 가면 속으로 달아나고, 역사는 오직 강한 인물들을 선택하고, 약한 자들을 완전히 없애 버린다는 것이다. 그래서 니체는 현대인의 역사를 대중의 입장에서 서술하는 것을 거부했는데, 그것은 그러한 묘사가 오직 대중이 획일적으로 조야한 것을 증명하기 때문이다.[23]

이러한 발전에 대한 대응력으로서 모든 삶의 본능과 충동에 대한 긍정의 필연성을 주장한다. 강한 개성, 위대한 개인을 니체는 '초인Übermensch'으로 찬양했다. 이는 삶의 본능과 충동을 시인하고, 대중의 '노예 도덕Sklavenmoral'을 경멸하는 '주인 도덕Herrenmoral'의 대변자에 대한 니체의 이상적인 상이었다.[24]

《반시대적 고찰 III》에는 니체가 그의 스승을 추모해 〈교육자로서의 쇼펜하우어Schopenhauer als Erzieher〉(1874)라는 제목을 붙였다. 여기서 쇼펜하우어는 교양 속물이 지배하는 허위 문화에 대항해 참된 문화의 구성을 알고 있는 유일한 철학자로 칭송된다. 니체는 쇼펜하우어와 함께 바그너도 그 시대의 위선적 인간들과는 달리 반시대적 예술가, 새로운 시대의 모범으로 보았다.[25]

니체는 쇼펜하우어와 같은 철학자들이 모범을 보임으로써 모든 민족을 자기편으로 만들 수 있다[26]고 믿었다. 이들은 외부와 내면으로부터 엄청난 위험에 둘러싸여 있기 때문에 약한 사람들이었다면 이런 위험에 짓눌려 질식하거나 산산조각이 났을 것이다.[27] 횔더린과 클라

이스트와 같은 예술가들은 그들의 비범함 때문에 무너졌다. 이런 예술가들은 고독에 시달리며 현존하는 형식과 질서의 증오에 찬 대립 속에서 살았기 때문에 자신들의 내면으로 물러날 수밖에 없었다. 그들은 허식과 가식을 죽음보다 더 싫어하고, 끊임없이 분노하기 때문에 화산처럼 폭발적이고 위협적이다. 니체도 자신이 이 예술가들에 속한다고 느꼈다.

그들은 때때로 자신들의 강제적인 자기 은폐와 강요된 자제에 대해 복수한다. 그들은 무서운 표정으로 그들의 동굴에서 나오는데 말과 행동이 너무나도 폭발적이어서 스스로 파멸할 수도 있다.[28] 오직 베토벤, 괴테, 쇼펜하우어, 바그너처럼 강철 같은 천성을 가진 인물들만이 이 상황에서 견디어 낼 수 있다.[29]

바로 여기에 니체의 위기적 시대관과 동시에 쇼펜하우어의 학설로 그 시대의 시민 문화의 붕괴를 막을 수 있다는 기대와 희망이 나타나 있다. 그래서 니체는 혁명의 필연성을 강조한다.

> 교양 있는 계층들과 국가들은 매우 천박한 화폐 경제에 마음을 빼앗겼다. 세상이 이렇게 세속적이었던 적이 없었고, 사랑과 선의가 이렇게 빈약했던 적은 없었다. (…) 예술과 학문을 포함해 모든 것은 다가오는 야만에 이바지하고 있다. 한 세기 전부터 우리는 오로지 근본적인 충격만을 예상해 왔다. (…) 지금 지상의 거의 모든 것은 가장 조야하고 악한 힘들에 의해, 돈 버는 자들의 이기주의와 군대의 권력 지배자에 의해 결정된다. (…) 혁명은 전혀 피할 수 없다.[30]

이 같은 니체의 위기적 시대관은 더욱 심화·확대되어 나타났고, 그만큼 개혁에 대한 욕구와 소망은 커져 갔다. 니체는 전체 유럽 문화가

오래전부터 10년마다 성장하는 긴장의 고문으로 마치 파국을 향해 가듯이 움직이고 있다고 전망했다. 이것은 내면의 가장 깊은 곳에서 인식하게 되는 허무주의의 등장이었다. 그는 이 허무주의가 다만 심리적 데카당스의 표현일 수 있지만 실제로 의지의 허약함이나 관습들의 타락을 초래한다는 것을 알았다. 동시에 자신의 신경도 몹시 날카로운 감상주의에서 그가 싸우고 있는 문화와 똑같이 예민해졌음을 알았다. 그래서 절박하게 내면의 위기를 극복할 수 있는 근거를 찾았다.

니체는 이 극단적인 염세주의를 견디기 위해 반대 작품을 창작하지 않을 수 없었다. 그가 생각하는 그 시대 문명의 본질적 특징은 권태와 퇴폐, 목적 없는 사회생활, 허무주의에 의한 서양 문명의 위협이었다. 니체가 말하는 반대 작품이란 인생 변호의 디오니소스주의에 근거한, 그 시대 문명의 퇴폐적 배경에 대한 폭로이며 비판의 표현인 것이다. 그는 자신의 약점들, 즉 데카당스와 지나친 민감성을 극복하려는 노력을 약하게 만들고 지치게 하는 모든 것을 부정했다.

이 시도의 근거는 쇼펜하우어의 철학에 있었다. 니체에게는 어떻게 쇼펜하우어를 통해 우리 시대에 저항하도록 스스로 교육시킬 수 있는가를 설명하는 것이 중요하게 생각되었다.[31] 바로 여기에 니체의 오류가 있다. 그 오류는 쇼펜하우어가 모든 면에서 매우 위대했지만 영향력은 매우 미미했다는 것이다.[32] 그리고 토마스 만이 지적했듯이 쇼펜하우어의 철학이 도덕적·인생 부정적 염세주의에 근거하고 있다는 것을 알았음에도 그의 철학으로 시민 문화의 붕괴를 막을 수 있고, 예술과 학문의 새로운 번영까지도 초래할 수 있다고 믿었다.[33] 이는 니체가 쇼펜하우어의 생각에서 오직 인생의 변호를 위한 디오니소스주의로의 정신적 전환만을 생각했기 때문이다. 물론 이 디오니소스주의에서 쇼펜하우어의 도덕적·인생 부정적 염세주의를 인식하기란 어렵다.

토마스 만의 지적처럼 니체는 쇼펜하우어에서 출발한 염세주의를 힘의 철학으로 극복했다고 믿었다. 그러나 니체가 시도했던 염세주의의 극복은 실제로 미학적인 비도덕주의에서 끝났다.[34] 인생은 오직 미학적 현상으로만 변호될 수 있다는 도취적 염세주의를 내포하고 있는 니체의 전제는 그의 인생에, 그의 사고 및 창작 작품에 가장 정확하게 적용되었다.

《반시대적 고찰 III》보다 2년 늦게 1876년 7월 초에 출간된 《반시대적 고찰 IV》의 제목은 〈바이로이트의 리하르트 바그너Richard Wagner in Bayreuth〉이다. 2년이란 시간적 간격은 바그너 예술에 대한 니체의 비판적 시각에 변화가 생기기 시작한 기간이었다. 그래서 이 책에는 바그너로부터 니체의 전회가 남모르게 서서히 드러난다. 니체는 겉으로는 바그너를 위대한 인물로 형상화했지만 바그너에 대한 자신의 숭배를 이미 지나간 기념물쯤으로 생각하고 있었다. 니체는 바그너의 오페라 《니벨룽겐의 반지》의 신화를 이용하여 바그너를 독일 신화의 최고의 신 '보탄'으로, 그리고 자신을 이 신에게 반항하는 오페라의 주인공 '지그프리트'로 비유해 바그너와 자신과의 관계를 비유적으로 나타냈다. 그러나 바그너는 그것을 알아차리지 못했다.

한때 니체는 바그너의 음악극에서 고대 그리스 비극의 본질이 부활할 수 있다고 생각했다. 그 점에서 그의 예술이 반시대적 특성을 가지고 있다고 보고, 그를 숭배하고 그의 예술에 열광했다. 그러나 니체가 1875년 10월 7일에 바젤에서 에르빈 로데에게 쓴 편지에서 밝히고 있듯이 그는 가을에 〈바이로이트의 리하르트 바그너〉를 집필하던 중 그 원고를 미완성인 채 옆으로 치워 놓았다.[35] 이 원고가 완성되어 출판되었을 때 바그너 숭배자들은 환호했지만 니체는 이미 바그너 예술에 대한 의심을 품고 그의 비판자가 되기 시작했다. 따라서 네 번째 고찰은 니체 자신의 기만에 대한 비평인 셈이다.

니체는 1876년 8월에 바이로이트 축제에 참석했으나 열광하는 바그너 숭배 분위기를 더 이상 견디지 못하고 축제가 끝나기도 전에 그곳을 떠나고 만다. 그리고 그해에 바그너 숭배에서 쓴 《비극의 탄생》에 〈자기비판의 시도〉라는 글을 새롭게 첨가하고, 《비극의 탄생》이 의심스럽고 형편없는 책이라고 혹평한다. 《비극의 탄생》에서 니체는 그의 철학의 핵심인 올바른 삶에 대한 사유와 관찰의 초점을 삶과 예술의 양대 요소가 조화를 이룬 고대 예술가의 형이상학에서 추구했다. 반면 《반시대적 고찰》에서는 그 초점을 삶을 왜곡시키는 현대의 문제점들에 두고, 문화 비판을 통해 현재와 미래를 명확하게 바라보게 한다. 따라서 이 두 작품은 그 시대의 문제들에 대한 니체의 평가일 뿐만 아니라 그 시대와 연관된 니체의 철학을 이해할 수 있게 해주는 초기의 중요한 저서들이다.


## 니체 철학의 핵심적 사상

1876년 6월 바이로이트 축제에서 바그너에게 깊이 실망한 니체는 점점 더 고독해졌다. 그는 더욱 명료하게 느끼는 그 시대와의 대립에서 《반시대적 고찰》의 다른 잠언들이라고 할 수 있는 《인간적인 너무나 인간적인Menschliches, Allzumenschliches》의 1권을 페터 가스트에게 1875년부터 받아 적게 해 일부를 완성했고, 계속해서 1878년에 2권의 원고를 완성했다.

볼테르의 사망 100주기인 1878년 5월 30일에 발간된 이 저서에서 니체는 고대 그리스의 소크라테스와 플라톤 이후 헤겔에까지 이르는

과거의 철학적 발전으로부터 단호히 돌아설 것을 그의 새로운 과업으로 삼았다. 또한 인간 위주의 모든 오류와 편견의 정리 작업, 쇼펜하우어와 바그너의 형이상학적 문화 기념비를 제거하는 작업이 진행되었다. 초기의 자유롭고 길던 문체도 격언의 짧은 문체로, 모든 이론이나 전체적 고찰을 배제하는 문체로 대치되었다.

니체는 이 책을 바그너에게 보냈다. 이 책이 내포하고 있는 무신론적 고백은 바그너에 반대하는 고백이기도 하다. 얼음같이 냉담하게 그는 통속적 가치와 영원한 사실 그리고 절대적 진리들의 정체를 파헤쳤다.[36] 니체는 이 책에서 강인하고 자유로운 인간의 이상을 강조하면서도 이 이상이 실현될 수 없는 사회적 위기를 폭로한다.

> 이상은 반박되지 않는다. 이상은 얼어 죽는다. (…) 여기서는 이를테면 '천재'가 얼어 죽고, 한 모퉁이 더 가서는 '성인'이 얼어 죽는다. 두꺼운 고드름 아래서는 '영웅'이 얼어 죽고, 마지막에는 '신앙'이 얼어 죽는다. 소위 말하는 '확신'도 '동정'도 꽁꽁 얼어붙는다. 거의 모든 곳에서 물物 자체가 얼어 죽는다.[37]

그럼에도 불구하고 니체에게 남은 것은 마지막 이상뿐이었다. 니체는 이 이상에서 위기의 기념비인 너무나 인간적인 것만을 보며, 통찰과 자각을 통해 자유로워진 정신을, 종교나 도덕이나 예술에 의해 더는 유혹되지 않는 인간의 자유로운 정신을 본다. 이 같은 정신은 후기 철학에서 강인한 정신, 위대한 개인, 초인 사상으로 발전되며, 그 반대상은 기독교의 성인에게서 볼 수 있다.

1879년 6월에 니체는 만성화된 두통으로 바젤 대학의 교수직을 포기했다. 그는 1880년 1월에 이미 두 번째 격언집《아침놀, 도덕적 편견에 대한 생각Morgenröte, Gedanken über die moralischen Vorurteile》을 준비했다. 이 작품 역시 페터 가스트에 의해 쓰여져 7월 1일에 출간되었다. 비판의 주 대상은 도덕, 즉 기독교 유산으로서 퇴폐의 도덕이고 또한 쇠퇴하는 삶의 도덕이었다. 그러나 니체에게는 강제적이고 위협적으로 그 반대 개념이 힘의 이념 속에 이미 나타나고 있었다. 이때의 힘에 대한 그의 생각은 후일에 《힘에의 의지Der Wille zur Macht》에서 구체화되어 나타났다. 이 저서는 1881년 7월에 발간되었지만 큰 반응을 얻지는 못했다.

니체는 같은 해 7월에 실스 마리아 호수의 한 산책 길에서 위대하고 혁명적인 사상, 즉 '영원 회귀의 사상'을 구상했다. 이 사상은 1882년 8월 말에 출간된 제3의 격언집 《즐거운 학문Die fröliche Wissenschaft》의 저술 작업에도 동반되는데, 《아침놀, 도덕적 편견에 대한 생각》보다 1년 후에 나온 이 작품은 단순한 도덕 비판의 차원을 넘어서고 있다.

영원 회귀란 지속적인 생성과 진행되는 변화의 기본 원칙에 지배되는 이월 과정의 부단한 회기다. 영원은 순수한 이월의 시작도 끝도 없는 시간이며 개개인은 영원의 순환상에 있는 점이다.[38] 즉 모든 시점에 도달할 때까지 흘러간 시간은 무한하다는 사실처럼 미래의 모든 것은 이미 존재하지 않을 수 없다는 것이다.

이런 맥락에서 니체는 한걸음 더 나아간다. 만일 세계에 목표가 있다면 그것은 이미 도달되었어야 하며, 만일 세계에 최종적 상태라는 것이 있다면 그것도 성취되었어야만 했을 것이다. 모든 가능한 발전이 이미 존재하여야 한다면 모든 순간순간의 발전은 반복되어야 하며, 그것을 탄생시킨 것과 그것에서 유래한 모든 것도 역시 반복되어야 한다. 그런데 인간의 힘이 제한되어 있다면 인간은 모든 순간에 최선을 다해야 한다는 것이다. 모든 종말은 한낱 멋대로 선택된 휴식점에 불과하기 때문이다. 그래서 니체는 영원 회귀의 사상에서 '운명애 Amor fati'[39]의 진리와, 나아가 모든 고뇌와 무상함에 대한 극복의 힘을 찾았다.

이로써 우리는 니체의 영원 회귀의 사상이, 한편으로는 허무적 염세주의를 받아들이지 않은 채 자신의 철학적 모범으로 삼았던 쇼펜하우어의 자연 및 의지의 형이상학에 근거하고 있으며, 다른 한편으로 찰스 다윈의 진화론에 접목되어 있음을 알 수 있다. 니체는 인간도 자연적인 진화의 한 부분으로 보았다. 인간은 오직 자연적인 과정에서 더욱 강해지고, 모든 삶의 내재적 노력인 성장하려는 힘을 위한 의지에 순종할 때만이 존재할 수 있다는 것이다. 이 자연의 정리를 받아들이려는 의지를 니체는 '운명애'라고 불렀다. 그는 후일에《니체 대 바그너Nietzsche contra Wagner》의 에필로그에서 운명애에 대해 이렇게 말하고 있다.

어떤 때보다도 가장 어려웠던 내 삶의 시절에 대해 더 깊이 감사해야 하지 않을까라고 나는 종종 자문했다. (…) 사람들은 그것을 견뎌야 할 뿐만 아니라 사랑해야 한다. (…) 운명애, 이것이 나의 가장 내적인 본성 이다.

니체는 심지어 자신의 병까지도 운명애로 받아들이고, 그 때문에 자신의 건강과 철학에 대해 더 깊이 생각할 수 있었다고 말했다.

자신을 죽이지 않는 모든 것에 의해 더 강해지려는 내 건강은 그 병 덕택이다! 내 철학 역시 내 병 덕택이다. (…) 위대한 고통이야말로 정신을 최종적으로 해방시킨다.[40]

그의 영원 회귀는 진화론에 근거한 삶의 원칙을 제시한다. 니체는 자신에게 질문했다.

삶을 다시 한 번 살고 싶을 정도로 열심히 살아라. 내가 하고 있는 이 일을 수없이 반복할 만큼 진정 원하는 것인가?

영원 회귀 사상은 그가 저술하고 생각하는 모든 것의 배후에 도사리고 있으며, 모든 사건에 대하여 영원의 신력을 부여하고, 그의 형이상학의 중심점이 되며, 그의 윤리학의 기본 신조가 된다. 영원 회귀는 도덕적 명령으로서 우리의 모든 행동과 행위를 지배하며, 모든 순간에 대해 최고의 예리함과 결단력을 부여한다. 그리고 모든 순간에 우리가 의무감을 갖고 최선을 다하게 한다.

그러나 니체의 회귀 사상에는 하나의 모순이 내재한다. 만일 인간에게 자신의 미래에 대한 선택의 자유, 즉 회귀의 자유가 주어지지 않는다면, 과연 회귀의 도덕적 명령은 우리에게 구속력과 의무감을 갖게 할 수 있느냐는 문제다. 즉 미래의 무한한 회귀가 과거의 회귀적 존재를 전제로 한다면 항상 새로이 돌아오는 순간은 이미 존재하고 있는 것이 아니냐는 것이다. 또한 동일한 것이 수없이 반복되듯이 일련의 회귀의 시초에서 완전한 삶에 접근하려는 노력 없이도 우리의 삶에 결여되었던 모든 갈망과 희망, 가능성이 충족될 수 있느냐에 대한 문제다. 그래서 회귀의 사상은 궁극적으로 숙명론적이고 반생적反生的이며 파괴적인 것으로 드러난다. 그는 회귀 사상이 자신의 사상적 세계와는 궁극적으로 이질적이었다는 사실을 끝내 인식하지 못했다.[41]

니체는 이탈리아와 프랑스의 휴양지를 찾아 다녔지만 건강은 좋아지지 않았다. 1882년 11월에 그는 모든 사람을 위한, 그러면서도 어

느 누구를 위한 것도 아닌 책 《차라투스트라는 이렇게 말했다Also sprach Zarathustra》(이하 《차라투스트라》로 표기)의 첫 부분을 구상하기 시작했다. 이 책의 1부에서 3부까지는 매우 짧은 기간에, 즉 제1부는 1883년 2월의 열흘 동안에, 제2부는 같은 해의 6월 26일에서 7월 6일 사이에 그리고 제3부는 1884년 1월의 열흘 동안에 완성되었다. 제4부만이 그해 11월부터 1885년 2월까지 약간 긴 시간이 소요되었다. 구상부터 완성까지 총 18개월이 걸렸다. 후일에 니체는 《이 사람을 보라》에서 《차라투스트라》의 근본 사상이 새로운 2개의 기본 사상, 즉 초인 사상과 영원 회귀의 사유임을 밝혔다.[42]

그리스도와 같이 차라투스트라는 30세가 되던 해에 고향을 떠나 산속으로 들어가 그곳에서 고독을 즐긴다. 그는 그렇게 10년을 보낸 후 인간 세계로 돌아와 제자들을 모으고 그의 교리를 선포한다. 제1부에서 차라투스트라는 냉담하고 준엄한 초인의 설교자 모습을 보여 준다. 그리고 제2부에서 가장 난해하고도 두려운 사상, 즉 영원 회귀의 사상과 씨름하고 있는 그를 보여 준다. 그는 선포해야만 하는 과제를 앞두고 전율을 느끼면서도 주저하듯 가장 고요한 순간, 그리스도의 골고다 장면의 고난을 체험한다. 제3부에서 그는 초인으로서 의식의 최고 단계에 올라 영웅처럼, 성자처럼 시련을 이기고 어린아이처럼 순수한 모습의 철학자, 성직자, 예술가로서 선악의 저편에 서 있다. 이때 차라투스트라는 말했다.

우리는 가장 어려운 사상을 창조하였으니 이제 그것이 그에게 쉽고도 행복한 존재를 창조하게 하자.

1885년에 니체는 실즈 마리아에서 여름을 보내면서 차라투스트라

의 중요한 개념들의 해설서라고 할 수 있는《힘에의 의지》를 구상했으나 결국 1888년 8월에 포기했다. 유고로서 후일에 발행된 이 책에서 도덕에 대한 공격은 계속되고 있으며, 인간이 가축으로 퇴화되거나 왜소화되는 것이 묘사되어 있다. 그리고 지배자의 도덕과 노예의 도덕, 즉 강하고 건강한 자의 도덕과 나약하고 퇴화된 자의 도덕이 대립적으로 형성되어 있다.

1886년 8월 초에《선악의 저편. 미래 철학의 서곡Jenseits von Gut und Böse. Vorspiel einer Philosophie der Zukunft》이 출판되었다. 이 책은 제목이 말해 주고 있듯이 미래의 철학이란 쇼펜하우어 삶의 의지를 근거해 구상 중이었던 저서《힘에의 의지》의 철학을 의미하며,《힘에의 의지》의 서론적 성격을 가진다.

《인간적인 너무나 인간적인》의 서문,《비극의 탄생》을 위한 새로운 서문〈자기비판의 시도〉,《아침놀》과《즐거운 학문》의 서문들이 이때 쓰였다. 1887년에 니체는《선악의 저편》을 확대하고 명료화하기 위해 쓴《도덕의 계보Zur Genealogie der Moral》를 발행했다. 이 책을 구성하고 있는 3편의 논문들은 그 표현과 의도, 놀라운 기술 면에서 볼 때 지금까지 저술된 것들 중 가장 섬뜩한 것[43]이라고 니체는 말하고 있다.

여기서 그는 선악과 우열의 반대 개념을 통해 죄와 양심의 개념을 폭로했다. 3편의 논문을 통해 그리스도교의 심리, 양심의 심리, 금욕적 이상에 의한 최초의 사제 심리학을 분석하여 다음 저서들에서 구체화할 모든 준비를 끝마쳤다.[44]

니체는 마치 병마로 인한 암울하고 긴 미래를 예측이나 한 듯이 1888년에 니스, 실스 마리아, 토리노를 전전하면서 상상할 수 없는 속도로 마지막 저서들을 쏟아낸다.

《바그너의 경우Der Fall Wagner》에서 니체는 바그너를 전형적인 데카

당스 예술의 대표자로서 음악을 병들게 한 주범으로 보고 옛날의 바그너 우상을 말끔히 제거한다. 《힘에의 의지》를 대신해 계획된 《우상의 황혼 또는 망치로 철학하는 방법 Die Götterdämmerung oder wie man mit dem Hammer philosophiert》에서 니체는 소크라테스와 플라톤에서부터 기독교를 거쳐 칸트에 이르는 철학적 우상들을 캐내고, 금욕적·기독교적 도덕을 반자연적 도덕의 전형으로 규정하는 등 모든 가치의 전도를 위해 우상들을 망치로 부숴 버린다.

그해 가을에 《우상의 황혼》에 이어 완성된 《반그리스도교도 Der Antichrist》는 《우상의 황혼》과 한쌍을 이룬다. 이 책의 제목 〈반그리스도교도, 모든 가치의 전도, 그리스도교에 대한 저주〉에서 알 수 있듯이 그리스도교가 현대 세계의 모든 가치를 포함하고 있기 때문에 이에 대한 공격은 모든 가치의 전도가 될 수 있다는 전제에서 이루어졌다.

그리고 《반그리스도교도》의 서문 격으로 니체와 그의 작품만을 다루고 있는 《이 사람을 보라》가 계속해서 집필되어 12월 7일에 출판사에 보내진다. 그는 자신과 자신의 작품에 대한 그 시대의 몰이해에 대해 비난을 퍼부었다. 그는 자신을 현대의 데카당스를 극복할 수 있는 힘인 운명애로, 비도덕주의자로, 모든 가치의 파괴자[45]로 선언했다. 그는 시 〈이 사람을 보라〉에서 자신을 끊임없이 타오르고 만족할 줄 모르는 불꽃으로 비유했다.

그렇다! 내가 어디서 나왔는지 나는 안다!
불꽃처럼 만족할 줄 모르고 타올라
나는 내 자신을 태운다.
내가 잡는 모든 것은 빛이 되고,
내가 남긴 모든 것은 숯이 되니,

나는 분명 불꽃이로다![46]

니체는 12월 16일에 페터 가스트에게 《니체 대 바그너, 심리학자의 문서Nietzsche contra Wagner, Aktenstücke eines Psychologen》가 탈고되었음을 보고했다. 그는 이 책을 《바그너의 경우》에 대한 사람들의 긍정적인 반응에서 썼다. 니체는 서문에서 바그너와의 관계를 신중하게 고찰하면서 바그너의 데카당스적 예술과 자신의 디오니소스적 예술을 대척자[47] 관계라고 설명했다. 1888년 여름에 니체는 《차라투스트라》의 원고에서 시의 형식으로 된 것들을 모아 《차라투스트라의 노래》를 출판하려 했으며, 몇 개의 노래들을 첨가해 1889년 1월에 《디오니소스 송가Dionysos-Dithyramben》를 마지막 작품으로 출판했다.

니체는 1889년 1월 3일(혹은 1월 7일)에 토리노의 카를로 알베르토 광장에서 정신이상 증세를 보이기 시작했다. 그의 친구인 프란츠 오버벡은 토리노로 와서 그를 바젤로 데리고 갔다. 그의 어머니는 그를 1월 17일에 예나 대학 정신병원에 입원시켰다. 그는 생애의 마지막 몇 해를 그의 어머니와 누이의 보호 속에서 지내다가 1900년 8월 24일 심한 천둥번개 때문에 뇌출혈을 일으키며 다음날 8월 25일 정오경에 사망했다. 그의 생애의 비극은 이로써 끝이 났다.

니체가 죽은 후 그의 누이동생 엘리자베트는 바이마르에 니체 도서관을 개설하는가 하면 제1차 세계대전 중에 니체의 문헌집 《니체의 말, 위대한 시대의 증언들Nietzschewort, Zeugnisse in großer Zeit》을 출간했다. 이때 그녀는 니체의 문서나 유고들을 위조하며 자신의 고유한 니체 해석을 강요했다. 이로 인해 초인의 개념이나 힘에의 의지와 같은 니체 철학의 핵심적 의미는 반인도주의적 관점에서 해석되기도 했다. 그래서 니체는 가장 연로한 신낭만주의자, 돌진적 예언자, 시민 세계 붕괴 이후의 새로운 가치 창조자, 본능과 '우수 민족'의 이론가, 비인간적 파쇼주의 이념의 선구자 등과 같은 이름으로 불리기도 했다.[48] 니체의 사회주의 경향에서 비롯된 세계 파쇼주의 이념의 선구자로 평가되는 다의성을 토마스 만은 니체의 인도주의를 통해 잘못된 것으로 밝혀냈다.

니체 해석의 다의성은 그가 지닌 특이한 모순성에서 나오는데, 그것은 이 모순성이 새로운 해석의 가능성들을 주고 있기 때문이다. 즉 시대의 문화 위기에 대해 신랄하게 비꼬았던 니체 자신이 그 시대적 현상의 대표자라는 모순성, 그래서 '초인'과 '힘에의 의지'의 철학자도 역시 방위적 상황에서 탄생된 것이라는 모순성, 철저한 기독교도이면서 가혹한 기독교 비판자라는 모순성, 학문을 예술의 시각에서 보고 예술을 삶의 시각에서 보는[49] 모순성, 나아가 그의 철학적 에로스는 명백히 윤리적·미학적·역사 철학적 방향을 가지고 있으나 그가 택한 길은 윤리학 자체를 해체할 위험성을 지니고 있다는 모순성 등을 들 수 있다. 그래서 니체의 철학은 고정적이고 사실적인 타당성만 지닌 것은 아니다. 오늘날까지 니체는 인도주의자, 혹은 파쇼주의 이상의 선구자로 불릴 정도로 평가가 다채롭다.

그러나 니체의 철학적 사유에서 일관된 특징은 기존의 진리를 전복함으로써 진리를 인식했다는 것이다. 그는 기존의 사상적 내용을 그 반대의 것으로 변모시킴으로써 진전시키고자 했다. 그리고 모든 입장에서 반대 입장을 설정했다. 그의 현실 감각이나 가치 감각은 대극적이라고 말할 수 있다. 즉 니체는 항상 그 자체를 부인할 때까지 자신의 사유를 끌고 나간다는 것이다.[50] 모든 기존 가치의 파괴와 새로운 가치의 건설, 이것이 자신의 운명이며 과제임을 《이 사람을 보라》의 〈왜 나는 하나의 운명인가Warum ich ein Schicksal bin〉에서 말하고 있다.

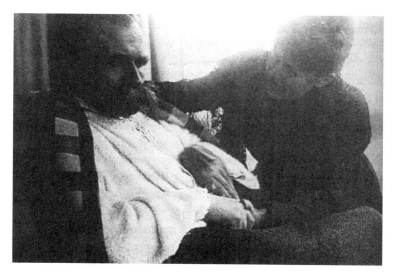

니체와 그를 간병했던 누이 엘리자베트(1889)

나는 나의 운명을 잘 알고 있다. 언젠가는 나의 이름에 어떤 엄청난 것에 대한 회상이 접목될 것이다. 무시무시한 것, 이 지구상에 없었던 위기에 대한, 가장 심오한 양심의 충돌에 대한, 지금까지 믿어져 왔고 요구되어 왔으며 신성시되어 왔던 모든 것에 반대해 생겨나는 결단에 대한 회상이. 나는 인간이 아니다. 나는 다이너마이트다.[51]

니체는 날카로운 시대 비판과 예견으로 사상의 새로운 궤도를 열어 갔다. 그의 과감하고 도전적이며 문제 제시적인 사유는 시대를 넘어서 인간에게 양심과 책임에 대한 감각을 불러일으켰다. 그는 심리학자로서, 문명 비평가로서 그 시대의 재판관이었으며, 새로운 시대와 새로운 인간의 예고자였다.

# 음악의 운명으로 인한 고뇌

니체는 평생에 걸쳐 음악을 대단히 사랑했고, 음악을 사유의 대상으로 삼아 왔기 때문에 음악은 그의 삶과 철학에 근본적인 역할을 했다. 음악은 평생 니체에게 한편으로는 삶의 힘이자 표명으로서, 다른한편으로는 데카당스 현실에 대한 투쟁의 수단으로서 작용했기 때문에 현실 도피와 구원의 수단이었던 데카당스 음악에 대한 비판을 그의 철학에 유입했다.

니체는 음악을 인식에 대한 반명제로 이해했다. 음악 이외의 모든예술들이 합리적으로 일관되었다면 음악은 부분적으로 음악의 생명과 밀접한 관계를 가지고 있다. 다시 말하면 음악은 인생처럼 시한적이고, 생성과 소멸에서 일체를 이룬다는 것이다. 이런 특성에서 볼 때음악은 인간의 감정생활을 가장 가깝게 직접적으로 표현할 수 있는예술이라 할 수 있으며, 또한 학문적으로 규명할 수 없는 순수한 세계를 인간에게 보여 준다. 그래서 현존하는 모든 것을 포용할 수 있는 것은 학문이 아니라 예술, 즉 음악이다. 왜냐하면 소리는 결합하는 힘을 가지고 있기 때문이다.[52]

실존과 세계는 오로지 하나의 미적 현상에서 정당화되어 나타난다는 예술의 형이상학 속에서 음악은 추한 것과 조화되지 않은 것조차 하나의 미적 유희로서, 특히 음악적 불협화음[53]에서 파악하게 하고, 약한 것을 강한 것과 마찬가지로 여기게 한다. 음악은 모든 본질적 힘들의 공동 유희의 화신이기 때문이다. 니체는 음악을 삶을 미화시키는 부속물이 아니라 살아 있는 것 자체에서 흘러나오는, 매우 깊은 곳에서 자연 발생하는 실존의 힘으로 생각했다. 이 일반적인 음악의 기능에서 음악은 미학적 개념으로 도덕과 종교에 포함시켜서 이해할 수도 없는 그 이상의 의미를 지닌다.[54]

음악의 결합하는 힘은 음악이 주제적 중심을 이루고 있는 《비극의 탄생》에서 디오니소스적인 것과 아폴로적인 것 사이에 새로운 균형을 형성하게 한다. 이로써 음악의 정신에서 탄생하는 비극은 흥분시키고 정화시키며 폭발하는 힘을 함께 갖게 된다.[55] 그리고 동시에 형이상학적 위안의 예술[56]이 된다. 이 음악의 힘은 니체에게 구원의 힘에 대한 총체적 개념이고, 극심한 모순들 사이의 중개자였다. 이런 의미에서, 비록 니체가 후일에 바그너 음악을 신랄하게 비판하고 있다 해도, 바그너 음악의 근원적 힘에 대한 그의 애착과 기대는 대단할 수밖에 없었다. 음악은 니체의 운명이 되었고, 삶을 지탱해 주는 힘이었으며, 구원을 바라는 긴급한 욕망의 대상이었다.

그래서 니체는 "음악 없는 인생은 오류일지도 모른다"[57]고 스스로 고백하고 있다. 그가 《우상의 황혼》에서 한 이 말은 후일에 니체의 철학을 최초로 강의한 덴마크의 교수 브란데스에게 쓴 편지에서 다시

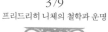

한 번 반복되고 있다.

> 낭만주의자가 아니라고 하기에는 내가 너무 지나친 음악가가 아닌지 걱정됩니다. 음악 없이 인생은 나에게 오류일지도 모릅니다.[58]

니체는 친구인 페터 가스트에게도 유사한 고백을 했다.

> 음악은 이제 나에게 실제로 아직 한 번도 있지 않았던 그런 감동을 준다네. (…) 이것은 마치 내가 보다 더 자연스러운 원소 안에서 목욕한 것 같다네. 음악이 없는 인생은 단순히 하나의 잘못이며, 매우 힘든 일이고 망명이라네.[59]

이 서신들은 니체가 모든 철학자들 중에서 어느 누구보다도 음악에 사로잡혀 있었으며, 음악 없이는 견딜 수 없었다는 것을 말해 주고 있다. 그래서 그는 실제로 내면적으로 한 번도 음악에서 벗어나지 않았다.

니체에게 음악은 디오니소스적 음악이어야 했다. 디오니소스적인 음악가는 경험적·현실적 인간과는 달리 모든 현상 이전에 존재하는 영역까지 꿰뚫어 보기 때문에 원초적인 고통을 표현한다. 디오니소스적 음악에는, 특히 바그너 음악의 경우에서, 충동과 본능을 긍정하는 힘, 모든 도덕의 피안에 있는 미개함, 원시적인 것이 내재해 있다고 니체는 믿었다. 그래서 그는 철학적 사유의 방법론을 음악에서 찾았고, 데카당스 음악 때문에 커져 가는 시민 문화의 위기를 비판하고 독일 정신을 혁신하려 했다.

디오니소스적인 음악가와는 달리 데카당스 음악가는 우리의 건강

과 음악까지 병들게 하기 때문에 니체는 데카당스 음악가와 그 음악을 신랄하게 비판했다. 그래서 데카당스 음악에 대한 비판의 수단으로서 디오니소스적 음악을 불러들였다. 니체는 아마도 음악에서 시민적 데카당스의 가장 특징적인 형태를 보았을지도 모른다. 그가 바그너의 음악과 낭만주의 음악에서 시민 사회의 보편적인 데카당스의 가장 전형적인 현상을 지적하고 비판한 것은 옳았다. 니체는 낭만주의가 현실 도피적이며, 기독교에 귀결되기 때문에, 낭만주의 음악은 황홀하게 만들고 몽롱하게 만드는 마취제[60]라고 비난했다.

그러나 그의 비난에는 모순들이 내재한다. 왜냐하면 그는 낭만주의 음악의 병폐를 기존의 형식과 질서에 대한 타협 없이 마지막까지 저항을 계속했던, 더욱 진지한 낭만주의 예술가의 모습으로 극복하려 했기 때문이다. 이와 유사하게 니체는 데카당스로부터 도피하기 위해 다시 더 왕성한 디오니소스적 도취 상태에서, 더욱 개인주의적이고 데카당스한 견해를 가지고 싸웠다. 반면에 그는 데카당스에 대항하는 운동을 시작하면서 데카당스의 약점에서 생기는 음악에 대한 과도한 욕구를 오로지 의지, 권력, 힘으로 충만한 자신의 철학과 주인 도덕의 학설을 통해 극복하려 했다. 그는 자신의 고유한 철학의 삶에 가까운, 인생을 긍정하는 음악에 대한 생각을 가졌고, 현존에서 괴로운 것과 무서운 것도 불가피한 것으로 인정하는 힘의 염세주의[61]를 주장했다.

이 견해들은 미학적 의미만을 가지고 있으며, 궁극적으로 아폴로적인 유미주의와 그 뒤에 숨어 있는 디오니소스적인 야만의 상관관계에서 이해될 수 있다. 일찍이 그는 《반시대적 고찰》에서 다가오는 야만에 맞서 싸웠다. 하지만 그가 데카당스의 미학적 형식을, 특히 구원의 음악에 심취하려는 성향을 개인의 더욱 심한 데카당스의 야만적 형식으로 대체하면서, 실제로는 야만의 발전을 더욱 촉진시켰을 뿐이었다. 이것이 소위 니체의 디오니소스적 야만의 의미다. 니체의 모순은 바로 자신이 지적한 데카당스에 대한 대안을 적절하게 제시하지 못했다는 데에 있었다.

니체는 이 순환 논법에서 결코 벗어날 수 없었다. 이렇듯 미학적이면서 야만적인 2개의 상이한 데카당스가 서로 계속해서 싸우고 있었기 때문에 그는 영원히 반복되는 순환 논법의 올가미에서 벗어나지 못했고, 마침내 광란이 그를 해방시킬 때까지 점점 더 무자비하게 자신을 고문했다.[62] 음악은 니체의 운명이 되었고, 그는 음악으로 인해 지독하게 고통당했다. 그는 저서 《바그너의 경우》에서 말했다.

이 저서를 정당하게 평가하기 위해서라면 사람들이 아물지 않은 상처로 괴로워하듯이 음악의 운명으로 인해 괴로워하지 않으면 안 된다. (…) 만일 내가 음악의 운명 때문에 괴로워한다면 그것은 어떤 운명 때문일까? 음악이 세계를 미화하고 긍정하는 자신의 특성을 빼앗겨 버리고 말았다는 것, 음악이 데카당스 음악이며 더 이상은 디오니소스의 피리가 아니라는 것 때문이다.[63]

이것이 음악의 운명으로 인해 겪어야 했던 니체의 괴로움이었다. 비록 이때 음악이 형식과 기능에서 구체적이고 특별한 모습으로 나타나 있지는 않으나 음악은 포괄적으로 현 존재의 생명력을 위한 복합적 매체의 역할을 하는 어떤 것으로 남았다. 물론 니체는 자신의 철학적·음악적 견해를 독자적으로 발전시키면서 그 시대의 우상들로부터, 특히 쇼펜하우어와 바그너로부터 점차 벗어나게 되었다. 이 전향을 통해 그는 자신의 주장과 철학적 독립성을 체계적으로 표현할 수 있게 되었다.

# 음악적 언어와 문체상의 특징

니체는 후일에 바그너의 음악극에서 음악의 시녀화를 신랄하게 비판했으나 초기에는 언어가 지닌 전달 수단으로서의 기능을 간과하지 않았다. 그는 《비극의 탄생》에서 언어와 영상의 중요성을 인정하면서 이렇게 질문했다.

《트리스탄과 이졸데》의 3막을 말과 영상의 도움 없이 순수하게 거대한 교향곡의 악장으로만 느낄 수 있는 사람이 있는가? 그러면서도 영혼의 모든 날개가 경련하며 펼쳐져서 숨을 멈추지 않을 사람이 있는가?[64]

언어 양식은 예술가나 철학자의 주관적 사고와 매우 일치한다. 그리고 언어 연구는 결코 예술가의 생활 조건과 세계관에서 벗어나서는 안 되며, 그 시대 상황들과의 긴밀한 관계에서 이루어져야 한다. 그래

서 예술가나 철학자의 사유와 개념은 적절한 예술적 언어 형성에 큰 영향을 준다. 특히 니체의 경우 그의 철학과 음악은 불가분한 관계에 있기 때문에 음악관과 음악의 힘과 작용이 그의 언어적 표현 수단에 녹아들어 한 작품의 내용과 형식 사이의 보다 깊은 관계를 이룬다.

니체는 기호의 속도를 포함해 그 기호를 통한 파토스의 내적 긴장 상태를 전달하는 것, 이것이 문체의 의미라고 했다. 그는 자신의 내면적 상태들이 특별히 다양하다는 점에서 가장 다종다양한 문체 기법들을 사용하고 있음을 강조했다. 사람들이 올바르게 파악하는 문체가 좋은 문체이며, 좋은 문체는 아름다움과 선 그 자체이기 때문에 니체는 《차라투스트라》에서 자신의 사상을 전달하기 위해 좋은 문체를 사용했다.[65]

루소, 헤르더, 하인제와 비슷하게 니체도 음악에서 제일 먼저 자연과 정열의 언어를 보았다. 그는 이 언어를 시민 문화의 데카당스에 대항해 구사했고, 이 언어를 통해 그것을 개선하려 했다. 건강한 정신으로 집필된 그의 후기 작품들에서 기독교에 대한 공격은 증오로 상승되고, 기독교 도덕과 그 밖의 기존 가치의 전도를 표현한 니체의 언어는 대부분 잠언의 형식으로 되어 있다. 그래서 모든 것을 가장 가깝고, 올바르고, 단순하게 표현한다. 그의 표현은 자주 장엄하거나 격정적인 수많은 조어들, 모든 경직된 논리를 파괴하는 경구들, 그리고 토마스 만이 《파우스트 박사》에서 묘사한 것처럼 도취와 냉정함, 무의식과 초의식의 매혹적인 결합으로 발전했다.

그 대표적인 예로 《차라투스트라》를 들 수 있다. 그 이유는 이 작품이 니체의 《디오니소스 송가》를 제외하고 음악적 언어의 특성을 분석하고 인식할 수 있는 충분한 자료를 우리에게 제공하고 있기 때문이다. 이 작품은 루터 성서의 힘과 낭만주의자들의 운율을 상기시키고,

독일 언어와 문학에 횔더린의 숭고한 송가적 음향을 다시 부여한[66] 유연한 산문 형식에 의해 그리고 제한된 형식과 자유로운 운율로 구성된 찬미적이고 장중하며 비유적인 서정시에 의해 유명해졌다.

니체가 자기 사상의 주 저서로 구상했던 《힘에의 의지》의 안내서로, 더구나 집필 활동의 정점에서 썼던 《차라투스트라》에는 그의 모든 이전의 사상이 통합되어 있다. 또한 이후에 전개될 사상의 토대와 방향이 제시되고 있어 이 작품은 니체 사상의 과거와 미래를 연결하는 철학의 중심을 이루고 있다고 볼 수 있다. 영원 회귀, 초인, 힘에의 의지와 같은 니체 철학의 핵심적 사상은 암시적이고 상징적이 아니라 쉽고 간결하며, 투명하게 표현되었다. 그래서 니체 사상의 표제어들은 그 시대의 유행어가 되기도 했다.

차라투스트라의 말은 때로는 설교조이고, 때로는 선언적이어서 그 주장과 가르침이 독자들을 매혹시키는 마력까지 지녔다. 니체는 이렇게 가급적 언어의 논리적 기능에 근거한 합리적인 양식을 통해 표현하면서도, 독자들의 감정적 효과를 불러일으키기 위해 언어의 가능성이 허용하는 한 최대의 언어 음악적 수단을 얻으려고 노력했다. 이로써 자신의 철학적 내용에 미학적 표현을 부여했다. 그의 작품들은 그가 언어의 대가임을 입증해 주고 있는 것이다.

니체는 자신의 철학적 세계관을 언어로 전달하기 위해 언어의 수사학적 가능성을 최대로 이용했다. 예를 들어, 그는 수많은 단어 반복이나 자주 등장하는 두운법의 결합과 미운 형성[67]과 같은 언어유희를 통해 음향 효과와 언어의 아름다운 소리를 증대시켰다. 그 밖에도 운의 결합들로 이루어진 간청懇請의 간단한 표현들과 마찬가지로 접속사가 생략된 단어들이나 문장 나열로 된 감탄사들의 사용은 내면의 흥분과 감동을 더욱 상승시킨다.[68] 니체는 자신의 사상을 가장 잘 나타

《차라투스트라》 1부 초판 표지

낼 수 있는 순수하고 특유한 명사들과 특색 있는 조어造語를 사용함으로써 음악적 언어 양식을 상승시켰다.

니체는 상반된 개념 쌍과 모순된 문장 결합들을 사용해 그 시대에 대한 반대 의지를 미학적으로 변용시켜 알렸다. 예술적으로 사승되어 표현된 대표적인 예로 《차라투스트라》 2부의 〈밤 노래〉를 들 수 있다. "나는 빛이다. 아, 내가 밤이었더라면!", "오, 베푸는 자의 불행이여! 오, 내 태양의 일식이여!", "오, 갈망을 향한 갈망이여! 오, 포만 속의 왕성한 허기여!", "태양을 마주하고 추운", "내 손은 얼음처럼 찬 것에 화상을 입는다!"와 같은 표현들이 그 예다.[69]

음악적 감정을 가장 잘 나타낼 수 있는 문체상 수단의 하나로 리듬의 정교한 사용을 들 수 있다. 니체는 리듬에서 섬세한 격정과 초인적인 엄청난 상승과 하강을 표현할 수 있는 주기성의 위대한 양식을 발견했다. 광범위하게 미치는 리듬의 길이와 욕구는 거의 영감의 힘에 대한 척도이고, 영감의 압력과 긴장에 대한 일종의 조정이다. 니체는 자신의 언어를 고대 그리스의 디오니소스 제전에서 불렀던 열광적 송가의 언어라고 고백했다.[70]

《차라투스트라》는 연으로 되어 있어 노래로도 부를 수 있는 서정적 형식으로 구성되었다. 노래Lied라는 단어를 가진 시들의 제목이 이를 말해 주고 있다. 즉 이 작품에는 〈밤 노래Nachtlied〉, 〈무도가Tanzlied〉, 〈만가Grablied〉, 〈또 다른 무도가Das andere Tanzlied〉, 〈일곱 개의 봉인 또는 긍정과 아멘의 노래Die sieben Siege, Oder: das Ja und Amen Lied〉, 〈사막의 딸들 가운데서Unter Töchtern der Wüste〉, 〈우수의 노래Das Lied der Schwermut〉, 〈도취의 노래Das trunkne Lied〉가 있다. 그 중에서 1885년 1월(혹은 2월)에 만들어진 〈도취의 노래〉는 니체가 점점 더해 가는 고독과 함께 계속 커져 가는 음악에 대한 욕구에서 언어를 악기로 사용했다고 할 수 있을 정도로 음악적 절정을 이룬 독일 산문의 예다. 이러한 도취의 파도를 일으키며 사로잡는 음향 마력은 많은 독자나 청중을 매혹시킨다.

### 도취의 노래

오, 인간이여! 들어 보라!
깊은 자정이 무슨 말을 하고 있는가?
나는 잠들었다. 나는 잠들었다.
나 깊은 꿈에서 깨어나 보니
세상은 깊고,
낮에 생각했던 것보다 훨씬 더 깊다.
세상의 고통은 깊고,
쾌락은 마음의 고통보다도 더욱 깊다.
고통은 말한다.
사라져라!
그러나 모든 쾌락은 영원을 바라고,
깊고 깊은 영원이 되려고 한다!

서정적 · 음악적 기본 분위기를 상승시키려는 욕구에서 니체에게 도

구화된 언어의 마력은 목적 자체가 되고, 자신의 예술적 기교의 완벽성을 즐기며 스스로 만족하는 유미주의적 경향에 사로잡히게 된다. 따라서 더욱 뛰어난 음향적 연상을 무성하게 하려는 유혹은 의미를 감소시키는 유희적인 요소로 발전하는 위험을 초래할 수 있다.[71]

이미 니체는 노발리스와 바그너로부터 시민 예술이 형식주의로 발전하는 과정에서 데카당스의 모습을 받아들이는 것을 보았고, 또한 그것에 의한 시민 문화의 붕괴를 지적했다. 그러나 니체는 자신이 인식한 문화의 붕괴를 구제할 수 있는 어떤 유용하고도 건설적인 생각들이나 계획들을 내놓을 수 없었기 때문에《차라투스트라》문학의 상아탑 안에 틀어박혀서 오직 자기 자신의 환상에만 존재하는 '초인'에 대한 고독한 희망의 노래를 불렀다. 그는 '초인'을 단지 모호하고 추상적인 윤곽 내지는 메타포의 도움으로만 묘사할 수 있었다.

그러면서 니체는 차라투스트라의 충분치 않은 구상성을 독자들의 감정과 상상에 맡겼고, 그 기분을 정교하고도 집중적인 언어 음악을 통해 고조시켰다. 그러나 그것은 바로 음악적 형식이 내용을 지배하는 언어 자체의 유희에 불과한 것이었다. 그런 의미에서《차라투스트라》는 바로 니체가 싸웠던 바그너의 음악처럼 정교하고 탁월한 언어 음악적 작품인 것이다. 이 작품에서 그의 언어는 음악이며, 독일의 산문에서 지금까지 예를 찾을 수 없는 대가다움을 보여 주었다. 니체는 후일에《이 사람을 보라》에서 스스로 고백하고 있다.

《차라투스트라》전체는 음악으로 생각되어도 좋을 것이다. (…) '디오니소스적'이란 나의 개념은 이 작품에서 최고의 행위가 되었고 (…) 문장들은 열정으로 인해 떨며 웅변은 음악이 되었다.[72]

니체의 언어 예술은 정서 상태를 심화시키고 세련되게 예술적으로 형성하는 것을 전제로 한다. 18세기에 나타난 시민 계급의 해방 이후에 언어는 점점 더 복잡해진 형태의 가장 내면적인 심리적 과정을 점점 합리적으로, 감정에 호소하는 형식으로 표현하는 능력을 갖기 시작했다. 독일 문학에서 이런 형태의 최초 기념비적 작품은 괴테의《베르테르의 슬픔》이다. 이 작품은 비약적인 심리적 발전 과정을 보여 주었다.

심리적 과정의 확대와 그것의 언어적 형성 능력은 쇼펜하우어에 의해 비로소 절정에 이르게 되었다. 토마스 만이 쇼펜하우어를 현대 심리학의 아버지라고 불렀듯이 그의 심리학적 관찰 방법에는 바로 아름다운 형식들에서 나타날 수밖에 없는 역동적·예술적 본성이 함께 작용했다. 쇼펜하우어의 철학은 언제나 탁월하게 예술적으로, 예술 철학의 전형으로 느껴졌다.

쇼펜하우어가 보여 준 예술적 재능과 심리학적 분석의 결합은 그 후에 바그너와 니체에 의해 더욱 상승되었다. 바그너의 작품을 옛날 음악극의 수준을 넘어 정신적으로 높게 향상시킨 것은 심리학과 신화이며 동시에 이들과 음악의 내면적인 결합이다. 니체의 경우에서도 그의 작품이 정신사적으로 유명해진 것은 디오니소스적 유미주의와 심리학적 인식 능력, 심리적 상태들의 예술적 형성 욕구의 상호 작용을 결코 이전에는 없었던 방법으로 증명했기 때문이다. 이런 맥락을 토마스 만은 정확하게 언급하고 있다.

후일의 니체를 정신사가 알고 있는 도덕의 가장 위대한 비판자이며 심리학자로 만든 것은 바로 이 디오니소스적 유미주의다. 그는 심리학자로 태어났고, 심리학은 그의 원초적 정열이다. (…) 그는 완전히 구제

할 수 없을 정도로 심리학에 빠졌다.[73]

토마스 만은 이 책의 다른 곳에서 잠언을 만드는 니체의 능력에는 프로이트의 심층 심리학에 대한 인식이 크게 작용하고 있음을 지적하고 있다.[74] 니체 자신도《이 사람을 보라》에서 이 사실을 밝히고 있다.

내 저서들에서 비교할 만한 상대가 없는 심리학자 한 명이 말하고 있다는 것, 그것은 아마도 좋은 독자가 이르게 되는 첫 번째 통찰일 것이다.[75]

음악, 심리학, 유미주의 사이에는 은밀한 친화력이 있었다. 그래서 니체는 정열적인 심리학자이며 가장 순수한 유미주의자였기에 음악에 빠져들 수밖에 없었다. 니체의 음악에 대한 미학적인 정열과 그의 심리학적 관찰은 인간의 내면에 호소한다는 점에서 매우 밀접하게 연관되어 있다. 인간의 내면에 대한 니체의 호소는《차라투스트라》에서 비로소 만들어진 위대한 리듬 기법, 복합문의 위대한 문체와 같은 다양한 표현 기법을 통해 니체 이전에 어느 누구도 독일어로 구사하지 못한 완전한 형태로 형성되었다. 이로써 니체는 지금까지 시詩라고 불리어 온 것들을 초월한 언어의 대가적인 모습을 보이고 있다.[76]

# 니체와 바그너의 관계

니체는 15년이란 긴 세월이 지난 후에 《비극의 탄생》의 새로운 서문으로 쓴 〈자기비판의 시도〉에서 예술가-형이상학을 스스로 비판했다. 그리고 바그너를 지나치게 숭배하고 예찬한 것을 후회하며 그와 결별을 선언했다. 바로 그 이유에 대한 해명은 니체와 바그너 관계를 이해할 수 있는 근거가 된다.

그 해명은 첫째, 바그너 예술이 대표적인 데카당스 예술이며, 바그너주의자들의 지나친 숭배와 그의 예술이 추종자들에게 미치는 병폐에 대한 비판이다. 둘째로는 대중에 영합하려는 바그너의 음악극에서 음악이 '희곡론의 하녀Ancilla dramaturgica'[77]가 되어 음악의 품위를 떨어뜨렸다는 것이다. 셋째로, 시대의 경향에 따르려는 바그너의 정치적·사회적·종교적 이념 전향에 대한 혐오에서 찾을 수 있다.

니체의 많은 저서들이 바그너와의 관계에서 쓰였다는 사실은 자신

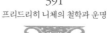

의 삶에 바그너의 영향이 얼마나 컸는가를 말해 주고 있다. 《비극의 탄생》과 그 밖의 바그너와 관련된 저서들 《반시대적 고찰》의 4부인 〈바이로이트의 리하르트 바그너〉(1875~1876), 《바그너의 경우》 (1888), 《니체 대 바그너》(1888)에서 뿐만 아니라 그의 전체 작품에서 니체는 언제나 바그너의 음악, 음악 미학, 그의 개성과 사회적 역할에 몰두했다.

초기 단계에서 니체와 바그너는 예술의 개혁과 인류의 고귀화를 위한 거대한 과제로 결합되었다. 《비극의 탄생》은 내용적으로 이 같은 니체와 바그너의 긴밀한 관계를 반영하고 있다. 바그너는 이 책에 열광했고, 니체가 자신을 이해하는 유일한 사람이라고 격찬했다. 특히 〈바이로이트의 리하르트 바그너〉는 작은 비판적 이의를 제외하고는 여전히 바이로이트의 계획을 장려하려 했던 찬사이며, 바그너의 음악, 철학적 선견지명, 사회적 작용에 대한 예찬으로 이해할 수 있다. 바그너는 예술을 새로이 발견했고 연극을 개혁했으며, 음악과 삶 그리고 음악과 드라마 사이의 새로운 관계[78]를 발견했다. 바그너는 자신의 예술로 인해 사회 혁명가[79]가 되며, 바그너 음악의 전체는 불화가 스스로 만들어 내는 조화로서의 세계 모사[80]라는 것이다. 바그너의 예술은 행복하게 하는 선행先行이고, 더 좋은 미래, 더 자유로운 인류의 보증이며,[81] 이것은 미래의 인간[82]에 대해 말한다.

그러나 니체는 이 책에서 바그너 예술이 지닌 지나치고 무절제한 면을 비난하기도 했다. 그는 이미 1874년에 바그너 예술에 대해 의심을 갖기 시작했다. 1876년은 이들 초기의 친밀한 관계가 후기의 비판적 관계로 전향하기 시작한 해였다. 니체는 같은 해 8월에 바그너에 대한 숭배의 분위기를 더 이상 견디지 못하고 축제 도중 바이로이트를 떠나고 말았다. 그 사이 그의 건강은 더욱 악화되어 그는 휴가를 얻어 이탈리아로 요양을 떠났다. 그럼에도 불구하고 이 시기의 문화에 대한 비판의 날카로움은 더해 갔으며, 모든 지배적인 가치에 대한 전도를 시도하려는 독자적인 길을 가려고 노력했다.

바그너는 이 무렵 완성된 니체의 저서《인간적인 너무나 인간적인》(1878)을 공개적으로 논박해 그들의 사이는 더욱 멀어졌다. 그러나 니체는 계속해서 바그너 음악의 풍부한 상상력과 아름다움에 깊이 감동했다. 그는 10년의 세월이 지난 후에《바그너의 경우》의〈추신〉에서 바그너 후기 작품의 대가다움에 대해 이렇게 말하고 있다.

> 바그너의 마지막 작품은 그의 최고 걸작입니다.《파르치팔》은 유혹하는 예술이라는 점에서 영원히 자기의 서열을 고수할 것입니다. 유혹하는 탁월한 행위로서 (…) 나는 이 작품에 경탄하며, 나 자신이 그런 작품을 만들기를 원했습니다. 그럴 수 없기에 나는 그 작품을 이해하는 것입니다. (…) 바그너의 영감은 말년에 가장 풍부했습니다.[83]

그러면서도 니체는 바그너 작품의 중심적 관점을 그의 비평에 끌어들이면서 예술을 철저히 조사할 용기를 찾았다. 후기 작품인《니체 대 바그너》(1888)는 바그너에 대한 공격의 정점을 이루었다. 동시에 바그너 비평에 대한 니체의 여러 가지 견해들을 이해할 수 있게 했다.

니체는 초기에 바그너의 음악을 영혼의 디오니소스적인 막강한 힘에 대한 표현으로 해석하고, 그의 음악에 자신의 고유한 생각을 쏟아 넣었음을 시인했다. 그리고 바그너의 음악에서 태곳적부터 봉쇄당해 온 삶의 근원의 힘이 마침내 숨 쉬게 하는 지진 소리를 들었다. 또한 그의 음악으로 오늘날 문화라고 불리는 모든 것이 위험에 빠질 수 있다는 것도 인식했다.[84] 그러나 그는 결별의 시간을 회상하면서 오늘의 바그너를 다음과 같이 심판했다.

> 이미 1876년 여름, 첫 바이로이트 축제 기간 중에 나는 바그너에게
> 내적인 결별을 고했다. 나는 애매모호한 것을 참아 내지 못한다. (…) 리
> 하르트 바그너, 그는 가장 성공한 것처럼 보이지만 사실은 부패해 버린
> 절망의 데카당이고, 갑자기 어찌할 바를 모른 채 산산이 부서져 그리스
> 도교도의 십자가 앞에서 침몰해 버렸다.[85]

니체의 눈에는 외면적으로 가장 성공한 바그너가 부패해 버린 절망
의 데카당에 불과했다. 이 같은 인식은 그에게 이미 오래전부터 싹터
오기 시작했다. 1878년 여름에 바젤에서 칼 훅스에게 보낸 편지에서
니체는 스스로가 바그너의 위험에 빠져 있음을 고백했다.

> 그러니까 사랑하는 박사님, 당신 역시 바그너에 관해서는 위기에 빠
> 지셨습니다! 그러니 이제 우리가 아마도 첫 번째 사람들일 것입니다.[86]

니체는 바로 바그너 때문에 바그너 예술의 위험에서 벗어나 정신적
자립을 시도할 수 있었으나 또한 그것 때문에 파멸될 수밖에 없었다.
《바그너의 경우》에서 니체는 바그너 예술의 모든 피해를 음악 이론
적 근거에서 공격하지 않고, 오히려 심리학적 관찰에서 비판했다. 이
에 대한 직접적인 동기는 선동적인 바그너 예술의 위험성과 이에 열
광하는 바그너 숭배자들이 초래할 피해의 문제였다. 바그너 예술은
그의 시대를 맞았으나 바그너 예술의 추종자들은 그 부정적인 영향을
스스로 알고 말해야 했다. 하지만 그들은 이를 말하지 않았으며 오히
려 전 유럽에서 점점 더 열광적으로 변해 더욱더 기독교적이고 침울

하게 되었다는 것이다.[87]

니체는 바그너 숭배가 오직 낭만주의·애매함·과장·도취 상태에 대한 경향을 상승시키는 데에 이바지할지도 모른다고 인식했다. 그래서 그는 이 저서에서 데카당스에 대해 염세주의, 세계고 그리고 음악을 통한 구원에 대해 경고했다.

> 바그너의 오페라는 구원의 오페라이며, 언제나 누구든지 그의 곁에서 구원되기를 바라고 있습니다. (…) 그것이 바그너의 문제인 것입니다.[88]

니체는 이제 그를 데카당의 전형 또는 데카당스 예술가라 부르며 비판했다.

> 그는 접촉하는 모든 것을 병들게 합니다. 그는 음악을 병들게 했습니다. (…) 그러나 사람들은 저항하지 않습니다. 그의 유혹의 힘은 엄청나게 커지고, 그의 주변에는 향이 자욱하게 피어오릅니다. (…) 바그너는 전체 유럽의 데카당스들과 너무나 닮았기에 그는 그들에 의해 데카당으로 느껴지지 않습니다! (…) 그는 데카당스의 가장 위대한 이름입니다. (…) 그러니까 그는 약한 자들과 탈진한 자들을 유혹하지요.[89]

바그너는 음악에서 지친 신경을 자극하는 방법을 알아냈고 그것으로 음악을 병들게 했다.[90] 그 대표적인 예로서 니체는 《파르치팔》을 들었다. 그는 이 작품을 아름다움과 병이 결합해 나타난 세련미로서의 최고 작품으로 보았던 것이다.[91] 그러나 바그너는 완전히 지쳐 버린 자를 음악으로 다시 고무하고, 거의 죽다시피 한 자를 소생시킬 수 있기 때문에[92] 그의 음악은 추종자들을 설득하기에 아주 적합했다.

그 젊은이들을 한번 보십시오. 경직되어 있고 창백하며 숨을 멈춘 듯한 모습을! 이들은 바그너주의자들입니다. 이들은 음악에 대해 아무것도 이해하지 못하지만 그럼에도 불구하고 바그너는 그들을 지배합니다. 바그너의 예술은 100가지 분위기로 그들을 지배합니다.[93]

바그너 예술은 그의 추종자들에게 존재의 고통을 잊게 하고 도취 상태로 옮겨 놓은 마취제와 같은 것이기 때문에 그들은 바그너의 예술로 황폐감과 굶주림의 느낌을 마취시키고자 하는 욕구를 가진다. 그래서 그들은 바그너를 하나의 아편으로 생각하고 자기 자신을 잊는다.[94] 바그너 음악은 동시대인들에게 오디세우스를 유혹한, 거의 저항할 수 없는 사이렌의 노래였는지도 모른다. 바그너는 음악의 폐허[95]를 구현했다.

이러한 바그너의 음악에 대한 조소적인 반대 명제로서 니체는 가볍고 상쾌한 느낌과 활기를 주는 비제의 음악을 내세웠다. 그는 바그너의 달콤한 독을 혐오하게 된 이후로는 격렬한 음악을 사랑했다. 니체는 바그너의 모든 오페라에 비해 비제의 《카르멘Carmen》을 더 높이 평가한 것이다. 카르멘을 들을 때 언제나 자신이 다른 때보다 더 철학자인 것 같다는 생각이 들었던 니체는 비제 음악에 대해 이렇게 말했다.

난 비제 음악이 완전한 것으로 세련되며, 숙명적이라고 생각합니다. 그래서 비제의 음악은 대중에게 인기가 있습니다.[96]

비제의 음악은 정신을 자유롭게 만들고 사유에 날개를 달아 준다.[97] 비제 음악의 쾌활함은 피상적이지 않고, 용감하며 불행에 대비하고 있다. 그 음악은 순수하고 동시에 잔인하며, 화해적이면서 호전적인

자연력으로서 사랑을 내포하고 있다는 것이다.[98]

이에 비해 바그너 음악은 살아 있는 것에 걸맞지 않으며, 유기적인 모습들에서 능력이 없다는 것이다.[99] 바그너는 오직 음악의 작용만을 생각했고, 삶의 표명이자 영약으로서의 음악의 본질을 염두에 두지 않았다. 그 결과 바그너의 음악은 생명력을 강화하고 회복시키는 것이 아니라 계속해서 약화시키는 것이었다. 이 때문에 그의 음악의 약속은 기만과 사기에 불과하다는 것이다. 그래서 바그너는 가장 강한 자들도 황소처럼 어쩔 줄 모르게 만드는 최면술의 대가일 뿐 천성적인 음악가는 아니라는 것이다.[100]

니체의 심각한 비판은 계속되는데, 바그너의 음악극에서 음악이 희곡론의 하녀가 되어 음악의 품위를 떨어뜨렸다는 것이다. 니체는 바그너가 음악의 언어 능력을 무한히 증대시켰다고 믿었지만 거기에는 하나의 전제가 제시되고 있다.

> 그는 음악의 언어 능력을 무한대로 증진시켰습니다. 언어로써 음악, (…) 음악이 경우에 따라서는 음악이 아니라 언어이며, 도구이자 연극의 시녀일 수 있다는 점이 먼저 인정되었다는 전제하에서요.[101]

니체는 바그너의 음악극에서 음악이 기악곡으로 편곡되는 것을 비판했다. 다시 말해 니체에게 현대 연극은 고대와 구별해 예술의 진정한 기능을 충족시킬 수 없는 조야한 대중 예술이기 때문에[102] 바그너의 음악극에서 음악이 기악곡으로 편곡되는 것은 오직 연극의 가치 상승을 돕는 수단으로 전락한다는 것이다. 이 때문에 연극에서 음악은 언제나 수단일 뿐이고, 낮은 장르의 음악일 수밖에 없다는 것이다.[103] 그래서 니체는 바그너의 '연극주의Theatrokratie'를 비판했다.

그것은 연극주의입니다. 즉 연극이 우위를 점한다고 믿는, 연극이 제반 예술을 지배한다고 믿는 난센스를 키웠던 것입니다. (…) 바이로이트는 거대한 오페라지만 좋은 오페라도 되지 못하고 있으니 (…) 연극은 취향 문제에 있어 대중 숭배의 한 형식이고, 일종의 대중 봉기이며, 좋은 취향에 대적하는 국민 투표입니다. (…) 이 점을 바로 바그너의 경우가 입증하고 있습니다. 그는 다수를 얻었습니다. 그러나 그는 오페라를 위한 우리의 취향 자체를 망쳐 놓았습니다![104]

바그너와 그의 예술에 대한 니체의 비평 저서들은 풍자적이면서도 문체상으로 대가다우며, 많은 과장에도 불구하고 수많은 그 시대의 문화 비판적 진리들을 지니고 있다. 니체는 바그너의 작품들에서 사회적 모순들로부터 해방되어야 할, 몰락 상태에 있는 후기 시민 계급의 문화를 인식했고, 그 속에서 바그너 음악이 번창할 수 있었던 사회적 온상과 바그너 자신의 변신까지 폭로했다. 특히 바그너의 독일적인 것에 대한 지나친 과장은 비난의 대상이 되었다.

바그너의 무대는 오직 하나만을 필요로 합니다. 바로 게르만 사람들입니다! (…) 게르만 사람들의 정의란 복종과 재빠른 명령 수행입니다. (…) 바그너의 등장이 시기적으로 '독일 제국'의 등장과 일치한다는 것은 매우 깊은 의미가 있습니다. 2가지의 사실은 동일한 것을 증명합니다. 복종과 재빠른 명령 수행, 이보다 더 복종을 잘하고 명령이 잘 이루어진 적은 한 번도 없었습니다. 바그너의 지휘자들은 후세가 조심스러운 경외심으로 전쟁의 고전주의 시대라고 부르게 될 그런 시대에 잘 어울리는 자들입니다.[105]

니체는 여기서 이미 제국 건설의 결과로 나타나게 될 산업주의와 군국주의를 예감했을 뿐만 아니라 절대적으로 복종하는 독일 국민과 바그너 자신의 변신을 보았다. 니체는 모든 조야한 세력, 비스마르크의 국가, 거친 민족주의를 경멸했다. 그 공격의 대상들은 편협한 자기만족, 천박한 효용주의, 순수 기술적인 의미에서의 진보관, 그리고 기독교의 가르침에 그 책임이 있는, 생명력을 약화시키는 민주적 이념들이었다.[106] 그래서 니체는 이전에 혁명가였던 바그너가 독일 제국 국민이 되었다는 것, 비록 표면적으로나마 프로이센 독일 국가의 존재를 비판 없이 인정한다는 것에 대해 결코 용서할 수 없었다.

그는 바그너에게서 황제, 제국, 군대, 그리고 기독교에 대한 충성 맹서[107]에서 나타난 지성인의 지조 없는 언행을 보았다. 니체는 기독교에 대한 자신의 적대감을 근거로 바그너의 기독교 전향을 혐오하게 되었다. 이런 방법으로 니체는 바그너에게 가졌던 이전의 이상을 파괴했고, 바그너를 한 걸음씩 그의 적대자로 해석했다. 그는 이 비판에서 자신의 우월함도 증명했다.[108]

니체가 이렇게 바그너를 의식적으로 거부하면서도 실제로는 정신적 파탄에 이르기까지 바그너와 그의 음악을 사랑하고 존중했기 때문에 바그너에 대한 거부와 함께 그는 자기 고통을 감수하지 않을 수 없었다. 바그너는 그에게 고통스러운 음악의 운명이자 아물지 않은 상처였다. 그래서 충격 없이는 그의 저서들과 편지들에 나타난 니체의 어려운 내적 갈등은 이해될 수 없다. 그가 자신의 예리한 지성으로 바그너 예술의 약점들을 인식했을 때 그는 특유의 광신적 정직함으로 우정과 체면을 고려하지 않고 바그너의 음악 속에 잠재해 있는 위험들을 폭로하고, 경고하고, 비판했다.

그러나 실제로 그는 내면적으로 단 한 번도 바그너의 음악에서 벗

어나지 못했다. 니체가 페터 가스트에게 보낸 1882년 7월 25일의 편지는 이 두 사람의 불가분한 관계를 말해 준다.

　　내가 바그너와 얼마나 많이 닮았는가를, 정말 놀랍게도 내가 다시 알게 되었음을 고백하네.[109]

그리고 니체는 바그너와 결별한 후 더욱 심한 고독감과 절망감을 느꼈기에 한층 더 절실하게 음악을 필요로 했던 자신의 내적 감정을 1884년 2월에 니스에서 말비다 폰 마이젠부크에게 보낸 편지에서 실토했다.

　　아, 내가 지금 음악을 필요로 하다니! (…) 이미 사람마다 음악에 대한 그런 갈증을 가졌던 것은 아닌가?[110]

니체는 바그너에 대한 공개적인 공격과 구원으로서의 음악에 대한 자신의 가장 내면적인 욕구 사이의 갈등을 부인할 수 없었고, 바로 그것에 의해 무너졌다. 그럼에도 불구하고 니체는 자신의 가장 깊은 내면의 본성을 거부할 수 없었다. 오늘날 니체와 바그너의 관계에서 생각해야 할 것은 평생에 걸쳐 바그너 음악과의 친화력에서 벗어나지 못한 니체가 궁극적으로 그들의 관계가 증오에 근거를 두고 있었다는 사실을 인식했느냐는 것이다. 니체의 증오는 바그너와 그의 음악에 대한 진정한 사랑에 뿌리를 두고 있었기 때문이다.

Thomas Mann

토마스 만의
휴머니즘과 음악

—

12

# 시민성과 예술성 사이의 갈등

토마스 만은 독일의 근대 소설을 세계적 수준으로 끌어올린 20세기 초반의 가장 위대한 독일 소설가다. 그의 문학적 재능과 위대성은 1901년에 출간된 그의 최초 장편소설 《부덴브로크 가의 사람들. 한 가정의 몰락Buddenbrooks. Verfall einer Familie》(이하 《부덴브로크 가》로 표기함)으로 1929년에 노벨 문학상을 수상했다는 사실에 있다. 그뿐만 아니라 그가 겪었던 두 번의 세계 전쟁 소용돌이 속에서 온갖 박해와 폭력에 굴하지 않고 현실의 비참함과 시민의 고뇌를 인간애를 통해 극복하도록 그의 문학 작품에서 다루고 있다는 사실에서 증명된다.

그는 장편 소설 외에도 수많은 논문·강연·대담·방송 등의 활동을 통해 자신의 문학적 재능을 발휘했고 문화적 사명을 실현했다. 그가 20세기의 대표적인 소설가로서 뿐만 아니라 지성의 대표자로서 경의와 흠모를 받게 된 데에는 자신의 각고의 노력이 있었기 때문이다. 그

토마스 만(1875~1955).
독일의 평론가이자 소설가다. 20세기 독일 제일의 작가로서
사상적 깊이와 연마된 언어 표현으로 사랑 받았다.

밖에도 그의 정신 및 작품 세계에 큰 영향을 준 그의 가문과, 태어나
성장했던 도시와의 관계도 크게 작용했다.

　토마스 만은 1875년 6월 6일 북독일의 유서 깊은 한자 도시인 뤼베
크에서 대상인의 전통 있는 가정의 차남으로 태어났다. 그의 조부는
네덜란드의 명예 영사를 지냈고, 아버지는 큰 곡물상을 물려받은 대
상인이었을 뿐만 아니라 뤼베크 시의 참정관이기도 했다. 그래서 토
마스 만은 독일에서 이름 있는 작가였던 형 하인리히 만[1]과 함께 그
당시의 젊은이들과는 달리 많은 혜택을 누리며 유소년 시절을 보낼
수 있었다.

　부와 명예를 가진 도시 귀족인 토마스 만의 아버지는 무엇보다도
명예를 중시하고 사색적이며 내성적인 성격을 가진 인물이었다. 그래
서 토마스 만은 아버지로부터 이성과 도덕적 기질을 물려받았고, 시
민 계급의 도덕과 근면성에 뿌리를 둔 경건한 시민성을 뤼베크 시에

서 알게 되었다.

반면 어머니는 음악적 재능이 뛰어난 독일-포르투갈계 브라질 여성으로서 어릴 적 뤼베크 시로 이사와 살았다. 그러나 그녀는 항상 남국의 낭만적인 기질과 정열적이고 쾌활한 성격을 잃지 않았다. 그녀의 세련된 피아노 연주와 노래는 만에게 문학과 음악에 대한 감수성을 일깨워 주었다. 연약하고 민감한 성격의 만은 아버지로부터 이성과 시민적 도덕률을, 어머니로부터는 남국인의 정열과 예술적 재능을 물려받은 것이다.

부모에게서 상이한 성격을 물려받았다는 점에서 토마스 만의 발전 과정은 괴테와 비교될 수 있지만 오히려 그 유사성은 쇼펜하우어와 더 긴밀하게 나타난다. 그것은 이들이 오랜 명문 상가의 출신이며, 아버지가 일찍 사망해 회사가 망하게 되고, 나머지 가족은 남부 독일로 이주했다는 것이다.

쇼펜하우어는 아버지 사업의 후계자로서 그의 예술적이고 학문적인 성향과, 아버지가 상인이 되길 바라는 시민적인 직업에 대한 요구 사이의 갈등과 부단히 싸워야 했다. 반면 토마스 만의 아버지는 만이 자신의 후계자가 되길 바라는 기대를 일찍이 포기했기 때문에 쇼펜하우어처럼 아버지를 실망시켜야 하는 일은 없었다. 또 다른 유사성은 두 어머니들이 해안 상업 도시의 시민 계급적 분위기와는 맞지 않는 예술적 기질과 이국적 정취를 지녔다는 것이다. 즉 쇼펜하우어의 어머니는 여류 작가로서 두각을 나타냈으며, 매우 음악적인 이국풍의 미녀였다. 이처럼 토마스 만의 어머니도 아들에게 미학적·예술적 감각을 물려주었다.

이 감각 때문에 만은 그의 초기 소설 《토니오 크뢰거》에서 묘사하고 있듯이 이미 학교에서 자신이 다른 상냥하고 평범한 학생들과 구별된다고 느꼈다. 그들은 만처럼 실러의 《돈 카를로스Don Carlos》에 열광하지 않았고, 14세의 아이로서 시를 쓰지도 않았다. 만은 자신의 시로 인해 선생들과 학생들의 존경을 받기보다는 오히려 해를 더 많이 입었다.

토마스 만은 성장하면서 가족의 기이한 운명에 대해 숙고하기 시작했다. 그의 작가적 재능은 자신의 행복을 시민적인 직업 세계가 아닌 예술의 세계에서 찾도록 만들었다. 그래서 그는 뮌헨에 있는 보험 회사 일을 그만두고 예술가로서의 자유로운, 그러나 고립된 존재로 발전해 갔다. 그는 작가로서 마치 시민 사회의 밖에서 살면서 이 사회와 가정의 상업 전통이 완전히 단절된 것처럼 느꼈고, 동시에 이 사회를 비판적으로 관찰했다. 그는 자서전격인 이야기 《어릿광대Der Bajazzo》 (1897)에서 이렇게 썼다.

사실 나는 내가 속해 있는 사람들에게 어떤 방법으로든 봉사하지 않은 채 자유롭게 내 자신의 길을 택했을 때 나는 정말로 '그 사람들'과 단절했고, 그들을 포기했다.[2]

독일의 지배적인 시민 계층은 1870년 이후 급속한 산업화와 경제 부흥, 경제 공황과 프롤레타리아 혁명의 승리로 인한 노동자 계급의 출현 등으로 생겨난 사회적·경제적 문제들에 직면해 붕괴 위기에 처하게 되었다. 이때 토마스 만은 시민 계층에서 시대의 심리적 동반 현상으로 나타나는 시민적 데카당스의 여러 가지 형태들을 인식하게 되었다. 시민 계층이 처해 있는 붕괴의 위기와 시민 사회에서 격리된 예술가의 고독 사이에서 생기는 만의 갈등적 내면성은 시민과 예술가, 시민성과 예술성의 대립 구조로 만의 전체 문학의 중심적 주제로

**토마스 만의 자화상(1897).**
프리데만을 위해 그린 자화상.

다뤄지면서 예술적으로 형성되었다.

토마스 만의 작품들은 전반적으로 자신의 삶의 고백이자 자기표현이라고 할 수 있다. 그 예가 토마스 만이 23세 때 발표해 유명해진《키 작은 프리데만 씨 Der kleine Herr Friedemann》(1897)다. 불의의 사고로 장애인이 된 주인공은 고뇌와 비애의 현실 속에서도 자기만족을 찾아 살아간다. 그러나 그는 갑자기 그에게 나타난 아름다운 부인에 대한 사랑으로 이성과 육체적 충동 사이에서 죽게 된다. 이 작품보다 1년 먼저 만이 편집을 맡았던《짐플리치시무스》지에 발표한《행복에의 의지Der Wille zum Glück》(1896)의 주인공 파올로는 프리데만 씨와는 달리 정신과 의지로 애인과 결혼하는 데 성공한다. 하지만 그의 정신과 육체는 그날로 파멸되어 일종의 그로테스크한 신빙성과 아이러니까지 작품에 부여한다.

만의 최초의 장편 소설인《부덴브로크 가》는 부제목〈한 가정의 몰락〉이 말해주고 있듯이 토마스 만의 가정과 자신을 모델로 4대에 걸친 한 교양 시민 가정의 몰락을 묘사하고 있다. 마지막 세대인 하노는 완전히 예술적 감성에 젖어 지극히 감정적이며 생활력도 없다. 그는 삶의 의욕을 상실한 채 죽음을 동경하고 음악 속에 파묻혀 살다가 장 티푸스로 죽는다. 이 작품은 가족 소설의 테두리를 벗어나 독일 시민 계급뿐만 아니라 유럽 시민 계급의 몰락이라는 현상을 시민성의 문제와 연관해 파고 들어간다. 이로써 병과 음악, 삶과 죽음, 시민성과 예술성 같은 중요한 동기들이 예술적 비유를 통해 묘사되고 있다.

토마스 만의 자서전이라고 할 수 있는 《어릿광대》의 주인공이나 《토니오 크뢰거Tonio Kröger》(1903)의 토니오는 모두가 시민과 예술가의 두 세계 사이에 서 있는 갈등의 존재들이다. 《토니오 크뢰거》는 이들 중에서도 토마스 만이 자신의 생애를 문학적으로 가장 성공적으로 묘사한 자서전이며, 바로 그의 문학적 주제인 정신과 삶, 시민성과 예술성의 내면적 갈등에 대한 가장 은밀하면서도 순수한 자기 고백이라고 할 수 있다.

초기의 창작 시기는 갈등과 고뇌의 시기였으며, 이때 작품의 주인공들은 어느 세계에도 예속되지 못한 채 해결책을 찾지 못하고 파멸하고 만다. 그러나 《토니오 크뢰거》에서 처음으로 이 두 세계의 대립 관계가 조화로 발전할 수 있는 가능성이 나타난다. 토니오는 시를 쓰는 예술가로서 일상적 삶을 회피하면서도 그 회피를 삶에 대한 배반으로 생각하고 자신의 순수하지 못한 양심을 자책하는 예술가다. 그래서 그의 여자 친구인 리자베타는 그를 길 잃은 시민[3]으로 생각했다. 그는 어느 세계에도 안주할 수 없는 존재의 고통에 대해 리자베타에게 편지로 하소연한다.

나는 두 세계 사이에 서 있어 그 어느 세계에도 안주할 수 없습니다. 그래서 견디기가 어렵습니다. 당신들과 같은 예술가들은 나를 시민이라 부르고, 또 시민들은 나를 체포하고 싶은 충동을 느끼게 됩니다.[4]

이것은 토마스 만 자신의 예술가상에 대한 고백이라 할 수 있다. 토니오는 리자베타와 대화를 나눌 때 북쪽으로 여행할 것을 결심한다.

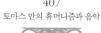

고향으로의 여행은 '삶' 속으로, '일상의 기쁨'으로 돌아가려는 시도이다.[5] 그는 리자베타에게 편지로 더 좋은 미래에 대한 희망과 일상적인 사람들과 삶에 대한 사랑을 약속한다.

> 리자베타, 나는 더 나은 것을 만들어 보겠습니다. 이것은 일종의 약속입니다. 지금 이 글을 쓰는 동안 바다의 물결 소리가 내게까지 올라옵니다. 그래서 나는 눈을 감습니다. 그러면 아직 태어나지 않은, 그림자처럼 어른거리고 있는 한 세계가 들여다보입니다. 그 세계는 나로부터 질서와 형상을 부여받고 싶어 안달입니다. (⋯) 그러나 마음속 아주 깊은 곳에 있는 아무도 모르는 나 혼자만의 사랑은 금발과 파란 눈을 하고 있는 사람들, 생동하는 밝은 사람들, 행복하고 사랑스럽고 일상적인 사람들에게 바쳐진 것입니다. (⋯) 그것은 선량하고 생산적인 사랑입니다.[6]

이 약속은 인간과 삶을 경멸하는 오만하고 격리된 세기말적 예술가들과는 달리 시민적 사랑으로 '인간적인' 세계를 그려 보겠다는 예술가의 욕구다. 이것은 1903년 무렵의 토마스 만의 포부이기도 했다. 그러나 이 포부를 실현할 수 있는 시민성과 삶에 대한 사랑이 아직도 그에게는 충분하지 못했다. 남국과 북국의 혼혈 예술가로서의 만은 자신의 포부를 실현할 수 있는 비상한 가능성과 위험성[7]을 동시에 보았다. 즉 삶과 정신, 시민과 예술가 사이의 균형과 종합은 어느 일방적인 강조로 말미암아 쉽게 파괴될 수 있다는 것이다. 만의 후일의 소설 《베니스에서의 죽음Der Tod in Venedig》(1912)에서 이러한 위험성들은 더욱 심화되어 표현되고 있다.

《부덴브로크 가》에 이어 1년 후에 《마의 산Der Zauberberg》의 동기를 선취한 단편 《트리스탄Tristan》(1902)은 이 두 세계가 두 명의 인물

로 표현되고 있다는 점에서 위의 작품들과 다르다. 이 작품은 바그너의 음악극 《트리스탄과 이졸데》를 동기로 삼고 있다. 도매상인 클뢰터얀의 부인이 어느 날 폐결핵 환자의 요양소인 아인프리트에 도착한다. 작가인 슈피넬은 요양원 손님들이 소풍을 떠난 어느 날 폐병을 앓고 있는 가브리엘레 클뢰터얀 부인에게 바그너의 《트리스탄과 이졸데》를 연주해 줄 것을 부탁한다. 그래서 부인은 그를 위해 연주한다. 신비로움을 추구하는 트리스탄의 낭만성은 폐병 환자에게는 치명적인 흥분제로 작용해 병든 부인은 죽게 된다.

슈피넬은 그녀를 사랑하게 된다. 그러나 그는 클뢰터얀을 천박한 식도락가이자 아무 생각이 없는 부류라고 힐난한다. 그리고 부인이 위독해지자 달려온 그녀의 남편과 아들 안톤을 보고 도망쳐 버린다. 무력하고 야비한 작가 슈피넬의 탐미주의, 예술과는 아무 상관없이 둔감하게 현실을 살아가는 대상인의 어리석음 그리고 트리스탄 음악의 죽음에 대한 숭배가 상호 작용한다. 만은 실용적이고 시민적이며 무미건조한 전통을 가진 한 가문의 종말을 사라지는 바이올린 소리에 비유해 슈피넬를 통해 말한다.

> 이미 지치고, 행동과 삶을 감당하기에는 너무나 고결한 오랜 가문이 그 수명을 다하고 있었던 것입니다. 그리고 그 가문의 마지막을 알리는 표현들은 예술의 소리, 임종의 순간에 도달했음을 아는 슬픔으로 가득 찬 몇 마디의 바이올린 소리입니다.[8]

《베니스에서의 죽음》에서 비극의 주인공인 작가 아셴바흐는 예술을 위해 삶을 단념하는 순수한 예술가다. 그는 베니스에서 미소년으로 상징화된 미와 정신에 완전히 포로가 되어 그 당시 만연한 페스트

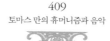

에 의한 죽음을 예감하면서도 끝내 그곳을 떠나지 못하고 정염과 고뇌 속에서 그대로 죽고 만다. 아셴바흐의 죽음은 삶과 예술의 균형과 조화적인 종합을 상실하고 일방적으로 예술만을 고양할 때 예술가는 파멸에 이른다는 만의 자기 각성과 경고인 것이다.

토마스 만이 12년에 걸쳐 완성한 《마의 산》(1913~1924)에서도 병과 죽음으로 파멸하는 예술가 정신과 활력에 넘치고 삶을 즐기는 시민 세계의 육체성 사이의 갈등이 주제를 이루고 있다. 실제로 1921년에 토마스 만의 부인이 폐병으로 스위스의 다보스 요양원에 입원했다. 이때 만도 자신의 폐가 나쁘다는 사실을 알게 되고, 이것이 동기가 되어 《마의 산》을 썼다.

함부르크 출신의 젊은 엔지니어 한스 카스토르프는 폐병으로 요양 중인 사촌 요아힘을 방문하기 위해 저지대에서 폐결핵 요양소가 있는 고산맥 지대로 간다. 그는 그곳에서 병들어 내적으로 텅 빈 인간들의 모임과 같은 사회 속에서 제1차 세계대전이 일어나기까지 7년을 보낸다. 그 후 그는 평지로 내려와 전쟁에 참가해 전사한다. 이 단순한 스토리에서 만은 붕괴 직전에 있는 시민 계급의 안일을 고발하고 있다. 세기 말 시민 사회의 공허함과 유럽 사회의 붕괴 과정이 이렇게 명료하게 표현된 작품은 그 예를 찾아보기 어렵다.

폐병 환자 요양원이 있는 마의 산은 삶의 의미를 망각하게 하는 음울한 병든 세계를 상징한다. 그가 산을 내려와 전쟁에 참여하는 것은 세속적이지만 생명력 있는 아래 세상으로 내려오는 것을 의미한다. 《토니오 크뢰거》와 《부덴브로크 가》 등의 초기 작품에서 상이한 두 세계의 갈등적 고뇌에 처해 있었던 토마스 만은 《마의 산》에서 생을 긍정적으로 받아들이는 성숙기에 들어가며, 문학의 전환점과 절정을 동시에 이룬다. 이는 만의 생애와 발전 과정에 있어 초기의 시민성과 예술성 사이에 있었던 갈등을 극복하고 조화로 가는 전향을 의미한다.

　대립된 두 세계의 갈등을 극복하고 균형과 조화를 이루려는 토마스 만의 노력은《토니오 크뢰거》를 쓴 1903년부터 토마스 만이 유럽 순회 강연 도중 망명 길에 올랐던 1933년까지 근 30년 동안 계속되었다. 1933년 1월 30일에 아돌프 히틀러가 총통에 취임한다. 그리고 나치에 협조하지 않는 작가들에게 박해가 시작되었고 작가들은 망명의 길을 떠났다.

　바그너 사후 50주년인 1933년 2월 10일에 토마스 만은 뮌헨 대학에서〈리하르트 바그너의 고뇌와 위대함Leiden und Größe Richard Wagners〉이라는 제목으로 연설했고, 그 다음날 망명 길에 올랐다. 그는 암스테르담과 파리를 거쳐 1938년까지 취리히 호반의 퀴스나하트에 살다가 미국으로 이주했다. 나치의 파시즘이 조국인 독일을 휩쓸었고 군국주의의 깃발이 전운을 일으키는 사회적 불안과 혼돈 속에서 삶과 예술 사이의 모든 갈등과 고뇌는 인도주의적인 본질 위에서 새롭게 모색되었다. 비로소 그의 문학은 인류애를 바탕으로 균형과 종합을 이룰 수 있었다.

　전쟁 중에 집필을 시작한《파우스트 박사. 한 친구가 이야기하는 독일 작곡가 아드리안 레버퀸의 생애Doktor Faustus. Das Leben des deutschen Tonsetzers Adrian Leverkühn erzählt von einem Freunde》(1943~1947, 이후《파우스트 박사》로 표기함)는 나치 정권에서 망명한 토마스 만이 전쟁을 일으킨 독일의 만행과 전 세계의 증오에 대한 해명을 작가적 소명으로 생각하고, 독일과 독일의 운명을 한 음악가의 비극적인 생애를 통해 비유적으로 설명하기 위해 구상된 작품이다. 여기에는 한 시대의 역사적 범죄를 독일인의 본성 그 자체에서 이끌어 내고 해명하려는 작가로서의 고뇌가 깃들여 있다. 레버퀸은 작곡에 대한 충동에서 민중본의

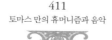

파우스트 박사처럼 악마와 계약을 맺고, 인생 고해인 자신의 작품을 연주하기 위해 그의 친구들을 소집하고, 끝내 연주 중에 쓰러진다.

파우스트는 독일적 인간을 대표하고 독일 정신을 상징하는 인물이며, 독일인들은 음악을 통해 가장 큰 업적을 남겼다. 그 때문에 독일인의 가장 깊은 본성인 내면성은 모든 예술 중에 가장 내면적인 음악과 친화적인 관계에 있다. 그래서 파우스트로 비유된 음악가 레버퀸의 생애는 결코 민중본과 괴테의 파우스트로서의 단순한 모상이 아니라 언제나 독일 본질의 상징이고, 그 본질의 문제와 위험성의 상징이다. 창작을 위해 악마와 계약까지 한 레버퀸의 음악에 대한 광기는 나치의 열광으로 빠져드는 독일의 운명과 대비되었고, 그의 비극적인 최후는 독일의 비극적인 멸망에 비유되고 있다.

성숙한 노년기의 토마스 만은 이 작품에서 세계에 몰두했다. 그래서 독일과 독일 시민에 대한 사랑과 구원을, 레버퀸의 비극적 운명을 이성적인 화자話者 제레누스 차이트블롬 박사를 통해 기원한다.

한 고독한 남자는 두 손을 모으고 이렇게 말한다. '내 친구여, 내 조국이여, 그대들의 가련한 영혼에 하나님이 긍휼을 베푸소서.'[9]

토마스 만 문학의 대립적 갈등 구조는 독일과 유럽을 넘어서 범세계적인 고뇌로 확대되고 인간애로 승화된다.

토마스 만 작품의 주인공들은 대부분이 작가와 음악가이며, 그렇지 않을 경우 음악과 예술에 도취된 탐미주의자들이다. 그리고 그들은 대부분이 비극적인 종말을 맞는다. 그의 문학에서 일관된 주제의 구체성은 감정과 이성, 예술과 삶, 현실과 이상, 시민과 예술가, 육체와 정신, 삶과 죽음 등 모든 양극성의 문제들에서 생기는 모순된 두 세계의 대립이다. 그 때문에 만의 작품과 생애는 갈등으로 점철되었다.

토마스 만의 작품 대부분은 작가 자신의 전기이며 내적 고백이라고 할 수 있다. 그래서 우리는 그의 작품들을 통해 작가 내면의 기록, 즉 자아와 의식의 발전 과정을 보게 된다. 이로써 만을 자기발전의 작가이며, 그의 작품은 발전소설이라고 말할 수 있다. 그는 작가로서 끊임없는 노력으로 극복하고 발전하며 성장했다. 삶과 정신, 시민과 예술가의 모순된 두 세계의 대립적 갈등의 주제는 특히 그의 초기 작품들에서 두드러지게 나타나 있다. 또한 그 후의 작품들에서도 계속해 다뤄지면서 거의 60여 년에 걸친 창작 과정은 삶과 예술 사이에서 길을 잃은 시민의 갈등과 고뇌를 조화와 균형으로 극복하고 휴머니즘으로 발전해 가는 노력의 과정이었다. 만의 작품 세계는 궁극적으로 작가의 범세계적인 휴머니즘에서 완성되었다.

# 바그너와 니체의 영향

  음악에 대한 토마스 만의 특별한 관심은 그의 문학 작품에 많은 영향을 미쳤다. 그의 소설들에서 주인공의 음악적 행위에 대한 묘사는 결코 음악 그 자체를 위한 것이 아니라 만의 예술관과 세계관의 밀접한 관계에서 이루어졌다. 따라서 음악에 대한 만의 개인적인 생각에 대한 연구는 토마스 만의 문학을 이해하는 데 필연적인 전제라 할 수 있다.

  토마스 만은 천성적으로 음악적 재능을 타고났으며, 음악은 주인공들의 생애와 운명에 중요한 작용을 하는 요인으로서 만의 문학적 창작 세계로 유입되었다. 20세기의 전환기에 대두되었던 문명의 위기는 점점 더 심화되었으며, 이 위기감은 시민 사회에서 탐미주의적 데카당스의 다양한 형태로 발전했다. 니체가 그러했듯이 토마스 만도 시민적 데카당스에 대항해 싸웠다.

쇼펜하우어, 바그너, 니체의 철학과 예술이 모두 음악에 기초하고 음악을 수단으로 펼쳤다는 공통점은 천성적으로 음악적인 작가 토마스 만과도 일치했다. 이 사실은 이들이 만의 정신적·예술적 발전에 큰 영향을 주었다는 것을 말해 준다. 그들 중에서 바그너의 음악은 토마스 만의 문학에 가장 많은 영향을 주었다. 이런 사실은 1911년에 발행된 토마스 만의 에세이 《리하르트 바그너의 예술에 관하여 Über die Kunst Richard Wagners》에서 예술의 의미가 바그너의 음악을 통해 비로소 떠올랐고, "오랫동안 바이로이트의 이름이 내 예술적 생각과 행동 어디에도 있었다"고[10] 기술한 데에서 알 수 있다.

토마스 만은 초기에 쇼펜하우어와 니체의 영향으로 염세주의적이고 퇴폐주의적인 음악관을 가졌다. 그러나 초기의 창작 시기에 음악은 예를 들어, 《부덴브로크 가》의 하노와 《트리스탄》에서 바그너의 《트리스탄과 이졸데》를 연주하는 클뢰터얀 부인에서처럼 시민적 데카당스의 부정적 현상을 상징하는 의미로 수용되었다. 하지만 이미 《트리스탄》에서, 특히 리하르트 바그너의 음악에 거리를 두면서 그 당시 한창 유행했던 바그너 숭배를 패러디하려는 토마스 만의 음악관이 나타나 있다.

니체의 비판에 의하면 바그너의 음악은 대중을 최면에 빠뜨리고 병들게 하는 마취제라서 시민적 데카당스를 더욱 심화시킨다는 것이다. 그래서 니체는 바그너와의 우정의 대가를 치르면서도 그의 음악과 싸웠다. 그러나 바그너의 음악을 비판했던 니체의 논쟁이 결과적으로 바그너보다 더 낭만적인 방법으로 이루어졌다는 모순을 끝내 알지 못했다.

초인 사상과 영원 회기, 주인 도덕과 같은 고뇌에 찬 니체의 사상은 이미 그 시대에 그를 신화적 존재로 만들었고, 당시의 예술가들뿐만

아니라 토마스 만에게도 영향을 주었다. 음악에 대한 니체의 철학은 유미주의를 추구하는 시민적 데카당스에 대한 비판에서 비롯되었다. 이 때문에 니체에게 음악은 디오니소스적·초인적 힘과 본능의 원천이자 존재의 고통을 잊게 하는 구원의 힘으로서 시민 문화의 데카당스에 대한 비판의 수단이었으며, 동시에 개혁의 도구였다.

토마스 만도 니체처럼 음악을 시민 문화의 데카당스에 대한 비판의 수단으로 사용했다. 그는 음악의 도취적인 위험을 알았기 때문에 결코 낭만주의자들처럼 음악에 빠져들지 않았고, 자신을 미리 음악의 파괴적인 작용으로부터 보호할 수 있었다. 이렇게 만은 음악에, 특히 바그너의 음악에 거리를 둔 자신을 보여 주었다. 이것이 토마스 만에게 가능했던 것은 그가 니체와는 달리 자신의 인도주의적 세계관에 근거해 소위 니체가 말하는 구원과 개혁의 도구로서의 음악의 힘과 작용에 대해 회의적으로 생각해 음악, 특히 바그너 음악을 멀리했기 때문이다. 그럼에도 불구하고 바그너 음악에 대한 그의 은밀한 사랑은 니체가 그랬듯이 만의 인생 과정에서도 억제할 수 없을 정도로 컸다. 그래서 만은 바그너 음악을 경탄과 혐오의 혼합이라고 표현했다. 《리하르트 바그너의 예술에 관하여》에서 토마스 만은 바그너와 그의 음악의 양면적 특성에 대한 자신의 생각을 밝히고 있다.

정신으로서, 인물로서 그는 의심스러워 보였다. 그러나 그의 활동의 고귀함, 순수함, 건전함은 예술가로서 아주 매력적이었다. (…) 그러나 내가 20세기의 걸작을 생각한다면, 바그너적인 것과 매우 본질적으로 (…) 구별되는 어떤 것이―그의 위대함을 바로크 양식의 거대함에서 찾지 않고, 그의 아름다움을 도취 상태에서 찾지 않는, 대단히 논리적이고 형식에 딱 맞는 어떤 명료한 것이, 동시에 엄격하고 명랑한 어떤 것

이 (…)—내 머리에 떠오르고, 새로운 고전성이 분명히 온다는 생각이 든다.[11]

바그너 음악에 대한 이성적 비판에 이어서 만은 다시 감정적으로 돌아가 바그너 음악에 대한 자신의 사랑을 나타낸다.

그러나 아직도 여전히, 예기치 않게 한 음향이, 암시적인 어구가 바그너 작품으로부터 내 귀에 들어올 때면 나는 놀라 기뻐한다. 그리고 일종의 향수와 젊은 시절의 아픔이 나에게 다가오며, 다시 옛날처럼 내 정신은 영리하고 재치 있고, 그리워하며 교활한 마술사에게 지배된다.[12]

바그너의 음악에 대한 만의 사랑은 1933년에 작성된 에세이《리하르트 바그너의 고뇌와 위대함》에서도 다시 언급된다.

바그너의 신비에 찬 작품에 대한 열정은 내가 그 작품을 처음으로 알게 되었고 그 작품을 섭렵하여 인식으로 파고들기 시작한 이후 내 생애와 함께한다. 나는 즐기고 배우는 자로서 그 작품에 혜택을 받고 있다는 것과 깊고 고독한 행복의 시간들을 결코 잊을 수 없다. (…) 그것(바그너의 예술)에 대한 나의 호기심은 결코 지치지 않았다. 나는 바그너 예술을 아무리 주의 깊게 관찰하고, 감탄해서 지켜보아도 싫증나지 않았다. 그렇다고 의심이 없는 것은 아니라는 것을 나는 시인한다. 그러나 의심과 이의, 항의들은 니체의 바그너 비판과 마찬가지로 그의 예술을 허물어 뜨리지 않았다.[13]

바그너 예술에 대한 경탄과 혐오 사이의 모순된 만의 관찰은 예술

가 바그너의 인물에 대한 비평으로도 이어진다. 만은 작곡가 바그너를 인간 현상들 가운데서 가장 매혹적이고, 인간적으로 가장 까다로우며, 예술적으로 가장 성공을 거둔 그 시대의 인물 가운데 하나로 칭했다. 그리고 만은 계속해서 비판적으로 서술한다.

바그너, 돈 꾸기의 천재, 사치가 필요한 혁명가, 무명의 불손한, 오직 자기 자신만으로 충만한 (…) 연극배우, 연극 조의 낭만적인 의상광, (…) 우리는 이 바그너를 다시 눈앞에 두고 있으며, 그리고 거기에는 너무 많은 반발심을 불러일으키는 것이, 너무나 많은 히틀러가, 정말로 너무나 많이 잠복해 있으면서 곧바로 명백하게 나타나는 나치 계급이 있다.[14]

그는 2년 전인 1949년에 에밀 프레토리우스에게 보낸 편지에서 바그너에 대해 비판적인 의견을 말하며 히틀러를 전달하는 그의 불손을 지적했다.

바그너의 호언장담 (…)에는 히틀러를 미리 알리는 형언하기 어려운 불손이 있다. 분명히 바그너에게는 많은 '히틀러'가 있다.[15]

이런 이유에서 만은 바그너의 《트리스탄》을 더 이상 견딜 수 없는 것이라고 고백하지만 그럼에도 피아노의 트리스탄 화음에 싫증이 나지 않는다고[16] 《파우스트 박사》에서 실토하고 있다. 이렇게 바그너의 음악극들 가운데서 특히 《트리스탄과 이졸데》는 토마스 만을 가장 매혹시켰다. 그리고 만은 바그너의 오페라 《로엔그린》을 들을 때면 매번 마치 열여덟 살 먹은 아이처럼 해맑게 감격하며, 《파르치팔》에는

가장 훌륭한 음악이 아직 그 안에 있다고 바그너의 음악극들을 칭찬했다. 그리고 만은 계속해서 바그너에 대해 이야기할 때면 "나는 곧바로 다시 젊어진다"고 말했다.[17]

바그너와 그의 음악에 대한 만의 이중적 인식은 음악을 그의 문학 작품들에 유입할 때 신중을 기하게 했다. 게다가 바그너 음악을 낭만적이고 데카당스적인 음악이라고 비판했던 니체의 논쟁은[18] 만에게 깊은 인상을 주었기 때문에 만의 관심은 이제 음악과 데카당스 사이의 관계에 쏠리게 되었다. 예술적 기질을 타고난 토마스 만은 자신이 음악에 몰입하면서 이미 음악과 사회 붕괴 사이의 상호 작용에 몰두하지 않을 수 없었다. 그래서 음악과 데카당스는 그의 창작의 두 중심 테마가 되었다.

바그너 음악에 대한 니체의 비평처럼 토마스 만은 음악과 데카당스 사의의 상호 작용 관계를 참으로 훌륭하고도 지금까지 유례없는 방법으로 《부덴브로크 가》와 그 밖의 다른 소설들에서 다루었다. 예를 들어, 초기의 중편 소설들과 《마의 산》 그리고 《파우스트 박사》에서 예술적으로 형성했고, 시민과 예술의 몰락 현상들에 대한 문제를 문화 비평의 새로운 테마로 인식했다. 이렇듯 토마스 만의 문학과 음악은 바그너 못지않게 니체의 지대한 영향을 받았다.[19]

다른 한편으로 《파우스트 박사의 생성. 한 소설의 소설Die Entstehung des Doktor Faustus. Roman eines Romans》(1949)에서 토마스 만과 당시의 유명한 음악가들과의 활발한 교류가 언급되고 있다. 토마스 만은 유명한 지휘자인 부르노 발터와 특별히 친분을 유지했다. 또한 12음 기법의 창시자인 아르놀트 쇤베르크와 《새 음악 철학Philosophie der neuen Musik》의 저자로 음악 이론가이며 사회학자인 테오도르 비젠그룬트 아도르노도 그의 친지들이었다. 이들은 만이 《파우스트 박사》를 집필하는 동안 그에게 자주 조언해 주었으며, 특히 쇤베르크의 12음 기법은 이 작품에서 각별히 자주 언급되었다.

만은 음악을 언어로 바꾸어 쓰는 남다른 재주를 가졌다. 이 사실은 《파우스트 박사》에서 주인공인 음악가 레버퀸과 그의 친구인 차이트블룸과의 대화에서 밝혀진다. 차이트블룸이 라이프치히에 왔을 때 그는 베토벤이 작곡할 때 음표가 아니라 단어로 아이디어를 메모한 예를 들면서 레버퀸의 창작에서 나타난 언어와 음악의 긴밀한 상호 작용에 대해 말했다.

> 음악과 언어는 (…) 근본적으로 하나이며 언어는 음악이고, 음악은 하나의 언어다. 이들은 분리된 상태에서 늘 서로 의존하고 모방하며, 서로의 수단이 되고, 서로는 서로의 실제적 요소가 된다.[20]

만은 언어에서 언어의 합리적인 기능을 넘어 음악의 감정적인 작용을 얻으려 했기 때문에 그의 언어는 감정의 명료성과 감동적이고 합리적인 요소들의 엄격한 균형을 통해 두각을 나타낸다. 토마스 만은 실제로 영향력 있는 음악가는 아니라 해도 음악과 음악 작품에 대한 많은 지식을 가지고 있어, 그의 소설들, 특히 《파우스트 박사》에서 문학적·창조적 환상의 산물인 음악적 언어로 허구적인 음악 작품들을 창작했다. 한스 그란디는 만의 공상적인 작곡에 대해 이렇게 말했다.

> 언젠가 울리지도, 악보를 통해 실제로 존재하지도 않는 이 '음악 작품들'은 내가 아는 바에 의하면 지금까지 독일 문학에서 유일한 사실로 존재하는, 놀랍고도 경탄할 만한 업적을 나타낸다.[21]

그란디가 지적했듯이 이 음악 작품들은 허구적인 것이지만 확실한 구체성으로 사실처럼 여겨진다. 《파우스트 박사》에서 만은 모든 음악 장르들을 고려했고, 이 소설은 가곡·합창·피아노곡·실내악·심포니 오케스트라 음악·기악 협주곡·오페라·오라토리움 등 통틀어 26개의 음악 작품들을 포함하고 있다.[22] 이때 쇤베르크와 아도르노의 조언이 크게 작용했음은 분명했다.

이미 티크, 부렌타노, 호프만도 음악을 언어로 바꾸어 쓰는 재주를 가지고 있었지만 이들과 만 사이에는 간과할 수 없는 차이가 있다. 즉 만의 음악 활동이 허구적인 작곡의 묘사에 더 많이 국한되어 있다면 티크와 호프만은 한 음악 작품의 특징을 가능한 한 언어로 바꿔 씀으로써 분위기를 새롭게 경험할 수 있는 구성을 위해 노력했다. 이 비교에서 볼 때 후자들이 언어가 음악 작품의 내용과 사상의 표현 수단이 되고 있다면 만에게 있어서는 음악이 작가의 사상과 이념을 수용하고 전달하는 수단이 되었다.

여기서 정신적으로 거리를 두고 있는 음악에 대한 만의 입장이 나타난다. 즉 발전하는 만의 내면적 가치관의 변화에 따라 그의 음악의 역할도 변하며, 이 상호 작용 속에서 음악은 예술적 교훈의 전달자가 된다는 것이다. 좀 더 구체적으로 말해, 만의 초기 작품에서 음악은 하노처럼 도피 수단으로서의 역할을 하나 《마의 산》에서 카스토르프가 음악에 도취할 수 있는 공간은 고통스럽게 느껴진 현실로부터의 도피이며, 동시에 적극적인 삶의 참여에 대해 숙고하는 공간이었다. 이로써 음악은 현실 사회로부터의 도피와 구출이라는 동시적 의미를 가진다.

《파우스트 박사》에서 음악은 독일 민족의 내면성에 음악적 특징을 부여하고, 음악과 이 내면성에 내재해 있는 비합리적이고 위험한 요

소는 파우스트 소재의 악마적인 것과 연관되어 있다. 이로써 당시의 나치 만행과 독일 멸망이란 비극적 역사를 통해 만은 자신의 인문주의 사상을 고양했다. 그는 음악에 대한 작가의 긴밀한 관계를 이렇게 말했다.

나는 언제나 음악과 가까이서 살았고, 무한한 자극과 예술적 교훈을 음악에서 받았으며, 소설 작가로서 음악의 실행 방법들을 연마했고, 비판적인 실험자로서 음악의 형성물을 묘사했다.[23]

만이 비판적 시각에서 평생에 걸쳐 시도한 음악의 형성물은 독일과 유럽의 한계를 넘어 전 인류를 위한 작가의 휴머니즘이었다.

# 데카당스적 시민 사회의 붕괴
# 《부덴브로크 가》

 

토마스 만의 최초 장편 소설인《부덴브로크 가》는 실제로 자기 자신의 가정과 그 밖에 수많은 다른 가정의 몰락을 비유적으로 묘사했다. 건강하고 이성이 결여된 부르주아 계급이 출세하는 반면 교육받은 옛 귀족층은 몰락해 가는 독일 사회의 전환기에서 이 소설은 뤼베크 시 상인의 4대에 걸친 붕괴의 이야기다. 줄거리는 1835년에 몇몇 지인들이 초대된 부덴브로크 가의 집안 잔치에 대한 이야기로 시작해 1877년까지 대략 40년에 이른다. 이 잔치는 70세의 요한 부덴브로크와 그의 아들이며 영사이고 곡물상인인 요한 장 부덴브로크가 일구어 놓은 번영의 표시로 새로 사들인 집의 낙성식이었다.

작품의 시작에서 약 70세인 증조부 요한 부덴브로크는 확고한 자신감과 활발하고 영리한 기업 정신을 가지고 있는 시민 계급의 전형적인 인물이며, 삶에 대한 불굴의 의지를 소유한 이였다. 그의 아들 요

한 장 부덴브로크 2세는 시민 생활 태도의 인습적 원칙을 지키며 살아가지만 경건한 기독교인으로서의 신앙심과 이익을 추구하기 위한 자신의 상업적 태도 사이에서 갈등하는 존재다. 그는 이복형과의 유산 문제로 고민하는 동시에 기만적인 사위로 인해 회사에 큰 손실을 입게 된다.

시민성이 확고한 아버지와는 달리 그는 사업을 성공적으로 이끌지 못한다. 그는 내면적으로 낭만주의의 성향을 지니고 있기 때문에 그에게서 문제가 되는 것은 기독교 신앙에 근거한 경건주의가 아니라 자신의 사업에 아무런 영향을 주지 않고 현실에도 맞지 않는 낭만적인 감상성이다. 그는 니체가 비판의 대상으로 삼았던 기독교적 독일 사회에서 가정 몰락의 시작을 알리는 데카당스의 첫 징후로 등장한다. 그 밖의 많은 징후들이 후일의 가정 해체를 알리는 내적 문제를 나타낸다.

이들 부자는 도시의 명망 있는 가정에 속하고, 고상한 명문가의 교양 있는 생활양식을 전형적으로 보여 준다. 영사에게는 두 아들 토마스와 크리스찬, 두 딸 토니와 클라라가 있으며, 이들은 부덴브로크 가의 3대다. 1842년에 토마스는 견습생으로 아버지 회사에 들어갔고, 반면에 크리스찬은 런던에서 상인의 직업을 익혀야만 했다. 영사가 토마스에게 보낸 편지에서 알리고 있듯[24] 이미 두 아들은 영사가 젊은 시절에 앓았던 신경과민에 시달렸다.

1855년에 토마스는 아버지의 갑작스러운 사망 이후에 젊은 나이로 큰 상사의 주인이 된다. 그는 우아하고 품위 있는 외모를 지니고 있으나 그의 관자놀이에 뚜렷이 나타나는 푸르스름한 실핏줄, 쉽게 오한에 걸리는 체질, 아름답게 다듬어진 타원형의 푸르스름한 손톱에 대한 묘사는 그가 아버지와 할아버지처럼 강하고 대담한 활동력이 아닌 섬세한 천성을 가지고 있음을 타나낸다. 그는 상원의원이 되고, 표면상 가정의 명성을 최고의 위치에 오르게 한다. 그러나 토마스는 아버지보다 더 탈시민화된 성향의 소유자로서, 외적으로는 시민의 모습을 보이려고 노력했지만 내적으로는 심미주의자로서 시민의 역을 연기하는 배우일 뿐이었다. 그는 천성적으로 동생 크리스찬과 마찬가지로 데카당인 셈이다.

집을 떠난 지 8년 후에 크리스찬은 1856년에 부모의 집으로 돌아왔다. 그는 천성적으로 불안하고 변덕스러웠으며 일찍이 정신 질환자와 같은 강박관념에 시달렸다. 그리고 그는 언제나 하찮은 희극에 애착을 갖기도 했다. 형제 간의 성격 차이는 이렇게 묘사되고 있다.

> 토마스의 행동은 일괄성이 있으며 합리적인 명랑성이 있었다. 반면에 크리스찬은 기분파였고, 한편으로는 속되고 우스꽝스러운 짓거리에 치우쳐 있었으며 다른 한편으로는 가족들을 이상한 방식으로 놀라게 하는 버릇이 있었다.[25]

사람들이 흔히 말하듯이 크리스찬은 아주 별종이었다. 자신의 공부를 끝마쳐야 했던 런던에서 오래 머물지 않고, 그는 세계를 동경하는 낭만주의자처럼 아버지의 반대에도 불구하고 먼 남아메리카로 떠났다. 낭만주의자들과 그 뒤의 후예들과 마찬가지로, 그는 시민의 직업에 특별한 관심을 보이지 않았다.

작고한 영사인 그의 아버지가 비일상적이고, 비시민적이며, 남달리 세련된 감정을 지닌 가문의 첫 번째 사람이었다면 그의 두 아들은 그러한 감정들을 자유롭게 나타내면서도 그것을 민감하게 느끼고 움찔 놀라는 최초의 부덴부로크 가 사람들이었다. 말하자면 그의 아버지가

할아버지의 죽음을 체험했을 때보다도 토마스는 아버지의 죽음을 더 민감하고도 고통스럽게 받아들였다. 그러나 크리스찬은 자기 아버지의 임종의 소리를 반복해 내면서 끔찍한 생각을 하게끔 하는 식으로 영사의 사망을 슬퍼했다. 그 밖에도 예술가가 된다는 것은 그야말로 멋진 일이라는 이유에서 그는 자신의 연극에 대한 정열에 빠졌다. 크리스찬은 마음의 안정을 잃고 자기도취에 빠져들었으며, 지나치게 자기 자신과 내부 문제에 몰두했다.[26]

이 같은 자신에 대한 두렵고 공허하며, 호기심에 찬 몰두는 그를 망가뜨렸고, 무익하고 불안정하게 만들었다. 이 때문에 그는 대리점에서 형의 동업자로서 모범이 될 수 없었고, 곧 회사를 떠나야만 했다. 그는 체계화된 일을 경멸해 경영의 부담은 토마스의 어깨를 무겁게 할 뿐이었다. 나중에 크리스찬은 함부르크에서 결혼했으나 그 결혼은 정신적·육체적으로 그를 힘들게 했다. 끔찍한 망상과 강박관념은 점점 더 심해져 그는 남은 인생을 요양소에서 보냈다.

크리스찬의 여동생 토니는 매력적이고 사랑스러웠으나 순수하고 철이 없으며, 두 번의 결혼 실패 후에도 여전히 정신적으로 미성숙했다. 그리고 막내 여동생은 결혼 후 곧 뇌종양으로 죽었다. 지금까지의 인물들에 대한 설명에서 특히 부덴브로크 가 3대 자손들의 성격과 운명에서 가정이 끊임없이 해체되어 가는 징조가 여러 가지 형태로 나타났다. 오직 장남인 토마스만이 유산을 물려받을 수 있는 처지에 있었다.

1857년에 토마스 부덴브로크는 그의 성향과 일치하는 극도로 섬세하고 귀족적인 네덜란드 여인 게르다 아르놀드손과 결혼했다. 27세의 그녀는 우아하고 이국적이며, 매혹적이고 신비로운 아름다움을 지니고 있었다. 하양고 창백한 그녀의 얼굴은 약간 거만해 보였다. 그녀가

토마스 만의 어머니와 유사하지 않은 것은 그녀가 피아노 대신 바이올린을 즐겨 연주했고, 자신을 예술가로 불렀다는 것이다.

그 후 1861년에 이들 사이에서 부덴브로크 가의 마지막 4대손이 태어났고, 사람들은 그를 작은 요한 또는 하노라고 불렀다. 토마스는 상원의원에 선출되었고, 그의 사회적 성공과 시민적 존재는 정점에 이르렀다. 그렇지만 하노는 별로 튼튼하지 않은 아이로 세상에 태어났고 발육이 남보다 다소 늦었으며, 여러 가지 질병으로 주위 사람들은 항상 그를 걱정했다.

하노는 처음 나온 송곳니가 잇몸을 파고 들어가 발작을 일으켰으며 (…) 깊게 그늘진 눈으로 무표정하게 곁눈질하는 모습은 뇌질환을 암시하고 있었다. (…) 무엇보다도 그의 입은 갓난아기일 때뿐만 아니라 지금도 우울하고 불안한 모습으로 꼭 닫혀 있었다. 이러한 표정은 푸르스름한 그림자를 지닌 그의 독특한 금 갈색 눈의 시선과 더 잘 어울렸다.[27]

이제 끊임없는 사업의 몰락이 부덴브로크 가의 네 번째 세대의 하노와 함께 나란히 묘사된다. 이 가정의 몰락은 토마스의 모습에서 처음으로 명백하게 나타났다. 토마스는 비록 37세밖에 되지 않았으나 몸이 탄력을 잃어가고 체력이 급격히 소모되고 있음을 의식했다. 겨우 42세 때는 자신이 기진맥진해 녹초가 되어 있다는 생각을 했다. 그는 그의 할아버지와 아버지가 몽상가인 자신보다 더 실천가였고, 더 완벽하고, 강하고, 솔직하고, 자연스러운 사람이었다는 것을 의식했다. 이 내면의 불안은 집안의 전통에 모순되고 실제로 상당한 손실마저 가져다준 지나친 투기로 그를 유인했다.

이와 반대로 증권에서 성공한 인물로서 새로운 유형의 사업가 하겐

슈트룀은 그의 대단한 적수이자 제국주의 시대의 공격적인 시민 사업가의 전형으로 나타나고, 무자비한 경쟁의 시대가 어떻게 그를 출세시키는가를 보여 준다. 토마스는 처음으로 집안의 몰락을 예견하고 누이동생 토니에게 말했다.

> 집안이 망하면 죽음이 온다. 그렇다고 지금 당장 죽음이 뒤따른다는 것은 아니야. 하지만 퇴보하고 있어. 하강 국면이야. 종말의 시작이야.[28]

1875년 1월에 시 참의원 토마스 부덴브로크는 치과에서 치료를 받고 집으로 가는 길에 치아 염증으로 갑자기 죽는다. 그는 치아 궤양으로 죽음에 이를 만큼 지난 수년간 기울어져 가는 사업에 대한 걱정과 긴장에서 서서히 생활력을 잃어 갔고, 신체 기관이 너무나 약해져 있었다. 그는 유언장에 회사를 1년 이내에 해체할 것을 지시했다. 그가 실무에 대한 자기 아들의 무관심과 무능력을 알았기 때문에 가업을 하노에게 물려주려 하지 않았다.

하노는 학교 가길 싫어하고, 배우길 힘들어 하며 빨리 싫증을 냈다. 그에게는 모든 사물들을 심각한 눈으로 바라보고 너무 지나치게 마음에 담아 두는 경향이 있었다. 특히 한밤중에 화들짝 놀래거나 꿈을 꾸면서 비명을 지르는 몽유병을 앓고 있었다.

하노의 어머니 게르다 부덴브로크는 바그너 음악의 열렬한 숭배자였다. 그녀가 수요일 오후마다 교회의 오르간 연주자 에그문트 필과 함께 연주할 때면 하노도 그곳에 있었다. 하노는 음악을 몹시 좋아했기 때문에 이미 일곱 살 때 피아노 교육을 받았다. 그는 음악을 학교에서의 다른 수업 과목들보다 훨씬 더 직감적으로 빨리 파악했다. 그렇게 하노는 아주 일찍부터 음악을 모든 일상의 곤경에서 그에게 부드럽고 달콤하게 위안을 주는 수단으로 느꼈다. 이 세상의 마지막 위안으로 음악에 빠져들었던 젊고 불행한 바켄로더의 요제프 베르크링어[29]보다 더 빠르게, 더욱 기진맥진하게 음악이 어린 하노를 사로잡았다. 그는 속수무책으로 음악의 수중에 빠져 들어갔다.

1869년 4월 15일 하노의 여덟 번째 생일에 그는 가족들 앞에서 리하르트 바그너 양식으로 작곡한 그의 최초의 작은 환상곡을 연주했다. 이 연주에서 비할 바 없는 행복과 한없는 감미로움이 주는 만족감을 느낀 하노는 마음의 평화, 지극한 행복, 천국[30]을 맛보고 그 희열에 사로잡혔다. 베르크링어와 마찬가지로 하노 역시 음악이 그의 신경을 혹사시켰기 때문에 음악에 지치고 압도되었다.

> 근육의 긴장이 풀어졌다. 그는 두 눈을 감았다. 슬픈 듯하고 고통스러운 미소, 이루 말할 수 없는 환희의 미소가 그의 입가에 서렸다.[31]

그러나 청중들은 그의 내면의 환희를 전혀 이해하지 못했다. 토마스도 어린 요한이 그렇게 발전해 가는 것을 내심 흡족해하지 않았으며, 하노에게서 너무나 많은 어머니의 유전적 소질을 감지했다.

하노의 음악에 대한 열정과는 달리 그의 지나치게 섬세한 감정, 툭하면 울음을 터뜨리거나 생기 없는 성격은 시 참의원의 마음을 걱정으로 가득히 메웠다. 하노의 허약한 내적 성향은 음악의 열정으로 보완되기는커녕 더욱 커지고 심화되었다. 게다가 지속적인 치통은 하노에게 인생에 비할 데 없는 고문이었다.

하노는 그가 겪고 있는 신체적 장애와 치통으로 어린 나이에 일찍이 많은 경험을 통해 진지한 감정을 지니게 됨으로써 어쩔 수 없이 조숙한 아이가 되었다. 그러한 사실은 가끔씩 우울한 우월감의 형태로

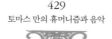

표출되었다.[32] 하지만 그의 육체적인 연약함과 약간 낯선 외모는 그가 그의 동급생들과 비교해 볼 때 용기와 힘도, 기민성과 쾌활함도 없는 약골임을 보여 주었다.

토마스가 죽은 후 회사는 해체되었고, 어머니와 아들은 작은 빌라로 이사했다. 그때 하노의 나이는 15세였다. 학교는 그에게 여전히 굉장한 불안을 불러일으켰고, 그가 제때 진급한다는 것은 불가능해졌다. 학교는 그를 구역질나게 하고 지치게 했다. 그는 친구인 카이 묄른 백작에게 햄릿처럼 고백했다.

> 난 자고 싶어. 그리고 더 이상 아무것도 알고 싶지 않아. 난 죽고 싶어, 카이! (…) 아니야, 난 아무 쓸모없어. 난 아무것도 바라는 게 없어. (…) 내가 아무것도 이룰 수 없다는 것은 확실해. (…) 난 망하는 가문에서 태어났어.[33]

가문의 몰락을 예견하는 하노의 내적 고통은 어떻게 손을 쓸 수도 없을 정도로 썩고 망가진 이빨의 통증으로 비유되어 나타났다. 그러나 하노는 절망에 빠질 때면 언제나 음악으로 도피했다. 그는 어스름 속에서 환상의 날개를 펴기 위해 커튼을 자주 닫곤 했다. 그 신비롭고 어스름한 빛 속에서 그는 즉흥환상곡을 연주하기 시작했고, 음 속에서 동경의 발작적인 경련과 망아적인 열락에 빠지고, 그것들에서 무엇인가 냉소적인 절망감과 함께 기쁨에 대한 의지와 욕망 속의 몰락 같은 것이 피어올랐다.[34]

이렇게 그는 음악에서 스스로 너무 약하다고 느끼는 삶에 대한 보상을 찾았다. 그런 후에는 기운이 다 빠져서 사지를 움직일 수 없었다. 허약해지고 구제할 수 없을 정도로 음악에 빠진 그의 육체는 장티푸스에 걸렸고, 결국 급사했다. 장티푸스는 하노와 부덴브로크 가 해체의 한 형태였다.

이렇게 오랜 명문 시민 계급 가문의 몰락은 먼저 생물학적 몰락으로 나타났다. 이때 음악은 인생의 도피처이자 도취케 하는 마약이 되었다. 하노의 경우처럼 음악적 성향에서 탈시민화의 과정이 완성되었다. 부덴브로크 가문의 마지막 자손 하노는 현실생활에서 이미 쓸모가 없고, 죽음과 같은 어두운 바그너 음악의 신비주의에 빠졌다. 장티푸스가 그의 생명을 빼앗아간 것은 단지 더 이상 활동력이 없고 가치가 확실치 않은 시민적 삶의 해체와 약화를 표면적으로 상징해 주는 것이다.

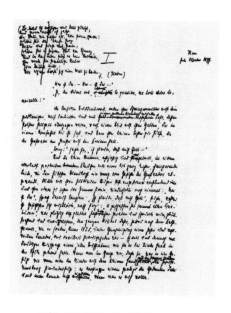

토마스 만의 《부덴브로크 가》 친필 원고

생물학적 몰락과 정신적·영적 발전은 반비례하여 진행되었다. 하노의 경우에서처럼 삶과 정신의 갈등 앞에 무기력하게 마주 서 있는 예술가의 감수성은 극도로 위험한 경지에 이르게 된다. 그래서 한 가정과 인간의 몰락을 생물학적 현상으로서가 아니라 심리적·사회적 현상으로 보는 분석이 이 작품의 또 다른 중요한 테마이다. 이 소설의 부제 '한 가정의 몰락'은 일방적인 부정적 가치 판단으로 이해해서는 안 된다. 몰락은 토마스 만에 있어서 전통적인 형식과 가치의 해체에서 건설적인 순간들, 새로운 생활양식과 태도가 생기는 변증법적 개념을 가지고 있기 때문이다. 그리고 데카당 없이, 어린 하노 없이 인류와 사회는 빙하기 시대 이후로 한 걸음도 발전하지 않았을지도 모른다. 비록 아무리 쓸모없는 일이라 해도 그것은 삶을 고조시킨다. 왜냐하면 그것은 정신과 결부되어 있기 때문이다.[35]

부덴브로크 가 몰락의 진행은 시민성 상실의 심화 과정과 비례한다. 이 심화 과정은 하노에서 절정에 이른다. 그는 아버지인 토마스 부덴브로크처럼 시민성을 가진 척하는 연기조차 할 수 없었다. 시민성의 상실 과정에서 병과 음악, 삶과 죽음, 시민성과 예술성, 현실과 이상, 종교와 사랑과 같은 중요한 동기들이 상호 관계를 이루고 예술적 비유를 통해 묘사되고 있다.

부덴브로크 가에서 건강한 사람은 음악에 소질도, 관심도 없다. 하노의 할아버지들은 음악을 사교의 수단으로만 생각했으며, 아버지 역시 음악이 실제적인 삶을 소원하게 하고, 신체적 건강에 아무런 도움도 주지 않으며, 하노의 정신력을 소모시킨다[36]고 생각했다. 하노는 비로소 삶의 의욕을 상실한 채 죽음을 동경하고 음악 속에 파묻혀 살다가 죽는다.

하노의 음악에 대한 사랑은 병적이다. 음악은 바그너의 음악처럼 도취와 망아의 상태에서 하노를 일상의 시민적 의무의 중압감에서 해방시키는 현실 도피의 수단이다. 병은 토마스와 하노처럼 시민성을 유지하려는 욕구에서 벗어나게 해 주고, 병의 고통은 사람을 시민적 의무와 책임에서 면제시켜 주기 때문에 그런 점에서 사람을 자유롭게 만든다. 반면 죽음은 모든 것을 무용지물로 만들고 더럽고 구역질나는 무형식이다.[37]

이렇듯 음악·병·고통·죽음의 동기들은 필연적인 상호 관계를 이루면서 《부덴브로크 가》뿐만 아니라 만의 대부분 중·장편 소설들에서 문학적으로 표현되고 있다. 《부덴브로크 가》에 앞서 완성된 단편 《키작은 프리데만 씨》에서는 시민 세계에도, 예술 세계에도 속하지 못하는 예술가의 갈등적 존재가 장애라는 병적 현상으로 묘사되고 있다.

《트리스탄》에서도 음악은 클뢰터얀 부인을 죽음으로 몰고 간다. 단편 소설 《베니스에서의 죽음》에서 콜레라가 번진 베니스에서 미의 유혹으로 인해 독일 작가 아센바흐에게 닥쳐오는 무서운 위기와 위험성이 묘사되고 있다. 결국 한 시인의 내면의 취약점이 여지없이 파헤쳐지고, 그는 죽음에 이르게 된다. 이들 초기 작품들이 말해 주고 있듯이 예술은 정체성을 찾지 못한 예술가의 고뇌와 한 가정의 몰락 현상으로 나타난 시민 사회의 붕괴에 대한 두려움으로부터 도피하려는 수단이며 동시에 병과 죽음의 원인이기도 하다.

# 시민적 정체성을 향한 내적 발전
## 《마의 산》

　　1924년에 발표된 《마의 산》에서는 스위스에 있는 베르크호프 폐결
핵 요양소의 분위기가 묘사되고 있다. 폐병 환자이며 상냥한 클뢰터
얀 부인과 작가 슈피넬이 만나는 사교적인 요양소 아인프리트를 배경
으로 한 소설 《트리스탄》의 동기와 《토니오 크뢰거》의 구조는 《마의
산》에서 더욱 확대되어 수용되었다. 또한 시민적 데카당스의 현상들
은 음악과 병의 연관 속에서 더욱 비판적으로 묘사되었다. 그는 《마의
산》에서 이 3가지 현상들, 즉 시민적 데카당스의 현상들, 음악, 병 사
이의 관계를 니체 이상으로 대가답게 예술적으로 형성했다.

　　함부르크 출신의 젊은 엔지니어 한스 카스토르프는 3주 동안 병든
사촌이 머물고 있는 요양소를 방문했다. 귀향길에 오르기 직전 카스
토르프는 갑자기 폐 점막에 염증이 생겨 당분간 요양원에 머물 것을
결심했다. 그는 이 요양원에 있는 여러 나라의 환자들을 심각한 중환

자들과 일상적인 시민의 책임에서 벗어나기 위해 머물고 있는 가벼운 환자들로 나누었다. 한스 카스토르프는 전혀 아프지 않으면서도 가벼운 쇠약증이라는 구실 아래에 즐기기 위해 요양원에 살고 있는 사람들을 발견했다. 이탈리아의 작가이며 인도주의자인 세템브리니가 지적했듯이 요양원의 입원 환자인 젊은 카스토르프에게 병과 절망이란 종종 태만의 형태일 뿐이며, 자제력 상실과 무절제의 한 형태로 생각되었다.[38]

중요한 것은 하노 부덴브로크처럼 음악에 의한 것이 아니라 병에 의해 한스 카스토르프는 산중 높은 곳에 있는 요양소에서 자유를 느낀다는 것이다. 5,000피트 낮게 놓여 있는 평지는 일상의 책임과 의무가 있는 곳으로, 그는 이제 그곳에서 해방되었다. 요양원에서 환자들이 병을 이유로 근심 없이 자유롭게 생활하듯이 병은 사람들을 평지의 실제적 삶에 의한 모든 속박들에서 풀어 준다. 이런 의미에서 카스토르프는 카우차트 부인에게 "병은 자유를 준다"고 말했다.

기진맥진해서 기운 없어 보이는 몸가짐, 이유와 변명도 없이 질서와 예의를 경시하는 생활 습관, 어깨를 으쓱해 보이는 몸짓에서 나타나는 환자들의 무관심 등, 환자들의 나쁜 생활 모습들은 모든 것이 그들에게는 무관심하며 또한 그들이 아무것에도 얽매어 있지 않다고 느끼고 있음을 암시한다.

'병에 의한 자유'는 사람들을 무기력하고 태만하게 만들 수 있는 병적 현상들의 하나다. 그리고 이 병적 자유의 미학적 형태들은 카스토르프에게도 영향을 주어 음악에 도취된 생활에서 특징적으로 나타난다. 그는 요양원의 살롱에 새로 설치된 축음기와 다량으로 소장하고 있는 음반을 손수 관리하면서 한밤중에 홀로 음악에 도취되곤 했다. 이때 음악은 병처럼 해방과 자유를 위한 도피 수단이었다. 그 때문에 세템브리니가 한스 카스토르프와 그의 사촌에게 도피 수단으로서의 병과 유사한 위험들이 도사리고 있는 음악에 대해 경고한 것은 우연이 아니다.

> 음악은 (…) 절반만 표현된 것, 회의적인 것, 무책임한 것, 무차별한 것이며 (…) 음악이 음악에서 진정하도록 유혹하기 때문에 위험합니다. (…) 음악만으로는 세계를 발전시킬 수 없습니다. 오직 음악만은 위험합니다. (…) 예술은 그것이 일깨우는 한 윤리적이지요. 그러나 만일 예술이 반대되는 것을 한다면 어떨까요? 만일 예술이 마취시키고 잠들게 하며, 활동과 발전을 저지한다면? 그것 또한 음악일 수 있습니다. (…) 악마 같은 작용이지요, 신사 여러분! 아편은 악마로부터 오는 것입니다. 그것이 무딘 감각, 고집, 무위, 노예 같은 정체 상태를 만들기 때문이지요. (…) 음악에 대해서는 어떤 회의적인 것이 있습니다. 여러분! 나는 음악이 2가지 의미를 가진 존재라고 주장합니다. 만일 내가 음악을 정치적으로 의심스러운 것으로 설명한다 해도 이는 지나친 말이 아닙니다.[39]

이 인용문은 음악이 지닌 긍정적·부정적 작용의 양면성에 대한 토마스 만의 음악관을 나타낸다. 만은 니체의 영향하에서 낭만주의의 음악과 바그너 음악의 위험성을 지적하고, 이미 지금까지 언급된 그의 작품들에서 음악과 거리를 둔 자신의 관계를 문학적으로 묘사했다. 그는 인도주의적 기본 입장에서 음악의 모든 부정적인 효과를 신랄하게 비난했고, 음악을 사회에 대한 위험으로 보았다. 반면 루터의 종교 개혁에서 계몽주의와 고전주의에 이르는 음악이 인간을 고귀하게 만들고, 계몽 정신과 시민 해방을 위한 긍정적인 기능을 해왔음을

토마스 만은 인식하고 있었다. 그러나 니체의 비판처럼 마취제 같은 음악의 지나친 사용과 그 오용을 경고했다.

카스토르프는 요양원에서 점점 더 시간 감각을 잃어버렸고, 그에게는 더 이상 회중시계와 달력이 필요 없게 되었다. 더구나 카스토르프의 양아버지가 죽은 후에는 어떤 서신 교환도 없이 그와의 모든 관계는 완전히 두절되었다. 매우 희미해진 평지에 대한 기억과 함께 그곳에서의 삶의 속박에서 벗어나 산장에서 홀린 듯이 그는 아무 걱정 없이 편안하고 자유롭게 살아갔다. 이 시절에 그를 가장 기쁘게 한 것은 그가 밤늦게까지 홀로 음악을 듣는 것이었다. 음악이 있는 공간에는 음악의 도움으로 시간을 초월한 망각의 삶이, 오직 밀폐된 공간에서만 존재하는 행복한 정지 상태가 지배했다.

여기서 카스토르프는 매력적인 민요 〈보리수〉 뒤에 숨어 있는 죽음에 대한 친근감을 느끼고 그 가요를 다른 음악보다 더 좋아했다. 그는 〈보리수〉와 그 세계에 대한 자신의 사랑에 대해 철학적으로 사색했다. 이 가곡의 세계는 사랑이 금지된 세계, 곧 죽음의 세계였다. 그래서 이 가곡에 정신적인 공감을 한다는 것은 죽음에 공감한다는 것이었다. 세템브리니는 이 세계로의 정신적 복귀의 현상을 '병'이라고 규정했다. 그리고 이러한 복귀가 행해지는 세계의 모습 그 자체, 그러한 정신이 세력을 펴는 시대도 '병적'이라고 보았다. 카스토르프는 자신도 모르게 밤의 음악에 도취되어 낭만적인 마음의 마법에 기꺼이 자신을 내맡겼다.

그가 요양원에서 보낸 7년간의 생활은 사회적 의미에서 고찰되어야 할 필요가 있다. 토마스 만은 《부덴브로크 가》에서 시민적인 것이 음악에서 용해되는 것을 묘사했다. 1950년 시카고 대학에서의 〈나의 시대Meine Zeit〉라는 강연에서 만이 75세인 자신의 삶과 작품을 회고하

면서 《부덴브로크 가》의 사회적 의미와 작용에 대해 말했듯이 그는 소설의 양식에 맞추어 개인의 가정적 경험들을 표현함으로써 어떤 정신적인 것, 어떤 보편타당한 것을 만들었다. 또한 한 시민 가정의 해체를 이야기하면서 교체와 종말의 시대에 대해 훨씬 더 큰 문화적·사회사적 단면에 대해서 알렸다는 것[40]을 강연을 통해 밝히고 있다.

《마의 산》에서 이 테마는 현저히 확대되었다. 이 소설은 음악의 도움으로 병적인 생활 형식으로 굳어져 가는 국제적인 시민 계급인 부유층의 삶을 대상으로 삼고 있다. 동화 속의 세계와 같은 시간의 개념이 존재하지 않는 고지의 요양원 생활을 그들 집안의 희생으로 수년 동안 또는 무기한으로 할 수 있었던 것은 오로지 경제적 능력이 없이는 불가능하다. 그래서 이 요양원은 전쟁 이전 시대의 자본주의의 전형적인 현상이다. 여기서 문제가 되는 것은 젊은 인간을 비교적 짧은 시간에 실제의 적극적인 삶에서 소외시키는 부유한 시민 계층의 사회적 환경이다. 이때 음악은 부유한 시민 계층의 데카당스의 원인이며, 동시에 주인공과 요양원 사람들이 궁극적으로 하산함으로써 비판적 인식을 위한 역설적 기능을 가진다.

일찍이 자칭 인도주의자이며 투쟁적인 문필가 세템브리니는 카스토르프에게 몽유병자처럼 지내는 《마의 산》의 환경에서 벗어날 것을 경고했다.

> 오직 평지에서 당신은 유럽인이 될 수 있고, 당신의 방법으로 고통과 싸울 수 있으며, 발전을 촉구할 수 있고, 시간을 이용할 수 있습니다. (…) 자부심을 가지고 낯선 것에 자신을 잃지 마세요! 이 수렁을, 이 마녀의 섬을 피하세요. 오디세우스가 아니라 당신은 그곳에서 벌을 받지 않고 충분히 살 수 있어요.[41]

그러나 정신적 회복의 길에는 많은 위험이 도사리고 있다. 작가 아셴바흐의 죽음처럼 카스토르프는 죽음과 같은 위험까지도 감수해야 했다. 1914년에 일어난 세계 전쟁은 카스토르프와 다른 젊은 게으름뱅이들을 비현실적이고 마술에 걸린 것과 같은 고지의 세계에서 평지로 몰아냈다. 카스토르프는 현실 세계로 돌아와 전쟁에 참여하지만, 그것은 아셴바흐처럼 그의 죽음을 의미했다. 비록 카스토르프가 비현실적인 《마의 산》의 환경에서 유럽의 종교, 정치, 학문, 예술, 미신과 같은 구시대의 유물들을 접하게 되지만 보다 높은 차원의 모든 정신적 건강은 병, 유혹 그리고 죽음과의 접촉에서 생긴다는 것을 인지했다. 이러한 지식을 내면화한 사람만이 새로운 인간성, 즉 인간의 신비 앞에서 경외심으로 이끄는 길을 발견한다는 것이다.[42]

여기에는 인도주의적 성격을 강조하는 토마스 만의 윤리적 기본 입장이 잘 드러나 있다. 만이 〈나의 시대〉에서 "나는 오로지 휴머니티를 지키는 일만 할 것입니다"[43]라고 강조했듯이 그는 이 휴머니티를 향해 가는 정신적 회복의 길이야말로 독일과 유럽의 병든 사회를 치유하는 길로 보았다. 그러한 연유로 이 작품은 정신적 모험 소설, 현대판 《빌헬름 마이스터》라 할 수 있다.[44]

《마의 산》에서는 대립 관계가 균형과 종합을 이루기 위해 근본적으로 검토되고 있다. 한스 카스토르프는 음악을 통한 디오니소스적인 체험을 통해 마침내 새로운 삶으로 발전하게 된다. 이때 음악은 《부덴브로크 가》의 하노의 경우와는 달리 요양소 생활로 상징되는 유럽 시민의 데카당스를 고발하는 역설적인 작용을 한다. 그는 죽음과의 친근감을 높은 인류애로 극복하고 새로운 휴머니스트로서 재출발하게 되는 데에서 큰 의미를 보여 주고 있다. 이 작품을 기점으로 토마스 만의 문학에는 새로운 경지가 전개되는 것을 볼 수 있다.

토마스 만은 자기 부정과 갈등의 초기 창작 시기를 지나 이제 죽음에 지배되는 무력한 고립에서 벗어나 니체적인 생의 긍정이라는 이념으로 돌아와 궁극적으로는 생에 참여하게 되는 작품을 썼다. 토마스 만은 인간을 전 작품에서 문학적 주제의 근간을 이루고 있는 대립 구조 속의 갈등적 존재로 보았다. 그러나 그는 삶이 어떤 갈등적인 것보다 우위이고, 사랑만이 죽음을 극복할 수 있으며, 희생을 통해서만이 인간은 구원을 받을 수 있고 참여 없이 세계 개선은 이뤄지지 않는다는 진리를 설파하고 있다. 토마스 만은 이 같은 문학적 이상을 그의 소설《파우스트 박사》에서 인문주의의 성숙된 경지에서 구현했다.

# 파우스트 전설의 새 해석

토마스 만은 《파우스트 박사》(1947)를 제2차 세계대전이 거의 막바지에 접어든 시점인 1943년 5월 23일에 집필하기 시작했다. 부제가 말해 주고 있듯이 이 작품의 주인공인 작곡가 아드리안 레버퀸의 생애는 그의 친구이며 프라이자흐의 고등학교 교수인 제레누스 차이트블롬 박사에 의해 전기 형식으로 기술되었다. 차이트블롬은 아드리안 레버퀸이 1940년에 죽은 후 전쟁이 한창이었던 1943년에 작곡가가 남겨 놓은 일기장과 작곡 소품들을 이용해 프라이자흐에서 집필을 시작한다. 따라서 극중 인물인 차이트블롬이 레버퀸 전기를 쓴 시기는 토마스 만이 《파우스트 박사》를 집필한 시기와 일치한다. 토마스 만이 실제로 자신의 음악 소설 《파우스트 박사》를 전쟁이 끝난 2년 후인 1947년에 발행하지만 차이트블롬은 이 전기를 독일이 패망한 해에 끝낸다.

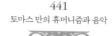

이 소설에서 주인공인 아드리안 레버퀸이 작가가 아닌 독일의 현대 음악가라는 것이 중요한 의미를 지닌다. 또한 전설상의 인물인 파우스트 박사는 독일 음악가 레버퀸으로 등장해 현재로 옮겨진다. 1943년과 1945년 사이에 이야기되는 이 음악가의 생애는 나치 정권에 의해 야기된 세계 전쟁의 비극적인 역사와의 관계에서 전개된다.

여기서 음악과 파우스트 인물의 상징적 의미와 독일 및 독일인 본질과의 관계가 주테마로 나타난다. 즉 한 음악가의 개인적 운명이 초개인적·역사적·정치적 발전과 비유적으로 전개되면서 독일적 본성의 문제, 특히 세계에 대한 독일인의 관계와 20세기 독일의 역사적 상황이 연관되어 있다는 것이다. 따라서 《파우스트 박사》는 한 음악가의 허구적인 전기 이상이며, 예술뿐만 아니라 정신적·정치적·사회적 발전의 위기 내지 종말에 처해 있는 그 당시 독일의 상황에 대한 표현이라 할 수 있다.

1945년에 미국에서 했던 연설 《독일과 독일 사람들Deutschland und die Deutschen》은 토마스 만이 독일인의 성향과 독일 역사를 음악의 관점에서 관찰했다는 사실에서 중요하다. 여기서 만은 독일인의 특징을 음악과의 내면적 결합에서 관찰하고, 음악에 대한 독일인의 은밀한 관계를 심리학적 의미에서 인식함으로써 음악과 정치적·사회적 상황 사이의 상호 작용을 말하고 있다. 예를 들어, 19세기에도 여전히 영국이나 프랑스의 역사보다 뒤처진 독일의 경제적·정치적 발전은 많은 독일 사람들로 하여금 음악에 지대한 관심과 열정을 갖게 했다. 이 결과로 서양에서 가장 심오하고 의미 있는 음악적 업적을 남길 수 있었다.

루터, 글루크, 베토벤, 모차르트, 더 나아가 바그너, 쇤베르크의 음악은 독일 문화에 음악적 내면성이라는 특징을 부여했으며, 이것은 토마스 만의 위대한 주제가 되기도 했다. 즉 만은 독일인의 가장 깊은

본성을 '내면성'이라고 생각했고, 음악은 인간의 순수 정신과 영혼에 호소하는 모든 예술 중에서 가장 '내면적인 예술'이기 때문에 역사적으로 음악을 통해 큰 업적을 남긴 독일인들의 내면성은 가장 '음악적'이라는 것이다.

만은 독일인들의 음악성을 오직 예술적 표현으로만 보는 좁은 의미에서의 음악이 아니라 정치적 영역이나 인간의 공동생활 영역과 같은 다른 영역에서 크게 작용하는 넓은 의미에서 이해했다. 예를 들면, 음악적인 신학자 마르틴 루터는 종교 개혁 시대에 음악으로 독일 역사의 진행에 지대한 영향을 주었다는 의미에서 이해하는 것과 같다.

루터는 심하게 억압된 농부들이 자유를 위해 1525년에 일으켰던 투쟁과 봉기를 반대하고 비판했다. 이로써 루터는 농민 봉기가 승리했을 경우에 가능했던 자유를 위한 독일 역사의 발전에 악영향을 끼쳤다. 그래서 만은 역사 발전에 부정적으로 작용하는 루터의 음악적 내면성을 루터의 악마라 불렀다. 루터의 악마와 파우스트의 악마는 토마스 만에게 매우 독일적인 모습으로 나타났으며, 특히 메피스토와 파우스트의 동맹은 독일인의 고유한 본질에 근접한 것이라고 했다. 만은 이것을 유감스럽게 생각했고, 중세의 파우스트 전설과 괴테 파우스트 문학의 결점을 파우스트를 음악과 연관시키지 않은 데서 보았다. 그 이유를 만은 그의 연설문《독일과 독일 사람들》에서 이렇게 말했다.

파우스트는 음악적이어야만 했으며, 음악가여야만 했습니다. 음악은 악마의 영역입니다. (…) 파우스트가 독일 혼의 대표자여야 한다면 그는 음악적이어야만 합니다. 왜냐하면 세상에 대한 독일인의 관계는 추상적이고 신비적, 즉 음악적이기 때문입니다.[45]

만은 이 연설문에서 세상과의 관계로 본 독일인의 내면성이 지나치게 추상적이고 신비적, 즉 음악적임을 강조했다. 독일인의 음악적 내면성은 형이상학적이고 관념적인 독일 철학의 발전에 기여했으나 동시에 정치적 후진성과 세계 정세에 대한 인식의 지각성을 면치 못했다. 예를 들어, 프랑스인들은 혁명을 일으키고, 독일인들은 그 혁명을 관념적으로 정리하고 철학적으로 규명했다. 도처에서 인류가 사회적 성숙의 더 높은 단계를 추구하기 위해 경제적 민주주의를 향해 달려가는 동안 만은 히틀러 시대에서 뒤늦은 권력 및 정복의 계획을 보았다. 그래서 그는 이 연설에서 독일인의 음악적 내면성에 기인하는 후진성과 지각성에 대해 이렇게 정의했다.

그러나 독일인들은 언제나 너무 늦게 도착합니다. 그들은 언제나 모든 예술 가운데 마지막 예술인 음악처럼 더딥니다. 음악은 가장 뒤늦게 세계 정세를, 그것이 이미 지나간 것으로 파악되었을 때에야 비로소 표현하는 예술인 것입니다. 또한 독일인은 그들이 가장 아끼는 이 예술처럼 추상적이고 신비적입니다. 그것도 위험하리만치 추상적이고 신비적입니다.[46]

특히 낭만주의 시대에 음악이 아름다운 영혼의 내면 세계를 충족시켰듯이 토마스 만은 독일적 본질의 음악성이 낭만주의에서 잘 나타난다고 생각했다. 그래서 독일인들의 음악적 내면성에서 음악의 황홀경에 빠져드는 낭만적인 경향을 파악했다. 그리고 그는 독일 민족의 본질을 계몽주의의 철학적 주지주의와 합리주의에 대한 낭만적 반대 혁명의 민족, 문학에 대한 음악적 봉기의 민족, 명료함에 대한 신비주의의 민족[47]이라고 결론을 내렸다.

계몽주의에 대한 낭만주의의 반대 혁명, 문학에 대한 음악의 봉기, 명료함에 대한 신비주의의 봉기와 같은 독일 민족의 특징을 나타내는 성향을 토마스 만은 이미 그의 《비정치인의 관찰Betrachtungen eines Unpolitischen》(1916)에서 설명하고 있다. 여기서 만은 루터에 의해 음악성과 신앙심이 불가분한 공존 형태로 독일인의 본질에 남아 있게 되었다는 것과, 루터의 종교적·음악적 활동 이후로 독일 음악은 바흐부터 막스 레거[48]에 이르기까지 신교도 윤리의 울리는 표현일 뿐만 아니라 독일 생활 자체의 모사이고 예술적·정신적 반영이었다[49]는 것을 말하고 있다. 루터의 역할에 대한 만의 인식은 그가 음악의 의미를 현재의 독일 상황에 이르기까지 독일 시민 계급의 사회적·정치적 발전의 동반 현상으로서 인식하려 했음을 알려준다.

이 책의 서문에서 만은 바그너의 《명가수》에 대한 니체의 유고에서 나온 생각과 관련하여 합리적이고 진보적인 프랑스적인 것과 추상적이고 신비적인 독일적인 것의 대립을, 나아가 음악과 정치, 독일적 본성과 문명의 대립[50]을 지적했다. 그는 리하르트 바그너의 말을 인용했다.

> 음악 앞에서 문명은 햇빛 앞의 안개처럼 사라진다.[51]

이는 바그너 음악에 대한 니체의 비판적 이론에 근거해 음악의 디오니소스적인 것이 문명의 아폴로적인 것을 지배하고, 마취제처럼 독일 사람들의 건전한 이성을 마비시키는 도취적인 위험 요소로 작용하는 것에 대한 만의 경고이다. 만은 바그너와는 반대로 주장했다.

어느 날 음악이 음악의 편에서, 문명과 민주주의 앞에서 햇빛 앞의 안

개처럼 사라질 수도 있을 것이라는 사실을 바그너는 전혀 생각하지 않았다.[52]

이로써 만은 민주주의를 향한 음악의 발전에는 결정적인 가치가 있다는 것을 주장하고 있다. 그렇지만 그는 정치적 목적을 위한 음악의 발전을 비판적으로 위험하게 보았다. 만은 이 생각을 이미 그의 《마의 산》에서 세템브리니의 말을 통해 밝힌 바 있다.[53] 말하자면 제1차 세계 대전의 경험으로, 특히 나치의 인종 말살과 같은 잔인한 행위를 통해 토마스 만은 이 같은 결론에 도달했다. 음악적 내면성에 의해 음악의 황홀경에 빠져드는 독일 민족의 성향은 나치의 권력 장악을 위해 그리고 나치에 의한 전쟁의 선동에 이용되었다는 것이다. 토마스 만은 당연히 도취적인 흥분에 대한 독일 시민의 매우 큰 감수성을 인식하고, 이 감수성은 결국 독일 시민의 음악적 내면성과 결합될 수밖에 없다고 생각했다. 만에게 비극적인 것은 독일 시민들이 나치 정권하에서 이런 관계를 전혀 인식할 수 없었다는 사실이다.

게다가 이미 제1차 세계대전이 일어났던 1914년처럼, 이번에도 독일인들에게 20세기는 독일인의 것이며 세계는 독일의 영향하에서, 말하자면 군국주의적 사회주의 영향하에서 개혁되어야 한다는 생각이 은연중에 불어넣어졌다. 토마스 만에게는 음악적·내면적·낭만적 도취와 호전적 성향의 합슴이 1914년보다 더욱 숙명적으로, 훨씬 더 위험하게 나타났다. 이런 이유에서 그는 독일의 붕괴를 겪었던 망명지에서, 독일 역사에서 증명할 수 있는 음악적인 것과 정치적인 것 사이의 긴밀한 관계에 대한 그의 견해에 맞게, 독일 최대의 참사를 하나의 소설로 예술적으로 구성하도록 고무되었다.

좀 더 구체적으로 말해, 토마스 만은 도취 상태에서 창작하는 한 예

술가의 발전 과정을 독일 역사의 정치적 발전과 가장 명확하게 연결하면서 독일의 멸망을 일으키게 하는 끊임없는 역사의 진행을 투명하게 묘사했다. 그뿐만 아니라 나치의 권력자들에 의해 그의 민족에게 강요된 운명을 가장 빨리 올바르게 평가했다. 이로써 한 음악가의 운명에서 독일 민족의 운명이 상징적으로 모든 독자들의 눈앞에 분명하게 나타날 수 있게 되었다. 즉 음악가의 운명이 파시즘의 지배하에서 독일의 비극과 함께 붕괴할 수밖에 없다는 이 소설의 결론은 작가로서 토마스 만의 대단한 용기였으며 동시에 음악과 정치 사이의 관계에 대한 작가의 전형적인 생각이었다.

독일 민족의 내면성은 음악적이고, 음악은 악마의 영역에 속하기 때문에 독일 민족의 내면에는 비합리적이고 악마적인 힘이 있다. 그래서 이러한 내면성이야말로 독일 민족의 가장 큰 위험이라고 토마스 만은 말하고 있다. 그는 그 예로 당시 독일의 국가 사회주의, 즉 나치를 들고 있다. 또한 음악가 레버퀸의 몰락 과정을 통해 음악의 운명을 예술 자체의, 예술 전반의 위기에 대한 본보기로 취급하며 동시에 문화적 위기의식을 문제삼은 것이 분명했다. 그렇기 때문에 이 소설에서 음악은 철두철미하게 비판적인 우리 시대의 예술과 문화, 인간과 정신의 정황을 표현하기 위한 수단이었다.

음악에 중독되어 극도로 자제력을 상실한 레버퀸은 성병으로 인한 정신적 고통, 억제할 수 없는 창작의 열정, 그에게 출구 없이 닥쳐오는 문화 위기의 어려움에서 탈출하기 위해 악마와 계약을 맺음으로써 르네상스 시대의 민중본과 괴테의 파우스트 소재를 불러들인다.[54] 피로써 서명한 계약의 힘으로 세계를 얻으려 한 레버퀸은 독일 민족을 도취와 허탈로 끌어들인 나치의 병적인 파시즘을 형상화하는 이상적인 예술가 유형이다.

만은 이 이상형을 모범으로 삼고, 실제 체험한 자신의 운명과 연결함으로써 소설에 대한 작업을 완성할 수 있었다. 주인공 레버퀸은 독일의 역사를 상징하며, 우리에게 파우스트나 니체의 흔적을 암시한다. 특히 니체의 비극적 운명에서 레버퀸의 비극과 연루된 최선의 모범을 찾을 수 있었다. 그래서 토마스 만은 "이 소설에 너무나 많은 니체적인 것이 있어서 사람들은 그 소설을 니체-소설이라고 부르기도 했다"[55]고 말했다.

구제할 수 없을 정도로 자제력을 상실한 예술가 기질을 본보기로 삼고 있는 작품 《파우스트 박사》에 대한 생각은 이미 1901년으로 거슬러 올라간다. 만은 이미 그때 파우스트 박사의 세 줄의 계획에 대해 말했다. 그러나 그는 42년이 지난 후 1943년에 《파우스트 박사》를 집필하기 시작해 1947년 1월에 완성했다.

주인공인 아드리안 레버퀸은 1885년에 바이센펠스 지방에 있는 한 농부의 아들로 태어났다. 그는 아버지에게서 사변적인 성향과 편두통을, 어머니로부터는 내면적인 음악성을 물려받았다. 그는 어린 학생 시절부터 친구였던 제레누스 차이트블롬의 이름을 부르지 못할 정도로 내성적 성격을 가지고 있었다. 그러나 교만하고 조소적인 웃음은 아드리안의 특징이었다. 이 웃음은 그가 남보다 일찍이 어떤 일을 파악하고 난 후에 자신의 우월함을 나타낼 때 생겼다.

그는 쉽게 배우는 재능과 지성을 가진 학생이었다. 그래서 카이저자혜른에 사는 바이올린 제작자이며, 악기점 주인인 그의 아저씨 집에서 고등학교를 다녔다. 고등학교를 무사히 졸업한 후 그는 음악에 대한 관심이 커졌다. 그를 음악으로 이끈 것은 음악의 수학적 엄격성과 신비로운 다의성이었다. 그의 친구 차이트블롬은 아드리안에게서 싹트는 음악에 대한 열정을 예감했다. 아드리안은 오르간 연주자 벤델 크레츠시마르에게서 일주일에 두 번씩 피아노 교습을 받았다. 한 편의 오페라를 작곡했던 재능이 있는 음악가는 공개적인 음악 강연을 통해 아드리안과 차이트블롬에게 큰 감명을 주기도 했다. 그리고 아드리안에게 몇 개의 피아노 악곡을 관현악곡으로 편곡하게 하는 등 특별 과제와 개인 지도를 통해 그의 음악 이론 지식과 연주 능력을 향상시켰다. 그래서 아드리안은 비교적 짧은 시간에 총보들까지도 읽을 수 있게 되었다.

이 시기에 아드리안의 편두통이 더 심해지면서, 신경질적인 예민함이 더해 갔다. 우선 그는 할레에서 2년간 신학 공부를 시작했지만 순수한 신앙은 없었다. 아드리안에게는 음악이 운명이기 때문에 그는 곧 이 공부를 중단하고 음악으로 전향했다. 그는 결국 1905년 겨울 학기에 라이프치히로 건너가 오로지 철학과, 특히 음악에만 전념할 결심을 했다. 또한 할레에서 아드리안은 '빈프리트' 기독학생회 모임에 자주 참석했으나 동료들과 터놓고 지내지 못하는 고립된 존재였다.

말하자면 회합이 열리기 전, 사람들이 모임의 구성원들이 모두 나타나기를 기다리는 동안 그가 들어오는 모습은 아주 특이했다. 황급히 인사를 하고, 때로는 외투도 벗지 않은 채 심각하게 일그러진 표정으로 그가 이곳으로 온 유일한 목표라도 되는 듯이 곧바로 피아노로 다가앉아서는 세차게 건반을 두드리곤 했다. (…) 그런데 피아노로 달려드는 이런 행동에는 휴식이나 피난처에 대한 욕구 같은 것이 있었다. 마치 그 방을 채운 사람들이 그를 성가시게 하기라도 하듯이, 그가 빠져들어가 있는 얼떨떨한 외지로부터의 피난처를 (그곳에서, 다시 말해 자기 자신에게서) 찾기라도 하듯이.[56]

아드리안의 교만하고 냉소적인 웃음에의 충동, 자신에게서 찾는 피난처에 대한 욕구, 두통에서 생기는 구역질은 사회와의 내면적인 고립화나 세계에 대한 두려움으로 인해 심화되고, 우정과 사랑의 결핍에 대한 표현으로 나타났다. 아드리안의 고립은 그의 웃음이 보여 주듯이 스스로의 오만과 냉소에서 비롯된 것이다. 아드리안은 모든 사물들을 그들의 고유한 패러디적인 면에서 보고, 예술을 오직 패러디에만 사용하려는 나쁜 성향을 가졌다. 그는 옛날의 가정교사인 크레츠시마르에게 보내는 편지에서 반항하듯 다음과 같이 적었다.

어째서 거의 모든 것들이 저에게는 그것의 독특한 패러디로 보이는 것일까요? 어째서 거의 모든, 아니 모든 예술의 방법과 관습이 오늘날에는 오직 패러디에만 쓸모가 있는 것처럼 생각되는 것일까요?[57]

그 후 아드리안은 라이프치히에 있는 차이트블롬에게 보낸 편지에서 실제로 자신을 숨기기 위한 수단으로 패러디적인 것을 사용했다고 전했다. 아드리안은 현재로부터 도피하기 위해, 모든 다른 사람들과 자신의 차별 감정을 표시하기 위해, 그리고 자신을 숨기려는 욕구에서 고대풍의 표현법, 즉 일종의 종교 개혁 시대의 독일어를 패러디로 사용했다고 했다.

아드리안에게 패러디 표현법은 보호이며, 동시에 그렇지 않을 경우 너무 많은 것을 그의 내면으로부터 드러낼 수밖에 없는 두려움이기도 했다. 그래서 그의 지능적인 오만에는 그다운 냉정한 아이러니가 내포되어 있다. 아드리안의 고독을 감싸고 있는 냉소는 사회에 대한 일체의 기대나 관계를 끊고 오직 창작에만 전념하려는 작가적 오만에서 비롯된 냉정한 아이러니다. 그래서 그의 냉소에는 반시민적이라기보다는 비인간적인 것이 서려 있다고 할 수 있다. 오만, 냉소, 고독, 인식의 구역질, 특히 유머와 충만한 삶의 기쁨에서 나오는 진정한 웃음과는 거의 무관한 아드리안의 특징적인 냉소의 충동은 병의 징후들과 연관된, 쇠퇴하는 개인주의적인 예술가 기질의 특징들이다.

처음으로 음악을 위안의 도피처로 사용했던 요제프 베르크링어처럼 레버퀸도 음악으로 도피했다. 아드리안의 음악에 대한 욕구는 20세기에 나타난 사회적 모순들이 고조됨에 따라 더해 갔다. 신학 공부가 아드리안을 만족시키지 못하는 것도 그러한 이유에서였다.

아드리안은 음악 공부를 계속하기 위해 라이프치히에 도착했을 때 겪었던 심각한 경험을 차이트블롬에게 편지로 전했다. 몸에 뜨개옷을 걸치고 빨간 모자에다 황동 표지판을 들고 악마처럼 말을 하는 안내인이 그를 그가 묵으려 했던 여관이 아니라 유곽으로 안내했다. 매춘부들이 있는 한가운데서 아드리안은 본능적으로 피아노로 가서 몇 개의 화음을 쳤으며, 그런 후에는 놀라서 그곳에서 서둘러 달아났다. 이 장면은 니체의 실제 경험을 토마스 만이 자신의 소설에 삽입한 것이다.

아드리안은 그 사이에 라이프치히로 이주한 크레츠시마르의 지도 하에서 전적으로 음악 공부에 몰두했고, 특히 관현악 편곡 기법에서 빠른 발전을 보였다. 그는 이미 최초의 작품으로서 교향악적 환상곡 〈바다의 인광Meerleuchten〉을 창작했다. 차이트블롬은 이것을 다채롭고 뛰어난 관현악 솜씨의 걸작[58]이라고 칭찬했다.

1년 후 아드리안은 그가 처음 유곽을 방문했을 때 그를 팔로 애무했던 여자를 찾아갔다. 그녀가 프레스부르크에 있다는 것을 듣자마자 뒤쫓아 가서 만났다. 그녀가 성병에 걸린 사실을 알았음에도 그는 그녀와 함께 밤을 보냈다. 그리고 몇 주가 지난 후 그는 니체와 마찬가지로 성병에 걸렸다.

토마스 만은 자신의 예술적 의도에 맞게 병든 여자와 결합하려는 아드리안의 소망을 죽음을 초월해 거역할 수 없이 받아들이려는 창작 충동으로 설명했다. 이로써 생명에 위험한 병은 아드리안을 위대한 예술 작품의 창작을 위한 도취적인 상태에 몰입하게 했다. 그 결과 그에게 정상 상태에서는 결코 완성할 수 없는 예술적 업적들을 달성하게 하는 능력이 부여된 것이다. 이것은 이미 니체의 예에서 잘 알려져 있는 것으로, 니체는 병에 시달리면서《차라투스트라》의 제1부 세 장을 단 10일 동안에 완성하는 엄청난 과업을 성취한 것과 같다.

자신을 격려하는 병의 영향 아래서 점점 더 위대한 작품들을 만들도록 고무된 아드리안은 도취된 상태에서 많은 예술적 업적들을 남겼다. 레버퀸은 12~13세기의 서정시에 곡을 붙이고, 파울 베를렌과 윌리엄 블레이크의 시들을 작곡했다.[59] 그리고 13개의 브렌타노 시들에 곡을 붙인 뒤 쇤베르크의 12음 음악 이론을 발전시키는 능력을 보여 주기도 했다.

이러한 그의 능력은 자기 계획들을 실행하기 위해 정신을 자극하는 병을 이용했기에 자연에 어긋나는 것이고, 이 때문에 아드리안의 능력은 대가를 치르고 좋지 않은 결과로 끝날 것이 분명했다. 시대의 관찰자로서 차이트블룸은 레버퀸과 그의 병을 관련지어 독일의 멸망에 대해 예견했다. 즉 레버퀸처럼 독일 민족도 그의 병을 원했으며, 아마도 일시적인 승리가 이 병 덕분이고, 이 승리 때문에 후일에 그보다 더한 끔찍한 벌을 받아야 할 것이라는 것이다.

아드리안은 4년이 넘게 라이프치히에서 거주한 후 뮌헨으로 이주하고, 그곳에서 브레멘 상원 의원의 과부와 그녀의 두 딸들과 거주했다. 과부의 살롱에 손님들이 자주 모이곤 했기 때문에 아드리안은 고독에 대한 욕구에서 진정으로 자신을 숨길 수 있으며, 방해받지 않고 그의 삶과 운명에 대해 생각할 수 있는 곳을 동경했다.

그 후에 곧 아드리안은 이탈리아로 여행을 떠났다. 그곳에서 그는 셰익스피어의 희극에 대한 오페라 작업을 계속했다. 그는 어느 날 저녁 방에서 모차르트의 가극 《돈 주앙》에 관해 쓴 키에르케고르의 글을 읽고 있었다. 그때 그에게 엄습해 오는 섬뜩한 냉소 속에서 악마의 출현을 체험하게 된다. 악마는 병에 걸린 아드리안의 상태에 대해 언급했다.

사람들에게 아주 불쾌감을 주고 눈에 띄기를 꺼려 하는 은밀한 병은 세상과 평균적인 삶에 대해 어떤 비판적 대립을 만들고, 시민 질서에 아이러니로 반항하게 한다네. 그리고 병든 남자에게 자유로운 정신과 책과 사고에서 피난처를 찾게 한다네.[60]

악마는 감언이설로 매독을 일으키는 아궁이가 존재와 창작을 가능하게 한다고 말한다.

아궁이보다 태양이 더 뜨겁단 말이냐? (…) 자넨 지옥과 관계 맺지 않은 천재가 있다고 믿나? 천만에! 예술가는 범법자와 미치광이의 형제야. 범법자와 미치광이의 생태를 이해하지도 못하고 일찍이 그럴싸한 예술 작품이 만들어진 적이 있다고 생각하나? 병든 것처럼 보인다는 것은 무엇이고, 건강하다는 것은 무엇인가! 병적인 것 없이는 생명을 부지할 수 없어![61]

악마는 아드리안에게 창조적이고 탁월하고 독창적인 재능과 영감을 제공하고, 병은 그에게 위대한 작품들을 만들도록 자극했다. 그 대

신에 그의 영혼은 24년이 지난 후에 악마의 것이 되며, 그때까지 사랑을 해서는 안 된다는 계약 조건을 제시받게 된다.

사랑이라는 게 온기를 지닌 이상 자넨 사랑을 해선 안 되네. 자네의 삶은 차가워야 하지. 그 때문에 자넨 어떤 사람도 사랑해선 안 되네.[62]

마음에 걸렸지만 아드리안은 이 조건을 받아들인다. 그러나 단순히 예술에의 도취와 예술적 창조를 위한 사랑의 포기는 곧 인간관계의 포기였다. 그래서 악마의 요구는 음악가 아드리안의 비인간화와 음악 예술에 내재하는 비합리적·반문화적 총괄 개념임을 스스로 드러낸 것이다.

그는 이탈리아에서 돌아오자 곧 발즈후트 근처의 파이퍼링에 거처를 정하고 19년 동안 은둔 생활을 했다. 차이트블롬은 아드리안과 가까이 있기 위해 프라이자흐에 있는 한 김나지움에 일자리를 얻었다. 이 시기에 아드리안은 영어로 된 가요와 노래에 전념해 블레이크와 키이츠의 몇몇 시들과[63] 독일 시인 클롭슈토크의 유명한 송가 〈봄의 축제Frühlingsfeier〉를 작곡했다. 그리고 한 편의 오페라, 1악장으로 된 심포니 〈우주의 기적Die Wunder des Alls〉, 〈드라마적 그로테스크의 조곡Suite dramatischer Grotesken〉이 교황 그레고리우스에 대한 인형 오페라와 함께 탄생했다.

차이트블롬은 아드리안의 작품들에서 시민 문화의 침체 상태에 대한 악마 같은 냉소를 인식했다. 그의 조소적인 경멸은 인간애의 모든 목소리들이 침묵하고 오직 허무주의만이 지배하는 사회에 대한 믿음을 상실한 것에 대한 표시였다.

1914년 제1차 세계대전의 발발 이후로 반휴머니즘의 새로운 세계

가 점점 더 심하게 나타났다. 이 소설에서 묘사된 사건들은 시민 계급의 해체와 그 시대의 일반적인 도덕적 혼란을 나타냈다. 예를 들어, 얼마나 심하게 시민 계급이 내면적으로 이미 파괴되었는지를 죽은 상원 의원 로데의 딸들의 운명이 보여 준다.

로데의 둘째딸 클라리사는 유명한 여배우가 되고 싶었지만 배우로서의 재능을 가지고 있지 않았다. 그래서 그녀는 시민 생활로 돌아가고 싶은 생각에서 엘사스 출신의 사업가 아들과 약혼했다. 그러나 불행한 결혼에 절망했고, 결국 파이퍼링으로 이사한 그녀의 어머니를 방문하는 동안 청산가리를 마시고 자살한다. 그녀는 삶의 근거를 박탈당하고 정신적인 것, 예술적인 것에 정진하는 도시 귀족으로서 실제로 자살한 토마스 만의 누이동생 클라라 만과 유사한 운명을 가졌다. 토마스 만은 그녀의 충격적인 운명을 여기에 묘사하고, 이로써 그의 누이에게 한 기념비를 세워 주었다.[64]

부드럽고 영적으로 허약한 모습의 클라리사의 언니 이네스도 민감하고 신경질적인 인스티토리스 박사와 결혼해 행복을 찾았다고 믿었다. 그러나 변화하는 시대가 그녀의 현실을 허용하지 않았다. 그녀의 집은 수년간 소멸해 가는 시간 속에서 이어져 가는 독일 문화, 시민 계급 가정의 전형이었다. 이네스는 오직 보호받으려는 욕구와 삶의 두려움에서 인스티토리스 박사와 결혼했다.

애정이 없는 부부 사이에서 태어난 그녀의 아이들은 음지의 식물들이며 사치스럽고 내면적으로 깨지기 쉬운 존재들이었다. 이네스는 그녀의 아이들을 사랑하지 않았다. 그녀는 애정 없는 부부 관계에서 깨어난 자신의 성욕을 만족시키기 위해 아드리안의 친구인 바이올린 연주자 슈베르트페거와 간통했고 양심의 가책을 느끼며 살았다. 그러나 그녀의 정부 슈베르트페거는 아드리안이 사랑하는 여인과 약혼하고,

연주가 끝난 후에 뮌헨을 떠날 생각이었다. 이네스는 정부에게 버림받은 후 모르핀에 중독된 여자 친구들의 모임에 들어갔고 결국 슈베르트페거를 시내의 전차에서 사살했다.

차이트블롬이 1945년에 시민 사회에서 일어나는 종말의 현상들을 묘사할 때 소설 인물들의 운명은 비극적으로 묘사되었고, 그 비극적 운명은 국가의 붕괴와 비유적으로 일치했다. 아드리안의 병의 결과도 예외는 아니다. 아드리안은 자주 구토했으며, 미칠 것 같은 두통, 심한 피로와 감광도에 시달렸다. 차이트블롬은 아드리안의 쇠약해 가는 건강을 커져 가는 조국의 불행과 상징적으로 연관시켰다.

병의 위기가 심각하게 발전할수록 아드리안은 창조적 영감으로 매우 긴장된 상태에서 거의 숨쉴 틈도 없이 빠른 속도로 창작의 놀라운 힘을 발휘했다. 훌륭한 작품을 만드는 천재적인 창조력은 병으로 인해 발전한 것처럼 보였다. 다가오는 종말이 묘사된 여러 가지 기독교 저서들에 의해 그리고 묵시록에 대한 알브레히트 뒤러(1471~1528)의 목판화 시리즈에 자극되어, 아드리안은 단지 6개월이라는 놀라울 정도로 짧은 시간에 오라토리오 〈묵시록〉을 작곡했다.

귀여운 여자 패션 디자이너 마리 고데아우에 대한 레버퀸의 사랑은 그의 고독과 우울증을 더욱 심화시켰다. 그는 병에 걸린 뒤로는 여자 없이 살아 왔으나 그녀를 알게 되자 결혼을 통해 한 번만이라도 이 세상에서 행복해지고 싶은 소원을 가졌다. 그래서 그녀와의 결혼을 결심했다. 그러나 그는 실제로 그렇게 할 수 없었다. 오히려 자신의 청혼을 대신 해 줄 것을 부탁한 그의 친구이자 이네스의 옛 애인이었던 슈베르트페거는 마리를 사랑하게 되었고, 그녀와 함께 뮌헨으로 도주하려 했다.

마리의 거절, 친구의 배신과 죽음으로 아드리안은 친구와 애인을 동시에 잃고 깊은 고독과 절망에 빠졌다. 아드리안은 이 경험으로 더는 작곡할 수 없다고 생각했다. 그는 차이트블롬에게 보낸 편지에 "지옥이 나를 불쌍히 여겨 주길, 내 가련한 영혼을 위해 기도해 주오"라고 자신의 심정을 밝히고 있다. 이는 창작도 끝나 가고 운명에도 종말이 오고 있음을 예견케 한다.

심한 편두통 발작과 병 때문에 발생한 여러 상황들이 그를 더욱 괴롭혔다. 게다가 또 다른 견딜 수 없는 슬픔이 그에게 닥쳐왔다. 어느 날 아드리안의 다섯 살 난 조카 네포무크가 반년 동안 머물 예정으로 시바이게슈틸의 저택에 왔다. 어린 네포무크는 요정의 왕자처럼 사랑스러운 모습이었다. 아드리안은 이 아이에게서 깊은 애정을 느끼고, 외로웠던 날들의 행복을 보았다.

그러나 네포무크는 뇌막염에 걸려 죽고 만다. 그는 지상에서 아드리안의 마지막 사랑이었다. 결국 아드리안은 큰 충격과 슬픔에 빠졌고, 악마를 저주했다. 결국 아드리안의 인간애에 대한 믿음은 박탈당했고, 그는 세상의 사랑과 선에 대한 희망을 잘못 평가했다고 생각하게 되었다. 조카의 죽음으로 겪은 고통을 결코 극복할 수 없었기 때문이다.

그러나 1927년 봄 아드리안의 상태는 좋아지고, 그는 다시 많은 실내악 작품들을 작곡했다. 같은 해에 그는 가장 위대한 마지막 작품이 된 교향악적 교성곡 〈파우스트 박사의 비탄Doctor Fausti Weheklage〉의 초고를 작성했다. 이는 1929년과 1930년 사이 약 9개월에 걸쳐 완성되었다. 12음 기법으로 창작된 이 교성곡은 구제할 수 없는 영겁의 벌을 받은 자의 절망과 탄식의 거대한 작품이다. 또한 이 교성곡은 마지막까지 어떤 후일의 기약도, 화해도, 변용도 허용하지 않고, 다만 지옥의 조소와 승리의 소름끼치는 웃음이 뒤섞인 절망과 허무주의의 작품이다. 그래서 이 교성곡은 환호의 변주곡들인 제9번 교향곡 《합창》의 최종 악장 〈환희에 부쳐〉의 도치곡이라 할 수 있다.[65]

이 작품을 위해 아드리안은 파우스트 박사의 민중본의 자료를 이 합창곡의 기초로 적절히 이용했다. 즉 민중본의 장면에서 파우스트 박사는 친구들을 비텐베르크 근처의 림리히 마을로 초대한다. 그리고 다가오는 밤에 그를 데리고 갈 악마와의 결합을 그들에게 고백하고, 목 졸려 죽은 자신의 시체를 매장해 줄 것을 부탁한다.

1930년 5월 아드리안은 민중본의 파우스트 박사처럼 자신의 인생 고해인 새 작품을 연주하기 위해 친구들을 소집했다. 그는 모인 사람들 앞에서 특색 있는 종교 개혁 시대의 독일어로 환영사를 하고, 21세 때에 악마와 계약을 맺은 이후로 24년 동안 모든 것을 오직 악마의 도움으로 성취했노라고 알렸다. 그는 자신의 예술적 업적들이 프레스부르크의 매춘부를 의미하는 우유 마녀 덕분이라고, 다시 말해 자신의 성병 때문이라고 말했다.

아드리안이 드디어 연주를 시작했을 때 그의 입에서는 오직 탄식의 소리만 들을 수 있었으며, 그리고 그는 갑자기 바닥에 쓰러졌다.

> 우리는 눈물이 그의 뺨 위에서 흘러내려 건반 위로 떨어지는 것을 보았다. 그는 눈물에 젖은 건반을 격렬한 불협화음으로 두들기고 있었다. (…) 그는 피아노 위로 허리를 굽힌 채 마치 그가 그것을 끌어안으려는 듯이 팔을 펼쳤으나 갑자기 밀쳐진 듯이 의자 옆으로 떨어지면서 바닥에 쓰러지고 말았다.[66]

12시간 동안 의식을 잃은 후 그는 마침내 정신이 돌아왔지만 정신 착란에 빠졌다. 아드리안은 다시 부모의 집으로 돌아왔고, 그의 어머

니는 1940년 그가 죽을 때까지 10년 동안 그를 돌보았다. 이렇게 그의 시대는 지나갔다.

레버퀸의 음악적 운명과 독일 민족의 음악적 내면성, 나치 독재 정치 사이에는 획기적인 연관성이 있다. 나치 정권하에서 조국의 사정이 날로 암울한 방향으로 치달을수록 레버퀸의 고통도 더해 갔듯이 레버퀸의 생애는 소설의 진행 과정에서 점점 더 분명하게 나치의 열광으로 빠져드는 독일의 운명과 대비되었다.

토마스 만은 이 관계를 표현하기 위해 제3의 관찰자인 화자話者 제레누스 차이트블롬이 소설을 이중적 시간 영역에서 이야기하는 가능성을 사용했다. 다시 말해 과거 아드리안의 삶을 현재, 즉 나치 시대의 공포들과 교차시키는 가능성으로 이용한 것이다. 차이트블롬이 친구의 전기를 쓸 때 그 시대의 공포들은 그에게 충격을 주면서 이 책의 전반부에서 드물게 언급된다. 하지만 차이트블롬은 아드리안이 악마와 대화한 이후에는 더 자주 정치적 상황과 전쟁 상태에 대해 말했다. 그리고 후반부의 거의 모든 장들은 아드리안의 몰락과 함께 비틀거리는 나치 독일에 대한 간략한 보고로 채워졌다. 아드리안의 몰락과 더불어 독일의 몰락이 동시적으로 비유된 것이다.

아드리안이 1930년부터 1940년까지 정신착란 상태에서 보냈던 10년은 파시즘의 대두와 지배 그리고 멸망에 비유되는 시기였다. 또한 그 당시에 독일도 악마와 동맹을 맺었으며, 아드리안과 비슷한 정신착란에 처해 있었던 것처럼 보였다. 토마스 만은 강연《독일과 독일 사람들》에서 대부분의 독일인들이 너무나 쉽게 악마와 동맹을 맺고, 여러 해 동안 몽롱한 정신 상태에 있었다는 사실을 독일 사람의 '음악적' 본성과 연관해 관찰했다.

이 같은 심리학적 관찰 방법은 일반적인 경제적·사회적·정치적 관

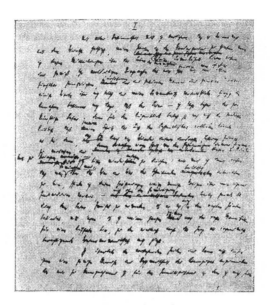

《파우스트 박사》 친필 원고

찰 방법을 능가하는 새로운 것이며, 의심의 여지없이 이 소설을 성공으로 이끈 작자의 업적이다. 물론 그 성공은 이 소설이 순수한 허구가 아니라 역사적 실제를 흡수해 허구로 변화된 현실을 다루고 있다는 것에 근거한다. 즉 정신이 몽롱한 상태에서 완성하는 레버퀸의 음악 작품과 도취 상태를 상기시키는 독일 국민의 정치적 무아경 사이에 있는 바로 그 관계의 신빙성에 근거하고 있다.

한 예술가의 전기에서 토마스 만은 악마와 계약을 맺는 파우스트 소재를 독일 문학에서 새롭게 구성했다. 민중본의 파우스트는 자연의 힘에 대한 인식과 미래의 학문에 열중하기 위해 악마와 동맹을 맺는데, 그것은 연금술사로서 마술사의 명성을 얻으려는 시도일지도 모른다. 파우스트의 학문적 노력에서 나타나는 진보적인 성향은 그 당시의 보수적인 교회에 무시할 수 없는 위험이었기 때문에 교회는 그를 악한이라고 불렀다.

전설적인 파우스트는 괴테에 의해 비로소 독일의 이상적인 인물이 되었다. 신의 창조적 신비에 도전해 가장 내면적인 세상의 근원에 대한 인식 욕구가 충족되지 않았기 때문에 괴테의 파우스트는 최후의 인식에 도달하기를 기대하면서 악마와 계약을 맺는다. 그럼에도 그의 노력은 실패했다. 삶의 종말에서 파우스트는 공동체에 대한 봉사에서 행복을 발견하게 되고, 이로써 이 작품은 독일의 인도주의와 시민 계급의 창조력을 가장 훌륭히 보여 주었다.

그러나 다른 한편으로 파우스트는 민족 영웅으로 변용되어 이데올로기적으로 이용되기도 했다. 오스발트 슈펭글러는 그의 저서 《서구의 몰락Untergang des Abendlandes》(1918)에서 서양을 파멸에 직면한 문화로 특징지었다. 나치는 파우스트를 게르만 민족의 위대성을 대표하는 인물로 예찬하면서 이데올로기적으로 이용했다. 그러나 이같이 이데올로기가 문학적으로 오용된 현상은 토마스 만의 장편소설 《파우스트 박사》가 발표된 이후로 정치와 문학에서 사라졌다.[67]

괴테의 파우스트와는 달리 토마스 만의 파우스트는 인간에 내재해 있는 무한한 인식 욕구 때문에 끊임없이 자유로운 창작과 도취의 영감을 얻으려는 충동에 시달리는 예술가인 것이다. 이러한 충동이 곧 악마의 개입을 가능하게 했다. 젊은 예술가인 아드리안은 이미 이 세상에 더 이상 어떤 믿음도 가지고 있지 않으며, 자신의 업적조차 믿지 않는다. 그는 여전히 부인하고 체념하는 낭만적 절망자들의 후예였다. 그의 패러디와 아이러니는 허무주의와 함께 그의 음악 작품들을 지배했다.

결국 아드리안은 어떤 낙관적인 전망도 없고 어떤 인도주의적인 사명도 이행하지 않는 부정적인 파우스트라고 할 수 있다. 게다가 그는 선과 고상함에 대한 믿음을 잃었다고 말하고 있다. 그의 파우스트적 생각은 다만 악마의 도움으로 인식에 이르기 위해 또한 위대한 작품을 완성하기 위해 악마와 동맹을 맺는 데 주저하지 않았을 뿐이라는 것이다. 그러나 아드리안은 자신의 허무주의에도 불구하고 그가 실제로 그렇게도 복구시키고 싶어 했던 문화의 몰락에 대해 괴로워했기 때문에 여전히 파우스트적이라고 할 수 있다.

그래서 토마스 만의 파우스트인 아드리안 레버퀸은 니체가 그랬듯이 시민 문화의 데카당스와 맞서 싸워야 했다. 음악에서 시민적 데카당스의 가장 특징적인 형태를 보았던 니체는 데카당스로부터 도피하기 위해 더욱더 왕성한 디오니소스적 도취 상태로 싸웠다. 하지만 데카당스에 대한 대안을 적절하게 제시하지 못한 채 데카당스의 발전을 더욱더 촉진시켰다. 니체와 마찬가지로 아드리안 레버퀸도 악마와 병의 힘에 의존해 시민적 데카당스와 싸웠으나 파시즘의 발전만 도왔을 뿐이다. 니체도, 아드리안도 현실화시킬 수 있는 유용하고도 새로운 세계의 이상을 알리지 못했기 때문에 그들은 지금까지의 모든 가치들을 파괴한 후 파멸될 수밖에 없었다.

이때 아드리안의 음악은 본능의 강조로 주관적 형식을 가지게 되었고, 패러디, 조소, 아이러니, 허무주의가 그의 음악 형식을 특징짓는 요소가 되었다. 이 요소들은 레버퀸의 음악을 전체적인 음악적 전통과 단절시키는 역할을 했다. 다시 말해 그의 음악은 쇤베르크에 의해 창시된 12음 기법에 의해 본능이 강조된, 극도로 간결하게 작곡된 주관적 예술이라는 것이다. 오케스트라는 고독 속에서 점점 더 심해지는 고통, 절망, 끝없는 증오를 외치고 싶은 수많은 시민 예술가들의 욕구와 음악적 감정을 상승시키기에는 충분하지 않았다. 이런 의미에서 토마스 만은 아드리안에게 현대적 12음 기법을 이용해 작곡하도록 했다.

쇤베르크는 서양 음악의 전통을 부정하는 급진적인 혁명가였다. 그는 무조 음악의 작곡 양식으로 조성을 붕괴시키고, 이 방법에서 생기는 매우 복잡한 법칙들에 근거하는 12음 음악 체계를 통해 정리했다. 이 체계에서 선율들은 더 이상 겹치지 않는다. 카를 하임은 그의 학위 논문 《토마스 만과 음악Thomas Mann und die Musik》에서 무조 음악과 인간과의 관계에 대해 말했다.

음렬의 12음이 동등하게 다뤄지지 않으면 안 되는 무조 음악적 민주주의에서 근대 사회와 그의 존재적 어려움이 반영된다. 이 속에서 인간들은 서로 낯설어지고, 그들의 관계와 연속성은 상실된다.[68]

《파우스트 박사》에서 후기의 실내악 작품들과 2개의 성담곡이 보여 주고 있듯이 아드리안은 쇤베르크의 합리적인 계산에 근거하는 12음 기법과 결합하면서 개인적 음악 양식을 완성했다. 그러나 인류는 세상에 대한 두려움, 고독, 절망에 직면하면서 새로운 음악 이론 대신 사회적이고 인도적인 이상의 예술적 형성을 필요로 했다.

아드리안의 운명은 현존하는 사회와의 긴장으로 몰락한 악장 요제프 베르크링어의 운명과 같은 방법으로 계획되었다. 바켄로더, 슐레겔 형제, 티크, 노발리스, 호프만, 브렌타노, 쇼펜하우어, 바그너, 니체처럼 아드리안에게도 음악은 세상으로부터의 도피처이며 위안이었다.

그러나 음악에 대한 아드리안의 관계는 베르크링어보다 훨씬 더 절망적이고 신랄하며 무질서했다. 그와 주변 세계 사이의 긴장은 바켄로더 시대의 베르크링어와 사회 사이의 긴장보다 현저하게 더 커졌다. 물론 베르크링어가 이 긴장에 의해 몰락한 첫 번째 음악가였지만 그는 아드리안에 비해 음악에서 안정을 찾았으며, 비애에 찬 섬세한 감정은 음악에 몰두하려는 신비한 동경을 갖게 했다. 베르크링어의 모습은 아드리안이 아니라 오히려 하노에 더 가깝다고 말할 수 있다. 아드리안은 네포무크가 죽은 후 악마를 저주하고 공격적으로 되어 버린 베르크링어라고 말할 수 있다. 이것은 자신의 운명에 반항하는 일종의 프로메테우스적 모습이며, 이 같은 모습은 베르크링어에서는 생각할 수 없다.

고전학자이며 인문주의자인 제레누스 차이트블롬은 결코 레버퀸의 비극을 이야기하는 화자만은 아니며, 처음부터 토마스 만의 인도주의적 이상을 전달하는 역할의 인물이다. 차이트블롬은 자신을 독일 인도주의자들의 후예로 보고, 악마적인 것을 그의 세계관에서 배제하고 있다. 그러나 그는 아드리안의 악마와의 결탁을 염려하면서도 관찰만 하는 소극적인 태도로 무력함을 드러내며 독일 인문주의의 속성을 나타내고 있다. 그는 아드리안과는 달리 악마와 계약을 맺지 않았지만 무기력하게 악마의 마력으로 빠져드는 속수무책의 상태에 있는 독일 인도주의자들에 대한 비유이며 패러디이다.

《파우스트 박사》에서 차이트블롬의 언어는 친구의 비극적인 인생이나 모국의 불행을 이야기하는 수단일 뿐만 아니라 영적·정신적 실상을 직접 묘사하는 표현이었다. 차이트블롬은 아드리안의 인생에 대한 묘사에서 느끼는 독일의 비극적 운명에 대해 말했다.

오늘날 독일은 악마에게 휘감긴 채 한쪽 눈은 손으로 가리고 다른 한쪽 눈으로는 소름끼치는 곤경을 응시하면서 절망으로 고꾸라지고 있다. 어느 날에야 이 심연의 밑바닥에 다다를 수 있을까? 언제 이 최후의 소

망이 없는 곳에서 믿음을 능가하는 기적이, 희망의 빛이 떠오를 것인가? 한 고독한 남자는 두 손을 모으고 이렇게 말한다. 내 친구여, 내 조국이여, 그대들의 가련한 영혼에 하나님이 자비를 베푸소서![69]

차이트블롬의 기원은 독일적인 상황과 긴밀한 관계에 있지만 그것은 전 인류의 구원을 위한 토마스 만의 휴머니즘적 이념의 절정을 구체화시킨 것이다.

이 작품이 나온 지 2년 후에 토마스 만은 《파우스트 박사의 생성. 한 소설의 소설》을 출판했다. 그는 이 책에서 파우스트 박사를 논평했고 그 당시의 생활 환경과 정치적 상황, 그가 사용했거나 그를 자극했던 많은 자료들에 대해 언급했다.

즉 아도르노의 음악 철학, 도스토옙스키의 《카라마조프의 형제들 Die Brüder Karamayov》(1879~1890)에서 악마의 대화, 파우스트 박사의 민중본에 나오는 에피소드들 그리고 토마스 만이 이 작품에 수용한 니체와 아드리안 비극의 뒤얽힘 등 그가 개작하거나 인용한 수많은 자료들은 만에 의해 몽타주 기법[70]의 개념으로 처음 사용되었다는 것과 이 자료들이 가진 기능적 역할의 중요성이 강조되었다.

자료들은 모두가 문학적 변형과 형성을 거쳐 《파우스트 박사》의 사상적·분위기적 연관 속에서 완전한 통합을 이루었다. 이 작품에서 이야기는 관련이 없는 듯이 흐르는 것 같지만 여기에서 우연이란 없으며, 아무것도 홀로 존재하지 않는다. 모든 것은 전체 구성에서 동기적 기능을 발휘하여 전체의 의미와 형식을 완성한다. 그래서 이 소설은 세계 문학에서 정신적·형식적 완결성을 가지고 있는 몇 안 되는 작품 중 하나로 간주된다.[71]

토마스 만은 결코 정치적인 선구자이거나 체계적인 철학자는 아니

었다. 당시 그가 해결하고자 했던 유럽 정신 세계의 고뇌는 시간과 공간을 초월하는 범세계적인 것이었다. 그의 작품이 오늘날까지도 세계적 공감을 얻는 이유는 토마스 만이 가장 독일적이고 세계적인 문제를 고민한 작가이고, 그의 휴머니즘은 오늘날과 같은 혼돈의 세기에 우리의 길을 밝혀 주는 데 그 유례를 찾기 힘든 고귀하고 선구적인 것이기 때문이다.

Hermann Hesse

# 헤르만 헤세의 이상과
# 음악의 구원

# 헤세의 생애와 문학에 나타난 구원으로서의 음악

헤르만 헤세의 작품에서 우리의 이목을 끄는 것은 음악이 거의 모든 그의 작품에서 언급되고 있다는 것이다. 비록 토마스 만의 《파우스트 박사》에서처럼 음악이 작품의 주제로서 체계적으로 다뤄지고 있진 않다고 해도 헤세의 서정시, 산문, 장편 소설은 물론이고 서신, 논문, 비평에서도 그의 음악적 개념과 암시 그리고 생각들이 문학적 이념과 연관되어 표현되고 있다. 더욱이 놀라운 것은 상이한 창작 단계에서 변해 가는 문학적 이념과 음악관은 상호 보완적으로 점점 더 심오하고 명료하게 발전한다는 것이다.

헤세의 작품에는 화가 외에도 음악가들이 주인공으로 등장한다. 또한 역사 속의 수많은 음악가들과 음악 작품들이 인용되었고, 그가 선호했던 바이올린, 파이프 오르간, 플루트 같은 악기는 서정시의 소재가 되었다. 산문에서도 언어는 음악성을 보여 준다. 헤세에게서 낱말

과 생각의 원천은 음악적인 것에서 나온다. 그래서 헤세의 언어는 아주 명백한 음악적 악센트를 가지고 있다.[1]

그의 작품에서 간과할 수 없는 또하나의 사실은 그의 소설 주인공들이 헤세 자신의 삶과 깊은 연관 속에서 묘사되고 있어 소설들이 자서전적 특징을 가지고 있다는 것이다. 그래서 헤세의 문학과 음악의 관계는 그의 생애에 대한 관찰과 연계해서 설명하는 것이 중요하다.

헤르만 헤세(1877~1962).
독일의 소설가이자 시인, 화가로서 《유리알 유희》로 1946년 노벨 문학상을 받았다.

1877년 슈바벤의 뷔르텐베르크의 작은 도시 칼브에서 출생한 헤르만 헤세는 경건한 기독교 가문의 출신이다. 그의 부친 요하네스 헤세는 선교사였고, 어머니는 유명한 인도학자이며 언어 연구가이자 선교사인 헤르만 군데르트의 딸 마리 헤세였다. 헤세는 괴팅겐의 라틴어 학교에 다녔고, 튀빙겐 신학교에서 무료로 교육을 받는다는 조건으로 1891년에 국가시험에 합격했다. 몇 년 후 마울브론의 신학교에 들어갔으나 그는 시인이 되고 싶다[2]는 결심으로 몇 개월 후 그곳에서 도망쳤다.

경건한 그의 부모는 그를 마귀 쫓는 능력으로 이름난 바트볼에 있는 목사인 크리스토프 블룸하르트에게 보냈다. 헤세는 신경쇠약으로 자살을 기도했으나 실패했고 제텐에 있는 정신 요양원으로 보내졌다. 그는 그해 11월에 칸슈타트의 김나지움에 입학했으나 1893년 10월에 학업을 중단하고 1년여 동안을 서점과 시계 공장에서 일했다.

그 후 1895년에서 1898년까지 튀빙겐에 소재한 헤켄하우어 서점

마리아 베르누이(1868~1963).
프리랜서 사진작가로서 헤세의 첫 번째 부인이
다. 이들은 성격차이와 심리적 갈등으로 1919년
에 헤어졌다.

에서 점원으로 일하면서 헤세는 처음으로 정신적인 안정을 얻었다. 그래서 괴테를 탐독하고 낭만파 문학에 관심을 가지게 되었다. 1899년에 그의 첫 작품으로 《낭만의 노래Romantische Lieder》와 《한밤중의 한 시간Eine Stunde hinter Mitternacht》이 출간되었다.

그해 가을에는 스위스 바젤의 라이히 서점으로 자리를 옮겼다. 그는 1901년에 첫 번째 이탈리아 여행을 했고, 《헤르만 라우셔의 유작과 시Hinterlassene Schriften und Gedichte von Hermann Lauscher》를 라이히 서점에서 출판했다. 1902년에는 어머니에게 헌정하기 위해 《시집Gedichte》을 발간했으나 그 직전에 그녀는 사망했다.

헤세는 1903년부터 자유 문필가로 활동하기 시작했다. 그는 서점을 그만두고 떠난 두 번째 이탈리아 여행에서 그를 유명하게 만들었던 성공적인 소설 《페터 카멘친트Peter Camenzint》의 소재를 얻었다. 이 작품이 1904년에 휘셔 서점에서 출간된 후 그는 일약 신진 작가의 지위를 확보하면서 작가로서의 안정된 생활을 할 수 있게 되었다. 그해 8월에는 아홉 살이나 연상인 여류 사진사 마리아 베르누이와 결혼해 자유 작가로서 보덴 호湖 근처의 가이엔호펜에 정주했고, 그곳에서 세 아들 브루노, 하이너, 마르틴을 낳았다.

헤세는 1905년에 《페터 카멘친트》로 바우에른펠트상을 수상했고, 1906년에는 《수레바퀴 아래서Unterm Rad》를 출판해 호평을 받았다. 그는 1907년에 단편 소설집 《이편에서Dieseits》를 간행했고, 이때부터 1911년까지 월 2회 발행되는 월간 잡지 《3월März》의 공동 편집자가 되어 여기에 많은 작품을 발표했다. 1908년에는 단편집 《이웃 사람들Nachbarn》이, 1910년에는 장편 소설 《게르트루트Gertrud》가 발간되었다.

그는 1911년에 시집 《도상에서Unterwegs》를 발간한 후 베르누이와의 결혼 생활에 환멸을 느껴 화가 한스 슈투르트체네거와 함께 인도 여행을 떠났다. 여행 후 그는 베른으로 이사했고, 1914년에는 베르누이와 결혼 생활의 파경을 주제로 한 화가 소설 《로스할데Roβhalde》를 발간했다.

이해 7월에 제1차 세계대전이 일어나 입대를 자원했으나 근무 불가 판정을 받고, 그는 1914년부터 1919년까지 독일 전쟁 포로 복지 시설에서 일하면서 전쟁 종식과 민족 간 화해를 위해 전력했다. 1915년에 《크눌프 생애에서의 세 이야기Drei Geschichten aus dem Leben Knulps》와 시집 《고독한 자의 음악Musik des Einsamen》, 단편집 《길가에서Am Wege》, 1916년에는 《청춘은 아름다워라Schön ist die Jugend》를 발표했다.

헤세는 유년 시절부터 자연과 조화된 낭만적인 정서와 자유로운 방랑 생활을 동경해 선교사 가정의 경건한 생활과 교육에 적응하지 못하고 일찍부터 갈등을 겪었다. 헤세는 그의 누이 동생인 아델레에게 보내는 편지에서 그가 성장했던 세계를 이렇게 묘사했다.

우리의 청춘을 아름답게 만들고, 게다가 우리 후일의 삶을 유익하고

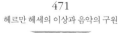

따뜻하고 다정하게 만들었던 모든 것이 할아버지와 부모로부터 환하게 비쳐 왔지. 할아버지의 선량한 지혜, 우리 어머니의 무한한 환상과 사랑의 힘, 우리 아버지의 세련된 고통 극복의 능력, 민감한 양심, 이것들이 우리를 길렀어.[3]

친가와 외가에 지배하고 있는 신교도의 경건한 분위기에서 성장하면서 헤세는 일찍이 음악의 영향을 받을 수 있었다. 일요일 아침에 종 옆에 있는 갤러리에서 악대들이 게르하르트 혹은 테르스테겐[4]과 요한 제바스티안 바흐의 찬송가를 연주했다. 그리고 피아노 옆 서가에는 질허[5]와 슈베르트의 찬송가집과 가요집, 성담곡의 피아노 발췌곡이 놓여 있는 음악적 분위기에서 헤세는 성장했다.[6]

그는 어머니의 무한한 환상과 음악에 대한 사랑을 물려받았다. 이미 어릴 적에 모차르트, 글루크, 하이든, 헨델, 바흐의 합창곡들을 알았기 때문에 실제로 그는 음악의 기본 법칙을 파악하고 있었음이 분명했다. 후일에 헤세는 이미 소년 시절에 횔덜린의 시 《빵과 포도주Brod und Wein》중에서 신비로운 밤의 도래를 노래한 첫 연의 마지막 몇 시행이 주는 마력과 신비에 감동하여 자신을 시인이 되게 했던 기회를 회상했다.[7] 자연에 대한 동경과 시인이 되려는 욕망은 부모의 기독교적 성향과 제도와 형식에 얽매어 있는 학교 생활로 인해 난관에 부딪혔다. 결국 그는 종교와 자신에 대한 회의에 빠져 방황하게 된다. 이때 음악은 내면의 안정과 균형을 주는 요소로서 그를 사로잡았다.

그의 최초의 산문 작품으로써 1900년에 바젤에서 출간된 《헤르만 라우셔》는 자신의 소년 시절의 추억을 정서와 애수가 넘치게 그리고 있다. 이는 이미 음악이 학창 시절 이전에 그에게 매우 인상적으로 작용했다는 것을 보여 준다. 라우셔는 어린 시절의 자연과 음악에 대해

이렇게 표현하고 있다.

> 이미 멀리 지나가 버린 기차의 기적 소리 앞에서 느끼는 나의 비범한 감수성과 경외의 느낌이 아니라면 나는 음악적 인상에서도 이 여름날 초원에서 아무것도 찾을 수 없다. 그럼에도 불구하고 이미 그 당시에 음악은 나와 친근했음이 분명하다. 왜냐하면 나에게 선명하지 않게 비췄던 이른 새벽의 분명치 않은 대성당의 희미한 모습들도 나에게 오르간의 음향과 떨어질 수 없이 나타나기 때문이다.[8]

그리고 라우셔는 어릴 때의 바이올린 경험을 이렇게 묘사했다.

> 아홉 살 되던 내 생일에 부보님은 바이올린을 선물로 사 주셨다. 그날부터 밝은 갈색의 바이올린은 내가 가는 곳이면 어디든 함께 갔으며, 그것은 여러 해 동안 계속되었다. 그날부터 나는 하나의 오프사이드, 마음속의 고향, 도피처를 가졌고, 그곳에는 그때부터 무수한 자극과 즐거움 그리고 고통이 함께 모여들었다. (…) 유감스럽게도 음악은 처음으로 예기치 않은 나쁜 일면을 나타냈다. 왜냐하면 너무 음악에 몰두한 나머지 부지런해야 할 학교 생활에 지장이 생긴 것이다. 내 명예욕과 어린 시절의 난폭성을 바르게 인도해 준 것이 음악이었다. 음악은 내 불붙는 정열을 순화시켜 주었으며, 나를 조용하고 침착하게 만들었다.[9]

라우셔의 회상은 이미 학창 시절 이전에 가졌던 헤세의 음악에 대한 생각을 설명해 주고 있다. 헤세는 학생으로서 칼브 교회 합창단에서 그의 아저씨 프리드리히 군데르트의 지휘 아래 바흐 작품을 주로 노래했다. 헤세는 자주 파이프 오르간 연주를 듣기 위해 남몰래 대성

당 안으로 들어가 여러 시간을 보내기도 했다.[10] 그는 한동안 바이올 린의 숙달을 위해 노력했으나 미술 때문에 그만두었다. 라우셔에서 표현되고 있듯이 헤세는 어린 시절부터 음악에서 내면의 안정과 위안 의 가능성을 보았을 뿐만 아니라 음악에 지나치게 몰입하지 않는 이 성을 갖고 있었다. 이것은 디오니소스적·아폴로적인 이중적 음악의 체험으로 발전해 후일에 그의 작품에 반영되었다.

헤세는 음악가는 아니었으나 음악적 기질을 타고났고, 그의 음악에 대한 사랑은 가히 천부적이었다. 1913년 12월 말 알프레트에게 보낸 편지가 이 사실을 말해 준다.

> 당신이 추측하듯이 나 자신은 음악을 만들지 않습니다. 다만 많이 노 래하고 피리를 불 뿐입니다. 그러나 나는 언제나 음악이 필요합니다. 그 리고 음악은 내가 무조건 경탄하고, 절대로 없어서는 안 되는 것으로 간 주하는 유일한 예술입니다.[11]

그리고 이 사랑은 그의 문학과 함께 평생에 걸쳐 심오하게 발전했 다. 헤세의 작품들이 어떤 예술보다 음악과 밀접한 관계를 가지고 있 다는 것은 1941년에 노벨 문학상을 타기 위해 노벨 위원회에 제출한 그의 이력서에서 밝히고 있다.

> 조형 예술에 대한 나의 관계는 언제나 아주 친밀하고 친구와 같은 것 이었습니다. 그런데 더욱더 내면적이고 생산적이었던 것은 음악에 대한 나의 사랑이었습니다. 사람들은 이 음악을 내가 쓴 글의 대부분에서 다 시 발견합니다.[12]

헤세는 어린 시절에 바흐와 헨델의 기독교 음악을 좋아했고 젊은 시절에는 베토벤과 쇼팽의 피아노 음악에 심취했다. 노년기에는 바흐와 모차르트 음악을 모범으로 삼았다.[13]

헤세의 음악에 대한 사랑과 작품의 음악적 요소는 그의 초기 서정시에서 나타났다. 초기의 낭만적인 서정시들에서 중·후기의 작품에 이르기까지 헤세는 위의 음악가들의 이름, 장르, 연주, 음악적 상징성 등 다양한 음악의 요소들을 제목이나 내용으로 만들어 아름다운 시를 창작했다.

예를 들면, 초기의 시에는 〈쇼팽Chopin〉(1897), 〈멜로디Melodie〉(1898), 〈가보트Gavotte〉(1898), 〈바이올린 연주자Der Geiger〉(1899), 〈야상곡Nocturne〉(1899), 〈거리의 악사Spielmann〉(1900), 〈마리아의 노래 Marienlieder〉(1901), 각 연의 제목을 알레그로, 안단테, 아다지오라고 붙인 〈축제의 소야곡Feierliche Abendmusik〉(1912)을, 그리고 중·후기의 시에서는 〈바흐의 토카타에 부쳐Zu einer Toccata von Bach〉(1935), 〈파이프 오르간 연주Orgelspiel〉(1937), 〈플루트 연주Floetenspiel〉(1940), 〈계단 Stufen〉(1941)을 들 수 있다.[14] 이것은 헤세가 쇼팽과 베토벤 같은 위대한 음악가들의 작품에서 창작의 자극을 받았고, 나아가 자신의 시들에서 세계적인 음악가들이 주는 것과 같은 효과가 나타나길 바랐기 때문이다.[15]

그뿐만 아니라 헤세는 시를 창작할 때 시어들이 지니고 있는 음향적 효과에도 큰 관심을 가졌다. 즉 수많은 시에서 음악적 성격을 규정하는 특징적인 음향인 멜로디와 리듬에 각별한 관심을 가진 것이다. 그는 《자신의 작품에 대해서Über das eigene Werk》의 서문에서 이렇게 말했다.

서정시는 단순히 시를 짓는 것만은 아니다. 서정시는 무엇보다도 음악 만들기이다. 그리고 독일 산문은 연주하기에 최고로 경이롭고 유혹적인 도구라는 것을 많은 시인들은 알고 있었다.[16]

헤세의 시 짓기는 음악 만들기이며, 이것은 산문에서도 마찬가지였다. 그에게 시는 가사요, 노래였다. 헤세의 서정시와 마찬가지로 산문도 선율과 음향, 리듬으로 가득 차 있기 때문에 그의 문학은 악보 없는 음악이라고 해도 과언이 아니다.[17]

헤세의 작품들, 특히 초기의 서정시에는 낭만적인 색채가 많이 스며 있다. 문학 사조에서 볼 때 그는 자연주의 흐름에 거슬러 형이상학적이고도 비합리적인 현실을 문학에서 묘사하려는 소위 신낭만주의의 길을 모색했다. 그는 어린 시절이 끝날 때부터 이미 시대를 가르는 분기점에서 태어났다는 형언할 수 없는 불분명한 감정[18]을 가졌으며, 한 시대의 몰락을 체험하고 있다는 생각을 했다.

이 생각에는 쇼펜하우어와 니체의 영향이 컸다. 헤세는 니체의 견해에서 커져 가는 시민 문화의 몰락을 관찰했다. 결혼의 파탄에서 오는 개인적인 고통 외에도 제1차 세계대전의 돌발과 그와 연관된 문화 위기는 유럽이 정신적인 몰락의 상태에 이르렀다는 그의 생각을 심화시켰다. 사실 헤세처럼 후기 시민 계급의 붕괴에 대한 문제들로 고심하고 이 문제들을 문학 작품에서 다룬 독일 작가는 거의 없다.[19] 그래서 헤세의 초기 서정시에는 낭만주의 문학에서 자주 언급되는 죽음에 대한 생각 외에도[20] 고독과 삶의 고통에 대한 감정들이 하프, 바이올린, 파이프 오르간의 선율, 샘물과 수풀, 밤과 별들로 묘사되어 서정시의 세계를 이루고 있다.[21]

헤세는 1911년에서 1914까지의 시들을 모아《고독한 자의 음악》이

라는 제목으로 1915년에 시집을 출간했다. 그리고 그는 이런 방법으로 자신이 겪을 수밖에 없었던 절망의 많은 시간들에서 벗어나기 위해 언어로 연주했다. 그는 시인으로서의 고독한 존재를 〈시인〉이라는 시에서 묘사했다.

> 오직 고독한 자, 나에게만
> 밤하늘의 무수한 별들이 비치고,
> 돌로 된 분수는 마술의 노래를 속삭인다.
> 나 홀로에게, 나 고독한 자에게
> 떠다니는 구름의 영롱한 그림자는
> 들판을 넘어 꿈처럼 흘러간다.[22]

시인의 고독은 시 〈안갯속에서 Im Nebel〉의 마지막 연에서 인간의 존재적 고독으로 확대된다.

> 이상하여라, 안갯속을 헤매는 것은!
> 인생이란 외로운 존재.
> 어느 한 사람도 다른 사람을 알지 못하니
> 모두가 홀로이어라.[23]

고독의 체험은 헤세의 서정시에서 일반적인 동기이며 관심사[24]였다. 모든 예술 가운데서 음악은 인간에게 완전한 세계에 대한 동경을 불러일으킨다고 생각했기 때문에 헤세에게 이제 음악은 그의 내적인 고독과 충족되지 못한 현실의 고통을 어루만져 주는 위안의 수단이 되었다. 그의 시 〈그러나 내일은 Und Morgen〉(1898)에서 현재의 고통은

음악을 통해 내일에 대한 기대와 동경으로 극복된다.

> 내 마음은 아득히 먼 곳으로
> 향수의 보물과 하프의 선율을 찾아 헤맨다.
> 그리고 떨면서 저 높은 별 하늘에
> 미래의 노래가 화환으로 걸려 있음을 바라본다.
>
> 내 마음은 너무나 부풀어 오는구나! 내 뺨은 달아오른다.
> 그러나 내일은 수줍은 모습으로
> 시장과 더러운 골목길을 뛰어다녀야 한다.
> 몇 푼의 돈을 벌기 위해서.[25]

이렇게 음악을 통한 치유의 효과는 헤세의 초기 서정시에서 매우 중요한 특징으로 나타났다. 마침내 1897년에 쓴 연작시 〈쇼팽〉의 2장 〈대왈츠Grande Valse〉에서 음악에 대한 시인의 사랑은 음악을 만난 기쁨의 환호로 폭발한다.

> 야호! 음악이다!
> 목마른 모습으로 내 뜨거운 눈길은
> 젊고, 아름답고, 붉은 삶을 빨아들이고,
> 그 빛에 지칠 줄 모르게 삶을 마신다.[26]

다시 한 번 음악과의 감격적인 만남은 시 〈불면Schlaflosigkeit〉(1908) 에서도 이어진다.

문학과 음악의 황홀한 만남

여기 음악이 있다! 떨고 있는 먼 곳에서
음향이, 숭고하고 성스러운 음향이 바람결에 울려와,
윤무를 추며 밤을
끔찍이도 긴 밤을
활기찬 박자로 노니면서
미소 지으며 무한으로부터 시간을 풀어낸다.[27]

　이 시는 시인이 밤에 잠을 이룰 수 없을 때 자신을 음악적인 기분에 맡기면 음악은 아름다운 기억을 유일한 여신으로, 위로하는 여인으로 만들어 그에게 다가와 인사하게 한다. 그러면 황금의 잠이 은밀히 기다리고, 시인은 꿈의 세계로 구원의 밧줄을 타고 구원된다. 이 시에서 음악은 현존의 고독과 고통에 대한 위안의 수단이라는 차원을 넘어 영혼의 구원이라는 종교적 색채를 띤다.

　음악적 테마를 가진 시 〈바이올린 연주자〉와 〈정원 속의 바이올린 Eine Geige in den Gärten〉(1902)[28]에서도 대가의 바이올린 소리는 아름답고 부드러운 신부처럼 수줍게 떨면서 시인의 가슴에 스며든다. 또한 내면의 긴장과 고통을 풀어 주고 동경의 세계로 데려가는 구원의 의미를 지닌다. 그러면서 헤세는 시를 쓰기보다는 노래하려는 감정으로 작곡하듯이 바이올린으로 연주하듯이 언어로 연주해 자신의 시에 음악적인 분위기를 불어넣는 데 성공한다.

　헤세는 단편 소설인 《페터 카멘친트》(1904)를 발표하여 수많은 독자들을 감동시켰고, 이 소설의 성공으로 독자적인 작가 생활을 할 수 있게 되었다. 비록 이 작품이 앞선 작품들에 비해 신낭만주의적·염세적 애수가 감소했다 해도 이미 한 시대의 문화적 붕괴를 느낄 수 있었던 헤세에게는 니체의 영향에 근거한 가치 전도와 인간 실존의 불확실성에 대한 위기에서 평생에 걸쳐 계속된 자아에 대한 탐구가 시작되었다.

이것은 그의 전 작품에 걸쳐 여러 가지 형태로 나타난 고향 상실과 고향 찾기의 시작인 것이다.[29] 즉 그가 찾는 고향은 지리적인 것이 아닌 정신적인 것, 내면적인 것이었다. 따라서 이것을 평생 추구하는 시인의 작품들은 바로 자전적 성격의 동질성을 지닐 수밖에 없다. 헤세는 작가와 작품의 관계를 어머니와 자식의 관계에서 보고, "내가 쓴 거의 모든 산문 작품들은 영혼의 전기"[30]라고 말했다. 그에게는《크눌프》와 《데미안Demian》, 《싯다르타Siddhartha. Eine indische Dichtung》와 《클링조르Klingsor》, 《황야의 이리Der Steppenwolf》와 《나르치스와 골드문트Narziβ und Goldmund》가 모두 형제지간이고, 모두가 주제의 변형[31]이며, 그 주제는 바로 헤세 자신인 것이다.

고향 찾기의 궁극적인 목표는 신의 체험이었다. 중요한 것은 이미《페터 카멘친트》에서 이 테마가 언급되고 있다는 사실이다. 오늘날의 인간들에게 자연의 관대하고 말없는 생명을 일깨워 주고 사랑하게 하는 갈망, 신의 아이로서 영원의 품속에서 두려움 없이 쉬면서 자그마한 인생을 무한하고 영원한 자와 합의시키고 싶은 갈망[32] 등 헤세의 고향 찾기로서의 신의 체험이《페터 카멘친트》의 중요한 주제를 이룬다. 이 소설에서 신과의 합일을 갈망하는 내면의 이상과 현실 세계 사이의 양극성의 테마가 예감되나 아직 이 같은 주인공의 내적 갈등은 소박한 농촌 생활의 신낭만주의적 감상으로 묘사되고 있을 뿐이다. 그것은《데미안》을 거쳐《유리알 유희》에서 절정에 이른다.

1910년에 발표된《게르트루트》는 헤세 최초의 음악가 소설이다. 주인공인 쿤은 천부적인 음악가적 본성을 스스로 인식한다.

나는 어렸을 때 곧잘 시인이 되고 싶다고 말했다. (…) 6~7세 무렵부터 나는 눈에 보이지 않는 어떤 힘에 의해 음악에 강하게 사로잡히고 지배당하도록 태어났음을 알았다. 그때부터 나는 내 고유의 세계와 숨을 장소 그리고 아무도 나에게서 빼앗아가거나 비난할 수 없고, 내가 누구와도 나누고 싶지 않은 천국을 가졌다. 나는 음악가였다.[33]

쿤은 상인인 아버지에 맞서 음악가가 되려는 뜻을 관철하고 음악학교에 다니게 되지만 그곳에서의 공부에 실망한다. 그는 음악의 아름다움과 즐거움 대신 오직 요구, 규칙, 의무가 지배하는 어려운 시절을 보낸다. 그러다 그는 귀엽고 요염한 리디와의 일시적인 사랑으로 비극을 맞는다. 그녀의 성화에 못 이겨 썰매를 타다가 사고를 당해 불구의 몸이 되고, 사랑도 끝이 난 것이다. 그러나 쿤은 이 불행을 피할 수 없는 운명으로 받아들이고 극복한다. 후일에 쿤은 자신의 일생을 이렇게 회고한다.

피할 수 없는 운명을 의식적으로 받아들이고, 좋은 일과 나쁜 일을 올바로 이겨내 외적인 운명 외에도 우연이 아닌 내적인 본래의 운명을 정복하는 것이 인생의 중요한 일이라고 한다면 나의 일생은 가난하지도, 나쁘지도 않았다.[34]

이제 그는 절뚝거릴 수밖에 없는 장애인이라는 좌절감에서 음악에 대한 환멸을 느끼는 순간, 오히려 음악에 대한 확신을 되찾는다. 왜냐하면 음악만이 구원의 길이기 때문이다.

내 영혼의 근저에는 (…) 오직 음악만이 있을 뿐이었다. 바이올린으로

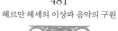

성공할지 못할지는 모르나 나는 다시 세상이 훌륭한 예술 작품처럼 울리는 것을 들었고 나에겐 음악 이외에 어떤 구원도 없다는 것을 알았다.[35]

그가 자연에 몰입한 망아적 쾌락과 병든 마음속에서 느끼는 괴로움은 모두가 음악의 힘으로 초연해졌다. 쿤은 말했다.

내 내면에서 기쁘거나 슬픈 감정이 일었을 때면 내 힘은 조용히 그 위에 서서 바라보았고, 밝음과 어두움은 형제자매처럼 하나의 전체를 이루고 있다는 것을, 고뇌와 평화는 똑같이 위대한 음악의 박자요, 힘이며 부분이라는 것을 일깨워 주었다.[36]

그는 몇 개월을 한적한 스위스의 마을에 살면서 고독 속에서 음악에 전념하고, 가요와 바이올린 소나타를 작곡하기 시작했다. 그는 마지막 학기에 궁정 오페라에서 인기 있는 가수 하인리히 무오트를 알게 되었다. 큰 성공에도 불구하고 무오트는 자학적인 기분에 사로잡힌 외로운 인간이었다. 그는 쿤의 우울한 가곡들에 호감을 가졌고, 그의 노래들을 즐겨 불렀다.

자학과 소외감에 빠져 있는 젊은 작곡가 쿤은 점차 세상 사람들의 눈에 띄게 되었다. 특히 그의 가곡들이 인쇄되어 출간되고 실내악을 위한 두 작품이 콘서트로 연주됨에 따라 그는 점점 더 유명해졌다. 하지만 그는 여인들에 대한 열등감에 사로잡혔고 결국 음악만이 인생의 의미이자 위로가 되었다.

쿤은 가정 음악의 밤을 열곤 하는 부유한 제조업자 임토르의 딸인 소프라노 가수 게르트루트를 알게 된다. 그녀는 자주 쿤의 가곡들을 피아노로 반주하면서 불렀다. 그는 그녀를 정열적으로 사랑했다. 그

러나 무오트와 게르트루트는 쿤이 작곡한 오페라에 함께 출연하면서 서로 사랑하게 되었다. 쿤은 진정으로 사랑하는 사람을 뺏기고 난 후 자신의 인생이 파괴되고 믿음과 희망이 사라졌음을 보았다.

쿤은 게르트루트에게 사랑하는 모든 이를 파괴하는 무오트에 대해 경고했지만 이들은 결혼하게 되었고, 그는 깊은 고독에 빠졌다. 쿤이 무오트가 속해 있는 뮌헨의 오페라에서 있을 자기 작품의 초연을 위해 게르트루트를 다시 만났을 때 그는 그녀가 결혼 생활로 인해 정신이 극도로 지쳐 있음을 알게 되었다. 그녀는 남편을 사랑했지만 더 이상 뮌헨으로 갈 힘이 없었다. 게르트루트가 없으면 점점 더 불안정해지는 무오트는 완전히 술에 빠져 술이 없이는 더 이상 노래를 부를 수 없게 되었다. 격정적이고 파괴적인 성격을 지닌 무오트는 자신을 파멸시킴으로써 고독과 갈등에서 벗어나려 했다. 결국 그는 쿤이 방문한 동안 총으로 자살했다.

《게르트루트》는 헤세가 《페터 카멘친트》 이후에 작가로서 비교적 안정된 시기에 발표된 작품으로 외견상의 안정 속에 도사리고 있는 삶에 대한 더욱 깊은 탐구와 갈등이 예술가의 내면 세계를 통해 표출되고 있는 작품이다. 주인공인 작곡가 쿤은 장애인으로서 현실에서 고통 받았지만 음악을 통해 삶의 위안과 의미를 찾음으로써 극복했다. 그래서 니체와 토마스 만과는 달리[37] 음악을 긍정적으로 수용하고 있다는 점에서 이 작품의 중요성이 있다. 이 소설의 요약된 주제라고 할 수 있는 첫 장은 헤세의 음악에 대한 가장 중요한 생각을 묘사하고 있다.

나는 오랫동안 낯선 물에서 놀고 싶어 악보나 악기를 만지고 싶지 않았다. 하지만 멜로디는 언제나 내 혈관과 입술 위에 감돌았으며, 박자와

리듬은 호흡과 생명 속에 흐르고 있었다. 내가 여러 가지 방법으로 구원과 망각, 해방을 몹시 애타게 갈구했고, 또 신과 인식, 평화에 몹시 목말라 했지만 나는 이 모든 것을 오직 음악에서만 찾았을 뿐이었다. 그것은 베토벤이나 바흐일 필요는 없다. 애당초 음악이 세상에 있다는 사실, 인간은 때때로 마음속까지 박자와 조화된 리듬으로 움직여지고 충만될 수 있다는 사실, 그것이 나에게 끊임없이 깊은 위로와 삶의 정당함에 대한 증명을 의미했다.

아아, 음악! 한 멜로디가 너에게 떠오르고, 너는 소리 내지 않고, 오직 마음속으로 그것을 노래한다. 너의 심신은 그 선율에 젖어들고, 너의 모든 힘과 움직임은 그 선율에 빠져든다. 그리고 그것이 네 속에 살아 있는 동안은 네 속의 모든 우연한 것, 나쁜 것, 거추장스러운 것, 슬픈 것을 없애 주고, 세상을 공명시키며, 무거운 것을 가볍게 하고, 단단한 것을 부드럽게 만든다. 이 모든 것을 민요의 선율이 할 수 있다! 그리고 그 처음은 화음이다! 예를 들면, 교회의 종소리처럼 순수한 소리로 울리는 모든 아름다운 가락의 화음은 우아함과 기쁨으로 마음을 가득 채우고, 울려 퍼지는 소리와 함께 높아지며, 이따금 내 마음을 불타오르게 한다. 그 어떤 다른 쾌락도 그렇게 할 수 없을 정도로 기쁨으로 전율케 한다.

모든 사람들이나 시인들이 꿈꾸었던 순수한 행복에 대한 모든 상상들 중에서 가장 높고 가장 깊은 것은 천체 운행의 하모니를 엿듣는 것이라고 나는 항상 생각해 왔다. 그런데 나의 가장 깊고 금빛 찬연한 꿈들이 이 같은 생각을 실현했다. 심장이 한 번 뛰는 동안 우주의 구조와 모든 생명의 전체가 그의 숨겨진 본래의 화음으로 울리는 소리를 들었던 것이다. 가장 사소한 모든 가요와 가장 단순한 모든 음악이 그토록 분명하게, 맑은 분위기의 소리들의 순수함, 조화 그리고 친밀한 유희가 하늘을 연다고 설교하고 있었다. 그러나 아아, 도대체 생활이라는 것은 어찌하

여 이다지도 혼란스럽고 불규칙하며, 허위에 가득 차 있는가. 어찌하여 인간 사이에는 허위와 악의, 질투와 증오만이 있는 것인가. 아무리 희미한 소리일지라도, 아무리 짧은 노래일지라도 그 맑게 갠 가락의 순수함과 조화된 리듬, 친숙한 유희는 천국의 문을 확실하게 설명하고 있는데 말이다![38]

위의 인용문은 헤세의 몇 가지 중요한 음악관을 말해 준다. 즉 작곡가나 연주가로서의 음악가는 아니지만 그는 음악과 음악사에 정통하며 음악에 대한 대단한 사랑을 가진 시인이라는 것이다. 헤세는 음악속에서 아무리 작은 곡일지라도 순수함과 조화를 보는 반면 인간의 현실적인 삶은 허위와 악의, 부조화로 가득할 뿐이라는 것이다. 창조적인 예술 세계와 이 세계에 전혀 부응하지 못하는 현실 세계 사이의 대립에서 생기는 내면적인 고독과 갈등, 긴장으로 충만된 상황에서 음악은 구원의 계기로서 조화와 균형의 표상으로서 그리고 불가피한 보충의 표현 수단으로서 작용한다. 헤세는 이런 생각을 작은 산문 작품인 《방랑Wanderung》의 〈구름 낀 하늘Bewölkter Himmel〉에서도 노래, 깊은 신앙, 포도주를 마시는 것, 연주하는 것, 시를 짓는 것, 방랑하는 것은 우울증의 좋은 치료제[39]라고 언급하고 있다. 기도가 치유하듯이 노래도 치유한다는 것이다.[40]

무엇보다도 중요한 것은 예술이 사회를 변화시킬 수 있다는 도덕적 작용으로서 음악의 화음이 강조되고 있다는 것이다. 화음은 우주의 구조와 모든 생명 전체가 조화를 이루어 울리는 소리이기 때문에 이 것을 듣는 사람은 같은 생각과 감정을 가진다. 그래서 음악은 세계의 언어로서, 공동체를 형성하는 힘으로서 인간을 하나로, 그리고 형제가 되게 하는 예술의 사회성과 교육의 창조성을 가진다.

이것은 헤세의 소년 시절의 체험과도 연관되어 있다. 자신이 성장했던 부모와 조부모의 세계는 "독일적이면서도 기독교적이고, 슈바벤적이면서도 국제적인 세계"였으며, 헤세는 "이 세계에서 (…) 유대인이나 흑인도, 인도인이나 중국인도 낯설고 두렵지 않았다"[41]는 인간애에 근거한 개방적 세계관을 터득했다.

인간애에 봉사하는 음악은 베토벤 9번 교향곡 《합창》에 내재한 이상과의 관계를 부인할 수 없다. 일찍이 실러는 모든 인류는 형제가 되리라는 이상에서 〈환희에 부쳐〉를 작시했고, 이 시를 베토벤은 제9번 교향곡 《합창》으로 작곡했다. 실러와 베토벤은 틀림없이 언젠가 모든 인간은 형제로서 결합되리라는 것을 진정으로 믿었을 것이다.

바로 특별한 축제의 계기에 베토벤의 제9번 교향곡이 실러의 〈환희에 부쳐〉 노래와 함께 공연하게 된 것은 이러한 인간애에 봉사하는 음악 정신에서 비롯된 것이라 할 수 있다. 유명한 스페인의 첼로 연주자 파블로 카잘스는 제13회 UN 기념일을 계기로 1958년에 세 대륙으로 동시에 중계되었던 국제 콘서트에서 연주를 했다. 그때 그는 베토벤 교향곡의 마지막 합창을 연중의 어느 정해진 날에 공연해야 할 것을 세계의 모든 교향악단과 합창단에 호소했다.

이에 동조해 미국의 바이올린 연주가 예후디 메뉴인과 세계적으로 유명한 소련의 바이올린 대가 다비드 오이스트라흐가 파리 무대에 등장했다. 베토벤의 교향곡이 방송국에서 지상의 거의 모든 나라에 방영되었을 때 음악은 인류애에 봉사하는 음악이었다.

이러한 음악적 견해는 음악에의 도취가 모든 의식을 소멸시킨다는 낭만주의적 요구에 대한 반박이다. 동시에 자유, 평화, 복지, 평등한 권리가 실현되고, 전쟁의 선동, 인종 차별, 식민주의가 종식된 현세에 대한 지지인 것이다. 음악은 음악 애호가들에게 이 이상을 갖도록 격려하고, 사춘기의 젊은이들을 도취의 흥분 상태로 옮겨놓아 일상사를 잊게 만든다. 그래서 음악을 군중 히스테리의 사악한 도구로 강등시키는 상업적 오용을 주의 깊게 관찰하게 한다.[42]

음악이 삶의 깊은 위안과 치유의 수단으로서 작용하고, 음악의 화음에서 비롯된 인류애가 소위 음악의 공동체를 형성하는 교육적인 힘으로 작용하는 헤세 초기 문학 작품에서의 지배적인 음악관은 그의 문학적 이념의 변화와 함께 점차 철학적이고 종교적인 성향으로 발전해 갔다.

《게르트루트》에서 니체와 토마스 만이 주제로 다루었던 음악의 양극성 문제, 즉 디오니소스적인 것과 아폴로적인 것이 처음으로 헤세의 평생 주제인 다양한 양극적 현상의 카테고리에서 나타나면서 일종의 조화가 모색되었다. 니체를 생각하게 하는 이 양극적인 음악 개념은 디오니소스적 성향의 가수 무오트의 모습에서 그리고 콘서트 마이스터 타이저의 아폴로적인 모습에서 그 전형을 보여 주었다. 반면 작곡가 쿤과 그의 뮤즈 게르트루트는 이 두 모습의 합으로 나타났다. 이제 음악은 각 작품의 주인공들을 양극성의 극복을 통해 합일의 세계로 가게 하는 다양한 의미의 가능성으로 작용한다.

# 내면적 양극성의 극복 과정

　헤세 문학의 주제는 시대적 상황과 관련되어 상이하게 나타난다. 그가 죽음을 노래했던 낭만적 단계에 이어서 1914~1918년의 제1차 세계대전의 시기에는 평화에 대한 동경이 표현되었다. 헤세는 1920년 말에 파시즘의 위험을, 1939년에는 전쟁에 대해 경고했다. 그리고 그의 마지막 대표작 《유리알 유희Das Glasperlenspiel》에 수록된 시 〈계단Stufen〉에서 양극성의 극복을 통해 단일성, 즉 인간성의 완성을 향해 가는 노력의 계단를 노래했다. 이로써 헤세는 초기의 절망적인 감정과 죽음의 현혹을 극복하고 삶의 긍정에 이르게 되었다.

　제1차 세계대전이 헤세에게 깊은 충격을 주면서 그의 문학은 전환점을 맞이한다. 전쟁으로 인해 정신적·문화적 가치가 붕괴되어가는 불안한 시대에 직면해 헤세는 인간 실존의 위기감을 느끼고, 문학적 관심은 지금까지 그의 작품에 반영되었던 소년 시절의 회상과 슈바벤

의 평화로운 고향 세계에서 벗어나 현대의 모든 문제들과 인생의 의미와 가치로 향했다.

이 같은 문제는 점차 정신과 삶, 현실과 이상 사이의 갈등적 관계에서 생기는 내면의 문제로 발전했다. 헤세는 이 문제를 내면의 양극성으로 체험하고, 평생 동안 극복하려고 노력했다. 그래서 양극성의 문제는 그의 주요 작품들의 주제로 반복해서 나타났다. 서정적이고 낭만적인 색채를 나타내는 초기 작품들과는 달리 《데미안》을 기점으로 중기와 후기의 중요 작품들에서는 양극성의 문제가 냉철한 자아 성찰을 통해 다뤄졌다.

전쟁 기간 중에 헤세는 아버지의 죽음, 첫 번째 아내 마리아 베르누이의 정신병 악화,[43] 막내아들 마르틴의 중병, 자신의 신경 쇠약, 게다가 독일의 정치적 붕괴 등으로 인해 정신적 위기에 빠지게 되었다. 결국 정신 분석학자 C. G. 융의 제자인 J. B. 랑의 치료를 받고 이 위기를 극복할 수 있었다.

헤세가 시대적 위기와 자신의 내적 고뇌를 극복하기 위해 문학 작품으로 형성한 것이 싱클레어란 필명으로 발표한 일인칭 소설 《데미안》이다. 〈에밀 싱클레어의 젊은 시절의 이야기〉라는 부제가 말해 주고 있듯이 이 소설은 불안에 사로잡힌 혼란한 정신의 소유자인 한 소년이 내면으로 자유로이 성장해 전장에 나간다는 이야기다. 그러나 이것은 서문에서 '인간의 생애는 모두가 자

가명으로 발행된 《데미안》의 초판본

신으로 향하는 길'⁴⁴이라고 했듯이 바로 헤세 자신의 영혼의 이야기인 것이다.

에밀 싱클레어는 질서 있고 도덕적인 가문의 밝은 세계와 타락과 죄악으로 끌어내는 어두운 뒷골목의 세계 사이에서 불안에 사로잡힌 이중생활을 했다. 데미안은 어린 주인공 싱클레어를 끌어내어 이 두 세계를 조화롭게 받아들여 하나의 통일된 세계를 체험하도록 했다. 싱클레어는 책갈피에 끼어 있는 쪽지에 쓰인 글을 본다.

> 새는 알에서 나오려고 투쟁한다. 알은 세상이다. 태어나려는 자는 한 세계를 파괴해야만 한다. 새는 신에게로 날아간다. 그 신의 이름은 압락 싸스이다.⁴⁵

압락싸스는 자체 속에서 신적인 것과 악마적인 것을 합일시키는 상징적인 과제를 가진 신성의 이름으로서 신이며 동시에 악마다. 인간은 세계를 전체로 숭배하기 위해 신과 악마의 절반을 결합해야 한다. 그래서 신에 대한 숭배와 함께 악마의 숭배도 있어야 한다⁴⁶는 것이다. 싱클레어는 교회에서 흘러나오는 바흐와 레거의 오르간 소리를 듣고, 음악에서 처음으로 압락싸스를 인식하게 되었다.

이 압락싸스에서 2개의 신성 내지 두 세계의 합일의 상징성이 나타난다. 이 체험은 내면에 있는 영적 심연의 세계를 향해 가는 자에게만 가능하다는 것을 데미안이 떠날 때 싱클레어에게 말한다.

> 싱클레어 꼬마야, 잘 들어! 나는 가야만 해. 너는 아마도 언젠가 내가 다시 필요할 거야. (⋯) 그때 네가 나를 불러도 더는 그렇게 거칠게 말을 타거나 기차를 타고 오진 않을 거야. 그때는 네 자신의 목소리에 귀를

기울여야 해. 그러면 내가 네 마음속에 있다는 것을 알게 될 거야.[47]

싱클레어는 거울 속에서 데미안을 본다. 데미안은 다름 아닌 또 다른 자아인 것이다. 이 작품이 중요한 것은 헤세가 여기서 처음으로 모순된 두 세계의 합일과 그것에 이르는 내면의 길이라는 2개의 주제를 문학적으로 표현했다는 것이다. 이 주제는 계속해서 주요 작품의 중심 테마로 나타난다. 《데미안》은 전쟁 당시 젊은 세대의 정신적 곤경을 고백적으로 솔직하게 표현하고 있어 젊은이들에게 큰 감명을 주었다. 헤세는 이 작품으로 폰타네상을 수상했으나 사양하고 9판부터 자신의 이름으로 간행했다.

헤세는 1919년에《귀향Die Heimkehr. Erster Akt eines Zeitdramas》,《동화집Märchen》, 단편집인《작은 정원Kleiner Garten》, 정치 평론집《차라투스트라의 복귀. 한 독일 사람에 의한 독일 젊은이에 대한 한마디Zarathustras Wiederkehr. Ein Wort an die deutsche Jugend von einem Deutschen》를 발간했다. 그해 봄에 그는 홀로 남스위스의 몬타뇰라로 이주하여 집필에 전념하면서 1962년 8월 19일에 뇌출혈로 사망할 때까지 그곳에서 여생을 보냈다. 그는 1920년에서 1930년 사이에 단편집《클링조르의 마지막 여름Klinsors letzter Sommer》(1920), 장편소설《싯다르타》(1922),《황야의 이리》(1927), 수상록《관찰Betrachtungen》(1928),《나르치스와 골드문트》(1930)와 같은 중요한 작품들을 발표했다.

《클링조르》의 이야기 모음집에 수록된 단편《클라인과 바그너Klein und Wagner》는 바그너 음악과 직접 관련된 작품으로 헤세의 음악관에 대한 이해를 위해 많은 것을 시사해 준다.

공무원인 프리드리히 클라인은 쇼펜하우어의 저서들을 즐겨 읽고, 지식에 대한 구역질, 두려움, 자기 증오, 삶에 대한 염증, 자살에 대한 충동 등에 시달리는 개인주의자다. 그는 불행한 결혼 생활에서 도피하기 위해 큰돈을 횡령한다. 도주에 성공한 후 그는 한 호텔 방에서 거울에 비친 자신의 얼굴에서 예전의 선량하고, 조용하고 약간의 인내심도 있던 과거 자신의 얼굴이 아니라 운명에 의해 새로운 낙인이 찍힌 얼굴[48]을 본다. 클라인은 횡령과 도주의 직접적인 원인이 아내에 대한 사랑과 증오에서 나왔다고 생각한다.

그즈음에 클라인은 남부 독일의 어느 학교 교사가 잔혹한 방법으로 가족을 살해하고 자살한 사건을 알게 되고, 그 교사의 이름이 바그너라는 것을 생각한다. 순간 작곡가 바그너와 가족 살해범 바그너가 하나가 되고, 이것이 그의 내면에 있는 악마의 얼굴이라는 것을 깨닫게 된다. 니체나 토마스 만이 그러했듯이 헤세의 바그너에 대한 경탄과 혐오의 이중적 관계가 클라인을 통해 나타난 것이다.

> 바그너는 누구인가? 바그너는 나와 무슨 관계인가? (…) 그는(클라인) 로엔그린을 생각했고, 동시에 그가 음악가 바그너에 대해 가졌던 불투명한 관계를 생각했다. 그는 바그너를 스무 살 때 미친 듯이 사랑했다. 그 후 그는 회의적으로 변했고, 시간이 갈수록 그에 대해 많은 반감과 의혹을 가졌다. 그는 바그너를 지나치게 비판했다. 그리고 아마도 이 비판은 리하르트 바그너 자신에 대한 것이라기보다는 한때 그에 대한 자기 자신의 사랑에 대한 것이라고 여길 수 없을까? (…) 프리드리히 클라인은 작곡가 리하르트 바그너를 신랄하게 비판했고 증오했다. 왜 그랬을까? 클라인이 젊었을 때 이런 바그너에게 몰두했었다는 사실을 스스로 용서할 수 없었기 때문이다.[49]

사랑했던 아내를 떠나 남쪽 나라로 가야 했고, 그 후 계속해서 자기

아내를 살해하고 자살하고 싶은 강박관념에 시달린 낭만적이고 비극적인 기사에 대한 바그너의 《로엔그린》은 낭만주의 절정의 오페라로서 《클라인과 바그너》의 주요 동기가 되었다. 클라인은 꿈속에서 《로엔그린》을 상연하는 극장에서 자신이 바로 방황하는 기사 로엔그린이라는 것을 깨닫게 된다.

그 자신이 바로 '로엔그린'이 아니던가? 자신의 이름을 결코 물어서는 안 되는 불가사의한 목적을 가진 방황하는 기사 로엔그린 말이다.[50]

그리고 그는 자신에게서 기사 로엔그린처럼 자신과 가족을 죽이고 싶은 야만적인 살인 본성과 충동에 대한 두려움을 발견한다.

바그너는 그의 내면에 존재하는 살인자이며 쫓기는 자였다. 그러나 바그너는 동시에 작곡가이고 예술가이며, 천재이고 유혹자이며, 생명욕, 관능적 쾌락, 사치의 성향이 강했다. 바그너는 이전에 공무원이었던 프리드리히 클라인의 내면에 숨어 있는 억압되고 침전된 모든 것의 (…) 집합명이었다.[51]

이렇게 바그너는 인간의 무의식 속에 잠들어 있는 악하고 불순한 모든 것의 카테고리이며 콤플렉스인 것이다.[52]

니체가 바그너 음악을 비판한 후 바그너 음악은 인간을 도취시키고 죽음을 자극하는 데카당스 음악의 대표적인 것으로 비난받게 되었다. 토마스 만도 마찬가지였다. 그의 《부덴브로크 가》에서 가문의 몰락을 상징하는 하노의 죽음을 초래하는 것은 바그너 음악이었다. 그의 죽음은 데카당스적 몰락에 대한 상징성을 가진다. 그래서 바그너의 음

악은 삶의 구원자가 아니라 파괴자인 것이다. 헤세도, 니체와 토마스 만이 그랬듯이, 한때 바그너 음악을 매우 좋아했으며, 또한 그의 음악이 도취와 몰락으로 이끄는 마취제와 같은 것으로 생각하는 경탄과 혐오를 함께 가지고 있었다.

어느 날 클라인은 남쪽 나라의 어느 아름다운 호반에서 예쁜 무희 테레지나를 알게 되었다. 그녀는 곧 그의 정부가 되지만 그는 행복하지 않았다. 그는 모든 것이 의심스럽고, 오로지 절망에 사로잡힌 자신의 아이러니에 괴로워하는 존재였기 때문이다. 반면 그녀는 춤을 즐겨 추면서 미소를 짓는 건강하고 순수한, 그러나 삶에 굶주린 본능적인 여자였다. 클라인은 노랗게 물들인 머리에 짙게 화장한 그녀를 보고, "이런 여자는 악마가 데리고 가야 해!"라고 경멸했다.

헤세는 그녀를 미와 죽음의 동경이 깃들어 있는 여인으로 보았다. 그래서 그녀를 인간의 의지를 마취시키는 몰락의 음악인 바그너 음악의 화신으로, 바그너와 그의 음악에 대한 분노의 표현으로 상징화했다. 클라인은 그녀를 경멸하면서도 그녀의 관능적인 아름다움에 도취되었다. 클라인의 큰 소망은 근심 없이 사는 것이었다. 그러나 클라인에게는 그녀를 포옹하려는 동경까지도 두려운 감정과 함께 나타났다. 결국 그는 어느 날 밤 몰래 그녀의 숙소에서 빠져나와 백조의 기사 로엔그린이 등장하는 장면을 연상케 하는 은빛 호수 위를 노 저어 갔다.

넓은 호수는 세계이며 전체이고 신이었다. 그곳에 빠지는 것은 어렵지 않았다. 오히려 쉽고 기쁜 일이었다. 호수에 자기 몸을 던지는 것은 어머니의 품에, 신의 팔에 안기는 것이다. 그는 "너 자신을 던져라! 너의 뜻에 저항하지 말라! 기꺼이 죽어라! 기꺼이 살아라!"[53]는 자신의 내면의 소리에 따라 물속으로 뛰어들었다.

그는 우주 안에 있었다. 그것은 행복이었고, 해방이었다. 익사하는 동안 그는 음악을 듣는다.

행복한 사람들의 노래와 불행한 사람들의 끝없는 고통의 외침에서 두 세계의 강 위에 음향으로 된 투명한 공 또는 둥근 지붕, 음악의 대성당이 세워졌고, 그 한가운데에 신이 앉아 있었다. 밝은 빛 때문에 눈으로 볼 수 없이 환하게 빛나는 한 별이, 빛의 화신이, 세계 합창의 음악으로, 영원한 파도 소리에 둘러싸여 앉아 있었다. (…) 이제 클라인은 자신의 목소리를 듣는다. 그는 노래를 불렀다. (…) 그는 빠르게 헤엄쳐 가면서 노래했다. 수백만의 피조물들 가운데서 한 선지자였으며 예언자였다. 그의 노래는 크게 울렸다. 음향의 원천이 높게 솟아올랐고, 신은 그 한가운데서 빛을 발하며 앉아 있었다. 강물은 엄청나게 큰 소리를 내며 출렁거렸다.[54]

《페터 카멘친트》와 《데미안》에서 나타난 신과의 합일에 대한 갈망이 《클라인과 바그너》에서 문학적으로 보다 구체적으로 형상화되는데, 클라인이 익사하는 마지막 장면이 그것을 말해 준다.

그는 세계의 창조를 보았고, 세계의 몰락을 보았다. (…) 세계는 계속해서 태어났고, 계속해서 죽었다. 모든 생명은 신이 내뿜은 호흡이었다. 모든 죽음은 신이 들이마신 호흡이었다. (…) 휴식도 끝도 없이 오로지 영원하고 영원한, 성스러운 숨 내쉬기와 숨 들이쉬기, 형성과 해체, 탄생과 죽음, 이탈과 회귀만 있을 뿐이었다.[55]

신이 내쉬고 마시는 호흡은 세계의 창조와 세계의 몰락이고 빛과

어둠이며, 휴식도 끝도 없이 영원히 반복되는 생성과 해체, 탄생과 죽음, 이탈과 회귀다. 이들의 양극성은 둥근 천체인 신의 전당에서 세계의 합창으로, 생명의 노래로 합일되어 울린다. 그의 죽음은 바그너 음악이 죽음으로 몰고 가는《부덴브로크 가》에서 하노의 비극적 운명과는 다른 것으로, 몰락이 아니라 음악을 통한 구원이고 신의 세계로의 귀환이다. 그래서 그의 죽음은 초월적인 의미를 가지며, 음악 또한 종교적으로 승화된다.

동시에 헤세는 바그너에게서 음악의 몰락이 절정에 이르렀다고 보았기 때문에 음악의 남용에서 생기는 그 위험성을 경고했다. 헤세는 음악을 존재적으로 불가피한 의미에서 필요로 하고 큰 사랑과 애착심으로 그의 삶에 받아들이지만 그럼에도 불구하고 그는 음악에 무조건 빠져들지 않고 거리를 두고 자제하는 태도를 가졌다.

그래서《클라인과 바그너》에서 바그너가 살인자로 나온 것은 그 시대적 상황과 연관해 중요한 의미를 가진다. 일종의 사이비 낭만적인 바그너 음악은 대중을 도취와 현혹으로 유혹하는 마취제로서 나치 시대의 집단의식을 매우 위험하게 고취시켰기 때문이다. 토마스 만은 이 위험성을《파우스트 박사》의 아드리안 레버퀸의 운명에서 지적한 바 있다. 헤세는 이것을 이야기《클링조르의 마지막 여름》에서 바그너 음악을 〈몰락의 음악〉이라는 별도의 장章에서 언급하고, 니체가 오랫동안 빠졌던 것과는 달리 그 마취제의 위험을 경고하고 또한 스스로 극복했다.[56]

포도주에 취한 우울한 표현주의 화가 클링조르의 인생에서[57] 중요한 것은 음악의 몰락이 인류 역사의 대전환점 내지는 몰락과 연계해 언급되고 있다는 것이다. 클링조르는 친구에게 말한다.

결코 세계는 그렇게 아름답지 않았고, 결코 나의 그림도 그렇게 아름답지 않았네. 번갯불이 번쩍이고, 멸망의 음악이 울리기 시작하네. 우리는 그 음악을 함께 부르려고 하네, 그 감미롭고 근심스러운 음악을.[58]

클링조르는 계속해서 음악에 의한 멸망을 확신한다고 말한다.

나는 오직 하나만을 믿고 있네, 멸망을. 우리는 낭떠러지 위를 마차를 타고 가고 말들은 겁을 먹었다네. (…) 우리는 멸망하고 있으며, 우리 모두는 죽어야만 하고, 다시 태어나야만 하네. 대전환점이 우리에게 왔다네. 대규모의 전쟁, 예술에서의 대변화, 서방 국가들의 대붕괴, 그것은 어디서나 마찬가지라네.[59]

헤세가 잡문 시대라고 날카롭게 비난했던 그 시대 음악의 붕괴를 문화와 국가 질서의 붕괴에 대한 전형적인 징후로 받아들인 것이다. 20년 후에 헤세는 《유리알 유희》의 서문에서 이 생각을 다시 표현했다. 즉 고대 중국에서 한 국가에서의 음악 붕괴는 정권의 몰락에 대한 확실한 표시로 간주되었다는 것을 지적했다.

음악이 타락하면 그것은 정부와 국가의 몰락에 대한 확실한 징조였다. 그리고 시인들은 하늘에 거스르는 금지된 악마의 음조, 예를 들어, 흉성凶聲과 정성鄭聲과 같은 음조, 즉 '망국의 음조'에 관한 무시무시한 동화들을 이야기했다.[60]

헤세는 음악이 시끄럽게 울리면 울릴수록 나라는 더 위험해진다는 고대 중국 현인들의 말을 인용해 도취적인 음악과 이 음악에서 오는

위험성에 대해 경고했다. 그는 베토벤에서 출발해 브람스를 지나 바그너에게서 절정을 이룬 몰락의 음악 끝에서 비로소 바흐의 초월적 음악, 즉 고전의 음악으로 돌아왔다. 그러나 헤세와는 달리 토마스 만은 바그너에서 고전 음악이 아닌 쇤베르크의 현대 음악으로 눈을 돌렸다. 바로 여기에도 위대한 작가의 차이점이 나타나 있다.[61]

헤세는 1911년에 인도 여행을 하는 동안 겪은 경험들, 인도의 종교들 그리고 철학자들과의 만남을 《인도에서Aus Indien》(1913)라는 책으로 출간했다. 그리고 이 경험과 함께 인도의 성자 샤아캬무니, 고오타마, 싯다르타의 일대기를 바탕으로 1922년에 《싯다르타》를 출간했다. 클라인의 죽음이 음악을 통한 신과의 합일을 상징한다는 헤세의 음악관은 이 소설에서 자연 소리의 고향, 즉 자연의 근원으로의 귀의를 통해 종교 간의 차이를 초월하는 관용의 단계로 승화된다.

그는 음악의 근원이 영적이고 정신적인 것에 있다고 보았다. 모든 소리는 자연에서 나오고, 자연은 음악의 근원이다. 이 소설의 주인공 싯다르타는 자연의 소리를 통해 그 근원의 품속에서 자아와 일체를 이루는 명상의 경지에 이른다. 조화와 합일을 향한 구도求道의 가능성은 《클라인과 바그너》에서처럼 죽음과 함께 이루어지는 상징성에서 벗어나 현실에서 비로소 구체화된다.

헤세는 인도의 여행기에서 인생의 반 이상을 인도와 중국 연구에 몰두했다고 밝히고 있다. 그는 동·서양을 막론하고 똑같이 가치와 정신의 무한한 지하 세계가 있다는 인식에 이르고, 이 인식에서 이 책을 썼다.

나는 가능한 한 많은 동양의 지혜와 숭배에 파고드는 것에 하등의 가치를 두지 않았다. 나는 수많은 오늘날의 노자 숭배자들이 도道란 단어를 전혀 듣지 못했던 괴테보다 도를 알지 못한다는 것을 알았다. 유럽에서나 아시아에서 가치와 정신의 무한한 지하 세계가 있었다는 (…) 사실과 이 무한한 세계에서 유럽과 아시아, 베다와 성서, 붓다와 괴테가 같은 몫을 가진 정신세계의 평화 속에서 사는 것은 좋았고 옳았다는 사실을 나는 알았다.[62]

헤세는 이런 인식을 인도의 브라만[63]의 아들 싯다르타의 자서전적 모습과 연결했다. 그래서 이 소설은 헤세의 불교관이 아니라 모든 종교의 교의와 무관한 초월적 종교관을 나타낸다. '싯다르타'라는 이름은 범어로 '모든 것이 다 이루어지다'라는 의미다. 그 이름이 말해 주듯이 《싯다르타》는 진정한 자아 발견의 구도求道를 완성하는 내용이다. 스승의 가르침에 싫증난 싯다르타는 같은 생각을 가진 그의 친구 고빈다와 함께 숲 속에서 자아의 금욕적인 극복을 수행하고 있는 사마나들[64]에게서 더 이상 자아가 아닌 본질 속의 가장 내면적인 것을, 위대한 신비를 경험하려고 한다.

그들은 속세를 등지고 금욕과 고행을 통해 각성에 이른 유일자 고오타마 부타에게로 인도되었다. 고빈다는 부타의 제자가 되지만, 싯다르타는 그와 그의 모든 교훈들에 대해 회의를 느끼고 그를 떠나 결연히 방탕한 세속 생활에서 자아 탐색의 길을 찾으려 했다. 아름답고 현명한 기생 카마라에게서 사랑의 기술을 배우고 상인 카마스바미에게서 부와 허세를 배웠다. 그렇지만 이 모든 것이 한낱 어린아이들의 도박과 같은 삶의 윤회輪廻일 뿐이라는 깊은 절망에서 싯다르타는 자살로 이 속세의 생활에서 벗어나려 했다. 그러나 자살하기 직전 희망에 찼던 그의 청년 시절의 기억과 강의 신비로운 음성이 그를 지켜 주었다.

그는 모든 사유와 언어 이전에 자연의 소리를 직접 듣고 각성의 도를 이룬 뱃사공 바수데바를 만나 그의 조수로 수년을 보냈다. 그때 그는 죽어 가는 카마라를 다시 만났고, 그녀는 그들 사이에서 태어난 아들을 남겨주었다. 이제 그는 아들을 통해 가장 괴로운 부성애의 고뇌를 겪었다. 버릇없는 아들이 곧 그를 떠났기 때문이다. 그렇지만 싯다르타는 이미 정신의 오만과 속세의 쾌락을 버린 후였기에 그는 그 고뇌를 견디어 낼 수 있었다.

뱃사공 바수데바는 싯다르타에게 자연의 소리를 듣게 해 주고 각성하게 해 주는 역할을 했다. 바수데바는 몸을 굽히고 성스러운 강의 교훈을 그의 귀에다 말해 준다.

피조물의 모든 소리가 강의 소리에 있다네.[65]

속세와 정신세계의 모든 것을 몸소 체험했기에 자연과 자아의 일치에 이른 싯다르타는 강의 소리가 삶의 소리, 존재하는 자들의 소리, 영원한 생성자의 소리[66]임을 깨닫게 되었다. 그는 강의 흐르는 소리에 몰입하게 되었고, 희로애락과 생로병사 같은 모든 인간사가 수많은 강의 소리처럼 구별 없이 합쳐지는 것을 느끼게 되었다.

그리고 이 모든 것이 묶여서 모든 소리, 모든 목적, 모든 갈망, 모든 번뇌, 모든 쾌락, 모든 선과 모든 악이 모든 합쳐진 세상이었다. 모든 것이 합쳐져서 생성의 강이요, 삶의 음악이었다. 그리고 싯다르타가 주의 깊게 이 강의 수천 가지 소리의 노래에 귀 기울였을 때, 그에게 번뇌도 웃음도 구별되어 들리지 않았을 때, 그가 자신의 영혼을 어떤 한 소리에 묶고 자아를 그 소리에 몰입시키지 않고 모든 소리를, 전체를, 단일의

것을 들었을 때 비로소 수천 소리의 위대한 노래가 단 한마디의 말로 이루어졌던 것이다. 그 말은 '옴'이었으며, 완성을 뜻했다.[67]

아직도 평화를 찾지 못하고 구도의 길을 걷는 부타의 제자 고빈다가 그를 다시 만났을 때 그는 친구인 싯다르타의 얼굴에서 도도히 흘러가는 형체들 위에 있는 합일의 미소를, 수많은 탄생과 죽음의 동시성을, (…) 고오타마의, 붓타의 미소를 그리고 완성자들이 그렇게 웃는 것을 보았다.[68]

모든 자연의 수천 가지 소리는 인생의 모든 것과 연관된 삶의 음악이며, 옴은 이 음악에서 조화를 이룬 단일의 기본 음으로 완성된 것이다. 음악은 싯다르타의 자아 탐색을 위한 사유적 근저를 이루며 자연과 자아의 합일을 이루게 하는 매체 역할을 했다.

이 소설의 중심에는 헤세의 종교적 관용의 문제가 제기되고 있다. 모든 종교적 교의敎義에 대한 싯다르타의 거부는, 헤세가 소년 시절에 신학교에서 도망쳤던 것처럼 그의 자전적 모습들을 보여 준다. 평생을 기독교의 영향에서 벗어날 수 없었던 헤세는 인도의 종교들을 자신의 기독교적 관계에서 보았다는 사실도 부인할 수 없다. 그렇지만 그의 신앙은 종교의 제식과 교의에 대한 인식에 있는 것이 아니라 인간에 대한 사랑에 있었다. 그래서 그의 교의는 이 사랑을 전제로 하여 종교적 차이를 초월한, 그가 평생을 추구해 온 단일성 사상에 근거하고 있다. 그는《나의 신앙Mein Glaube》에서 이렇게 밝히고 있다.

그러니까 나의 종교적 인생에서 기독교가 유일한 것은 아니라 할지라도 지배적인 역할을 했는데, 그것은 교회적인 기독교라기보다는 신비주의적인 기독교이다. 그리고 그것은 단일성 사상을 유일한 교리로 삼고

있는 인도적·아시아적으로 물든 믿음과 더불어 갈등이 없진 않았지만 전쟁은 없이 살아왔다.[69]

'옴'의 소리를 듣고 자연의 근원으로 돌아가려는 싯다르타의 소망은 자연의 소리를 삶의 음악으로 듣는 만물의 음악적 근원에 대한 헤세의 신비로운 동경과 일치한다. 자연과 음악, 자아와의 완전한 합일은 종교적 관용의 한 단계 높은 차원에서 완성되었다. 싯다르타의 자아 탐색의 내면의 길은 자연의 근원, 만물의 음악적 근원으로의 귀향이다. 강의 소리로 합일된 '옴'은 삶의 음악에서 조화를 이루어 완성된 기본 음으로 '옴'의 경지는 자연과의 합일이며, 자연과 음악의 근원으로의 귀향인 것이다.

《클라인과 바그너》에서 선량한 시민적 존재와 그 내면에 숨어 있는 범죄적 존재 사이의 갈등은 1927년에 출간된 소설 《황야의 이리》에서 더욱 심화되어 나타난다. 우선 이 소설 주인공의 이름 하리 할러 Harry Haller는 헤르만 헤세의 이니셜 H.H를 연상시키고, 이 소설이 헤세의 자전적 이야기라는 것을 예감케 한다. 가슴속에 2개의 영혼을 가진 파우스트처럼[70] 할러는 인간과 이리의 본성을 함께 지닌 운명의 소유자로서 내면적 자기 분열로 번민하며 현대 사회에서 자기 자신을 추구하는 인물이다. 50대의 시인이며 지성인으로서 잘 길들여진 정신세계와 충동 그리고 야성으로 충만한 본능 세계가 그의 내면의 양극성이다.

이 양극성의 특징은 할러의 생활에서 나타난다. 그는 시민 사회를 반대하고 경멸하면서도 다른 한편으로는 언제나 은밀히 동경했다. 그리고 시민 계급의 위기 상황에 대한 반항심과 실망에서, 그럼에도 삶의 안전을 전혀 바라지 않는 절망적인 정서 불안 속에서 그의 풍부한

재능과 힘은 조화를 이루지 못하고 삶을 스스로 영위해 나가는 데 실패했다. 하리 할러는 시민 사회에서 소외된 존재처럼 자신을 경멸하고 괴롭히고 동시에 정신적 상처를 내는 고통의 천재[71]였다. 그는 지나치게 골똘히 생각하는 습성을 가진 자로서 생각은 곧 의심으로 변했다.

> 생각하는 사람은, 생각을 주요한 일로 삼는 사람은, 비록 생각 안에서 멀리 나아갈 수 있을지 모르지만 그는 바로 땅을 물로 착각해 언젠가는 익사할 것입니다.[72]

하리의 시민 사회에 대한 경멸은 내면에서 무서운 고통을 일으키는 자기 경멸의 염세주의에서 나온 것이다. 할러는 사회적·정신적 고립과 절망에 빠지게 되고, 이에 대한 자기변호로서 니체보다 89년 전에 앞서 말한 노발리스의 한 구절을 인용한다.

> 고통을 자랑스러워해야 한다. 모든 고통은 우리의 고귀한 품격에 대한 기억이다.[73]

《황야의 이리》는 병리학적으로 상승된 《토니오 크뢰거》라고 말할 수 있다. 하리 할러는 자기 자신의 감각적·정신적 이중성격의 갈등에서 생기는 고통의 원인을 시민 문화의 몰락과 사회주의적 세계 질서의 번영 사이에서 생기는 계급 간 대립과 상이한 두 생활양식의 긴장에서 설명했다.

> 어떤 고통은 당연한 것으로 여기고 어떤 악은 참고 견디는 법입니다.

인간의 삶이 정말로 고통으로, 지옥으로 변하는 건 두 시대, 두 문화, 두 종교가 서로 교차할 때뿐입니다.[74]


이미 18세기의 슈투름 운트 드랑 문학에서 베르테르와 안톤 라이저는 봉건 귀족과 의식적으로 대립에 있었던 시민 계급의 대표적인 인물들이다. 그러나 누구보다도 니체는 이 대립의 갈등에 파멸되었던 가장 대표적인 예다. 이 소설 《황야의 이리》에는 많은 것에서 장 폴 사르트르의 《구토La nausée》를 연상시키는 20년대의 문화 비관주의와 초기 실존주의의 징후가 나타난다.

노이로제로 인해 지나치게 민감하고 극단적인 심적 고독에 빠져 있는 중년 남자인 하리 할러는 소위 문화라는 것을 비웃고, 그것이 구토제처럼 그를 구역질나게 했다. 그는 정치와 경제에서 극단적인 부도덕한 행위를 발견하고, 화해와 타협을 추구하는 중용주의와 평범한 시민의 낙관주의 그리고 낭만주의자의 속물 근성을 가장 증오하고 저주했다. 그래서 그는 자신을 소시민적인 세계의 증오자라고 불렀다.

절망으로 가득 찬 상태에서 음악은 그에게 훌륭한 위안이었다. 《게르트루트》의 쿤처럼 음악가가 주인공이 아니라 해도 이 소설은 온통 음악적 주제로 충만했다. 무엇보다도 헤세의 음악관이 심도 있게 표현되고 있어 중요하다. 여기에는 북스테후데, 파헬벨, 바흐, 프리드만 바흐, 하이든, 헨델, 모차르트, 베토벤, 슈베르트, 볼프, 쇼팽, 브람스, 바그너, 막스 레거 등 바로크 시대부터 현대에 이르는 음악가들과 그들의 음악이 산재해서 나타난다. 하리 할러의 분열된 두 세계는 고전 음악과 현대 음악으로 비유되고, 이 두 세계의 조화는 음악의 모든 장르를 초월한 음악의 본질에서 완성된다.

어느 날 저녁 할러는 교향악 연주회에서 헨델과 프리드만 바흐의

숭고하고 아름다운 음악을 심취해 들었다. 그러자 그 후부터 레거의 변주곡이 연주되었을 때 그는 슬프고 화난 모습을 하고, 늙고 병든 불평꾼처럼 보였다.[75] 그는 고전 음악에서 내면적인 기쁨과 조화를 체험하면서 그 분위기에 흠뻑 취했고, 이 상쾌하고 고상한 음악을 마치 신들이 넥타를 마시듯이 들이마셨다. 그리고 그가 댄스홀을 지나갔을 때 흘러나오는 재즈 음악에 대해 예전과는 다른 생각을 갖게 되었다.

내가 어느 댄스홀을 지나갔을 때 그곳에서 날고기에서 나는 김처럼 뜨겁고 거칠게 격렬한 재즈 음악이 울려 나왔다. 나는 순간 멈춰 섰다. 나는 늘 이런 종류의 음악을 싫어했지만 어떤 묘한 매력마저 느껴졌다. 재즈는 오늘날의 아카데믹한 음악보다는 훨씬 좋았다. 재즈는 그 즐겁고 거친 야생성으로 나의 충동 세계 속으로 깊이 파고 들어와 순수하고 솔직한 관능을 내뿜는다.[76]

재즈 음악은 몰락의 음악이고, 바흐와 모차르트와 비교하면 한낱 추잡한 것에 불과하며, 로마에서 마지막 황제가 이와 비슷한 음악을 연주했을 것이라고 할러는 생각했다. 그러면서도 그는 이제 재즈 음악이 지닌 장점으로 엄청난 정직성과 가식 없고 사랑스러운 흑인성黑人性, 명랑하고 아이 같은 분위기[77]를 인식했다.

할러는 한적한 담 옆을 산책하는 동안 지나가는 한 남자의 빨간 플래카드에 쓰인 글자를 읽었다.

무정부주의적인 밤의 환락. 마술 극장. 아무나 입장할 수 없음. 오직 미친 자만이 입장 가능.

이 같은 표제를 가진 플래카드를 운반하는 사람에게서 할러는 기대했던 입장권 대신 〈황야의 이리론. 오직 미친 사람들만을 위해서〉라는 제목의 소책자를 받았다. 명상적인 수필 형식으로 된 황야의 이리론은 고뇌에 찬 주인공의 분열된 영혼을 음악과 연계해 미학적으로 분석해 놓았기 때문에 중요한 의미를 가진다. 이제 할러는 소책자에서 그의 고유한 특징을 발견했다. 그는 그 책에서 한 마음속에 두 영혼이 있는 파우스트처럼 선량한 인간적 본성과 거친 이리의 동물적 야성이 상호 충돌해 갈기갈기 찢겨진 자신의 존재를 보았다.

한 음식점에서 할러는 귀엽고 창백한 얼굴의 창녀, 헤르미네를 알게 되었다. 파우스트처럼 할러가 극도의 구토, 고통, 절망에서 자살이외에 어떤 다른 해결책을 더 이상 찾지 못했던 적절한 시간에 나타난 헤르미네는 메피스토의 화신이라 할 수 있다.

헤르미네는 그의 모든 시름을 쫓아내고, 인생의 기쁨을 알게 했다. 이제 할러는 헤르미네에게서 춤추는 법을 배워야 하고 그녀와 함께 유흥업소를 방문해야 했다. 헤르미네가 애인으로서 그와 깊은 관계를 갖기 전에 그녀는 자신과 동성애 관계에 있는 젊은 여자 친구 마리아를 할러에게 소개해 주고, 마리아는 그에게 온갖 사랑의 기쁨을 가르쳐 주었다. 그녀는 그에게 단순히 관능의 새로운 유희나 기쁨만을 가르친 것이 아니라 새로운 이해와 통찰 그리고 사랑을 가르쳐 준 것이다.[78] 마리아의 사랑스러운 말과 동경에 찬 시선은 그의 심미적 취향에 커다란 틈새를 만들었다. 마리아와 보낸 사랑의 밤을 할러는 새롭게 인식하게 되었다.

내 영혼은 다시 숨쉬기 시작했고, 내 눈은 다시 시력을 되찾았다. 스스로 형상 세계에 들어가 불멸의 존재가 되려면 나는 흩어진 형상 세계

를 하나로 모아야만 한다. 나는 하리 할러와 같은 황야의 이리의 삶을 전체로서 형상으로 고양시키기만 하면 된다는 것을 잠시나마 달아오르는 가슴으로 느꼈다.[79]

한편으로 할러는 지금까지 자신이 편협한 정신적 존재로서 삶의 엄격함과 도덕에 짓눌려 행복을 알지 못했다는 것을 시인했다. 그리고 본능적 충동에 의한 즐거운 현존도 똑같이 인간 행복의 증진을 위해 정당하고 본질적인 것이라는 사실을 인식하게 되었다.

재즈 음악가 파블로는 마리아와 헤르미네의 친구이고, 미모의 트럼펫 연주자로서 가벼운 뮤즈의 대표자다. 그는 악사로서 사람들에게 기쁨을 주기 위해 진지하게 연주할 뿐이며, 음악에 대해 지루하게 늘어놓는 장황설이나 대화를 좋아하지 않았다. 할러는 그와 친해졌고 그 사이 댄스 음악과 재즈 음악이 재미있다고 느끼게 되었다. 파블로를 통한 재즈나 댄스 음악에 대한 수용은 결코 고전 음악에 대한 애정의 감소 때문이라고 생각할 수 없다. 할러는 뮌스터에서 열린 옛 종교 음악 연주회에 참석하고 귀가하는 중 겪었던 두 음악에 대한 자신의 심정을 말했다.

천장이 높은 고딕식 교회에서 나는 북스테후데, 파헬벨, 바흐, 하이든의 작품들을 들으며 그렇게 좋아했던 옛 시절로 돌아갔다! 그 무한한 위엄과 신성함이 젊은 시절의 정신적 고양과 황홀감, 흥분을 불러일으켰다.

그러고 나서 그는 한 골목길의 레스토랑 창문에서 흘러나오는 재즈 악단의 연주 소리를 듣고, 그것이 마치 자신의 현재 삶을 연주하는 소

리인 양 탄식했다.

> 오오, 내 삶은 어찌 이리도 쓸쓸한 방황이 되어 버렸단 말인가![80]

할러는 이때 오랫동안 자신과 음악의 진기한 관계를 깊이 생각했고, 다시 한 번 음악에 대한 이 감동적이면서도 숙명적인 관계를 독일의 정신적인 모든 것의 운명으로 인식했다.

> 나는 이날 밤길을 걸으며 내가 음악과 맺고 있는 관계에 대해 오랫동안 곰곰이 생각해 보았다. 그리고 다시금 음악에 대한 이 감동적이고 치명적인 관계가 독일 정신주의 전체의 운명임을 알았다. 독일적인 정신 속에는 다른 어떤 민족보다도 강하게 모권이, 즉 자연과의 유대가 음악이 헤게모니라는 형태로 지배한다. (…) 우리 정신주의자들은 자신의 도구를 가능한 한 충실하고 성실하게 이용하려고 하지 않고, 늘 말과 이성에 반대하며 음악에 추파를 던졌다. 그리고 이상하고 성스러운 음의 구조물이요, 결코 구체화되지 않은 신비하고 섬세한 느낌과 분위기인 음악에 빠져 독일 정신은 현실적인 의무를 대부분 게을리했다. 우리 정신적인 인간 모두는 현실을 고향으로 삼지 못하고, 현실에 낯설어 하고 적대한다. 그래서 독일 현실에서, 우리의 역사, 정치, 여론에서 정신의 역할은 매우 비참한 것이었다.[81]

니체가 《음악 정신에서의 비극의 탄생》에서 소위 문화사를 음악의 관점에서 보는 관찰 방법을 도입한 이후 음악의 문제는 문학에서 점점 더 큰 역할을 했다. 그러나 리하르트 바그너의 음악에 대한 니체의 비판 이후 음악에 대한 관계는 비판적으로 분석되고, 아울러 심리학

적·문화 정치적으로까지 해석하게 되었다. 그 대표적인 예로 토마스 만이 《독일과 독일 사람들》에서 바그너 음악이 독일 민족과 정신에 미친 영향과 나치의 정치적 이용에 대한 비판을 들 수 있다.

헤세 역시 토마스 만처럼 음악을 정치적으로 의심스럽게 관찰한 놀라운 유사성을 보여 주었다. 헤세는 독일 정신의 음악성을 현실에 방해가 되는 관계로 보았고, 바그너를 독일적 과대망상증의 총체 개념[82]으로 인식했다. 니체, 만, 헤세는 모두가 음악 없이 결코 올바로 살아갈 수 없는 열렬한 음악 숭배자들이었기 때문에, 이들의 경고는 그들이 그만큼 음악에 대한 사랑으로 충만해 있다는 증거이기도 하다.

헤세는 제1차 세계대전 이후 유럽에 퍼져 가는 재즈 음악을 진지한 음악을 위한 유머 있는 보충으로 이해하면서 올바르게 평가하려고 노력했다. 고전 음악과 재즈는 각각 할러의 정신과 본능적 충동에 대한 상징적 의미를 가지고 상호 보완적으로 작용한다는 헤세의 음악관으로 융화될 수 있었다.

메피스토처럼 헤르미네는 정신적 세계에 갇혀 있던 할러를 한 가면 무도회로 안내했다. 할러는 그날 저녁에 파블로가 권한 아편 담배를 즐긴 후 진기한 꿈속으로, 오직 미친 자들만을 위한 마술의 극장 안으로 들어갔다. 마술 극장은 현실이 아닌 가상의 세계다. 니체에게 있어 광기는 고통으로부터의 해방이었고, 토마스 만에게 있어서는 몰락이었다. 그러나 헤세에게 광기는 높은 의미에서 모든 지혜의 시작이듯이 정신 분열은 모든 예술, 모든 환상의 시작이다.[83] 이 때문에 할러가 마술 극장으로 들어가는 것은 중요한 의미를 가진다.

할러는 거대한 거울에서 수없이 겹쳐진 자아의 영상들을 보았다. 따라서 마술 극장에서의 그는 단순한 2개의 이원론적 존재가 아니라 수많은 다원성의 존재로 이루어졌으며, 그래서 그의 삶은 무수한 쌍

들의 양극성 사이에서 이루어졌다고 할 수 있다.

마술 극장에서 그는 괴테와 모차르트를 만났다. 파블로는 할러에게 마술 극장이 웃음을 배워야 하는 유머 학교라고 말한다.

기분 내키는 대로 이 모습을 보며 진솔하게 웃기만 하면 됩니다. 당신은 지금 유머의 학교에 와 있는 겁니다. 웃음을 배워야 합니다.[84]

파블로는 할러에게 기쁨을 체험하게 하고, 할러는 음악과 포도주와 성적 충동에서 감미로운 꿈에 도취되었다. 할러는 환상의 세계에서 여러 가지 체험들, 예를 들어, 한 시골 길가의 은신처에서 지나가는 모든 자동차들을 사격하는 〈자동차 위에서의 큰 짐승 사냥〉, 〈황야의 이리 길들이기의 기적〉, 〈모든 아가씨들이 그 안에 있다〉 등의 공연들을 보았다.

그 후 모차르트의 《돈 조반니Don Giovanni》의 마지막 악장에서 아름답고도 무서운 음악이 울리면서 모차르트가 파블로처럼 현대적 옷을 입고 웃으며 등장한다. 그 웃음소리는 인간에게서 들어 본 적이 없는, 고난과 신들의 유머의 저쪽에서 울려 오는 밝고도 얼음처럼 차가운 웃음소리[85]였다. 그때 할러는 모차르트가 했던 것과 마찬가지로 밝고, 거칠며, 세상을 벗어난 웃음을 웃고 싶은 욕망을 느끼고, 이 명랑함이 아주 각별하게 음악 덕분이라고 생각하게 된다. 그리고 모차르트는 매우 변덕스럽고 얼음처럼 찬 신들의 유머로 속속들이 냉소가 배어든 강연을 한다.

할러는 마지막 장면 〈사랑으로 죽이는 법〉에서 손수 한 역을 떠맡는다. 파블로의 아름다운 가상의 홀에서 헤르미네와 파블로가 나체로 현혹적인 사랑의 유희를 벌이는 것을 보고, 그것을 현실과 혼동하며 질투심에서 자신의 연인을 칼로 찔러 죽인다. 죽은 헤르미네에게서 물결쳐 나오는 냉소는 죽음을 불러오는, 그러나 아름다운 울림이었고 그것은 음악이었다.[86] 라디오 음악에서 흘러나오는, 대리석상이 등장하는 《돈 주앙》의 음악인 것이다. 이 음악과 함께 모차르트가 다시 등장해 문명의 이기로 새롭게 등장한 라디오 음악과 음악 본연의 정신과의 관계에 대해 할러에게 설명한다. 라디오 음악은 기형화되고 영혼이 없으며 독을 품고 있는 음악이기 때문에 라디오가 이 세상에서 가장 훌륭한 음악을 무차별적으로 퍼뜨린다 해도 그것이 그 음악의 정신을 완전히 죽일 수는 없다[87]는 것이다.

그는 유머를 이해하지 못하고 아름다운 가상의 세계를 현실과 혼돈해 살인으로 모독했다는 죄로 유죄 판결을 받았다. 이제 할러는 마술극장에서 모차르트의 웃음과 유머를 배워야 하고, 그럼으로써 자신을 너무 진지하게 대하지 않는 법과 인생의 라디오 음악을 듣는 데 익숙해져야 한다는 것을 깨닫게 된다.

모차르트는 할러가 자신에게 내려진 판결에 대해 보여 준 격정적인 반응을 우습게 만든다.

> 제발 정신 좀 차리게! 자네는 살아야 하고 웃음을 배워야 하네. 자네는 인생의 불쾌한 라디오 음악에 귀를 기울일 줄 알아야 하네. 그 뒤에 숨어 있는 정신을 존경해야 하며, 음악 속에서 야단법석을 떠는 것을 비웃을 줄 알아야 하네.[88]

비로소 할러는 모든 것을 이해하게 되었다. 파블로를 이해하고, 모차르트를 이해하게 되었다. 그리고 이 소설은 그가 다시 한 번 이 유희를 시작하고 싶은 희망으로 끝난다.

오, 나는 (…) 유희를 다시 한 번 시작하고, 다시 한 번 그 고통을 맛보고, 다시 한 번 그 무의미 앞에서 전율하고, 다시 한 번 내 마음속의 지옥을 이리저리 헤매고 싶었다. 언젠가 나는 장기 말 놀이를 더 잘 할 수 있겠지. 언젠가 나는 웃음을 배우게 되겠지. 파블로가 나를 기다리고 있었다. 모차르트가 나를 기다리고 있었다.[89]

현실과 가상의 두 공간 사이에서 겪은 하리 할러의 기이하고 혼란스러운 체험들은 할러의 내면에 있는 황야의 이리를 구원하는 과정이며, 이는 곧 헤세 자신의 정신적 위기 극복의 과정에 대한 문학적 표현이기도 하다. 헤세의 작품들은 대부분 자전적 성격을 띠고 있으나 그중에서 《황야의 이리》는 가장 자전적이고 고백적이며 자극적인 작품이다.

가정과 사회, 전쟁의 역사 속에서 겪었던 그의 수많은 실존적 위기가 이 소설의 주 모티브를 이루고 있다. 그리고 마술 극장에서 할러가 터득하는 웃음과 유머는 헤세 자신의 정신적 위기 극복을 위한 요소로 작용한다. 마술 극장에서의 웃음은 황야의 이리로 하여금 세상을 지나치게 진지하게 대하지 않게 하고, 유머는 자살의 충동을 이겨내고 다시 시민 사회로 돌아가게 한다. 그래서 유머는 소외된 국외자인 예술가와 시민 사회 사이의 모순을 지양하는 매체 역할을 한다.[90]

낭만주의자들에게 음악이 현실도피의 개인주의적 수단이었다면 헤세는 이 소설에서 음악의 현존을 아름답게 생각하게 하고 견디게 하는 내적 명랑성의 개념으로 파악했다. 그리고 유머는 음악의 명랑성에 근거한다. 그래서 음악은 인간 내부에 잠재해 있는 모든 대립들을 행복한 조화의 상태로 이끄는 중요한 역할을 한다.

지금까지의 관찰에서 볼 때 《황야의 이리》에서 음악을 통한 양극성의 극복에 대한 문제가 심도 있게 다뤄졌다는 것을 알 수 있다. 헤세는 "세상의 어떤 것도 세계 전체가 신적인 단일성이라는 생각만큼 깊은 것은 없으며, 그 어떤 생각도 나에게 성스러운 것은 없다"[91]고 생각하고, 이 단일성에 이르려는 내면의 어두운 명령[92]을 좇으려고 노력했다.

그러나 양극성 극복의 과정은 단계적으로 이루어졌다.《클라인과 바그너》에서 주인공은 단일성의 체험과 자신의 운명을 함께했다.《싯다르타》에서는 일정한 종교 형식을 벗어난 초월적 종교관이 이원성 극복의 바탕이 되고 있다. 싯다르타는 자연, 즉 신과 하나를 이룬 상태에서 탈자아를 통해 자아의 재탄생에 이르고, 생성과 사멸의 영원한 존재인 강에서 세상의 모든 대립들이 극복됨을 느꼈다.

그러나《황야의 이리》에서는 천체의 음악 또는 모든 만물들의 소리 대신 고전 음악과 현대 음악이 음악의 본질에서 융화되는 헤세의 음악관이 양극성의 합일에 대한 비유적 역할을 담당했다. 그가 지금까지 번거롭게 느꼈던 본능적인 것을 더 이상 경멸하지 않고, 한때 몰락의 음악으로 경멸했던 재즈 음악을 수용함으로써 2가지 본성, 즉 인간의 본성과 이리의 본성의 조화가 음악의 본래의 정신에 가치를 둔 헤세의 음악적 관용에 의해 이루어졌다.

《황야의 이리》에서 양극성의 극복은 현실 세계가 아닌 마술 극장에서 이루어져 현실적인 단일성 체험으로 가는 도상의 역할을 한다. 이런 의미에서 그것은 니체의 비관주의에 근거한, 미래의 인간 존재로 가는 길 중간에 있는 정류장으로서 신랄한 냉소와 부정의 학교[93]일 뿐이다. 그래서 헤세는《유리알 유희》에서 카스탈리엔이라는 미래의 이상향을 계속해서 현실에서 체험하려고 애썼다.

# 단일성의 문학적 형성과 체험

헤세는 1931년에 집필을 시작해 1943년에 그의 대표작이라고 할 수 있는 《유리알 유희》를 발간했다. 이 소설은 서문, 요제프 크네히트의 전기 그리고 그의 유고들의 세 부분으로 구성되었다. 즉 표면상으로는 최고의 유리알 유희의 명인 루디 요제프 크네히트에 관한 역사적 증언들을 수집해 놓은 형식을 취하고 있다. 서문의 첫 머리에 헌정獻呈의 뜻으로 "동방 순례자들에게"라고 쓰여 있어 이 소설이 헤세가 1932년에 발표한 《동방 순례Morgenlandfahrt》와 연관되어 있음을 알 수 있다.

《동방 순례》에서는 모든 시대, 모든 나라에서 선택된 개개의 탁월한 정신의 소유자들이 동방 순례자들로서의 한 공동체를 이룬다. 이들은 내면적인 빛의 고향[94]과 영혼의 고향[95]으로 가는 순례를 목적으로 삼고 있다. 따라서 이들은 자율적이고 정신적인 나라의 존재를 각

개인의 영적·정신적 가상의 현실 속에서 개별적으로 체험한다. 그러나 《유리알 유희》에서 정신적인 사람들은 음악가들과 공동으로 우리 세기의 위기를 극복하고 좋은 전통과 규율 그리고 지성적 양심을 지키려는 정신에서 하나의 공동체, 즉 카스탈리엔이라는 교육 주를 만들어 낸다. 헤세는 카스탈리엔이라는 교육 주가 생기게 된 원인을 시대적 위기 상황과 연관해 보았다.

> 다른 많은 것 가운데서 종단宗團을 설립하여 유리알 유희라는 열매를 맺게 한 정신 운동은 (…) 잡문 시대라는 이름을 가진 역사상의 한 시기에서 시작한다.[96]

헤세는 20세기를 잡문적인 혹은 호전적인 시대라고 규정했다. '잡문들'이 문화와 정신 세계를 위기로 몰아넣었고, 몇 번이나 겪은 몸서리나는 전쟁들과 내란들이 정치적·경제적·도덕적 변혁과 동요를 초래했다. 그래서 교양삼아 했던 작은 유리알 유희는 단순히 즐겁고 무의미한 아이들의 장난이 아니라 풀 길 없는 현실 문제나 불안한 몰락의 예감 앞에서 순진한 환상의 세계로 도피하려는 깊은 욕구와 일치했다.[97] 그 결과 정신 생활의 위기를 극복하고 건전한 정신을 소생시키기 위해서는 교육이 필연적이라는 인식에서 교육 주 카스탈리엔이 생기게 되었다.

동방 순례자들은 카스탈리엔 교육 주 구성원들의 조상이라고 할 수 있다. 카스탈리엔에서 사람들은 현실과 격리된 상태에서 정신에 의해 다스려지는 삶을 살아가야 했다. 이런 삶은 각개의 양심적인 학자들, 특히 음악 연구자들에 의해 그리고 동방 순례자들의 연맹에 의해 이어졌다. 카스탈리엔의 엘리트 교단은 정신적인 교만과 유리알 유희를

단순히 기교적으로 연마하려는 위험에서 보호하기 위해 유리알 유희자들이 명상하고 음악을 연마하는 것을 도왔다. 엄격한 선발을 통해 높은 재능을 타고난 아이들을 양성하고, 이들을 세속 생활의 방해에서 벗어나도록 계급 조직으로 구성된 교단에서 정신생활에 헌신하도록 하는 것은 카스탈리엔 교단 관구의 기초였다.

이 교육 주에서 성직 제도 조직은 익명을 이상으로 삼고 있다.[98] 각 개인은 완전히 계급 제도에 편입되어 있으며, 결혼이나 개인 소유가 금지되어 있었다. 하지만 직업의 자유, 정신의 자유, 연구의 자유가 보장된 가운데 3가지 원칙, 즉 '학문과 명상, 미의 숭상'에 바쳐진 삶을 영위하고 유리알 유희라는 의식을 행함으로써 최고의 문화 형식에 참여한다.

헤세는 현재에서 이야기하고 있으면서 카스탈리엔의 현재는 2400년으로, 400년 후에 있을 어느 나라의 교육 주를 앞서 이야기한다. 이로써 그는 미래의 이상향에 대한 가상을 현재에서 구체화시키고 있다. 다시 말해 헤세는 정신과 영혼의 나라가 실제로 존재하는 것처럼 만들어야 했기 때문에 그의 작품은 유토피아가 되었고, 그 모습은 미래로 투사되었으며, 나쁜 현재는 극복된 과거로 추방되었다.

카스탈리엔은 괴테의 대표적인 발전 소설 《빌헬름 마이스터의 수업 시대》의 교육 구를 연상시키는 것으로, 단순한 가상적인 이야기 차원을 넘어 20세기 문명을 비판하고 현 시대의 상실된 정신을 재건

《유리알 유희》 친필 원고

하는 데 그 목적을 가지고 있다. 따라서 카스탈리엔은 헤세가 평생에 걸쳐 추구해 온 미래의 이상적인 세계상을 그려 보려는 그의 위대한 문학적 구상이라고 볼 수 있다.

《유리알 유희》의 서문에는 가상적인 유리알 유희와 음악과의 관계에 대한 해설이 있다. 음악 이론가인 유리알 유희의 창시자는 처음에 나무 테두리 안에 나란히 병렬해 놓았던 유리알로 음악의 인용문 또는 생각해 낸 테마를 만들었다. 수학자들은 유리알 유희를 계속해서 만들어 냈다. 후일의 유리알 유희자들은 유리알 대신 수학적·음악적인 과정을 위한 특별한 부호나 약어를 만들었다. 그래서 다른 학문들도 이를 모방할 수 있었다. 유리알 유희는 어떤 때는 이 학문의 지배를 받고 어떤 때는 저 학문의 지배를 번갈아 가며 받아 오면서 일종의 세계어로 발달했다. 그 세계어에 의해 유리알 유희자는 의미 깊은 기호로 가치를 나타내고 관계를 형성할 수 있었다.

> 어느 시대에나 유리알 유희는 음악과 밀접한 관계를 가지고 대체적으로 음악과 수학의 규칙에 따라 행해졌다. 한 주제, 두 주제, 세 주제가 정해지고, 실현되고, 변화되었으며, 푸가 혹은 협주곡 악장의 주제와 아주 비슷한 운명을 감수했다.[99]

유리알 유희는 음악과 수학을 기초로 모든 학문과 예술을 관련시켜 연주하는 고도로 발달된 일종의 은어이며, 또한 이 은어는 모든 학문의 내용과 결과를 표현하고 상호 간에 연관을 맺게 할 수 있었다. 그러므로 유리알 유희는 우리 문화의 모든 내용과 가치를 가지고 노는 유희다.[100]

이 유리알 유희가 실시되는 현재는 2400년으로 시민 사회의 붕괴

시대가 극복된 이후의 시대를 의미한다. 말하자면 유리알 유희는 시간과 공간을 초월해 명인 루디란 칭호를 가진 최상급의 유리알 유희 사회자 밑에서 이루어지는, 미래의 유토피아적 현실에 대한 탐구라는 상징적 의미를 가진다. 그래서 유리알 유희는 문화적 몰락의 극복과 새로운 정신 교육의 발생에 큰 몫을 한다.

《유리알 유희》의 주인공인 요제프 크네히트는 카스탈리엔에서 유희의 최고 명인으로 선출된다. 비록 성직 조직은 익명을 이상으로 삼고 있었지만 카스탈리엔의 기록자들은 크네히트의 삶을 묘사함으로써 그를 최고 명인으로 선출한 그들의 의도를 다음과 같은 이유에서 변호했다.

> 개인과 성직 제도 사이에서 충돌이 일어난다면 우리는 바로 이 충돌이야말로 인격의 위대함을 시험하는 시금석으로 본다. 그래서 우리는 욕망이나 열정으로 질서를 파괴하는 반역자를 결코 시인하지 않는다. 그래도 역시 희생을 당한, 진정으로 비극적인 인물을 회상하는 것은 우리에게 존경할 만한 가치가 있는 것이다.[101]

이 인용문에서 유희의 최고 명인인 요제프 크네히트의 전기가 개인과 성직제도의 상충으로 인한 희생과 비극의 역사이지만 그 속에 존경할 만한 가치가 있다고 전제하고 있다. 따라서 존경할 만한 그 가치가 무엇이냐는 문제가 제기된다.

모든 독립적인 유리알 유희자들뿐만 아니라 최고 명인에게도 유리알 유희는 우선적으로 연주하는 일[102]이기 때문에 크네히트의 전기는 그 줄거리의 전개, 특히 음악과의 관계에서 중요한 의미를 가진다. 《동방 순례》의 기록자가 직업상 본래 바이올린 연주자이고 동화를 읽

어 주는 사람[103]인 것처럼 주인공 크네히트도 바이올린 연주가였다. 음악은 크네히트에게 카스탈리엔으로 가게 하는 매개체 역할을 했다. 일찍이 부모를 잃은 그는 작은 도시 베롤핑겐에 있는 김나지움 학생으로 모든 교사들 중에서 음악 선생에게서 제일 많은 칭찬을 받았다. 그래서 요제프는 대략 열두 살의 나이에 그의 특출한 음악적 재능으로 12교단 계급의 한 사람인 카스탈리엔의 음악 선생에게서 치른 시험에 합격하고, 카스탈리엔의 엘리트 학교인 에슈홀츠에 들어가게 되었다. 그곳에서 크네히트는 음악 연주에 전념했고 두각을 나타냈다. 그리고 그가 처음에는 회의적으로 반대했던 교단의 정신과 봉사에 대한 일견을 얻었다.

그는 이 학교를 최우수로 졸업한 뒤 유리알 유희 진행자들을 교육시키는 엘리트 학교가 있는 발트첼로 갔다. 발트첼에서 첫 3년 동안에 요제프는 음악 이론에서 크게 발전했고, 연주에 대한 엄청난 열정을 통해 두각을 나타냈다. 음악에 대한 그의 애착은 우선 그를 유리알 유희에 들어가게 하는 연구를 방해했다. 그 밖에도 그는 청강생인 그의 친구 플리니오 데시뇨리에게서 외부 세계의 세속 생활을 듣고, 그 세계에 대한 동경을 느끼게 되었다.

한편 카스탈리엔은 크네히트에게 오직 정신적·예술적 세계만을 나타낸다는 생각을 갖게 했다. 그가 존경하는 음악의 명인은 그에게 명상을 권하고, 그는 그 도움으로 정신과 영혼을 다시 안정시킬 수 있었다. 그가 설계하기 시작한 자신의 유리알 유희는 괄목할 만한 발전을 이루게 되었고, 동시에 긴장 완화에 이바지했다.

크네히트가 발드첼을 떠날 때 그는 스물네 살이었다. 그의 학창 시절은 끝났고, 자유로운 연구 시기가 시작되었다. 수년 동안 그는 유리알 유희의 체계와 표현 가능성들에 대한 연구에 전념했다. 10년 후 그

는 연구를 끝내고 교단에 섰다.

그는 유리알 유희를 위한 교사로서 베네딕트 교단의 마리아펠스 수도원으로 보내졌다. 그 수도원에서 그는 유명한 역사학자이며 베네딕트 교단의 지도적 정치가인 야코부스 신부[104]와 친해졌다. 세계사는 오로지 정신사 내지 예술사로 이루어져 있다고 생각하는 카스탈리엔 사람들의 역사관을 신부는 비판했고, 카스탈리엔 교단의 역사도 보편적인 세계와 국가의 역사에 뿌리를 두고 있다는 것을 크네히트에게 주지시켜 주었다.

크네히트는 야코부스 신부를 통해 그가 지금까지 알지 못했던, 카스탈리엔이 속해 있지 않은 역사의 세계를 발견했다. 그는 이제 야코부스 신부로부터 현재와 자기 자신의 인생을 역사적 사실로 보는 방법을 배우고, 카스탈리엔 문화도 기독교적 서양 문화의 세속화된 허무한 형태일 뿐이라는 것을 듣게 되었다. 그는 현실 세계와 격리된 카스탈리엔의 세계가 절대적인 것이 아니며, 생명의 본능과 혼돈 없이 창조는 있을 수 없다는 것을 알게 되었다.

크네히트는 대규모의 공식적인 유리알 유희의 축제 때문에 매년 카스탈리엔으로 갔다. 축제 기간에 유리알 유희의 최고 명인인 루디가 죽었기 때문에 교단의 간부들은 요제프 크네히트를 유리알 유희의 새 책임자로 임명했다. 그는 유리알 유희자들의 엘리트 그룹과의 꾸준한 교제를 통해 그들의 귀족적인 자족감과 현실과 격리된 삶의 소외감 등이 카스탈리엔을 위협하는 위험들이라고 인식하게 되었다. 그리고 자신의 과제가 학생들을 카스탈리엔의 편협한 전문 학자 정신으로부터 보호하는 데 있다고 보았다.

어느 날 그는 다시 한 번 음악의 명인을 찾아갔다. 크네히트는 그의 방에서 울려오는 부드럽고 가냘프지만 박자가 정확하고 매우 명랑한

음악을 들었다. 머리가 백발이 되고, 목소리도, 힘도 쇠약해져 가는 동안에도 명인의 미소는 밝고 우아하고 진실한 빛을 조금도 잃지 않았다. 그에게서 명랑함과 평온이 발산됐다. 크네히트는 이제 늙은 음악의 명인에게서 사람을 떠나 정적으로, 말을 떠나 음악으로, 사상을 떠나 통일로 전이해 가는 변화를 인식했다. 그 명인의 삶은 헌신과 일로 가득한 삶이었지만 강요와 명예욕에서 벗어나 음악으로 충만한 삶이었다.[105]

그리고 그는 음악가가 되고 명인이 되면서 음악을 인간의 최고 목표, 내면의 자유, 순결, 완성으로 가는 길의 하나로 선택한 것처럼 보였다. 그 후로는 그의 삶이 음악으로 점점 더 충만해지고, 변화되고 정화된 듯이 발전했다. 크네히트는 몬테포르트의 음악 도서관 사서이자 친구인 카를로 페로몬테에게 말했다.

적어도 나는 그에게서 퍼져 나오는 것을, 또 그와 나 사이를 율동적인 호흡처럼 박동하며 오가는 것을 모두 음악으로 느꼈어. 완전히 비물질적인, 비교적인 음악으로 느꼈지. 다음 부의 악곡이 새로 끼어 들어오는 음부를 맞아들이듯이 마법의 테두리 안으로 들어오는 모든 것을 음악으로 느꼈어.[106]

크네히트 자신은 스승인 노 명인처럼 유리알 유희가 최고 목적이 되어 찬양하는 조화와 명랑함을 영원히 이룰 수 없었다. 또한 그는 카스탈리엔이 이 시대에 속해 있고, 시대의 폭력에 흔들리는 역사적 존재일 뿐이라는 견해를 숨길 수 없었다. 그는 이제 교육 구에 대한 주민들의 관심과 마찬가지로 카스탈리엔 사람들의 흥미도 약해졌다는 것을 인식했다. 일방적인 교육으로 저항력이 약해진 카스탈리엔의 정신 속에서 그는 점점 더 다른 세계를, 소박한 삶을 동경하게 되었다.

어느 날 크네히트의 옛 친구이며 같은 반 학생이었던 데시뇨리가 카스탈리엔에 다시 나타났다. 데시뇨리는 현실 속에서 카스탈리엔에서와 같은 삶을 계속해서 살아갈 수 없었기 때문에 여러 해 전부터 우울하게 살아왔다. 크네히트는 데시뇨리에게 발트첼의 옛 음악 명인이 지녔던 높은 경지의 명랑성에 대해 이야기했다.

이 대화는 헤세의 음악의 명랑성에 대한 생각을 밝혀 주는 것으로 중요한 부분이다. 크네히트는 친구 데시뇨리에게 말했다. 노 명인의 명랑성은 크네히트에게 생명의 기쁨 · 쾌활 · 신뢰 · 확신으로 옮겨왔다. 그래서 이 명랑성에 이르는 것이 그에게 모든 목표 중에서 가장 고결한 목표였다는 것이다. 시인은 슬프고 고독한 자이며 음악가는 우울한 몽상가라 할지라도 그들은 우리에게 어둠, 고뇌, 불안이 아니라 순수한 빛, 영원한 명랑성을 선사한다. 모든 민족과 언어가 신화, 우주 생성설, 종교 따위로 세계의 심오한 부분을 더듬어 보려고 할 때에도 도달할 수 있는 최고의 것이란 이 명랑성이다. 이 때문에 속세의 초월자나 불타의 미소, 심원한 신화의 인물 모두 명랑하다는 것이다.

카스탈리엔도 역시 이 명랑성의 전통에 기초해야 한다. 따라서 참다운 유리알 유희자는 익은 과일이 달콤한 과즙으로 가득 차 있듯이 음악의 명랑성으로 가득 차 있어야 한다는 것이다. 그리고 그 명랑성은 다름이 아니라 세계의 두려움이나 화염의 한복판을 뚫고 명랑하게 미소 지으면서 춤추며 걸어가는 용감성, 화려하게 희생하는 일이라는 것이다. 음악의 명랑성은 잠자리에 들기 전 하늘의 별을 바라보고 귀를 음악으로 가득 채운 것처럼 어떤 수면제보다 나을 것이라고 크네히트는 말했다.[107]

그는 친구가 비판하는 카스탈리엔 세계를 변호하고, 친구의 고뇌를

위로했다. 그러면서도 이미 발트첼 학교 시절에 플리니오 데시뇨리의 고백을 자신의 세계와 대립적인 것으로 느끼면서도 내면으로 받아들였다는 것을 친구 페르몬테에게 고백했다. 페르몬테는 크네히트의 말을 이렇게 기록했다.

플리니오의 이 고백을 나는 꼭 정당하게 평가한 것은 아니지만 그것은 음악가인 나로서는 음악적인 체험과도 같은 것이었다. 세속과 정신 또는 플리니오와 요제프라는 대립이 내 눈 앞에서 서로를 용납하지 않는 두 원리의 싸움에서 하나의 협주곡으로 승화되었다.[108]

이렇게 크네히트에게 두 세계 사이의 양극성 문제는 다른 작품들에서처럼 일찍이 주요 주제로 나타났다. 《유리알 유희》에는 '활동적인 삶'과 '명상적인 삶' 사이의 대립이 존재한다는 인식에서 그는 유리알 유희의 명인이나 교단 대부분의 다른 구성원들과는 달리 지나치게 편파적이고 배타적으로 오직 정신적 육성만을 목적으로 하는 교육 구의 특성을 비판했다. 그는 어느 때보다도 현실의 의미와 가치를 깊이 인식하고 두 세계의 융화를 생각하며, 카스탈리엔에서 쌓은 풍부한 정신을 가지고 세속적인 세계로 들어설 결심을 하게 되었다. 그는 8년 후 퇴직해 그 관할구를 떠날 거라고 플리니오 데시뇨리에게 털어놓았다. 그는 물러난 후에 플리니오의 아들 티토를 가르칠 것을 약속했다.

그 후 크네히트는 그 지방에서 일반 학교를 맡고 싶다는 청원서를 교육 관청에 제출했다. 카스탈리엔 사람들은 세상 밖에서 일어나는 것에 조금도 연대 책임을 느끼지 않기 때문에 카스탈리엔의 교육 주는 하향 길에 있었다. 그는 육성해야 할 유리알 유희가 위협받고 있다는 생각에서 무엇보다도 젊은이들에게 평가와 판단의 능력을 가르칠 교사들이 더 필요하다고 주장했다. 그러나 그의 주장은 지나치게 비관적이라는 이유로 받아들여지지 않았다.

그는 교단 대표와의 개인적인 담화에서, 전 세계는 그에게 다가오고 그는 그 세계와 함께 살아야 할 권리를 가지고 있으며, 이와 반대로 카스탈리엔은 더 이상 성장하지 않는 세계라고 자신의 의견을 말했다. 그러고 나서 그는 대표에게 교단에서 탈퇴할 것을 선언한다. 카스탈리엔의 존재는 크네히트의 탈퇴로 인해 매우 회의적이 되었다.

크네히트의 스승이며 그가 음악의 화신이라고 표현한 늙은 음악의 명인은 인간의 모든 존재가 음악의 조화를 반영한다고 생각할 정도로 음악에 사로잡힌 자였다. 이런 대가의 명랑한 최후는 속세와 자아에서 벗어나 불멸의 광명 속으로 들어가는 죽음을 크네히트에게 가르쳐 주었다.

크네히트는 일생을 두고 마련한 정신적인 나라인 카스탈리엔을 벗어나 생명의 피가 흐르는 현실 세계로 들어서는 순간 의외로 죽음의 길을 걷게 된다. 플리니오의 아들 티토를 가르칠 때 부모의 영향력을 배제하고 싶었던 크네히트는 티토와 함께 산 속에 있는 작은 집으로 갔다. 그는 맑고 장엄한 산간 호숫가에서 떠오르는 아침 햇빛을 맞으며 기뻐하는 소년의 모습에 정신이 쏠려, 해가 뜨기 전에 저편 기슭으로 헤엄쳐 가자는 제자의 제의를 거절하지 못하고 빙하에서 내려오는 얼음처럼 찬 물 속에 뛰어들었다. 그가 경영競泳의 목표에 이르러 소년의 존경과 우정과 영혼을 받기 위해 싸우고 있다고 생각했을 때 사실 그는 이미 죽음과 싸우고 있었다.[109]

그는 결국 익사했지만 사제지간의 사랑과 우정이 더할 나위 없이 아름답게 표현되었다. 크네히트의 최후는 소년에게 커다란 인상을 남겼고, 그의 정신은 젊은 영혼 속에 전달되었다. 제자 티토는 어쩔 줄

모르고 깊은 슬픔에서 외쳤다.

아아, 어쩌면 좋을까. 자기가 그 사람의 죽음에 책임이 있다고 생각하니 그는 몸서리가 쳐졌다. 끝까지 싸우며 대항할 필요가 없는 지금에서야 비로소 그는 놀란 마음의 슬픔 속에서 자신이 이 사람을 얼마나 사랑하고 있었는가를 느꼈다. 아무리 항변을 해도 명인의 죽음에는 자신도 책임이 있음을 느끼는 가운데 그 책임이 자신과 자신의 생활을 변화시켜, 지금까지 자신이 자신에게 요구하던 것보다 더욱 위대한 것을 요구하리라는 예감에 휩싸여 그는 신성한 전율을 느꼈다.[110]

《유리알 유희》에서 몰락과 죽음에서 오는 두려움은 세계의 신비의 내부에서 일어나는 변화에 대한 명상적 관찰로 극복된다. 이것은 헤세 자신인 요제프 크네히트의 다음과 같은 인식에 근거한 것이다.

어떤 소나타에서 장조가 단조로 가는 모든 이행, 하나의 신화나 예배의 모든 변화, 모든 고전적·예술적 표현은 (…) 바로 세계의 신비의 내부로 가는 직접적인 길에 불과한 것이다. 이 세계의 신비의 내부에서는 숨을 들이쉬고 내쉬는 사이에서, 하늘과 땅 사이에서, 음과 양 사이에서 왕래하는 가운데 신성하고 영원한 것이 이루어지고 있다.[111]

몰락과 죽음에서 오는 두려움은 세계의 신비의 내부에서 나오는 영원하고 신성한 것의 체험으로 극복된다. 티토가 스승의 죽음에서 신성한 전율을 느꼈듯이, 노 명인의 죽음처럼 크네히트의 죽음도 티토의 마음속에 결코 잊을 수 없는 교훈을 남긴 것이다. 티토는 저물어가는 서구 문명에서 그 부활에 대한 헤세의 희망을 상징한다.

《유리알 유희》의 3부에 수록된 요제프 크네히트의 유고시들에서도 생성과 사멸의 모든 변화에 대한 명상적 관찰이 대부분 음악과의 관계에서 이루어졌다. 그중에서 〈바흐의 토카타에 부쳐Zu einer Toccata von Bach〉와 〈계단〉이 대표적인 예다. 그 밖에도 〈파이프 오르간 연주〉와 〈플루트 연주〉와 같은 시들도 헤세의 음악관을 잘 나타내고 있다. 비교적 짧고 낭만적이며 음악성이 짙은 초기 시와 비교해 볼 때 중기와 후기의 시는 동·서양의 종교와 철학의 영향으로 길어지고, 초기 시의 서정성 대신 영혼의 세계에서 관찰하는 신비주의적이며 교의적인 성향을 나타낸다.

  헤세의 시 〈바흐의 토카타에 부쳐〉는 바흐의 음악을 들을 때마다 떠오르는 그의 연상聯想이며 주관적 체험이다. 헤세는 바흐의 음악에서 빛이 창조되고 만물의 형상이 생성되는 신의 전능과 창조력에 대한 찬미의 소리와 만난다. 그리고 그것은 그 유명한 바로크 음악가가 지닌 민중적이고 종교적인 생각과 일치했다. 바흐 음악 그 자체는 그에게 이미 총체적이고도 완전한 우주이며 현상으로 인식되게 되었다.[112]


### 바흐의 토카타에 부쳐


태고의 침묵이 굳어지고 (…) 암흑이 지배한다.

그때 한 줄기 빛이 갈라진 구름 틈 사이로 스며와,

보이지 않는 무無로부터 세계의 심연을 끌어내어,

공간을 마련하고, 빛으로 밤을 샅샅이 뒤져,

산마루와 산봉우리, 산비탈과 골짜기를 어렴풋이 알게 하고,

대기를 부드러운 청색으로 물들이고, 대지를 빈틈없이 채우게 한다.

햇빛은 싹을 품고 있는 것을 둘로 쪼개어,

창조적으로 행동과 싸움을 일으킨다.

놀란 세계는 빛을 뿜으며 타오른다.

빛의 씨앗이 떨어지는 곳에는 변화가 일어나고, 질서가 생긴다.

화려한 세계는 삶의 찬가를 부르고,

창조자인 빛의 승리를 노래한다.


커다란 충동은 다시 되살아나 신을 향해 비약하고,

살아 있는 모든 것을 헤치고

아버지인 정신을 향해 달린다.

커다란 충동은 기쁨과 괴로움이 되고,

말이 되고 그림이 되고 노래가 되어,

세계를 하나씩 대사원의 개선문으로 삼는다.

그것은 본능이고 정신이고, 싸움이고 행복이고, 사랑인 것이다.[113]


〈파이프 오르간 연주〉라는 제목의 광범위한 시는 헤세가 바흐 음악을 자신의 종교적 차원에서 시로 형상화한 것이다. 이 장편의 시는 원래 요제프 크네히트의 시 그룹에 속했지만 후에 《유리알 유희》에 수용되지 않았다. 그러나 이 시에는 바흐의 웅장한 기독교 음악의 특성과 헤세의 기독교적 종교 사상 그리고 음악의 시공을 초월한 작용이 나타나 있다.


오르간 소리가 나고, 둥근 천장이 울린다.

새 손님들이 들어오고, 그 소리에 유혹되어

한동안 쉬면서 기도하고 싶어진다.

(…) 이제 오는 사람들은 다른 사람들이다.

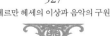

(…) 이 새 손님들은 여기 오르간 소리 울리는 곳에
잠시 머물며, 음악이 잘 보존되고,
너무나 사제처럼 의연함을 느낀다.
음악이 아무리 아름답고 심오하다 해도,
그들은 다른 음향을 원하고, 다른 축제를 즐긴다.
(…) 인생은 짧으니
그런 인내심으로 복잡한 연주에
빠져들 때가 아니로다.[114]

이 시의 기초를 이루고 있는 생각은 사람들은 오고 가지만 음악과 오르간 연주는 존속한다는 것이다. 말하자면 경건한 음악으로 충만한 오래된 음향의 건물은 여전히 존재하는 반면 밖의 세상과 성당을 찾는 사람들은 변한다는 것이다. 새로운 젊은이들은 백발의 악사가 연주하는 엄격한 규율에 신경을 쓰지 않고, 그들에게 토카타를 듣는 것은 더 이상 관습이 아니다. 오르간 연주는 서서히 공동체 없이, 청중 없이 남게 된다. 그리고 성급한 젊은이들은 더 이상 법칙들을 알지 못하고 건물과 의미조차 느낄 수 없다. 그리고 음향이 그들에게 더 이상 낙원의 기억과 신의 흔적이 아니라는 것에[115] 슬퍼하지 않는다.

성당의 늙은 오르간 연주자는 이 책에 수록된 시 〈마지막 유리알 유희자Der letzte Glasperlenspieler〉와 그들에게 무관심한 젊은이들 속에 홀로 있는 마지막 유희자의 모습과 일치한다. 파이프 오르간 음악이 울리는 성당의 세계와 그 밖의 세계가 카스탈리엔 세계와 현실 세계와 비유되면서 헤세는 파이프 오르간 연주와 유리알 유희의 관계를 이렇게 설명했다.

정신적 가치가 매우 풍부한 이 모든 재료들을 유리알 유희자는 오르간 연주자가 파이프 오르간을 치는 것처럼 자유롭게 연주한다. 파이프 오르간이야말로 상상할 수 없을 만큼 완전하고, 그 건반과 페달은 정신적 우주 전체를 남김없이 두들긴다. 그 음전은 거의 헤아릴 수 없다. 이론적으로는 이 악기를 연주하면 정신적 세계의 모든 내용이 나타날 수 있다. 그러나 건반과 페달과 음전은 이제 고정되어 있다. 그 수와 순서를 변화시켜 완전하게 하려는 시도는 사실 이론적으로만 가능할 뿐이다.[116]

카스탈리엔, 음악, 유리알 유희가 추구하는 가치의 세계가 '이론적'이 아니라 '실제적'으로 실현되기 위해서는 현실 세계와의 끊임없는 조화가 전제되어야 한다는 것을 헤세는 이 시에서 강조하고 있다. 나아가 이 시에는 헤세가 유년 시절부터 꿈꾸어 왔던 기독교적 신비주의에 근거한 동경, 즉 신과의 합일에 대한 소망이 담겨 있다. 시 〈파이프 오르간 연주〉의 2연의 한 구절이 이를 말해 준다.

영이 지배하는 박자 속에
수천 가지 사람들의 꿈이 모두 다 묘사되니,
꿈들, 그 목표는 신이 되는 것이었다.[117]

바흐 음악은 인간에게 신적인 것으로 향해 가게 하는 매체로 작용한다. 헤세의 시 〈플루트 연주〉는 순간과 영원이 일치하는 시간의 영원성을 말하고 있다.

밤에 집 한 채가 덤불과 나무 사이로
창 하나를 잔잔히 빛내고 있었다.

그리고 보이지 않는 저쪽에서
한 사람이 서서 피리를 불고 있었다.

그것은 옛날부터 잘 알려진 노래,
밤 속으로 흔흔히 흘러갔으니.
마치 모든 곳이 고향인 듯하고,
모든 길은 도달점인 듯하다.

그것은 그의 숨으로 계시된
세계의 신비한 의미였다.
그리고 마음은 즐거이 빠져들었고,
모든 시간은 현재가 되었도다.**118**

피리 소리는 삶의 공간을 마음의 고향으로 만들고, 삶의 길을 완성의 단계로 이끈다. 피리를 부는 인간의 호흡은 옛 노래를 재현해 지나간 시간을 현재로 옮겨놓는다. 여기에는 모든 시간이 음악을 통해 영원한 현재가 되는 헤세의 신비주의적·초월적 시간관이 나타나 있다.

헤세는 1940년 오토 코라디에게 보낸 편지에서 "모든 시간은 현재가 되었도다"라는 이 시의 마지막 행은 음악의 본질에 대해 여러 해 동안 숙고한 것의 최종 결론임을 밝히면서 이렇게 말했다.

음악은 나에게, 철학적으로 말해 미학적으로 감지할 수 있도록 만들어진 시간이라 여겨집니다. 말하자면 현재라는 말이지요. 그리고 이때 다시금 순간과 영원이 동일하게 하나라는 생각이 드는 겁니다.**119**

혜세는 다시 한 번 음악의 본질은 시간, 즉 순수한 현재임을 강조하면서, 비록 그가 어린 시절부터 음악의 친구였지만 이러한 통찰에 도달하기까지 약 60년이라는 시간이 필요했다고[120] 고백하고 있다. 음악은 시간의 허무감을 일깨워 줌과 동시에 영원성을 상기시켜 주는 예술로서 그에게 귀중한 진리를 주었다.

괴테의 빌헬름 마이스터를 위한 교육 구에서처럼 카스탈리엔에서도 요제프 크네히트는, 음악 연습은 인간 본성 교육의 결정적인 요인으로 이바지한다고 생각했다. 그래서 그는 자기 자신의 교육을 위해 발트첼에서 여러 해 동안 전적으로 음악에 전념했다. 《유리알 유희》의 〈전설Die Legende〉의 장章에는 이 소설에 실린 시 〈계단〉에 대한 크네히트와 그의 조교인 테굴라리우스 사이의 의미 있는 대화가 있다. 크네히트는 그에게 이 시의 한 구절을 읊어 본다.

우리는 모든 공간을 차례로 명랑하게 밟고 나가야 한다.
어느 장소에서나 고향 같은 집착일랑 두지 말아라.
우주정신은 우리를 잡으려고도, 구속하려고도 않고
우리를 한 계단 한 계단 높여 주고 넓혀 주려 한다.[121]

테굴라리우스는 이 시의 제목을 '계단' 대신 '음악'이나 '음악의 본질'이라고 했으면 더 좋았을 수도 있었을 것이라는 생각에서 이 시의 의미에 대해 자신의 의견을 말한다.

도덕을 설파하거나 설교를 하는 태도를 제외한다면 그것은 틀림없이 음악의 본질에 대한 고찰이며, 또한 내가 생각하기로는 음악에 대한 찬가입니다. 음악의 끊임없는 현재성과 명랑성, 음악의 운동성과 쉬지 않

는 결단성, 그리고 서둘러 앞으로 나아가고 또 지금 막 들어선 공간이나 공간 주변을 떠날 준비가 되어 있는 것에 대한 찬가입니다.[122]

크네히트는 테굴라리우스의 생각에 동의하면서 그의 시의 근본 사상은 사실 음악에서 비롯된 것[123]이라고 말한다. 음악은 인간에게 무상한 숙명을 걸머지고 신과 고향을 찾아가는 방랑자라고 생각하게 하며 신이나 고향은 결국 다른 곳에 있는 것이 아니라, 자기 마음속에 있다는 것을 깨닫게 한다. 그래서 음악은 도덕에 사로잡히지 않는 자연스러운 원동력을 생명으로 삼으면서도 호소나 명령, 좋은 교훈으로 우리를 교육하고 발전시켜 주는 것이다. 그래서 음악은 카스탈리엔에서 정신세계의 근저를 이루고 있는 '성스러운 예술'로 작용한다. 예를 들어, 〈파이프 오르간 연주〉에서 음악은 우주의 반향으로서 인간이 포함된 우주 질서의 총괄 개념으로 승화되며, 인간에게 거룩한 질서에 관해 말해 주고, 음악의 명랑성으로 신적인 것에 가까이 가는 '계단'으로서의 역할을 한다. 헤세는 이런 다양한 자신의 음악 개념을 1909년에 P. 힌데미트에게 보낸 편지에서 영원히 가치 있는 말로 종합해 표현했다.

그것은 별로 정리되지도, 건전하지도 않은 우리 서양의 영혼을, (…) 질서의 이 총체를, 모든 숭배와 추구의 가치에 대한 높은 상징으로 창조했습니다. 그것은 음악입니다. 예술과 아름다움이 인간을 실제로 개선할 수 있고 강화할 수 있느냐는 것은 차치하고라도 최소한 그것들은 우리에게 하늘의 별처럼 빛을, 혼돈 속에서 질서와 조화, 의미의 생각을 상기시킵니다.[124]

헤세는 유리알 유희를 중심으로 하는 이상의 나라인 교육 주 카스탈리엔에서 오랜 서구 정신 문화의 이상을 구체화하는 동시에 자신이 세운 그 정신 세계를 비판했다. 즉 교육 주 카스탈리엔은 정신에 의해 다스려지는 삶이라는 헤세의 문화 이상을 실현시켜 주지만 현실과 격리된 상태에서 그 이상의 실현은 불가능하다는 것이다. 카스탈리엔의 정신성을 나타내는 최고의 형식인 유리알 유희조차 세속적인 세계, 다시 말해 육체적인 세계를 떠나서는 있을 수 없다는 것이다. 그것이 모든 형상이나 다원성을 넘어 자신 속에 통일된 정신으로의 접근을, 그러니까 신으로의 접근을 가능하게 해 주었다 해도 말이다.

그렇지 않을 경우 우리 문화의 모든 내용과 가치들을 포함한 유리알 유희도 하나의 유리알 유희인 채로, 그리고 자기표현과 자기 기쁨에 사로잡힌 채로 그치고 말기 때문이다. 정신과 육체를, 정신 세계와 현실 세계를 조화시키면서 이상적 세계로 부단히 노력하는 것, 그 정신과 노력은 헤세가 전체 작품을 통해 추구한 고귀한 가치들의 세계, 즉 한층 더 높은 단일성의 세계로 가는 계단을 마련해 준다.

이것은 곧 헤세의 이상이며, 그의 문학적 작업에 전제된 요구이기도 하다. 동시에 이 요구는 음악에 내세운 요구와 일치한다. 그것은 다름 아닌 유리알 유희의 정신적 바탕을 이루고 있는 고전 음악의 의미다. 헤세는 고전 음악의 의미에 대해 좀 더 구체적으로 말했다.

고전 음악의 태도는 인간성의 비극을 알고 인간의 운명을 긍정하며 그것이 용감하고 명랑하다는 것을 뜻한다. 그것이 헨델이나 쿠푸랭의 미뉴에트의 우아함이든, 많은 이탈리아인이나 모차르트의 경우에서 나타나는 부드러운 태도로까지 승화된 감정이든, 바흐에게서 볼 수 있는 조용하고 침착한 죽음의 각오든 그 속에는 늘 저항심, 죽음을 두려워하지 않는 용기, 기사도 등이 있다. 그리고 초인적인 웃음과 사라질 줄 모르는 명랑성이 힘차게 울리고 있다.[125]

개개인이 음악을 통해 명랑성을 마음속에 가지고 있을 때 비로소 그는 명랑한 기분으로 넘쳐흐르게 된다. 헤세에게 중요한 것은 음악으로의 도피가 아니라 음악의 도움으로 세계의 고난을 내면의 명랑성으로 저항하고 극복하는 것이다.

언젠가 엄청나게 '행복한' 인간들이 실제로 존재했었는가에 대한 질문에 헤세는 이렇게 대답했다.

완전한 현재에서 호흡하는 것, 천체의 합창 속에서 함께 노래하는 것, 세계의 윤무 속에서 함께 추는 것, 신의 영원한 웃음 속에서 함께 웃는 것, 그것이 우리가 행복에 참여하는 것이다.[126]

음악은 대체적으로 조화와 합일에서 미래의 세계와 인류의 행복을 추구하는 헤세의 문학적 이상을 표현하는 기호로 사용된다. 그리고 이 이상과 연관된 가장 중요한 관념들은 음악을 통한 내면의 명랑성에 근거하고 있다. 《유리알 유희》는 근본적으로 철두철미하게 음악의 정신으로 충만한 교양 소설이며, 이 소설의 주제들은 푸가 혹은 협주곡 악장의 주제와 비슷하게 구성된 음악 연습 유희라고 할 수 있다.[127] 헤세의 문학과 음악의 관계는 그의 생애와 예술의 단계적 발전 과정을 거쳐 궁극적으로 음악의 종교적 승화를 통해 내면의 단일성을 현실에서 문학적으로 형성하고 체험하려는 이상의 표현에서 설명될 수 있다.

Bertolt Brecht

# 베르톨트 브레히트의
# 사회 개혁과 투쟁

|

## 14

# 브레히트의 생애와 그 주변의 음악가들

　베르톨트 브레히트는 1898년 2월 10일에 독일 바이에른 주의 아우크스부르크에 있는 한 제지 공장 지배인 베르톨트 프리드리히 브레히트와 어머니 조피이 브레히트 사이에서 큰아들로 태어났다. 그는 전형적인 시민 계급의 모범적인 시민으로 성장할 수 있는 유복한 가정 환경에서 성장했다. 1908년부터 1917년까지 아우크스부르크의 레알 김나지움에서 아비투어(대학 입학 종합 자격 시험)를 마친 후 아버지의 소망에 따라 1918년까지 뮌헨에서 의학을 공부했다. 그러나 그는 이미 김나지움 시절에 작가적 재능을 보여 주었다. 그래서 대학에서 문학과 예술에 관심을 가지고 그 분야의 강의를 들었다. 또한 기타를 배우고 연극 이론과 실제에서 경험을 쌓아 갔다.

　그는 스무 살이 되던 1918년에 잠시 동안 위생병으로 근무했다. 1921년에 의학 공부를 중단했지만 그보다 더 중요한 것은 그가 프랑

크 베데킨트, 리온 포이히트방
어, 카를 발렌틴과 만났다는 것
이며, 아우크스부르크의 청년 동
우회에 가수 겸 낭송자로 등장했
다는 것이다. 그는 뮌헨에 있는
소극장에서 연출 작업을 하고 오
페라를 계획하는 등 희곡 전문가
로서의 활동도 시작했다.

1914년에 발발한 제1차 세계
대전은 브레히트에게 큰 영향을
주었다. 젊은 의학도였던 브레히
트는 야전 병원에서 위생병으로
근무하면서 전쟁으로 인한 살인

베르톨트 브레히트(1898~1956).
독일의 극작가, 시인, 연출가다. 반전적이며 비사회
적 경향으로 적극적이면서도 냉소적인 활동을 했다.

과 죽음의 공포를 체험했으며 동시에 제국주의 전쟁에 대한 충격과 혐
오를 느꼈다. 그는 젊은 지식인으로서 전쟁을 운명적인 자연 사건이
아니라 인간에 의해 의식적으로 일어난 사건으로 바라봤다. 그래서 인
도주의적 사고로 전쟁 뒤에 숨어 맹위를 떨치는 무서운 힘에 대해 연
구하기 시작했다. 전쟁에 책임이 있는 위선적인 시민 생활과 유복한
부모에 대한 반항심에서 브레히트는 더 이상 내적인 안정을 찾지 못한
채 시민 사회의 밖에 있을 수밖에 없었다. 그가 야전 병원의 경험에서
쓴 시 〈죽은 병사의 전설Legende vom toten Soldaten〉[1](1918)에서 그는 자
신이 시민 사회에 대한 조소적이고 풍자적인 비판자임을 보여 주었다.

1918년까지 계속된 전쟁에서 브레히트는 그가 성장했던 세계의 붕
괴를 체험했고, 자신이 교육받아 왔던 휴머니즘과 이성의 우위에 대
한 모든 이상을 빼앗겼다고 느꼈다. 이로써 휴머니즘과 이성에 기초

한 시민 계급 사회에서 개인의 위대성과 정체성은 위기에 빠져들었고, 20세기에 발전한 산업 자본주의 사회는 인간을 기계화 내지 물物화시킴으로써 역사 발전의 주체로 여겨 왔던 개체의 존재적 기반을 흔들어 놓았다.

　그는 전쟁과 시민 사회의 변화에서 실망과 반항의 감정들을 느끼면서도 그 문제들을 정확히 이해하지 못한 채 문학에서 무정부주의적 허무주의에 빠져들었다. 이러한 자신의 현실 인식을 바탕으로 쓴 첫 번째 작품이 1919년의 희곡《바알Baal》이다. 브레히트 연구는 카를 마르크스의 자본론을 탐독하면서 마르크스 사상에 심취했던 1926년까지를 주관주의적·개인주의적·허무주의적·무정부주의적 사고가 그의 문학을 지배했던 제1기로 구분하고, 이 시기의 작품들을 '바알 유형'이라 불렀다.[2]

　유대인들에게 비雨와 풍요의 신인 바알 신 숭배는 기독교에서 금지된 우상 숭배로 기독교적 기존 질서와 대립한다. 마찬가지로 자연과 인간 사회는 바알에게 대립된 공간이다. 그는 사회의 모든 질서와 계율을 무시하고, 자신의 본능에 따라 먹고, 마시고, 섹스를 즐기는 향락 속에서 정상적인 사회에서는 불가능한 자아실현을 이루고자 한다. 그는 반사회적이다. 그러나 반사회적인 사회에서 그러하다.[3] 브레히트는《바알》을 한스 요스트의 표현주의 희곡《고독한 사내, 한 인간의 파멸》을 비판하기 위해 썼다. 요스트 희곡의 부제가 말해 주고 있듯이, 브레히트는 자연의 공간에서 가능한 자아실현이 곧 자기 파멸이라는 역설적인 예를 통해 자아실현이 불가능한 시민 사회의 반사회적 문제들을 비판했다.

　그러나 철저한 쾌락의 추구를 통한 파멸의 길이 곧 자아실현의 길이라는 브레히트의 주장은 다분히 무정부주의적 허무주의의 경향을 나타내고 있다. 또한 기존 질서를 부정하는 변증법적 시도는 그의 전 작품에서 이루어지고 있다. 이어서 발표된《한밤의 북소리Trommeln in der Nacht》(1919)와 《도시의 정글 속에서Im Dickicht der Städte》(1921 ~1922)도 예외는 아니다. 그는 이 희곡들로 1922년 11월에 클라이스트 문학상을 받았다.

1924년에 출간된 작품《남자는 남자다Mann ist Mann》에서 대역사의 주체인 집단에 의해 마치 자동차처럼 재조립 내지 개조될 수 있는 개인의 정체성 상실의 문제가 더욱 심도 있게 묘사되었다. 주인공인 부두 노동자 갈리 가이는 자아의식과 자기 정체성을 상실한 소외된 인간으로 등장한다. 아내의 심부름으로 집을 나갔다가 기관총 조원들에 붙잡혀 한 명이 결원된 조를 메우는 인물로서 '예레이야 입'이라는 새로운 이름으로 다시 태어난다. 이로써 브레히트는 인간의 집단과 개인의 관계에서 개인은 언제라도 변할 수 있는 존재라고 전제한다. 계몽주의 이후, 특히 표현주의에서 인간 개성의 불변성을 주장하는 개인주의 사상을 반박하고 있는 것이다.

나아가 '남자는 남자다'라는 의미는 남자는 남자일 뿐 모두 같다는 인간의 몰개성적 존재로 설명할 수 있다. 반면 인간의 새로운 정체성은 시대와 사회가 인간에게 부여하는 기능에서 생기기 때문에 모든 인간을 유용한 도구 내지, 사용 가치로 상품화하는 20세기 자본주의 경제 체제의 어두운 면을 반박하고 있다.

그럼에도 불구하고 집단과 개인의 관계는 브레히트의 문학에서 중요한 변화를 나타낸다. 즉 집단을 떠난 개인의 존재는 불가능하기 때문에 브레히트는 집단에 적응하는 개인의 처신 방법을 긍정적으로 수용한다. 따라서 집단과 개인의 긍정적인 관계는 그의 학습극이나 서사극에서 중요한 동기로 작용하고 있다.

1924년에 브레히트는 자신의 문학 활동 무대를 베를린으로 옮겼다. 그곳에서 패전 이후에 닥친 정치적·경제적·사회적 혼란을 겪게 된다. 특히 정치적 불안과 경제적 빈곤이 지배하는 대도시의 현실은 도시인들의 삶을 절망과 소외의 경지로 몰아넣었다. 이 사회적 혼돈과 참상의 배후에서 작용하는 무서운 힘이 자본주의 경제 체제라는 것을 브레히트는 예감할 수 있었다. 그러나 그는 그 체제를 깊이 있게 이해하지 못했고, 그것을 극복하고 개혁할 수 있는 이론적·이념적 가능성을 찾지 못했다. 다만 그는 개인의 갈등 문제들을 주로 다루고 있는 전통적인 연극 미학으로는 현실의 문제들을 형상화할 수 없다는 것을 알았기에 그는 한동안 한 편의 드라마도 쓸 수 없었다.[4]

브레히트는 1926년에 마르크스 자본론에 심취한 이후 비로소 이 난관을 극복할 수 있었다. 그는 작품을 다시 쓸 수 있게 되었음을 이렇게 회고했다.

특정한 극작품을 위한 배경으로 나는 시카고의 밀 시장거래소가 필요했다. 나는 전문가들과 실무자들에게 몇 가지 여론 조사를 함으로써 나에게 필요한 지식을 조속히 마련해 줄 수 있으리라고 생각했다. (…) 그러나 아무도 나에게 밀 시장거래소에서의 일들을 충분히 설명해 주지 못했다. 나는 이 일들이 도무지 설명할 수 없는, 말하자면 이성으로는 파악할 수 없는 것이라는 (…) 인상을 받았다. 곡물이 세계에 분배되는 방식은 도무지 이해할 수 없는 일이었다. 그런 입장에서 (…) 이 곡물 시장은 유일한 수렁이었다. 계획했던 드라마는 중단되었고, 그 대신 나는 마르크스를 읽기 시작했다. (…) 그때서야 비로소 내 자신이 실제로 겪었던 산발적인 경험들과 인상들이 올바로 살아나게 되었다.[5]

이제 브레히트는 마르크스주의자가 되었고, 그의 새로운 세계관에서 처음으로 1928년에 《서푼짜리 오페라Die Dreigroschenoper》를, 이어서 1929년에는 《마하고니 시의 흥망성쇠Aufstieg und Fall der Stadt Mahagonny》를 발표했다. 브레히트는 《서푼짜리 오페라》를 1728년 런던에서 선풍적인 인기를 끌며 공연되었던 영국의 작가 존 게이(1685~1732)의 《거지 오페라The Beggar's Opera》를 토대로 해서 만들었고, 사건의 시대를 자본주의가 발달하기 시작한 19세기의 빅토리아 여왕 시대로 옮겨 놓았다.

그리고 당시 시민 사회의 질서를 위협하는 런던의 암흑가와 거지 세계는 고용과 착취의 자본주의 사회로, 시민 사회 질서는 약탈의 질서로 풍자되었다. 마찬가지로 《마하고니 시의 흥망성쇠》에서는 황금만능주의라는 타락의 수렁으로 빠져든 자본주의의 대도시 사회를 폭로하고 비판했다. 이 두 작품은 오페라 장르로 구성되었으며 브레히트의 학습극과 서사극의 시초를 알리고 있다는 데에서 중요한 의미를 가진다.

브레히트의 초기 작품들을 제외하고 거의 모든 극작품들에는 음악이 있으며, 음악이 크게 작용했다. 어떤 시인이나 극작가도 브레히트처럼 음악의 작용과 사회적 기능을 인정한 사람은 없다. 그의 시, 극작품, 논문은 많은 작곡가, 음악가, 연출가에게 감명을 주었다. 연주 기술은 없지만 대단한 음악적 재능을 타고난 브레히트[6]는 피아노와 바이올린 교육을 받고 대위법 및 화성 이론을 연구한 후에 우선 음악 및 연극 평론가가 되려고 했다. 기타로 연주한 그의 노래들이 아우크스부르크와 뮌헨에서 최고의 인정을 받았지만 베를린으로 이주한 후에는 작곡을 작곡가에게, 노래 부르는 것을 가수와 배우들에게 위임했다. 그래서 그에게 당시의 유명한 음악가들과의 교류는 불가피한 것이었다. 누구보다도 쿠르트 바일, 파울 힌데미트, 한스 아이슬러, 파울 데사우는 브레히트와 협력했던 중요한 음악가들이었다.

브레히트와 공동 작업을 한 최초의 음악가는 쿠르트 바일이었다. 이들의 관계는 브레히트가 1920~1921년, 마르크시즘을 접하기 전에 쓴 《가정 기도서Hauspostille》에 수록된 〈마하고니 노래들Mahagon-nygesänge〉을 1927년에 바덴바덴의 음악 축제에서 상연하기 위해 20분짜리 《마하고니》노래극을 만들면서 시작되었다. 이 노래극은 축제에 참여했던 젊은 음악가들에게 큰 호평을 받았고, 이를 계기로 이 두 예술가는 공동 작업을 계속하게 되었다. 《서푼짜리 오페라》는 바일의 작곡으로 1928년 8월 31일에 베를린의 시프바우어담 극장에서 초연

1928년 《서푼짜리 오페라》 초연 3막 엔딩 장면

되었다. 《마하고니》 노래극은 바일이 오페라로 만든 《마하고니 시의 흥망성쇠》의 초안이라 할 수 있으며, 이 오페라는 1930년 3월 9일에 라이프치히에서 초연되었다.

《서푼짜리 오페라》는 그 당시 엄청난 흥행 기록을 세웠다. 여기에는 바일의 음악적 영향이 매우 컸다. 18세기부터 화려하고 장엄한 전통적 오페라 음악을 대신해 민요의 민속적 멜로디와 발라드, 대중가요와 같은 인기 있는 노래가 등장하면서 서민에 가까

문학과 음악의 황홀한 만남

운 새로운 형식의 오페라가 발전했다. 브레히트는 이를 자신의 작품에 수용했다. 그는 설명적이거나 감정 이입적인 음악에 비판적이었기 때문에 이런 음악과 다른 반대 모델을 찾고 발전시키려고 노력했다. 그는 낭만적인 감정 이입과 도취성을 유발하는 콘서트와 같은 음악보다 통속 음악을 선호해 장돌뱅이 가수의 노래, 술집에서 부르는 노래나 패러디, 재즈와 같은 사회적 배경과 일치하는 음악 형식을 자신의 시와 무대 작품들에 받아들였다.

바일도 브레히트의 뜻에 동조해 가사에 곡을 붙였기 때문에 그의 음악이 전통적인 오페라 음악에서 서민적이며 전위적인 음악으로 바뀜으로써 새로운 오페라 장르를 개척하려 했다는 긍정적인 평가를 받게 되었다. 《서푼짜리 오페라》에서 나오는 바일의 노래들은 시중에 널리 퍼지고 대중적 인기를 모았다. 예를 들어, 서막에서 가수가 부르는 살인의 노래 〈칼잡이 매키의 노래〉[7]는 사방으로 빠르게 퍼졌다.

그러나 대중적 인기를 끌었던 바일의 음악은 브레히트의 문학적 의도와는 어긋남이 있었다. 〈서사극을 위한 음악의 사용에 관하여Über die Verwendung von Musik für ein episches Theater〉에서 브레히트는 연극과 음악의 관계에 대해 말하고 있다. 즉 음악은 순수하게 감정에 따라 표현되고 아무런 통상적인 마취의 자극을 포기하지 않으면서도 시민적 이념을 드러내야 한다는 것이다.[8]

그런데 바일의 음악은 관객의 감정에 너무 강하게 불을 질러서 브레히트가 기대했던 것보다 훨씬 더 큰 감정적인 작용을 불러일으켰다. 물론 바일의 작곡은 우선적으로 텍스트에 대한 해설을 위한 것이었다. 하지만 그의 음악은 대부분의 관객이 브레히트 작품의 사회 비판을 진지하게 받아들이거나 인지하지 못할 정도로 관객의 감정을 고조시켰다.

이런 결과에는 브레히트의 책임도 있었다. 그는 바일에게서 전통적인 오페라 음악 형식의 확고한 특징들을 깨뜨리고, 자본주의 사회의 모순된 현실을 풍자하는 음악을 바랐다. 그러나 에른스트 슈마허가 지적하고 있듯이 브레히트는 자본주의 체제에서 일어나는 극심한 빈부 격차, 그로 인한 불행이나 범죄 사이의 관계를 올바로 보았을지 모른다. 하지만 불행과 범죄의 근거는 보지 못했기 때문에 그는 현상들에 대한 단순한 비판에 머물러 있었다. 실로 가난한 사람들에게 무엇인가 '먹을 것'을 주는 유산 계급에 호소하는 사회 개혁자가 된 것이다.[9]

따라서 작품에서 사회적 현실의 사실적 모사는 풍자적인 음악의 기초가 되지 않고, 음악은 우선 즐거움으로 작용했다. 게다가 이 작용은 재즈의 기본 요소들이 사용됨으로써 더욱 커졌다. 바일은 재즈의 요소들을 자신의 멜로디에 붙여서 음악의 즐거움을 강하게 드러냈다. 그는 재즈 자체 내에 숨어있는 대중적 양식의 선율적 요소들을 자극하면서 피아노와 오르간에 나무, 색소폰, 트럼펫, 벤조, 타악기를 결합한 간단한 기악 편성으로 리듬적인 것과 선율적인 것을 하나로 조화시킴으로써 음악을 새로운 형식으로 표현했다. 그러나 그의 음악은 미식가적으로 즐기는 데 머물러 있었다.[10]

《마하고니 시의 흥망성쇠》에서 중요한 것은 황금만능주의가 지배하는 유토피아적 마하고니 시와 생산성을 중시하는 노동 세계와의 대립이다. 마르크스주의에 대한 브레히트의 연구는 그에게 자본주의에 대한 비판과 사회 개혁을 위해 극작품의 내용과 형식의 변화가 필요하다는 인식을 주었다. 하지만 이 작품은 노동 세계에 대한 깊은 인식도, 노동자 계급과의 어떤 긴밀한 관계도 아직 없는 상태에서 자본주의의 구조적 모순에 대한 비판을 할 수 없는 과도기적 상태에서 쓰여

졌다. 그래서 《바알》에서 나타난 무정부주의적이고 반사회적인 요소가 아직 상당 부분 제거되지 않은 채 남아 있다.

브레히트는 이 과도기적 상태에서 자신의 세계관의 결점을 문학의 자매 예술인 음악으로 상쇄하려고 했다. 그 당시의 오페라에 대한 브레히트의 애착은 분명히 이 사실에서 기인했다고 볼 수 있다. 그는 아직 충분히 구체적이지 않은 모든 것, 아직 언어로 표현할 수 없는 사상적인 모든 것을 나타내기에는 최소한 구속력이 없는 추상적인 소리들, 즉 음악보다 더 적합한 것은 아무것도 없다고 생각했다.

바일은 《서푼짜리 오페라》에서와 비슷하게 《마하고니》에서도 재즈의 요소들을 풍부하게 사용하면서 리듬과 선율을 잘 조화시켰다. 오페라 《마하고니》는 《서푼짜리 오페라》에서처럼 똑같은 효과를 발휘했다. 하지만 결국 브레히트는 이 오페라에 대한 자신의 해설 마지막에서 오페라 '마하고니'의 테마는 향락주의 자체[11]라고 언급했다. 그는 그 이유를 이 오페라에 대한 주해에서 이렇게 설명했다.

> 우리가 가지고 있는 오페라는 향락적인 오페라다. 이 오페라는 그것이 상품이기 훨씬 전에 즐거움의 수단이었다. 그것이 교양을 요구하고 전달하는 경우라 할지라도, 즐거움에 이용된다. 왜냐하면 이 오페라는 미적 감각의 형성을 요구하고 전달하기 때문이다.[12]

브레히트는 《마하고니》의 기본 자세를 향락적으로 보았으나 이 작품이 오페라의 개혁에 대한 토론에 활력을 주었고, 또한 오페라를 사회의 중심적인 문제들과 연결시키는 새롭고 순수한 활기를 주었다는 것을 강조했다.[13] 그래서 그는 바덴바덴 실내악 축제 때에 영화 음악, 무도곡, 합창곡, 학교 음악 등 실용 음악의 새로운 형식을 발전시키는 일에 깊이 관여했다.

아리스토텔레스적 전통 연극에 대한 브레히트의 개혁 시도는 실험성이 강한 학습극이란 새로운 장르를 만들어 냈다. 1919년부터 1933년에 그가 망명하기까지의 학습극들은 이름 그대로 인간의 학습을 통한 사회 개혁을 목적으로 하나 전통극에 비해 그 규모가 작고 등장인물들이 적은 실험극이었다. 1923년에 새롭게 등장한 라디오 매체는 예술에서, 특히 학습극에서 처음으로 과학적 기술과 인간의 예술 활동이 접목되는 학습 수단이 되었다.

《마하고니》에서 이미 공동 작업을 했던 브레히트와 바일은 1927년에 비행기로 대서양을 횡단한 린드버그의 비행을 테마로 《린드버그의 비행Der Lindbergh Flug》을 가지고 1929년에 열린 바덴바덴 실내음악제에 참가했다. 이 극은 1930년 6월에 《시도》 제1집에 《린드버그들의 비행Der Flug der Lindberghs》(일명 대양 횡단 비행Der Ozeanflug)이라는 제목으로 바뀌어 바일과 힌데미트와의 공동 작업으로 발표되었다. 주인공이 복수로 바뀌면서 린드버그의 개인적 체험은 청취자 모두의 체험으로 보편화되었고, 이 극은 자기 학습을 위한 최초의 라디오 학습극이 되었다. 이로써 브레히트는 라디오의 기술적 가능성을 작가의 창작 활동에 이용하면서 처음으로 라디오 고유의 예술이라는 새로운 장르 개념을 만들었다.

또한 브레히트는 대양 횡단에 대한 린드버그 비행의 테마를 이용한 《동의에 관한 바덴의 학습극Badener Lehrstück vom Einverständnis》(1929)을 힌데미트의 작곡으로 바덴바덴 실내 음악제에서 공연했고, 이 작품은 《시도》 제2집에 실렸다. 이 작품에서 처음으로 합창단이 등장인물들을 위한 학습 수단으로 등장한다. 추락한 한 명의 비행사와 3명의 정비사는 현실의 법칙을 인식하고, 그 인식을 현실에 적용함으로써

자신들에게 내려진 판결에 '동의'하게 되는데, 이때 학습받은 합창단은 '동의'라는 개념을 통해 올바른 삶의 자세를 위한 변증법적 사고를 훈련하는 데 기여한다. 이 희곡 자체가 교육의 목표로 삼고 있는 것은 이 희곡이 학생들에게 어떤 중요한 생각을 전달한다는 것이며, 그리고 형식상 학생들에게 배움과 즐김의 행위를 동시에 표현하도록 만들어졌다는 것이다.[14]

그 다음의 음악 학습극으로 오페라 《긍정자와 부정자Der Jasager und der Neinsager》(1929~1930)가 바일의 음악으로 출간되었다. 여기에서도 대합창단이 등장하여 '동의'의 중요성을 알리고, '동의'하는 법을 배워야 한다고 강조한다. 《긍정자》에서 소년은 어머니의 병을 고치기 위해 성지 순례 여행에 동참할 것을 고집하고 결국 함께 떠나게 된다. 그런데 성지순례에는 도중에 병든 자에게 '곡행'[15]이 실행되어야 한다는 규칙이 있어 병든 소년은 자신에 대한 '곡행'에 동의한다. 합창단은 소년이 성지순례에 동의한 것은 어머니의 병에 대해 동의한 것이 아니라 병이 치료되어야 한다는 현실의 필연성에 대한 동의이며, '곡행'에 대한 동의는 이 필연성에 입각해 자신의 독자적 숙고 과정을 거쳐 결정한 동의로 해석한다.

한편 《부정자》에서의 소년은 자신의 '곡행'을 부정하게 되고 그 이유와 근거를 제시해 제안자들을 설득해야만 했다. 이렇듯 긍정과 부정에 대한 동의는 자신의 필연성에 의해서 결정되어야 한다. 이 과정에서 자발적이고도 충분한 의사소통을 통해 참여자들의 공동 이성의 힘으로 '동의·합의'에 이를 수 있는 원동력이 생기게 된다. 브레히트는 의도된 교육적 효과를 거두기 위해서는 이 두 작품이 항상 함께 공연되어야 한다고 강조했다.

좌·우파 간의 투쟁으로 극도로 혼미한 1930년대의 정치 상황에서

피살된 좌파 지도자 로자 룩셈부르크를 추모해 쓴 브레히트의 시에 바일은 곡을 붙여 〈베를린 진혼곡Das Berliner Requiem〉(1929)을 완성했고, 1933년에 망명지에서 완성된 발레극 《소시민의 칠거지악Die sieben Todsünden der Kleinbürger》에도 곡을 붙였다. 이것을 마지막으로 이 두 사람의 공동 작업은 끝난다. 여기에는 음악을 학습극의 수단으로만 축소해 사용하려는 브레히트와, 음악에 더 큰 무게를 두려는 바일 사이의 음악에 대한 견해 차이 그리고 두 사람의 망명 생활이 큰 원인으로 작용했다.

파울 힌데미테는 쿠르트 바일, 한스 아이슬러와 함께 독일에서 실용적이고 진보적인 신음악 운동을 선도했던 음악가였다. 그와 브레히트의 협력 관계는 《린드버그들의 비행》(바일과 공동 작업)과 《동의에 관한 바덴의 학습극》으로 끝난다. 이 축제가 베를린으로 옮겨지게 되자 그 조직위원회가 브레히트의 작품에 대한 검열을 요구했기 때문에 그는 이 축제와 결별하게 되었다. 그래서 이 위원회의 임원인 힌데미트와의 공동 작업은 계속될 수 없었다. 브레히트의 지속적인 자기비판은 마르크스주의적 사회 비판으로 발전했고, 힌데미트와 바일은 브레히트의 이 같은 비판과 의견이 달랐다.

이 두 음악들과의 관계가 끝난 후 브레히트는 1920년 중반에 쇤베르크의 수제자인 작곡가 한스 아이슬러를 알게 되었고, 이들의 공동 작업은 미국 망명 생활을 거쳐 동독으로 귀국한 후 말년에 이르기까지 이어졌다. 이는 개인의 감정 이입을 통한 예술의 위안적 기능보다는 예술의 사회적 기능을 가장 중요한 전제로 삼았던 그들의 공통된 예술관과 이념적 일체감 때문이었다. 아이슬러는 브레히트가 정치적 학습극 작가로 발전하는 데 큰 역할을 했다.

아이슬러는 1927년 이후에 베를린 노동 연극계에 참여하며 공산주

의 사상을 가진 노동 운동가로 활약하면서 쇤베르크의 무조주의와 12음 기법에 재즈, 카바레, 대중적인 정치 가요의 양식을 결합시킨 자신의 음악을 사회 변혁을 위한 투쟁 수단으로 삼았다. 바로 이 점에서 아이슬러는 그의 스승인 쇤베르크와 사이가 멀어졌다. 그는 정치 문제에 아주 무관심했던 쇤베르크와 그 외의 현대 음악가들에게서 나타나는 지루함과 허무주의를 비난했고, 대중음악과 자신의 현대음악을 접목시켰다. 브레히트는 쇤베르크와 아이슬러에 대해 이렇게 말했다.

음악가 한스 아이슬러는 작품들이 오직 소수의 전문가들에게만 이용될 수 있을 정도로 음악을 수학적 방법으로 다루었던 한 대가의 제자였다. 그러나 그 제자는 대중을 지향했다. 몇 명의 대가들만이 쇤베르크의 작품들을 연주할 수 있었다. 수많은 음악가들은 아이슬러의 작품들을 재현했다. 스승은 비밀 실험실과 같은 작은 방에서 작업을 했고, 진정으로 붕괴된 군주국을 슬퍼했다. 제자는 많은 사람들과 함께 회의실에서, 운동장에서 그리고 큰 극장에서 활동했고, 이미 공화국에 대항해 싸웠다. 스승의 작품들에는 모든 정치적인 것이 제거되었고, 군주국의 장점들에 해당하는 암시들도 존재하지 않았다. 제자의 작품들에는 단 하나의 정치적 생각도 빠지지 않았다.[16]

브레히트의 작품은 아이슬러에게 언제나 참신하면서도 그의 이념에 부합했다. 이 두 사람의 협력 관계는 학습극 《조처Die Maβnahme》(1930)로 시작되었다. 《조처》의 음악은 투쟁 가요와 바흐, 재즈를 기묘하게 융합시킨 아주 단순한 형태를 보여 주었다. 막심 고리키의 소설 《어머니》를 근간으로 해서 만든 같은 제목의 희곡 《어머니Die Mutter》(1931)는 발터 베냐민에 의해 공산주의의 자장가라는 비아냥거

림을 받기도 했지만 아이슬러의 수작으로 평가되었다.

《어머니》에는 아이슬러에 의해 작곡된 13개의 작곡들이 포함되어 있다. 여기서 그는 고전적인 전통 음악과 현대적인 실용 음악을 의식적으로 결합한 독자적인 형식들을 보여 주었고, 특히 기분을 묘사하기 위한 몸짓의 음악을 요구했다.[17] 《어머니》의 노래들과 모범적인 〈단결의 노래Solidaritätslied〉가 있는 영화 《쿨레 밤페Kuhle Wampe》(1931)는 무엇보다도 노동자 관객에게 큰 호응을 얻었다. 브레히트는 아이슬러의 음악에서 관객에게 사회에 대한 비판 의식과 태도를 불러일으키는 서사적 묘사 방식의 기본적 요소를 인지하고, 그의 음악을 극찬했다.

> 아이슬러의 음악은 사람들이 단순하게 말하는 음악이 결코 아니다. 그의 음악은 상당히 복잡하다. 그리고 나는 그것보다 더 진지한 음악을 알지 못한다. 그의 음악은 감탄할 만한 방식으로 무산 계급의 생활에 필수적이고 가장 어려운 정치적 문제들을 확실하게 단순화시킬 수 있었다.[18]

브레히트는 죽기 얼마 전에 아이슬러가 작곡한 《조처》를 미래 연극의 모델이라고 말했을 정도로 그에게 매료되었다.

1933년에 히틀러가 집권하게 되면서 좌파 지식인들은 망명 길에 올랐다. 브레히트는 그해 4월에 발생한 제국 의사당 방화 사건을 계기로 독일을 떠나야만 했다. 그는 우선 빈으로 갔고, 그리고 스위스로, 그 후에는 프랑스, 덴마크로 망명했다. 1939년에 나치의 폴란드 침략으로 시작된 제2차 세계대전의 전운 속에서 그는 스웨덴과 핀란드로 갔다. 그는 망명 길에서 느낀 암담한 심경을 이렇게 묘사했다.

**제국 의사당 방화 사건.**
1933년 나치가 반대파를 제거하기 위해 일으킨 사건.
이 일로 브레히트는 오랜 망명 생활을 하게 된다.

내 동족으로부터 도주하다가

나는 핀란드에 도착했다.

내가 어제는 알지 못했던 친구들이

몇 개의 침대를 깨끗한 방에 갖다 놓았다.

스피커에서 나는 인간 찌꺼기의 승전보를 듣는다.

호기심어린 눈빛으로 나는 지구의 지도를 살펴보았다.

내 눈에는 저 위 높은 곳 랍플란트에 북쪽의 얼음 바다를 향해 있는

하나의 작은 문까지도 보인다.[19]


망명으로 인해 그에게는 관객과 사회적 실험을 할 수 있는 기회가

거의 주어지지 않았다. 그럴수록 그는 자신의 공동 작업 방법을 지속하기 위해 더욱더 노력했다. 한스 이이슬러는 1936년에 망명지인 코펜하겐에서 희곡《둥근 머리와 뾰쪽 머리Die Rundköpfe und die Spitzköpfe》(1932~1934)에 나오는 가요와 담시, 즉 〈깨어나는 야호의 찬가Hymne des erwachenden Jahoo〉, 〈난나의 노래Nannas Lied〉, 〈겉치레의 노래Das Lied von der Tünche〉, 〈낫의 노래Sichellied〉, 〈단추 던지기의 담시Die Ballade vom Knopfwurf〉, 〈가진 것은 노래Was-Man-Hat-Hat-Man-Lied〉, 〈새로운 이베리아 노래Neue Iberinlied〉, 〈돈의 영원한 효력에 관한 노래Lied von der bleibenden Wirkung des Geldes〉, 〈물레방아 담시Ballade von Wasserrad〉, 〈중매 노래Kuppellied〉 그리고 〈어느 위대한 자의 노래Lied eines Großen〉에 곡을 붙였다.

이런 희곡 속에 가득 찬 노래들은 브레히트가 문학의 자매 예술인 음악을 자신의 창작에 의식적으로 끌어들이고, 이들 두 예술의 상호적 작용을 통해 언어의 효과를 음향적 · 감정적으로 상승시키기 위해서 얼마나 많은 노력을 했는가를 보여 준다.

브레히트는 아이슬러가 없는 동안 1940년에 헬싱키에서 핀란드의 지휘자 시몬 파르메트를 알게 되었다. 그는 아이슬러처럼 자신의 문학적 의도를 이해할 수 있는 이 작곡가를 좋아하게 되었고, 우선적으로 그에게 자신의《억척 어멈과 그 자식들Mutter Courage und ihre Kinder》(1939)에 대한 작곡을 부탁했다. 음악이 1941년 초에 취리히에서 열리는 희곡의 초연을 위해 적시에 완성되어야 했기 때문에 파르메트는 처음에는 매우 망설였지만 브레히트의 설득에 넘어가 곧 일을 시작했다. 그러나 파르메트의 망설임은 당연한 것이었다. 왜냐하면 브레히트는 서사극의 양식에 어울리는 음악을 원했지만, 파르메트는 서사극에 어울리는 가락에 대한 올바른 견해를 찾지 못했다. 게다가 음악은 저자의 구상에 따라 드라마에서 무엇인가 매우 본질적인 것을 표현해야 하기 때문에 핀란드의 작곡가는 작업에서 어려움을 느꼈다.

브레히트는 음악과 문학의 상호 작용에 대한 깊은 인식에서 극적 감흥을 고양시키는 음악을 알고 있었을 뿐만 아니라 그것을 작곡가에게 이해시키고, 음향적 상상을 전달할 줄 알았다. 그렇기 때문에 비록 그가 작곡가와 음악가는 아니라 해도, 사람들은 그를 적어도 음악적인 작가라고 불렀다. 파르메트는 브레히트의 음악적 느낌에 대한 큰 존경심에서 다음과 같이 말했다.

> 그는 그것(음악적 느낌)에 대해 말할 뿐만 아니라 제스처를 통해 자신을 이해시키는 것으로 만족했다. 또한 그는 오로지 음악적으로 나에게 영향을 미치려고 애썼다. 그는 어떤 때는 리듬을 책상 위에 쳤으며, 어떤 때는 자신의 비음악적인 목소리로 영감이 떠오르는 노래를 트라-타-타, 트라-타-타 하며 불렀다. 그는 자주 구체적인 음악적 제안들을 하기도 한다. 비록 그의 제안들이, 음악적으로 볼 때 언제나 반드시 독창적이지는 않았다 해도 그는 언제나 핵심을 정확히 말했다는 것을 나는 고백하지 않을 수 없다.[20]

브레히트는 유미주의자가 아니었다. 그래서 드라마를 위한 음악에 있어서 그에게 중요한 것은 결코 표현의 미화美化가 아니라 문학적 의도를 위해 표현을 의식적으로 조잡하게 만드는 것이었다. 그 결과 연극 장면에서 대립적 감정을 불러일으키는 그로테스크를 형성할 수 있었다. 예를 들어, 《서푼짜리 오페라》에서 표면상으로만 유쾌하고 재미있는 후렴을 가진 재치 있는 시사 풍자시는 가난한 사람들의 일상에서 나타난 어둠과 절망을 묘사했다. 또한 《억척 어멈과 그 자식들》

의 음악도 날카롭고 통속적이면서도 쓰고 달콤한 멜로디를 통해 힘없
고 가난한 사람들을 짓눌러 부수고 그들의 보잘것없는 운명을 가지고
놀았던 전쟁의 공포와 인간의 어리석음을 인식하게 만들었다.

이런 음악적 전제는 파르메트가 해결해야 할 과제였다. 그럼에도
그는 20개 이상의 성악곡을 작곡했다. 그러나 《억척 어멈과 그 자식
들》은 파울 부르크하르트의 작곡과 지휘로 1941년에 취리히의 샤우
슈필하우스에서 초연되었다. 파르메트 자신도 그 이유를 알지 못했으
며, 그의 작곡 작품은 실종되었다.

브레히트는 핀란드에서 소련을 거쳐 1941년에 미국의 로스앤젤레
스로 망명했다. 한스 아이슬러와의 협력 관계는 망명지에서도 계속되
었기에 아이슬러는 브레히트와 가까이 있기 위해 로스앤젤레스로 이
사했다. 아이슬러와 공동 작업으로 《갈릴레이의 생애Leben des Galilei》
(1938), 《시몬 마샤르의 환상Die Gesichte der Simone Machard》(1941～
1943), 《제2차 세계대전에서의 슈베이크Schweyk im Zweiten Weltkrieg》
(1943)에 대한 음악들이 탄생했다.[21]

극작품들과 무관하게 브레히트는 작곡을 고려해 시와 텍스트를, 말
하자면 〈레닌의 사망일에 대한 칸타타Kantate zu Lenins Todestag〉(1937,
Eisler, Dessau) 또는 고트프리트 폰 아이넴에게 헌정된 〈시간의 노래
Stundenlied〉를 썼다. 무대 음악들이 대부분 브레히트와의 협의에 의해
만들어진 반면 〈독일 심포니Deutsche Symphonie〉 또는 〈할리우드 노래
책Hollywooder Liederbuch〉과 같은 콘서트 작품들은 전적으로 아이슬러
에게 모두 맡겨졌다.

아이슬러는 작곡할 때 브레히트와 활발한 토론을 했다. 그러면서 브
레히트는 희곡이 지닌 사회적 역할에 대한 자신의 생각을 아이슬러의
음악에서도 발견했다. 즉 브레히트는 콘서트 작품들이나 오페라 등 아

이슬러의 음악에서 감정의 혼란을 일으키는 것이 아닌 사회적 책임감을 불러일으키는 기능을 공통적으로 발견했다. 브레히트는 이미 자신의 텍스트 《연극 예술의 신 기법Neue Technik der Schauspielkunst》에서 아이슬러의 음악에서 강조된 사회적 자세를 언급했다.

> 아이슬러는 18세기와 19세기의 다른 위대한 작곡가들처럼 소박하고 건설적이다. 사회적 책임감은 그에게 최고로 즐거운 것이다. 그는 그의 텍스트들을 단순하게 퍼내 오지 않는다. 그는 그것들을 다루고, 그것들에게 아이슬러만의 고유한 무언가를 부여한다.[22]

아이슬러 역시 브레히트의 음악적 성향을 잘 파악하고 있었다. 브레히트는 지나치게 부드럽고 기교어린 음향 때문에 바이올린을 싫어했으며, 바흐와 모차르트를 좋아했다. 그리고 교향악 연주회와 오페라에서처럼 감정 이입에 의한 내면의 혼란을 일으키는 음악과 근본적으로 구별되는 연주 방법을 이해했다. 그 방법은 무엇보다도 퇴폐적이거나 형식적이지 않은 대중적인 것이었다.[23] 브레히트는 직접 음악을 만들기도 했다. 그는 대중 예술을 선호해 민요나 군가의 짧은 멜로디에서 자신의 문학적 의도에 맞는 멜로디를 찾아낼 수 있었다. 예를 들면, 《서푼짜리 오페라》에 나오는 유명한 〈상어-담시〉의 노래는 러시아 민요의 곡조에 근거하고 있다.[24]

브레히트는 1941년에 성공적으로 미국으로 도피한 후 1년 뒤인 1942년에 작곡가 파울 데사우를 뉴욕에서 만났다. 데사우는 이미 브레히트의 희극 《남자는 남자다》에서 나오는 노래들, 즉 군인들이 부르는 〈과부 벡빅 주점의 노래Song von Witwe Begbicks Trinksalon〉, 〈얼마나 자주 너도 강을 바라보는가Wie oft du auch den Fluβ ansiehst〉, 〈오 알라바

마의 달이여O Mond von Alabama〉 그리고 〈파도 위에 머물러 있지 마라 Beharre nicht auf der Welle〉²⁵를 작곡했다. 1936년에 데사우는 《도축장의 성 요한나Die heilige Johanna der Schlachthöfe》(1932)에서 나오는 발라드 〈검은 밀짚모자를 쓴 구세군들의 투쟁가Die Kampflied der schwarzen Strohhüte〉²⁶도 작곡했다.

로스앤젤레스에서 브레히트를 축하하기 위한 특별 저녁 공연이 열렸을 때 〈검은 밀짚모자〉 발라드를 부르기로 한 여가수가 하루 전에 출연 취소를 통보했다. 그래서 브레히트는 데사우가 대신 부를 것을 즉석에서 제안했다. 데사우는 직접 반주를 하며 노래를 불렀고, 브레히트는 매우 만족했다.²⁷ 이 일을 계기로 데사우는 브레히트와 긴밀하게 협력하기 시작했다. 이들의 협력 관계는 《코카서스의 백묵원Der Kaukasische Kreidekreis》(1944)²⁸과 오페라 계획 작품을 함께한 계기로 더욱 깊어졌다.

브레히트가 망명지에서 아이슬러나 데사우처럼 자신의 문학과 음악을 이해할 수 있는 작곡가를 만난 것은 큰 행운이었다. 그것은 데사우에게도 마찬가지였다. 그는 한때 중단되었지만 늘 브레히트와의 공동 작업에 대해 생각해 왔으며, 자신의 노래들로 가정 음악이 발전하는 것을 도우면서 우리의 삶을 기쁘게 만드는 데 적합하지 않은 시시하고 슬픈 멜로디를 퇴치한다고 생각했다.²⁹

브레히트가 망명의 한때를 보냈던 할리우드에서 멀지 않은 캘리포니아의 산타모니카에서 만들어진 〈행운 신의 4개의 노래Vier Lieder des Glücksgotts〉가 이것을 증명한다. 브레히트는 망명 생활의 어려움에도 불구하고 삶의 기쁨과 현세의 긍정과 행복을 주장하는 훌륭하고 뜻 깊은 4개의 노래를 만들었다. 계속해서 그는 《행운 신의 여행Die Reisen des Glücksgottes》을 오페라로 계획했으나 실행하지 못했다. 다만 전

주곡과 행운 신의 아리아가 있는 첫 장면만이 데사우에 의해 작곡되었다.[30]

브레히트는 아이슬러와 데사우 같은 음악 파트너와의 이상적인 공동 작업이 없었다면 아마도 그의 문학 작품들을 만들어 낼 수 없었을지도 모른다. 브레히트는 스탈린그라드 전투에서 참패한 독일 군대의 참상에서 1942년에 〈독일 진혼곡〉을 썼고, 그것으로부터 오라트리오 《독일의 미세레레 기도Deutsches Miserere》[31]이 데사우와의 공동 작업으로 탄생했다. 브레히트는 그 사이에 출간된 이 모음집을 《독일 전쟁 교본 Deutsche Kriegsfiebel》(1955)이라 불렀다. 사진도 거짓말을 할 수 있다는 부제를 가진 이 모음집은 브레히트가 수집한 제2차 세계대전과 관련된 사진들에 4행시를 붙인 사진 시집이다.

브레히트와 아이슬러, 데사우의 협력 관계는 그가 6년간의 망명 생활을 마치고 미국에서 독일로 돌아온 이후에도 계속되었다. 아이슬러가 작곡한 《갈릴레이의 생애》가 1943년 9월 9일에 스위스의 취리히에서 초연되었다. 그 후에 브레히트는 1947년 10월 30일에 반미활동 청문회에서 자신의 공산주의적 성향과 전력에 대해 심문을 받았다. 그는 즉시 그 다음날 망명 시절에 창작한 많은 극작품들을 가지고 취리히로 돌아왔고, 1948년에 소련 점령 구역의 베를린으로 이주했다. 그곳에서 데사우의 음악으로 된 《억척 어멈과 그 자식들》이 1949년에 독일에서 초연되었다. 역시 같은 해에 데사우가 작곡한 《푼틸라 씨와 그의 하인 마티Herr Puntila und sein Knecht Matti》(1940)가 브레히트의 전문 극단으로 새로 창단된 베를린 앙상블의 첫 공연 작품이 되었다.

이미 1943년 3월에 취리히에서 초연된 극작품 《사천의 선인Der gute Mensch von Sezuan》(1939~1941)에 대한 음악을 데사우는 1947년에서 1948년까지 캘리포니아에서 작곡했으며, 이 작품은 1952년에 프랑크푸르트에서 공연되었다. 바일의 음악으로 된《남자는 남자다》가 없어졌기 때문에 브레히트는 데사우에게 1956년의 슈투트가르트 공연을 위해 새로 작곡할 것을 부탁했다. 데사우의 음악으로 이루어진《가정교사Der Hofmeister》(1949)는 1950년에,《루쿨루스 판결Das Verurteilung des Lukullus》(1939)은 1951년에 베를린에서 공연되었다.[32]

브레히트는 아내 헬레네 바이겔과 함께 베를린 앙상블을 창립해 운영했는데, 베를린 앙상블은 그가 죽기 전까지 그에게 세계적인 명성을 부여했을 뿐만 아니라 근대 음악극과 그의 작곡가, 각본 작가 그리고 연출가들에게 큰 영향을 주었다. 동독 정부와 사회를 비판하는 문화적·정치적 갈등에도 불구하고 그는 일등 민족 공로상과 국제 스탈린 평화상을 받았으며, 1954년에는 독일 예술 아카데미의 부회장으로 부임했다. 그는 1956년에《코카서스의 백묵원》의 영국 공연을 준비하는 도중 심장마비로 사망해 헤겔의 묘가 있는 도로테아 공동 묘지에 안장되었다.

헬레네 바이겔(1900~1971).
브레히트의 아내로서 '베를린 앙상블'을 이끌며 서사극을 실천했던 배우다.

브레히트는 곡이 붙여진 시는 작가의 의도를 청중의 감정에 더 강하게 호소할 수 있기 때문에 희곡에 삽입된 서정시, 가요, 발라드는 노래로 불려져야 한다고 생각했다.[33] 여기서 문학과 음악의 관계에 대한 브레히트의 입장이 분명히 나타난다.

일찍이 이 두 장르의 결합에 대한 좋은 예를 리하르트 바그너가 그의 저서《오페라와 드라마》에서 제시하고 있다. 바그너는 드라마 작가의 문학적 의도가 음악적으로 완전하게 표현되어야 하며, 소위 문학 작품의 가치는 그 작품에 음악적으로 음을 붙이고 작품을 상승시키는 가능성에 의해 정해진다고 주장했다. 이 경우 드라마는 음악의 지배로 오페라의 성격을 받아들이게 되고, 드라마는 문학 작품이 아니라 음악 작품이 될 수밖에 없다. 이것이 바이로이트 작가 겸 작곡가에 의해 만들어진 '종합 예술 작품'의 양식에서 나타나는 특징이다. 그의 주장은 후일의 작가들, 특히 토마스 만, 헤르만 헤세, 브레히트에 의해 비판되고 부정되었다.

브레히트 역시 문학과 음악의 상호 작용 관계를 강조하면서도 바그너의 음악극 이론을 변증법적으로 새롭게 변화시키려고 노력했다. 다시 말해 브레히트는 드라마의 지나친 음악화를 지양하고, 음악을 오직 문학 작품을 보완하는 수단으로 사용했다. 따라서 그의 드라마에 곡을 붙이는 것은 브레히트와 그의 작곡가들의 의도가 전혀 아니었다.

이런 인식의 전제하에서 시대의 유명한 작가와 음악가의 공동 작업은 각별한 행운이라고 할 수 있다. 브레히트는 훌륭한 작가였으며, 그의 주변의 음악가들, 특히 바일, 아이슬러, 데사우는 브레히트의 드라마 의도가 음악적인 표현에서 잘 나타날 수 있도록 그의 극작품을 음악으로 옮기는 데 부족함이 없었다.

브레히트는 무운시無韻詩나 드라마 텍스트에 곡을 붙이는 일이 쉬운 작업이 아니라는 것을 잘 알고 있었다. 그래서 극작품을 쓸 때 그 작품에 대한 음악적 보충을 계획하면서 의식적으로 음악과 연관된 자신의 생각을 표현했다. 노래 자체 외에도 줄거리의 이곳저곳에 음악을 지시하는 연출에 대한 수많은 주해들이 이 사실을 말해 주고 있다. 예를 들어,《제2차 세계대전에서의 슈베이크》에서 첫 시작 장면 〈높은 영역의 서곡Vorspiel in den höheren Regionen〉의 지문은 전쟁 음악을 요구한다.

전쟁 음악, 지구본 주위의 히틀러, 괴링, 괴벨스와 힘러, 이들 모두는
인간의 실제 크기보다 작은 괴벨스를 제외하고 인간의 실제 크기보다
크다.[34]

《시몬 마샤르의 환상》은 음악을 지시하는 지문을 빈번히 사용하는
또 다른 좋은 예다. 4개의 꿈 장면은 음악을 지시하는 지문으로 시작
하고, 음악은 그 장면의 주도 동기와 연결되어 있다. 다시 말해 이 꿈
의 장면들은 꿈과 현실의 두 세계 속에서 역사적으로 잘 알려진 잔 다
르크와 여주인공 시몬과 일치시키면서 소시민의 애국적 행위가 역사
를 움직이는 지배 계급에 의해 파멸되는 비극적 효과를 강화하고 사
회적 모순성을 부각시킨다.

첫 번째 꿈은 천사의 출현과 함께 시몬의 등장을 알리고 동시에《오
를레앙의 처녀》를 읽고 난 후에 빠져드는 몽상의 세계에서 자신은 오
를레앙의 처녀가 된다. 그리고 천사로 나타난 오빠로부터 프랑스를
구하라는 사명을 위임받는다.

두 번째 꿈에서 지문은 현란한 축제 음악을 지시하고, 현란한 음악
은 파이프 오르간, 합창과 함께 멀리 떨어진 교회의 축제 과정들을 묘
사한다. 이어지는 현란한 축제 음악과 함께 무대가 어두워지면서 천
사가 나타나고, 프랑스를 구하기 위해 가서 모든 것을 파괴하라는 천
사의 말과 육중한 탱크의 굉음이 뒤섞여 들려온다.

세 번째의 시몬 마샤르의 백일몽 역시 혼란한 전쟁 음악으로 시작
하고, 네 번째 꿈에서도 음악이 삽입되고, 천사의 출현을 알리는 주문
이 등장한다. 그녀는 차고의 지붕을 바라본다. 빛은 점점 희미해진다.

음악이 삽입되어 천사의 출현을 알린다. 시몬은 차고의 지붕을 바라보고, 그곳에서 천사를 본다. 시몬은 경찰관에 의해 끌려갈 때 영광 속에서 일어서게 될 것이라는 천사의 목소리를 듣게 된다.[35]

독일의 어느 극작가들보다 문학과 음악의 밀접한 상호 관계를 깊이 인식하고 있던 브레히트는 드라마에 음악을 많이 이용했다. 그러나 그의 이 같은 노력은 줄거리를 무엇보다도 음악으로 떠오르게 하려고 음악에 가능한 한 가까이 다가가려고 애썼던 낭만주의자들의 노력과는 다르다고 할 수 있다. 브레히트는 대중적 성격을 가진 오페레타, 뮤지컬, 징슈필과 같은 새로운 내용과 음악으로 추진했던 음악적 드라마의 형식에서 문학과 음악이란 2개의 유사한 예술의 합이 이루어지는 만족을 느낄 수 있었다. 그러나 음악적 드라마의 형식은 음악에 전적으로 무게가 있는 바그너의 음악극 형식과 달리 어디까지나 문학적 보충만을 필요로 했다. 다시 말해 브레히트는 음악을 감정 상승의 이유에서 줄거리에 끌어들이지만 오직 음악을 자기 문학 작품들의 시적이고 정치적인 의미를 음향적으로 강조하려는 하나의 수단으로만 사용했다.

브레히트는 본능적으로 음악에서, 특히 문학적 언어와 음악의 결합에서, 감정을 고양시킬 수 있는 잠재력을 의식하고 있었다. 그는 두 번의 세계 전쟁을 통해 손수 겪었던 역사적 참상, 인간의 고통, 파시즘에 대한 증오와 정의의 승리에 대한 기쁨 등 언어만으로는 표현할 수 없는 일들에 대한 관객의 강렬한 감정들을 음악이 불러일으킬 수 있다는 것을 알았다. 그래서 그는 언제나 작곡가의 협력을 필요로 했고, 심지어 스스로 그의 희극 《남자는 남자다》에서 가사에 곡을 붙이려고까지 했다.

비록 그가 바그너처럼 자신의 작품들을 위해 손수 음악을 만들 수

없었다 해도, 그는 적어도 자신을 작곡가들에게 이해시킬 줄 알았으며, 또한 그의 문학적 의도를 음악적으로 실현하도록 할 수 있었다. 그래서 그는 스스로 싸워 왔던 바그너의 음악극과는 달리 특유한 음악극의 새로운 형식을 완성할 수 있었다.

브레히트의 예술적 업적은 그가 두 예술의 관계를 상호 간에 바꾸어놓았다는 데 있다. 즉 음악이 지배적인 대부분의 바그너 가극들은 음악을 통한 구원에 이용되는 반면 브레히트의 극작품들에는 감정과 오성의 생산적인 상호 작용이 존재한다. 음악은 여기서 단지 시적 언어의 하녀일 뿐이며, 지각을 빼앗는 대신 그 활성화에 이바지한다. 오직 이런 방법으로 언어 예술과 음악 예술 사이의 창조적인 융합이 이해되고 완성될 수 있었다. 그래서 브레히트는 이 두 예술이 '예술을 위한 예술의 막다른 골목'으로 빠지지 않고 독자적 요소로 상호 작용하는 브레히트 특유의 '종합 예술 작품'에 이르는 새로운 길들을 제시해 주었다.[36]

브레히트의 '종합 예술 작품'은 바그너의 그것과 상반된 개념에서 파악되어야 한다. 브레히트의 학습극이나 서사극 그리고 서사적 오페라에서 음악은 무대 미술이나 다른 연극의 구성 요소들과 마찬가지로 독자적인 기능을 가진다. 이는 이 요소들이 종속적이 아니라 독립적으로 하나의 '종합 예술 작품'을 이룬다는 것이다.

# 서정시의 대중적 · 민속적 요소

 

드라마 작가로서 브레히트는 근본적으로 서정 시인은 아니다.[37] 그
럼에도 불구하고 서정 시인으로서 명성을 얻을 수 있었던 이유는 그
가 희곡에서처럼 서정시에서 전쟁으로 인해 도덕적으로 파괴된 세상
에 대한 절망과 반항을 표현했기 때문이다. 그래서 그의 작품 중에는
연애시가 많지 않다. 그의 서정시는 자연히 19세기의 혁명시와 연관
되어 있다. 당시에 풍미했던 표현주의나 상징주의 시인들의 난해하고
어두운 성향과는 반대로 브레히트는 누구나 이해할 수 있는 새롭고
단순한 것을 추구했다.

그는 시의 복잡한 형식에 반대했으며, 보다 좋은 사회 질서를 위한
작가의 이념을 내포하고 있는 시의 의미와 가치를 더 중요하게 생각
했다. 그에게는 시의 의미와 가치를 나타낼 수 있는 시의 음향 형태나
노래로 옮기기 위한 적합성이 문체 형식보다 더 중요했다. 그래서 그

의 시는 음악가들과 함께 작곡하기 위해 이미 언어적으로 음악성을 지니고 있었으며 쉽게 노래로 불리게 되었다.

　브레히트의 첫 시 모음집은 그가 1918년에 노트에 수기로 작성했다고 전해지고 있는《베르트 브레히트와 그 친구들의 기타를 위한 노래들Lieder zur Klampfe von Bert Brecht und seinen Freunden》이다. 제목은 이것이 그와 친구들이 공동으로 만든 노래 모음집임을 말해 주고 있다. 멜로디는 루트비히 프레스텔과 그의 형 루돌프, 슈테그로이프, 특히 게오르그 판켈트와 브레히트의 동생 발터에 의해 만들어졌다. 브레히트 또한 여러 개의 악보를 만들었다.

　노래들은 아우크스부르크의 특별한 풍습에서 만들어졌다. 실제로 브레히트와 친구들은 저녁에 등과 기타를 들고 큰 소리로 노래 부르면서 시내와 레히 강가를 돌아다니곤 했다. 이 노래 모음집은 브레히트 사후에 선발된 가요가 멜로디와 함께《대 브레히트 가요집Großes Brecht-Liederbuch》에 수록되어 출판되었다.[38]

　브레히트는 1916~1925년에 생긴 시들을 모아 1925년에《가정 기도서》라는 제목으로 그의 첫 시집을 발행했다. 여기서 중요한 것은 이 책에 실린 가요나 담시들이 기타에 맞추어 불릴 수 있게 되었다는 사실이다. 텍스트와 음악과의 관계를 중요시했던 브레히트는 서정시에서 기타를 위한 노래를 만들기 시작했고, 시행은 곧바로 음악과 함께 구상되었다.《가정 기도서》에 대해 브레히트는 후일에 이렇게 기억했다.

　　나의 첫 시집은 거의 가요들과 담시들만을 포함하고 있다. (…) 이들은 거의 모두가 노래로, 더 자세히 말해 가장 쉽게 부를 수 있다. 나도 여기에 직접 곡을 붙였다.[39]

한스 아이슬러는《가정 기도서》에 대해 이렇게 말했다.

　비록 브레히트가 실기에 능숙하지 못했으나 (…) '매우 음악적인 사람'이었음에도 불구하고《가정 기도서》에 수록된 멜로디들은 특별히 복잡하지도, 대부분의 경우 특별히 높은 수준도 아니다.[40]

　브레히트와 친구들이 시도한 작곡의 주안점은 기독교의 찬송가와 합창의 패러디에 있었다. 이들은 전래된 모범을 의도적으로 잘못 사용했고, 이 모범의 베일로 가려진 교화적 기능을 불협화음으로 없애 버렸다.
　브레히트는 리듬을 매우 중요하게 생각했다. 그는 1938년에 발표한 〈불규칙한 리듬을 가진 무운의 서정시에 관하여Über reimlose Lyrik mit unregelmäβigen Rhythmen〉에서 불규칙한 리듬을 가진 무운無韻의 시를 서정시라고 발표했을 때 그 이유에 대해 이렇게 설명했다.

　내가 운이 없는 서정시를 발표했을 때 가끔 나에게 질문하는 것은 어떻게 내가 그런 것을 서정시라고 내놓게 되었냐는 것이다. (…) 그 질문이 당연한 것은, 서정시가 비록 운을 포기한다 해도, 서정시는 습관에 따라 최소한 확고한 리듬을 주기 때문이다. 최근의 많은 나의 서정적 작품들은 운도 규칙적이고 확고한 리듬도 보여 주지 않는다. 왜 내가 이 작품들을 서정적이라고 말하는가에 대한 대답은 이들이 비록 규칙적인 리듬을 가지고 있지 않다 해도 어떤 변화하는 싱커페이션(선율이 진행 중에 센박과 여린박의 위치가 바뀌는 것)과 몸짓의 리듬을 가지고 있기 때문이다.[41]

작가적 경험에서 브레히트는 전통적인 운율이 그가 말하고 싶은 것을 방해한다고[42] 생각했다. 그는 언어를 너무나 쉽게 음악적으로 만드는 운에 대해 믿지 않게 되었다. 이 때문에 낭만주의자들, 상징주의자들, 그 밖의 퇴폐적인 형식주의 예술가들의 시들이 언어 음악을 통해 감정에 호소하고, 현실 도피와 구원의 수단으로 이용하고 있는 시대의 흐름에 저항하기 위해 브레히트는 일상에서 자연스럽게 사용되는 언어의 내면적인 리듬으로 운을 대치했다. 그리고 이 리듬에서 운의 결합에 의해 생기는 것보다 더 정교한 멜로디와 리듬의 예술적 결합을 발견했다. 그는 자주 내용의 표현력을 위해 운과 규칙적인 리듬을 포기하고, 대신에 불규칙적인 리듬에서 단어의 의미를 강조하고 그 이성적인 작용을 기대했다.

그는 자신의 시를 통해 인간들에게 일어나는 일들을 모순적이고 투쟁적이며 폭력적으로 표현했다. 그리고 노동자 대모에서, 거리 행상들이나 신문팔이들에서 그리고 사회의 온갖 사건들에서 엿듣고 그 소리를 불규칙적으로 리듬화했다. 이것은 언어적 투박함이 멜로디적 투박함으로 표현되어야 한다는 그의 생각에 기인한 것이다. 이로써 브레히트는 의미 있는 단어들을 전래된 박자에 반대해 리듬적으로 억양을 통해 강조하고, 시에 내재된 의미를 리듬과의 연관 관계에서 표현하려 노력했다.

여기서 브레히트 시의 새로운 형식이 나온다. 《가정 기도서》의 음악을 분석한 한스 마르틴 리터가 지적하고 있듯이 이 유형에서 공통적인 것은 노래들이 언제나 특별한 사회적 상황에 맞춰서 만들어졌다는 것이다. 즉 사회적 내용에 따른 형식의 계속적인 발전과 함께 브레히트 시의 새로운 형식 유형이 만들어졌다는 것이다.[43] 그래서 이 시집은 잘 알려진 시민의 일상과 사회 상황을 음악적으로 표현하고 있

는 여러 가지 형태의 노래들, 즉 장돌뱅이 노래, 살인 노래, 선술집 노래, 무도곡, 제1차 세계대전 후에 유행한 재즈, 바이에른 슈바벤의 민속 음악, 대중적인 교화적 노래, 감상적인 유행가를 수용하고 있다. 따라서《가정 기도서》에 수록된 시와 담시는 사회의 어두운 면, 인간의 내적 난폭성, 도전적인 반항 정신을 오늘날까지도 모방할 수 없을 정도로 잘 보여 준다.[44]

그 대표적인 예로 당시에 뮌헨과 아우크스부르크에서 발생했던 두 살인 사건을 다룬 노래, 즉 부모를 살해한〈아펠뵉 또는 들에 핀 백합 Apfelböck oder Lillie auf dem Feld〉과 자신의 아기를 죽인〈유아 살인녀 마리 파라르에 관하여Von der Kindermörderin Maire Farar〉를 들 수 있다.

이 두 시는 살인이라는 특별한 사건을 음악적으로 강조하고 있다. 그러나 각 후렴에서는 정반대로 교화적인 내용으로 돌아간다.[45] 아펠뵉 노래의 후렴은 이 노래의 부제목 '들에 핀 백합'이 암시하고 있듯이 "야코브 아펠뵉도 언젠가는 꼭 그의 가련한 부모의 무덤에 가지 않을까?"[46]라는 말로 교화 가능성이 있음을 나타내고, 유아 살인녀 노래의 후렴도 교훈적으로 끝난다.

그녀의 죄는 무겁지만 그녀의 고통도 컸다.
그러니 내 너희에게 원하건대, 화내지 마라.
모든 생명체는 모든 이들의 도움이 필요하기 때문이지.[47]


브레히트의 담시는 비록 그것이 개인의 운명에 관한 것이라 할지라도 시민 사회를 분석하고 폭로한다. 여기서 그는 놀라운 표현력으로 자신을 인간애의 포고자로서 그리고 인간의 고통을 야기시키는 사회에 대한 증오의 포고자[48]로서 모습을 나타낸다.

브레히트는 1926년부터 1933년 사이, 다시 말해 그가 마르크스 연구에 몰두한 이후로 사회주의 입장에서 독일 사회를 비판하고 파시즘에 투쟁하다가 망명지인 덴마크의 스벤보르에 머물게 되기 이전에 쓴 시 모음집을 망명 시절의 첫 시집으로 파리에서 출간했다. 한스 아이슬러는 이 시집을 《노래-시-합창Lieder-Gedichte-Chöre》이라 불렀다. 이 모음집은 나치 정권이 착취자로서 노동자 계급에 치명적인 타격을 주었던 어두운 시대의 체험에서 나온 것으로, 여기에는 작가의 처참한 패배 감정이 스며 있다.

브레히트와 아이슬러는 공산주의 문화 운동을 새롭게 받아들이고, 정치시를 통해 무산 계급의 정치적 의식을 고무시키려고 노력했다. 그래서 이 두 사람의 공동 작업은 처음부터 투쟁가를 고양하는 데 목적을 두었다. 이에 맞게 그들은 적절한 텍스트에 음악을 붙이는 것을 혁명적인 표현을 높일 수 있는 수단으로 보았다. 그래서 파리에서 1934년에 출간된 시집의 초판본은 공동 이름으로 나왔다.

이 초판본은 34면의 악보 부록과 함께 발행되었다. 아이슬러는 무산 계급 어머니의 〈자장가Wiegenlieder〉, 담시 〈나치 돌격대원의 노래Das Lied vom SA-Mann〉, 〈히틀러 찬미가Hitler-Choräle〉, 〈나무와 가지들의 담시Die Ballade vom Baum und den Ästen〉 등을 작곡했다. 그래서 음악으로 돌격대원들의 가망 없는 암울한 상태와 위험, 나치 당원의 조야한 난폭성, 자기 나라의 정복자로서 그들이 대가를 치르게 될 공포의 종말을 음악으로 극대화해서 표현했다.[49] 아이슬러는 이 노래집을 후에 〈독일 심포니〉를 위한 텍스트의 기초로 이용했다. 그 작품은 반파시즘의 투쟁에 있어서 아이슬러의 가장 중요한 작업으로 여겨졌다.[50]

무엇보다도 프롤레타리아의 유성 영화 《쿨레 밤페》의 〈단결의 노래〉는 이 시기에 브레히트와 아이슬러의 가장 성공적인 공동 작업의 한 예다. 이 노래는 1931년에 만들어져 이 영화가 개봉되기도 전에 발표되어 대중의 노래가 되었고, 독일의 저항을 나타내는 익명의 민요로 퍼져 나갔다. 아이슬러가 작곡한 이 시의 후렴에서의 단결은 그 당시 2개의 좌파 정당인 독일 사회 민주당SPD과 독일 공산당KPD의 단결이 아니라 실업자들과 노동자들의 단결을 의미했다.

　　앞으로! 그리고 잊지 말자.
　　우리의 힘이 어디에 있는지.
　　굶을 때나 먹을 때나
　　앞으로 결코 잊지 말자.
　　단결을![51]

　이 시는《서푼짜리 오페라》에서 거리의 악사가 부른 매키 매서의 〈살인의 노래〉가 그러했듯이 이미 1933년까지 1만 7,500개의 악보가 전 세계로 퍼졌고, 많은 외국어로 번역되었다. 이 노래 역시 아이슬러의 대표작에 속했다. 이 노래는 스페인 시민전쟁에서, 붉은 군대의 반파시즘적 선전에서, 특히 동독 붕괴와의 관계에서 역사적 의미를 가졌다. 마지막 연의 후렴은 1989년 11월에 베를린 장벽을 무너뜨린 전설적인 군중 대모에서 현수막과 군중의 구호로 사용되었다.

　　앞으로! 그리고 잊지 말자.
　　질문은 구체적으로 제시되었다.
　　굶을 때나 먹을 때나,
　　아침은 누구의 아침인가?
　　세계는 누구의 세계인가?[52]

브레히트는 1933년에서 1939년까지 덴마크의 남해안에 있는 스벤보르 시에서 보낸 망명 생활 동안 제2시집 《스벤보르 시집Svendborger Gedichte》을 출간했다. 그는 이 시기를 서정시를 쓰기에는 암울한 시대[53]라고 말했다. 이 시기의 시들이 독특하게 보여 주는 운 없는 시행들과 불규칙하게 끊기는 리듬에서 브레히트는 정치시의 전통적인 소재를 상실했다. 즉 망명 시절의 시에서 정치적 목소리는 약해지고 미학이 풍요로워졌다는 것이다.

따라서 스벤보르 시들은 인습적인 서정시의 독백적인 소리로 사회와 공동체에 대한 감정을 불러일으키고, 주장한다. 그래서 대화, 호소, 청원, 찬사, 비문 등으로 구성되어 있어 뚜렷하게 역할시로 분류되고 있다.[54] 아이슬러는 1936년에 생긴 이 시집의 제1장 《독일 전쟁 교본》중에서 〈백묵을 들고 장벽 위에 섰다Auf der Mauer stand mit Kreide〉, 〈높으신 분들에게는Bei den Hochgestellten〉 등의 시들을 작곡했다.

미국 망명 시절에 쓴 브레히트의 시들은 미국 자본주의의 상업 세계 속에서 소외된 자아를 주제로 삼고 있으며, 미래 사회를 위한 교육의 도구로 서정시의 역할과 기능을 단순화된 언어로 표현했다. 전후와 구동독 시절의 시들은 파괴된 사회의 재건, 전후 세대의 교육과 노동자 중심의 사회주의 국가 건설을 중요한 모토로 다루었다. 이 시들은 그의 마지막 시집인 《부코의 비가Buchower Elegien》로 출간되었다. 이 시대의 시들에 대한 보다 정확하게 표현된, 그러나 편파적이기도 한 해설은 이 시들이 죄의식적인 관찰, 불편한 숙고, 치욕적인 기억 그리고 악몽으로 충만한 '서정적 의식의 몽타주'[55]라고 강조했다.

브레히트의 시에서 분명한 것은 중점이 자연이 아니라 사회에 있다는 것이다. 그는 독자들을 생각했기 때문에 자신의 서정시를 이들과의 대화로 관찰했다. 그래서 그는 자신의 시가 비싼 간행본보다는 값

싼 팸플릿이나 신문에 발표되길 더 원했고, 공연되는 것에도 관심이 있었다. 그는 시 낭송자로서 명성을 얻었을 뿐만 아니라 시, 가요, 합창의 말을 카바레 프로그램과 그의 몇몇 극작품들에 끼워 넣었다.[56]

여기서 주목해야 할 것은 브레히트는 자신의 정치적 이념과 이상이 담긴 시의 확산을 위해 민속적인 운과 민중의 언어를 의식적으로 사용했다는 것과, 시집보다는 연극에 삽입된 시들의 작곡에 더 많은 노력을 경주했다는 사실이다. 시를 창작할 때 브레히트는 평범한 사람들에게 익숙한 4박자의 민속적인 운과 민중의 간결하고 자연스러운 언어를 좋아했다. 그래서 브레히트의 시 작품들은 민중의 언어에 어울리게 되었다. 또한 민요, 담시, 살인의 노래로 바꿔 부를 수 있는 가능성도 가지고 있었다. 브레히트는 전래된 민속적인 톤Ton을 자신의 독특한 방법으로 '송Song'처럼 유행하는 현대적인 노래에 옮겨놓았다. 그래서 넓은 의미에서 그는 자신의 모든 노래에서 인간과 사회의 문제들을 표현할 수 있었다.

망명 시절의 첫 시집으로 파리에서 출간된 《노래-시-합창》에서 브레히트는 사회적으로 의미가 큰 문제들을 불규칙적인 리듬으로 표현했다. 이미 루소는 다양한 운과 자유로운 리듬으로 봉건 귀족의 부자연스러운 생활양식에 대항해 싸웠다. 클롭슈토크와 괴테도 자유로운 리듬을 사용했다. 이것은 18세기의 슈투름 운트 드랑 시대에 대두된 자유로운 리듬이 시민 해방에 대한 요구를 예술적 표현으로서 봉건 전제주의 국가의 틀을 파괴하고 싶은 폭발적인 감정의 힘을 가지고 있다는 데에서 기인했다. 불규칙적인 리듬에 대한 브레히트의 성향은 슈투름 운트 드랑 시대와 비슷한 사회적 상황에서 설명된다. 물론 브레히트 시의 리듬은 괴테나 슈투름 운트 드랑 시대의 작가들보다 훨씬 억제되어 있지만 시대가 요구하는 사회적·예술적 새로운 발전에 대한 욕구와는 일치했다.

브레히트는 노동자 계급의 편에 서서 가난한 사람들의 감정과 생각에 예술적 표현을 주려고 노력했다. 불규칙적인 리듬과 운 없는 시 그리고 민속 가요 형태의 창작 방법은 시의 서정적 어휘를 경악과 혐오, 숙고를 일으키는 자극적인 멜로디로 만들었다. 그래서 가난한 사람들의 욕구를 음악적 흥분으로 표현하기에 충분했다. 그러나 브레히트는 음악적 표현에는 달콤한 위로 외에도 현실 도피적인 도취의 위험이 있다고 보고 음악적 미화를, 다시 말해 감정적인 수단을 통한 예술적 반응을 부인하고 사고의 우위를 주장했다. 음악은 자신의 이념과 민중을 위한 사회적 욕구를 표현하기 위한 수단만으로 충분했다.

브레히트에게는 생각하는 것이 느끼는 것보다 더 중요했다. 데카르트가 "나는 생각한다. 고로 나는 존재한다Cogito ergo sum"라는 혁명적인 말로 중세의 스콜라 철학에 대항해 새로운 시대의 시작을 알렸듯이 브레히트는 비슷한 방법으로 생각을 통해 사회를 바꾸려 했다. 그러나 그는 감성과 이성의 조화를 시도했다. 슈투름 운트 드랑 시대에서 봉건 귀족에 대항해 시민의 유일성과 건드릴 수 없는 인간 존엄을 관철하려 했던 감정의 반항적인 폭발력은 브레히트에게 시민 국가에 대해 무산 계급의 인격을 주장하는 사고의 힘과 같은 의미로 수용되었다.

슈투름 운트 드랑 시대의 시민이 자신의 감정생활에 대한 체험을 통해 자신의 유일성을 느꼈듯이 브레히트 시대의 노동자들도 생산 수단의 창조자로서 자신의 사회적 위치와 가치를 의식하게 되었다. 브레히트는 사고의 높은 가치성을 《스벤보르 시집》에 실린 간단한 시〈장군, 너의 탱크는 강한 차라네General, Dein Tank ist ein starker Wagen〉에서 찬양한다. 탱크나 폭격기가 아무리 힘 있고 위협적이라 해도 결국 운전자나 조립공 같은 인간에 의해 지배되고, 그 인간은 생각할 수 있기 때문에 쓸모가 있다는 것이다. 즉 브레히트는 나치의 전쟁 위협에 대한 이성적 인간의 궁극적 승리를 역설적으로 주장했다.

> 장군, 인간은 매우 쓸모가 있다네.
> 인간은 날 수 있고, 죽일 수 있지.
> 그러나 인간은 하나의 결함을 가지고 있지.
> 그는 생각할 수 있다네.[57]

일찍이 슈투름 운트 드랑 시대의 젊은 작가들은 구전된 옛날의 민요들이 지닌 본연의 힘, 높은 도덕, 인도주의적 생각, 민주주의적 견해 그리고 자연과의 친밀성에 압도되었다. 민요는 거짓 없는 느낌과 정열의 표현이었으며, 낙관주의와 향토애를 증명해 주었고, 이들의 까다롭지 않은 단순함에도 불구하고 대부분의 서정적 예술 작품을 능가했다.

민요에는 자연에서 자란 약초처럼 민중 속에 뿌리를 둔 민속적인 치료제가 있다. 이 치료제는 작가에게 야생으로 자라나는 민요들을 의미한다. 그래서 헤르더는 민요의 의미를 집대성해서 오늘날의 작가들에게 알렸고, 괴테는 죽기 직전까지 60년 동안 민요에 전념했으며, 그 문학적 형성을 위해 위대하고 독창적인 예술적 재능을 발휘했다.

헤르더, 괴테와 비슷하게 브레히트 역시 민속 문학에 대해 특별한 관심을 가졌다. 비록 시대는 다르다 해도 그는 괴테처럼 민요를 문학의 근원이라 할 수 있는 민속 문학에 대한 관점에서 연구했다. 그는 민요에서 민중의 넓은 계층을 감동·공감시키는 힘을 보았기 때문에 그의 서정시는 민요 형식으로 만들어졌다. 곡이 붙여진 시는 내용이 강화될 뿐만 아니라 수 세기를 훼손되지 않고 견디어 온 민요처럼 노래로서 항간에 널리 그리고 빠르게 퍼지게 되었다.

브레히트는 이 노래들의 특성과 아름다움을 알았고, 그것들을 모범으로 삼았다. 이로써 그는 민속 문학과 예술 문학 사이에 다시금 다리를 놓을 수 있었고, 민요적인 시와 멜로디가 삽입된 그의 극작품들은 다양한 계층에 감동을 주는 대중적인 효과를 얻었다. 민중과 공동체에 대한 사랑으로 브레히트는 게오르게, 릴케, 호프만스탈과 같이 삶의 두려움과 절망을 표현하는 상징주의 예술가들의 주관주의와 허무주의를 벗어날 수 있었다.

데사우가 작곡한 희곡《푼틸라 씨와 그의 하인 마티》에서 옛날의 민속적 발라드의 특징을 볼 수 있는 2개의 노래 〈산지기와 백작 부인의 발라드Ballade vom Förster und der Gräfin〉와 〈자두의 노래Pflaumenlied〉[58]는 옛 스코틀랜드 발라드와 민요의 멜로디에 따라 작곡되었다. 〈푼틸라 노래Puntilalied〉에는 약간의 슬라브 민요의 특징이 주어졌다.[59] 이미 말했듯이《서푼짜리 오페라》에서 노래 〈상어―담시〉는 러시아 민요에서 나온 것이다. 특히 브레히트의 서사시와 민요의 관계는 그의 희곡《억척 어멈과 그 자식들》의 노래들에서 잘 나타나 있다. 데사우는《억척 어멈》노래 전체에 고전적인 전통 음악을 피하고 대중과 가까운 민요적 성격을 부여하려고 시도했다고 말했다.

'억척 어멈의 노래'를 부를 때 사람들은 마치 옛부터 잘 알려진 멜로디를 새로운 형식으로 듣는 것 같은 인상을, 하나의 민족 자산을 (…) 듣는 것 같은 인상을 가졌을 것이다. 왜냐하면 순수한 민속 음악은 분명히 맨 먼저 폭넓은 가변성을 통해 교육적이고도 발전적인 가치를 지니고 있기 때문이다.[60]

이렇게 데사우는《억척 어멈》의 텍스트에 곡을 붙일 때 민요의 의미를 음악적인 관점에서 증명하고 표현해 주고 있다. 그래서 사람들은《억척 어멈》음악을 들을 때 마치 오래전부터 알려진 짧고 단순한 멜로디를 새로운 형식으로 듣는 듯한 인상을 가질 수 있게 되었다. 데사우는 민속 문학과 연관된 예술 개혁의 시각에서 민속 문학의 특성들을 현실에 유용하게 현대 문학에서 재창조하려는 브레히트의 시도를 인식했다. 왜냐하면 진정한 민속 음악은 확실히 그의 폭넓은 가변성을 통해 비로소 교육적이고 진보적인 가치를 지니기 때문이다. 이런 의미에서 데사우는 결코 판에 박힌 듯이 옛날의 멜로디를 모방만 하거나 표면상 보기 좋게 꾸미려고 노력하지 않았다. 오히려 민속 음악의 광범위한 가변성을 아주 정확하게 인식하고 사용했다.[61]

브레히트에 의한 민속 음악의 시대적 가변성은 교육적·진보적 가치를 갖게 하는 노래들의 구성에서 구체적인 예를 보여 준다. 즉 가사와 민속 음악이 성공적으로 결합된 많은 노래들은 이야기하는 전개 부분과 교훈적 후렴 부분으로 된 2개의 상이한 구조적 특징을 가졌다는 것이다. 이것은 '역할시Rollenlyrik'의 특징이라 할 수 있다. 발라드식의 전개 부분은 역할시에서 언제나 볼 수 있듯이, 항상 주인공들을 괴롭히고 비도덕적인 또는 복수심에 빠지게 하는 사회 상황을 특징적으로 나타낸다.[62] 이 전개 부분에 이어서 전쟁의 유죄를 선고하고 인류의 각성을 촉구하는 교훈적인 후렴 부분이 뒤따른다.

《억척 어멈과 그 자식들》에서 30년 전쟁을 배경으로 한 9개의 노래들, 예를 들어, 〈억척 어멈의 노래Mutter Courages Lied〉, 〈여인과 병사의 노래Das Lied vom Weib und dem Soldaten〉, 〈솔로몬의 노래Das Lied von Salomon〉와 〈대항복의 노래Das Lied von der Großen Kapitulation〉와 같은 노래들은 이런 구조적 특징으로 구성되었다.[63] 그 대표적인 예로 이 극작품의 끝에서 불려지는 〈억척 어멈의 노래〉를 들 수 있다.

> 전쟁의 행운과 함께, 전쟁의 위험과 함께
> 전쟁, 그놈은 오래도 간다.
> 전쟁, 그놈은 100년이나 계속되지만
> 불쌍한 천민에겐 아무런 이득이 없다오.
> 봄이 오네. 깨어나라 기독교인이여!
> 눈은 녹아 버린다. 죽은 이들은 고이 잠들어 있다.
> 그리고 아직 죽지 않은 이들은
> 이제 출발을 서두르네.[64]

억척 어멈과 아들 아일립이 만나는 장면에서 아들이 부르는 〈여인과 병사의 노래〉는 애인의 현명한 충고를 무시하고 전쟁터로 나간 병사의 죽음을 말해 준다. 그리고 후렴 역할을 하는 억척 어멈의 노래는 병사의 죽음이 순간에 사라지는 연기와 비유되어 전쟁을 고발한다.

> 허리에 칼을 찬 병사는 창을 들고 쓰러졌네.
> 여울물이 그를 휩쓸어
> 그 속에서 허우적거리는 이들을 삼켜 버렸네.
> 그는 연기처럼 사라졌네, 체온도 사라지고
> 그의 행위는 그녀를 따뜻하게 해 주지 못했네.
> 아! 현명한 자의 충고를 저버린
> 이 쓰디쓴 회한에 빠지리라![65]

허무주의적 은유로 사용된 '연기'의 노래는 《사천의 선인》에서도

나타난다. 제1장에서 센테가 담배 가게를 열기도 전에 몰려든 많은 식객들이 구원을 청하면서 담배를 피워 댄다. 속수무책으로 있는 센테를 위로하기 위해 그들 중 할아버지, 남편, 조카 세 사람이 세 소절로 된 〈연기의 노래〉를 차례로 부른다. 할아버지가 부르는 첫 번째 소절에서는 인간의 지혜가 민생에 무용지물이고 허무한 것임을 일깨워 준다.[66] 중년 남자가 부르는 두 번째 소절에서는 정직과 근면이, 그리고 소녀가 부르는 세 번째 소절에서는 허무로 통하는 젊은이의 미래가 주제로 되어 있다. 그러나 이 모든 것은 반복되는 후렴에서 '연기'의 은유를 통해 절망적 체념으로 표현된다.

《억척 어멈과 그 자식들》에서 억척 어멈과 취사병이 부르는 〈솔로몬의 노래〉의 설화 부분은 솔로몬의 지혜를 말하고, 후렴 부분은 솔로몬이 자신의 현명함 때문에 멸망했음을 시사해 준다. 이로써 그들은 사회의 모순을 관객에게 호소한다.


    당신들은 현명한 솔로몬을 보았소.
    그가 어찌 되었는지도 알고 계시죠.
    그에게는 모든 게 분명했다오.
    태어난 순간을 저주하였고,
    모든 게 허무했음을 알았죠.
    솔로몬은 얼마나 위대하고 현명했던가!

    그런데 보세요. 아직 밤이 되지 않았지만
    세상은 그 결말을 벌써 보았지요.
    현명함이 그를 그렇게 되도록 하였지요.
    이로부터 벗어난 이는 부러울지어다.[67]

계속되는 노래에서 시저는 그의 용기 때문에, 소크라테스는 그의 정직함 때문에, 성자 마틴은 그의 희생정신 때문에, 그리고 신앙이 깊은 사람들은 하나님에 대한 경외심 때문에 멸망한다. "이로부터 벗어난 이는 부러울지어다"라는 반복되는 시행에서 덕목이 인간을 파멸시키는 사회적 모순을 반어적으로 고발하고 있다.

이미《서푼짜리 오페라》에서도《억척 어멈과 그 자식들》의 〈솔로몬의 노래〉는 같은 구조와 의미로 사용되었다. 3막 7장의 끝에서 제니는 손풍금을 들고 막 앞에 나와 〈솔로몬의 노래〉를 부른다. 이 노래에서도 솔로몬은 지혜로, 클레오파트라는 아름다움으로, 시저는 용감성으로, 브레히트는 지식욕으로 파멸에 이르렀음이 시사되고 있다.

억척 어멈과 그녀의 자식들도 예외는 아니다. 전쟁으로 살아가려고 하는 여자 종군 주보 상인 안나 피어링은 세 자녀를 잃음으로써 전쟁의 희생물이 된다. 장남 아일립은 용감성 때문에, 둘째아들 슈바이처카스는 정직성 때문에, 그리고 딸 카트린은 자비심 때문에 파멸에 이른다.[68] 이런 의미에서 브레히트는 전체 극작품의 결과를 다음의 말로 간명하게 표현했다.

전쟁으로 살아가려고 하는 자는, 어쩌면 동시에 전쟁에 무엇인가를 주지 않으면 안 될 것이다.[69]

전쟁의 대역사는 개인의 존재를 파괴하고, 국가적·사회적 폭력은 인간의 덕성을 위협한다. 〈솔로몬의 노래〉를 부른 취사병은 "아름다운 노래가 증명해 주듯이 모든 덕목은 이 세상에서 위험합니다"라고 말한다. 이로써 브레히트는 인간의 덕목이 무용지물이 되고 그것으로 인해 파멸되는 것이 덕목 자체보다는 사회적 여건에 기인한다고 주장

한다.[70]

《둥근 머리와 뾰족 머리》의 창
녀 〈난나의 노래Nannas Lied〉[71],
《서푼짜리 오페라》의 〈해적의 제
니Die Seeräuber-Jenny〉[72]의 노래 또
는 《가정 기도서》의 〈속옷이 구겨
질 때 더럽혀진 순결의 노래Lied
der verderbten Unschuld beim Wäsche-
falten〉들도 위에서 설명했듯이 2
개의 그룹으로 구성된 특징을 보
여 준다.

《억척 어멈과 그 자식들》 공연의 한 장면.
억척 어멈 역의 헬레네 바이겔.

이에 비해 《억척 어멈과 그 자
식들》에서의 다른 가요들은 더 많은 개인적인 감정을, 말하자면 전쟁
으로 고통받는 모든 사람들에게 해당하는 감정들을 표현한다. 예를
들면, 〈형제의 의를 맺는 노래〉에서 젊은 창녀는 열일곱 살 여자로서
의 체험들을 노래한다.

> 내 나이 겨우 열일곱 살이었을 때
> 적병이 마을로 들어왔네.
> 그는 군도를 옆으로 비켜 놓고
> 그러고는 정답게 손을 잡았네.
> 그러고는 적병은 나의 님과 함께
> 우리 마을을 떠나 버렸네.[73]

또한 〈군인의 노래Soldatenlied〉[74]는 용병이라는 한 개인의 상황을,

더 자세히 말해, 식당 주인, 계집, 동료와 성직자로 대표되는 다양한 사회 경험에서 끌어낸 용병의 유형과 그의 운명을 묘사한다. 항상 언제 올지 모르는 죽음에 대한 공포 가운데 살면서, 용병은 구호에 따라 마시고, 사랑하고, 전쟁터로 말을 타고 가야만 한다. 또한 한 농가에서 흘러나오는 〈숙소의 노래Lied von der Bleibe〉는 전쟁의 위험천만한 시기에 혼자 살아가야 하는 험난한 운명에 내맡겨진 억척 어멈과 딸 카트린의 기분을 표현한다. 그들은 전쟁의 공포 한가운데서 그들 앞에 작은 기적처럼 활짝 핀 장미에 기뻐하며 전쟁의 도피처와 행복한 보금자리를 동경한다.

> 정원 한가운데 있는 장미 한 송이
> 우리의 마음을 기쁘게 해 주었네.
> 너무나 아름답게 핀 장미
> 그 장미 삼월에 심었는데
> 우리들 헛되이 수고하지 않았네.
> 정원을 가진 자는 행복할지니.
> 장미가 그토록 아름답게 피었기에
> (…)
> 사나운 눈보라 휘몰아칠 때면
> 지붕 밑에 있는 자들 행복할지니.[75]

음악은 앞부분의 설화 부분과 뒷부분 교훈의 기능을 강화시키는 역할을 한다. 이 가능성은 노래들이 잘 알려진 민요를 수용하거나 브레히트가 옛 민요의 본보기에 따라 민속적인 음의 억양과 적절한 어휘의 선택을 통해 작가의 주제적 의도가 눈에 띄지 않게 어울리는 민요로

개작된 데에 기인한다. 특히 〈형제의 의를 맺는 노래〉는 전래된 옛날의 민속적 발라드의 놀라운 모방을 보여 주며, 마찬가지로 〈군인의 노래〉는 매우 민요답게 느껴진다. 그래서 이 노래가 이미 15세기 이후에 전래된, 군인 생활을 주제로 한 수많은 민요 중 하나로 약간 개작한 것으로 보이게 한다.

민요에 대한 브레히트의 생각에 맞게 데사우도 옛 민요를 수용해서 시대에 맞게 새롭게 창작하는 것을 중요하게 생각했다. 그는 《억척 어멈》의 음악 작업에 대해 다음과 같이 말했다.

억척 어멈 음악은 1946년에 베르톨트 브레히트와의 가장 긴밀한 공동 작업에 의해서 탄생했다. 이 음악은 10개의 가요들, 몇 개의 행진곡들, 하나의 짧은 전희와 희곡의 진행에서 극적 역할을 하는 3개의 상이한 행진곡들의 주제를 요약하는 마지막 장면으로 구성되어 있다. 주 작품은 억척 어멈의 노래인데, 그 멜로디는 옛 프랑스의 로만체에서 차용되었다. (…) 다른 텍스트들을 위해 나는 민요로 시작하면서 민요를 리듬적·조화적 다양성으로 풍요롭게 만들었다. 더 나아가 민요를 풍요롭게 만드는 음악 작품들도 생각해 내려고 노력했다. 그래서 나는 동시대 음악에 대한 많은 중요한 문제들 가운데 하나를 다루었다고 생각한다.[76]

데사우의 말은 그가 음악에서도 민요의 음을 유지하고 더욱 풍요롭게 하기 위해 노력했다는 점에서 중요하다. 그리고 데사우는 텍스트에 음을 붙일 때 그 단어들이 이미 브레히트에 의해 음악성이 부여되었음을 강조했다. 그래서 그는 음악과 단어의 아주 명확한 일치를 만들어 낼 수 있었다. 그 성공적인 예는 〈형제의 의를 맺는 노래〉이며, 이 노래에 만족한 데사우는 다음과 같이 말했다.

비유성과 브레히트적 게스투스,[77] 시적일 뿐만 아니라 정치적인 의미
는 (민요에 별로 특징적이지 않지만 민요적인 것에 예술적 성격을 지정해 주
는) 사소한 장식음들에 의해 은폐되지 않는다. 그와 반대로, 이 기교는
오히려 일치를 만들어 냈다.[78]

    민요는 민요가 생기고 유행했던 시대의 배경과 사람들의 생각과 느
낌을 내포하고 있을 뿐만 아니라 그것을 시대에 맞게 다시 표현한다.
그래서 예를 들어, 《억척 어멈》에서 브레히트는 민요들을 효과적으로
줄거리에 삽입하면서 30년 전쟁의 역사적 분위기와 단순하고 억압된
모든 사람들의 생각과 느낌을 민요다운 배경 음악을 통해 현 시대에
맞게 성공적으로 재형성했다.
    민속적인 음악은 포괄적으로 무산 계급을 위한 음악이며 시민 계급
에 의해 위장된 현실을 폭로한다. 브레히트는 혁명을 위한 선동자가
아니라 인간 개선을 통한 사회 변화를 위한 교육자가 되려고 했기 때
문에[79] 그는 자신의 시에 민속적 음악을 접목시키려고 노력했다. 브레
히트는 시와 음악의 수준 높은 융합을 통해 사회 변화를 위한 그의 교
육적 이상을 실현시키고 동시에 문학 작품의 예술성을 상승시킬 수
있었다.

# 학습극과 향락적 음악에 대한 투쟁

　브레히트는 1920년 말에서 30년대 초에 걸쳐 일련의 짧고 단순한 형식의 희곡들을 학습극이라는 이름으로 발표했다. 학습극은 그 당시의 정치적 사회적·배경과 브레히트의 마르크스적 교의에 근거한 세계관과 무관하지 않다. 제1차 세계대전 후의 사회적 혼란 속에서 1917년에 볼셰비키 혁명이 성공함으로써 마르크스주의에 심취한 브레히트에게는 독일의 사회주의 혁명이 낙관적으로 전망되었다. 게다가 1929년의 세계 경제 공황으로 인해 시민 사회를 지배해 왔던 자본주의는 위기에 빠져들었다.

　이 같은 시대적 배경에서 브레히트는 마르크스주의 사상에서 꿈꾸어 왔던 유토피아적 사회주의 사회가 현실로 구체화될 수 있다고 보았다. 그래서 그는 그가 추구하는 사회주의 사회의 건설을 위한 사회적 변혁을 연극이라는 미학적 수단으로 실현하려고 했다. 학습극은

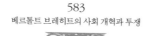

이런 브레히트의 이상과 노력의 산물인 것이다. 나치의 집권으로 독일에서 그가 바랐던 사회주의 혁명은 일어나지 않고, 오히려 모든 급진적인 사회주의 지식인들이 탄압받고 망명 길에 오르는 비극적인 상황이 발생한다. 그래도 브레히트가 시도했던 사회 개혁을 위한 학습극은 후일에 완성한 서사극과 함께 독일의 연극 무대에 반형이상학적·변증법적·비아리스토텔레스적 희곡론[80]을 새롭게 시도했다는 데에서 큰 의미를 지닌다.

브레히트에 의하면 학습극은 글자 그대로 젊은 사람들을 연극을 통해 교육하기 위한 극이다. 학습극의 교육 목표는 배우고 있는 청소년들로 하여금 연극을 봄으로써가 아니라 손수 연기함으로써 배우게 하는 데 있다. 따라서 학습극의 장르적 특징은 기존의 연극처럼 배우들이 연기하는 무대 위의 사건을 관객은 받아들이기만 하는 관객과 연기자의 분리 관계를 근본적으로 파기하고, 관객과 연기자의 일치라는 새로운 원칙을 시도함으로써 관객들을 단순한 예술 소비자의 위치에서 예술 생산자의 위치로 끌어올리는 것이다. 브레히트는 학습극의 기초를 이렇게 정리했다.

> 학습극은 원칙적으로 관객이 필요 없으며 (…) 연기자들이 특정한 행위 방법의 실행, 특정한 자세의 수용, 특정한 말의 재연 등을 통해 사회적으로 영향을 줄 수 있는 기대가 학습극의 기초를 이룬다.[81]

학습극의 미학적 구조와 고유한 상연 원칙들이 브레히트의 마르크스주의에 대한 이해와 결부되어 있기 때문에 이 극에는 사회 공동체로서의 집단에 대한 개인의 자세와 동의의 문제가 공동 주제로 나타난다. 연기자들이 어떤 전형적 인물을 연기함으로써 집단에 대한 자

신의 자세와 동의의 의미를 이해하게 되며, 이로써 이들은 고유하고 일회적인 인물이 아니라 하나의 전형적 인물이 된다.

브레히트는 1929년에서 1930년 사이에 4편의 학습극을, 즉 소년 소녀들을 위한 라디오 학습극인 《린드버그들의 비행》, 이 작품과 함께 바덴바덴의 실내 음악제에서 학습극이라는 이름으로 공연된 《동의에 관한 바덴의 학습극》, 학습 오페라 《긍정자와 부정자》, 학습극 《조처》를 발표했다.

브레히트는 그의 공연물들을 고정된 작품으로 생각하지 않고 변화를 위한 사회적 실험으로 생각했다. 그래서 이전 작품들은 새롭게 수정되거나 달리 구상되었다. 그의 일련의 작품들은 변증법적 논증의 연속으로 이해될 수 있다. 예를 들면, 《동의에 관한 바덴의 학습극》은 비판적으로 라디오 학습극 《린드버그들의 비행》과 관계되어 있지만 다시 학습 오페라 《긍정자》에 대한 전제가 되기도 했다. 이렇게 이 작품들은 연속적인 창작 시기와 주제의 연관성에서 브레히트의 학습극 이론과 미학적 처리 방법을 일관성 있게 보여 주고 있다.

이에 비해 《예외와 관습 Die Ausnahme und die Regel》, 망명기의 변화된 상황에서 창작된 학교극 《호라치 사람들과 쿠리아치 사람들 Die Horatier und die Kuratier》, 더 나아가 관람극으로 분류되고 있는 《도축장의 성 요한나》와 《어머니》는 좁은 의미의 학습극 범주 안에서 연구될 수 있는 작품들이다.

브레히트는 학습극을 통해 연극 무대를 사회와 도덕을 바꾸기 위한 인식의 장소로 만들려고 했다. 여기서 그에게 음악은 청소년 운동의 이념을 도울 수 있는 수단이었다. 그는 배경 음악이 역학적인 방법으로 허용될 수 있으며, 음악가들은 연극을 위해 필요한 것의 범위 안에서 자기 창작의 변화를 시험하는 가능성을 가지고 있다[82]고 생각했다.

파울 힌데미트는 처음으로 학습극에서 음악의 교육적 목적을 장려해 《바덴의 학습극》에 대한 주해에서 학습극과 음악의 관계에 대해 다음과 같이 말했다.

> 학습극은 모든 참석자들이 한 작품의 실현에 참여하는 목적만을 가지고 있다. 그리고 음악적이고 문학적인 표현으로서 우선적으로 특정한 인상들을 초래하려 하지 않기 때문에, 극작품의 형식은 가능성에 따라 그때마다의 목적에 맞게 변할 수 있다. 그러므로 총보에 주어진 진행은 지시라기보다 제안이다. 생략, 추가, 도치가 가능하다. 모든 음악 순번호는 뺄 수 있고, 춤은 빠져도 된다. 어릿광대 장면은 축소되거나 배제될 수 있다. 다른 음악 작품, 장면, 춤, 낭송들은 필요하다면 삽입될 수 있으며, 삽입된 부분들은 전체의 양식을 방해할 수 없다.[83]

루소는 오페라 분야에서 봉건 귀족에 맞서 싸웠다. 그는 오페라가 퇴폐한 봉건 귀족의 생각과 느낌을 표현한다고 보고, 단순한 사람들의 감정과 일치하는 대중적인 음악 예술을 요구하면서 음악적인 관점에서 새로운 시대를 위한 시작을 시도했다. 게다가 그는 자연 속에서 인류의 평등을 주장해 프랑스 혁명과 낭만주의의 길잡이가 되었다. 그의 단순하지만 깊고 진실하게 느껴지는 대중적 음악 예술을 통한 문화 비판적·교육적 근본 생각은 19세기와 20세기까지 영향을 미쳤다.[84]

시민 해방에 유리하게 영향을 주는 역할이 음악에 있다고 생각했던 루소와 마찬가지로 브레히트는 제1차 세계대전이 끝난 20세기의 상황에서 음악을 새로운 이념으로 사용하기 위해 노력했다. 당시 음악은 음악의 도취 작용에 의해 자본주의의 일상으로부터 도피하고 사회적 모순들로부터 해방하려는 수단으로 사회에 만연했다. 특히 브레히

트는 이 같은 흐름에 큰 영향을 준 리하르트 바그너 음악극에 극도로 반발심을 가졌다. 루소가 그러했듯이 브레히트는 청소년들을 일깨우기 위한 수단으로서 음악을 대중 예술과 접목시키는 것이 중요하다는 것을 알았다.

《마하고니 시의 흥망성쇠》에 대한 주해에서 밝히고 있듯이 브레히트는 우선적으로 '향락적' 오페라의 개혁을 주장했다. 그는 이 '향락적' 기능이 자신의 학습극이나 서사적 오페라에서 사회적 기능으로 대체되어야 한다고 주장했고, 이런 의미에서 옛 오페라를 개혁하기 위한 모든 노력은 지금까지 실패로 남아 있다고 보았다. 그러나 다른 한편으로 브레히트는 발전에 대한 자신의 개념에 근거해 옛 오페라가 가지고 있는 사회적 과제에 대해서도 이해했다.

　　발전은 (…) 새로운 욕구에서 나오지 않고, 다만 새로운 자극으로서 옛날의 욕구를 만족시키는, 그러니까 순수하게 보전하는 임무를 가지고 있다. (…) 발전이란 다만 무엇인가가 뒤처져 있다는 것을 알린다. 발전은 오히려 전체 기능이 바뀌지 않음으로써 이루어진다.[85]

즉 옛 오페라도 발전과 연계된 의미에서 중요하다는 것이다. 그래서 브레히트는 말했다.

　　지금의 사회에서 옛 오페라는 말하자면 '빼놓고 생각할 수' 없다. 옛 오페라의 환상들은 사회적으로 중요한 기능을 가지고 있다. 도취는 불가피한 것이다.[86]

브레히트는 이 같은 생각이 지그문트 프로이트의 작품《문화에 나

타난 불쾌감Das Unbehagen in der Kultur》에 근거하고 있음을 《마하고니》의 주해에서 밝히고 있다.

우리에게 주어진 인생은 너무나 힘들고, 많은 고통, 실망, 풀 수 없는 과제를 가져다준다. 그것을 견디기 위해 우리는 진통제 없이는 지낼 수 없다. 그런 방법은 3가지가 있을 수 있다. 우리의 고통을 경시하게 하는 강력한 기분 전환, 고통을 줄이는 보상 만족, 우리를 둔감하게 만드는 도취제다. 이런 종류의 무엇인가가 절대적으로 필요하다. 보상 만족은 예술이 제공하듯이 현실에 반反하는 환상이기 때문에 상상력을 정신생활에서 주장했던 역할을 통해서 적지 않게 심리적으로 작용한다.[87]

향락적인 옛 오페라의 도취제는 경우에 따라서 인간의 운명을 개선할 수 있는 상당한 양의 에너지를 낭비하게 한다. 그래서 그런 오페라는 향락적인 것을 필요로 하는 사회를 공격할 수 있다는 전제하에서 개혁을 위해 필요하다는 것이다. 브레히트는 오페라에 대한 자신의 설명을 다음의 말로 맺는다.

《마하고니》가 언제나 그랬듯이, 그리고 어떤 오페라에 적합하다고 할 만큼 향락적이라 해도, 그것은 분명히 사회를 바꾸는 기능을 가지고 있다. 그것은 바로 향락적인 것을 논쟁의 주제로 삼는 사회와 그런 오페라를 필요로 하는 사회를 공격한다. (…) 실제적인 개혁은 기초를 공격한다.[88]

비록 브레히트가 옛 오페라의 향락적 성향을 사회 개혁의 기초를 공격하는 수단으로 생각했지만 그는 음악 학습극 또는 학교 오페라를

창작하면서 음악적 체험의 도움으로 젊은이에게 보다 잘 호소할 수 있기 위해 향락적인 것보다 교육적인 것을 더 강조하게 되었다. 시대에 따라 그 형식과 방법은 다르다 해도 예술은 변함없이 젊은이들의 미학적 교육에 이바지해 왔기 때문이다.

이미 플라톤은 리듬과 화음이야말로 영혼을 관통하기 때문에 음악이 교육의 핵심이라고 했다. 루터는 예술 형식들을 이용한 인간 교육을 위해 학교의 노래 수업뿐만 아니라 교회의 찬송가에도 큰 관심을 기울였다. 루터의 뜻에 따라 멜란히톤은 매일같이 음악 수업을 하도록 작센 주의 학칙을 새로 규정했다. 또한 괴테는 《빌헬름 마이스터》의 교육 관활 구에서, 그리고 헤세는 《유리알 유희》의 카스탈리엔에서 음악 수업을 강조했다. 이들처럼 브레히트도 음악적 과제의 중요성을 인식했다.

이러한 인식에서 브레히트는 음악적 과제의 실현 가능성을 연극 연기 외에 음악 생활이 장려되어야 했던 학교에서, 더 자세히 말해 학생들의 오페라, 오케스트라, 합창에서 찾았다. 이때 중요한 것은 아마추어로서 예술 활동에 참여하는 학생들은 음악 작품의 재현에 능동적으로 협력하는 방법으로 각자의 공동 의식과 생활을 불러일으키고 촉진하게 된다는 것이다. 그 결과 음악의 교육적인 내용은 학생들의 확실한 생각들과 결합되어 고조된다. 즉 학교에서의 음악 실습에는 음악적 훈련 외에 중요한 정신적 훈련도 의도되어 있다는 것이다.

실제로 베네수엘라에서 1975년부터 시작한 '엘 시스테마' 운동은 경제학자이자 오르간 연주자인 호세 안토니오 아브레우가 마약과 범죄의 수렁에 빠진 빈민촌 아이들을 상대로 클래식 음악 교육을 실시해 그들의 인생을 바꾸어 놓은 문화 운동이다. 이 운동은 오늘날 음악이 불우한 아이들의 교육의 핵심이며 또한 사랑으로 인간들을 결속시키는 사다리 역할을 하고, 그럼으로써 사회를 변화시키는 힘을 가졌다는 것을 말해 주고 있다.

최근에 우리의 심금을 울린 이태석 신부에 대한 휴먼 다큐 〈울지마 톤즈〉에서 의술이 육체적 고통을 치유하는 사랑의 힘이자 수단이었다면 음악은 아프리카 원주민에게 교육, 희망, 위로를 주는 영혼의 고통을 치유하는 사랑의 힘이자 수단이었다.

브레히트 초기의 중요한 학습극들의 대부분을 작곡했던 바일은 브레히트의 이 같은 의도를 잘 이해하고 이렇게 말했다.

> 음악의 교육적 효과는 학생이 우회적으로 음악의 연구를 통해 선명하게 제공받을 수 있다. 그리고 음악을 책에서 배울 때 보다 더 강하게 자리를 잡는 어떤 생각에 집중적으로 몰두한다는 데 있다고 할 수 있다. 이것은 학교극이 아이들에게 연주하는 기쁨 외에 무엇인가를 배우는 기회도 제공한다는 데에서 꼭 노력할 가치가 있다.[89]

바일은 음악 작품의 공연을 위한 훈련이 공연 자체보다 훨씬 더 중요하다는 것을 알았기 때문에 그는 총보總譜를 학생 관현악단의 구성 가능성에 맞게 편곡했다. 그 구성은 관현악기와 타악기로 비교적 간단하지만 학교 오페라 음악은 교육적 목적을 위해 충분한 연구를 거쳐 신중하게 만들어져야만 한다는 것이다.[90]

라디오 학습극으로 만들어진 《린드버그들의 비행》에서 브레히트는 라디오, 녹음기, 영사기 같은 대중 매체를 자신의 예술 수단으로 이용할 줄 아는 창작의 다양한 가능성을 보여 주었다. 나아가 이 극은 대중 매체를 이용한 예술이 학교의 한계를 넘어 사회 전체에 개혁의 효과를 최대화할 수 있는 장래 예술 전반의 새로운 기능과 역할을 가지고 있다는 것을 증명해 주었다.

브레히트는 1934년에 학습극《호라치 사람들과 쿠리아치 사람들》을 썼는데, 이 작품을 처음부터 음악과 함께 생각했다. 그는 처음에 아이슬러에게 작곡을 부탁했으나 그와의 불화로 1940년부터 《억척어멈》을 함께 작업했던 시몬 파르메트와 완성하려 했다. 그러나 이 계획이 실패함으로써 이 희곡은 1955년에서야 쿠르트 슈바엔에 의해 비로소 완성되었다. 그리고 학교 오페라로 할레에서 1958년에 초연되었다. 슈바엔은 브레히트의 문학적 의도를 음악적으로 실현할 수 있었기 때문에 시인의 박수갈채를 받았다. 그는 음악에 대한 브레히트의 견해에 맞게 자신의 과제를 모든 향락적인 효과를 피하기 위한 것으로 보고 이렇게 말했다.

> 동일한 음악 작품 안에서 조성, 박자 그리고 리듬의 빈번한 변화와 생소화 효과는 듣는 사람을 항상 새롭고 활발하게 만든다. 다만 듣는 사람이 다소간 수동적 기분으로 빠져들지 않도록 한다.[91]

합창의 의미와 중요성을 이해하고 있는 브레히트는 그의 연극에, 특히 대부분의 학습극에 합창을 자신의 문학적 의도에 맞게 의식적으로 사용했다. 브레히트의 경우 합창은 일찍이 실러가 그의 희곡에 수용한 고대 그리스 드라마에서와 같은 기능을 갖는다. 실러는《메시나의 신부》의 서문에서 설명했듯이 고대 합창단을 의식적인 양식의 원칙으로 끌어올렸다. 그리고 합창을 통한 정화된 관찰 속에서 격정적인 행위를 순화시킴으로써 더 많은 시적인 힘, 순수성, 품위를 얻으려고 노력했다.[92] 즉 실러가 고대 희랍 비극에서 합창의 역할을 수용함으로써 합창은 사건 진행에 방해가 되는 성찰의 역할을 맡는다. 그래서 합창은 관객이 환상에 빠져들고 감동의 맹목적인 위력에 압도되어 연극적 소재와 융합되는 것을 방지하는 역할을 한다.

브레히트의 합창은 실러의 합창 이론에 근거하고 있지만 실제로는 실러의 그것을 능가했다. 실러처럼 브레히트의 합창도 줄거리를 해설하고 줄거리의 감정 상승 작용에 이바지한다. 그러나 실러가 합창단을 통한 예술적 가치의 고양에 주안점을 두었다면 브레히트는 사회 개혁, 인간 교화와 연관된 합창의 역할에 더 큰 가치를 두었다. 그는 합창을 통해 관객을 일깨우고, 연극적 사건에 몰입되지 않게 했다. 더 나아가 거리를 두고 비판적으로 보도록 요구하면서 지혜의 교훈들을 합창의 리듬과 음향의 모든 감각적인 힘을 통해 표현했다.

학습극 《조처》가 1930년 12월 10일에 베를린에서 초연된 후 이 극은 급진적 노동 운동을 지지하는 정치적 성향의 작품으로 해석되었다. 이때 《조처》는 3개의 노동자 합창단인 슈베르트 합창단, 베를린 혼성 합창단 그리고 피히테 혼성 합창단과의 공동 작업으로 이루어졌다. 400명의 아마추어 가수들로 구성된 노동자 합창단의 대규모 형식은 이 극의 일상에 대한 봉기, 종교의 대용으로서 예술의 시민적 구상에 정확히 일치하는 오라토리오[93] 형식을 부여했다.

바일의 음악이 여전히 너무 많은 '향락적' 요소들을[94] 가지고 있었기 때문에 브레히트는 아이슬러와 결합했다. 쇤베르크의 제자로서 도취적인 음악에 등을 돌렸던 아이슬러는 혁명적인 작곡 방법의 창시자로 간주되었으며, 이미 계급 투쟁을 위해 많은 텍스트를 작곡했다. 《조처》의 음악에 대한 주해에서 브레히트와 아이슬러는 합창 작품에 음을 붙이는 데 결정적인 많은 기준들을 설명했다.

중요한 것은 합창단에서는 '자신을 표현하는 것'이 허용되지 않았다

는 것이다. 다시 말해 음의 강도에 있어서의 가변성은 조심스럽게 사용될 수 있었고, 선율의 다채로움도 피할 수 있었다. 합창단은 여기서 풍만한 성량으로 긴장해서 노래를 부를 수 있다. 합창단은 조직적인 특성을 가지고 있으며, 이론 자체는 (합창단이 보듯이) 단순한 반사가 아니라 투쟁 수단이다.[95]

《조처》에서 음악은 대사처럼 처리된다. 대규모의 노동자 합창단은 감독 합창단의 역을 맡고 판결을 내린다. 합창단은 간결하고 리듬적으로 정확하게 노래를 부름으로써 감정 이입을 막고, 감정을 자제하면서 대사에 따라 노래 부른다. 그리고 음악을 통해 선동가들의 조처에 대한 필연성을 설파한다. 감독 합창단은 "그(젊은 동지)에게 판결을 내린 것은 그대들(선동자들)이 아니라 현실이었소"라고 말한다. 이 희곡은 감독 합창단의 간결한 판결로 끝난다.

오로지 현실에서 배워서 우리는 현실을 바꿀 수 있다.[96]

이로써 현실이 요구하는 필연적인 조처에 대한 감독 합창단의 동의는 현실의 필연성에 의한 집단과 개인 사이의 상호적 동의, 즉 현실 변혁을 위한 새로운 윤리에 대한 동의라는 교조적 차원으로 승화된다.

《조처》에서 아이슬러의 음악은 의식적으로 단순하게 만들어졌으며, 단어와 긴밀하게 연관되고, 엄격하고도 간결한 '게스투스'를 강조하는 작용을 한다. 일찍이 바일도 《긍정자》에서 음악의 성격을 각 개인의 내면이 아니라 사람들 사이의 태도를 규정하는 '게스투스'의 개념으로 바꿔 썼다. 여기서 중요한 것은 이 두 작곡가들이 음악의 단순성에 최선의 노력을 경주하려고 했다는 것이다. 이들에게 텍스트의

브레히트와 협력했던 중요한 음악가들.
맨 왼쪽부터 쿠르트 바일, 한스 아이슬러, 파울 데사우.

단순성은 음악의 단순성과 일치했다. 음악의 단순성은 유치하지 않고 정교하며, 어려운 것을 예술적으로 다듬은 결과다. 음악의 단순성에는 브레히트의 성서처럼 울리는 언어와 이상적으로 일치하는 무게와 활력[97]이 작용해 투쟁가의 특징이 수용되어 있으며 또한 바흐나 모차르트 음악의 고전성이나 재즈 음악적인 암시가 스며 있다.

아이슬러가 《조처》의 5장 〈도대체 인간이란 무엇인가?〉에 나오는 쌀 상인의 〈상품에 관한 노래Song von der Ware〉[98]를 재즈 음악으로 만든 것은 브레히트의 문학적 의도와 일치한다. 브레히트는 이 노래에서 쌀 상인의 비인간성과 자본주의의 난폭성을 선동적인 방법으로 특징 있게 그려 내기 위해 재즈까지 사용했고, 매우 만족했다. 그래서 쌀 장수의 노래는 재즈 음악이 최적의 표현 형식이라고 생각했다.

5장에 대한 음악은 상인의 기본 태도를 반영하는 음악, 즉 재즈의 모방

이다. 이 전형적 인물의 난폭함, 어리석음, 자주성과 자기 경멸은 어떤 다른 음악 형식에서도 '형성'될 수 없었다. 또한 그렇게 선동적으로 젊은 동지에게 작용할 수 있는 음악도 거의 없다.[99]

브레히트의 다음 학습극《어머니》는 반형이상학적·유물론적·비아리스토텔레스적 극작법의 희곡으로서 아리스토텔레스의 극이론에 의한 관객의 몰입적 감정 이입이나 카타르시스 같은 어떤 심리적 작용과는 무관하다. 이 학습극은 관객에게 암시적인 연극 경험이 아니라 매우 확실하고 실제적이며 세계의 변화를 목적으로 하는 행동을 가르치려고 노력했다. 즉 브레히트는 '암시적인 연극 경험'을 음악의 도움으로 행동을 불러일으키는 '활동적인 연극 경험'으로 대체시켰다. 그리고 그는 이것을 관객에게 유혹적인 음악에 도취되어 마음을 연약하게 만드는 감정 이입의 의미에서가 아니라 무엇보다도 이성과 깨어있는 의식에서 호소했다.

물론 감정에 호소하는 음악의 작용은 부인할 수 없다. 다만 브레히트는 사회적 상황이 매우 성숙한 경우에 한해 아리스토텔레스적 작용의 유용성을 부인하지 않았다. 그렇지 않을 경우 극작품은 화약 통에 불을 붙이는 불꽃[100]이 되기 때문이다. 그래서 연극이 관객에게 미치는 감정적 영향을 최소화하기 위해 도취를 불러일으키는 모든 것은 제거되어야만 했다. 학습극에서의 음악은 지나치게 예민하고 감상적인 시민을 즐겁게 해 주기 위한 것이 아니라 무엇보다도 프롤레타리아 사람들을 계몽하고 호소하는 데에 이바지했다. 합창은 이 노력에서 큰 역할을 했다. 특히 한스 아이슬러에 의해 작곡된 합창들은 음악이 집단적인 훈련을 고무하고 촉진하는 임무를 가진 오라토리오의 양식으로 정확하게 작성되었다.[101]

그러나 아이슬러는 합창을 작곡할 때 음악의 교화적 역할과 감정 이입의 간접적인 작용을 조화적으로 이용했다. 예를 들면,《어머니》에서 트럼펫과 트롬본, 타악기와 피아노의 도움을 빌어 감정의 강한 개입을 암시적인 방법이 아니라 활동적이고 직접적인 방법으로 불러일으켰다.[102] 그러나 아이슬러는 이 경우에 리하르트 바그너의 종합 예술이 보여 주고 있는 문학과 음악의 융합을 시도한 것이 아니라 음향에 의한 시적 단어의 상승을 목적으로 삼은 것이다. 이것은 브레히트가 〈서사극을 위한 음악의 사용에 관하여〉에서 언어·음악·표현의 엄격한 분리를 강조한 연극 요소들의 분리 이론[103]에 근거한 것이다.

이 분리론에서 브레히트는 바그너 예술로부터 철저히 전향했다. 실제로 그는 음악 홀에서 음악에 완전히 도취되어 억제하기 어려운 감정의 동요에 어찌할 바를 모르고 내맡겨진 채 무표정하게 바라보는 사람들을 보고 개탄했다. 그는 그것이 오로지 향락적이며 유혹적인 음악 때문이라고 생각했다. 이 같은 청중에 대한 관찰에서 브레히트는 새로운 예술 창작을 위한 이론적인 근거를 세웠다. 즉 음악은 연극에 봉사하는 역할에서 해방되어 자립적인 예술이 되어야 하며, 음악이 불필요하게 과도한 비중을 차지해 연극 자체가 제공할 수 없는 감정이나 분위기를 불러일으키는 데에 마치 환각제처럼 사용되어서는 안 된다는 것이다. 브레히트는 감정 이입의 분위기나 도취 상태를 조장하는 음악은 가차 없이 비판했다. 다만 음악은 말의 표현을 강조하고 강화하되 그것을 파괴하거나 과장하지 않아야 한다는 것이다.

브레히트는 마르크스주의 이론에 근거한 사회주의 입장에는 철저하면서도 예술의 수단 내지 실천 방법에 있어서는 유동적인 태도를 가진 독보적 존재였다. 그의 생애 중반기에 주로 만들어진 학습극은 연기자들로 하여금 연극 체험을 통해 사회주의 공동체에 적응할 수 있는 자세와 행동을 익히게 함으로써 사회 개혁을 이루려는 것을 목표로 삼았다. 음악은 브레히트의 정치적 이상을 예술을 통해 실현하려는 시도의 한 방법이었으며 저항적 영혼을 약하게 만드는 향락적 음악에 대한 투쟁의 표현이기도 했다.

# 서사극 구성 요소로서의 음악

### 구성 요소들의 분리 원칙

브레히트는 비아리스토텔레스적 연극의 카테고리 안에서 전통적인 연극과 오페라가 현대의 새로운 극 형태인 서사적 연극이나 오페라로 발전할 수 있는 가능성에 대해 끊임없이 성찰해 왔다. 그는 이미 오페라 《마하고니 시의 흥망성쇠》와 연관해 현대 연극은 서사극이라 전제하고, 연극의 무게가 드라마적인 것에서 서사적인 것으로 옮겨지는 것을 대비적으로 정리했다. '연극의 드라마적 형식'에서,

무대는 사건 과정을 구체화하고, 관객을 어떤 행동으로 끌어들이며, 그의 활력을 소모하고, 그에게 감정을 불러일으키며, 경험을 전달한다. 관객은 줄거리 가운데 동화되고, (…) 감정은 보전되며 (…) 생각은 존재를 결정한다.

반면 '연극의 서사적 형식'에서,

> 무대는 사건 과정을 이야기하고 관객을 관찰자로 만들지만 그의 활력을 일깨우고, 그에게 결정을 강요하며, 인식을 전달한다. 관객은 줄거리와 대치해 있고, (…) (감정은) 인식에 이를 때까지 움직이며, 인간은 연구의 대상이고, (…) 사회적 존재가 생각을 결정한다.[104]

이어서 브레히트는 드라마적 오페라와 서사적 오페라의 대비를 통해 서정적 음악과 서사적 음악의 상이성을 다음과 같이 표현했다.

> 드라마적 오페라에서 음악은 봉사하고 가사를 상승시키고, 주장하며 도해하고 심리적 상태를 묘사한다. 서사적 오페라에서 음악은 매개하고 가사를 해석하고 전제하며, 입장을 표명하고 태도를 제시한다.[105]

위의 대비에서 3가지 중요한 사실이 제시되고 있다. 첫째로 서사극과 서사적 오페라는 요소들의 분리 원칙에 의해 구성되었다는 것이다. 드라마적 연극에서는 연기자가 감정 이입을 위해 작가의 의도에 따라 텍스트를 정확히 구현함으로써 나타나는 작가의 창작 미학이 지배적이다. 반대로 서사적 연극에서는 연극이 관객에게 철저하게 객관적인 관찰의 대상이 되며, 관객이 연극을 수용하는 수용 미학이 중심이 된다.[106]

따라서 드라마적 연극에서 관객이 감정 이입을 통해 연극을 현실로, 주인공의 체험을 자신의 것으로 느끼는, 도취적 효과가 위험하게 작용한다. 그러나 서사적 연극에서 관객은 어디까지나 관객으로서 연극을 관찰의 대상으로 삼고, 연극과 현실을 구분해 도취적 위험에서 벗어나 합리적 인식에 이르려 한다. 이것은 관객과 연극, 현실과 연극의 분리 원칙이다. 이 분리 원칙은 서사극을 구성하고 있는 모든 요소에 나타나며 음악도 예외가 아니다. 서사극의 분리 원칙은 서사적 오페라에도 적용된다.

> 말과 음악, 연기 사이의 큰 우위 다툼은 (…) 구성 요소들의 철저한 분리로 간단히 해결될 수 있다. (바그너의) '종합 예술'이 전부를 한꺼번에 처리할 수 있다는 것을 의미하는 한, 즉 예술들이 '융합'되어야 하는 한, 개별적인 요소들은 모두가 똑같이 강등되지 않을 수 없다.[107]

때문에 서사극과 서사적 오페라에서는 분리의 원칙에 의해 음악, 말, 무대 미술이 철저하게 독립된 구성 요소로 취급되어야 한다는 것이다.

둘째로 분리 원칙은 생소화 기법과 효과를 불러일으킨다. 드라마적 연극에서 '감정 이입'을 통한 극적 체험은 서사극에서는 '관찰'을 통한 인식으로 대치된다. 여기서 인식을 위한 연구 대상은 사회적 존재로서의 인간이며, 또한 인간에게 영향을 주는 사회적·역사적 현상이다. 관객은 '관찰'을 통해 사건이나 인물에 대해 낯설음과 호기심을 불러일으킨다. 이로써 어떤 사건이나 인물이 생소해지고, 관객은 생소한 체험을 통해 새롭게 인식하게 되는 부정의 부정이라는 변증법적 과정이 서사극에서 새로운 기법으로 작용한다.

이것이 서사극의 기본을 이루는 생소화 기능이다. 생소화 기능은 인간을 소외된 상황으로 만드는 사회의 모순과 사회 개혁의 가능성에 대한 통찰을 변증법적으로 유도하는 데 있다. 결국 이 기법은 이미 알고 있는 자명한 것을 더 잘 인식하기 위한 것이며, 드라마적 연극이나

전통적 오페라의 감정 이입 기법과 대치된다.

끝으로 서사극은 관객의 활력을 일깨우고, 결정을 강요하며, 인식을 전달한다. 이것은 배우의 몫이다. 즉 배우의 게스투스는 생소화 효과를 향상시키는 기능을 가진다. 그래서 브레히트의 서사극을 '생소화 극' 또는 '게스투스 극'이라고 말할 수 있을 만큼 게스투스 개념과 생소화 개념은 상호 작용 관계를 형성한다.

결론적으로 극적 요소들의 분리 원칙, 생소화 및 게스투스의 기능은 브레히트 서사극의 가장 핵심적인 유형학적 특징들이다. 브레히트가 그의 논문 〈서사극을 위한 음악의 사용에 관하여〉에서 설명하고 있듯이 음악은 이 세 특징들과 불가분한 관계에 있다. 이에 대한 깊이 있는 연구는 브레히트의 서사극에서 음악이 가지고 있는 가치와 역할에 대한 이해를 심화시키는 데 기여할 것이다.

브레히트는 히틀러 이전의 독일에서 이미 연극 예술 요소들의 분리가 시험되었음을 지적했다. 즉 음악과 동작은 예술 작품과 철두철미하게 독립적인 구성 요소들로서 취급되었다[108]는 것이다. 후일에 브레히트는 〈노래Die Gesänge〉라는 시에서 음악의 독자적 사용에 대한 생각을 이렇게 표현하고 있다.

> 노래를 다른 것에서 분리하라!
> 음악의 상징을 통해, 조명의 교체를 통해,
> 제목을 통해, 그림을 통해 알려라.
> 이제 자매 예술이 무대에 등장하는 것을.
> 배우들은 가수로 변신한다.
> 다른 자세로 그들은 관객을 향해 말한다.
> 여전히 극중 인물이지만 동시에 이제는 공공연히

희곡 작가를 아는 사람이기도 하다.[109]

　서사극과 서사적 오페라에서 요소들의 분리는 각 요소들의 독자성을 의미한다. 바그너의 '종합 예술'에서와는 달리 여기서 텍스트와 줄거리 그리고 무대 장치는 독자적으로 음악과 같은 중요한 역할을 한다. 음악은 연극의 전체 효과를 상승시키는 데 사용된다. 하지만 음악은 연극으로부터 분리되어 작용하며, 줄거리를 이끌어 가기보다는 오히려 중단시키는 역할을 함으로써 생소화 효과를 일으키고, 관객들에게 성찰과 사고의 기회를 준다. 브레히트의 서사적 오페라는 바그너의 종속적 형태의 '종합 예술'과는 전혀 다른 새로운 개념의 종합 예술, 다시 말해 독자적 기능을 가진 음악, 텍스트, 연기, 무대 장치의 연극 요소들이 서로 협력해 만들어 내는 독자적 예술의 집합체로서 새로운 의미의 종합 예술 작품이다.[110]
　브레히트는 이 같은 새로운 창작 기법을 위해 많은 노력을 했고, 그 최초의 훌륭한 결실을 《서푼짜리 오페라》에서 보여 주었다. 이 오페라에서 새로운 관점의 무대 음악이 다른 요소들과 엄격하게 분리되어 처음으로 사용되었다.

　　규모가 작은 오케스트라는 무대 위에 보이도록 배열되었고, 노래 부르는 가수를 위해 조명이 교체되었으며, 오케스트라에는 조명이 비쳐지고 스크린에는 몇몇 음악 작품의 제목들이, 예를 들면, '인간적 노력의 미흡에 대한 노래' 또는 '폴리 피첨 양은 짧은 노래로 그녀의 놀란 부모에게 도둑 매키스와의 결혼을 고백하다'라는 제목이나 지문이 나타났다.[111]

　성악곡이나 대화의 배경 음악이 나올 때면 배우들의 표현 양식은 달

라졌다. 공연할 때 특수 조명에 의해 비친 관현악단은 무대 장치에 흡수되었다. 무대 장치는 세 번째 독립적인 요소를 형성했다.[112]

위에서 설명된 분리의 원칙에 의해 구성된 서사극의 대표적인 장면은 결혼식 도중에 폴리가 〈해적의 제니〉를 부르는 장면이다. 우선 그녀는 소호의 네 푼짜리 술집에서 접시닦이 소녀로 일한 제니에 관한 이야기를 서사적으로 늘어놓음으로써 주인공을 무대에 도입한다. 그리고 메키스의 부하들에게 제니의 술집을 찾아오는 손님 역할을 시킨다. 그런 다음 노래가 시작되는데, 이 장면은 특수한 조명을 통해 다른 장면과 구분된다.

노래를 위한 조명 : 금빛 오르간이 조명을 받는다. 위에서는 장대에 등 3개가 매달려 내려오고 칠판에는 '해적의 제니'라고 쓰여 있다.[113]

이렇게 해서 일종의 '극중 극' 장면이 되며, 갱단 단원들은 거기에 공동 연기자로 참여한다. 그들은 연기자인 동시에 관객이 된다. 이를 통해 연극적인 환상을 파괴하고 연극을 연극으로 보여 주며, 관객은 무대 위의 사건을 환상에 빠지지 않고 관찰함으로써 성찰의 계기를 얻는다. 그뿐만 아니라 각 장면의 서두에서도 요약된 내용이 미리 제시되고, 이를 통해 앞으로 진행될 줄거리는 관객에게 미리 알려지며, 관객은 극에 몰입하지 않고 관람할 수 있게 된다.

노래 삽입에 앞서 노래 삽입을 위한 장면의 서사적 구성이 선행된다. 조명은 가수에게 집중됨으로써 그 밖의 배역들이 한동안 사라진다. 동시에 줄거리 자체도 중단되고 다만 노래 부르는 연기자의 동작만 남게 되며, 음악은 그 동작의 효과를 도와준다. 그래서 삽입된 노래들은 대체적으로 줄거리와는 별개로 불려진다. 노래는 줄거리를 이

어받지 않고, 계속되는 줄거리의 진행에 중요한 어떤 내용도 제시하지 않으며, 오히려 줄거리를 중단하고 인물의 특정한 태도를 보여 준다.[114]

이렇게 새로운 서사적 오페라에서 음악은 관객으로 하여금 줄거리의 중단을 통해 성찰하도록 자극하기 위해 삽입되는 반면 가사는 이해되도록 노래로 불려야 한다. 즉 가사보다 줄거리를 우위에 둔다. 여기서 서사적 오페라는 가사, 내용, 줄거리가 아무런 역할을 하지 않거나 기껏해야 별로 중요하지 않은 역할을 하는 전통적인 오페라와 구별된다. 이로써 브레히트는 아리스토텔레스의 희곡론과 마찬가지로 리하르트 바그너 오페라의 미학적 개념에 대한 반대 위치를 형성했다. 바일, 아이슬러, 힌데미트와 같은 당시의 독일 최고의 음악가들은 브레히트의 서사극과 서사적 오페라에 대한 기본 생각을 이해했다. 그리고 그와 함께 일하면서 분리의 원칙하에서 음악을 전체 효과의 상승을 위해 사용하려고 노력했다.


### 생소화 효과

브레히트의 '생소화Verfremdung' 개념은 헤겔의 '소외Entfremdung' 개념과 연관되어 있다. 헤겔은 《정신 현상학Phänomenologie des Geistes》에서 "잘 알려진 것은 그것이 잘 알려져 있기 때문에 도대체가 인식되지 않고 있다"[115]고 말한다. 여기서 헤겔의 소외 개념은 관습과 일상의 그늘에 갇혀 인식되지 않고 있는 것을 표출해 관찰의 대상으로 만들고 그 대상을 새롭게 파악하는 인식 수단으로 구체화된다. 브레히트는 헤겔의 소외 개념을 자신의 서사극의 생소화 원리와 기법을 위해 수용했다. 그는 논문 〈비아리스토텔레스적 희곡론에 관하여〉에서 소외의 개념에 대해 이렇게 말했다.

> 어떤 사건이나 인물을 소외시킨다는 것은 우선 간단히 말해 그 사건이
> 나 인물에서 자명한 것, 알려진 것, 명백한 것을 제거하고 이들에 대한
> 놀라움과 호기심을 불러일으키는 것을 말한다.[116]

브레히트는 음악이 마취제처럼 인간에 미치는 큰 힘을 알고 있었기
에 그 힘이 악용되지 않도록 '생소화'의 수단으로 그의 서사극에 투입
했다. 다시 말해 서사적 오페라에서 음악은 장식이나 배경 음악으로
이용되어서는 안 되며, 제스처를 불러일으켜야 한다. 그리고 관객의
집중적인 감정 이입을 방해해 성찰을 위한 휴식과 중단을 일으켜야
한다는 것이다. 그래서 낯설게 다가오는 대상을 새롭게 인식하게 만
드는 생소화 기법을 통해 현실의 변혁에 대한 가능성과 필연성을 관
객들에게 강조하고 그들이 동의하게 만든다. 이 의도는 브레히트 희
곡에 있는 대부분의 노래들에 해당한다.

브레히트의 서사극과 연관해 간과될 수 없는 것은 브레히트가 서사
극과 관련해 가장 자주 이용되고 관례적이면서 진부한 오류들의 하나
로 이성과 감정의 지나친 편향성에 대한 문제를 지적하고 있다는 것
이다. 그는 다음과 같이 말했다.

> 서사극은 모든 감동을 퇴치하려고 노력한다. 그러나 사람들은 이성과
> 감정을 분리할 수 없다. 서사극은 감동을 퇴치하려고 하지 않고 연구하
> 며, 감동을 만들어 내는 것에서 멈추지 않는다. 보통의 서사극은 실제로
> 이성을 없애 버림으로써 이성과 감정을 분리하는 잘못을 저지른다. 이
> 런 주장을 하는 사람들은 연극 실무에 이성을 조금이라도 개입시키려

해도 사람들이 감정을 뿌리째 없애려 한다고 외쳐 댄다.[117]

위의 인용문이 말해 주고 있듯이 브레히트는 감정 이입을 반대하는 자신의 지나친 주장이 예술의 원칙을 위반한다는 것도 알고 있었다. 왜냐하면 관객의 감정에 아무런 영향도 미치지 않는다면 예술은 그 목적을 이룰 수 없을지도 모르기 때문이다. "실제로 서사극은 아주 예술적이다. (…) 서사극은 재미있어야 하고 가르침이 있어야 한다"[118]고 그는 말했다. 그래서 서사극은 관객을 필요로 하지 않는 좁은 의미에서의 학습극이 아니라 재미와 가르침이 공존해야 하는 넓은 의미의 학습극이어야 한다는 것이다.

도덕 기관으로서의 무대가 지속적으로 작용하려면 인간의 이성과 감정은 피할 수 없는 전제다. 브레히트는 감정 이입을 솔직하게 반대했음에도 불구하고, 또한 예술 작품이 관객의 감정에 비판적으로 대립하길 원했으면서도 감정을 존중했다. 그리고 감정을 줄거리에 대한 관객의 건전한 반응으로서 더 이상 무조건 부정하지 않았다. 다만 그는 감정이 맑고 비판적인 의식으로 상승되어 작용해야 한다는 것을 전제로 했다.

이에 대한 좋은 예로서 《억척 어멈과 그 자식들》에서 아이들을 무척 좋아하는 벙어리 딸 카트린이 농가의 지붕 위에 올라가 북을 쳐서 황제군의 습격에 대한 위험을 미리 알림으로써 할레 시민을 구하고 자신은 사살되는 장면(11장)을 들 수 있다. 관객들은 자신을 이 장면의 말 없는 카트린과 일치시킬 수도 있다. 그들은 이 존재 속으로 감정 이입이 되어 그들 자신에게도 그러한 힘이 있다는 것을 기쁘게 느꼈을지도 모른다. 그렇다고 그들이 반드시 감정 이입 작용이 일어났다고는 할 수 없다.[119] 왜냐하면 이때 관객에게 이입된 감정은 전쟁을 고발하고 인류애를 강조하는 비판적인 의식으로 상승된 '고상한 감정'으로 작용하기 때문이다.

관객의 지나친 이성적 위치는 예술의 본질에 위배될 수 있다. 너무 일방적으로 이성을 사용하는 예술은 인간을 자극하고 브레히트가 특별히 의도했던 예술의 사명이 소홀해질 수 있기 때문이다. 그러한 경우에는 신문 사설, 공정한 보도 또는 신문 기사가 예술의 위치를 대신할 수도 있을 것이다. 그렇지만 관객은 감동하길 원한다. 사회적 비판을 전제한 이성과 감정의 균형적 수용은 바로 감동과 거리감, 오락과 교훈의 조화를 시도한 브레히트의 변증법적 연극론의 근간을 이룬다.

음악은 우선 관객의 아름다운 감정을 일으키지만, 이제까지 그래왔듯이 사람을 마취시키기 위해서가 아니라 사회적 태도를 표현하고 반박과 비판의 효과를 위해 사용되었다. 노래는 가사의 내용과 멜로디가 분리됨으로써 생소화 효과를 일으킨다. 즉 음악과 가사는 서로를 보완하기보다는 마찰을 일으키도록 계획되었다. 신랄한 가사는 달콤한 곡조와 결합되거나, 아니면 그 반대였다. 그 대표적인 예로 《서푼짜리 오페라》에서 런던의 도적 두목이며 포주인 매키스가 부르는 〈포주의 노래〉를 들 수 있다.

> 오래전에 지나가 버린 시절에
> 그녀와 나, 우리는 벌써 함께 살았지.
> 실은 내 머리와 그녀의 배를 수단으로
> 난 그녀를 지켜 주고 그녀는 나를 먹여 살렸지.
> 다른 수도 있지만 그렇게도 되지.
> 손님이 올 때면 나는 우리의 침대에서 기어 나와
> 버찌 술을 들이키며 아주 얌전히 있었지.

손님이 돈을 지불할 때면 난 그에게 말했지.

선생님, 그녀를 한 번 더 원하신다면

자, 어서요.

그렇게 우리는 꼬박 반년을 살았지,

우리들의 살림집이었던 사창가에서.[120]


　이 노래는 《서푼짜리 오페라》에서 가장 다정스럽고 진지한 사랑의
노래다. 노래 부르는 연기자는 서정적인 멜로디와 감성적 몸짓으로 사
랑하는 사람들의 소박한 살림살이를 감동적으로 노래해 감상적인 관객
의 감정에 어떤 마취적 자극을 불러일으킨다. 반면 그의 말은 사랑을
상품화하는 시민 사회의 현실을 폭로한다. 즉 노래 부르는 연기자는 노
래의 멜로디와 말을 분리하고 대치시킴으로써 생소화 효과를 불러일으
키고 관객이 취하는 감상적 태도의 모순을 두드러지게 한다. 음악은 생
소화를 통해 말의 내용을 상승시키는 수단으로 작용했다.

　브레히트 서사극의 생소화 기능은 사회적 모순을 통찰하도록 해 비
판과 개혁의 가능성을 제시하는 데 있다. 이 때문에 생소화는 주인공
들이 역사적·사회적 모순에 직면해서도 그 모순을 인식하지 못하는
몰이해와 그 비희극적 상황에서 발생하기도 한다. 산문 대본 중간에
삽입된 음악은 드라마적 진행을 차단하고 관객들로 하여금 주인공에
대해 숙고하게 만든다. 이때 노래의 가사는 사건에 첨가된 해설이 되
고, 음악은 가사의 내용적인 우화를 음악적으로 설명한다.[121] 서사극으
로서 높은 수준의 형식미를 지니고 있는 《사천의 선인》에 나오는
〈여덟째 코끼리의 노래〉는 이에 대한 좋은 예라 할 수 있다.


　진 서방은 일곱 마리 코끼리를 가졌는데

거기에다 여덟째 코끼리도 있었다네.

일곱 마린 사납고 여덟째는 온순해서

여덟째가 그들을 감독했다네.

더 빨리 뛰어라!

진 서방, 밤이 되기 전에

숲을 개간해야 하는데

밤이 벌써 닥치는구나![122]

　이 노래는 담배 공장의 한 노동자가 선창하면 다른 노동자들 모두가 후렴을 합창한다. 노동자들은 이 노래를 무자비하게 노동만 독촉하는 셴테의 애인이며 감독인 양순을 조롱하려고 부르지만 노래의 율동 속도를 높이면 노래 부르는 사람들이 헐떡거릴 수밖에 없다. 이렇게 감독은 교활한 방법으로 노동자들을 독촉하여 작업 속도를 높이고, 반면 그는 편안히 앉아서 웃는다. 여기서 노래의 박자는 양순이 일꾼들을 점점 더 빨리 일하도록 채근하는 박자와 일치한다. 그래서 이 노래는 노동자들의 저항을 의미하기보다는 그들의 약점을 보여 주는 비극적 효과를 나타내며,[123] 동시에 관객들에게 생소화 효과를 가져다준다.

　또한 이 극작품에 나오는 〈빗속의 물장수 노래〉에서 사랑에 빠진 여주인공 셴테는 빗속에서 이틀 전부터는 먹지 못하고, 하루 전부터는 물 한 모금 못 마신 비행사 양순에게 물을 사 줌으로써 경제 법칙에 어긋나는 행위를 했다는 것과, 그리고 내리는 비처럼 과잉 공급이 빈곤을 초래한다는 자본주의 체제의 경제적 역설을 이해하지 못함으로써 결국 파탄에 이른다는 것, 이것들은 모두가 생소화를 일으키는 역할을 한다. 멜로디는 배경 음악으로 사용되어 셴테의 사랑이 허망한 것임을 암시한다.

《남자는 남자다》에서 평범한 남편이었던 주인공 갈리 가이는 군대의 집단 속에서 살인 기계로 전락해 가면서도 끝내 자신의 정체성을 찾지 못하고 자신이 나치 파시즘의 전쟁 도구로 이용되는 역사의 비극적 상황을 알지 못한다. 그리고 《억척 어멈과 그 자식들》에서도 억척 어멈은 전쟁을 장사의 수단으로만 생각해 자식들을 희생시키고 자신을 역사의 희생물로 전락시키고 있다는 것을 인식하지 못한다. 이 모든 것은 관객들에게 생소하게 작용해 비판적 태도를 갖게 할 뿐만 아니라 개혁의 가능성을 모색하게 한다.

생소화 작용을 일으키는 또 하나의 중요한 요소는 극중 인물의 자기 분열에 있다. 이는 어머니와 장사꾼으로서의 억척 어멈, 그리고 《푼틸라 씨와 그의 하인 마티》에서 취중에는 인간의 존엄을 말하는 휴머니스트로 변하다가 보통 때는 경제적 이익을 위해 착취자로 변하는 농장주 푼틸라의 상반된 두 모습에서 찾을 수 있다. 특히 《사천의 선인》에서는 세상에서 유일한 선인인 여주인공 셴테가 신들로부터 선물로 받은 담배 가게로 창녀 생활을 그만두고 선하게 살아가려 한다. 그러나 바로 그 선함으로 인해 파산에 직면하게 되고, 그 위기에서 벗어나기 위해 값싼 노동력을 착취하는 악덕한 사업가 슈이타로 변신하게 된다. 이런 셴테·슈이타의 자기 분열도 같은 경우다.

이 같은 극중 인물의 자기 분열 현상은 관객들의 관심을 고조시키면서 그들로 하여금 사회의 이중적 모순 구조를 통찰하게 하고 비판의식을 일깨워 준다. 즉 인물들의 상반된 자기 분열 현상은 선행이 악행의 전제에서 가능하며 악행이 필요악으로 존재하는 사회의 모순된 이중 구조에 기인한다. 슈이타는 악덕 경영으로 사천의 담배 왕이 되지만 셴테를 살해했다는 주민들의 고발에 법정에 서게 된다. 결국 재판관으로 등장한 신들 앞에서 센테는 슈이타의 가면을 벗으며 말한다.

> 네, 바로 접니다.
> 슈이타와 센테, 제가 그 두 사람이에요.
> 착하게 살아가라 하신
> 지난날 당신들의 명령은
> 마치 번개처럼 저를 두 조각으로 갈라놓았어요.[124]

생소화 작용을 일으키는 요소는 대부분 음악으로 표현되고 반복적으로 나타나 주도 동기적 기능을 가진다.[125] 물론 여기서 바그너의 음악극이 가진 주도 동기의 기능은 전도된다. 주도 동기는 연극이 진행되는 동안 바그너의 음악극에서와 같은 기능을 보여 주지 못하고 다만 음악과 줄거리에 대한 모순의 표시가 된다.

가사의 내용과 비유적 특성은 음악적으로 다양한 형태로 표현된다. 음악의 고루성은 고루한 희망과 환상에 일치한다. 감정을 표현하고 말하는 시행들에는 음악적으로 대부분 민요적인 성격의 멜로디가 붙여진다. 그와 반대로 비인간적인 상황을 고발하는 시행들에는 대체적으로 타악기나 강한 불협화음이 음악적 표현으로 사용되었다. 이렇게 음악은 생소화 작용과 효과를 증대시키고 이야기된 사건의 내면적 정서를 강조하는 데 사용되었다.


## 게스투스

서사극에서는 생소화 작용과 효과의 대상이 관객이기 때문에 연기자는 그 목적을 위해 요소들의 분리 원칙에 근거해 아리스토텔레스의

연극에서 보다 더 자유롭게 창조적으로 연기할 수 있다. 연기자는 관객을 줄거리와 대치시키고 연기자도 자신의 역에 대한 관찰자이며 비판자가 되어야 한다. 이런 연기자의 역할과 관련해 브레히트는 〈서푼짜리 오페라에 대한 주해〉에서 〈연기자들을 위한 지침Winke für Schauspieler〉을 다음과 같이 설명했다.

소재의 전달과 관련해 관객은 감정 이입의 길을 가도록 종용받아서는 안 되며, 오히려 관객과 배우 사이에 교류가 이루어져야 한다. 온갖 생소함과 거리감이 있는 경우라 할지라도 배우는 결국 직접 관객을 향하게 마련이다. 동시에 배우는 자기가 묘사해야 할 인물에 관해 '자신의 역役에 들어 있는 것'보다 더 많은 것을 관객에게 이야기해 주어야 한다. 또한 배우는 사건을 편하게 이해하게 해 주는 자세를 취해야만 한다. 그러나 그는 플롯Plot의 사건들 외에도 다른 사건들과도 관련을 맺을 수 있어야 한다. 그러니까 배우는 플롯만을 사용해서는 안 된다.[126]

이때 연기자의 동작이나 몸짓은 배우 개인의 일회적인 우연한 동작과는 다르며 관객, 즉 다른 사람과 관계된 사회적 성격을 가진다. 여기에 소위 브레히트가 말하는 게스투스의 개념이 있다. 브레히트는 〈게스투스적 음악에 관하여Über gestische Musik〉라는 논문에서 게스투스에 대해 이렇게 정의하고 있다.

제스처를 취하는 것을 게스투스의 개념으로 이해해서는 안 된다. 문제가 되는 것을 강조하거나 해명하는 손동작이 아니라 총체적 태도다. 어떤 언어가 게스투스에 근거할 때, 말하는 사람이 다른 사람에 대해 취하는 특정한 태도를 보여 줄 때, 그 언어는 게스투스적이다.[127]

게스투스는 특정한 사회적 상황에서 다른 사람과의 관계를 표현하는 복합적이고 총체적인 특정한 태도 및 동작인 것이다. 그리고 게스투스는 관객의 감정 이입을 배제하고 비판적 태도를 유발시키기 때문에 사회적 상황에 대한 추론을 가능케 한다.[128] 이 같은 게스투스의 기능은 다름 아닌 서사극의 목적과 기능에 상응한다. 그래서 발터 베냐민은 브레히트의 서사극과 게스투스의 관계에 대해 이렇게 말했다.

> 서사극은 게스투스적이다. 엄격히 말하면 게스투스는 자료이고 서사극은 이 자료를 목적에 맞게 적용한 것이다.[129]

즉 브레히트의 서사극은 생소화 기법을 근간으로 한 연극이기 때문에 게스투스는 생소화를 위한 자료로 사용되고 있다는 것이다.

게스투스의 개념은 애초 연극에 한정되었으나 브레히트와 쿠르트 바일이 오페라 《마호가니》를 함께 작업하면서 처음으로 오페라에 언급되었다. 바일은 1929년 3월에 오페라의 '제스처 음악'에 대해 보고하고 일찍이 그 이론을 학습극에 사용했다.[130]

한스 아이슬러도 브레히트의 서사극에서 게스투스적인 것은 아인슈타인의 그 유명한 공식과 같은 독창적인 발견 중 하나라고 칭찬했다.[131] 1931년 잡지 〈시도〉에 《마하고니》 오페라의 수정된 최종 원고를 실었을 때 브레히트는 그 주석에서 서사극 이론에 의한 오페라 형식에 대해 언급하면서 서사적 오페라에서의 음악은 사회적 몸짓을 말하는 게스투스를 포함하고 있다고 말했다.

그에 따르면 소위 전통적 오페라의 진지한 음악은 여전히 서정성에 매달려 개인적 감정을 표현하고 있는 반면 카바레나 오페레타에 나오는 소위 민중적인 값싼 음악은 일종의 제스처 음악으로, 거기에는 게스투스가 담겨 있다는 것이다.[132] 그래서 브레히트는 '진지한 음악'을 정치적·철학적 목적을 위해 사용하는 것은 불가능하다고 보았다. 그는 아이슬러가 폭넓은 관객의 순수한 오락적 욕구를 더 많이 고려해 극작품《둥근 머리와 뾰족 머리》를 위해 게스투스 음악으로 간주되는 '송Song' 음악을 작곡한 것을 예로 들었다. 이 음악은 주로 시의 정치적·철학적 의미를 분명하게 부각시키면서 마취적 작용을 피하기 때문에 어떤 의미에서 철학적이다.[133] 여기서 감정 이입을 위한 서정적 음악과 게스투스에 근거한 사회 비판적 서사적 음악의 상이성이 비교되고 있다.

서사극이나 서사적 오페라에서 배우는 관객에 더 큰 관심을 가지고 관객의 참여를 유도하려고 노력한다. 이때 배우는 게스투스적 동작으로 인물의 상황과 내면을 알릴 수 있어야 하며, 그럼으로써 연극을 객관화시켜 생소화 효과를 유발하는 데 기여해야 한다. 이와 관련해 브레히트는《서푼짜리 오페라》에 대한 주해에서 이렇게 말했다.

> 배우는 노래를 부르는 동안 역할의 교체가 이루어진다. (…) 배우는 노래를 부를 뿐만 아니라 노래 부르는 사람도 보여 주어야 한다. 그는 자신이 부르는 노래의 감정 내용을 끄집어내려고 많은 노력을 하기보다는 (…) 말하자면 육체의 행실과 관습인 동작을 보여 주어야 한다. (…) 노래에서는 특히 '보여 주는 사람이 보이는 것'이 중요하다.[134]

언어는 없어도 동작이 없는 연극은 연극이라 할 수 없다. 팬터마임의 경우 언어는 동작이 되고 동작은 언어 역할을 한다. 배우는 동작을 통해 인간적·사회적 상황을 표현할 때 말처럼 동작도 다른 동작으로 대체할 수 있는[135] 자유를 가진다. 그리고 동작은 한편으로 무대 미술,

의상, 소도구처럼 무대의 미학적 요소로서 작용하며, 다른 한편으로는 제스처의 언어로서 인간관계와 사회적 현실을 표현하려 한다. 그 때문에 파울 쿠스마울이 말했듯이 동작은 서사극 구성 요소들의 하나로 연극의 미학적·사회학적 카테고리에서 설명된다.[136]

《억척 어멈》에서 북치는 벙어리 카트린의 동작은 이에 대한 좋은 예다. 이 장면이 시작하는 지문에는 "돌이 말하기 시작한다"[137]는 말이 있다. 돌과 돌이 말하는 것은 벙어리 카트린과 그녀의 북소리에 대한 메타포(은유법)다. 이 메타포에는 언어의 우위가 부정되고, 언어 대신 게스투스 동작이 직관적·시각적으로 관객에게 작용해 사회적 관심과 긴장을 고조시킨다. 음악(북소리)은 무대에서 카트린의 게스투스 기능을 강화하고 관객에게 생소화 효과를 불러일으킨다.

브레히트는 서사극의 구성 요소로서 게스투스를 사용하면서 동작의 생소화를 통한 생소화 효과 만들기에 대해 말한다.

> 배우가 게스투스를 생소화시키는 간단한 방법은 표정에서 분리시키는 데 있다. 배우는 가면을 쓰고 거울에 비친 자신의 연기를 따라 하기만 하면 된다. 이런 방법으로 배우는 쉽게 풍부한 동작들을 선택하게 된다. 동작들이 선택되었다는 사실은 바로 생소화 효과를 불러온다. 배우는 거울 앞에서 취한 태도의 무엇인가를 그의 연기에 함께 받아들여야 한다.[138]

위의 인용문에서 말해 주고 있듯이 배우는 자신의 역에 몰입해 감정 이입을 일으키는 표정을 버리고 게스투스를 통해 자신과 인간 상호 간의 사회적 관계를 표현해야 한다. 예를 들어, 억척 어멈은 평화가 시작되었다는 것을 걱정한다.

내가 지금 막 새 물건들을 사들인 판에 평화가 발발했다고 말하지 말아요.[139]

이때 그녀의 태도는 누구나 평화를 바라는 당연하고도 자연스러운 태도와는 다르다. 그녀의 사회적 보편성과 상식을 벗어난 제스처는 평화의 시작과 자신과의 이해관계, 나아가 전쟁과 평화가 연관된 사회적 관심을 불러일으키는 생소화 작용을 가진다.《서푼짜리 오페라》에서 매키스가 부르는 〈포주의 발라드〉에서도 배우는 게스투스를 통해 사랑의 상품화에 연루된 자신과 시민 사회의 현실을 폭로한다.

서사극에서 음악은 사회적 상황을 매개하는 배우의 게스투스를 강화하는 독자적인 기능을 가진다. 브레히트는 모차르트의 오페라《돈 주앙》의 예를 들어 음악과 게스투스의 관계를 말한다.

이 음악이 말하자면 사람들의 태도를 표현했다. 우리가 그 말을 충분히 이해할 때 그렇다. 모차르트는 사회적으로 중요한 사람들의 태도를 표현했다. 즉 과감성·우아함·악의·다정함·거만·정중함·슬픔·굴종성·호색성과 같은 사회적 산물들을 표현한다.[140]

이것은 서사극에서 배우로 하여금 무대의 사건을 분명하게 하는 게스투스를 재현하게 할 수 있는 음악의 기능이다. 배우는 노래를 부를 뿐만 아니라 부르는 사람도 보여 주어야 한다. 따라서 관객은 귀로 듣는 음악이 아니라 배우의 율동을 통해 눈으로 볼 수 있는 음악을 체험하고, 배우는 노래 부를 때 멜로디와 말을 분리함으로써 관객의 감상적인 태도의 모순을 두드러지게 한다. 음악은 서사극 구성 요소들의 분리 원칙에 따라 독자적으로 작용하면서 사회적 게스투스를 만들 뿐만 아니라 게스투스에 의해 생긴 생소화 효과를 상승시킨다.

지금까지 설명된 서사극과 서사적 오페라와 음악의 관계를 다음과 같이 정리할 수 있다.

브레히트는 자신의 연극 미학적 견해에 따라 예술적 요소들의 분리를 엄격하게 실행하려고 애썼다. 음악은 무대 장치처럼 연극에서의 보조적 역할에서 벗어나 독립된 예술이 되어야 한다. 음악은 대부분의 유성 영화에서처럼 말이나 줄거리에 도움을 주기 위한 배경 음악으로 깔려도 안 되고, 영화의 분위기 전환을 위해 마약처럼 삽입되는 단순한 상황 음악[141]이어서도 안 된다. 서사극에서 음악은 옛날의 오페라에서처럼 말을 들리지 않거나 무의미하게 만들어서도 안 된다. 오히려 음악과 말은 이들이 만나는 곳에서 분리되어 들을 수 있어야 한다. 말은 이해할 수 있게 남아서 드라마의 기능을 충족시켜야 한다. 음악은 독자성을 가져야 하며, 말에 종속되지 않고 그것에 특정한 동작을 부여하고 그 의미를 의식하게 하며, 설명하거나 상대화해야 한다. 그래서 음악은 줄거리 진행을 중단시켜 생소화 효과를 증대하고, 배우는 음악을 통해 사회적 게스투스에 주의를 환기시키는 동작을 가진다.[142]

브레히트의 작곡가들은 모두가 그 시대의 가장 탁월한 음악가들이었다. 그러나 아이슬러와 데사우는 부분적이지만 예술을 브레히트처럼 정치적으로 이해하고 사용했다는 비난을 받기도 했다. 하지만 쇤베르크의 현대적 12음 기법과 음악의 '민속적' 요소를 수용하고 외관상의 '통속화'를 시도했다는 사실에서 두각을 나타냈다. 아이슬러는 수준 높은 음악이 아니라 맛깔난 음악, 말하자면 즉시 휘파람으로 따라 부를 수 있는 음악을 만들었다. 이 음악은 시대의 변화를 꿈꾸는 피억압자들의 작은 위안이었다.[143] 그래서 브레히트의 서사극과 서사적 오페라는 오랫동안 폭넓은 관객의 감정을 지배해 왔던 바그너의 전통적인 종합 예술로서의 오페라에 반대하고 대립하는 새롭고 낯선 장르로서 관객들에게 다가왔다. 그래서 민중은 민속적이고 대중적인 음악 때문에 브레히트의 서사적 오페라에 매료될 수 있었다. 그것은 또한 그가 이미 진보적 민중 계층에 많은 영향을 준 유명한 드라마 작가로서 두각을 나타냈고 이들의 존경을 받았기 때문에 가능했다.

브레히트는 바그너의 전통적인 '종합 예술 작품'을 '요소들의 분리'라는 드라마 구성 원칙으로 극복할 수 있었다. 그는 바그너의 종합 예술을 비스마르크 국가와 비교해 말했다.

비스마르크는 국가를 세웠고 바그너는 종합 예술을 만들었다.[144]

이 말에는 마르크스 사상에 근거한 진정한 사회주의 사회의 구현이라는 브레히트의 이상이 스며 있다. 즉 바그너 오페라에 대한 브레히트의 반대는 사회주의 운동을 탄압했던 비스마르크의 국가에 대한 부정과 상징적 연관 속에서 이해될 수 있다. 동시에 브레히트의 서사극과 서사적 오페라에는 휴머니즘에 근거한 사회주의적 사회에 대한 꿈과 동경이 작용한다. 음악은 연극에서 분리된 독자성을 가지고 연극의 생소화 효과와 게스투스 기능을 상승시키는 데 사용되었다.

부록

# '독일 문학과 음악의 만남' 주요 흐름 한눈에 보기

**중세** 문학에서 음악과 언어의 긴밀한 관계는 시작됐다. 작품에 짧고 단순한 멜로디를 부여했던 중세 독일의 연애시에서 비로소 음악적으로 최초의 절정에 이를 수 있었다. 연애시를 쓰는 시인은 작곡가이자 가수였다.

**고트프리트 폰 슈트라스부르크**는 중고 독일어 서사 작가들 가운에 수사법적으로 가장 세련된 시인이며, 언어에 음악성을 부여한 음악의 대가였다. 그의 서사시 《트리스탄과 이졸데》는 사랑의 마술이라는 주제를 언어의 음악적 아름다움으로 보여 주고 있어, 여전히 오늘날의 독자들에게서 경탄과 감격을 불러일으킨다. 그는 주인공들의 비극적 종말을 통해서 궁정 사회와 문화를 비판했다. 그의 언어유희가 지닌 음악성은 궁정 기사 계급의 문화적 위기에 대한 표현임과 동시에 그 계급 세계를 극복하기 위한 수단이었다.

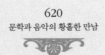

반면에 고트프리트의 모방자인 루돌프 폰 엠스와 콘라트 폰 뷔르츠 부르크는 언어를 지나치게 음악적으로 치장하고 형식 꾸미기에 치중하여, 붕괴하는 기사 사회를 보여 주는 예가 되었다.

마르틴 루터는 르네상스 시대의 신학자로서 음악을 신이 인간에게 선사한 아름답고 자유로운 예술로 평가했다. 그래서 음악의 유익함에 대한 믿음으로 부패한 사회와 교회에 도전했다. 성서 번역과 찬송가 개작을 통해 대중화에 기여해서 서민들도 예배 행사에 적극적으로 참석할 수 있게 했다. 그는 민중에게 잘 알려진 민요나 대중가요의 멜로디를 시의 운율적 구조에 따라 재구성해서 찬송가를 만드는 데 천재적인 재능을 보여 주었다. 이로써 언어 예술과 음향 예술은 루터에 의해 통합에 이르렀고, 이 통합은 신교도의 공동체 노래 창조에서 절정을 이뤘다.

르네상스 시대는 인본주의 사상으로 언어의 음악성이 절정에 이르렀다. 그러나 붕괴되어 가는 계급들은 몰락하는 자신들의 생활양식을 세련미로 장식하여 미화하려는 예술적 형식주의에 빠져들었다. 붕괴하는 계급의 예술가들은 추상적 예술인 음악에 더욱 의존했다. 예술은 점점 더 시적인 본질은 사라졌고 추상적인 음악으로 바뀌었다.

바로크 시대의 시인과 음악가는 자신을 짓누르고 있는 모든 격정을 시와 작곡으로 옮겼다. 마르틴 오피츠, 게오르크 루돌프 벡헐린, 파울 플레밍, 안드레아스 그리피우스와 같은 바로크 시대 유명한 작가들의 창작시에서 음악은 자기표현의 예술적 수단이 되었다. 이렇게 해서 음악은 시인의 창작시와 마찬가지로 새로운 개인 예술로 발전하기 시작했다. 반면에 궁정 시문학과 형식적인 언어 음악은 몰락해 갔다. 이 시대에는 찬송가·교성곡·푸가·오라토리오가 번성했고, 바흐와 헨델이 세계적인 독일 음악의 토대를 이루었다.

헤르더는 음악을 인간 내면의 감정과 느낌을 표현하는 데 매우 적합한 수단으로 보았다. 음악적 느낌들을 직접 언어로 바꿔 쓰고, 언어라는 기구로 소리 나게 하는 예와 이론을 만들었다. 언어를 "무한한 멜로디"로 발산시키는 예술적 양식을 고안했는데, 이것은 후에 장 파울, 괴테, 바그너에 큰 영향을 주었다. 그는 민요에서 시대를 반영하는 간접적인 민중의 소리를 발견했다. 이것은 민요의 이론과 민요 운동의 기초가 되었고, 슈투름 운트 드랑 시대에 속하는 시민 계급의 젊은 작가들과 지식인들에게 큰 영향을 주었다. 헤르더는 음악을 인류의 교육과 교화를 위한 수단으로, 특히 시민 해방을 위해 사용했다는 점에서 쇼펜하우어, 바그너, 니체의 음악 철학에 대한 생각을 앞당겨 실현한 음악 미학의 선구자였다.

괴테는 헤르더의 영향으로 음악을 언어로 바꾸어 쓸 수 있게 되었고, 큰 작품들을 창작할 수 있게 되었다. 헤르더가 자신에게 민요의 미학적 장점들을 일깨워 준 덕분으로 문학 작품의 음악적 규칙에 대한 지식을 가지게 되었다고 생각했다. 후기 궁정의 시문학은 운韻과 과다한 비유로 언어의 순수하고 생기 있는 아름다움을 상실했다. 언어 창조에 천재적이었던 시인들은 언어의 음악화를 위해 노력했지만 아무런 감정적 작용이 없는 텅 빈 울림의 형식주의에서 끝났다. 그러나 괴테의 서정시는 내용의 단순한 언어적 형성이 아닌, 내면의 멜로디로 승화되었다. 그것은 예술의 자연스럽고 순박한 감정을 표현하는 높은 수준의 언어 음악이었다. 그의 소설 《빌헬름 마이스터의 수업시대》에서 음악은 교육원에서 아이들의 교육을 위한 교훈 전달 방식으로, 언어 교육을 위한 수단으로, 합창을 통한 협동심과 공동체 생활을 위한 질서 의식을 고양시키는 방법으로 이용되었다. 괴테에게 음악은 인간의 교화를 위한 윤리적·치유적 힘으로 작용하는 예술이었다.

실러는 고전주의 문학에서 괴테와 함께 2대 거성으로 꼽힌다. 그의 작품들은 인간의 자유와 존엄성을 바탕으로 혁명기 독일인들의 자유를 얻기 위한 투쟁에 많은 영향을 끼쳤다. 그도 역시 음악을 자신의 문학적 이상과 이념의 표현 수단으로 사용했다. 그는 합창이 현대의 조야한 세계를 고대 그리스의 시적 세계로 변화시키는 임무를 가지고 있다고 생각했다. 그래서 주로 합창의 언어만을 운에 맞게 구사함으로써 미학적 효과와 높은 음악성을 불러일으켰다. 그에게 음악은 인간의 고귀화를 위한 미학적 이상을 실현시키는 중요한 수단이었다.

**베토벤의 교향곡 《합창》**은 문학과 음악의 상호 작용에 대한 최고의 예다. 베토벤이 실러의 시 〈환희에 부쳐〉에 곡을 붙인 작품이, 제9번 교향곡 《합창》의 4악장이다. 두 천재 예술가인 실러의 문학적 이상과 베토벤의 음악적 영감이 순수한 인간애를 표현하기 위해 조화를 이루어 위대한 예술 작품으로 탄생되었다.

**18세기 낭만주의 시대**는 독일 음악사에 큰 변화를 일으킨다. 루터에서 헤르더, 괴테, 실러에 이르는 작가들은 음악의 교육적·개혁적 힘과 작용을 인식하고 문학에 수용해 왔다. 특히 바흐와 헨델은 음악을 종교적 차원으로 승화시키고 음악에서 윤리적 힘을 고양시켰다. 그러나 18세기에 접어들면서 음악은 문학과 함께 점점 더 세속화되었고, 개성적인 예술가의 문제를 반영하는 경향이 심해졌다. 바켄로더, 노발리스, 루트비히 티크, 호프만, 슐레겔 형제, 클레멘스 브렌타노와 베티나 자매 같은 낭만주의 시대의 대표적인 예술가들에게 음악은 실체가 없는 예술이었다. 그래서 그들은 현실의 고통에서 벗어나기 위해 음악을 위로와 도피처로 삼았고 음악을 통한 구원을 동경했다. 결국 예술과 시민 문화에 데카당스적 현상들이 두드러지게 나타났다.

**호프만**은 음악 평론가, 작곡가, 지휘자로 활동한 다면적 예술가였다. 낮에는 법관으로서 엄격한 관리 생활을 했고, 밤에는 술집에서 시인들과 함께 문학이나 음악을 논하는 이중생활을 했다. 그에게 언어 예술은, 음악을 통해 말할 수 없는 것을 해소해 주는 도구이자 음악으로 극복할 수 없었던 내면의 위기에서 빠져나오는 출구였다. 그는 음악이 끝나는 한계에서 문학을 시작했다.

호프만은 현실에서 문학적 영감과 창작의 힘을 얻었다. 예술을 이해하지 못하는 사회적 환경, 예술과 환상 사이에서 분열된 현실, 경제적 고난과 끊임없는 좌절의 경험은 그를 고통스럽게 했지만, 현실과 예술의 화해할 수 없는 두 세계의 간격을 풍자적인 유머와 조소로 극복했다. 그는 자신의 문학 작품에서 사실적 요소들을 나타냄으로써 낭만적 감성과 고전적 오성의 균형을 강조했다. 이것은 낭만주의 예술가들이 음악에 지나치게 도취하는 위험에 대한 경고라 할 수 있다.

**하이네**는 시인이고 산문 작가이며 음악 평론가였다. 그에게 이 두 예술 사이의 경계는 애초부터 존재하지 않았다. 보이는 음악과 들리는 미술이 서로 어우러지는 새로운 예술의 장르를 우리에게 보여 주었다. 그는 기행문이라는 새로운 문학 장르를 창출해 냈고, 이를 통해 시대적 문제를 교묘히 취급하여 민중 의식을 일깨우려고 노력했다.

하이네는 음악에 대한 열정과 통찰력으로 음악 작품의 본질적 · 특징적인 것을 음악인들보다 훨씬 더 많이 알아내고 비평할 수 있었다. 그를 가장 유명한 비판자로 만들었던 것은 극도로 예민한 지성 외에도 파리에서 망명자로서 겪어야 했던 자본주의 사회의 무자비한 현실과 고통이었다. 그래서 하이네의 음악 비평은 음악 이론적 해설에서 벗어나서 사회적 문제들과 연관된 보도 형식으로 작성되었다. 그는 언제나 억압받는 자들의 편에 서서, 그리고 독일과 프랑스 간의 화해와 유럽의 평화를 위해서 작품 활동을 한 언어의 마술사, 풍자객이었다.

바그너는 오페라의 텍스트를 직접 창작하고 작곡한 예술가로 유명하다. 그는 낭만주의 예술의 특징을 그의 작품들에 가장 잘 구체화시킨 낭만주의의 완성자, 낭만주의의 마지막 예술가로 불린다. 취리히 망명 시절에《오페라와 드라마》를 집필하면서 전통적 오페라와 손을 끊고 '음'과 '언어'에 동등한 권리를 준다는 놀라운 계획을 이론적으로 설명했다. 그 당시 오페라는 극적 요소가 배제되고, 천박한 오락으로 상품화되고 있었다. 이에 대한 비판으로서 그의 오페라 개혁은 한편으로는 음악과 드라마의 통일을, 다른 한편으로는 사회적 · 정치적 환경 조건들의 혁명적인 변화를 전제한 것이었다.

그는 시인은 음악가가 되어야 하며, 음악가는 시인이 되어야 한다고 생각했다. 그래서 문학과 음악이 완전히 융합된 형태의 '종합 예술 작품'으로서 전통적인 보통의 오페라와 구별되는 '음악극'이 탄생되었다. 그러나 그의 음악극은 음악의 지나친 도취 작용 때문에 음악극의 다른 구성요소가 음악에 종속되는 특유한 형태를 가지게 되었다. 이는 후일의 작가들에게 신랄한 비판의 대상이 되었다. 바그너는 쇼펜하우어를 알게 된 1854년 이래로 사회 비판적인 사고의 진보적 예술가에서, 비인도주의적인 사상가와 비현실적인 미학자로 변했다. 바그너의 기교상의 대가다운 재능은 그의 작품들의 내용을 후기 시민계급의 쇠퇴와 인간 혐오의 방향으로 몰고 갔다. 특히 바그너의 반유대주의적 성향은 히틀러의 파시즘에 이용되어, 후대에 많은 비판을 받았다.

**니체**는 현존하는 모든 것을 포용할 수 있는 것은 학문이 아니라 예술, 즉 음악이라고 생각했다. 그래서 그는 철학적 사유의 방법론을 음악에서 찾았고, 자기 시대의 사회적 문제들에 대한 해결책을 음악에서 보았다.

니체는 바그너와 만나면서 절대적 지지자가 되었고, 그의 음악에 심취했다. 그는 바그너에게 헌정하기 위해 《비극의 탄생》을 썼고, 여기서 음악을 주제의 중심으로 다루면서 '아폴로적'인 것과 '디오니소스적'이란 두 개의 반대되는 생리학적 · 예술적 힘들에 관해서 말했다. 하지만 니체에게는 바그너가 데카당의 전형으로 보였다. 그뿐만 아니라 점차 기독교화되고 국수주의와 반유대주의에 빠지자 니체는 그와 결별했다. 그는 바그너 음악의 현실 도피적이고 도취적인 데카당스 현상을 자신이 정신적으로 붕괴될 때까지 싸우고 비판했다. 그는 '주인 도덕'의 학설을 통해서 이를 극복하려 했기 때문에, 니체 사상의 핵심이라 할 수 있는 '영원 회귀', '초인', '힘에의 의지'와 같은 말도 등장했다. 그의 대표적인 작품인 《차라투스트라》는 그가 언어의 대가임을 증명해 준다. 특히 유례없는 예술적 본능으로 매혹적인 음향의 마력을 그의 산문과 시에 부여하는 방법으로 두각을 나타냈다. 음악은 니체에게 평생에 걸쳐서 한편으로는 삶의 힘이자 표명으로서, 다른 한편으로는 데카당스 현실에 대한 투쟁의 수단으로서 작용했다.

토마스 만의 초기 창작 시기에는 쇼펜하우어와 니체의 영향으로 염세주의적이고 퇴폐주의적인 음악관이 지배했다. 그래서 예를 들어 《부덴브로크 가》의 하노처럼, 주인공들이 삶과 예술의 균형과 조화를 상실했을 때, 도피와 위안의 수단이었으며 동시에 파멸의 요인으로 작용했다.

토마스 만은 《마의 산》을 통해 문학의 전환점을 이루었다. 이는 초기의 시민성과 예술성 사이에 있었던 갈등을 극복하고 조화로 가는 전향을 의미한다. 니체의 음악관에 영향을 받은 그는 음악과 시민의 데카당스 사이의 관계들에 대한 문제를 문학적으로 형성했다. 그는 바그너 음악을 매우 좋아했음에도 불구하고 결코 빠져들지는 않았다. 그 때문에 그는 니체처럼 병과 음악 사이의 상호 작용을 섬세하게 예술적으로 표현할 수 있었다.

그는 독일 민족의 역사까지도 음악적인 관점에서 관찰했다. 독일인의 가장 깊은 본성을 '내면성'이라 보고, 여기에 작용하는 음악의 도취적 힘과 호전적 성향이 합쳐지는 위험, 즉 나치의 파시즘을 심각하게 인식했다. 이런 사회적 불안 속에서 삶과 예술 사이의 모든 갈등과 고뇌는 인도주의적인 본질 위에서 새롭게 모색되었는데, 그 절정이 음악가 아드리안 레버퀸의 생애를 다룬 《파우스트 박사》였다. 그는 정신 착란에 빠지는 천재적인 음악가 아드리안 레버퀸의 운명을 히틀러 통치하에서의 독일 민족의 운명과 동일시하며, 독일 붕괴의 최대 참사를 표현했다. 그것은 독일 민족의 한계를 넘어 전 인류의 구원을 위한 토마스 만의 휴머니즘적 이념의 표현이었다.

헤르만 헤세에게 음악은 내면의 안정과 위안, 조화와 명랑함을 주는 유일한 예술이었다. 그래서 거의 모든 장르의 작품들에서 음악을 큰 사랑과 애착심으로 받아들였다.

　그는 제1차 세계대전으로 유럽이 정신적인 몰락의 상태에 이르렀다고 생각했고, 이때부터 가치 전도와 인간 실존의 불확실성에 대한 위기에서 평생에 걸친 자아 탐구를 시작했다. 이 탐구는 정신적·내면적 고향 찾기였다. 그것은 일인칭 소설인 《데미안》을 기점으로 다루어졌다. 헤세는 음악의 근원이 영적·정신적인 것에 있다고 보았다. 모든 소리는 자연에서 나오고, 자연은 음악의 근원이라는 것이다. 그래서 클라인과 싯다르타 같은 주인공들은 자연의 근원에서 자아와 일체를 이루는 명상의 경지에 이르고 진정한 자아 발견의 구도를 완성했다.

　또한 소설 《황야의 이리》의 주인공 하리 할러는 내면적 자기 분열로 번민하면서 현대 사회에서 자아를 추구하는 인물이다. 정신세계와 본능세계가 그의 내면의 양극성이다. 그의 분열된 두 세계는 고전 음악과 현대 음악으로 비유되었고, 이 두 세계의 조화는 음악의 모든 장르를 초월한 음악의 본질에서 완성되었다. 음악은 인간에 잠재해 있는 모든 대립들을 행복한 조화의 상태로 가게 하는 중요한 역할을 했다.

　헤세는 독일인의 내면성을 음악적으로 보았고, 음악을 정치적으로 의심스럽게 관찰한 데에서 토마스 만과 놀라운 유사성을 보여 주었다. 헤세는 정치적·경제적·도덕적 위기에서 건전한 정신을 소생시키기 위해서는 교육이 필연적이라는 인식에서 《유리알 유희》를 썼다. 그리고 그가 평생에 걸쳐 추구해 온 미래의 유토피아적 세계상으로서 카스탈리엔이라는 교육 주를 제시한다. 음악은 주인공 요제프 크네히트를 카스탈리엔으로 가게 하는 매체 역할을 했고, 유리알 유희의 최고의 명인 루디로 만들었다. 그는 음악 연습을 인간 본성 교육의 결정적인 요인으로 생각했다. 그리고 정신적 교육과 현실 세계와의 조화를 강조했다. 크네히트는 노 스승인 옛 유리알 유희의 명인에게서 음악의 명랑성은 어둠, 고뇌, 불안을 미소로써 극복하는 용감성이며, 죽음을 두려워하지 않는 희생성이라는 미학적 의미를 깨닫게 된다. 카스탈리엔의 참다운 유리알 유희자는 음악의 명랑성으로 가득 차 있어야 한다는 것이다. 헤세에게 중요한 것은 음악으로의 도피가 아니라 음악의 명랑성으로 세계의 고난을 저항하고 극복하는 것이었다.

브레히트의 거의 모든 극작품들에는 음악이 크게 작용했다. 그는 창작의 목표를 이루기 위해 당시 유명했던 음악가인 쿠르트 바일, 파울 힌데미트, 한스 아이슬러, 파울 데사우와 교류했다.

그는 국민 작가로서 모국어에 대한 책임을 의식했고, 언어의 논리적 우위성과 의식을 일깨우는 기능을 강조했다. 또한 음악에서 사람들의 교양과 교육에 이바지하는 윤리적인 힘도 보았다. 그는 시적인 단어만으로는 의도했던 효과를 얻을 수 없었다는 생각에서 음악을 필요로 했다. 브레히트 극작품의 세계적인 성공은 작가의 의도를 완전히 실현하게 하는 두 예술의 융합에 근거한다.

브레히트는 가난하고 억압받는 사람들의 대변자로서, 자신의 이상에 맞게 작곡된 음악만을 작품에 수용하여 문학과 음악의 특수한 관계를 형성했다. 마르크스주의에 대한 연구가 이루어지기 이전에, 즉 노동 세계에 대한 깊은 인식도, 자본주의의 구조적 모순을 비판할 수 있는 능력도 부족했던 상태에서, 음악은 그에게 과도기의 불확실한 사상에 대한 표현 수단이었다. 그 후에 그의 사회 개혁의 이념은 전통적 예술 형식을 파괴하며, 실험성이 강한 학습극과 서사극이란 새로운 장르를 만들어 냈다. 그는 서정시와 희곡에 삽입된 노래들을 대중음악이나 민요의 형식으로 만들어서 민중을 감동·공감시켰다.

브레히트는 새로운 희곡론도 제시했다. 가극의 다른 구성요소들에 비해서 도취적 음악이 지배적인 바그너의 '종합 예술 작품'과는 달리, 서사극의 모든 구성 요소들이 독자적인 기능을 가지고 서로 협력하는 예술의 집합체인 새로운 의미의 '종합 예술 작품'을 만들어 냈다. 음악은 브레히트의 정치적 이상을 예술을 통해서 실현하려는 시도의 한 방법이었으며, 또한 저항적 정신을 약하게 만드는 향락적 음악에 대한 투쟁의 표현이기도 했다.

지금까지 우리가 시도했던 문학과 음악의 상호 작용에 대한 미학적 고찰에서 볼 때, 놓쳐서는 안 될 중요한 것이 있다. 바로, 독일 문학사의 주요 작품들에서는 시대의 변화에 따라 음악적 주제성의 증가와 함께 그 만큼 많은 언어의 음악성도 나타난다는 것이다. 이때 음악은 언어의 음향적·감정적인 질을 향상시킨다. 하지만 이보다 더 중요한 것은 음악이 작가들에게 애호가로서의 주관적 취향에서가 아니라 사회 과학적이고 미학적인, 즉 학문적 관심사로서 진지하게 그들의 작품에 수용되고 있다는 것이다.

이 고찰은 독일어권을 넘어서 모든 언어권에서도 이루어져야 할 것이다. 두 예술 간의 상호 작용 관계는 문학과 음악의 카테고리에서만 머물 수 없다. 회화 역시 음악적인 요소에 영향을 받았기 때문이다. 앞으로 이 분야의 상호 작용 또한 마찬가지로 적절한 연구가 시작되어야 할 것이다.

미주

# 미주

## 독일어의 약어 표기

각 장에서 주 텍스트로 사용된 작가의 전집은 처음 인용문에 한해 전체를 표기하고, 이후에는 약어를 사용했다: (예: Bertolt Brecht. Gesammelte Werke in 20 Bde., hrsg. v. Suhrkamp Verlag, Frankfurt a. M., 1967 이후 GW. Bd. 1-20으로 표기함)

a. a. O. : am angegebenen Ort = 앞의 책

Bd. 또는 Bde. : Band 또는 Bände = 권券

ebd. : ebenda = 위 책의 같은 쪽, 면

Vgl. : Vergleiche = 참조 또는 비교하라

u. a. = und andere = ～ 등

S. : Seite = 쪽, 면

V. : Vers = 시행詩行

Hrsg. : Herausgeber 또는 herausgegeben = 편저자 또는 편저

Diss. : Dissertation = 박사 학위 논문

f. : folgende Seite = ～면 이하 다음 면까지

ff. : folgende Seiten = ～면 이하 여러 면

MGG : Die Musik in Geschichte und Gegenwart. Allgemeine Enzykopädie der Musik. Hrsg. v. Friedrich Blume. 17 Bde.

Hauptwerke : Hauptwerke der deutschen Literatur. Hrsg. v. Manfred Kluge u. Rudolf Radler. 9 Aufl., München 1974.

# 1장 고트프리트 폰 슈트라스부르크의 서사 문학

1_ Reallexikon der deutschen Literaturgeschichte. Hrsg. v. Werner Kohlschmidt u. W. Mohr, 2. Aufl., Bd. II, S. 304.

2_ Vgl. Musik in Geschichte und Gegenwart. Allgemeine Enzykopädie der Musik. Hrsg. v. Friedrich Blume, 17 Bde, Bd. 5, S. 577. (이후 MGG로 표기함)

3_ 프랑스어 mot(낱말, 단어)에서 유래되었다. 7개의 시행으로 된 시 형태로 여섯 번째 시행이 다른 시행들보다 짧다. 13세기에 북프랑스에서 번성했으며, 후에 텍스트는 부차적이고 멜로디가 주요한 것으로 되어 다성의 음악 형식으로 발전했다. 서창, 아리아, 반주 없는 다성의 합창, 성가를 뜻한다.

4_ 후기 중세 때 쓰였던 다성 음악의 한 형태로, 한 소리가 쉬는 동안 다른 소리가 멜로디를 넘겨받는 식으로 두 목소리가 휴식 부분에서 삽입된다.

5_ 정량 음악 작법을 말한다. 정량 음악이란 일정한 길이를 갖는 음부에 의한 음악을 말하는 것으로 그레고리오 성가와 같은 자유로운 리듬에 의한 음악과 대칭적인 것으로 리듬이 엄격하게 규정되어 있다. 13세기부터 시작된 새로운 음표에 의한 음악으로서 오늘날의 음악도 정량 음악이라 할 수 있다.

6_ 비를레Virelai: 3연으로 된 중세 프랑스의 무도가 내지 연가이며, 각 연의 중간이나 끝에 반연으로 된 기본 운을 가지고 있다.

7_ Vgl. Gero von Wilpert : Sachwörterbuch der Literatur. 5. Aufl., Stuttgart 1969, S.474~475.

장인가는 장인 가수들이 가르치는 소위 장인 가요 학교에서 나왔고, 교회 축제 행진, 기도 여행, 장례 때에 불리는 등 시민들을 가르치고 즐겁게 하는 데 기여하는 중세 말과 근세 초에 생긴 도시 문화의 산물이라 할 수 있다. 장인 가요 학교는 마인츠에 처음으로 설립되었고, 15세기 초에 와서는 순수한 수공업 조합들에 의해 그들에 맞는 형태로 발전했다. 장인가는 라인에서 전체 남독(스위스와 단치히를 뺀 북독은 제외)으로 확대되었고, 1500년경에 뉘른베르크에서 절정을 이루었다. 마지막 장인 가요 학교는 1875년에 문을 닫았다. 따라서 장인 가요는 대체로 500년 이상의 기간을 포괄함으로써 독일 문학사에서 가장 오랜 역사를 지니고 있다.

장인가는 확실한 규정과 형식에 의해 이루어졌으며 이 원칙들은 수백 년 동안 이어져 왔다. 모든 장인들에게 적용된 의무적인 규칙들은 1493년 이래에 사용된 소위 장인가의 '작가 양식표作歌 樣式表, Tabulatur' 속에 요약되어 있다. 장인가는 홀수의 대부분 3개의 동일한 연들로 구성되어야 하며, 노래 전체의 연을 의미하는 '바Bar', 멜로디의 전체 형식을 의미하는 '톤Ton', 멜로디 하나만을 의미하는 '바이제Weise' 등에 관한 규칙들이 여기에 수록되어 있다.

장인 가요의 내용은 처음에는 대부분 성서적·교훈적이었으며, 16세기 이후에 세속화되어 교회와 종교적 테마 외에도 현실적인 것, 우주적인 것, 고대적인 것, 도덕적인 것, 골계적인 것 등의 내용이 다루어지게 되었다. 나아가 정부가나 이야기체의 시, 술집에서 술꾼들이 부르는 노래에서 해학, 격언, 풍자 시구, 수수께끼의 연들이 낭송되기도 했다. 장인가의 이 같은 특징은 인문주의와 마찬가지로 기독교적 성직자층이나 세속적인 귀족층과의 대립 관계를 나타낸다. 귀족 사회에서 시가에 대한 관심이 사라져 가는 반면 장인가는 가요 학교들에 의해 새롭게 커져 가는 시민 계층에 계승되었다. 여기에는 권력과 재물에 대한 욕심으로 타락해 가는 귀족 계층보다는 예술에 종사하는 장인 가수들에게 가요 학교에서 함께 활동하기 위해 교회적·세속적 교양과 놀라울 정도의 방대한 지식이 요구되었다. 이 결과 예술에 종사한다는 긍지에서 생기는 귀족의식이 이들의 내면에 자리 잡게 되었다.

8_ Vgl. MGG, Bd. 9, S. 577~579.

9_ Vgl. Helmut de Boor / Richard Newald : Geschichte der deutschen Literatur. Von den Anfängen bis zur Gegenwart. Bd. 2. Helmut de Boor: Die höfische Literatur. Vorbereitung, Blüte, Ausklang. 1170~1250, München 1955, S. 129f.

10_ Helmut de Boor / Richard Newald, a. a. O., S. 134.

11_ Herbert Riedel : Musik und Musikerlebnis in der erzählenden deutschen Dichtung. (Abhandlungen zur Kunst-, Musik- und Literaturwissenschaft. Bd.12.) Bonn 1959, S. 197.

12_ Ebd., S. 189.

13_ Vgl. Johannes Mittenzwei : Das Musikalische in der Literlatur. Ein Überblick von Gottrfied von Straβburg bis Brecht. Halle (Saale) 1962, S. 12.

14_ Heinz Scharschuch : Gottfried von Straβburg. Stilmittel-Stilästhetik. Germanische Studien, Heft 197. Berlin 1938, S. 21. "Wirkungsvolle Akzentuierung des klanglichen wie inhaltlichen Ausdrucks ist das hertretende Merkmal der Wortwiederholung."

15_ Vgl. Ebd., S. 27.

16_ Ebd., S. 134.

17_ Vgl. Hauptwerke der deutschen Literatur. Hrsg. v. Manfred Kluge u. Rudolf Radler. 9 Aufl., München, S. 13. (이후 Hauptwerke로 표기함)

18_ Frity Reuter: Antithese, Wortwiederholung und Adjektiv im Stilgebrauch Gottfrieds von Straβburg und seiner Schule. Phil. Diss. Leipzig 1950, S. 32.

19_ Hauptwerke, a. a. O., S. 13.


## 2장 마르틴 루터의 종교 개혁과 음악


1_ 허창운 외 역: 독일 문학사, 사회사적 관점에서 본 문학적 술화. 서울, 1988, S. 109.

2_ Karl Anton: Luther und die Musik. Zwickau 1928, S. 11: Luthers Lieder haben mehr Seelen umgebracht(=abgebracht) als seine Schriften und Vortraege(Predigten).

3_ Vgl. Hermann Abert: Luther und die Musik. (Flugschrift der Luthergesellschaft). Wittenberg 1924, S. 5f.

4_ 음형악절 이론音型樂節, figuralae Musikrepertorie ; 중세 교회 음악에서 사용되었던 여러 음정의 대립법적 이론

5_ Vgl. MGG, Bd. 8, S. 1334~1337.

6_ Vgl. Hermann Abert: Luther und die Musik, a. a. O., S. 8.

7_ A. a. O., S. 9.

8_ Die himmlischen Propheten(1525). Zitert nach: Karl Anton: Luther und die Musik, a. a. O., S. 15 : "Daβ man den lateinischen Text verdolmetscht und lateinisch Ton und Noten behält, lasse ich (zwar) geschehen, aber es lautet nicht artig noch rechtschaffen, es müssen beide, Text und Noten, Akzent, Weise und Gebärde aus rechter Muttersprache und Stimme kommen, sosnst ist alles ein Nachahmen, wie die Affen tun."

9_ C. Stein: Luthers musikalische Bedeutung und Wirksamkeit und ihre segensreichen Folgen. Festschrift zur 400 jährigen Lutherfeier. Wittenberg 1883. S. 7.

10_ 칸티카Cantica: 라틴어로 '가요'라는 뜻으로, 고대 로마 희극에서 혼자 아니면 교대로 부르는 노래를 의미한다. 연극 원래의 구성 요소로서 음악과 가요를 뜻하고, 오페레타의 원형으로서의 의미를 가진다.

11_ Hermann Albert, a. a. O., S. 12f.

12_ Martin Luthers Werke. Kritische Gesamtausgabe. Tischreden. 1. Bd., Weimar 1912, S. 490: "Die Noten machen den Text lebendig."

13_ Hier zitiert nach Hauptwertke, a. a. O., S. 65: "nicht der Sinn den Worten, sondern die Worte dem Sinn dienen und folgen solle."

14_ Hier zitiert nach Johannes Mittenzwei, a. a. O., S. 31f.

15_ Hier zitiert nach Mittenzwei, a. a. O., S. 30.

16_ Vgl. Hauptwerke, a. a. O., S. 65: "Luther hätte nicht seine Reformation vollendet, ohne die Bibel ins Deutsche zu übersetzen."

17_ Martin Luthers Werke. Kritische Gesamtausgabe. Tischreden. 1. Bd., Weimar 1912, S. 490.

18_ Tischreden, a. a. O., 6. Bd. Weimar 1921, S. 348: "(…) die Musica ist eine Gabe und Geschenke Gottes, nicht ein Menschen Geschenk."

19_ A. a. O.: "So vertreibt sie auch den Teufel und macht die Leute fröhlich; man vergisset dabey alles Zorn, Unkeuschheit, Hoffart, und anderer Laster."

20_ H. Holstein: Eine unbekannte Schrift über die Musik. In: Die Grenzboten. Zeitschrift für Politik, Literatur und Kunst. Nr. 28. Leipzig 1883, S. 80. Hier zitert nach MIttenzwei, a. a. O., S. 26~27.

21_ Martin Luthers Werke. Kritische Gesamtausgabe: Tischreden. 1. Bd., Weimar 1912, S. 490.

22_ H. Holstein, a. a. O., S. 82.

23_ Aristoteles' Politik. Übersetzt von Eug. Rolfes. Leipzig 1948, S. 293.

24_ Vgl. ebd., S. 300.

25_ Martin Luthers sämtliche Werke. Hrsg. v. Johann Konrad Irmischer. 56. Bd. Frankfurt a. M. und Erlangen 1854, S. 297. Hier zitiert nach

Mittenzwei, a. a. O., S. 24~25.

26_ A. a. O., S. 490.

27_ Hier zitiert nach Mittenzwei, a. a. O., S. 28.

28_ Zitiert nach Mittenzwei, a. a. O., S. 25f.

29_ Vgl. Mittenzwei, a. a. O., S. 29.

30_ Platons Staat. Ins Deutsche übertragen von Karl Preisedauz. Jena 1920, S. 109(3. Brief.): "(···) denn auf keinen Fall darf der Text durch die Rücksicht auf Takt und Melodie Einbuβe erleiden!"

31_ D. P. Walker: Der musikalische Humanismus im 16. und frühen 17. Jahrhundert. Kassel und Basel 1949, S. 39.: "den lebendigen Ausdruck des Textsinnes, die Erhaltung des Textrythmus und die Verständlichkeit des Textes."

32_ 이탈리아 시인 잠바티스타 마리노Giambattista Marino(1569~1625)의 이름에서 유래한 것으로 마리니 문체는 매너리즘 문학의 특징이다. 이탈리아 바로크 문학의 과장 양식으로 어두운 말, 인위적인 형상들과 지나치게 꾸미고 과장된 언어가 지배적이다. 놀라움과 경탄을 자아내려는 새로운 자극에 대한 노력은 형식의 부자연스러운 기교의 완벽성으로, 달콤하게 넘쳐흐르는 문체의 유약함으로 발전했으며, 독일 바로크 문학에 큰 영향을 주었다.


## 3장 요한 고트프리트 헤르더의 음악 미학


1_ Vgl. Johann Georg Harmann. Sämtliche Werke. Historisch-kritische Ausgabe von Josef Nadler. 2. Bd. Wien 1950, S. 206.

2_ 그 시대의 음악 미학이 헤르더에게 미친 영향에 대해서는 Hans Günther: Johann Gottfried Herders Stellung zur Musik, Phil. Diss. Leipzig 1902, S. 29~30를 참조.

3_ Hans Günther, a. a. O. Dazu das Kapitel "Herders Leben in musikalischer Beziehung".

4_ Vgl. Herders Werke. Hrsg. v. Heinrich Düntzer. 20. Teil, Berlin o. J., S. 125.

5_ Vgl. Hauptwerke, S. 121.

6_ Vgl. Herders Werke. Hrsg. v. Heinrich Düntzer, a, a, O., S. 524~525 (4. Krit, Wäldchen); "sie ist Musik der Seele."

7_ Vgl. Herders Sämtliche Werke. Hrsg. v. Bernhard Suphan, 33 Bde, Berlin 1877~1913, Nachdr. Hildesheim 1994~1995, Bd. 3, S. 133~136.

8_ Vgl. ebd., Bd. 4, S. 44~50 und 111f..

9_ Ebd., S. 108~114.

10_ Ebd., S. 101.

11_ Vgl. ebd., Bd. 4, S. 94, 100, 114.

12_ Vgl. Hauptwerke , S. 116.

13_ Herders Werke. Hrsg. v. Heinrich Düntzer, 20. Teil, a, a, O., S. 485f..

14_ Vgl. ebd., S. 521.

15_ Vgl. Herders Sämtliche Werke, Hrsg. v. B. Suphan, a. a. O., Bd. 15, S. 239.

16_ Herders Werke. Hrsg. v. Heinrich Düntzer. a. a. O., 3. Teil, S. 176.

17_ Ebd., S. 177, 181, 183.

18_ Vgl. Herders Sämtliche Werke, Hrsg. v. B. Supphan. Bd. 12. S. 178.

19_ Pietro Antonio Metastasio : 이탈리아의 시인으로 1698년 3월 1일 로마에서 태어나 1782년 4월 12일에 빈에서 사망했다. 1739년부터 빈의 궁정 시인으로 일하면서 J. A. Hasse, Chr. W. Gluck, W. A. Mozart를 위해 오페라 텍스트를 썼고, 나아가 오라토리오와 칸타타를 위한 텍스트와 시도 썼다.

20_ Vgl. Herders Sämtliche Werke, Hrsg. v. B. Supphan. Bd. 18, S. 51.

21_ Vgl. a. a. O., Bd. 23, S. 336.

22_ Herders Werke. Hrsg. v. Heinrich Düntzer. a. a. O., 2. Teil, S. 249.

23_ Sämtliche Werke. Hrsg. v, B. Supphan. Bd. 23, S. 561.

24_ Vgl. ebd., S. 560.

25_ Ebd, 569: Von der ersten Stimme (…) bis zur letzten herrscht, beinahe bildlos der starke und sanfte Geist aller Empfindungen, die das weite Feld der Religion einhauchet.

26_ Ebd., 22, S. 187.

27_ Vgl. ebd., 22, S. 271 : "(…) denn das Unnennbare, Herzerfassende der Stimme hat keine Gestalt; es ist selbst der erquickende Athem des

Lebens."

28_ Vgl. Herders Werke. Hrsg. v. Heinrich Düntzer, a. a. O., 3. Teil. S. 189.

29_ 다프네는 그리스 신화에 나오는 요정으로 아폴로가 그녀에게 구애하기 위해 추적하자 이를 피하기 위해 스스로 월계수로 변했다. 데이먼과 피티어스는 목숨을 걸고 신의를 지킨 두 친구들로, 둘도 없는 친구의 우정을 뜻하는 그리스의 전설이다. 따라서 다프네와 데이먼은 이루지 못한 사랑과 생명을 초월한 우정을 상징한다.

30_ 크레모나Cremona; 16~18세기에 바이올린 제작으로 유명함-예 : Cremoneser Geigen.

31_ Herders sämtliche Werke. Hrsg. v. Bernhard Suphan, Bd. 29. S. 163f.

32_ Herders Werke. Hrsg. v. Heinrich Düntzer, a. a. O., 18. Teil. S. 503: "Er bewegt ein Inneres." und "die Stimme aller bewegten Körper aus ihrem Inneren hervor."

33_ 34_, 35_, 36_ Vgl. Herders Werke. Hrsg. v. Heinrich Düntzer, a. a. O., 18. Teil. S. 504, 506, 508~599, 603~605, 607~608.

37_ Vgl. Hans Günther: Johann Gottfried Herders Stellung zur Musik, a. a. O., S. 49;

38_ Vgl. Herders sämtliche Werke. Hrsg. v. Bernhard Suphan, a ,a. O., 4. Bd., S. 484.

39_ Vgl. Herders Werke. Hrsg. v. Heinrich Düntzer, a. a. O., 5. Teil. S. 358.

40_ 영국과 스코틀랜드에서 일기 시작한 민요 운동은 영국의 로버트 번스의 강렬한 노래들, 페라이Perey의 〈고대 영국 시의 유산〉(reliques of ancient Englisch poetry. 1765)과 스코틀랜드의 신학자 제임스 맥퍼슨의 〈오시안〉 개작에 의해서 진척되기 시작했다.

41_ 괴팅겐 하인Göttinger Hain : 계몽주의에 반대한 경건주의의 대표적인 서정 시인인 클롭슈토크를 모범으로 삼고 그를 열렬하게 존경하는 광신적인 학생들의 연합을 말한다. 주로 요한 하인리히 포스, 프리드리히 레오폴트, 슈톨베르크, 크리스토프 하인리히 휠티, 고트프리트 아우구스트 뷔르거, 마티아스 클라우디우스, J. M. R. 렌츠, C. F. D. 슈바르트, J. M. 밀러, 유스투스 뫼저, J. H. 융-슈틸링 같은 시인들이 이에 속해 있다.

42_ Vgl. Johannes Mittenzwei, a. a. O., S. 74~75.

## 4장 요한 볼프강 괴테의 음악에 대한 사랑과 문학

1_ Goethes Werke. Hamburger Ausgabe. Hrsg. v. Trunz(u.a.). 14 Bde.2. Aufl. Hamburg 1957, Bd. 9, S. 116. (이후 GW로 표기함)

2_ Johann Adam Hiller(1728~1804) : 독일의 작곡가로 그의 징슈필은 독일 오페라 역사에서 중요한 의미를 가진다. 〈시골에서의 사랑〉, 〈사냥〉, 〈마을 이발사〉 등이 있고, 괴테에게 큰 감명을 주었다.

3_ 징슈필Singspiel : 대화, 노래, 음악이 삽입된 경쾌한 내용의 소규모 극작품으로 오페라와 희극 사이의 중간 형식이며 오페레타의 이전 형식이다. 베니스와 나폴리의 정가극 오페라세리아Opera seria에 반대되는 이탈리아의 희가극 오페라부파Opera buffa의 영향으로 생겨났으며, 18세기 중엽 독일에서 유행했던 독특한 장르다. 영국에서는 헨델의 오페라에 대한 풍자로서 발라드-오페라라 불렸다. 독일에서는 Chr. F. 바이제에 의해 전성기를 이루었다. 징슈필은 모차르트의 대표적인 오페라《마술 피리Die Zauberflöte》의 출발점이 되었다. 후에 징슈필은 희가극과 오페레타 사이에서 그 경계가 분명하지 않게 되었다.

4_ 징슈필《에르빈과 엘미레Erwin und Elmire》는 처음에 괴테의 프랑크푸르트의 어린 시절 친구이자 작곡가이며, 음악 출판업자인 요한 앙드레에 의해 작곡되어 1775년에 프랑크푸르트에서 공연되었다.

5_ Siehe Johannes Mittenzwei, a. a. O., S. 201~205.

6_ Goethes Brief an Philipp Christoph Kayser vom 28. 6. 1784. Goethes Briefe. 4 Bde. Hamburg 1968, Bd 1. S. 443. (이하 Briefe Bd. 1-4로 표기함)

7_ Goethes Brief an Kayser vom 25. April 1785. Goethes sämtliche Werke. 40 Bde. Deutscher Klassiker Verlag, Bd. 29, Briefe, Tagebücher u. Gespräche, Fraunfurt a. M. 1997, S. 578~580. (이후 GSW. 로 표기함)

8_ Vgl. MGG. Bd. 5, S. 437.

9_ Vgl. GW. Bd. 13, S. 490~491. 색채론과 음이론 간의 상호 관계에 대해서는 《색채론》747~750 항을 참조.

10_ Vgl. MGG. Bd. 5, S. 441.

11_ Vgl. GSW. Bd. 40. S. 232~234 : Brief an Kayser vom 29. 12. 1779. 그리고 《제리와 배텔리》는 1789년에 요한 프리드리히 라이하르트에 의해 작곡되었다.

12_ Briefe, Bd. 1, S. 293. Brief an Kayser, Weimar den 20. Januar 1780.

13_ Briefe, Bd. 2, S. 413.

14_ Zelters Brief an Goethe vom 8. Mai 1816 : "자네는 내가 음악에 대한 자네의 비평을 매우 존중하는 유일한 사람이기 때문이지."

15_ Briefe, Bd. 2, S. 350~351.

16_ Briefe, Bd. 3, S. 477.

17_ Zelters Brief an Goethe vom 27. Juni 1827.

18_ Briefe, Bd. 3, S. 444.

19_ MGG, Bd. 5. S. 454.

20_ MGG. Bd. 5. S. 454. Vgl. auch Goethes Brief an Zelter 17. Juli 1827.

21_ Richard Benz : Die Welt der Dichter und die Musik. Düsseldorf 1949, S. 306.

22_ Johann Nepomuk Hummel(1778~1831) : 피아노 연주자이며 작곡가이다. 1817년에 바이마르 악단의 지휘자로 와서 그곳에서 죽을 때까지 활동했다. 그 당시 40세의 나이로 모차르트의 유일한 제자였으며, 베토벤의 친구이자 경쟁자였다. 모차르트 음악 해설의 대가로 유명했으며, 사교계에 베토벤 음악을 전한 자이기도 하다. 그 후 그곳에서 괴테 앞에서 자주 연주했다.

23_ Rochlitz : 유명한 음악가로 30년간 괴테와 서신을 교환했다. 그는 괴테에게 베토벤에 대한 호평을 전했다. 특히 마린바트에서 괴테가 노년의 나이에 19세의 울리케에 대한 사랑에 빠졌을 때 그의 음악은 괴테에게 큰 영향을 주었다.

24_ Richard Benz : A. a. O., S. 297.

25_ Johann Peter Eckermann : Gespräche mit Goethe. Aufbau Verlag, Berlin 1962, S. 450.

26_ Vgl. Eckermann, Gespräche mit Goethe, a. a. O., S. 666.

27_ Schillers Briefe an Goethe vom 11. Mai 1798.

28_ Richard Benz, a. a. O., S. 299.

29_ Briefe von Felix Mendelssohn an Goethe aus den Jahren 1822~1831. Abgedruckt in : Goethes Jahrbuch 12. (1891), S. 77~97; 110~124. Hier zitert nach Mittenzwei, a. a. O., S. 189.

30_ Ebd.

31_ Ebd., S. 190. Vgl auch MGG, Bd. 5, S. 440.

32_ Vgl. Briefe, Bd. 4, S. 447.

33_ Hier zitert nach Mittenzwei, a. a. O., S. 190.

34_ Ebd., S. 191.

35_ Maria Szymanowska(1795~1831)는 마린바트에 머문 후, 1823년 10월 24일부 터 11월 5일까지의 기간에 바이마르에서 자주 괴테 앞에서 피아노 연주를 했다. 그녀가 떠날 때 괴테는 이별의 괴로움을 느꼈고, 시〈화해Aussöhnung〉를 썼다.

36_ Briefe, Bd. 4, S. 83.

37_ Ebd., S. 84~85.

38_ 노년의 괴테는 19세의 울리케와 영원히 작별한 후 1823년 9월에《마린바트의 비가》를 완성했다.〈화해Aussöhnung〉는〈베르테르에게An Werther〉,〈비가 Elegie〉와 함께 이 작품을 구성하고 있는 소위 '정열의 3부작Trilogie der Leiden-schaft' 중에서 마지막 작품이다. 이것은 본래 치마노프스카 부인에 대한 시로 서, 마음의 상처를 입은 시인이 다시 위로와 확신을 찾게 해 준 음악에 대한 감사의 노래다. 그가 울리케와의 이별로 몹시 괴로워했던 당시, 폴란드 여자 예술가의 피아노 연주는 그의 마음속에 있는 고통을 경감시키는 데 도움을 주 었을 것이다.

39_ GW. Bd. 1, S. 385~386.

40_ Stabat mater. 십자가 아래에 서 있는 고통으로 충만한 성모 또는 마리아의 생 애를 그리거나 찬미한 시를 뜻하며, 내용적으로 13세기로 소급된다. 1727년에 로마 가톨릭 교회의 공식적인 미사 책에 수용되면서 미사 때 부르기 위해 작곡 된 다성의 찬송가 시퀀스다.

41_ Matthisson, Friedrich(1761~1831) : 1809년부터 의고전주의적인 유려함과 감 상주의의 성향을 지닌 서정 시인으로 알려졌으며, 베토벤이 그의 시〈아델라이 데Adelaide〉와〈오페라 가곡Operlied〉을 작곡했다.
   Salis, Johann Gaudenz(1762~1834) : 형식주의의 우울한 서정시를 쓴 시인으 로 유명하며, Triedgen도 우울한 서정 시인이었다.

42_ Briefe, Bd. 3, S. 63.

43_ 괴테가 특히 펠릭스 멘델스존을 통해 베토벤의 교향 음악을 알게 된 이후 인간 에 대한 비할 데 없는 음악의 작용을 어느 정도까지 파악할 수 있었는가를 1831년 3월 8일에 에커만과의 대화에서 유추할 수 있다. 음악은 너무 높이 있 어서 "어떤 오성도 음악과 맞설 수 없으며, 그것은 모든 것을 지배하고 누구도 해명할 수 없는 작용이 음악에서 나온다"고 괴테는 말했다. 며칠 후 3월 15일 에 다시 한 번 음악에 대해 언급하고, "우리가 우리에게 어떻게 일어나는지를

알지 못한 채 여전히 매일같이 지배당하는 불가사의한 힘"을 음악이 가지고 있다고 단언한다. 음악에 대한 매우 아름다운 괴테의 표현은 그가 1822년에 이그나츠 플라이엘에게 했던 다음과 같은 말이다. "음악을 사랑하는 사람은 우선 절반의 인간이다. 그러나 음악을 하는 사람은 완전한 인간이다." 괴테는 그의 절친한 친구인 첼터에게 1804년 2월 27일에 바이마르에서 다음과 같은 내용의 편지를 썼다. "금년 겨울에 나는 거의 음악을 듣지 못했네. 그리고 인생의 향락에 대한 어떤 아름다운 부분이 그것으로 인해 내게서 없어지는 것을 나는 느낀다네." 1823년 11월의 첼터의 보고서는 마찬가지로 음악에 대한 괴테의 감수성에 대해 매우 시사하는 바가 크다. "하이든은 언젠가 왜 그의 미사곡들이 그렇게 기쁘고 재미있게 생각되는지에 대한 질문을 받고 다음과 같이 대답했다. '왜냐하면 내가 사랑하는 신을 생각하면 나는 말로 표현할 수 없을 정도로 기뻐지기 때문입니다.' 내가 이 말을 괴테에게 했을 때 맑은 눈물이 그의 뺨 위로 흘러내렸다."

괴테가 음악의 치유하고 진정시키는 작용을 얼마나 잘 알고 있었는가는 1782년 8월 25일에 샤를로테 폰 슈타인 부인에게 보낸 편지에서 다음 부분이 증명한다. "달콤한 멜로디가 우리를 높이 끌어올리고, 우리의 근심과 고통 아래에 부드러운 구름을 깔아 두듯이 나에겐 당신의 존재와 사랑이 그러 하다오."

〈1805년도 연감〉에 있는 다음의 인용문에서 괴테는 음악을 문학 위에 두기까지 한다. 그는 음악에서 낭만주의자들과 비슷하게, 근원적이면서도 동시에 최고의 예술 표현을 보았다. "음악은, 음악에서 모든 문학 작품들이 생겨나고, 음악으로 이들이 다시 돌아가는 진정한 요소다."

이 확언은 수많은 예들에서 이미 계속해서 음악에 접근하는 괴테의 서정시에 해당한다. 그럼에도 불구하고 괴테는 그의 시들이 낭만주의자들의 모범에 따라 의식적으로 음악에 접근하는 것 내지는 음악을 말에서 모방하는 것을 언제나 회피했다. 같은 해, 2월 16일에 괴테는 아달베르트 쇠퍼에게 편지했다. "천둥 소리를 음악에서 모방하는 것은 예술이 아니다. 그러나 마치 내가 천둥 치는 소리를 듣듯이 그런 감정을 나에게 일으키는 음악가는 높이 평가할 수 있을 것이다. (…) 나는 반복해 말한다. 저속한 외적 수단을 사용하지 않고 내면을 기분으로 옮기는 것은 음악의 위대하고도 고상한 특권이다."

괴테 역시 음악적인 메타포를 사용할 줄 알았다는 것을 《빌헬름 마이스터의 편력 시대》에서 나오는 다음의 두 인용문이 증명해 줄 것이다.

"자연은 우리의 주님이 연주하는 오르간이다. 그리고 악마는 그것을 위해 송풍기를 밟는다."

"모든 피조물은 하나의 소리이고, 사람들이 대체적으로 연수해야만 하는 큰 조화의 한 형태다. 그렇지 않으면 모든 개체는 하나의 죽은 문자다."

44_ MGG, Bd. 5, S. 450.

45_ Vgl. GW. Bd. 13, S. 490~491: Verhältnis zur Tonlehre, Ziffer 747~750. 후에 괴테는 음이론 표를 만들었고, 이에 대해 그는 1826년 9월 6일에 첼터에게 보낸 편지에서 다음과 같이 자신의 의견을 말했다. "음이론 표는 여러 해 동안의 연구 끝에, 그리고 자네가 기억한다면, 자네와 이야기를 나눈 후 대략 1800년경에 쓰여진 것이라네. 나는 물리학 강연에 대한 요구들에 결코 만족하려 하지 않았지. 하지만 범위와 내용을 내 자신에게 분명하게 하고 다른 사람들에게 윤곽을 서술하려 했다네. 나는 이런 의미에서 물리학의 전체 장들을 도표로 요약하고 있는 중이었다네. 나는 지금의 도표를 음악 책장을 정돈할 때에 발견했다네. 내가 그것을 아주 잊어버린 것은 아니었지만 어디서 찾아야 할지를 몰랐다네. 내가 이 도표에 대해 그때 자네에게 말했는지는 모르겠네. 아마도 어떤 우연이 바라던 대로 다시 내 손에 전해 주는 더 많은 논문들이 있으면 좋겠다고 생각한다네." 이 도표를 괴테는 편지와 함께 첼터에게 보냈다.

46_ GW. Bd. 13, S. 491, Ziffer 750.

47_ Eckermann, Gespräche mit Goethe, a. a. O., S. 412.

48_ GW. Bd. 12, S. 474.

49_ GW. Bd. 7, S. 72~73.

50_ GW. Bd. 7, S. 128. (Wilhelm Meisters Lehrjahre, 2. Buch 11 Kptl.)

51_ GW. Bd. 7, S. 136. (Wilhelm Meisters Lehrjahre, 2. Buch, 13. Kptl.)

52_ Ebd.

53_ GW. Bd. 7, S. 145. (Wilhelm Meisters Lehrjahre, 3. Buch, 1. Kptl.)

54_ GW. Bd. 8, S. 151~152. (Wilhelm Meisters Wanderjahre, 2. Buch, 1. Kptl.)

55_ Ebd. S. 152.

56_ 이와 연관해 음악에 대한 몇 개의 중요한 괴테의 진술이 더 인용되고 있다. 《원칙과 성찰》에서 "음악은 최선의 의미에서 새로운 것을 별로 필요로 하지 않는다. 그렇다. 오히려 음악이 오래된 것일수록, 사람들이 음악에 익숙해질수록, 그만큼 더 많이 음악은 작용한다"(GW. Bd. 12, S. 473)고 괴테는 말했다. 그 밖

에 음악에 대한 괴테의 중요한 진술은 주해 43을 참조.

57_ Vgl. Friedrich Blume : In : Das Musikleben, Zeitschrift für Musik, Mainz 1949. Heft 9, S. 230. Zu Goethes "Novelle".

58_ GW. Bd. 6, S. 509.

59_ GW. Bd. 6, S. 513.

60_ GW. Bd. 1, S. 142.

61_ Ebd.

62_ Vgl. Eckermann, a. a. O., S. 612~619. (Gespräche mit Goethe am 8. und 15. März 1831.) 그리고 주해 43을 참조.

63_ Richard Benz : : Goethe und Beethoven, Leipzig 1944, Reclam, S. 13.

64_ Ebd., S. 12.

65_ Eckermann, a. a. O., S. 478. Gespräche vom 6. April 1829.

66_ Vgl. MGG. Bd. 5, S. 450.

67_ Friedrich Schiller. Werke und Briefe. 12 Bde. Deutscher Klassiker Verlag, Frankfurt a. M. 1989~2004, Bd. 12, S. 158.

68_ Friedrich Schiller. Werke und Briefe. A. a. O., Bd. 11, S. 604.

69_ Vgl.. Briefe, Bd. 1, S. 499~500. Goethes Brief an Kayser vom 23. 1. 1786.

70_ GW. Bd. 7, S. 274. (Wilhelm Meisters Lehrjahre, 4. Buch, 19. Kptl.)

71_ Hermann Abert : Goethe und die Musik, Stuttgart 1922, S. 109~110.

72_ GW. Bd. 6, S. 9. Am 10. Mai.

73_ Hermann Abert : Goethe und die Musik, Stuttgart 1922, S. 122 : 음악과 장단 격(얌부스)의 강한 결합에 대해 괴테는 두 번의 편지를 통해 흥미롭고 상세하게 알려 준다. 괴테는 1779년 2월 14일에 샤를로테 폰 슈타인 부인에게 편지를 썼다. "하루 종일 난 이피게니에를 생각한 나머지 좋은 준비를 위해 지난 밤에 10시간을 잤음에도 불구하고 내 머리가 아주 혼란스럽습니다. (…) 나는 마음을 진정시키고 정령들을 풀어놓아 주기 위해 음악이 들려오도록 했습니다." 그리고 8일 후인 2월 22일에 슈타인 부인에게 보낸 편지에서도 동일하게 말한다. "내 영혼은 사랑스러운 음향들에 의해 기록들과 서류들의 굴레에서 점점 풀려납니다. 옆에 있는 푸른 방에서 사중주곡을 들으며 나는 앉아서, 먼 곳에 있는 정령들을 조용히 불러들입니다."

74_ 주해 43 참조.

# 5장 프리드리히 실러의 문학적 이상과 음악

1_ 요한 안드레아스 슈트라이허(1761. 12. 13~1833. 5. 25) : 파아노 제작가로서 실러
   와 베토벤과 친했다. 빈에 있는 그의 피아노 공장은 피아노의 규모와 음량으로
   유명했다. 슈트라이허의 도피에 대한 보고서는 19세기에 가장 많이 읽혔던 실러
   책의 하나가 되었다.

2_ Friedrich Schiller. Werke und Briefe. 12 Bde. Deutscher Klassiker Verlag,
   Frankfurt a. M. 1989~2004, Bd. 12, S. 538. Brief an Körner, 21. Okt. 1800.
   (이후 SW. 로 표기함)

3_ 1795년 9월 29일, 1797년 7월 30일, 1802년 2월 10일에 실러에게 보낸 편지들
   참조.

4_ SW. Bd. 11, S. 604.

5_ SW. Bd. 12, S. 158.

6_ Andreas Streicher : Schillers Flucht. Mit Briefen Streichers und Auszügen
   aus der Autobiographie Hovens. Neuhrsg. v. Hans Landsberg. Berlin 1905,
   S. 114~115.

7_ 실러가 《간계와 사랑》에서 사용한 기술적이고 전문적인 음악적 표현들은 그가
   비록 악기를 연주하지 못한다 해도, 음악의 이론과 기교에 조예가 매우 깊었다
   는 사실을 증명한다. 동시에 실러는 연극의 주인공인 궁정의 악사이며 고적수인
   밀러에게서 자연 그대로의 거친 바탕과 솔직함, 성실하고 올바른 생각, 또한 창
   의성도 가지고 있는 음악가로서의 특징을 올바르게 서술했다.
   Vgl. Adolf Kohut ; Friedrich Schiller in seinen Beziehungen zur Musik und
   zu den Musikern. Stuttgart 1905, S. 15.

8_ SW. Bd. 2, S. 775. (《간계와 사랑》, 5막 7장)

9_ SW. Bd. 2, S. 61. (《도적 떼》, 2막 2장)

10_ SW. Bd. 2, S. 50 .(《도적 떼》, 1막 3장)

11_ SW. Bd. 2, S. 129. (《도적 떼》, 4막 5장)

12_ SW. Bd. 3, S. 243. (《돈 카를로스》, 2막 8장)

13_ SW. Bd. 5, S. 516~517.

14_ SW. Bd. 1, S. 225~226. 〈노래의 힘〉

15_ SW. Bd. 1, S. 203~204. 〈네 개의 시대〉

16_ SW. Bd. 1, S. 99. 〈태곳적의 가수들〉

17_ SW. Bd. 5, S. 388. 《빌헬름 텔》. 1막 1장)

18_ SW. Bd. 4, S. 51. 〈발렌슈타인 진영〉 11장. 중기병 2와 사냥꾼의 노래와 합창으로 구성되었다.

19_ Schillers Brief an Körner vom 18. Juni 1797.

20_ 실러는 작곡가 첼터에게 대단한 존경심을 나타냈다. 그는 첼터를 '문학 연감'을 위한 음악의 기고가로 함께 일하길 원했다. 1796년 10월 16일자의 편지는 첼터가 실러의 요청을 받아들였음을 보여 준다. 첼터가 1803년에 바이마르에 체류할 때에 비로소 실러는 그를 알게 되었다.

21_ 실러를 위한 첼터의 작곡 활동에 관해서는 1802년 4월 7일에 첼터가 괴테에게 보낸 편지가 설명해 준다. "실러의 〈네 개의 시대Vier Weltaltern〉로 나는 더 행복했었을지도 모른다네. 최소한 나는 내가 할 수 있는 것을 해냈다네. 또한 나는 그 시기에 다시 실러의 로맨스들 가운데 하나를 작곡했다네. 〈용과의 싸움 Kampf mit dem Drachen〉 말일세. 12행의 연들을 음조로 옮기기가 너무나 어려워 난 그것으로 만족할 수밖에 없다네. 가수가 거의 견딜 수 없을 정도로 그 시가 길지 않았더라면 나는 그 시를 내 일 가운데서 〈심연으로 뛰어든 자Taucher〉와 비교했을 것일세."

22_ SW. Bd. 12. S. 291. Schillers Brief an Zelter vom 6. Juni 1797.

23_ 요한 루돌프 춤슈테크 : 뷔르텐부르크 공작의 궁정 악장으로 실러의 발라드와 가요들을 작곡해 공적을 남겼다. 음악사에서 그는 최신 발라드 작곡을 시도한 최초의 예술가로 존경받고 있다. 실러 작품들에 대한 그의 작곡들 가운데 뛰어난 것들은 다음과 같다. 《도적 떼》에서 "기사 토겐부르크", "헥토르의 이별" 과 "핵토르가 영원히 나에게 대항할까?", 〈발렌슈타인 2부〉인 〈피콜로미니 부자〉에서 "테클라스의 노래", "떡갈나무 숲은 바람에 쏴쏴 소리 내고, 구름은 흘러간다", 《마리아 슈투아르트》에서의 독백, "오 감사하다, 이 친절하게 푸른 나무들에 감사하다"와 같은 드라마에서의 장면, "너는 사냥의 나팔 소리를 듣는가?"

춤슈테크의 작곡들은 근본적으로 실러의 작품들을 널리 퍼뜨리는 데 이바지했다. 첼터에게 보낸 1797년 10월 20일의 편지에 실러는 그의 친구에 대해 언급했다. "여기 나의 소중한 친구여, 나는 당신에게 몇 개의 멜로디 사본들 외에 우리의 문학 연감을 보내 드립니다. 그 속에서 당신은 한 분의 동반자를, 슈투트가르트의 관현악단장인 춤슈테크를, 나의 옛 학교 친구를 발견하실 것입니다. 그는 아마도 이미 몇 개의 성공적인 작곡들을 통해 당신에게 알려져 있을지도 모릅니다."

24_ Schillers Brief an Cotta vom 15. 12. 1797.

25_ Vgl. MGG. Bd. 11, S. 1351~1352.

26_ SW. Bd. 12, S. 549. Schillers Brief an Körner vom 5. Jan. 1801.

27_ SW. Bd. 12, S. 274. Schillers Brief an Goethe vom 2. Mai. 1797.

28_ Vgl. MGG. Bd. 11, S. 1351~1353.

29_ 실러의 시 〈노래의 힘Die Macht des Gesanges〉, 〈태곳적의 가수들Die Sänger der Vorwelt〉을 예로 들 수 있다.

30_ Körners Brief an Schiller vom 29. Sept. 1795.

31_ Körners Brief an Schiller vom 29. Dez. 1795.

32_ 쾨르너는 1797년 7월 30일의 서신에서 실러에게 자신의 의견을 말한다. "지금껏 자네는 음악가에게 부담을 주었다네. 그리고 노래로 부르기보다 읽는 것이 더 좋을 수 있는 많은 것이 자네의 시에 흘러들어갔다네."

33_ 실러는 자신의 학교에서 교육받은 음악 지식이 없다는 것을 1803년 7월 16일에 쾨르너에게 직접 고백한다. 그럼에도 불구하고 편지에 나타난 첼터에 대한 그의 판단은 정확했다. 여기서 실러는 쾨르너에게 "나는 자네의 작곡을 즉시 내 가요들과 동일하게 느낀다네"라고 한 말은 첼터에 대한 괴테의 칭찬과 유사한 것이 특이하다.

34_ SW. Bd. 8, S. 427.

35_ Vgl. SW. Bd. 8, S. 638~642. 실러의 〈인간의 미학적 교육에 관하여〉에서 제22 서신 참조.

36_ Vgl. SW. Bd. 8, S. 732f. 〈Die sentimentalischen Dichter〉.

37_ SW. Bd. 8, S. 756. 《소박 문학과 감상 문학》의 주해 18 참조.

38_ Ebd.

39_ Vgl. Richard Wagner an Mathilde Wesendonk. Tagebuchblätter und Briefe, Berlin 1904, S. 110. 이에 대해서는 후에 니체와 음악의 관계를 다룬 장章에서 자세히 설명된다.

40_ 1792년 5월 25일에 쾨르너에게 보낸 편지와 1796년 3월 18일에 괴테에게 보낸 편지는 실러에게서 구체적인 시적 생각보다 앞서가는 '음악적인 감정 분위

기'에 대해 말하고 있다. 이 장의 주해 4를 참조.

41_ Vgl. SW. Bd. 8, S. 1016~1027. 특히 1023~1024쪽에서 음악과 조형 미술의 상호 작용에 대해 설명되고 있다.

42_ SW. Bd. 8, S. 1025.

43_ SW. Bd. 8, S. 1026.

44_ SW. Bd. 8, S. 1029.

45_ SW. Bd. 8, S. 641~642.

46_ SW. Bd. 5, S. 281~291. 이 논문은 실러가 1797년 12월 29일에 괴테에게 쓴 편지에서 비극에서의 합창 사용에 대한 실러의 생각으로 다시 한 번 묘사되고 있다.

47_ SW. Bd. 5, S. 288.

48_ SW. Bd. 5, S. 286.

49_ Ebd. Und vgl. auch Hauptwerke der deutschen Literatur, a. a. O., S. 273.

50_ 첼터는 1803년 6월에 드레스덴을 방문하는 동안 처음으로 《메시나의 신부》공연을 보고, 그것에 대해 괴테에게 7월 1일에 베를린에서 자세히 편지했다. 그는 특히 합창의 의미에 대해 언급하고, 그 기능을 즉시 음향의 효과에서 보고 실러처럼 해설했다. 만일 실러가 음들과 동작들에서 나타나는 리듬과 음악의 모든 감각적인 힘에 대해 말했다면 첼터 역시 합창을 주로 감정적으로 작용하는 공명체(Klangkörper ; 오케스트라)로 파악했다.

51_ Ebd. SW. Bd. 5, S. 288~289.

52_ Ebd. S. 289.

53_ Vgl. MGG, Bd. 11, S. 1349.


## 6장 유토피아적 미래에 대한 희망

1_ 베토벤은 실러의 작품들 중에서 〈환희에 부쳐〉 이외에 희곡 《빌헬름 텔》의 〈수도사의 노래〉, 《오를레앙의 처녀》에서 〈고통은 잠시일 뿐〉, 발라드 〈이국 소녀〉의 세 곡만 작곡했을 뿐이다.

2_ Donald H. van Ess : The Heritage of Musical Style, New York 1978. 안정모

역 : 서양 음악사, 서울 1994, S. 220.

3_ 오직 한 명의 타인과만 결합되어 있다고 생각하는 자일지라도 그것으로 인해 만 인의 동맹에 소속되어 있다는 것을 의미한다.

4_ 여기서 공감이라 함은 조화를 이루고 있는 우주 전체의 내적 연관성, 즉 하나의 정신적 내지 감각적 근원력을 가정한 것으로 우주적 공감을 뜻한다.

5_ 여기서 벌레와 천사는 모두가 신의 피조물로서 벌레는 그중 최하위이고, 천사는 최상위를 의미한다. 인간은 그 중간적 존재로서 동물적 환희에서 초현세적 환희 까지 모든 환희를 체험한다는 뜻이다.

6_ 라이프니츠는 우주를 영원한 법칙에 따라 기계적으로 움직이는 시계 장치로 보 았다. 따라서 우주의 영원한 질서와 자연 법칙을 상징한다.

7_ 그리스의 철학자 피타고라스와 엠페도클레스가 주장한 학설로, 진실이란 천상 의 불빛을 모아 반사해 주는 거울과 같다는 것이다.

8_ 죽음을 의미하는 것으로, 환희는 죽음의 공포마저도 극복시켜 준다는 것을 상 징한다.

9_ Vgl. SW. Bd. 12, S. 538. Schillers Brief an Körner, 21. Okt. 1800.

10_ Vgl Chr. Bruckmann : Fruede! Sangen wir in Tränen, Fruede! In den tiefsten Leid. Zur Interpretation und Rezeption des Gedichts An die Fruede von Fr. Schiller, In : Jb. der Dt. Schillerges. 1993, 96~112, S. 100.

11_ Vgl. Donald H. van Ess, A. a. O. 안정모 역 : 서양 음악사, 서울 1994, S. 225.

12_ Vgl. 메이너드 솔로몬: 베토벤 '윤리적 미' 또는 '승화된 에로스', 윤소영 역, S. 178.

13_ Donald H. van Ess. a. a. O., S. 225.

14_ 메이너드 솔로몬: 베토벤 '윤리적 미' 또는 '승화된 에로스', 윤소영 역, S. 174 와 비교.

15_ "오 벗이여, 이 음이 아닐세, 더 기분 좋은, 더 기쁜 노래를 부르세!" (O Freunde, nicht diese Töne! Sondern laβt uns angenehmere anstimmen und freundvollere!).

16_ 메이너드 솔로몬, a. a. O., S. 175.

17_ Ebd.

18_ 메이너드 솔로몬, a. a. O., S. 181.

19_ A. a. O., S. 180.

# 7장 낭만주의와 음악

1_ 중세의 독일 전설에 기초를 둔 낭만파 음악의 선구적 작품으로, 색채가 풍부한 관현악법 등은 후세에 많은 영향을 미쳤다. 서곡 '사냥꾼의 합창', 제2막 '아가테의 아리아' 등이 유명하다.

2_ Schillers Briefe u. Werke. 12 Bde. Frankfurt a. M. 2002, Bd. 12, S. 173.

3_ Vgl. MGG. Bd. 11, Romantk. S. 785.

4_ Ebd.

5_ Vgl. E.T.A. Hoffmann. Insel Verlag. 4 Bde. Neu durchgesehen u. revidiert v. Herbert Kraft u. Manfred Wacker, Frankfurt a. M., 1967. Bd.. 1. Johannes Kreislers, des Kapelmeisters, musikalisches Leiden, S. 26. (이후 HW. Bd. 1-4로 표기함)

6_ Vgl. HW. Bd. 1. S. 246~247. 호프만의 사회비판적이고 논쟁적인 "교양 있는 젊은 남자의 소식Nachricht von einem gebildeten jungen Manne" 참조. 그리고 MGG. Bd. 11, Romantik. S. 798과 비교.

7_ Vgl. HW. Bd. 1. S. 38. 호프만은 모차르트와 하이든, 베토벤을 기악 음악의 창시자로 보고, 이들의 교향곡이 주는 음악적 감명을 상세히 표현하고 있다.

8_ HW. Bd. 1. S. 38~39.

9_ MGG. Bd. 11, Romantik, S. 794.

10_ HW. Bd. 1. S. 275~276.

11_ HW. Bd. 1. S. 36~37.

12_ MGG. Bd. 11, Romantik, S. 798.

13_ A. a. O., S. 794~795.

14_ Hauptwerke, S. 313. 이 같은 동기는 프란츠 그릴파르처의 이야기 《가련한 악사Der arme Spielmann》(1848)에서 음악에 바친 불쌍한 악사의 존재와 유사하다.

15_ Hauptwerke, S. 313.

16_ 《음악 미학》, 홍정수·오희숙 저, 음악세계, 2006년 10쇄, 227~228쪽 참조.

17_ 《음악 미학 텍스트》, 한독음악학회, 음악 총서 6. 부산, 1998, 190~191쪽 참조.

18_ Vgl. A. W. Schlegel. Vorlesungen über schöne Literatur und Kunst. 1. Teil. 1801~1802. Die Kunstlehre. Heilbronn 1884, S. 115~117.

19_ A. a. O., S. 249.

20_ Novalis, Schriften, Hrsg. v. J. Minor. Bd., 4. S. 54, 75, 79, 159, 161, 217.

21_ W. Grabert : Geschichte der deutschen Literatur, 3. Aufl., München 1957, S. 264.

22_ Vgl. Novalis, Schriften, Hrsg. v. J. Minor. Bd. 3. S. 81, 155, 298.

23_ W. Grabert : Geschichte der deutschen Literatur. A. a. O., S. 270~271.

24_ Vgl. Mittenzwei, a. a. O., S. 167.

25_ Ebd.

26_ A. a. O., S. 169.

## 8장 E. T. A. 호프만의 이중적 생애와 음악

1_ Vgl. Mittenzwei, a. a. O., S. 126~127.

2_ 1813~1814년 전쟁의 해에 생긴《운디네》는 순수한 낭만주의 정신의 음악으로 현실 세계와 비현실 세계의 대립을 나타낸다. 이 작품은 1816년 베를린에서 성공적으로 초연된 이후 한 해에 총 14회 공연되면서 오랫동안 상연될 계획이었으나 극장의 화재로 불가능해졌다. 카를 마리아 베버(1789~1826)는 "호프만 씨가 곧 다시 이 오페라같이 순수한 것을 세상에 선사하길 바란다"는 소원을 말했다. 한스 피츠너(1869~1949)는 비록 호프만이 이 작품을 최고의 능력으로 만들지 못했다 해도, 작가로서 영원한 표현을 찾을 수 있게 허락된 천재적인 인간이 본래 비천재적인 음악에서 너무나 분명히 말하고 있다며 100년 뒤에 이 작품을 높이 평가했다.

3_ Callot Jacques(1592~1635) : 소름끼치는 것을 그린 프랑스 화가로 30년 전쟁을 묘사했고, 고야처럼 '전쟁의 참상Misères de la Guerre'을 그렸다. 이 작품의 이름으로 호프만은《기사 글루크》와 13편으로 된《크라이슬레리아나 Kreisleriana》, 《개 베르간차의 새로운 운명에 관한 보고Nachricht von den neuesten Schicksalen des Hundes Berganza》, 《황금 항아리Der goldne Topf》, 《섣달 그믐날 밤의 모험Die Abenteuer der Silvester-Nacht》을 발표했고, 이 작품들은 그의 음악에 대한 생각을 나타내 주고 있다.

4_ E.T.A. Hoffmann. Insel Verlag. 4 Bde. Neu durchgesehen u. revidiert v.

Herbert Kraft u. Manfred Wacker, Frankfurt a. M., 1967. Bd. 1. Johannes Kreislers, des Kapelmeisters, musikalisches Leiden, S. 20~21. (이후 HW. Bd. 1-4로 표기함)

5_ HW. Bd. 1. S. 36~37.

6_ HW. Bd. 1. S. 38~39. 베토벤의 음악은 "공포, 전율, 경악, 고통의 지레를 움직이고, 낭만주의의 본질인 바로 저 무한한 동경을 일깨운다."

7_ HW. Bd. 1. S. 28.

8_ HW. Bd. 1. S. 29.

9_ HW. Bd. 1. S. 36.

10_ Hauptwerke. S. 234.

11_ HW. Bd. 3. S. 245.

12_ HW. Bd. 2. S. 255.

13_ Ebd.

14_ HW. Bd. 2. S. 257.

15_ HW. Bd. 2. S. 262.

16_ HW. Bd. 2. S. 255~266.

17_ HW. Bd. 1. Johannes Kleislers Lehrbrief. S. 275.

18_ HW. Bd. 1. S. 276.

19_ Vgl. E.T.A. Hoffmann. Sämtliche Werke in fünfzehn Bänden. Hrsg. v. Eduard Griesbach, 1907, Bd. 7, S. 153. Alte und neue Kirchenmusik.

20_ 팔레스트리나Palestrina Giovanni(1525~1594) : 이탈리아 작곡가 겸 로마 교황청 교회와 베드로 성당의 악장을 지녔고, 교회 음악 개혁 운동에 큰 영향을 주었다. 그는 네덜란드의 정교한 대위법적 다음성을 장-단조-조성Dur-Moll-Tonalität의 새로운 하모니의 감정으로 추방했다. 100개 이상의 미사곡과 320개의 모테트, 수많은 송가와 오라토리오, 180개 이상의 마드리갈과 칸초네들을 작곡했다. 그중에서 '마르첼로 교황 미사'로 알려진 6성부로 된 미사곡이 가장 유명하다. 그레고리오 성가와 함께 무반주 합창음악을 의미하기도 한다.

21_ HW. Bd. 1. S. 21.

22_ MGG, Bd. 6, S. 531.

1_ Vgl. Geschichte der deutschen Literatur, Hrsg. v. W. Grabert, 3. Afl., München 1957, S. 322.

2_ 《여행기》(1826~1831)는 제1부 ; 하르츠기행 Harzreise(182), 제2부 ; 북해Die Nordsee(1827), 이념Ideen, Das Buch Le Grand(1826~1831), 제3부 ; 뮌헨에서 게누아로 가는 여행Reise von München nach Genua, 루카의 온천지Die Bäder von Lucca, 제4부 ; 루카 시Die Stadt Lucca, 영국의 단편Englische Fragmente(1828)으로 되어 있다.

3_ Vgl. Hauptwerke, S. 364.

4_ 1815년에 예나에서 대학생 조합이 조국애와 학생 생활의 향상을 목적으로 조직되었는데, 볼프강 멘첼(1798~1873)은 그 선구자였다. 학생 조합원들은 점차 증가하는 비독일적 집단들인 청년 독일 학파, 프랑스 예찬론자, 유대인, 웰스인, 슬라브인들에 대한 투쟁을 공공연히 표현하기도 한 강한 민족주의 성향을 가지고 있다. 그들은 정직, 민족성, 독일적 기독교 등의 개념들이 모든 이방적인 것들과 파괴적인 불순분자들에 의해 희롱당해 왔다고 믿고 있었다. 그래서 그들은 민족적·독일적인 순수 혈통의 예술을 주장했다.

5_ Vgl. a. a. O., S. 359.

6_ Vgl. Hauptwerke, S. 359~360.

7_ 죽음에 대한 환상과 사랑에 대한 동경 사이의 모순은 하이네의 시 〈추모제Gedächnisfeier〉, 〈천사에게An die Engel〉와 〈믿지 않는 자Der Ungläubige〉, 〈싸늘해진 남자Der Abgekühlte〉, 그리고 기억들(〈숲 속의 고독Waldeinsamkeit〉, 〈회상Rückschau〉)에 나타나 있다.

8_ Zitiert bei Friedrich Schnapp : Heirich Heine und Robert Schuman. Hamburg-Berlin 1924, S. 16~17.

9_ Zitiert bei Gerd Hoffmann : Über Heines Beziehungen zur Musik und zu Musikern. In : Aufbau. 12. Jg. H. 2 (Februar 1956), S. 131.

10_ Vgl. Fridrich G. Hoffmann u. Herbert Rösch : Grundlangen, Stile, Gestalten d. dt. Literatur, a. a. O., S. 203~204.

11_ Heinrich Heine, Werke und Briefe in 10 Bänden. Hrsg. v. Hans Kaufmann, Berlin 1961. (이후 GW. Bd. 1-10으로 표기함), Bd. 6, Lutetia, 1.

Teil, XXXIII, Paris, 20, April 1841, S. 379~380.

12_ 아틀란티스Atlantis: 북해 해변의 전설에 의하면 바닷가에 있었던 어떤 도시가
해일 때문에 바다 속에 휩쓸려 들어갔는데, 날씨가 좋은 날에는 뱃사람들이 이
해저에 가라앉은 도시의 성당 철탑을 물 속에서 볼 수 있으며, 일요일 새벽에
는 거기서 울리는 종소리까지 들린다고 한다.

13_ GW. Bd. 1, S. 192~193.

14_ Eckermann : Gespräche mit Goethe. Aufbau-Verlag, Berlin 1962, S. 353.
Gesprärche am 24. Sept. 1827 : "그들(낭만주의 작가들)은 모두가 마치 아픈 듯
이 세계가 군병원인 듯이 쓴다. 그들 모두가 지상의 고뇌와 비탄에 대해 저 세
상의 기쁨에 대해 말하고, 모두가 이미 그렇듯이, 불만스럽게 말하며, 한 사람
이 다른 사람을 더 큰 불만 속으로 몰아넣는다. 그것은 본래 삶의 사소한 갈등
을 해소시키고, 인간으로 하여금 세상과 자신의 상태에 만족하게 하기 위해 주
어진 시의 진정한 오용이다. 그러나 지금의 세대는 모든 순수한 힘을 두려워하
고, 다만 허약함에서 그들에게는 아늑하고도 시적인 기분이 든다. 이분들을 화
나게 하기 위해 나는 좋은 말을 찾았다"고 괴테는 계속해 말했다. 나는 그들의
시를 '나자렛-시'로 부르려 한다.

15_ GW. Bd. 1, S. 240.

16_ GW. 3. Bd., S. 286 : Die Bäder von Lucca, Kapitel IV.

17_ GW. Bd. 3., Reisebilder, zweiter Teil. Die Nordsee 1826. S. 92.

18_ Günther Müller : Geschichte des deutschen Liedes, München 1925, S.
297~300.

19_ 프랑스 사회주의자 C. H. Saint-Simon(1760~1825)에서 나온 생시몽주의. 그는
프랑스 최초의 사회주의학파를 개척한 사람으로서 생산 수단의 균등한 공급과
개인 상속법의 폐지, 성과에 따른 임금 지불 등을 주장했다.

20_ 19세기에 페르디난트 힐러는 연시 〈새 봄Neuer Frühling〉에서 나오는 44개의 연
시들 가운데서 12개의 시에 곡을 붙였다.

21_ Vgl. I. Hermstrüwer : 〈Auf Flügeln des Gesanges〉. Heine-Vertonungen,
In: A. Kruse (Hrsg.) : Heinrich Heine. Einblicke und Assoziationen I,
Düsseldorf 1988, S. 127~147.

22_ F. 슈베르트는 《노래 책》에 수록된 연시 〈귀향〉(1823~1824)에서 다음의 6개의
시들을 작곡해 1829년에 "백조의 노래 8~13번Schwanengesang Nr. 8~13"으로

발표했다. 24번: 아틀라스(나 불행한 아틀라스여!), 23번: 그녀의 모습(나는 어두운 꿈속에 서서), 8번: 어부 아가씨(그대 아름다운 어부 아가씨여), 16번: 도시(먼 지평선에), 14번: 바닷가에서(바다는 멀리 빛나고), 20번: 꼭 닮은 사람(밤은 조용하고, 골목길은 한산하다.)의 6곡이다.

23_ 이미 언급된 작품들 외에도 슈만은 op. 57(벨자짜르Belsazar)과 op. 25, 33, 45, 49, 53, 64, 127, 142과 같은 하이네의 작품들을 작곡했다.

24_ Pyramus와 Thisbe: 오비드의 운문 이야기에 나오는 바비론의 애인들로서 이들은 남몰래 밤에 만났을 때 암사자 때문에 헤어지게 된다. 피라무스는 환상 속에서 그의 애인이 암사자에 물려 죽었다고 보고 자살한다. 티스베가 애인인 죽은 피라무스를 찾았고, 결국 그녀 역시 자살하고 만다. 이 소재를 비극적인 익살극으로 셰익스피어는 〈여름밤의 꿈〉에서 다루었고, A. 그리피우스는 〈페터 스쿠벤츠 씨〉에서 다루었다.

25_ Hier zitiert nach ; Johannes Mittenzwei, S. 234~235.

26_ 〈서정적 막간극〉(1822~1823)의 열한 번째의 시로서 쾰른 성당과 라인 강을 노래하고 있다. GW, Bd. 1., S. 76.

27_ Vgl. M. Windfuhr : Rätsel Heine. Autoprofil-Werk-Wirkung, Heidelberg 1997, S. 398~428.

28_ Vgl. G. Metzner : Heine in der Musik, 12 Bde, Tutzing 1989~1994, 1989, 1. Bd., S. 16.

29_ Ebd. "Elf Scharfrichter"는 11명의 사형 집행인이란 뜻을 가진 카바레의 이름이다.

30_ Vgl. Th. Rothschild : Liedermacher, Frankfurt a. M. 1980, S. 144.

31_ Vgl. MGG, Bd. 6, Heine, S. 1170~1171.

32_ GW. Bd. 6. S. 60. Über die französische Bühne, 9. Brief.

33_ GW. Bd. 4, S. 133. Florentinische Nächte, Erste Nacht.

34_ 하이네의 이 같은 생각은 놀랍게도 오늘날 백남준이 미디어 매체인 TV를 음악과 미술을 융합하는 공감각적 표현 수단으로 사용하고 있는 것과 연관되어 있다고 볼 수 있다.

35_ GW. Bd. 4. S. 129. Florentinische Nächte, Erste Nacht.

36_ GW. Bd. 4. S. 133.

37_ GW. Bd. 4. S. 133~134.

38_ GW. Bd. 4. S. 134.

39_ GW. Bd. 4. S. 135.

40_ Ebd.

41_ GW. Bd. 4. S. 136~137.

42_ GW. Bd. 4. S. 137.

43_ GW. Bd. 4. S. 138.

44_ Ebd.

45_ GW. Bd. 4. S. 138~139

46_ GW. Bd. 6. S. 80. 〈Über die französische Bühne〉, Zehnter Brief. 하이네에 게서와 유사하게 음악은 화가 막스 슬레보그트에게서도 구상적인 상상을 불러 일으켰다. 모차르트의 《마술 피리》에 의해 그는 그의 유명한 그림의 연속인 "모차르트 필사본에 대한 둘레 삽화"를 그리게 되었으며, 이것은 회화와 음악 사이의 상호 작용에 대한 귀하고도 확실한 예를 보여 준다.

47_ GW. Bd. 1. S. 58~59. 《노래 책》은 로만체의 열여섯 번째 시다.

48_ 칼 대제의 용감한 12명의 영웅들 가운데 한 사람인 전설적인 인물이며, 778년 에 론치스발에서 바스케 군대와의 싸움에서 전사했다. 시장과 도시 중앙 광장 에, 모자를 쓰지 않고 손에 칼을 든 동상으로 세워져 있다. 이는 왕의 파문, 시 장 권리, 정의의 상징이기도 하다.

49_ GW. Bd. 3. S. 377. 《여행기》 제4부. Kapitel VI.

50_ GW. Bd. 4. S. 123~124. Florentinische Nächte, Erste Nacht.

51_ Siehe GW. Bd. 3. 《여행기》 제3부, 제19장, 〈뮌헨에서 게누아로 가는 여행 Reise von München nach Genua〉, S. 233~234: "로시니여, 그대, 그대의 울리는 빛줄기를 세계에 널리 비추는 이탈리아의 신성한 음악의 대가, 영웅이시여! 그 대를 필기 용지와 압지에 비방하는 내 나라 사람들을 용서하게! 그러나 나는 그대의 황금 같은 음향, 그대의 멜로디의 빛, 내 주위를 그렇게 사랑스럽게 날 아다니면서 마치 우아함의 입술로 키스하듯 나의 심장에 키스하는 그대의 반 짝이는 나비의 꿈들을 기뻐한다네! 신성한 음악의 대가여, 그대가 내 가련한 동족들을 장미로 덮고 있으면서 그들에게 충분이 사색적이고 철저하지 않기 에, 그대가 신에게 고무된 듯이 그렇게 가볍게 훨훨 날아다니기에, 그대의 깊 이를 보지 못하는 그들을 용서하게! ─ 물론, 오늘의 이탈리아 음악을 사랑하고 사랑으로 이해하기 위해 사람들은 민족 자체를 똑똑히 보아야 하네. 민족의 하

늘을, 그의 성격을, 그의 표정을, 그의 고통을, 그의 기쁨을, 요약하면, 성스러운 로마 제국을 창건한 로물루스에서 그 제국이 로물루스 아우구스투스 II세 하에서 멸망한 최근의 시대에 이르기까지 그의 모든 역사를 말일세. 압박받는 가련한 이탈리아 민족에게는 정말로 말하는 것이 금지되었고, 오직 음악을 통해 마음의 감정을 알릴 수 있다. 외국의 지배에 대한 그의 모든 원한, 자유에 대한 열광, 무력감에 대한 광기, 지나간 영화에 대한 기억에서의 슬픔과 동시에 도움에 대한 그의 조용한 희망, 귀 기울임, 그의 갈망, 이 모든 것이 기괴한 삶의 도취에서 애수에 젖은 유약함으로 빠져들어가는 저 멜로디로, 그리고 교태를 부리는 아양에서 위협하는 분노로 머리가 돌아 버리는 저 무언극으로 감쪽같이 위장된다."

27장에도 비슷한 표현이 있다. "이탈리아 민족은 애수에 젖어 폐허 위에서 꿈을 꾸면서 앉아 있다. 그리고 이 민족이 여러 번 한 가요의 멜로디에서 깨어나 저돌적으로 벌떡 일어날 때면 이 열광은 가요 자체에 해당되는 것이 아니라 오히려 그 가요를 일깨웠고, 이탈리아 사람이 가슴에 지녔으며, 이제 힘차게 울려 나오는 옛날의 기억들과 감정들에 해당된다." GW. Bd. 3., a. a. O., S. 254.

52_ Vgl. A. Betz : "Der Apollogott". Heine und die Musik. In : Ders : Der Charme des Ruhestörers, Aachen 1997, S. 65~84. S. 65f.

53_ GW. Bd. 3. S. 517.

54_ GW. Bd. 3. S. 516.

55_ GW. Bd. 3. S. 517~518.

56_ Siehe GW. Bd. 3. Nachlese zu den Reisebildern, Briefe aus Berlin. Zehnter Brief, Berlin den 16. März 1822. S. 512.

57_ GW. Bd. 3. a. a. O., S. 518~519.

58_ G. 마이어베르는 1791년 9월 5일 베를린에서 은행가의 아들로 태어나 1864년 5월 2일에 파리에서 사망했다. 그가 파리로 이주한 후 1831년에 파리에서 초연된 《악마 로베르트》는 대성공을 거두었다. 그는 5년 후에 《위그노파 사람들》(1836)을, 그리고 《예언자Der Prophet》(1948)와 1865년 4월 말 파리에서 초연되어 작곡가가 체험하지 못한 《아프리카 여인Die Afrikanerin》을 작곡했다.

59_ GW. Bd. 6, S. 62. Über die französische Bühne. 9. Brief.

60_ Vgl. MGG. Bd. 6. Heine. S. 1169.

61_ GW. Bd. 6, S. 380. Lutetia, XXXIII, 20. 4. 1841.

62_ GW. Bd. 4. S. 158~159. Florentische Nächte. Zweite Nacht,

63_ GW. Bd. 6. S. 381 Luthetia. Erster Teil

64_ GW. Bd. 6. S. 379. Und siehe GW. Bd. 6. S. 80. über die französische Bühne, 10. Brief.

65_ GW. Bd. 6. S. 61. Über die französische Bühne. 9. Brief.

66_ Vgl. Gespräche mit Heine. Gesammelt und herausgegeben von H. H. Houben. Posdam 1948, S. 228.

67_ Gustav Karpeles: Heinrich Heine und seine Zeitgenossen, Berlin 1888, S. 135.

## 10장 리하르트 바그너의 음악 세계

1_ 바그너의 전기는 다음 문헌을 참고했다. Klaude Döge : MGG, Bd. 16, Richard Wagner, S.286~316, Martin Gregor-Dellin : Richard Wagner. Sein Leben, Sein Werk, Sein Jahrhundert, München, Piper, 1989.

2_ Martin Gregor-Dellin(Hrsg) : R. Wagner, Mein Leben, München 1963, S. 16.

3_ Spontini, Gaspare Graf(1774~1851) : 이탈리아의 오페라 작곡가 겸 지휘자로서 주로 파리와 베를린에서 활약했다. 파리에서 쓴 그의 대표작으로 《무당La Vestale》(1807), 《페르디난드 코르테츠Ferdinand Cortez》(1809)와 《올림피에 Olympie》(1819)가 있다.

4_ Martin Gregor-Dellin(Hrsg) : R. Wagner, Mein Leben, München 1963, S. 133.

5_ 이 저서들은 《예술과 혁명Die Kunst und die Revolution》, 《미래의 예술 작품Das Kunstwerk der Zukunft》, 《오페라와 드라마Oper und Drama》이며, 바그너의 중요한 예술 이론을 밝혀 주고 있다.

6_ Richard Wagner. Sämtl. Schriften und Ddichtungen, Volksausgabe. 16 Bde. Leipzig 1911-1914, Bd. 12, S. 130. (이후 GW. Bd. 1-16으로 표기함)

7_ Proudhon Pierre-Joseph(1891~1865) ; 프랑스 사회학자. 개인 소유를 반대해 소유는 도둑질이라고 했다. 초기에 칼 마르크스와의 긍정적인 관계를 가졌으며,

사회 문제의 해결을 화물 유통의 해결에서 찾았다. 국가론자로서 그는 무정부주의의 기초자에 해당한다.

8_ Cosima Wagner. Die Tagebücher, ediert und kommentiert von M. Gregor-Dellin/D. Mack, 2 Bde., München-Zürich 1976~1977. Bd. 2, S. 1098 . 23. Jan. 1883. (이후 Cosima Wagner. Die Tagebücher로 표기함)

9_ Vgl. Cosima Wagner. Die Tagebücher, a. a. O., Bd. 2, S. 672: 여전히 《파르치팔》 시대에 "우리 바이로이트 사람들은 우리들의 생각으로 (…) 매우 외롭게 남아 있게 될 것이다."

10_ Vgl. Hans Mayer : Richard Wagner, Hamburg 1959, Rowolt, S. 15.

11_ GW. Bd. 3. S. 19.

12_ Wagner an E. B. Kietz. 14. Sep. 1850. In : R. Wagner. Sämtliche Briefe. Hrsg. v. G. Strobel-W. Wolf u. a. Bd. 1-16, Leipzig 1967 bis 1999, Bd. 3, S. 405. (이후 Sämtl. Briefe로 표기함)

13_ Georg Herwegh(1817~1875) : 독일의 혁명적인 시인으로서 자신의 시로써 자유와 조국을 위해 싸웠으나 혁명에 실패한 후 스위스로 도피했으며, 그곳에서 《살아 있는 사람의 시들Gedichte eines Lebendigen》을 발행했다.

14_ R. Wagner. Briefe an Freunde und Zeitgenossen. Hrsg. von E. Kloss, Leipzig 1912, S. 372.

15_ Cosima Wagner. Die Tagebücher, a. a. O., Bd. 1, 1. Sept. 1871, S. 433.

16_ R. Wagner an F. List, 30. Jan. 1852, In : Sämtl. Briefe, Bd. 4, S. 270.

17_ GW. Bd. 9, S. 337. R. Wagner. Das Bühnenfestspielhaus zu Bayreuth.

18_ König Ludwig II. und R. Wagner. Briefwechsel, Hrsg. v. O. Strobel, 5 Bde. Karlsruhe 1936~1939, 1936, Bd. 3, S. 29.

19_ R. Wagner an Ludwig II., 10. Jan. 1883, In; König Ludwig II. und R. Wagner. Briefwechsel, a. a. O., 1936, Bd. 3, S. 257.

20_ R. Wagner an Ludwig II. 28. Sept. 1880, in; Briefwechsel, a. a. O., Bd. 3, S. 182.

21_ Cosima Wagner. Die Tagebücher, a. a. O., Bd. 2, S. 367.

22_ Die Erlösung Ahasver's ; der Untergang. 《신 음악Die neue Musik》 잡지 33, 1850, S. 111f.

23_ Vgl. D. Borchmeyer : Wagner und der Antisemitismus. In : U. Müller/P.

Wapnewski, 1986, S. 156.

24_ Cosima Wagner. Die Tagebücher, a. a. O., Bd. 2. S. 208.

25_ A. a. O., S. 871.

26_ Vgl. Sämtl. Briefe, Bd. 2, S. 327. Und auch vgl. C. Kaden : Richard Wagners Leben im Werk. In ; Des Lebens bunter Kreis, Kassel u. a. 1993, S. 162.

27_ Vgl. Waltraud Roth : Schopenhauers Metaphysik der Musik und sein musikalischer Geschmack. Ihre Wechselwirkung und ihr wechselseitiges Verhältnis. Phil. Diss. Mainz 1951, S. 7.

28_ A. a. O., S. 7.

29_ Arthur Schopenhauer, Sämtliche Werke. Bd. 2. Berlin (Globus Verlag) o. J. S. 224.

30_ Vgl. a. a. O., S. 259~260.

31_ A. a. O., Bd. 3. S. 436.

32_ A. a. O., Bd. 5. S. 376 : "거룩하고 신비로운 경건한 소리들의 언어에 대한 감수성을 가장 둔감하게 만드는 오페라"를 쇼펜하우어는 신랄하게 반대한다.

33_ Vgl. Arthur Schopenhauer, Sämtliche Werke. a. a. O., Bd. 3. S. 261.

34_ 열거된 인용문들의 출처 : Vgl. Richard Wagner, Gesammelte Schriften und Dichtungen. Hrsg. v. Wolfgang Golther. Bd. 1. Berlin, Leipzig, Wien, Stuttgart o. J. S. 114, 121, 135, 136. Vgl. auch Mittenzwei, a. a. O., S. 257~258.

35_ Vgl. Hans Mayer : Richard Wagners geistige Entwicklungen. Sinn und Form. Beiträge zur Literatur, 1953, 3~4 Heft, S. 146.

36_ Vgl. Hans Mayer, a. a. O., S. 146.

37_ Waltraud Roth, Schopenhauers Metaphysik der Musik und sein musikalischer Geschmack, a. a. O., 1951, S. 94~95.

38_ Vgl. Arthur Paul Loos : Richard Wagner. Vollendung und Tragik der deutschen Romantik. München 1952, S. 134. 로스는 트리스탄 음악을 광기에 가까운 황홀경의 예술이라고 말했다.

39_ A. a. O., S. 126 u. 154~155.

40_ A. a. O., S. 132.

41_ Vgl. Arthur Paul Loos, a. a. O., S. 164~175.

42_ Hugo Riemann : Musik-Lexikon. Berlin 1929, S. 1979.

43_ Arthur Paul Moos : Philosophie der Musik. Stuttgart, Berlin, Leipzig 1922, S. 419.

44_ A. a. O., S. 210.

45_ A. a. O., S. 366~367.

46_ GW. 3. Bd. S. 273.

47_ Sämtl. Briefe. Bd. 2, S. 358.

48_ GW. Bd. 4, S. 103.

49_ Vgl. Rudolf Kassner : Die Mystik, die Künstler und das Leben über englische Dichter und Maler im 19. Jht. Accorde, 1900. S. 37.

50_ Vgl. GW. Bd. 3. S. 67.

51_ Vgl. GW. Bd. 7, S. 110. Zukunftsmusik.

52_ Sämtl. Briefe. Bd. 11, S. 329.

53_ Vgl. Mittenzwei, a. a. O., S. 267 : "감정이 오성의 시작과 끝이며, 신화는 역사의 시작과 끝이다. 서정시가 문학 예술의 시작과 끝이듯이 소리 언어는 낱말 언어의 시작과 끝이다. 시작과 중심 사이 그리고 중심과 끝 사이의 중계자는 환상이다."

54_ Vgl. a. a. O., 269.

55_ GW. Bd. 3, S. 122.

56_ Dornald H. van Ess : The Heritage of Musical Style. New York 1978.《서양 음악사》, 안정모 역, 서울 1994. S. 265 참조.

57_ H. M. Miller: History of Music. 최동선 역,《새 서양 음악사》, 서울, 2007. S. 180.

58_ Vgl. Rudolf Kassner : Die Mystik, die Künstler und das Leben über englische Dichter und Maler im 19. Jht. Accorde, 190, S. 108.

59_ R. Wagner an Ludwig II. 28, Sept. 1880. In ; König Ludwig II. und R. Wagner. Briefwechsel, a. a. O., 1936, Bd. 3, S. 182. (이 장의 주해 20 참조)

60_ Vgl. GW. Bd. 3, S. 12.

61_ Vgl. GW. Bd. 3, S. 60.

62_ Theodor W. Adorno : Versuch über Wagner, In ; Ges. Schriften, hrsg. v. R. Tiedemann, Frankfurt a. M, 1970, Bd. 13, S. 108.

63_ Ebd., S. 101.

64_ Vgl. MGG, Bd. 16, Richart Wagner, S. 335.

65_ Vgl. Ernst Bloch : Geist der Utopie. Bearbeitete Neuauflage der 2. Fassung von 1923. Frankfurt a. M. 1964, S. 97.


## 11장 프리드리히 니체의 철학과 운명

1_ Friedrich Nietzsche. Sämtliche Werke. Kritische Studienausgabe. 15 Bde. Hrsg. v. Giorgio Colli / Mazzino. Montinari, München 1980, Bd. 1, S. 159~160. (이후 KSA. Bd. 1-15로 표기함)

2_ Wolfgang F. Taraba : Friedrich Nietzsche. In : Deutsche Dichter der Moderne. Ihr Leben und Werk. Hrsg. v. Benno von Wiese, 2. Aufl., Berlin 1969. S. 16~17.

3_ KSA. Bd. 1, S. 11~12.

4_ KSA. Bd. 1, S. 24.

5_ KSA. Bd. 1, S. 11~12.

6_ KSA, Bd. 1, S. 29.

7_ KSA, Bd. 1, S. 139.

8_ KSA, Bd. 1, S. 140.

9_ 그리스 신화에 나오는 반수 반인의 모습을 가진 숲의 신으로 디오니소스 신의 종자다. 기원전 5세기에 호색적인 자연의 악령으로서 문화와 예절로 고상하게 된 인간 존재의 반대상으로 나타난다. 사이렌이 이 악령과 닮았다. 이들은 거칠게 춤을 추며 나타나서, 고대 그리스 비극 다음에 상연되는 일종의 익살극에서 합창을 부른다. 헬레니즘의 섬세한 세계에서 사티로스의 행동은 목가적 전원시와 분망한 색정적 유희가 되었다. 새로운 시대의 예술에서 사티로스와 사이렌은 종종 비너스의 동반자 또는 요정들의 동반자로 묘사된다.

10_ Vgl. KSA, Bd. 1, S. 154.

11_ KSA. Bd. 1, S. 17 : "사티로스의 몸 안의 신과 산양이 함께 있는 저 종합은 무엇을 가리키는가?"

12_ KSA, Bd. 1, S. 119.

13_ KSA. Bd. 6, S. 310~311.

14_ KSA, Bd. 1, S. 127.

15_ KSA. Bd. 6, S. 155~156.

16_ Ebd., S. 131~132.

17_ KSA, Bd. 1, S. 13. 예술가-형이상학이란 예술을 인간의 고유한 형이상학적 행위로 이해하고, 인간 현 존재와 세계를 오로지 미적 현상으로서만 정당화하려는 프로그램이다. (⋯) 인간의 삶과 세계를 철학적·종교적 초월 세계를 상정해 정당화하는 일의 허구성을 인식한 니체에게 예술은 새로운 대안이 될 수 있었다. Vgl. 백승영 : 니체, 디오니소스적 긍정의 철학, 서울 2005, S. 627.

18_ KSA. Bd. 6, S. 316.

19_ KSA. Bd. 6, S. 317.

20_ KSA. Bd. 6, S. 319.

21_ KSA. Bd. 1, S. 214.

22_ KSA. Bd. 1, S. 272~274.

23_ Ebd., S. 274~278. 같은 내용으로 후일에 니체는《니체 대 바그너》에서 극장에서의 대중, 특히 바그너주의자들을 비난하고 있다. "극장에서 사람들은 대중이 되고 군중이 되며, 여자, 바리새인, 찬성표만 던지는 거수기, 보호자, 바보가 됩니다. 바그너주의자가 되어 버리는 것입니다." KSA. Bd. 6, S. 420.

24_ Vgl. Johannes Mittenmzwei , a. a. O., S. 277.

25_ KSA. Bd. 1. S. 346~350.

26_ KSA. Bd. 1. S. 350.

27_ KSA. Bd. 1. S. 351~352.

28_ KSA. Bd. 1. S. 354.

29_ KSA. Bd. 1. S. 352.

30_ KSA. Bd. 1. S. 360f. (Bd. 2. S. 255, 269, 270, 271.)

31_ KSA. Bd. 1. S. 363.

32_ Vgl. KSA. Bd. 1. S. 406.

33_ Vgl. Thomas Mann : Nietzsches Philosophie im Lichte unserer Erfahrung. In : Gesammelte Werke, Aufbau Verlag, Bd. 10. Berlin 1955, S. 337~338.

34_ 쇼펜하우어는 이미 그의 철학 작품에서 유미주의에 대한 많은 출발점들을 제

공한다고 구스타프 렌칭거는 말한다; Das Problem der Musik und des Musikalischen bei Nietzsche. Phil. Diss., Freiburg I. B. 1951, S. 190. 토마스 만은 자신의 쇼펜하우어 에세이에서 철학의 인도주의적 사고에 대해 비교 방법으로 대답하고 있다. "쇼펜하우어는 괴테와 니체 사이에 있다. 그는 그들 사이에서 이행을 형성한다.─괴테보다는 더 '근대적'이고, 괴로워하며 어려우나 니체보다는 훨씬 더 '고전적이고' 건강하다. (…)" Thomas Mann : Nietzsches Philosophie im Lichte unserer Erfahrung, a. a. O., S. 342.

35_ F. Nietzsches gesammelte Briefe. Hrsg. v. Elisabeth Förster-Nietzsche und Peter Gast. Bd. 3. Berlin und Leipzig 1902, S. 515. (이하 Briefe로 표기함)

36_ Vgl. Arthur Hübscher : Von Hegel zu Heidegger. Gestalten und Pobleme. München 1961, S. 83.

37_ KSA. Bd. 6, S. 323.

38_ Vgl. Wolfgang F. Taraba : Friedrich Nietzsche. In: Deutsche Dichter der Moderne. Ihr Leben und Werk. Hrsg. v. Benno von Wiese, 2. Aufl., Berlin 1969, S. 24.

39_ 《이 사람을 보라》의 〈나는 왜 이렇게 영리한지〉에서 니체는 '운명애'에 대해 말하고 있다. "인간의 위대함에 대한 내 정식은 운명애다. (…) 모든 이상주의는 필연적인 것 앞에서는 허위다.─오히려 그것을 사랑하는 것이 운명애다 (…)" KSA. Bd. 6, S. 297.

40_ KSA. Bd. 6, S. 436.

41_ Vgl. Arthur Hübscher : Von Hegel zu Heidegger. A. a. O., S. 89.

42_ KSA. Bd. 6, S. 335.

43_ KSA. Bd. 6, S. 352.

44_ KSA. Bd. 6, S. 352~353.

45_ KSA. Bd. 6, S. 366

46_ Die fröhliche Wissenschaft. Scherz, List und Rache, Vorspielen in deutschen Reimen, Nr. 62.

47_ KSA. Bd. 6, S. 415 : "우리들은 대척자다."

48_ Vgl. Arthur Hübscher : Von Hegel zu Heidegger. A. a. O., S. 94.

49_ KSA. Bd. 1, S. 14.

50_ Vgl. Arthur Hübscher : Von Hegel zu Heidegger. A. a. O., S. 96.

51_ KSA. Bd. 6, S. 365 : "나는 인간이 아니다. 나는 다이너마이트다."

52_ Vgl. KSA. Bd. 7, S. 397.

53_ KSA, Bd. 1, S. 152.

54_ Vgl. MGG. Bd. 9. Nietzsche, 1107.

55_ KSA, Bd. 1, S. 134.

56_ KSA, Bd. 1, S. 119.

57_ KSA, Bd. 6, S. 64.

58_ Briefe, a. a. O., 3. Bd., S. 294.

59_ Briefe, a. a. O., 4. Bd., S. 349.

60_ KSA, Bd. 1, S. 20.

61_ KSA, Bd. 1, S. 12.

62_ Vgl. Mittenzwei, a. a. O., S. 290.

63_ KSA. Bd. 6, S. 357.《바그너의 경우》에서. 이 장의 주해 52를 참조.

64_ Bd. 1. S. 135.

65_ KSA. Bd. 6. S. 304~305.《Ecce homo》:〈Warum ich so gute Bücher schreibe〉.

66_ W. Grabert : Geschichte der deutschen Literatur. München 1957, 3. Aufl., S. 402.

67_ 여기서는 수많은 예들 가운데 제한된 몇 개의 예밖에 들 수 없다. 더구나 번역으로는 설명될 수 없는 독일어 단어와 음향에 대한 것이기 때문에 독일어 원문에서 인용될 수밖에 없다. 단어 반복의 예 : "감미로운 칠현금이여! 감미로운 칠현금이여! 나는 너의 소리를, 너의 도취한 두꺼비-소리를 사랑한다! Süße Leier! Süße Leier! Ich liebe deinen Ton, deinen trunkenen Unkenton!" "그러나 모든 욕망은 영원을 바란다. 깊고 깊은 영원을 바란다. Doch alle Lust will Ewigkeit, will tiefe, tiefe Ewigkeit." (Nietzsches Werke, Klassiker-Ausgabe des Kröner Verlages. Leipzig o. J., 6. Bd. S. 371.)
두운법의 결합의 예 : "너 가련한 배회자여, 떼지어 떠도는 자여, 너 지친 나비여!Du armer Schweifender, Schwärmender, du müder Schmetterling!"(Nietzsches Werke, a. a. O., 6. Bd. S. 399.) : "만일 내 덕이 춤추는 자의 덕이라면 … Wenn meine Tugend eines Tänzers Tugend ist (…)" (Nietzsches Werke, a. a. O., 6. Bd. S. 338. 3부, 7개의 봉인, 6)

"고통Schmerz-심장Herz"의 중복으로 된 미운 형성의 예 : "모든 고통이 나의 심장을 찢어 놓았다, 아버지의 고통, 아버지들의 고통, 조상들의 고통이Jeder Schmerz riβ mir ins Herz, Vaterschmerz, Väterschmerz, Urväterschmerz"(Nietzsches Werke, a. a. O., 6. Bd. S. 466.) 여기서 고통은 나의 마음에서 아버지와 조상들의 고통으로 해학적으로 상승되며, 의미의 강조뿐만 아니라 울림도 상승된다.

68_ 간청의 간단한 표현들은 호소하는 명령형의 형태로 나타난다 : "내 형제들이여, 그대들에게 맹세하노니, 대지에 충실하라. (…) Ich beschwöre euch, meine Brüder, bleibt der Erde treu. (…)"(KSA. Bd. 2, S. 280 : 서문 3) ; "나를 믿어 주오, 내 형제들이여! Glaubt es mir, meine Brüder!"(KSA. Bd. 2, S. 298; Die Reden Zara. Von den Hinterwäldlern)

"오!" 혹은 "아!"같이 엄숙한 작용을 가진 감탄사는 지속적인 문체 수단의 하나다 : "오, 행복이여! 오, 고통이여! 오, 찢어라, 심장을!Oh Glück! Oh Schmerz! Oh brich, Herz!(S. 470)" : "아! 아! 자정이여! 얼마나 넌 탄식하고, 얼마나 웃고, 얼마나 숨을 색색이고 헐떡이는가! Ach! Ach! wie sie seufzt, wie sie lacht, wie sie röchelt und keucht, die Mitternacht (S.468)!" "오, 선사하는 모든 이들의 불행이여! 오, 내 태양의 어둠이여! 오, 욕구를 위한 욕구여! 오, 포만 속의 왕성한 허기여!Oh Unseligkeit aller Schenkenden! Oh Verfinsterung meiner Sonne! Oh Begierde nach Begehren! Oh Heißhunger in der Sättigung! (S. 154)"

69_ KSA. Bd. 8, S. 398. Vgl. auch S. 403~406.

70_ Nietzsches Werke, a. a. O., 8. Bd., S. 403. 니체의 놀라운 언어 예술에 대한 예로서 우리는 그가 직면하고 있는 운명의 충격적인 예감을 지닌, 그의 가장 중요하다고 할 수 있는 디오니소스 송가〈해는 지는데Die Sonne sinkt〉를 들 수 있다. "내 삶의 날이여!/ 해가 지고 있다. (…) 내 삶의 날이여!/ 저녁을 향해 가라!Tag meines Lebens!/ Die Sonne sinkt (…) Tag meines Lebens! gegen Abend geht's." 니체는 다음 말을 이 송가 앞에 놓았다 : "이것은 차라투스트라의 노래들로, 이 노래들을 그는 자신의 마지막 고독을 견디려고 스스로 자신을 위해 불렀다." A. a. O., S. 436.

71_ Vgl. Fritz Martini : Das Wagnis der Sprache. Interpretationen deutscher Prosa von Nietzsche bis Benn. Stuttgart 1956. S.13, 16, 18, 45.

72_ KSA. Bd. 6, S. 335 u. 343~344.

73_ Thomas Mann, Nietzsches Philosophie im Lichte unserer Erfahrung. In :

Gesammelte Werke, Bd. 10, Berlin 1955, S. 651~652.

74_ Ebd., S. 343~344.

75_ KSA. Bd. 6. S. 305.

76_ KSA. Bd. 6. S. 304~305. Ecce homo : "Warum ich so gute Bücher schreibe."

77_ KSA. Bd. 6, S. 30.

78_ KSA. Bd. 1, S. 454.

79_ KSA. Bd. 1, S. 475.

80_ KSA. Bd. 1, S. 494.

81_ KSA. Bd. 1, S. 504.

82_ KSA. Bd. 1, S. 505.

83_ KSA. Bd. 6, S. 43.

84_ KSA. Bd. 6, S. 425.

85_ KSA. Bd. 6, S. 431~432.

86_ Briefe, a. a. O., 1. Bd. S. 420. An Carl Fuchs. Basel, Ende Sommer 1878.

87_ Vgl. Briefe, a. a. O., 5. Bd. S. 777.

88_ KSA. Bd. 6, S. 16. 《바그너의 경우》. Ein Musikanten-Problem. Turnier Brief vom Mai 1888.

89_ KSA. Bd. 6, S. 21~27.

90_ KSA. Bd. 6, S. 21~23.

91_ KSA. Bd. 6, S. 43.

92_ KSA. Bd. 6, S. 419. 이외에도 니체는 《니체 대 바그너》에서도 자신의 우울을 치유하기 위해 음악이 필요하지만 "바그너는 병들게 한다"고 말했다.

93_ KSA. Bd. 6, S. 29.

94_ KSA. Bd. 6, S. 325.

95_ KSA. Bd. 6, S. 46.

96_ KSA. Bd. 6, S. 13f.

97_ KSA. Bd. 6, S. 14f.

98_ KSA. Bd. 6, S. 15.

99_ KSA. Bd. 6, S. 28.

100_ KSA. Bd. 6, S. 23~30

101_ KSA. Bd. 6, S. 30.

102_ KSA. Bd. 6, S. 42.

103_ KSA. Bd. 9, S. 521. Vgl. auch KSA. Bd. 6, S. 36 u. 419 : 니체는《니체 대
바그너》에서도 같은 것을 지적하고 있다. "드라마는 목적이고 음악은 언제나
수단일 뿐이다."

104_ KSA. Bd. 6, S. 42.

105_ KSA. Bd. 6, S. 39.

106_ Vgl. Friedrich G. Hoffmann u. Herbert Rösch : Grundlagen, Stile,
Gestalten der dt. Literatur, Frankfurt a. M. 1985. S. 233.

107_ KSA. Bd. 11, S. 250.

108_ Vgl. MGG. Bd. 9. Nietzsche, S. 1110.

109_ Briefe an Peter Gast, Briefe, a. a. O., Bd. 4, S. 111.

110_ Briefe, a. a. O., Bd. 3, S. 611.

## 12장 토마스 만의 휴머니즘과 음악

1_ 하인리히 만(1871~1950) 역시 독일의 유명한 작가다. 그는 빅토르 위고와 에밀
졸라의 프랑스 문학에 심취했고, 레싱의 이성적 정신을 존경해 문학을 통한 민중
의 계몽과 사회 개선을 위한 참여 문학의 길을 갔다. 그는 19년 동안 망명 생활을
하면서 독일 민족주의자들의 광기에 맞서 투쟁했고, 《앙리 4세 왕의 젊은 날Die
Jugend des Königs Henri Quatre》(1935)과 같은 많은 작품을 발표했다. 반면에 토마
스 만은 낭만주의의 무아도취와 유미적 데카당스 분위기에 젖어 있어 그 당시 독
일 민족이 처해 있던 정치적·사회적 위기에 대한 감각과 관심이 형에 비해 부족
했다. 그러나 예술가의 고뇌로 현실적 삶 속에 숨겨진 진리를 이해하고 그것을
창작하려고 전력했다. 하인리히 만의 공격적인 풍자 소설인 《충복Der Untertan》
(1914)과 역사-정치적 교양 소설인 《앙리 4세》, 토마스 만의 《마의 산Der
Zauberberg》(1912)과 《요셉과 그의 형제들Joseph und seine Brüder》(1933~1943)을
비교할 때 창작에 있어 경쟁적이었던 이 두 사람이 걸어온 문학적 차이점이 잘
나타나 있다. 또한 두 형제가 모두 문체의 대가였고 위대한 서사 작가임을 증명

한다. 비록 이 두 형제 작가들이 걸어온 창작의 길이 달랐다 해도 말년에 이들은 인도주의라는 명제하에서 일치하고 있음을 보여 준다.

2_ Thomas Mann : Gesammelte Werke. 13 Bde. Fischer Verlag, Frankfurt a. M. 1974, Bd. 8, S. 123. (이하 GW. Bd. 1-13로 표기함)

3_ GW. Bd. 8, S. 337.

4_ Ebd.

5_ Hauptwerke, a. a. O., S. 553.

6_ GW. Bd. 8, S. 338.

7_ GW. Bd. 8, S. 337.

8_ GW. Bd. 8, S. 252.

9_ GW. Bd. 6, S. 676.

10_ GW. Bd. 10, S. 840.

11_ GW. Bd. 10, S. 841.

12_ GW. Bd. 10, S. 842.

13_ GW. Bd. 9, S. 373.

14_ GW. Bd. 10, S. 796~797.

15_ GW. Bd. 10, S. 926.

16_ GW. Bd. 11, S. 208.

17_ GW. Bd. 10, S. 927.

18_ 이 책 〈니체의 디오니소스적 철학과 음악의 운명으로 인한 고뇌〉의 4장 "니체와 바그너의 관계"를 참조.

19_ 《파우스트 박사》의 주인공인 아드리안 레버퀸의 비극적 운명은 니체의 그것과 유사하다는 관점에서 이 소설을 니체의 소설이라고 한 데서 이 같은 사실이 증명되고 있다.

20_ GW. Bd. 6, S. 217.

21_ Hans Grandi : Die Musik im Roman Thomas Manns. Phil. Diss. Berlin 1952, S. 169.

22_ Hans Gardi, a. a. O., S. 177.

23_ GW. Bd. 11, S. 170.

24_ 4. Teil, 1 Kpt. : "네가 신경 쇠약이라는 말을 들으니 내가 젊었을 때 생각이 나는구나. 내가 안트베르펜에서 일할 때 요양차 엠스에 가야 했던 적이 있었다."

25_ GW. Bd. 1, S. 69.

26_ GW. Bd. 1, S. 261.

27_ GW. Bd. 1, S. 423~424.

28_ GW. Bd. 1, S. 431.

29_ 이 책의 7장 주해 14를 참조.

30_ GW. Bd. 1, S. 506.

31_ GW. Bd. 1, S. 507.

32_ GW. Bd. 1, S. 514.

33_ GW. Bd. 1, S. 743. 하노의 이 표현은 셰익스피어의 《햄릿》에서 햄릿의 독백과 비교된다 : "(…) 죽는 것—잠드는 것—/ 그뿐이로다!—잠들면 마음의 번뇌도, 우리 육체가 받는 온갖 고통도/ 끝나는 것을 안다/ 이것이 마음속 깊이 원하는 목적이다/ 죽는 것—잠자는 것—"(3막 1장) 물론 햄릿과 하노 사이에는 차이가 있다. 햄릿은 삶과의 투쟁을 받아들이고 음악을 도피수단으로서 필요로 하지 않기 때문에 하노가 훨씬 더 연약하며 생활 능력이 없는 것으로 보인다.

34_ GW. Bd. 1, S. 750.

35_ Hauptwerke, a. a. O., S. 546.

36_ Gw. Bd. 1, S. 522.

37_ 홍성광 : 부덴브로크 가의 사람들 II. 서울 2002, 민음사, 해설 487~516. 494~495, 503쪽 참조.

38_ GW. Bd. 3, S. 310.

39_ GW. Bd. 3, S. 160~162.

40_ GW. Bd. 11, S. 313. 《Meine Zeit》. Vgl. auch Hauptwerke, S. 544~546.

41_ GW. Bd. 3, S. 345.

42_ Friedrich G. Hoffmann u. Herbert Rösch : Grundlagen, Stile, Gestalten der deutschen Literatur. Frankfurt a. M, 1985, S. 268.

43_ GW. Bd. 11, S. 314. 《Meine Zeit》 : "Ich werde nie etwas anderes tun (…) als die Humanität zu verteidigen."

44_ Friedrich G. Hoffmann u. Herbert Rösch, a. a. O., S. 268.

45_ GW. Bd. 11, S. 1131. 《독일과 독일 사람들Deutschland und die Deutschen》 (1945).

46_ GW. Bd. 11, S. 1140~1141.

47_ GW. Bd. 11, S. 1143.

48_ 막스 레거Max Reger(1873~1916) : 파이프 오르간과 작곡 교사로 라이프치히와 마이닝엔의 궁중 악장으로 활약했다. 그는 후기 낭만주의 음악과 군대 음악 사이를 연결하면서 현대 음악의 개척자가 되었다. 그는 교향곡, 합창곡, 실내악, 피아노곡, 오르간곡과 가요들을 작곡했다.

49_ GW. Bd. 12, S. 320.《비정치인의 관찰Betrachtungen eines Unpolitischen》

50_ GW. Bd. 12, S. 31~32.

51_ GW. Bd. 12, S. 39.

52_ Ebd.

53_ 이 장의 주해 39를 참조.

54_ Vgl. E. Kahler : Die Säkularisierung des Teufels. Thomas Manns Faust. In : Die Neue Rundschau, 58, 1948, S. 185~202. Auch Vgl. Hauptwerke. S. 546.

55_ GW. Bd. 11, S. 166.

56_ GW. Bd. 6, S. 152.

57_ GW. Bd. 6, S. 180.

58_ GW. Bd. 6, S. 202.

59_ Vgl. GW. Bd. 6, S. 220. 파울 베를렌Paul Verlaine ; 프랑스 서정시인으로 랭보와의 동성연애로 투옥되었다. 옥중에서 아름다운 종교시를 썼다. 윌리엄 블레이크(William Blake, 1757~1827) : 영국 시인 겸 화가이고 그래피커다. 그는 시외에도 세계 창조와 인간에게 있는 신적인 것에 대한 이야기를 썼다.

60_ GW. Bd. 6, S. 310.

61_ GW. Bd. 6, S. 315.

62_ GW. Bd. 6, S. 332.

63_ Vgl. GW. Bd. 6, S. 350, 352, 365ff. 존 키이츠(John Keats, 1795~1821) : 영국의 유명한 낭만주의 서정 시인으로 언어의 풍부한 음향과 형상으로 된 그의 작품은 자연에의 강한 몰입에서 나오며, 여기에서 고대 신화에 이르는 길을 발견했다. 운문 소설《엔디미온Endymion》(1818),《히페리온Hyperion》(1819), 동화《이자벨라Isabella》(1818), 로만체《성 아그네스의 이브The Eve of St.Agnes》(1819)가 있다. 아드리안은 블레이크의 시〈고요한, 고요한 밤Silent, silent night〉과 키이츠의 2개의 송시〈밤 꾀꼬리에 대한 송가Ode to a nightingale〉와〈멜랑콜리에 부

처An die Melancholie〉를 작곡했다.

64_ Vgl. GW. Bd. 11, S. 119~122. 《Lebensabri*β*》.

65_ Vgl. Hauptwerke, a. a. O., S. 547.

66_ GW. Bd. 6, S. 667.

67_ Friedrich G. Hoffmann u. Herbert Rösch, a. a. O., S. 147.

68_ Karl Heim : Thomas Mann und die Musik, Freiburg i. Br. 1955. S. 341~343.

69_ GW. Bd. 6, S. 676. 토마스 만의 연설문《독일과 독일 사람들》(1945)에서도 같은 기원으로 끝난다. "독일이 그토록 긴급하게 필요로 하는 자비가 우리 모두는 필요합니다.Der Gnade, deren Deutschland so dringend bedarf, bedürfen wir alle." GW. Bd. 11, S. 1148.

70_ Hauptwerke, a. a. O., S. 548.

71_ Vgl. Ebd.

# 13장 헤르만 헤세의 이상과 음악의 역할

1_ Hermann Kasack : Hermann Hesses Verhältnis zur Musik. In: Volker Michels (Hrsg.) : Hermann Hesse Musik, Frankfurt a. M. 1986, S. 9.

2_ Hermann Hesse : Gesammelte Werke. 12 Bde. Frankfurt a. M. 1970, Bd. 6, S. 393~394. 《요약된 이력Kurzgefasster Lebenslauf》(1924) : "열세 살 때부터 나에게 분명했던 사실은 내가 시인이 되지 않으면 아무것도 되고 싶지 않다는 것이다." (이후 Hermann Hesse, Bd. 1-12로 표기함) 헤세의 이 같은 이상은 1910년에 발간된 그의 소설《게르트루트》에서도 표현되고 있다 : "어렸을 때 나는 곧잘 시인이 되고 싶다고 말했다." Hermann Hesse, Bd. 3, S. 7.

3_ Hermann Hesse, Bd. 10, S. 99 ; Brief an Adele, 1946.

4_ 게르하르트 파울(Gerhardt Paul, 1607~1676) : 루터파 교회의 가요 작가. 테르스테겐 게르하르트(Tersteegen Gerhard, 1697~1769) : 신비주의자이며 시인으로 가요를 작곡했다.

5_ Silcher, Philipp Friedrich(1789~1860) : 튜빙겐 출신의 작곡가로서 많은 민요를 작곡했다. 특히 하이네의 시 〈로렐라이 '그것이 무엇을 뜻하는지 난 알지 못하

네 Ich weiβ nicht, was soll es bedeuten' 〉를 작곡한 것으로 유명하다.

6_ Hermann Hesse, Bd. 10, S. 98 ; Brief an Adele, 1946.

7_ Hermann Hesse, Bd. 7, S. 145~146 ;《뉘른베르크 여행 Die Nürnberger Reise》

8_ Hermann Hesse, Bd. 1, S. 221~222.

9_ Hermann Hesse, Bd. 1, S. 236.

10_ 이와 관련된 묘사는《관찰 Betrachtungen》에 수록된《옛 음악 Alte Musik》에서 베른 대성당에서의 오르간 연주에 대한 헤세의 묘사를 참조. Hermann Hesse, Bd. 10, S. 18.

11_ Hermann Hesse, gesammelte Briefe. 3 Bde, (1. Bd.; 1973, 2. Bd.; 1979, 3. Bd. 1982). Hrsg. v. Ursula und Volker Michels, Frankfurt a. M. 1973, Bd. 1, S. 239. (이후 Briefe, Bd. 1, 2, 3.으로 표기함)

12_ Siegfried Unseld (Hrsg.) : Hermann Hesse. Werk und Wirkungsgeschichte. Franklfurt a. M. 1985, S. 286.

13_ Volker Michels (Hrsg.) : Hermann Hesse Musik. Frankfurt a. M. 1986, S. 191 : 헤세는 75세 때 1952년 3월 19일에 베르너 베르미히에게 보낸 편지에서 음악에 대한 사랑을 이렇게 밝히고 있다. "어렸을 때와 젊은 시절, 나는 바흐와 헨델의 오라토리오 이외에 가정 음악 말고는 거의 다른 음악을 들은 적이 없습니다. 우리 집에서는 노래를 많이 부르고 피아노를 연주했습니다. 피아노에서는 베토벤과 쇼팽을 아주 좋아했고 지금도 역시 그렇습니다. 다만 나의 내면적인 삶이 점점 더 동양적으로 향하고, 우리의 문제성, 걱정이 떠나 감에 따라 바흐와 모차르트가 1위를 차지하게 되었습니다. 그러나 베토벤의 소나타와 교향곡은 오늘날에도 여전히 내게는 소중합니다." 79세 때 1956년 12월 31일에 라이너 될에게 보낸 편지에서도 헤세가 좋아했던 음악가들이 밝혀지고 있다. "나에게 음악에서 가장 사랑스러운 것은 바흐와 모차르트이고, 다음으로는 헨델과 글루크이며, 물론 하이든도 들어가는데, 말하자면 그의 후기 교향곡입니다. '낭만주의자들'에 관해서는 슈베르트가 나에게는 가장 사랑스러운데, 슈만도 좋아합니다. 그리고 청년 시절에는 쇼팽이 내가 좋아하는 음악가였습니다." Volker MIchels (Hrsg.) : Hermann Hesse Musik. Frankfurt a. M. 1986, S. 206.

14_ Vgl. Hermann Kasack : Hermann Hesses Verhältnis zur Musik, a. a. O., 10~11.

15_ Vgl. Volker MIchels (Hrsg.) : Hermann Hesse Musik, a. a. O., S. 126 u. S.133. (헤세가 20세였던 1896년 1월 에버하르트 괴스에게 보낸 편지)

16_ Hermann Hesse, Bd. 11, S. 10.

17_ Vgl. Gerhard Kirchhoff : Josef Knechts Leben aus dem Geist der Musik. In : Hermann Hesses Glasperlenspiel. 4. Internationales Hermann-Hesses Kolloqium in Calw 1986, S. 69.

18_ Hermann Hesse, Bd. 10, S. 166.《한 시인을 방문함Besuch bei einem Dichter》

19_ Vgl. Martin Pfeiffer : Hermann Hesses Kritik am Bürgertum. Phil. Diss. Jena 1952, S. 110.

20_ 죽음에 대한 테마를 가진 시들은 〈시인Der Dichter〉(1905), 〈여름밤의 제등 Lampions in der Sommernacht〉(1929), 〈실망한 사람Der Enttäuschte〉(1926), 〈시들어 가는 장미Verwelkende Rosen〉(1927), 〈갖가지의 죽음Alle Tode〉(1919)을 예로 들 수 있다. Hermann Hesse. Sämtliche Werke. Hrsg. v. Volker Michels, Frankfurt a. M. Bd. 10. S. 160, 300, 307, 261을 참조. (이하 Hesses Gedichte, Bd. 10으로 표기함)

21_ 〈시인Der Dichter〉(1905), 〈산책Spaziergang〉(1909), 〈안갯속에서Im Nebel〉(1905), 그리고 〈고독Vereinsamung〉(1911)이란 시를 예로 들 수 있다. Hesses Gedichte, Bd. 10. S. 160, 167, 136, 186 참조.

22_ Hesses Gedichte, Bd. 10, S. 160.

23_ Hesses Gedichte, Bd. 10, S. 137.

24_ Eberhard Hirscher : Der Lyriker Hermann Hesse. In : Neue deutsche Literatur. Monatzeitschrift für schöne Literatur und Kritik,. Berlin 1956, Heft 9, S. 110.

25_ Hesses Gedichte, Bd. 10, S. 21.

26_ A. a. O., S. 12.

27_ A. a. O., S. 184.

28_ A. a. O., S. 47~112.

29_ Vgl. Hongsuon-Kil : Die Heimatlosigkeit und Heimatsuche bei Hesse. 헤세 연구 16집, 2006, S. 5~21.필자는 전 작품에 일관된 모티브를 고향 상실과 고향 추구로 보았다. 교향의 개념은 지리적이 아닌 정신적인 것으로, 헤세의 삶과 작품을 이 카테고리 안에서 설명한다. 그의 삶은 고향 찾기의 반복이며,

이 작품에서도 마찬가지다. 마울브론 신학교에서의 도주와 성공한 직업 작가로서 가이엔호펜에의 정주, 시대적·가정적 위기에서 인도로 도주, 서양의 몰락에서 동양의 구원으로 도주, 몽타놀라로의 이주는 망명이나 정치적 도피로 볼 수 있다. 그러나 개인적 가정 위기로부터의 도주, 잡문 시대의 정신적 빈곤에서 카스탈리엔으로의 고귀한 도주, 이 모든 것은 고향 상실에서 고향 찾기다. 그래서 작품의 모든 주인공들은 사회의 아웃사이더, 순례자, 집시 같은 맥락에서 정신적 도피처를 찾아가는 낭만적 방랑자이며 고향 상실자이다. 고향은 정원의 집, 자연, 어머니, 죽음 등으로 작품에서 나타난다.

30_ Hermann Hesse Bd. 11, S. 81.《어느 일하던 날 저녁Eine Arbeitsnacht》

31_ Hermann Hesse Bd. 11, S. 85.

32_ Vgl. Hermann Hesse Bd. 1, S. 452~453.

33_ Hermann Hesse, Bd. 3, S. 7~8.

34_ Hermann Hesse, Bd. 3, S. 7.

35_ Hermann Hesse, Bd. 3, S. 22.

36_ Hermann Hesse, Bd. 3, S. 32~33.

37_ 주인공의 이름 쿤은 토마스 만의 《파우스트 박사》의 주인공인 레버퀸을 연상시킨다. 후자는 음악으로 인한 비극적 종말을 맞이하는 데 비해 쿤은 음악을 긍정적으로 수용하고 있어 대조를 이룬다.

38_ Hermann Hesse, Bd. 3, S. 8~9.

39_ Hermann Hesse, Bd. 6, S. 167 : "Es gibt gute Mittel gegen die Schwermut : Gesang, Frömmigkeit, Weintrinken, Musizieren, Gedichtemachen, Wandern."

40_ Hermann Kasack, a. a. O., S. 12.

41_ Brief an Adele. Hermann Hesse, Bd. 10, S. 95.

42_ Vgl. Johannes Mittenzwei, a. a. O., S. 378.

43_ 헤세는 아홉 살 연상인 첫 부인 마리아 베르누이와 1894년 결혼했으나 이혼하고, 철강업자 테오 뱅어와 여류 화가 리사 뱅어의 딸인 여가수 루트뱅어(1897~1994)와 1924년에 결혼해 1927년에 다시 이혼했다. 그의 결혼 생활은 불행했으나 헤세는 그 후에 1931년에 체르노비츠 출신의 예술가인 니논 돌빈(1895~1966)과 결혼해 처음으로 행복한 가정을 가졌다.

44_ Hermann Hesse, Bd. 5, S. 8.

45_ Hermann Hesse, Bd. 5, S. 91.

46_ Hermann Hesse, Bd. 5, S. 91~92.

47_ Hermann Hesse, Bd. 5, S. 162.

48_ Hermann Hesse, Bd. 5, S. 214.

49_ Hermann Hesse, Bd. 5, S. 221.

50_ Hermann Hesse, Bd. 5, S. 267.

51_ Hermann Hesse, Bd. 5, S. 267.

52_ Vgl. Klaus Matthias : Die Musik bei Thomas Mann und Hermann Hesse. Lübeck 1956, S. 219.

53_ Hermann Hesse, Bd. 5, 286, S. 287~289.

54_ Hermann Hesse, Bd. 5, S. 291~292.

55_ Hermann Hesse, Bd. 5, S. 288.

56_ Vgl. ,Hermann Kasack, a. a. O., S. 16.

57_ Vgl. Hermann Hesse, Bd. 5, S. 294 : "그(클링조르)는 어느 기간에, 말하자면 그의 인생의 지난 몇 개월 동안에 잦은 폭음으로 기뻐했을 뿐만 아니라 그의 고통과 견디기 어려운 우울증을 마취시키려고 의식적으로 자주 포도주의 명정에 빠져들었다. 가장 심오한 음주가의 시인 이태백Li Tai Pe은 그가 가장 좋아하는 사람이었고, 명정 속에서 그는 자주 자신을 이태백이라 하고 그의 친구들의 한 사람인 두보Thu Fu라고 불렀다."

58_ Hermann Hesse, Bd. 5, S. 328.

59_ Hermann Hesse, Bd. 5, S. 329.

60_ Hermann Hesse Bd. 9, S. 27. 정성鄭聲 : 중국 정鄭 나라의 가요가 음탕하고 외설적인 데서 온 말로 음란하고 야비한 소리의 가락을 뜻한다.

61_ 이신구 : 토마스 만과 헤세의 바그너 음악 수용, 헤세 연구 14집. 2005, 47쪽 참조.

62_ Hermann Hesse, Bd. 6, Besuch aus Indien, S. 294~295.

63_ 바라문婆羅門이라고도 표기한다. 인도에는 브라만(승려 계급), 크샤트리아(왕족), 바이샤(평민 계급)와 수드라(노예 계급)의 4성姓이 있는데, 브라만은 이 4성 가운데 제일 높은 계급으로, 바라문교의 전권을 장악하고, 범천梵天의 후예라 한다. 이들은 제사와 교법을 다스리고 다른 3성의 존경을 받는다. 브라만의 또 다른 의미로는 우주를 지배하고 있는 지고의 신을 말한다. 브라만교 또는 바라문교는 불교에 앞서 인도 바라문족을 중심으로 고대 인도의 경전인 베다Veda의 신앙을 중심으로 발달한 종교를 총칭하는 말이다. 특히 불교 이전의 순수한

베다 사상을 위주로 한 것이며, 이로써 불교 이후의 바라문교를 신바라문교 또
는 인도교라 한다. 우주의 본체, 곧 범천을 중심으로 하여 희생을 중히 여기며
난행고행難行苦行·조행결백操行潔白을 주지로 삼는 종교다. 브라만의 생활은
스승 밑에서 베다를 배우는 시기인 범행기梵行期, 장년에 결혼하여 가정생활을
하는 시기로서 가주家住, 노년에 산 속에 들어가서 수도하는 시기로서 임처林
棲, 그리고 수도 후 다시 세상에 나와 편력하는 시기로서 유행遊行의 네 가지
단계로 나눈다.(《싯다르타》, 차경아 역, 서울, 1978, 200쪽 참조.)

64_ 사마나Samana : 사문도沙門徒를 말함. 사문沙門은 부지런히 좋은 일을 닦고 나
쁜 일을 하지 않는 사람이라는 뜻으로, 머리를 깎고 불문에 들어가 오로지 도
를 닦는 사람, 곧 출가한 중을 달리 이르는 말이다.

65_ Hermann Hesse, Bd. 5, S. 437.

66_ Ebd.

67_ Hermann Hesse, Bd. 5, S. 458.

68_ Hermann Hesse, Bd. 5, S. 470.

69_ Hermann Hesse, Bd. 10, S. 73.

70_ 괴테《파우스트》1부의 한 장면인 〈성문 앞에서〉 파우스트는 조교인 바그너에
게 말한다. "(…) 내 가슴속에는, 아아! 2개의 영혼이 깃들어 있으니/ 그 하나는
다른 하나와 떨어지기를 원하고 있다네/ 하나는 음탕한 사랑의 쾌락 속에서/
달라붙는 관능으로 현세에 매달리려 하고/ 다른 하나는 억지로라도 이 속세의
먼지를 떠나/ 숭고한 선조들의 광야로 오려 하는 것이다." (1112~1117행)

71_ Hermann Hesse, Bd, 7, S. 191 :《황야의 이리》의 〈편집자의 서문〉에서 "이
기간 동안 내가 점점 더 깨닫게 된 것은 이 괴로워하는 남자의 병은 그의 본성
의 어떤 결함에서 나온 것이 아니다. 오히려 정반대로 그의 천부적인 재능과
능력이 너무나 풍요로워서 조화를 이루지 못했다는 사실에 기인한다는 것이
다. 나는 할러가 고통의 천재라는 것을 알았고, 그가 니체가 말한 많은 표현들
의 의미에서 천재적이고 무한하며 무서운 고통의 능력을 자신의 내면에서 길
러 왔다는 것을 알았다. 또한 나는 세상에 대한 경멸이 아니라 자기 경멸이 그
의 염세주의의 토대라는 것도 알았다."

72_ Hermann Hesse, Bd, 7, S. 197.

73_ Hermann Hesse, Bd, 7, S. 197.

74_ Hermann Hesse, Bd. 7, S. 203~204.

75_ Hermann Hesse, Bd. 7, S. 198~199 : 교향악 음악회에서 "맨 처음 헨델이 연주되었다. 숭고하고 아름다운 음악이었는데, 황야의 이리는 그 음악과 주변 사람들에게 전혀 개의치 않고 자기 자신 속에 침잠한 채 앉아 있었다. (…) 그 곡이 끝나고 프리드만 바흐의 작은 교향곡이 있었다. 그 곡이 연주되었을 때, 나는 이 기이한 사내가 몇 박자가 지나기도 전에 웃음을 띠고 심취하는 모습을 보고 놀랐다." 그 후 레거의 변주곡이 연주되었을 때 그는 '슬프고 화난 모습' 을 하고 '늙고 병든 불평꾼'처럼 보였다.

76_ Hermann Hesse, Bd. 7, S. 218~219.

77_ Hermann Hesse, Bd. 7, S. 219.

78_ Hermann Hesse, Bd. 7, S. 328.

79_ Hermann Hesse, Bd. 7, S. 331.

80_ Hermann Hesse, Bd. 7, S. 323~324.

81_ Hermann Hesse, Bd. 7, S. 324~325.

82_ Brief an Thomas Mann von 1934. In : V. Michels : Hermann Hesse Musik, a. a. O., 1986, S. 158.

83_ Hermann Hesse, Bd. 7, S. 387.

84_ Hermann Hesse, Bd. 7, S. 369.

85_ Hermann Hesse, Bd. 7, S. 399.

86_ Hermann Hesse, Bd. 7, S. 405.

87_ Hermann Hesse, Bd. 7, S. 407~408.

88_ Hermann Hesse, Bd. 7, S. 411~412.

89_ Hermann Hesse, Bd. 7, S. 413.

90_ Vgl. Hauptwerke, a. a. O., S. 490.

91_ Hermann Hesse, Bd. 7, S. 61.《요양객Kurgast》

92_ A. a. O., S. 113.

93_ Hauptwerke, a. a. O., S. 490.

94_ Hermann Hesse, Bd. 8, S. 329.《동방 순례》

95_ Hermann Hesse, Bd. 8, S. 338.

96_ Hermann Hesse, Bd. 9, S. 15.《유리알 유희》

97_ Hermann Hesse, Bd. 9, S. 19~20.

98_ Hermann Hesse, Bd. 9, S. 8.

99_ Hermann Hesse, Bd. 9, S. 39~40.

100_ Hermann Hesse, Bd. 9, S. 12~15.

101_ Hermann Hesse, Bd. 9, S. 10.

102_ Hermann Hesse, Bd. 9, S. 43.

103_ Hermann Hesse, Bd. 8, S. 336 : 《동방 순례》에서 화자인 순례자 '나'는 '원래 바이올린 연주자이고 동화 읽어 주는 사람'으로서 자신의 음악과의 관계를 말하고 있다. "나는 바이올린만 연주한 것이 아니라 우리의 합창을 지휘했다. 나는 옛 가요와 찬송가도 수집했고, 6성부와 8성부의 모테트와 마드리갈을 작곡하고 연구했다."

104_ 야코부스 신부는 바젤 대학의 위대한 역사학 교수 야코프 브르크하르트를 모델로 삼은 것이다. 이 인물로 헤세는 그 교수에 대한 존경을 표현하고 있다. 이 같은 방법으로 크네히트가 존경하는 유리알 유희의 명인인 토마스 폰 데어 트라훼는 토마스 만에 대한 헤세의 존경을 나타낸 것이다. 토마스는 토마스 만을, 트라훼는 토마스 만의 고향에 있는 강 이름을 의미한다. 주인공의 친구이며 음악 도서관 사서로서 음악에 능통한 카를로 페로몬데는 제2차 세계대전 중 위생병으로 전사한 헤세의 이종 카를로를 추념하고 있다.

105_ 인용문은 순서대로 Hermann Hesse, Bd. 9, S. 275, 276, 280, 284를 참조.

106_ Ebd., S. 284.

107_ Hermann Hesse, Bd. 9, S. 346~349의 요약된 내용이다.

108_ Hermann Hesse, Bd. 9, S. 113.

109_ Hermann Hesse, Bd. 9, S. 470.

110_ Hermann Hesse, Bd. 9, S. 471.

111_ Hermann Hesse, Bd. 9, S. 125.

112_ Vgl. Volker Michels (Hrsg.), a. a. O., S. 169.

113_ Hermann Hesse, Bd. 9, S. 476~477.

114_ Hesses Gedichte, Bd. 10, S. 344~345.

115_ Hesses Gedichte, Bd. 10, S. 345~346.

116_ Hermann Hesse, Bd. 9, S. 12.

117_ Hesses Gedichte, Bd. 10, S. 343.

118_ Hesses Gedichte, Bd. 10, S. 364.

119_ Brief an Otto Korradi 1940. Volker Michels(Hrsg.), a. a. O., S. 177.

120_ 1940년 4월 16일 G. S.에게 보내는 헤세의 편지. Hermann Hesse. Ausgewählte Briefe. Erweiterte Ausgabe. Zusammengestellt von Hermann Hesse und Ninon Hesse. Frankfurt a. M. 1974, S. 193.

121_ Hermann Hesse, Bd. 9, S. 411 u. Hesses Gedichte, Bd. 10, S. 366.

122_ Hermann Hesse, Bd. 9, S. 412.

123_ Vgl. Hermann Hesse, Bd. 9, S. 413.

124_ Aus einem Brief von 1909 an P. Hindemith. In : V. Michels, a. a. O., 1986, S. 188.

125_ Hermann Hesse, Bd. 9, S. 44.

126_ Hermann Hesse, Bd. 8, S. 486. 《Glück》

127_ Vgl. MGG. Bd. 6, S. 1479. Und vgl. Hermann Hesse, Bd. 9, S. 40.

## 14장 베르톨트 브레히트의 사회 개혁과 투쟁

1_ Bertolt Brecht. Gesammelte Werke. 20 Bde. (Suhrkamp Verl.) Frankfurt a. M. 1967. Bd. 8, S. 256~259. (이후 GW. Bd. 1-20으로 표기함)

2_ Vgl. Jan Knopf : Brecht. Handbuch. 2 Bde. Theater, Stuttgart 1986, S. 412. 브레히트의 문학적 생애에 대해 부연한다면, 브레히트 연구는 그의 문학적 발전을 3단계로 분류했다. 제1단계는 1913년부터 1926년까지, 즉 마르크스를 접하기 전까지 '주관주의적, 개인주의적, 허무주의적, 무정부주의적' 사고가 그의 문학을 지배했던 시기다. 제2단계는 그가 1931년 또는 망명 길에 오르기 시작한 1933년까지의 시기로서 마르크스 이론에 근거해 '객관주의적, 통속적 마르크스주의적, 종속적, 권위주의적, 교육적' 경향을 보여 준 시기이며, 주로 '학습극-유형'이 주류를 이룬다. 제3단계는 1956년에 그가 사망할 때까지의 시기로서 마르크스의 변증법에 근거해 앞의 두 단계의 경향을 '성숙한 합'으로 이루어진다. 동독학자들에 의해 연구된 이 3단계 이론은 1, 2단계를 3단계에 도달하기 위한 습작기로 보아 이 시기의 연구가 소홀했다는 점이 지적되고 있다. 이 같은 결점은 라이너 슈타인베크와 얀 크노프가 각 시기의 고유한 특성을 연구함으로써 극복되었다.

3_ Hauptwerke, S. 429.

4_ Vgl. Klaus-Detlef Müller(Hrsg) : Bertolt Brecht. Epoche-Werk-Wirkung. 1985. S. 114f.

5_ GW. Bd. 20, S. 46. 이 인용문에서 브레히트가 말하는 중단된 드라마는《백정조》를 말한다. 이 작품은 곡물 시장에서 일어나는 자본주의의 횡포를 그려내는 한편, 더 좋은 삶을 위해 대도시로 이주한 주인공의 몰락을 다루고 있다. 그러나 브레히트는 자본주의의 시장 경제에 대한 인식 부족으로 끝내 완성할 수 없었다.

6_ Vgl. Hans Eisler : Gespräche mit Hans Bange. Fragen Sie mehr über Brecht. Leipzig 1975, S. 35.

7_ GW. Bd. 2, S. 395.

8_ Vgl. GW. Bd. 15, S. 474.

9_ Ernst Schumacher : Die dramatischen Versuche Bertolt Brechts. 1918~1933. Berlin 1955. S. 238.

10_ Vgl. ebd., S. 250f.

11_ GW. Bd. 15, S. 476f.

12_ GW. Bd. 17, S. 1006.

13_ Vgl. E. Schmacher, a. a. O., S. 287. Und vgl. auch GW. Bd. 17, S. 1004ff.

14_ Vgl. E. Schumacher, a. a. O., S. 340~341

15_ 곡행Taniko은 일본의 노극에 나오는 야마부시 종파의 한 규칙이다. 즉 성지 순례 여행 중에 병든 자는 성지 순례자의 순결함을 상실했다는 이유에서 계곡에 던져져야 한다는 것이다.

16_ GW. Bd. 19, S. 337.

17_ Vgl. GW. Bd. 15, S. 482.

18_ GW. Bd. 15, S. 479.

19_ GW. Bd. 9, S. 819. Gedichte aus 1940, VIII.

20_ Hier zitiert nach Mittenzwei, a. a. O., S. 449.

21_《갈릴레이의 생애》는 1943년 9월 9일에 스위스 취리히에서 초연되었고,《시몬 마샤르의 환상들》은 1957년 3월 8일에 독일 프랑크푸르트에서 초연되었다. 그리고《제2차 세계대전 중의 슈베이크》는 1957년 폴란드의 바르샤바에서 초연되었다.

22_ GW. Bd. 16, S. 771.

23_ Vgl. Hans Eisler : Bertolt Brecht und die Musik. In: Sinn und Form, 2. Sonderheft. Bertolt Brecht. Berlin 1957, 440f.

24_ Vgl. Simon Parmet : Die ursprüngliche Musik zu "Mutter Courage". Meine Zusammenarbeit mit Brecht. In: Schweizerische Musikzeitung. 97 Jg., Nr. 12, S. 465.

25_ GW. Bd. 1, S. 335, 337~349. Vgl. Brecht/Dessau : Lieder und Gesänge. Berlin 1957, S. 84.

26_ GW. Bd, 2, S. 673, 702, 708, 717, 763, 773.

27_ Brecht/Dessau : Lieder und Gesänge. Berlin 1957, S. 5.

28_ 《코카서스의 백묵원》은 그리피트의 작곡으로 1948년에 미네소타 주 노스필드에서 초연되었고, 1954년 10월 7일에 데사우의 작곡으로 베를린에서 초연되었다.

29_ Vgl. Brecht/Dessau : Lieder und Gesänge. Berlin 1957, S. 12.

30_ Vgl. Ebd., S. 20.

31_ 성경 시편 51편의 첫 구절에 근거한 독일 미세레레 기도의 곡을 뜻한다.

32_ Vgl. MGG, Bd. 2, S. 194.

33_ Vgl. Ernst Schumacher : Die dramatischen Versuche Bertolt Brechts. 1918~1933. Berlin 1955, S. 116f.

34_ GW. Bd. 5, S. 1915.

35_ Vgl. GW. Bd. 5, S. 1856, 1877, 1879~1881, 1887, S. 1910.

36_ Vgl. Johannes Mittenzwei, a. a. O., S. 462. Vgl. auch Jan Knopf : Theater, a. a. O., S. 70.

37_ Johannes Klein : Geschichte der deutschen Lyrik. Von Luther bis zum Ausgang des zweiten Weltkrieges. Wiesbaden 1960, S. 853.

38_ Brecht Handbuch. Hrsg. v. Jan Knopf : Stuttgart, Weimar 2001, Bd. II, S. 47.

39_ GW. Bd. 19, S. 395.

40_ Brecht Handbuch, a. a. O., S. 155.

41_ GW. Bd. 19, S. 395.

42_ J. Knopf : Brecht Handbuch, Lyridk, Propsa Schriften, S. 488.

43_ Vgl. Hans Martin Litter : Die Lieder der Hauspostille-Untersuchungen zu Brechts eigenen Kompositionen und ihrer Aufführungspraxis. In : Bertolt

Brechts 〈Hauspostille〉. Hrsg. v. Hans-Thies Lehmann und Helmut Lethen, Stuttgart 1978, S. 204～230.

44_ Vgl. Ernst Fischer : Das Einfache, das schwer zu machen ist. Notizen zur Lyrik Bertolt Brechts. In : Sinn und Form, 2. Sonderheft Bertolt Brecht. Berlin, 1957, S. 125.

45_ Vgl. Hans Martin Litter, ebd. 카를 피츠커는 시연의 화자와 후렴의 화자, 즉 고통당하는 마리와 마리의 진술을 구별했다. Carl Pietzcher : Von der Kindermörderin Marie Farar. In : Dyc, Joachim u. a.(Hrsg.) : Brechtdiskussion. Kronberg /Taunus 1974, S. 178.

46_ GW. Bd. 8, S. 175.

47_ GW. Bd. 8, S. 179.

48_ Vgl. Johannes Klein : Geschichte der deutschen Lyrik, a. a. O., S. 854.

49_ Vgl. Albrecht Betz : Hans Eisler. Musik einer Zeit, die sich eben bildet. München 1976, S. 111.

50_ Vgl. Jan Knopf : Brecht Handbuch. Lyrik, Prosa, Schriften, a. a..O., S. 88. Hans Eislers Musik.

51_ GW. Bd. 8, S. 369.

52_ GW. Bd. 8, S. 370.

53_ GW. Bd. 9, S. 722; "실제로, 나는 암울한 시대에 살고 있다! Wirklich, ich lebe in finsteren Zeiten!"

54_ Vgl. Brecht Handbuch, Hrsg. v. Jan Knopf : Stuttgart, Weimar 2001, Bd. II, S. 11.

55_ Ebd., S. 14.

56_ 예를 들어, 바일이 작곡한 《서푼짜리 오페라》에서 〈인간적 계획의 미흡함에 관한 담시 Ballade von der Unzulänglichkeit menschlichen Plannes〉, 〈바바라-송 Barbara-Song〉, 〈해적의 제니 Die Seeräuber-Jenny〉, 〈칼잡이 매키의 살인 노래 Die Moritat von Meckie Messer〉는 그 당시 카바레의 레퍼토리가 될 정도로 인기가 대단했다.

57_ GW. Bd. 9, S. 638. Gedichte 1933～1938. Svendborger Gedichte (스벤보르 시집).

58_ GW. Bd. 4, S. 1694, u. S. 1628～1630, 1633.

59_ Vgl. Theaterarbeit. 6 Aufführungen des Berliner Enssembles. Hrsg. v. Berliner Ensemble. Helene Weigel. Düsseldorf o. J., S. 37.

60_ Paul Dessau : Zur Courage-Musik(zuerst 1952). In : Materialien zur "Courage", S. 122.

61_ Vgl. Mittenzwei, a. a. O., S. 455.

62_ Johannes Klein , a. a. O., 859.

63_ GW. Bd. 4, S. 1350, S. 1366, S. 1425~1427, u. S. 1394f.

64_ GW. Bd. 4, S. 1438.

65_ GW. Bd. 4, S. 1367.

66_ GW. Bd. 4, S. 1507 : "옛날에, 늙어서 내 머리 희기 전에 / 난 지혜롭게 살아가길 바랐지 / 오늘 알았다네. 지혜는 예나 지금이나 / 가난한 자의 배를 채워주지 못했음을. 그래서 말하노니 / 그만 두어라! / 점점 더 차가운 냉기 속으로 사라지는 / 잿빛 연기를 보아라 / 그렇게 / 너도 사라져 가리니."

67_ GW. Bd. 4, S. 1425.

68_ 《브레히트의 연극 세계》. 브레히트 학회 편저, 서울 2001, 306쪽 참조.

69_ Brecht/Dessau. 9 Lieder. Mutter Courage und ihre Kinder. Weimar 1949, innere Titelseite.

70_ Vgl. Hans Mayer : Anmerkung zu einer Szene aus 《Mutter Courage》.. S. 51.

71_ GW. Bd. 3, S. 931.

72_ GW. Bd. 2, S. 415.

73_ GW. Bd. 4, S. 1371. 창녀의 동기는 《둥근 머리와 뾰족 머리》에서 〈난나의 노래〉와 동일하다.

74_ GW. Bd. 4, 6장, S. 1402.

75_ GW. Bd, 4, S. 1429.

76_ Theaterarbeit. 6 Aufführungen des Berliner Enssembles. Hrsg. v. Berliner Ensemble. Helene Weigel. Düsseldorf o. J., S. 274f. (mit Notenbeispielen) Vgl auch Mittenzwei, a. a, 0., S. 454.

77_ Vgl. GW. Bd. 15, S. 409. 게스투스의 개념을 브레히트는 '동작, 표정, 진술의 복합'으로 이해했다. 이에 대해서는 〈게스투스와 음악〉의 장에서 다시 언급된다. (Vgl. auch GW. Bd. 15, S. 482ff, Bd, 16, S. 753.)

78_ Theaterarbeit, a. a. O., S. 276~277.

79_ Vgl. Ernst Fischer : Das Einfache, das schwer zu machen ist. Notizen zur Lyrik Bertolt Brechts. In : Sinn und Form, 2. Sonderheft Bertolt Brecht. Berlin, 1957, S. 129.

80_ GW. Bd. 17, S. 1025.

81_ GW. Bd. 17, S. 1024.

82_ GW. Bd. 17, S. 1025.

83_ GW. Bd. 17, S. 1027.

84_ Vgl. Der neue Brockhaus in 5 Bdn. 7 Aufl., Wiesbaden 1985, Bd. 4, S. 466.

85_ GW. Bd. 17, S. 1014.

86_ Vgl. GW. Bd. 17, S. 1015.

87_ Sigmund Freud : Das Unbehagen in der Kultur, S. 22. Hier zitiert nach GW. Bd. 17, S. 1016.

88_ GW. Bd. 17, S. 1016.

89_ Kurt Weill : Über meine Schuloper. In : Die Szene, 1930. Zitiert nach Schumacher, a. a. O., S. 341.

90_ Ebd.

91_ Ebd., S. 274.

92_ Vgl. Wilpert, G. v. : Sachwörterbuch der Literatur. Stuttgart 1969, S. 134.

93_ Albrecht Betz : Hanns Eisler. Musik seiner Zeit, die sich eben bildet, München 1976, S. 92.

94_ Vgl. Schumacher, a. a. O., S. 371.

95_ GW. Bd. 17, S. 1031.

96_ GW. Bd. 2, S. 661~663.

97_ Vgl. Albrecht Betz : Hanns Eisler. Musik seiner Zeit, a. a. O., S. 95.

98_ GW. Bd. 2, S. 650~651.

99_ GW. Bd. 17, S. 1031~1032.

100_ Vgl. GW. Bd. 15, S. 249.

101_ Schumacher, a. a. O., S. 422.

102_ 브레히트는 이 방법을 여러 작품에서 사용하고 있다. 예를 들어, 학습극《호라치 사람들과 쿠리아치 사람들》에서 오로지 드럼만 사용해 같은 효과를 나타냈다. "음악이 필요치 않을 수 있으며, 드럼만을 사용할 수도 있다. 드럼들

은 얼마 동안 단조롭게 작용할 것이다. 그렇지만 잠시 동안만이다." GW. Bd. 17, S. 1098.

103_ Vgl. GW. Bd. 15, S. 473.

104_ GW. Bd. 17, S. 1008~1010.

105_ GW. Bd. 17, S. 1011.

106_ 송동준 외: 브레히트의 서사극. 유형학적 고찰. 서울 1993, 11쪽 참조.

107_ GW. Bd. 17, S. 1010.

108_ GW. Bd. 15, S. 495.

109_ GW. Bd. 9, S. 795.

110_ Jan Knopf: Theater. a. a. O., S. 70.

111_ GW. Bd. 15, S. 473 u. GW. Bd. 2, S. 423 : 《서푼짜리 오페라》 3장의 지문 참조.

112_ Vgl. GW. Bd. 15, S. 495.

113_ GW. Bd. 2, S. 404, 415, 418, 423, 447, 450, 464, 482의 지문 참조.

114_ Vgl. Kurt Weill : Ausgewählte Schriften. Hrsg. v. David Drew; Frankfurt a. M. 1975, S. 57.

115_ G.W. F. Hegel : Phänomenologie des Geistes. Hamburg 1952, S. 28.

116_ GW. Bd. 15, S. 301.

117_ GW. Bd. 15, S. 276~277.

118_ GW. Bd. 16, S. 555.

119_ Theaterarbeit, 6. Aufführungen des Berliner Ensembles. Hrsg. v. Berliner Ensembles. Helene Weigel. Düsseldorf o. J., S. 244.

120_ GW. Bd. 2, 443.

121_ Eric Bentley : Die Theaterkunst Brechts. In: Sinn und Form. 2. Sonderheft, Bertolt Brecht. Berlin 1957, S. 173. Und auch Vgl. Fritz Hennenberg : Über die dramaturgische Funktion der Musik Paul Dessaus. In : Materialien, S. 145~153. S. 151.

122_ GW. Bd. 4, S. 1582. 이 노래는 키플링의 소설 《정글북 The Jungle Book》(1894)에 있는 시 〈코끼리 조련사 Toomai of the elephants〉에 근거했다.

123_ 임한순 편역 : 브레히트 희곡 선집 2. 서울 2006, 367쪽 참조.

124_ GW. Bd. 4, S. 1603.

125_ 예를 들면, 《억척 어멈과 그 자식들》은 억척 어멈이 부른 첫 노래의 후렴, "봄이 오네! 깨어나라 기독교인이여!" 으로 시작하고 끝난다. 《서푼짜리 오페라》와 《억척 어멈과 그 자식들》에서도 솔로몬의 노래의 후렴, "이로부터 벗어난이는 부러울지어다" 는 반복되어 사용된다. 《사천의 선인》에서 〈물장수의 노래〉는 연극이 진행되는 동안 세 번, 그러니까 장면 3(Bd. 4. 1526), 무언극(1568), 장면 9(1587)에서 등장하며, 주도 동기적 기능을 가진다. 동시에 무언극에서 음악은 있지 않은 물장수를 관객에게 생생하게 그려 내는 기능을 떠맡는다.

126_ GW. Bd. 2, S. 487.

127_ GW. Bd. 15, S. 482.

128_ GW. Bd. 15, S. 484.

129_ Walter Benjamin : Studien zur Theorie des epischen Theaters. In : Ders. : Versuche über Brecht. Frankfurt a. M. 1966, S. 31.

130_ Vgl. Jan Knopf : Theater, a. a. O., S. 392.

131_ Vgl. Karl Heinz Ludwig : Bertolt Brecht. Philosophische Grundlagen und Implikationen seiner Dramaturgie. Bonn 1975. S. 18.

132_ Vgl. GW. Bd. 15, S. 476. 송동준 외 : 브레히트의 서사극, 43쪽 참조.

133_ Vgl. GW. Bd. 15, S. 480.

134_ GW. Bd. 17, S. 996f.

135_ GW. Bd. 15, S. 409.

136_ Vgl. Paul Kussmaul : Bertolt Brecht und das englische Drama der Renaissance. Bern u. Frankfurt a. M. 1974, S. 33.

137_ GW. Bd. 4, S. 1430.

138_ GW. Bd. 15, S. 369f.

139_ GW. Bd. 4, S. 1410. U. vgl. Jan Knopf : Theater, S. 393.

140_ GW. Bd. 15, S. 486.

141_ GW. Bd. 15, S. 494.

142_ Vgl. Jan Knopf : Theater, a. a. O., S. 391

143_ Vgl. Jan Knopf : Theater, a. a O., S. 251.

144_ GW. Bd. 15, S. 486.

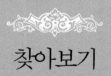

# 찾아보기

## 찾아보기

### 인명

#### ㄱ

가스트, 페터 367, 369, 375, 380, 400

게이, 존 541

고리키, 막심 549

고트프리트, 폰 슈트라스부르크 25~31, 33, 34, 36, 37

괴테, 요한 볼프강 폰 54, 64~70, 81, 89, 92~140, 142, 143, 145, 147~149, 157, 160~167, 176, 186, 195, 214, 215, 218, 246, 254, 256, 259, 289, 318, 364, 389, 404, 412, 443, 447, 461, 470, 499, 510, 516, 531, 571, 573, 589

글루크, 크리스토프 빌리발트 68, 78, 94, 95, 110, 161, 217~219, 227, 276, 337, 442, 472

#### ㄴ

나폴레옹, 보나파르트 159, 176, 177, 244, 278, 286, 303

노발리스 169, 195, 196, 198~199, 205, 206, 213, 229, 388, 463, 503

니체, 프리드리히 빌헬름 80, 170, 278, 306, 309, 311, 313, 314, 341, 346~400, 414~417, 419, 424, 434, 436, 437, 440, 445, 448, 451, 452, 462, 463, 465, 476, 479, 483, 487, 492~494, 496, 503, 504, 508, 509, 513

#### ㄷ

다윈, 찰스 370

데사우, 파울 542, 555~559, 574, 575, 581, 617, 594

데카르트, 르네 572

도스토옙스키, 표도르 265, 465

#### ㄹ

라우베, 하인리히 248, 283, 290

라이프니츠, 크트프리트 빌헬름 73, 86

라이하르트, 요한 프리드리히 101~105, 109, 146, 155, 156, 161, 214

레거, 막스 261, 445, 490, 504, 505

레싱, 고트홀트 에프라임 64, 66, 71, 72

로시니, 조아카노 246, 275, 278, 279

로홀리츠, 프리드리히 109, 133, 161, 217, 219, 226

루소, 장 자크 64, 65, 69, 70, 73, 75, 87, 89, 90, 164, 201, 202, 205, 287, 333, 348, 384, 571, 586, 587

루터, 마르틴 22~24, 40~62, 233, 384,

436, 442, 443, 445, 589

룩셈부르크, 로자 548

리스트, 코지마 290, 301, 305, 306

리스트, 프란츠 160, 246, 259, 260, 272, 273, 278, 280, 281, 284, 287, 290, 292, 297, 300~302, 312, 314, 316

### ㅁ

마르크스, 카를 258, 261, 324, 538, 540, 541, 568, 618

마이어, 한스 299, 324

마이어베르 110, 246, 259, 274, 278, 279, 282, 291, 292, 312

만, 토마스 201, 313, 318, 320, 323, 328, 365, 366, 376, 384, 389, 390, 402~466, 468

만, 하인리히 403

메뉴인, 예후디 485

멘델스존, 펠릭스 101, 108, 113~115, 251, 259, 312, 314

모차르트, 볼프강 아마데우스 92, 94, 97, 98, 101, 108, 110~112, 161, 186, 177, 198, 201, 213, 219, 238, 274, 287, 322, 337, 442, 453, 472, 475, 504, 505, 510~512, 533, 555, 594, 616

### ㅂ

바그너, 빌헬름 리하르트 80, 161, 162, 170, 233, 215, 262, 263, 278, 283, 286~344, 351~353, 356, 358~360, 363, 364, 366~368, 370, 373~375, 379~383, 388, 389, 391~400, 409, 411, 414~419, 428,

429, 431, 432, 436, 442, 445, 446, 463, 491~494, 496, 498, 504, 508, 509, 558, 559, 561, 562, 587, 596, 600, 602, 604, 611, 618

바이겔, 헬레네 558, 579

바일, 쿠르트 542~548, 558~590, 592~594, 604, 613

바켄로더, 빌헬름 하인리히 198, 199, 201~205, 228, 229, 318, 319, 321~323, 429, 463

발터, 요한 43~45, 48, 50, 59

베냐민, 발터 549, 613

베버, 칼 마리아 폰 162, 195, 275, 276, 287, 337

베젠동크, 마틸데 300~302

베토벤, 루트비히 판 92, 93, 98, 101, 105, 108~110, 112, 114, 115, 132, 133, 139, 176~178, 183, 185~192, 197, 198, 207, 218, 224, 228, 229, 244, 288, 289, 295, 307, 308, 322, 337, 338, 343, 351, 358, 364, 420, 442, 475, 484, 486, 498, 504

뷔르츠부르크, 콘라트 폰 37

브람스, 요하네스 92, 259, 260, 311, 498, 504

브레히트, 베르톨트 338, 536~619

브렌타노, 베티나 115, 132, 206~210

브렌타노, 클레멘스 216

브리온, 프리데리케 95

비일란트, 크리스토프 마르틴 95

비제, 조르주 396

### ㅅ

사르트르, 장 폴 504

셰익스피어, 윌리엄 67, 68, 107, 161, 259, 287, 288, 453

소크라테스 578

쇤베르크, 아르놀트 338, 419~421, 442, 452, 462, 463, 498, 548, 549, 592, 617

쇼팽, 프레데리크 246, 278, 281, 286, 287, 475, 478, 504

쇼펜하우어, 아르투르 80, 170, 199, 300, 307, 316~321, 324, 325, 327, 328, 332, 339, 351~353, 356, 357, 361, 363~366, 368, 370, 373, 382, 389, 404, 415, 463, 476, 491

슈만, 로베르트 알렉산더 92, 225, 226, 249, 250, 259, 260, 286

슈베르트, 프란츠 페터 287, 455, 456, 472, 504, 592

슈타인, 샤를로테 폰 95, 130

슈트라우스, 리하르트 261, 314, 338

슈트라이허, 안드레아스 113, 144, 149, 150

슈펭글러, 오스발트 461

슐레겔 형제 199, 204, 463

스폰티니, 가스파레 275~277, 290

시벨리우스 338

실러, 프리드리히 68, 70, 92, 98, 102, 104, 105, 109, 111, 115, 135, 137, 142~174, 176~178, 183~186, 188, 189, 192, 195, 214, 219, 254, 338, 353, 405, 486, 591, 592

**ㅇ**

아도르노, 테오도르 342, 419, 421, 465

아리스토텔레스 57, 58, 62, 169, 595, 604, 611

아베르트, 헤르만 137, 138

아브레우, 호세 안토니오 589

아이스킬로스 358

아이슬러, 한스 542, 548~550, 552, 554~557, 559, 565, 568~570, 591~596, 604, 613, 614, 617

아이헨도르프, 요제프 폰 139, 351

에셴바흐, 볼프람 폰 25, 30, 37, 295

에커만, 요한 페터 99, 110, 111, 115, 121, 135, 256

엥겔스, 프리드리히 324

요스트, 한스 137~139

울리히, 폰 후텐 40

이태석 신부 590

**ㅈ**

장 파울 69, 201, 202, 213, 244, 259, 351

**ㅊ**

첼터, 카를 프리드리히 101, 104~109, 113, 115, 116, 118, 120, 121, 146, 156~158, 161

춤슈테크, 루돌프 143, 156, 158, 161

치마노프스카, 마리아 109, 116, 117

**ㅋ**

카이저, 필리프 크리스토프 96, 97, 101~103, 137, 448

카잘스, 파블로 486

칸트, 임마누엘 65, 68~70, 78, 145, 167, 316, 347, 374
쾨르너, 크리스티안 고트프리트 145, 148, 156~158, 161, 164~167, 169, 178, 183
클라이스트, 하인리히 폰 222, 363, 539
클롭슈토크, 프리드리히 고틀리프 54, 64, 95, 135, 147, 454, 571
키에르케고르, 쇠렌 453

## ㅌ

티크, 루트비히 95, 199, 201, 203~205, 229, 288, 421, 463

## ㅍ

파가니니, 니콜로 265~272, 279
파르메트, 시몬 552~554, 591
페르디난트, 브루크너 234, 235
펠데케, 하인리히 폰 25
포이어바흐, 루트비히 297, 299, 323
푸케, 프리드리히 데 라 모테 218
프란츠, 로베르트 260
프로이트, 지그문트 390, 587
프루동, 피에르 요제프 292, 323
플라너, 민나 290, 293, 299, 301~303
플라톤 62, 367, 374, 589
피다고라스 19

## ㅎ

하만, 요한 게오르크 54, 65, 69, 70, 74
하이네, 하인리히 242~284, 290, 291

하이든, 프란츠 요제프 92, 101, 108, 110, 161, 177, 186, 198, 472, 504, 507
하인제, 요한 야코프 빌헬름 201, 202, 384
헤겔, 게오르크 54, 191, 242, 297, 347, 367, 558, 604
헤르더, 요한 고트프리트 54, 64~90, 95, 102, 135, 164, 201, 202, 204, 205, 333, 384, 573
헤세, 헤르만 468~534, 559, 589
헨델, 게오르크 프리드리히 79, 92, 101, 107~110, 351, 472, 475, 504, 533
호프만, E. T. A. 95, 195, 197~199, 201, 212~240, 259, 263, 351, 421, 463, 574
횔더린, 프리드리히 221, 363, 385, 472
훔멜, 요한 네포무크 109, 116, 117
히틀러, 아돌프 313, 411, 418, 444, 550, 560, 601
힌데미트, 파울 532, 542, 546, 548, 586, 604
힐러, 요한 아담 94

## 작품명

## ㄱ

《가정 기도서》 542, 564~567, 579
《갈릴레이의 생애》 554, 557
《개 베르간차의 새로운 운명에 대한 보고》 226, 230
《거지 오페라》 541
《게르트루트》 471, 480, 483, 487, 504
《고독한 사내, 한 인간의 파멸》 538
《고양이 무르의 인생관과 악장 요하네스 크라이슬러의 단편적 자서전》 226

《괴츠 폰 베를리힝겐》 95
《긍정자와 부정자》 547, 585
《기사 글루크》 217, 221, 224~227


**ㄴ**

《나르치스와 골드문트》 480, 491
《나의 인생》 306, 315
《나자렛의 소생. 음악에 대한 성서의 역사》
  67
《남자는 남자다》 539, 555, 558, 561, 610
《네덜란드 연방의 몰락사》 145
《노래 책》 243, 245, 249, 259, 261
《노래-시-합창》 568, 571
《농담, 계략 그리고 복수》 97, 215
《뉘른베르크의 명가수》 295, 303, 305, 313,
  352
《니벨룽겐의 반지》 292, 296~298, 300,
  303~306, 310, 313, 324~326, 340, 366
《니체 대 바그너》 370, 375, 392, 393


**ㄷ**

《단편 소설》 122, 128
《데미안》 480, 489, 491, 495
《도덕의 계보》 373
《도상에서》 471
《도시의 정글 속에서》 539
《도적 떼》 143, 144, 150, 154, 163, 178, 188
《도축장의 성 요한나》 556, 585
《독일 건축술에 관하여》 67
《독일 전쟁 교본》 557, 570
〈독일 진혼곡〉 557

《독일, 겨울 동화》 243, 248
《독일과 독일 사람들》 442, 443, 459, 507
《독일의 종교사와 철학사에 관하여》 247
《독일적 방법과 예술에 관하여》 67
《돈 조반니》 98, 510
《돈 주앙》 110, 111, 161, 162, 453, 511, 616
《돈 카를로스》 151, 162, 163, 405
《동의에 관한 바덴의 학습극》 546, 548, 585
《둥근 머리와 뾰쪽 머리》 552, 579, 614
《드라마 콘서트》 95


**ㄹ**

《라오콘 또는 회화와 문학의 차이에 관하여》
  66, 72
《리하르트 바그너의 고뇌와 위대함》 323,
  417
〈리하르트 바그너의 고뇌와 위대함〉(연설문)
  411
《로스할데》 471
《로엔그린》 294~296, 300, 303, 340, 343,
  418, 493
《로이발트와 아델하이데》 288, 289
《루이제 밀러린(간계와 사랑)》 144, 150, 163
《루친데》 288
《루카의 온천지》 257
《루테티아》 247, 284
《리엔치》 290~293, 296
《린드버그들의 비행》 546, 548, 585, 590


**ㅁ**

《마리아 슈투아르트》 146, 160, 162, 163

〈마린바트 비가〉(시) 109, 131

《마술 피리》 98, 111

〈마왕〉 96, 116, 136

《마의 산》 408, 410, 419, 421, 434, 438, 439, 446

《마탄의 사수》 195, 276, 287

《마하고니 시의 흥망성쇠》 541, 542, 544, 587, 598

《만년의 괴테와의 대화》 99

《메시나의 신부》 135, 146, 162, 172, 173, 219, 338, 591

《메시아》 79, 109

《메타비평》 69

《문헌학자의 성지순례》 70

《미래의 예술 작품》 299, 324

**ㅂ**

《바그너의 경우》 373, 375, 382, 392~394

《바그너의 예술에 관하여》 415, 416

《바알》 538, 545

《반그리스도교도》 374

《반시대적 고찰 I-IV》 347, 360, 361, 363, 366, 367, 381, 392

〈발렌슈타인의 진영〉 146, 156, 158, 159, 162, 163

《베니스에서의 죽음》 408, 409, 433

〈베르테르에게〉 131

《베르테르의 슬픔》 389

《부덴브로크 가》 318, 402, 406, 408, 410, 415, 419, 423, 431, 433, 437~439, 493, 496

《부루투스. 음악을 위한 드라마》 68

《부코의 비가》 570

〈비가〉 131

《비정치인의 관찰》 445

《빌헬름 마이스터의 수업시대》 96, 103, 122, 123, 136, 137, 195, 516

《빌헬름 마이스터의 편력 시대》 98, 99, 122, 126

《빌헬름 텔》 146, 155, 162

**ㅅ**

《사천의 선인》 557, 576, 608, 610

《새 음악 철학》 419

《색채론》 98, 120

《서구의 몰락》 461

《서푼짜리 오페라》 541~543, 545, 553, 555, 569, 574, 578, 579, 602, 607, 608, 614, 616

《선악의 저편. 미래 철학의 서곡》 373

《설화시집》 248, 249, 262

《소박 문학과 감상 문학에 관하여》 167, 168

《소시민의 칠거지악》 548

《수레바퀴 아래서》 471

《슈나벨레봅스키 씨의 회고록》 283, 290

《스벤보르 시집》 570, 572

《시몬 마샤르의 환상》 554, 560

《시빌리아의 이발사》 275

《시와 진실》 89, 92

《시저》 68

《시집》 244, 248, 262, 470

《신 독문학에 관한 단편》 65, 72

《신학연구에 관한 서신들》 68

《싯다르타》 480, 491, 498, 513

## ㅇ

《아침놀》 373
《아타 트롤. 한여름밤의 꿈》 248
《악마 로베르트》 278, 282, 312
《어릿광대》 405, 407
《어머니》 549, 550, 585, 595, 596
《억척 어멈과 그 자식들》 552~554, 557, 574, 575, 577~579, 606, 610
《언어의 기원에 관한 논문》 67, 73
《에그몬트》 97, 98, 115, 218
《에르빈과 엘미레》 94, 102, 103
《에밀, 혹은 교육에 관하여》 64
《여행기》 245, 246, 249, 257, 275
《역사 철학 강의》 297
《연극 예술의 신 기법》 555
《연인의 변덕》 94
《연애 금지》 290
《영웅》 177, 187
《예술과 혁명》 299, 324, 341
《예술에의 경의》 152
《예외와 관습》 585
《오를레앙의 처녀》 146, 160, 162, 163, 195, 560
《오페라와 드라마》 300, 324, 328, 331, 332, 334, 342, 558
《우상의 황혼》 374, 379
《우아와 품위에 관하여》 167
《운디네》 218, 220, 224
《운명》 187, 218
〈울지마 톤즈〉 590
《원칙과 성찰》 122
《위그노파 사람들》 278, 282
《유괴》 111

《유리알 유희》 469, 480, 497, 513~518, 523, 525~527, 531, 534, 589
《음악 정신에서의 비극의 탄생》 170, 346, 348, 508
《의지와 표상으로서의 세계》 300, 316, 351
《이 사람을 보라》 348, 361, 372, 374, 376, 388, 390
〈이 사람을 보라〉(시) 374
《이피게니에》 98, 139, 161
〈인간애의 촉진을 위한 서신들〉 67, 68, 88
《인간의 미학적 교육에 관하여》 146, 167
《인간적인 너무나 인간적인》 367, 373, 393
《인도에서》 498
《인류의 역사 철학에 대한 이념》 69

## ㅈ

《전원》 218
《정신 현상학》 604
《제2차 세계대전에서의 슈베이크》 554, 559
《제라피온의 형제들》 226, 233
《제리와 배텔리》 98, 102, 103
《조처》 549, 550, 585, 592~594
《즐거운 학문》 369, 373

## ㅊ

《초고 파우스트》 136
《차라투스트라(는 이렇게 말했다)》 372, 375, 384~386, 388, 390, 452
《청춘은 아름다워라》 471

ㅋ

《카르멘》 396

《칼로 풍의 환상적인 작품들》 223, 226

《칼리고네》 69, 84, 85

《코시 판 투테》 111

《코카서스의 백묵원》 556, 558

《쿨레 밤페》 550, 568

《크눌프 생애에서의 세 이야기》 471

《크세니엔》 146

《클라우디네 폰 빌라 벨라》 102, 103, 214

《크라이슬레리아나》 199, 224~229, 232, 233

《클라인과 바그너》 491, 493, 495, 496, 498, 502, 513

《클링조르의 마지막 여름》 491, 496


ㅌ

《타소》 96, 98

《탄호이저》 294, 295, 297, 303, 326, 329, 330, 331

《토니오 크뢰거》 404, 407, 410, 411, 434, 503

〈투울레의 왕〉 95, 136

《트리스탄》 303, 415, 418, 433, 434

《트리스탄과 이졸데》 25, 26, 30~32, 36, 37, 300, 302~304, 326, 327, 351, 383, 409, 415, 418

《티투스》 98, 111


ㅍ

《파르치팔》 30, 305, 310, 311, 314, 326, 340, 393, 395, 418

《파리에서의 종말》 321

《파우스트 박사》 262, 384, 411, 418~421, 440~442, 448, 460, 461, 463~465, 468, 469

《파우스트 박사의 생성. 한 소설의 소설》 419

《판단력 비판》 78

《페터 카멘친트》 470, 471, 479, 480, 483, 495

《표류하는 네덜란드 유령선》 283, 291~293, 325, 326

《푼틸라 씨와 그의 하인 마티》 557, 574, 610

《풀려난 프로메테우스. 장면들》 68

《프랑스 무대에 관하여》 272

《플로렌스의 밤들》 265, 280

《피가로의 결혼》 98

《피에스코의 모반》 144


ㅎ

《하르츠 기행》 243

〈하르츠 기행〉(시) 246

《한밤의 북소리》 539

《한밤중의 한 시간》 470

《합창》 176~178, 183, 186~188, 192, 338, 458, 486

《행복에의 의지》 406

《헤르만 라우셔의 유작과 시》 470

《호라치 사람들과 쿠리아치 사람들》 585, 591

《호렌》 104, 167

〈화해〉(시) 109, 131

〈환희에 부쳐〉 145, 160, 176~178, 185, 186, 188, 458, 486

《황야의 이리》 480, 491, 502~504, 512, 513
《후궁의 유괴》 98

## 용어

### ㄱ

게스투스 582, 593, 601, 611~618
공감각적 음악관 263
그레고리우스 성가 19, 43, 45, 49
그로테스크 197, 198, 225, 239, 406, 454,
  553

### ㄴ

내면의 멜로디 133, 136, 140
노예 도덕 363

### ㄷ

당착 어법 33
데카당 357, 394, 395, 425, 432
데카당스 62, 210, 233, 365, 373, 374, 378,
  380~382, 384, 388, 391, 395, 405,
  414~416, 419, 424, 434, 438, 439, 462,
  493
데카당스적 375, 419, 423, 493
디오니소스적 170, 183, 188, 346, 353~360,
  375, 379~382, 388, 389, 393, 416, 439,
  445, 462, 474, 487

### ㅁ

마리니 문체 62
마르크스주의 541, 544, 548, 583, 584, 596
모테트 20~22, 44, 52, 238
무운시 559, 565

### ㅂ

반어 197, 198, 213, 245, 246, 250, 254,
  258, 260, 578

### ㅅ

생소화 효과 591, 601, 602, 604, 607~609,
  614, 615, 617, 618
서사극 539, 541, 552, 562, 584, 598~606,
  608, 611, 613~618
서사적 오페라 562, 587, 599, 600, 602,
  604, 613, 614, 617, 618
선법 리듬 20, 21
슈투름 운트 드랑 64, 65, 87, 89, 92, 142,
  194, 196, 504, 571~573

### ㅇ

아폴로적 170, 353~355, 358, 379, 381,
  445, 474, 487
엘 시스테마 운동 589
역할시 570, 575
연애시 18~23, 25, 45, 563
영원 회귀 369~372, 385
운명애 370, 374

**ㅈ**

장인가 18, 22, 23, 45~47

정량 기본법 21

종합 예술 작품 298, 330, 331, 340~342, 344, 559, 562, 602, 618

주도 동기 291, 296, 338, 339, 560, 611

주인 도덕 363, 381, 415

징슈필 94, 97, 98, 103, 214~216, 561


**ㅊ**

초인 사상 368, 372, 415


**ㅎ**

학습극 539, 541, 546~549, 562, 583~588, 590~592, 595, 596, 606, 613

힘에의 의지 375, 376, 385

호케투스 21

Wechselwirkung deutscher
Literatur und Musik